STS
山田社

STS
山田社

STS

山田社

STS
山田社

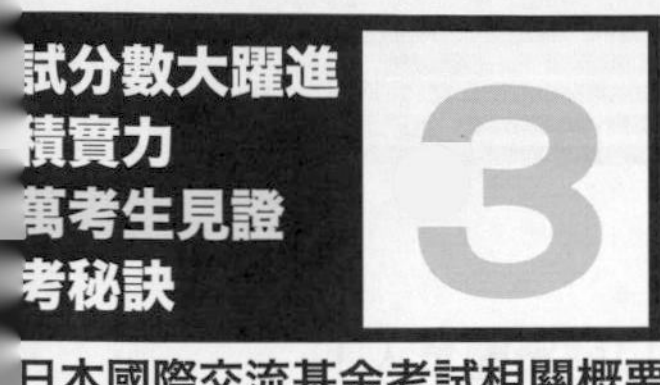

日本國際交流基金考試相關概要

絕對合格特效藥

影子跟讀 標重音

日檢精熟單字

線上音檔 QR Code

用口耳打開單字量！

吉松由美・田中陽子・西村惠子・林勝田・山田社日檢題庫小組 ◎合著

前言 Preface

這不是一本普通單字書，
它是讓您說得一口自然流暢的動聽日語，一開口就驚豔眾人！
聽力敏銳，閱讀速度倍增！
單字輕鬆應用，融入自然流暢。

還在苦背單字？讓我們來點新招

死記硬背是古早風，照著影子學發音！

千篇一律的例句？讓生字有故事，記憶不再風乾！

不怕日本腔？單字標記重音助您自信，說出東京味道！

哪怕是最鉅細靡遺的變化，例句都猜得準！

閱讀、聽力，絕不狼狽！

不信？別急著否定！學習的旅途，我們一路相伴，解鎖您的語言奧秘，成就說日語的大贏家！

本書量身訂製，讓您輕鬆掌握單字秘密武器：

1 單字重音標記，Shadowing 影子跟讀法，讓口說聽力雙修！

2 例句學習單字，閱讀理解中印象加倍，生字不偷懶！

3 N3 文法搭配例句，黃金交叉訓練，時事、職場、生活輕鬆應對！

4 豆知識解析抽象難點，宛如貼身自學導師，單字成就躍升！

5 例句主要單字上色，詞語變化熟練度再進化，活用百變神器！

6 最新單字出題重點解析，解密新制日檢考試趨勢，攻略熱門題型！

7 5 回隨堂測驗＋書末 3 回模擬試題，實戰演練，學習成果證明大作戰！

自學、教學通用，這本史上最強、最完整的單字書，助您在考場大放異彩！快來解開單字的奧秘，日文漂亮說不停！

突破單字學習的新境界：

聽讀大提升— Shadowing 影子跟讀法

單字的聽力與口説應用，是許多學習者的難題。為了突破學習瓶頸，本書特別設計了「Shadowing 影子跟讀法」，讓您的聽力和口音達到專業水準。

影子跟讀法就是在聽到一句日語約一秒後，像影子一般完全模仿日本人的説話方式，也就是「模仿！模仿！再模仿！」。這種方法帶來三大優勢：

◆ 優勢一、精準發音、完美口音：

影子跟讀法透過百分百的模仿，讓您學習日本人的發音、語調、速度及口氣…等，讓自己的嘴部肌肉更精準地模仿，口音不知不覺就超有日本人的味道，就像在家族聚會上，狀似外國人，唸出一口地地道道的日語，讓親戚們瞠目結舌，您的日語之路由此開啟！

◆ 優勢二、日檢聽力大突破：

「能看懂書面日語，聽力卻力不從心。」要完美模仿，就需聆聽地道日語口音，並精準聽辨每個字詞，包括助詞、文法、口語縮約形…等，透過努力理解單詞和文法，培養完全理解句意的日語思維，您的聽力自然大幅提升。讓您在日本街頭，聽到一大串流利的日語對話，猶如置身於無國界的日語世界！

◆ 優勢三、口説能力飛速進步：

影子跟讀法結合聽覺與內容理解，大幅增強您的日語反應能力，透過反覆聽聞和模仿，您將自然地掌握日語，輕易表達文法結構，驚人的日語口説將令人讚嘆。就像在朋友聚會上，用一口流利的日語唸出歌詞，讓大家瞠目結舌，開啟了您的日語口説之路！

影子跟讀法的「先理解╳再內化╳後跟讀的完美 5 步」如下：

步驟一：先聽一遍。讓音檔內容浸潤您的耳朵。

步驟二：搞懂句子。深入理解句子中的單字、文法等意思。

步驟三：朗讀句子。看著句子，大聲發聲，讓您的口語流暢無比。

步驟四：邊聽邊練習。摸索東京腔，模仿音檔的標準發音，專注於發音、語調及節奏。

步驟五：開始跟讀。約一秒後如影隨形，跟著音檔保持同樣的速度，模仿完美發音和腔調方式有二：

a. 看日文，約一秒後跟著音檔唸。

b. 不看日文，約一秒後跟著音檔唸。

例子來了：

老師唸：おなかいっぱいでも、デザートはいただきます。
我跟讀：（1秒後）おなかいっぱいでも、デザートはいただきます。
這樣輕鬆模仿日本人的說話速度及語調，效果絕對超乎想像。

提升口說流利度—重音標記單字

本書特別標示每個單字的重音，讓您掌握日語詞彙的音節重點，輕鬆避免發音錯誤，提升口説流利度。透過這清晰的重音標記，您能更準確地模仿日本人的發音，輕鬆展現語言表達的高手本色。

每個單字按照 50 音順排序，方便查找並矯正台灣腔，釐清模糊發音！讓您短時間提升聽力、單字量，輕鬆通過日檢，讓您的日語不只流利，更標準又漂亮！就像聽到日本朋友稱讚您的發音時，心裡得意洋洋，彷彿成了自信滿滿的語言達人！

あい【愛】

□□□ 0001 Track01

例 愛（あい）をこめてセーターを編（あ）む。

1秒後影子跟讀

譯 滿懷愛意地打毛衣。

文法 をこめて［傾注］：表示對某事物傾注思念或愛。

生字 セーター／毛衣；編（あ）む／編織

名・漢造 あい【愛】

愛，愛情；友情，恩情；愛好，熱愛；喜愛；喜歡；愛惜

類 情（じょう） 情感

對 嫌（いや） 討厭

單字＋重音標記

③ 印象加倍 — 從例句的閱讀理解中習得生字

單字背過就忘？喝一杯茶、看一段例句，解決您的難題！我們採用從聆聽、閱讀例句的理解中學習新生字的方法，讓您像身在日本般，透過實際會話場景，讓這些生字在您腦海中烙下深刻的痕跡。

例句包含職場、生活、時事等N3情境，搭配N3文法，讓您單字・文法交叉訓練，得到黃金的相乘學習效果！不再受落落長的文句束縛，隨時利用零碎時間，日文全方位提升，讓您的學習印象加倍！

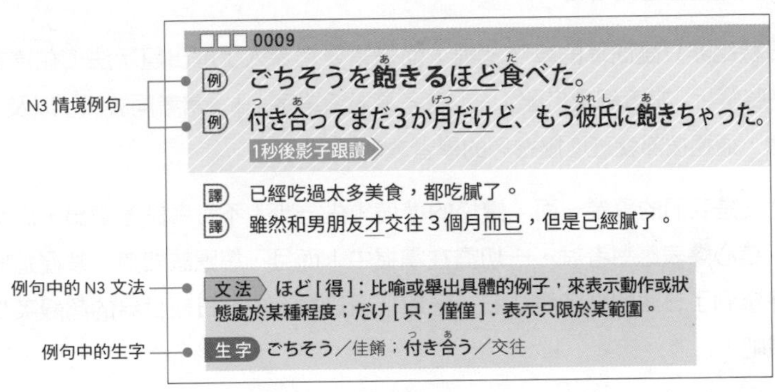

④ 專業悄悄傳授—

◆單字、文法小知識，貼身密授抽象難點解密：

這本書不是傳統的單字書，它可不只是單純的排列一堆單字而已！透過例句，我們偷偷塞了一些神奇小知識，解密那些看似抽象的難點。像是私人專屬密授，讓您在自學過程中也能歪打正著，輕鬆搞懂那些曾經令您困擾的語言之謎。不再讓學習一知半解，同時拓展您的知識視野。

順便告訴您，這可是學霸們都在秘密操練的高招哦！要是搭配《破繭成蝶，自學神器　新制對應　絕對合格　日檢必背文法N3》，您就能搶先做好120分的準備，考試自然如魚得水！

◆例句主要單字上色亮點瞄準，單字變身網紅，詞語活用變化熟練度再提升：

單字在例句中經常變著花樣現身，為了讓您更專注地感受這些變化，本書特地搞了個小把戲！我們用了不一樣的顏色把句中的單字打扮得炫酷有趣，就像網紅一樣吸睛。

這樣的設計讓您一眼看穿詞性、變化形態以及文法接續等用法，學習更確實又有趣，吸收力 100%。這招讓單字在例句中變身網紅，讓您的語言技能也能在日本掀起一陣潮流，輕鬆達到日檢考試所需的高水準。猜猜我們是不是在暗示，學會這些技巧，您的日語成績也能風靡全球呢？

◆單字出題重點搶先攻略：

新制日檢絕非只是簡單的單字背誦，而是需要您深入了解出題玩法！在這本書中，我們完整解析「常考詞彙搭配」、「常考易混淆單字」、「常考同義詞」以及「文法」等內容，通通按部就班地擺進您的學習攻略。

看，這就是我們的專業一面，讓您的準備領先一步！不管考試怎麼出，您都能豁然開朗，信心爆表應對考試，一切盡在掌握中！而且，您應該知道，掌握這些小技巧，就像拿到了日語的進階魔法石，輕鬆征服日檢，成為日語世界的超級英雄！一起來挑戰吧！

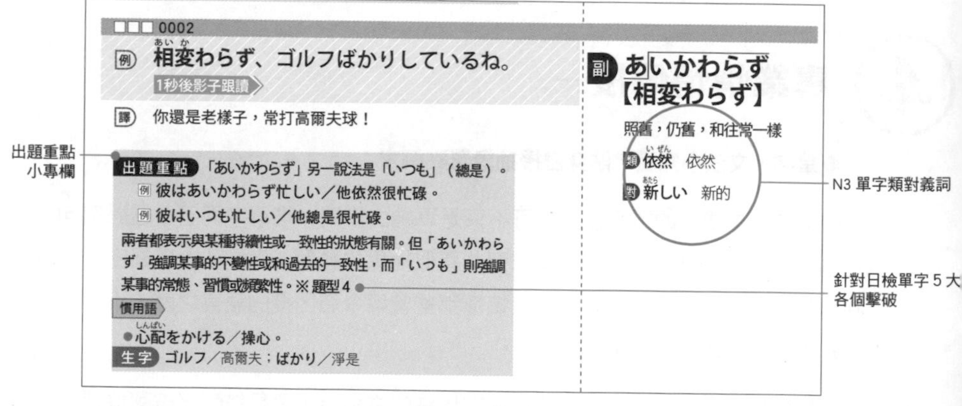

命中測驗——激爽全真模擬，實戰新制考驗，大秀學習成果

本書可是有文字、語彙部份的５回隨堂測驗＋３回模擬考題喔！我們可不是開玩笑，這些考題都是按照最新題型精心打造，告訴您最準確的解題訣竅！經過這番演練，不僅能立即看見您的學習成果，更能掌握考試方向，讓您的臨場反應躍升到新的境界！就像是上過合格保證班一樣，您將成為新制日檢測驗的王者！

還不夠？那您還可以來挑戰綜合模擬試題，我們還特別推薦給您符合日檢規格的《絕對合格攻略！新日檢６回全真模擬 N3 寶藏題庫＋通關解題【讀解、聽力、言語知識〈文字、語彙、文法〉】》這本，練習後您將勝券在握，考試成績拿下掛保證！

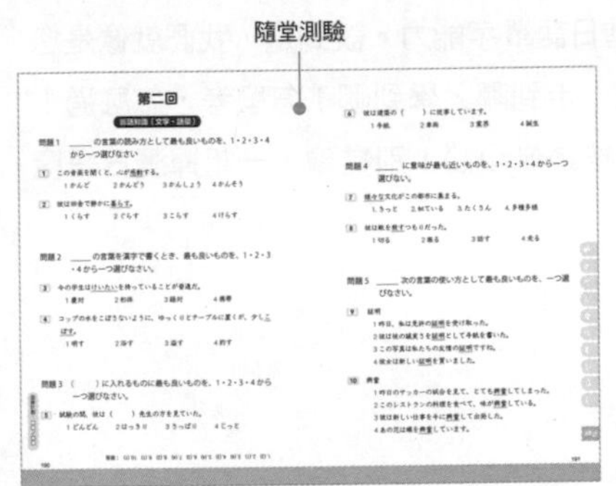

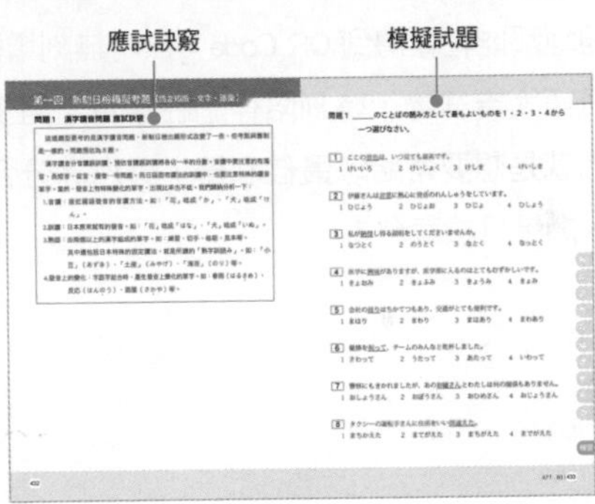

進度規劃——確實掌握進步，一目了然看得到

我們這裡可是用心設計了每個單字旁的編號及小方格，給您最方便的進度掌控！您會發現，每個對頁都有貼心的讀書計畫小方格，就像是您的個人專屬讀書計畫表！

您只需填上日期，輕鬆建立屬於自己的進度規劃，讓學習目標清晰可見，進步之路一目了然！讓我們嗨起來，一起努力，成為日語世界的閃亮之星吧！

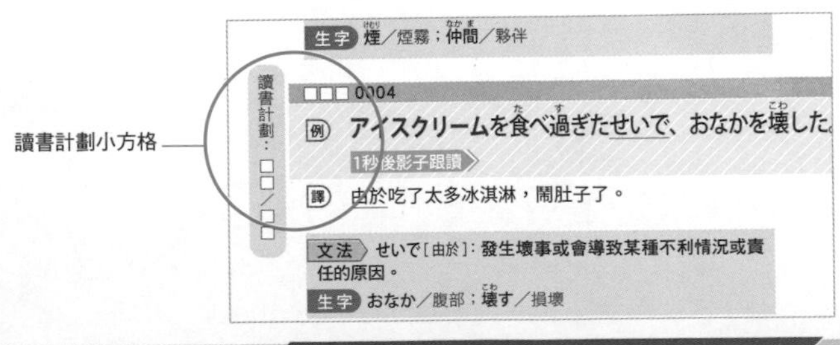

本書可是根據日本國際交流基金（JAPAN FOUNDATION）的發表，堅持精心分析自 2010 年起最新的日檢考試內容，堪稱是內容最紮實、最強大的 N3 單字書！我們更是不惜耗時增加了過去未收錄的 N3 程度常用單字，接近 400 個字，這種細緻入微的調整讓單字的程度更貼合考試，讓您更有底氣面對考試挑戰。嗯，我們就是這麼細心，為的就是讓您的日語能力爆表！

而且，我們的理念是要讓您不僅能在喝咖啡的時間內享受學習的樂趣，還能在不知不覺中「倍增單字量」，迎刃而解「通過新日檢」！不只是單調背單字，我們特別搭配豐富的文法解析與實用例句，讓您快速理解、學習，毫不費力地攻略考試！

更棒的是，我們貼心地附贈手機隨掃即聽的 QR Code 行動學習音檔，這樣您隨時隨地都能輕鬆聽到 QR Code，無時無刻增進日語單字能力。説到這，我們就像是您的日語大吉祥物，時刻陪伴您在學習之路上！走到哪，學到哪！怎麼考，怎麼過！我們就是想要帶給您最佳利器，讓您高分合格毫無煩惱！別猶豫，一起揮灑日語魔法，燃爆日檢舞台！

目錄 Contents

符號說明

1 品詞略語

呈現	詞性	呈現	詞性
名	名詞	副	副詞
形	形容詞	副助	副助詞
形動	形容動詞	終助	終助詞
連體	連體詞	接助	接續助詞
自	自動詞	接續	接續詞
他	他動詞	接頭	接頭詞
四	四段活用	接尾	接尾語
五	五段活用	造語	造語成分（新創詞語）
上一	上一段活用	漢造	漢語造語成分（和製漢語）
上二	上二段活用	連語	連語
下一	下一段活用	感	感動詞
下二	下二段活用	慣	慣用語
サ・サ變	サ行變格活用	寒暄	寒暄用語
變	變格活用		

2 其他略語

呈現	詞性	呈現	詞性
反	反義詞	比	比較
類	類義詞	補	補充說明
近	文法部分的相近文法補充	敬	敬語

N3

一、什麼是新日本語能力試驗呢

1. 新制「日語能力測驗」
2. 認證基準
3. 測驗科目
4. 測驗成績

二、新日本語能力試驗的考試內容

N3 題型分析

＊以上內容摘譯自「國際交流基金日本國際教育支援協會」的「新しい『日本語能力試験』ガイドブック」。

一、什麼是新日本語能力試驗呢

1. 新制「日語能力測驗」

從2010年起實施的新制「日語能力測驗」（以下簡稱為新制測驗）。

1－1　實施對象與目的

新制測驗與舊制測驗相同，原則上，實施對象為非以日語作為母語者。其目的在於，為廣泛階層的學習與使用日語者舉行測驗，以及認證其日語能力。

1－2　改制的重點

改制的重點有以下４項：

1　測驗解決各種問題所需的語言溝通能力

新制測驗重視的是結合日語的相關知識，以及實際活用的日語能力。因此，擬針對以下兩項舉行測驗：一是文字、語彙、文法這３項語言知識；二是活用這些語言知識解決各種溝通問題的能力。

2　由４個級數增為５個級數

新制測驗由舊制測驗的４個級數（1級、2級、3級、4級），增加為５個級數（N1、N2、N3、N4、N5）。新制測驗與舊制測驗的級數對照，如下所示。最大的不同是在舊制測驗的２級與３級之間，新增了N3級數。

N1	難易度比舊制測驗的1級稍難。合格基準與舊制測驗幾乎相同。
N2	難易度與舊制測驗的２級幾乎相同。
N3	難易度介於舊制測驗的２級與３級之間。（新增）
N4	難易度與舊制測驗的３級幾乎相同。
N5	難易度與舊制測驗的４級幾乎相同。

＊「N」代表「Nihongo（日語）」以及「New（新的）」。

3　施行「得分等化」

由於在不同時期實施的測驗，其試題均不相同，無論如何慎重出題，每次測驗的難易度總會有或多或少的差異。因此在新制測驗中，導入「等化」的計分方式後，便能將不同時期的測驗分數，於共同量尺上相互比較。因此，無論是在什麼時候接受測驗，只要是相同級數的測驗，其得分均可予以比較。目前全球幾種主要的語言測驗，均廣泛採用這種「得分等化」的計分方式。

4　提供「日本語能力試驗Can-do 自我評量表」（簡稱JPT Can-do）

為了瞭解通過各級數測驗者的實際日語能力，新制測驗經過調查後，提供「日本語能力試驗Can-do 自我評量表」。該表列載通過測驗認證者的實際日語能力範例。希望通過測驗認證者本人以及其他人，皆可藉由該表格，更加具體明瞭測驗成績代表的意義。

1－3　所謂「解決各種問題所需的語言溝通能力」

我們在生活中會面對各式各樣的「問題」。例如，「看著地圖前往目的地」或是「讀著說明書使用電器用品」等等。種種問題有時需要語言的協助，有時候不需要。

為了順利完成需要語言協助的問題，我們必須具備「語言知識」，例如文字、發音、語彙的相關知識、組合語詞成為文章段落的文法知識、判斷串連文句的順序以便清楚說明的知識等等。此外，亦必須能配合當前的問題，擁有實際運用自己所具備的語言知識的能力。

舉個例子，我們來想一想關於「聽了氣象預報以後，得知東京明天的天氣」這個課題。想要「知道東京明天的天氣」，必須具備以下的知識：「晴れ（晴天）、くもり（陰天）、雨（雨天）」等代表天氣的語彙；「東京は明日は晴れでしょう（東京明日應是晴天）」的文句結構；還有，也要知道氣象預報的播報順序等。除此以外，尚須能從播報的各地氣象中，分辨出哪一則是東京的天氣。

如上所述的「運用包含文字、語彙、文法的語言知識做語言溝通，進而具備解決各種問題所需的語言溝通能力」，在新制測驗中稱為「解決各種問題所需的語言溝通能力」。

新制測驗將「解決各種問題所需的語言溝通能力」分成以下「語言知識」、「讀解」、「聽解」等３個項目做測驗。

語言知識	各種問題所需之日語的文字、語彙、文法的相關知識。
讀　解	運用語言知識以理解文字內容，具備解決各種問題所需的能力。
聽　解	運用語言知識以理解口語內容，具備解決各種問題所需的能力。

作答方式與舊制測驗相同，將多重選項的答案劃記於答案卡上。此外，並沒有直接測驗口語或書寫能力的科目。

2. 認證基準

新制測驗共分為Ｎ１、Ｎ２、Ｎ３、Ｎ４、Ｎ５，５個級數。最容易的級數為Ｎ５，最困難的級數為Ｎ１。

與舊制測驗最大的不同，在於由４個級數增加為５個級數。以往有許多通過３級認證者常抱怨「遲遲無法取得２級認證」。為因應這種情況，於舊制測驗的２級與３級之間，新增了Ｎ3級數。

新制測驗級數的認證基準，如表１的「讀」與「聽」的語言動作所示。該表雖未明載，但應試者也必須具備為表現各語言動作所需的語言知識。

Ｎ4與Ｎ5主要是測驗應試者在教室習得的基礎日語的理解程度；Ｎ1與Ｎ2是測驗應試者於現實生活的廣泛情境下，對日語理解程度；至於新增的Ｎ3，則是介於Ｎ1與Ｎ2，以及Ｎ4與Ｎ5之間的「過渡」級數。關於各級數的「讀」與「聽」的具體題材（內容），請參照表１。

表1 新「日語能力測驗」認證基準

	級數	認證基準 各級數的認證基準，如以下【讀】與【聽】的語言動作所示。各級數亦必須具備為表現各語言動作所需的語言知識。
	N1	能理解在廣泛情境下所使用的日語 【讀】・可閱讀話題廣泛的報紙社論與評論等論述性較複雜及較抽象的文章，且能理解其文章結構與內容。 ・可閱讀各種話題內容較具深度的讀物，且能理解其脈絡及詳細的表達意涵。 【聽】・在廣泛情境下，可聽懂常速且連貫的對話、新聞報導及講課，且能充分理解話題走向、內容、人物關係、以及說話內容的論述結構等，並確實掌握其大意。
↑ 困 難 *	N2	除日常生活所使用的日語之外，也能大致理解較廣泛情境下的日語 【讀】・可看懂報紙與雜誌所刊載的各類報導、解說、簡易評論等主旨明確的文章。 ・可閱讀一般話題的讀物，並能理解其脈絡及表達意涵。 【聽】・除日常生活情境外，在大部分的情境下，可聽懂接近常速且連貫的對話與新聞報導，亦能理解其話題走向、內容、以及人物關係，並可掌握其大意。
	N3	能大致理解日常生活所使用的日語 【讀】・可看懂與日常生活相關的具體內容的文章。 ・可由報紙標題等，掌握概要的資訊。 ・於日常生活情境下接觸難度稍高的文章，經換個方式敘述，即可理解其大意。 【聽】・在日常生活情境下，面對稍微接近常速且連貫的對話，經彙整談話的具體內容與人物關係等資訊後，即可大致理解。

<table>
<tr><td rowspan="2">*
容
易
↓</td><td>N4</td><td>能理解基礎日語
【讀】・可看懂以基本語彙及漢字描述的貼近日常生活相關話題的文章。
【聽】・可大致聽懂速度較慢的日常會話。</td></tr>
<tr><td>N5</td><td>能大致理解基礎日語
【讀】・可看懂以平假名、片假名或一般日常生活使用的基本漢字所書寫的固定詞句、短文、以及文章。
【聽】・在課堂上或周遭等日常生活中常接觸的情境下，如為速度較慢的簡短對話，可從中聽取必要資訊。</td></tr>
</table>

＊N1最難，N5最簡單。

3. 測驗科目

新制測驗的測驗科目與測驗時間如表2所示。

■ 表2 測驗科目與測驗時間＊①

<table>
<tr><th>級數</th><th colspan="3">測驗科目
（測驗時間）</th><th></th><th></th></tr>
<tr><td>N1</td><td colspan="2">語言知識（文字、語彙、文法）、讀解
（110分）</td><td>聽解
（55分）</td><td>→</td><td rowspan="2">測驗科目為「語言知識（文字、語彙、文法）、讀解」；以及「聽解」共2科目。</td></tr>
<tr><td>N2</td><td colspan="2">語言知識（文字、語彙、文法）、讀解
（105分）</td><td>聽解
（50分）</td><td>→</td></tr>
<tr><td>N3</td><td>語言知識（文字、語彙）
（30分）</td><td>語言知識（文法）、讀解
（70分）</td><td>聽解
（40分）</td><td>→</td><td rowspan="3">測驗科目為「語言知識（文字、語彙）」；「語言知識（文法）、讀解」；以及「聽解」共3科目。</td></tr>
<tr><td>N4</td><td>語言知識（文字、語彙）
（25分）</td><td>語言知識（文法）、讀解
（55分）</td><td>聽解
（35分）</td><td>→</td></tr>
<tr><td>N5</td><td>語言知識（文字、語彙）
（20分）</td><td>語言知識（文法）、讀解
（40分）</td><td>聽解
（30分）</td><td>→</td></tr>
</table>

N1與N2的測驗科目為「語言知識（文字、語彙、文法）、讀解」以及「聽解」共2科目；N3、N4、N5的測驗科目為「語言知識（文字、語彙）」、「語言知識（文法）、讀解」、「聽解」共3科目。

由於N3、N4、N5的試題中，包含較少的漢字、語彙、以及文法項目，因此當與N1、N2測驗相同的「語言知識（文字、語彙、文法）、讀解」科目時，有時會使某幾道試題成為其他題目的提示。為避免這個情況，因此將「語言知識（文字、語彙、文法）、讀解」，分成「語言知識（文字、語彙）」和「語言知識（文法）、讀解」施測。

＊①：聽解因測驗試題的錄音長度不同，致使測驗時間會有些許差異。

4. 測驗成績

4－1　量尺得分

舊制測驗的得分，答對的題數以「原始得分」呈現；相對的，新制測驗的得分以「量尺得分」呈現。

「量尺得分」是經過「等化」轉換後所得的分數。以下，本手冊將新制測驗的「量尺得分」，簡稱為「得分」。

4－2　測驗成績的呈現

新制測驗的測驗成績，如表3的計分科目所示。N1、N2、N3的計分科目分為「語言知識（文字、語彙、文法）」、「讀解」、以及「聽解」3項；N4、N5的計分科目分為「語言知識（文字、語彙、文法）、讀解」以及「聽解」2項。

會將N4、N5的「語言知識（文字、語彙、文法）」和「讀解」合併成一項，是因為在學習日語的基礎階段，「語言知識」與「讀解」方面的重疊性高，所以將「語言知識」與「讀解」合併計分，比較符合學習者於該階段的日語能力特徵。

■ 表3　各級數的計分科目及得分範圍

級數	計分科目	得分範圍
N1	語言知識（文字、語彙、文法）	0～60
	讀解	0～60
	聽解	0～60
	總分	0～180
N2	語言知識（文字、語彙、文法）	0～60
	讀解	0～60
	聽解	0～60
	總分	0～180
N3	語言知識（文字、語彙、文法）	0～60
	讀解	0～60
	聽解	0～60
	總分	0～180

N4	語言知識（文字、語彙、文法）、讀解 聽解	0～120 0～60
	總分	0～180
N5	語言知識（文字、語彙、文法）、讀解 聽解	0～120 0～60
	總分	0～180

各級數的得分範圍，如表３所示。N１、N２、N３的「語言知識（文字、語彙、文法）」、「讀解」、「聽解」的得分範圍各為0～60分，３項合計的總分範圍是0～180分。「語言知識（文字、語彙、文法）」、「讀解」、「聽解」各占總分的比例是１：１：１。

N４、N５的「語言知識（文字、語彙、文法）、讀解」的得分範圍為0～120分，「聽解」的得分範圍為0～60分，２項合計的總分範圍是0～180分。「語言知識（文字、語彙、文法）、讀解」與「聽解」各占總分的比例是２：１。還有，「語言知識（文字、語彙、文法）、讀解」的得分，不能拆解成「語言知識（文字、語彙、文法）」與「讀解」２項。

除此之外，在所有的級數中，「聽解」均占總分的３分之１，較舊制測驗的４分之１為高。

4－3　合格基準

舊制測驗是以總分作為合格基準；相對的，新制測驗是以總分與分項成績的門檻二者作為合格基準。所謂的門檻，是指各分項成績至少必須高於該分數。假如有一科分項成績未達門檻，無論總分有多高，都不合格。

新制測驗設定各分項成績門檻的目的，在於綜合評定學習者的日語能力，須符合以下２項條件才能判定為合格：①總分達合格分數（=通過標準）以上；②各分項成績達各分項合格分數（＝通過門檻）以上。如有一科分項成績未達門檻，無論總分多高，也會判定為不合格。

N1~N3及N4、N5之分項成績有所不同，各級總分通過標準及各分項成績通過門檻如下所示：

級數	總分		分項成績					
			言語知識（文字・語彙・文法）		讀解		聽解	
	得分範圍	通過標準	得分範圍	通過門檻	得分範圍	通過門檻	得分範圍	通過門檻
N1	0～180分	100分	0～60分	19分	0～60分	19分	0～60分	19分
N2	0～180分	90分	0～60分	19分	0～60分	19分	0～60分	19分
N3	0～180分	95分	0～60分	19分	0～60分	19分	0～60分	19分

級數	總分		分項成績					
			言語知識（文字・語彙・文法）		讀解		聽解	
	得分範圍	通過標準	得分範圍	通過門檻	得分範圍	通過門檻	得分範圍	通過門檻
N4	0～180分	90分	0～120分	38分	0～60分	19分	0～60分	19分
N5	0～180分	80分	0～120分	38分	0～60分	19分	0～60分	19分

※上列通過標準自2010年第1回(7月)【N4、N5為2010年第2回(12月)】起適用。

缺考其中任一測驗科目者，即判定為不合格。寄發「合否結果通知書」時，含已應考之測驗科目在內，成績均不計分亦不告知。

4－4　測驗結果通知

依級數判定是否合格後，寄發「合否結果通知書」予應試者；合格者同時寄發「日本語能力認定書」。

■ N1, N2, N3

得点区分別得点 Scores by Scoring Section			総合得点 Total Score
言語知識（文字・語彙・文法） Language Knowledge(Vocabulary/ Grammar)	読解 Reading	聴解 Listening	
50／60	30／60	40／60	120／180

参考情報 ReferenceInformation	
文字・語彙 Vocabulary	文法 Grammar
A	B

■ N4, N5

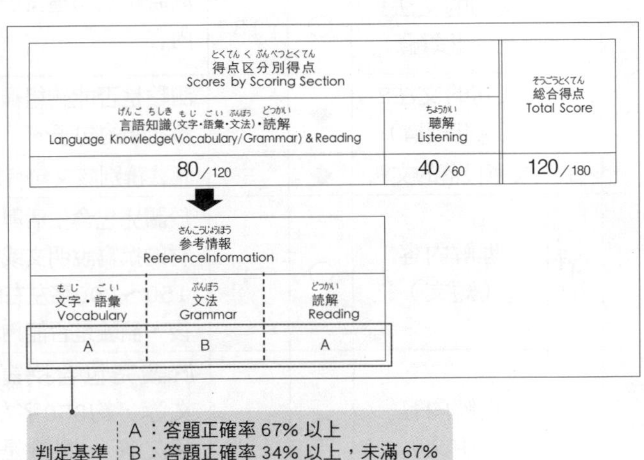

得点区分別得点 Scores by Scoring Section		総合得点 Total Score
言語知識（文字・語彙・文法）・読解 Language Knowledge(Vocabulary/Grammar) & Reading	聴解 Listening	
80／120	40／60	120／180

参考情報 ReferenceInformation		
文字・語彙 Vocabulary	文法 Grammar	読解 Reading
A	B	A

判定基準

A：答題正確率 67% 以上
B：答題正確率 34% 以上，未滿 67%
C：答題正確率未滿 34%

※各節測驗如有一節缺考就不予計分，即判定為不合格。雖會寄發「合否結果通知書」但所有分項成績，含已出席科目在內，均不予計分。各欄成績以「*」表示，如「**／60」。

※所有科目皆缺席者，不寄發「合否結果通知書」。

二、新日本語能力試驗的考試內容

N3　題型分析

<table>
<tr><th rowspan="2" colspan="2">測驗科目
（測驗時間）</th><th colspan="5">試題內容</th></tr>
<tr><th colspan="3">題型</th><th>小題
題數
＊</th><th>分析</th></tr>
<tr><td rowspan="5">語言知識
（30分）</td><td rowspan="5">文字、語彙</td><td>1</td><td>漢字讀音</td><td>◇</td><td>8</td><td>測驗漢字語彙的讀音。</td></tr>
<tr><td>2</td><td>假名漢字寫法</td><td>◇</td><td>6</td><td>測驗平假名語彙的漢字寫法。</td></tr>
<tr><td>3</td><td>選擇文脈語彙</td><td>○</td><td>11</td><td>測驗根據文脈選擇適切語彙。</td></tr>
<tr><td>4</td><td>替換類義詞</td><td>○</td><td>5</td><td>測驗根據試題的語彙或說法，選擇類義詞或類義說法。</td></tr>
<tr><td>5</td><td>語彙用法</td><td>○</td><td>5</td><td>測驗試題的語彙在文句裡的用法。</td></tr>
<tr><td rowspan="6">語言知識、讀解
（70分）</td><td rowspan="3">文法</td><td>1</td><td>文句的文法1
（文法形式判斷）</td><td>○</td><td>13</td><td>測驗辨別哪種文法形式符合文句內容。</td></tr>
<tr><td>2</td><td>文句的文法2
（文句組構）</td><td>◆</td><td>5</td><td>測驗是否能夠組織文法正確且文義通順的句子。</td></tr>
<tr><td>3</td><td>文章段落的文法</td><td>◆</td><td>5</td><td>測驗辨別該文句有無符合文脈。</td></tr>
<tr><td rowspan="3">讀解＊</td><td>4</td><td>理解內容
（短文）</td><td>○</td><td>4</td><td>於讀完包含生活與工作等各種題材的撰寫說明文或指示文等，約150～200字左右的文章段落之後，測驗是否能夠理解其內容。</td></tr>
<tr><td>5</td><td>理解內容
（中文）</td><td>○</td><td>6</td><td>於讀完包含撰寫的解說與散文等，約350字左右的文章段落之後，測驗是否能夠理解其關鍵詞或因果關係等等。</td></tr>
<tr><td>6</td><td>理解內容
（長文）</td><td>○</td><td>4</td><td>於讀完解說、散文、信函等，約550字左右的文章段落之後，測驗是否能夠理解其概要或論述等等。</td></tr>
</table>

	讀解＊	7	釐整資訊	◆	2	測驗是否能夠從廣告、傳單、提供各類訊息的雜誌、商業文書等資訊題材（600字左右）中，找出所需的訊息。
聽解（40分）		1	理解問題	◇	6	於聽取完整的會話段落之後，測驗是否能夠理解其內容（於聽完解決問題所需的具體訊息之後，測驗是否能夠理解應當採取的下一個適切步驟）。
		2	理解重點	◇	6	於聽取完整的會話段落之後，測驗是否能夠理解其內容（依據剛才已聽過的提示，測驗是否能夠抓住應當聽取的重點）。
		3	理解概要	◇	3	於聽取完整的會話段落之後，測驗是否能夠理解其內容（測驗是否能夠從整段會話中理解說話者的用意與想法）。
		4	適切話語	◆	4	於一面看圖示，一面聽取情境說明時，測驗是否能夠選擇適切的話語。
		5	即時應答	◆	9	於聽完簡短的詢問之後，測驗是否能夠選擇適切的應答。

＊「小題題數」為每次測驗的約略題數，與實際測驗時的題數可能未盡相同。此外，亦有可能會變更小題題數。

＊有時在「讀解」科目中，同一段文章可能會有數道小題。

資料來源：《日本語能力試驗JLPT官方網站：分項成績・合格判定・合否結果通知》。2016年1月11日，取自：http://www.jlpt.jp/tw/guideline/results.html

MEMO

N3

JLPT

□□□ 0001

例 愛をこめてセーターを編む。

1秒後影子跟讀

譯 滿懷愛意地打毛衣。

文法 をこめて[傾注]：表示對某事物傾注思念或愛。

生字 セーター／毛衣；編む／編織

名・漢造 あい【愛】

愛，愛情；友情，恩情；愛好熱愛；喜愛；喜歡；愛惜

類 情 情感

對 嫌 討厭

□□□ 0002

例 相変わらず、ゴルフばかりしているね。

1秒後影子跟讀

譯 你還是老樣子，常打高爾夫球！

出題重點 「あいかわらず」另一說法是「いつも」(總是)。

例 彼はあいかわらず忙しい／他依然很忙碌。

例 彼はいつも忙しい／他總是很忙碌。

兩者都表示與某種持續性或一致性的狀態有關。但「あいかわらず」強調某事的不變性或和過去的一致性，而「いつも」則強調某事的常態、習慣或頻繁性。※ 題型 4

慣用語

●心配をかける／操心。

生字 ゴルフ／高爾夫；ばかり／淨是

副 あいかわらず【相変わらず】

照舊，仍舊，和往常一樣

類 依然 依然

對 新しい 新的

□□□ 0003

例 あの煙は、仲間からの合図に違いない。

1秒後影子跟讀

譯 那道煙霧，一定是同伴給我們的暗號。

文法 に違いない[一定是]：說話者根據經驗或直覺，做出非常肯定的判斷。

生字 煙／煙霧；仲間／夥伴

名・自サ あいず【合図】

信號，暗號

類 信号 信號

對 無視 忽略

□□□ 0004

例 アイスクリームを食べ過ぎたせいで、おなかを壊した。

1秒後影子跟讀

譯 由於吃了太多冰淇淋，鬧肚子了。

文法 せいで[由於]：發生壞事或會導致某種不利情況或責任的原因。

生字 おなか／腹部；壊す／損壞

名 アイスクリーム【ice cream】

冰淇淋

類 冷たい 冷的

對 熱い 熱的

讀書計劃：□□／□□

□□□ 0005

例 結婚したいが、相手がいない。

1秒後影子跟讀

譯 雖然想結婚，可是找不到對象。

出題重點 「相手」唸訓讀「あいて」。指與自己對立或互動的那一方。陷阱可能有「て」變音讀「しゅ」的「あいしゅ」；插入法「あいしゅて」；「あいてん」多了「ん」。※ 題型 1

必考音訓讀

●相＝ソウ、ショウ・あい／關係，對應

文法 たい［想］：說話者的內心願望，想要的事物用「が」表示。

生字 結婚／結婚

名 あいて【相手】

夥伴，共事者；對方，敵手；對象

類 仲間 夥伴

對 敵 敵人

□□□ 0006

例 そう簡単にいいアイディアを思いつくわけがない。

1秒後影子跟讀

譯 哪有可能那麼容易就想出好主意。

文法 わけがない［不可能…］：表示從道理上而言，強烈地主張不可能或沒有理由成立。

生字 簡単／簡單的；思いつく／想出

名 アイディア【idea】

主意，想法，構想；(哲) 觀念

類 考え 思考

對 忘れる 忘記

□□□ 0007

例 妻がズボンにアイロンをかけてくれます。

1秒後影子跟讀

譯 妻子為我熨燙長褲。

生字 ズボン／長褲；かける／熨燙

名 アイロン【iron】

熨斗，烙鐵

類 電気 電

對 水 水

□□□ 0008

例 ワインは、洋食ばかりでなく和食にも合う。

1秒後影子跟讀

譯 葡萄酒不但可以搭配西餐，與日本料理也很合適。

文法 ばかりでなく～も［不僅…而且］：除前項的情況外，還有後項程度更甚的情況。

生字 ワイン／紅酒；洋食／西式料理；和食／日本料理

自五 あう【合う】

正確，適合；一致，符合；對，準；合得來；合算

類 似てる 相似

對 違う 不同

□□□ 0009

例 ごちそうを飽きるほど食べた。

例 付き合ってまだ3か月だけど、もう彼氏に飽きちゃった。

1秒後影子跟讀

譯 已經吃過太多美食，都吃膩了。

譯 雖然和男朋友才交往 3 個月而已，但是已經膩了。

文法 ほど [得]：比喻或舉出具體的例子，來表示動作或狀態處於某種程度；だけ [只；僅僅]：表示只限於某範圍。

生字 ごちそう／佳餚；付き合う／交往

自上一 あきる【飽きる】

夠，滿足；厭煩，煩膩

類 疲れる 疲勞

對 元気 有活力

□□□ 0010

例 CD を買うと、握手会に参加できる。

1秒後影子跟讀

譯 只要買 CD 就能參加握手會。

出題重點 「握手」唸音讀「あくしゅ」。指兩人用手觸碰的行為。陷阱可能有「あくしょ」的「ゅ變ょ」；變長音的「あくしゅう」；「おくしゅ」的「あ變お」。※ 題型 1

慣用語

- 手を抜く／偷懶；做事不認真。
- 手が足りない／人手不足。
- 手を貸す／幫忙。

生字 買う／購買；参加／參加

名・自サ あくしゅ【握手】

握手;和解,言和;合作,妥協;會師，會合

類 挨拶 問候

對 無視 忽略

□□□ 0011

例 いまアクションドラマが人気を集めている。

1秒後影子跟讀

譯 現在動作連續劇人氣很高。

生字 ドラマ／連續劇；集める／受到

名 アクション【action】

行動，動作；(劇) 格鬥等演技

類 動き 動作

對 止まる 停止

□□□ 0012

例 10 時までに会議室を空けてください。

1秒後影子跟讀

譯 請 10 點以後把會議室空出來。

生字 会議／會議

他下一 あける【空ける】

倒出，空出；騰出（時間）

類 開く 打開

對 閉める 關閉

讀書計劃：□□／□□

□□□ 0013

例 あけましておめでとうございます。

1秒後影子跟讀〉

譯 元旦開春，恭賀新禧。

出題重點 「明ける」讀法是「あける」。常用於描述一段時間的結束。陷阱可能有「る變り」如「あけり」；加入促音的「あっける」；變濁音的「あげる」；少一個假名的「あけ」。※ 題型 1

高頻詞語搭配

- 夜(よ)が明(あ)ける／黎明。
- ドアが開(ひら)く／打開門。

生字 おめでとう／恭喜

自下一 あける【明ける】

(天) 明，亮；過年；(期間) 結束，期滿

類 年(とし)を越(こ)す　過年

類 暮(く)れる　即將過去

□□□ 0014

例 これが天(てん)ぷらを上手(じょうず)に揚(あ)げるコツです。

1秒後影子跟讀〉

譯 這是炸天婦羅的技巧。

生字 コツ／訣竅

他下一 あげる【揚げる】

炸，油炸；舉，抬；提高；進步

類 焼(や)く　烤

類 煮(に)る　煮

□□□ 0015

例 太(ふと)りすぎて、二重(にじゅう)あごになってしまった。

1秒後影子跟讀〉

譯 太胖了，結果長出雙下巴。

生字 太(ふと)る／發福；重(じゅう)／層

名 あご【顎】

(上、下) 顎；下巴

類 口(くち)　嘴巴

對 頭(あたま)　頭部

□□□ 0016

例 このワンピースは麻(あさ)でできている。

1秒後影子跟讀〉

譯 這件洋裝是麻紗材質。

生字 ワンピース／連身裙；できる／製作

名 あさ【麻】

(植物) 麻，大麻；麻紗，麻布，麻纖維

類 布(ぬの)　布料

對 金属(きんぞく)　金屬

□□□ 0017

例 子ども用のプールは浅いです。

1秒後影子跟讀

譯 孩童用的游泳池很淺。

生字 用／專用；プール／泳池

形 あさい【浅い】

（水等）淺的；（顏色）淡的（程度）膚淺的，少的，輕的（時間）短的

類 低い 低的

對 深い 深的

□□□ 0018

例 不注意で足首をひねった。

1秒後影子跟讀

譯 因為不小心而扭傷了腳踝。

生字 捻る／扭傷

名 あしくび【足首】

腳踝

類 腕 手腕

對 頭 頭部

□□□ 0019

例 人から預かった金を、使ってしまった。

1秒後影子跟讀

譯 把別人託我保管的錢用掉了。

出題重點 「預かる」描述了暫時保管或照顧某物的動作。陷阱可能以「持かる、予かる」等漢字意思接近的形式出現，但這可能是日語沒有、文脈不匹配的字。只是其中的「持」指的是持有或拿著；「予」表示預測或預告等之意。※ 題型 2

情境記憶

●空港で荷物を預ける／在機場托運行李。

●ロッカーに荷物を預ける／在置物櫃存放行李。

生字 金／金錢；使う／花費

他五 あずかる【預かる】

收存，（代人）保管；擔任，管理，負責處理；保留，暫不公開

類 保管する 保管

對 捨てる 丟棄

□□□ 0020

例 あんな銀行に、お金を預けるものか。

1秒後影子跟讀

譯 我絕不把錢存到那種銀行！

文法 ものか［絕不…］：說話者絕不做某事的決心。

生字 あんな／那種；銀行／銀行

他下一 あずける【預ける】

寄放，存放；委託，託付

類 預金する 存款

對 引き出す 取款

讀書計劃：□□／□□

□□□ 0021

例 手塚治虫(てづかおさむ)は、後(のち)の漫画家(まんがか)に大(おお)きな影響(えいきょう)を与(あた)えた。

1秒後影子跟讀

譯 手塚治虫帶給了漫畫家後進極大的影響。

出題重點 「与える」另一說法是「贈る（おくる）」（贈送）。

例 彼に勇気を与えてください／請給予他勇氣。

例 彼に勇気を贈ってください／請贈予他勇氣。

兩者都表示給予或提供某物。「与える」強調一般的給予，如物質的或非物質的，「贈る」強調作為禮物或特定場合的給予，通常是物質的或具有某種情感價值的。※ 題型 4

生字 漫画家(まんがか)／漫畫家；影響(えいきょう)／啟示

他下一 あたえる【与える】

給與，供給；授與；使蒙受；分配

類 贈(おく)る　贈送

對 奪(うば)う　奪取

□□□ 0022

例 これだけ寒(さむ)いと、部屋(へや)が暖(あたた)まるのにも時間(じかん)がかかる。

1秒後影子跟讀

譯 像現在這麼冷，必須等上一段時間才能讓房間變暖和。

生字 寒(さむ)い／寒冷的；部屋(へや)／房間；時間(じかん)／時間

自五 あたたまる【暖まる】

暖，暖和；感到溫暖；手頭寬裕

類 温(あたた)まる　變暖

對 冷(ひ)える　變冷

□□□ 0023

例 外(そと)は寒(さむ)かったでしょう。早(はや)くお風呂(ふろ)に入(はい)って温(あたた)まりなさい。

1秒後影子跟讀

譯 想必外頭很冷吧。請快點洗個熱水澡暖暖身子。

生字 風呂(ふろ)／浴缸；入(はい)る／進入

自五 あたたまる【温まる】

暖，暖和；感到心情溫暖

類 暖(あたた)まる　變暖

對 冷(さ)める　變冷

□□□ 0024

例 ストーブと扇風機(せんぷうき)を一緒(いっしょ)に使(つか)うと、部屋(へや)が早(はや)く暖(あたた)められる。

1秒後影子跟讀

譯 只要同時開啟暖爐和電風扇，房間就會比較快變暖和。

文法 られる［能；會］：表示根據某狀況，是有某種可能性的。

生字 ストーブ／暖爐；扇風機(せんぷうき)／電風扇

他下一 あたためる【暖める】

使溫暖；重溫，恢復

類 温(あたた)める　加熱

對 冷(ひ)やす　冷卻

□□□ 0025

例 冷めた料理を温めて食べました。
1秒後影子跟讀

譯 我把已經變涼了的菜餚加熱後吃了。

生字 冷める／變冷；料理／料理

他下一 あたためる【温める】
溫，熱；擱置不發表
類 暖める 加熱
對 冷やす 冷卻

□□□ 0026

例 この辺りからあの辺にかけて、畑が多いです。
1秒後影子跟讀

譯 從這邊到那邊，有許多田地。

文法 から～にかけて[從…到…]：表示兩地點、時間之間一直連續發生某事或某狀態。

生字 畑／田地；多い／許多的

名・造語 あたり【辺り】
附近，一帶；之類，左右
類 周辺 周邊
對 中心 中心

□□□ 0027

例 学生なら、勉強するのは当たり前です。
1秒後影子跟讀

譯 既然身為學生，讀書就是應盡的本分。

出題重點 「当たり前」指某事情是正常或理所當然的。陷阱可能有「普通（ふつう）」：指的是一般的、通常的情況或標準，非特殊或異常的狀態；「どんどん」是指持續且快速地；「ひとりひとり」意指每一個人。※題型 3

情境記憶
- あたりまえに評判が高い／當然評價高。
- 当然評価が高い／自然被高度評價。

生字 学生／學生；勉強する／用功讀書

名 あたりまえ【当たり前】
當然，應然；平常，普通
類 普通 正常、普通
對 特別 特別

□□□ 0028

例 この花は、よく日の当たるところに置いてください。
1秒後影子跟讀

譯 請把這盆花放在容易曬到太陽的地方。

生字 置く／擺放

自五・他五 あたる【当たる】
碰撞；擊中；合適；太陽照射；取暖，吹（風）；接觸；(大致)位於；當…時候；(粗暴）對待
類 命中する 命中
對 外れる 失誤

讀書計劃：□□／□□

□□□ 0029

例 あっという間の7週間、本当にありがとうございました。

1秒後影子跟讀

譯 7個星期一眨眼就結束了，真的萬分感激。

出題重點 「あっというま（に）」另一說法是「すぐに」（馬上）。

例 休みはあっというまに過ぎた／假期轉眼就過去了。

例 休みはすぐに過ぎた／假期很快就過去了。

兩者都表示時間上的迅速性或瞬時性。不過，「あっというま（に）」通常用於強調時間過得如何飛快，而「すぐに」則是更直白地表示某事很快發生。※ 題型 4

生字 週間／一個星期

感 あっというま（に）【あっという間（に）】

一眨眼的功夫

類 すぐに　立即

對 じっくり　慢慢地

□□□ 0030

例 姉はいつも収入アップのことを考えていた。

1秒後影子跟讀

譯 姊姊老想著提高年收。

生字 収入／所得

名・他サ アップ【up】

增高，提高；上傳（檔案至網路）

類 上昇　上升

對 ダウン【down】　下降

□□□ 0031

例 親戚の集まりは、美人の妹と比べられるから嫌だ。

1秒後影子跟讀

譯 我討厭在親戚聚會時被拿來和漂亮的妹妹做比較。

文法 られる[被…]：表示某事物或人承受到別人的動作。

生字 親戚／親戚；美人／美女；嫌／討厭的

名 あつまり【集まり】

集會，會合；收集（的情況）

類 集合　結集

對 解散　解散

□□□ 0032

例 宛名を書きかけて、間違いに気がついた。

1秒後影子跟讀

譯 正在寫收件人姓名的時候，發現自己寫錯了。

生字 書く／書寫；間違い／錯誤

名 あてな【宛名】

收信（件）人的姓名住址

類 受取人　收件人

對 差出人　寄件人

□□□ 0033

例 布団（ふとん）を日（ひ）に当（あ）てると、ふかふかになる。

1秒後影子跟讀

譯 把棉被拿去曬太陽，就會變得很膨鬆。

出題重點 「当てる」多用於「猜中」或「命中」的情境。當使用此詞時，要確保語境與「猜測」或「直接影響」有關。避免在不合適的場合使用，有些情況如描述食物或光線等。理解其具體含義與應用情境是答題的關鍵。※ 題型 5

慣用語

- 歓心（かんしん）を買（か）う／取悅，討好。
- 素直（すなお）になる／坦率。

生字 布団（ふとん）／棉被；ふかふか／柔軟的

他下一 あてる【当てる】

碰撞，接觸；命中；猜，預測；貼上，放上；測量；對著朝向

類 打（う）つ　擊中

對 外（はず）れる　失誤

□□□ 0034

例 彼（かれ）はいつも的確（てきかく）なアドバイスをくれます。

1秒後影子跟讀

譯 他總是給予切實的建議。

生字 的確（てきかく）／準確的

名・他サ アドバイス【advice】

勸告，提意見；建議

類 提案（ていあん）　提議

對 命令（めいれい）　命令

□□□ 0035

例 うちの犬（いぬ）は、地面（じめん）に穴（あな）を掘（ほ）るのが好（す）きだ。

1秒後影子跟讀

譯 我家的狗喜歡在地上挖洞。

生字 地面（じめん）／地面；掘（ほ）る／挖掘

名 あな【穴】

孔，洞，窟窿；坑；穴，窩；礦井；藏匿處；缺點；虧空

類 空洞（くうどう）　空洞

對 壁（かべ）　牆壁

□□□ 0036

例 彼（かれ）は、アナウンサーにしては声（こえ）が悪（わる）い。

1秒後影子跟讀

譯 就一個播音員來說，他的聲音並不好。

文法 にしては［作為…，相對來說］：表示現實情況跟前項提的標準相差大。

生字 声（こえ）／聲音；悪（わる）い／不佳的

名 アナウンサー【announcer】

廣播員，播報員

類 司会者（しかいしゃ）　主持人

對 視聴者（しちょうしゃ）　觀眾

讀書計劃：□□／□□

□□□ 0037

例 機長が、到着予定時刻をアナウンスした。

1秒後影子跟讀

譯 機長廣播了預定抵達時刻。

名・他サ アナウンス【announce】

廣播；報告；通知

類 発表 發表

對 隠す 隱藏

出題重點 「アナウンス」指的是公開地通知或宣告某個消息或信息。陷阱可能是讀音接近的「アドバイス」是建議；「アプローチ」意思是接近；「アクセス」是訪問或進入。※ 題型 3

高頻詞語搭配

- アナウンスをする／發布公告。
- 告知をする／發出告知。
- 通知を出す／發出通知。

生字 機長／機長；到着／到達；予定／預計

□□□ 0038

例 私の国でも日本のアニメがよく放送されています。

1秒後影子跟讀

譯 在我的國家也經常播映日本的卡通。

生字 放送／播映

名 アニメ【animation】

卡通，動畫片（或唸：アニメ）

類 マンガ【manga】 漫画

對 リアル映画（実写映画） 真人電影

□□□ 0039

例 えびを油でからりと揚げる。

1秒後影子跟讀

譯 用油把蝦子炸得酥脆。

生字 からりと／鬆脆；揚げる／油炸

名 あぶら【油】

脂肪，油脂

類 オイル【oil】 油，特指工業用油

對 水 水

□□□ 0040

例 肉は脂があるからおいしいんだ。

1秒後影子跟讀

譯 肉就是富含油脂所以才好吃呀。

生字 肉／肉類

名 あぶら【脂】

脂肪，油脂；（喻）活動力，幹勁

あ か さ た な は ま や ら わ 練習

□□□ 0041

例 最近(さいきん)は、アマチュア選手(せんしゅ)もレベルが高(たか)い。

1秒後影子跟讀

譯 最近非職業選手的水準也很高。

出題重點 「アマチュア」表示「業餘」或「非專業」的含義。使用時，需確保與句中的名詞或動詞有直接關聯，像是「畫家」或「設備」等。不適用於表示方法或質量，例如「泳ぐ」或「美しい」。進行選擇時，要特別留意語句結構是否自然。※ 題型 5

情境記憶

- アマチュアの写真家(しゃしんか)だ／業餘攝影師。
- しろうとのギタリストだ／業餘吉他手。

生字 選手(せんしゅ)／選手；レベル／技能等級

名 アマチュア【amateur】

業餘愛好者；外行

類 素人(しろうと) 業餘者

對 プロ【professional 之略】專業

□□□ 0042

例 人(ひと)の粗(あら)を探(さが)すより、よいところを見(み)るようにしよう。

1秒後影子跟讀

譯 與其挑別人的毛病，不如請多看對方的優點吧。

文法 ように［請…］：表示希望、勸告或輕微的命令。

生字 探(さが)す／尋找；ところ／地方

名 あら【粗】

缺點，毛病

類 ざらざら 粗糙

對 細(こま)かい 細緻

□□□ 0043

例 各地区(かくちく)の代表(だいひょう)、計(けい)6チームが優勝(ゆうしょう)を争(あらそ)う。

1秒後影子跟讀

譯 將由各地區代表總共6隊來爭奪冠軍。

生字 地区(ちく)／地區；代表(だいひょう)／代表；優勝(ゆうしょう)／冠軍

他五 あらそう【争う】

爭奪；爭辯；奮鬥，對抗，競爭

類 競(きそ)う 競爭

對 協力(きょうりょく)する 合作

□□□ 0044

例 計画(けいかく)を図(ず)で表(あらわ)して説明(せつめい)した。

1秒後影子跟讀

譯 透過圖表說明了計畫。

生字 計画(けいかく)／方案；図(ず)／圖表；説明(せつめい)／解說

他五 あらわす【表す】

表現出，表達；象徵，代表

類 示(しめ)す 表示

對 隠(かく)す 隱藏

讀書計劃：□□／□□

□□□ 0045

例 彼(かれ)は、8時(じ)ぎりぎりに、ようやく姿(すがた)を現(あらわ)した。

1秒後影子跟讀

譯 快到8點時，他才終於出現了。

生字 ぎりぎり／差點遲到；ようやく／終於；姿(すがた)／蹤影

他五 あらわす【現す】

現，顯現，顯露

類 表示(ひょうじ)する 表示

對 隠(かく)す 隱藏

□□□ 0046

例 彼(かれ)は何(なに)も言(い)わなかったが、不満(ふまん)が顔(かお)に表(あらわ)れていた。

1秒後影子跟讀

譯 他雖然什麼都沒說，但臉上卻露出了不服氣的神情。

生字 不満(ふまん)／不滿意；顔(かお)／表情

自下一 あらわれる【表れる】

出現，出來；表現，顯出

類 現(あらわ)れる 出現

對 消(き)える 消失

□□□ 0047

例 意外(いがい)な人(ひと)が突然(とつぜん)現(あらわ)れた。

1秒後影子跟讀

譯 突然出現了一位意想不到的人。

出題重點 「現れる」讀法是「あらわれる」。用於描述某物或某人突然出現或顯示的情境。陷阱可能有「あらう（洗う）」意思是洗淨；「あたらしい（新しい）」意為新的；「あたる（当たる）」意思是中獎或碰撞；以及「たりる（足りる）」意為足夠。※ 題型1

必考音訓讀

●現＝ゲン・あらわ(れる)、うつ(つ)／現在，出現

生字 意外(いがい)／出乎意料的；突然(とつぜん)／突然地

自下一 あらわれる【現れる】

出現，呈現，顯露

對 登場(とうじょう)する 登場

對 消(き)える 消失

□□□ 0048

例 娘(むすめ)の七五三(しちごさん)の記念(きねん)アルバムを作(つく)ることにしました。

1秒後影子跟讀

譯 為了記念女兒七五三節，決定做本記念冊。

生字 記念(きねん)／紀念

名 アルバム【album】

相簿，記念冊

類 フォトブック【photobook】 相簿

對 ポスター【poster】 海報

□□□ 0049

例 「あれ」「どうしたの」「財布忘れてきたみたい」

1秒後影子跟讀

譯 「咦？」「怎麼了？」「我好像忘記帶錢包了。」

文法 みたい［好像］：表示不是很確定的推測或判斷。

生字 財布／錢包；忘れる／忘記

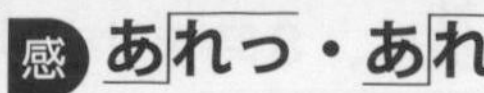

感 あれっ・あれ

哎呀

類 驚き 驚訝

對 普通 正常

□□□ 0050

例 みんなで力を合わせたとしても、彼に勝つことはできない。

1秒後影子跟讀

譯 就算大家聯手，也是沒辦法贏過他。

出題重點 「合わせる」描述了使多個事物協調或符合的動作。陷阱可能以「会わせる、遇わせる」等漢字意思接近的形式出現，但語義上有差異的「会わせる」的「会う」指的是見面或聚會，「遇う」指的是遇見或碰見。※ 題型 2

慣用語

● 気が合う／性格合得來。

文法 としても［就算…，也…］：假設前項是事實或成立，後項也不會起有效的作用。

生字 力／力量；勝つ／勝過

他下一 あわせる【合わせる】

合併；核對，對照；加在一起，混合；配合，調合

類 一致させる 匹配

對 分ける 分開

□□□ 0051

例 突然質問されて、少し慌ててしまった。

1秒後影子跟讀

譯 突然被問了問題，顯得有點慌張。

生字 突然／突然地；質問／質問；少し／略微地

自下一 あわてる【慌てる】

驚慌，急急忙忙，匆忙，不穩定

類 焦る 焦急

對 冷静になる 冷靜

□□□ 0052

例 難しいかと思ったら、案外易しかった。

1秒後影子跟讀

譯 原以為很難，結果卻簡單得叫人意外。

生字 難しい／艱難的；易しい／容易的

副・形動 あんがい【案外】

意想不到，出乎意外

類 意外に 意外地

對 予想通り 預期之中

讀書計劃：□□／□□

□□□ 0053

例 皆様(みなさま)にご協力(きょうりょく)いただいたアンケートの結果(けっか)をご報告(ほうこく)します。

1秒後影子跟讀

譯 現在容我報告承蒙各位協助所完成的問卷調查結果。

生字 協力(きょうりょく)／協助；結果(けっか)／反映；報告(ほうこく)／報告

名 アンケート【(法)enquête】

(以同樣內容對多數人的) 問卷調查，民意測驗

類 調査(ちょうさ) 調查

對 分析(ぶんせき) 分析

Track03

□□□ 0054

例 今度(こんど)のテストでは、学年(がくねん)で一位(いちい)になりたい。

1秒後影子跟讀

譯 這次考試希望能拿到全學年的第一名。

文法 たい [想要…]：表示說話者的內心想做、想要的。

生字 今度(こんど)／這次；学年(がくねん)／年級

接尾 い【位】

位；身分，地位

類 地位(ちい) 地位

對 数(かず) 數量

□□□ 0055

例 いえ、違(ちが)います。

1秒後影子跟讀

譯 不，不是那樣。

生字 違(ちが)う／不對

感 いえ

不，不是

□□□ 0056

例 雨(あめ)による被害(ひがい)は、意外(いがい)に大(おお)きかった。

1秒後影子跟讀

譯 大雨意外地造成嚴重的災情。

情境記憶 什麼心情

- やはり負(ま)けた／果然還是輸了。
- とにかく急(いそ)ぐ／無論如何都要趕快。
- ぜひ会(あ)いたい／非常想見你。

必考音訓讀

- 意＝イ・こころ、おも（う）／心意，意義

文法 による [因…造成的…]：造成某種事態的原因。

生字 被害(ひがい)／損害

名・形動 いがい【意外】

意外，想不到，出乎意料

□□□ 0057

例 子どもの怒りの表現は親の怒りの表現のコピーです。
1秒後影子跟讀

譯 小孩子生氣的模樣正是父母生氣時的翻版。

生字 表現／表現；怒り／憤怒；コピー／複製

名 いかり【怒り】
憤怒，生氣
類 憤慨 憤慨
對 喜び 喜悅

□□□ 0058

例 まもなく、東京行きの列車が発車します。
1秒後影子跟讀

譯 前往東京的列車即將發車。

出題重點 「行き（ゆき）」代表某地方或目的地的方向。類似單字有：「向け（むけ）」與「向き（むき）」。其中，「向け」常用於特定的目標或對象，如「初心者向け」指的是為初學者而設的；而「向き」則是描述某物或某人的適合性或方向性，如「営業向き」表示適合於業務活動，「南向き」表示面向南方。兩者與「ゆき」的區別在於，「むけ」強調針對某特定對象，而「むき」強調特質或方向性。※ 題型 3

生字 まもなく／即將；列車／火車；発車／發車

名 いき・ゆき【行き】
去，往
類 目的地 目的地
對 帰り 回程、回來

□□□ 0059

例 夜 11 時以後は電話代が安くなります。
1秒後影子跟讀

譯 夜間 11 點以後的電話費率比較便宜。

生字 電話代／電話費；安い／便宜的

名 いご【以後】
今後，以後，將來；(接尾語用法)(在某時期) 以後
類 後で 之後
對 以前 之前

□□□ 0060

例 失敗イコール負けというわけではない。
1秒後影子跟讀

譯 失敗並不等於輸了。

文法 わけではない [並不是]：不能簡單地對現在的狀況下某種結論，也有其他情況。

生字 失敗／失敗；負ける／輸了

名 イコール【equal】
相等；(數學) 等號
類 同じ 相等
對 異なる 不同

讀書計劃：□□／□□

□□□ 0061

例 医師に言われた通りに薬を飲む。
1秒後影子跟讀

譯 按照醫師開立的藥囑吃藥。

文法 とおりに［按照］：按照前項的方式或要求，進行後項的行為、動作。

生字 薬／藥物；飲む／服用

名 いし【医師】
醫師，大夫
類 医者 醫生
對 患者 病人

□□□ 0062

例 異常気象が続いている。
1秒後影子跟讀

譯 氣候異常正持續著。

文法 近つづける［繼續…］；近っ放しで［…著（表持續）］

生字 続く／持續

名 いじょうきしょう【異常気象】
氣候異常
類 気候変異 氣候異常
對 普通の気象 正常氣候

□□□ 0063

例 意地悪な人といえば、高校の数学の先生を思い出す。
1秒後影子跟讀

譯 說到壞心眼的人，就讓我想到高中的數學老師。

出題重點 「意地悪」是故意使人困擾或刻意作壞的行為或言語。陷阱可能有「悪戯（いたずら）」指的是頑皮或調皮的行為，比「意地悪」輕微，多半沒有壞意；「陰険（いんけん）」更強調秘密或隱藏的壞意，行為通常更加狡猾；「毒舌（どくぜつ）」指的是尖酸刻薄的言語，特指用言語傷害他人。※ 題型 3

高頻詞語搭配
- 意地悪をする／做壞事。
- 子どもをいじめる／欺負孩子。

生字 数学／數學；思い出す／回憶起

名・形動 いじわる【意地悪】
使壞，刁難，作弄（或唸：いじわる）
類 ひどい 可怕的、惡意的
對 優しい 親切的

□□□ 0064

例 以前、東京でお会いした際に、名刺をお渡ししたと思います。
1秒後影子跟讀

譯 我記得之前在東京跟您會面時，有遞過名片給您。

文法 際に［在…時］：表示動作、行為進行的時候。

生字 名刺／名片；渡す／遞給

名 いぜん【以前】
以前；更低階段（程度）的；（某時期）以前
類 前 前
對 以後 之後

□□□ 0065

例 部長は大変お急ぎのご様子でした。

1秒後影子跟讀

譯 經理似乎非常急的模樣。

生字 部長／部長；大変／極其；様子／模樣

名·副 いそぎ【急ぎ】

急忙，匆忙，緊急

類 速く 快速

對 ゆっくり 慢慢

□□□ 0066

例 彼女は、いたずらっぽい目で笑った。

1秒後影子跟讀

譯 她眼神淘氣地笑了。

出題重點 「いたずら」另一說法是「ドッキリ」（捉弄）。

例 子どもたちは公園でいたずらをした／孩子們在公園裡搞了些小惡作劇。

例 子どもたちは公園でドッキリを仕掛けた／孩子們在公園裡設下了吃驚惡作劇。

兩者都指孩子或大人進行的小惡作劇。但「ドッキリ」也常用來描述突然的、令人驚訝的惡作劇或驚喜。※ 題型 4

文法 っぽい [感覺像…]：表示有這種感覺或傾向。

生字 目／眼神；笑う／微笑

名·形動 いたずら【悪戯】

淘氣，惡作劇；玩笑，消遣

類 遊び 遊戲、玩樂

對 真面目 認真

□□□ 0067

例 桃をうっかり落として傷めてしまった。

1秒後影子跟讀

譯 不小心把桃子掉到地上摔傷了。

生字 桃／桃子；うっかり／不小心；落とす／掉落

他下一 いためる【傷める・痛める】

使（身體）疼痛，損傷;使（心裡）痛苦

類 傷つける 傷害

對 癒す 治癒

□□□ 0068

例 そんなに一度に食べられません。

1秒後影子跟讀

譯 我沒辦法一次吃那麼多。

生字 そんなに／那麼地

副 いちどに

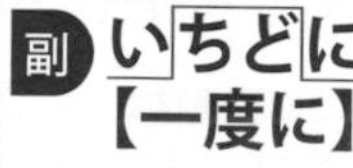

【一度に】

同時地，一塊地，一下子

類 同時に 同時

對 順次 依次

讀書計劃：□□／□□

□□□ 0069

例 一列(いちれつ)に並(なら)んで、順番(じゅんばん)を待(ま)つ。

1秒後影子跟讀

譯 排成一列依序等候。

生字 並(なら)ぶ／站成一排；順番(じゅんばん)／順序；待(ま)つ／等待

名 いちれつ【一列】

一列，一排

類 行(ぎょう) 行

對 一段(いちだん) 一層、一階

□□□ 0070

例 一昨日(いっさくじつ)アメリカから帰(かえ)ってきました。

1秒後影子跟讀

譯 前天從美國回來了。

生字 アメリカ／美國；帰(かえ)る／返回

名 いっさくじつ【一昨日】

前一天，前天

類 おととい 前天

對 明後日(みょうごにち) 後天

□□□ 0071

例 一昨年(いっさくねん)、北海道(ほっかいどう)に引(ひ)っ越(こ)しました。

1秒後影子跟讀

譯 前年，搬去了北海道。

生字 引(ひ)っ越(こ)す／搬家

連語 いっさくねん【一昨年】

前年(或唸:いっさくねん)

類 おととし 前年

對 来年(らいねん) 明年

□□□ 0072

例 あいつとは、一生口(いっしょうくち)をきくものか。

1秒後影子跟讀

譯 我這輩子，決不跟他講話。

出題重點 「一生」唸音讀「いっしょう」。指一個人的整個生命或生涯。陷阱可能有用另一音讀「いち」、「せい」，而用成「いちしょう」、「いっせい」；或短音「いっしょ」。※ 題型1

高陷阱詞

● 一生(いっしょう)／終身，生涯：某人的整個生命期間。

● 一所(いっしょ)／一個場所：指的是同一個地點。

文法 ものか [決不…]：絕不做某事的決心、強烈否定對方的意見。

生字 口(くち)をきく／開口説話

名 いっしょう【一生】

一生，終生，一輩子

類 生涯(しょうがい) 一生、終生

對 一瞬(いっしゅん) 一瞬間

いったい【一体】

□□□ 0073

例 一体何が起こったのですか。

1秒後影子跟讀

譯 到底發生了什麼事？

出題重點 「一体」唸音讀「いったい」。表達不解、驚訝或疑問。陷阱可能用另一音讀混淆變成「いちたい」、「いってい」；或少一個促音「いたい」。※ 題型 1

巧記副詞差異 一体：具體地說或到底；何となく：不明確的或某種程度上；果たして：究竟或真的。如：

● 一体何を考えているの／到底在想什麼？

生字 起こる／發生

名·副 **いったい【一体】**

一體，同心合力；一種體裁根本，本來；大致上；到底究竟

類 全体 整體

對 部分 部分

□□□ 0074

例 8時だ。行ってきます。

1秒後影子跟讀

譯 8點了！我出門囉。

Track0

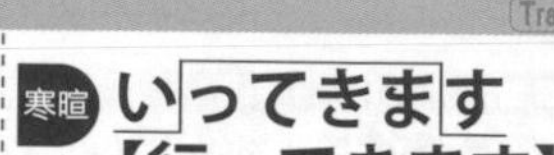

我出門了

類 出かける 出門

對 ただいま 我回來了

□□□ 0075

例 いつの間にか、お茶の葉を使い切りました。

1秒後影子跟讀

譯 茶葉不知道什麼時候就用光了。

生字 葉／葉片；切る／用完

副 **いつのまにか【何時の間にか】**

不知不覺地，不知什麼時候

類 気づかないうちに 不知不覺

對 明らかに 明顯地

□□□ 0076

例 日本では、いとこ同士でも結婚できる。

1秒後影子跟讀

譯 在日本，就算是堂兄妹／堂姊弟、表兄妹／表姊弟也可以結婚。

生字 同士／同輩之間

名 **いとこ【従兄弟・従姉妹】**

堂表兄弟姊妹

類 親戚 親戚

對 友達 朋友

讀書計劃：□□／□□

□□□ 0077

例 命が危ないところを、助けていただきました。

1秒後影子跟讀

譯 在我性命危急時，他救了我。

出題重點 「命（いのち）」代表生命或生存。類似單字有：「生（せい）」指的是生存或存在的狀態；「生きる（いきる）」是一個動詞，表示生存或繼續生活的行為。兩者與「いのち」的區別在於，「せい」強調生命的狀態，而「いきる」強調生活的行為。※ 題型 3

文法 ところを［正當…時］：表示正當 A 的時候，發生了 B 的狀況。

生字 危ない／危險的；助ける／拯救

名 **いのち【命】**

生命，命；壽命

類 生命　生命

對 死　死亡

□□□ 0078

例 居間はもとより、トイレも台所も全部掃除しました。

1秒後影子跟讀

譯 別說是客廳，就連廁所和廚房也都清掃過了。

文法 はもとより［不僅…而且…］：表示一般程度的前項自然不用說，就連程度較高的後項也不例外。

生字 トイレ／廁所；台所／廚房；掃除／清掃

名 **いま【居間】**

起居室

類 リビングルーム【living room】　客廳

對 寝室　臥室

□□□ 0079

例 企業イメージの低下に伴って、売り上げも落ちている。

1秒後影子跟讀

譯 隨著企業形象的滑落，銷售額也跟著減少。

文法 に伴って［隨著…］：表示隨著前項事物的變化而進展。

生字 低下／低落；売り上げ／營業額；落ちる／下滑

名 **イメージ【image】**

影像，形象，印象

類 画像　圖像

對 現実　現實

□□□ 0080

例 予想に反して、遠藤さんの妹さんは美人でした。

1秒後影子跟讀

譯 與預料相反，遠藤先生的妹妹居然是美女。

文法 に反して［與…相反…］：接「期待」、「予想」等詞後面，表後項結果與前項所預料相反。

生字 予想／預期；美人／美女

名 **いもうとさん【妹さん】**

妹妹，令妹（「妹」的鄭重說法）

類 妹　妹妹

對 お姉さん　姐姐

□□□ 0081

例 いや、それは違(ちが)う。

1秒後影子跟讀

譯 不，不是那樣的。

生字 違(ちが)う／不對的

感 

不；沒什麼

類 いいや 不對

對 はい 是的

□□□ 0082

例 何(なん)だか最近(さいきん)いらいらしてしょうがない。

1秒後影子跟讀

譯 不知道是怎麼搞的，最近老是焦躁不安的。

出題重點 「いらいら」是描述因不耐煩或焦躁而感到煩躁的狀態。陷阱可能有「もやもや」指的是心情模糊不清、沒有解決的感覺，常因思考問題或不明確的煩惱而產生；「つれない」則指的是冷淡或不友好的態度。相較於「いらいら」的明顯煩躁，「もやもや」與「つれない」描寫的情感更為內在和微妙。※ 題型 3

情境記憶

● 交通渋滞(こうつうじゅうたい)でいらいらする／因交通塞車而感到焦躁。

生字 最近(さいきん)／最近

名・副・他サ いらいら【苛々】

情緒急躁，不安；焦急，急躁

類 怒(いか)り 生氣

對 静(しず)か 平靜

□□□ 0083

例 子(こ)どもの衣料費(いりょうひ)に一人月(ひとりつき)どれくらいかけていますか。

1秒後影子跟讀

譯 小孩的治裝費一個月要花多少錢？

生字 くらい／大約；かける／花費

名 いりょうひ【衣料費】

服裝費

類 洋服代(ようふくだい) 衣物費用

對 食費(しょくひ) 食物費用

□□□ 0084

例 今年(ことし)は入院(にゅういん)したので医療費(いりょうひ)が多(おお)くかかった。

1秒後影子跟讀

譯 今年由於住了院，以致於醫療費用增加了。

生字 入院(にゅういん)／住院

名 いりょうひ【医療費】

治療費，醫療費

類 治療費(ちりょうひ) 治療費

對 教育費(きょういくひ) 教育費用

讀書計劃：□□／□□

□□□ 0085

例 みんなで彼(かれ)の合格(ごうかく)を祝(いわ)おう。

1秒後影子跟讀

譯 大家一起來慶祝他上榜吧！

生字 合格(ごうかく)／及格

他五 いわう【祝う】

祝賀，慶祝；祝福；送賀禮；致賀詞

類 喜(よろこ)ぶ　高興

對 悲(かな)しむ　悲傷

□□□ 0086

例 万年筆(まんねんひつ)のインキがなくなったので、サインのしようがない。

1秒後影子跟讀

譯 因為鋼筆的墨水用完了，所以沒辦法簽名。

文法 ようがない[沒辦法]：表示不管用什麼方法都不可能，已經沒有其他方法了。

生字 万年筆(まんねんひつ)／鋼筆；サイン／簽名

名 インキ【ink】

墨水

類 インク【ink】　墨水

對 鉛筆(えんぴつ)　鉛筆

□□□ 0087

例 この絵(え)は、ペンとインクで書(か)きました。

1秒後影子跟讀

譯 這幅畫是以鋼筆和墨水繪製而成的。

生字 ペン／鋼筆；書(か)く／描繪

名 インク【ink】

墨水，油墨（也寫作「インキ」）

類 墨水(すみすい)　墨水

對 鉛筆(えんぴつ)　鉛筆

□□□ 0088

例 台湾(たいわん)では、故宮(こきゅう)の白菜(はくさい)の彫刻(ちょうこく)が一番印象(いちばんいんしょう)に残(のこ)った。

1秒後影子跟讀

譯 這趟台灣之行，印象最深刻的是故宮的翠玉白菜。

出題重點 「印象」唸音讀「いんしょう」。指某物或某事對某人產生的感覺或評價。陷阱會用短音「いんしょ」；錯誤讀音「いんそう」；少了「し」的「いんょう」。※ 題型 1

必考音訓讀

- 印 ＝イン・しるし／印章，標記
- 因＝イン・よ(る)、ちな(む)／因為，原因
- 引＝イン・ひ(く)／引導，引用

生字 白菜(はくさい)／白菜；彫刻(ちょうこく)／雕刻；残(のこ)る／留下

名 いんしょう【印象】

印象

類 感(かん)じ　感覺

對 現実(げんじつ)　現實

あ か さ た な は ま や ら わ 練習

インスタント【instant】

□□□ 0089

例 昼(ひる)ご飯(はん)はインスタントラーメンですませた。

1秒後影子跟讀

譯 吃速食麵打發了午餐。

生字 昼(ひる)ご飯(はん)／中餐；インスタントラーメン／泡麵

名・形動 **インスタント【instant】**

即席，稍加工即可的，速成(或唸：インスタント)

類 即時(そくじ)　即刻的

對 長時間(ちょうじかん)　長時間

□□□ 0090

例 説明書(せつめいしょ)に従(したが)って、インターネットに接続(せつぞく)しました。

1秒後影子跟讀

譯 照著說明書，連接網路。

出題重點 「インターネット」指的是全球的電腦網絡系統。陷阱可能有「ウェブ（Web）」和「ネットワーク（Network）」。「ウェブ」是「インターネット」的一部分，主要指的是瀏覽器可以訪問的網頁和其相關資源；而「ネットワーク」是更廣義的詞彙，指的是任何連接的系統或裝置，不僅限於「インターネット」。因此，「インターネット」是全球的網絡，「ウェブ」是它的一部分，「ネットワーク」則是泛指任何連接系統。※ 題型 3

生字 従(したが)う／按照；接続(せつぞく)／連接

名 **インターネット【internet】**

網路

類 ネットワーク【network】網絡

對 現実(げんじつ)　實際世界

□□□ 0091

例 インタビューを始(はじ)めたとたん、首相(しゅしょう)は怒(いか)り始(はじ)めた。

1秒後影子跟讀

譯 採訪剛開始，首相就生氣了。

文法 とたん [剛…就…]：表示前項動作和變化完成的一瞬間，發生了後項的動作和變化。

生字 首相(しゅしょう)／首相；怒(いか)る／憤怒

名・自サ **インタビュー【interview】**

會面，接見；訪問，採訪

類 訪問(ほうもん)　訪問

對 演説(えんぜつ)　演講

□□□ 0092

例 万有引力(ばんゆういんりょく)の法則(ほうそく)は、ニュートンが発見(はっけん)した。

1秒後影子跟讀

譯 萬有引力定律是由牛頓發現的。

生字 法則(ほうそく)／原則；発見(はっけん)／發現

名 

いんりょく【引力】

物體互相吸引的力量

類 重力(じゅうりょく)　重力

對 斥力(せきりょく)　排斥力

讀書計劃：□□／□□

□□□ 0093 Track05

例 メールでウイルスに感染しました。
1秒後影子跟讀

譯 因為收郵件導致電腦中毒了。

出題重點 「ウイルス」指「病毒」，可用於生物或電腦病毒的場景。在考試的選項中，必須確認其與句子的名詞或動詞有直接的相關性，例如「コンピューター」或「感染」。有些情況不適合用於與其意義無關的句子，如「歌手」或「味」等。進行選擇時，需注意語句結構的自然性。
※ 題型 5

高頻詞語搭配
● ウイルスに感染する／病毒感染。

生字 感染／感染

名 ウイルス【virus】
病毒，濾過性病毒
類 菌 細菌
對 薬 藥物

□□□ 0094

例 そろそろ、ウールのセーターを出さなくちゃ。
1秒後影子跟讀

譯 看這天氣，再不把毛衣拿出來就不行了。

文法 なくちゃ［不…不行］：表示受限於某個條件而必須要做，如果不做，會有不好的結果發生。

生字 そろそろ／即將；セーター／毛衣

名 ウール【wool】
羊毛，毛線，毛織品
類 羊毛 羊毛
對 綿 棉花

□□□ 0095

例 ウェーターが注文を取りに来た。
1秒後影子跟讀

譯 服務生過來點菜了。

生字 注文／點餐；取る／接受

名 ウェーター・ウェイター【waiter】
（餐廳等的）侍者，男服務員
類 男性のウェイトレス【男性の waitress】 男服務生
對 客 客人

□□□ 0096

例 あの店のウエートレスは態度が悪くて、腹が立つほどだ。
1秒後影子跟讀

譯 那家店的女服務生態度之差，可說是令人火冒三丈。

文法 ほど［得令人］：比喻或舉出具體的例子，來表示動作或狀態處於某種程度。

生字 態度／服務態度；腹が立つ／極度不滿

名 ウェートレス・ウェイトレス【waitress】
（餐廳等的）女侍者，女服務生
類 女性のウェーター【女性の waiter】 女服務生
對 客 客人

あ か さ た な は ま や ら わ 練習

□□□ 0097

例 たまには体を動かした方がいい。

1秒後影子跟讀

譯 偶爾活動一下筋骨比較好。

出題重點 「動かす」另一說法是「移す（うつす）」（移動）。

例 彼は車を動かしました／他移動了車子。

例 彼は車を移しました／他移動了車子。

兩者都可以用在表示移動某物之意，但「動かす」多用於使某物動或啟動，例如機器或車輛，而「移す」更偏向於物體的物理位置的變更，不一定涉及到啟動或操作。※ 題型 4

高陷阱詞

● 動かす／移動、使運動：使物體或機器運作或移位。

生字 たまに／偶爾地

他五 うごかす【動かす】

移動，挪動，活動；搖動，搖撼；給予影響，使其變化，感動

類 移動させる　移動

對 止める　停止

□□□ 0098

例 いつか北海道に自分の牧場を持って、牛を飼いたい。

1秒後影子跟讀

譯 我希望有一天能在北海道擁有自己的牧場養牛。

文法 たい［想要…］：表示說話者的內心想做、想要的。

生字 いつか／未來有一天；牧場／牧場；飼う／飼養

名 うし【牛】

牛

類 牛肉　牛肉

對 豚　豬

□□□ 0099

例 うっかりしたものだから、約束を忘れてしまった。

1秒後影子跟讀

譯 因為一時不留意，而忘了約會。

文法 ものだから［就是因為…，所以…］：常用在因為事態的程度很厲害，因此做了某事。

生字 約束／約定；忘れる／忘記

副・自サ うっかり

不注意，不留神；發呆，茫然

類 不注意　不注意

對 集中　集中

□□□ 0100

例 友達に宿題を写させてもらったら、間違いだらけだった。

1秒後影子跟讀

譯 我抄了朋友的作業，結果他的作業卻是錯誤連篇。

文法 だらけ［全是…］：表示數量過多。

生字 宿題／作業；間違い／錯誤

他五 うつす【写す】

抄襲，抄寫：照相；摹寫

類 撮る　拍攝

對 消す　擦去

讀書計劃：□□／□□

□□□ 0101

例 鼻水(はなみず)が止(と)まらない。弟(おとうと)に風邪(かぜ)を移(うつ)されたに違(ちが)いない。

1秒後影子跟讀

譯 鼻水流個不停。一定是被弟弟傳染了感冒，錯不了。

他五 うつす【移す】

移，搬；使傳染；度過時間

類 転送(てんそう)する　轉送

對 残(のこ)す　保留

出題重點 「移す」常指「轉移」或「傳遞」。使用時，要確認語境與物理或明確的轉移相關。有些情況不應過度延伸其意義至抽象的情感或感官描述。熟悉其具體含義和合適的情境，有助於正確運用此詞。※ 題型 5

慣用語

● 優先順位(ゆうせんじゅんい)をつける／分出優先次序。

文法 に違(ちが)いない［一定是］：說話者根據經驗或直覺，做出非常肯定的判斷。

生字 鼻水(はなみず)／鼻涕；止(と)まる／停不下來；風邪(かぜ)／感冒

□□□ 0102

例 私(わたし)の隣(となり)に写(うつ)っているのは姉(あね)です。

1秒後影子跟讀

譯 照片中，在我旁邊的是姊姊。

自五 うつる【写る】

照相，映顯；顯像；(穿透某物) 看到

類 映(うつ)る　映射

對 隠(かく)れる　隱藏

生字 隣(となり)／旁邊；姉(あね)／姊姊

□□□ 0103

例 山(やま)が湖(みずうみ)の水(みず)に映(うつ)っています。

1秒後影子跟讀

譯 山影倒映在湖面上。

自五 うつる【映る】

映，照；顯得，映入；相配，相稱；照相，映現

類 写(うつ)る　反映

對 隠(かく)れる　隱藏

生字 山(やま)／山脈；湖(みずうみ)／湖泊

□□□ 0104

例 都会(とかい)は家賃(やちん)が高(たか)いので、引退(いんたい)してから郊外(こうがい)に移(うつ)った。

1秒後影子跟讀

譯 由於大都市的房租很貴，退下第一線以後就搬到郊區了。

自五 うつる【移る】

移動；推移；沾到

類 転移(てんい)する　轉移

對 止(と)まる　停留

生字 都会(とかい)／都市；引退(いんたい)／退休；郊外(こうがい)／郊區

□□□ 0105

例 安かったわりには、おいしいうどんだった。

1秒後影子跟讀

譯 這碗烏龍麵雖然便宜，但出乎意料地好吃。

文法 わりには［（比較起來）雖然…但是…］：表示結果跟前項條件不相稱，結果劣於或優於應有程度。

生字 安い／便宜的

名 うどん【饂飩】

烏龍麵條，烏龍麵

類 ラーメン 拉麵

對 ご飯 米飯

□□□ 0106

例 生まれて初めて馬に乗った。

1秒後影子跟讀

譯 我這輩子第一次騎了馬。

生字 生まれる／誕生；乗る／騎乘

名 うま【馬】

馬

類 牛 牛

對 犬 狗

□□□ 0107

例 山は空気がうまいなあ。

1秒後影子跟讀

譯 山上的空氣真新鮮呀。

生字 空気／空氣

形 うまい

味道好，好吃；想法或做法巧妙，擅於；非常適宜，順利

類 美味しい 好吃

對 まずい 不好吃

□□□ 0108

例 小屋は雪に埋まっていた。

1秒後影子跟讀

譯 小屋被雪覆蓋住。

出題重點 「埋まる」讀法是「うまる」。用於描述某物被填滿或佔據的情境。陷阱可能有「うまれる（生まれる）」意為出生;「まもる（守る）」意為保護;「うめる（埋める）」意為填充或埋葬。※ 題型 1

巧記動詞差異 「埋まる」這動詞表示某物被填滿或被埋藏。類似的詞有「塞がる」（被堵住）和「沈む」（沉下去、沉沒）。如：

● 穴が埋まった／洞被填滿了。
● 道路がふさがっている／道路被堵住了。

生字 小屋／小屋子

自五 うまる【埋まる】

被埋上；填滿，堵住；彌補，補齊

類 埋める 填充

對 掘る 挖掘

讀書計劃：□□／□□

□□□ 0109

例 その発言(はつげん)は誤解(ごかい)を生(う)む可能性(かのうせい)がありますよ。

1秒後影子跟讀

譯 你那發言可能會產生誤解喔！

生字 発言(はつげん)／發言；誤解(ごかい)／錯誤理解

他五 う\む【生む】

產生，產出

類 産(う)む　生孩子

對 死(し)ぬ　死

□□□ 0110

例 彼女(かのじょ)は女(おんな)の子(こ)を産(う)んだ。

1秒後影子跟讀

譯 她生了女娃兒。

生字 女(おんな)の子(こ)／女孩

他五 う\む【産む】

生，產

類 生(う)む　生產

對 失(うしな)う　失去

□□□ 0111

例 犯人(はんにん)は、木(き)の下(した)にお金(かね)を埋(う)めたと言(い)っている。

1秒後影子跟讀

譯 犯人自白說他將錢埋在樹下。

生字 犯人(はんにん)／嫌犯；言(い)う／說，講

他下一 う\める【埋める】

埋，掩埋；填補，彌補；佔滿

類 満(み)たす　填滿

對 空(あ)ける　挖空

□□□ 0112

例 お金(かね)のある人(ひと)が羨(うらや)ましい。

1秒後影子跟讀

譯 好羨慕有錢人。

出題重點 「羨ましい」是表示對他人所擁有的事物或情況感到羨慕的情感。陷阱可能有「嫉妬（しっと）」指的是因為他人擁有某物而產生的負面情感，比「羨ましい」更具有嫉妒的意味；「憧れる（あこがれる）」則表示對某人或某事深深的嚮往或仰慕。與「羨ましい」的單純羨慕相比，「嫉妬」帶有負面色彩，而「憧れる」則表達較為深沉的仰慕感情。※ 題型 3

情境記憶 什麼心情

- 幸(しあわ)せな時間(じかん)／幸福的時光。
- 懐(なつ)かしい場所(ばしょ)／令人懷念的地方。
- 興味深(きょうみぶか)い話(はなし)／有趣的故事。

生字 金(かね)／金錢

形 う\らやまし\い【羨ましい】

羨慕，令人嫉妒，眼紅

類 ねたむ　嫉妒

對 満足(まんぞく)する　滿足

□□□ 0113

例 この本(ほん)はなかなか得(う)るところが多(おお)かった。

1秒後影子跟讀

譯 從這本書學到了相當多東西。

生字 なかなか／頗為；多(おお)い／許多的

他下一 うる【得る】

得到；領悟

類 手(て)に入(い)れる 得到

對 失(うしな)う 失去

□□□ 0114

例 本人(ほんにん)に聞(き)かないと、うわさが本当(ほんとう)かどうかわからない。

1秒後影子跟讀

譯 傳聞是真是假，不問當事人是不知道的。

出題重點 「噂（うわさ）」代表未經確認的消息或謠言。類似單字有：「風（かぜ）」指「風」這個自然現象，還指傳聞或風聲的意思，表示某事的流言或評價；「言論（げんろん）」指關於某事或某人的言論、評論或意見。※ 題型 3

高頻詞語搭配

● 噂(うわさ)をする／散播謠言。

文法 ないと［不…不行］：表示受限於某個條件、規定，必須要做某件事情。

生字 本人(ほんにん)／當事人；聞(き)く／詢問；本当(ほんとう)／真的

名・自サ うわさ【噂】

議論，閒談；傳說，風聲

類 話題(わだい) 話題

對 事実(じじつ) 事實

□□□ 0115

例 運賃(うんちん)は当方(とうほう)で負担(ふたん)いたします。

1秒後影子跟讀

譯 運費由我方負責。

生字 当方(とうほう)／我方；負担(ふたん)／支付

名 うんちん【運賃】

票價；運費

類 料金(りょうきん) 費用

對 サービス【service】 免費服務

□□□ 0116

例 私(わたし)は JR で運転士(うんてんし)をしています。

1秒後影子跟讀

譯 我在 JR 當司機。

名 うんてんし【運転士】

司機；駕駛員，船員

類 運転手(うんてんしゅ) 司機

對 乗客(じょうきゃく) 乘客

讀書計劃：□□／□□

□□□ 0117

例 タクシーの運転手（うんてんしゅ）に、チップをあげた。

1秒後影子跟讀

譯 給了計程車司機小費。

生字 タクシー／計程車；チップ／小費

名 うんてんしゅ【運転手】

司機

類 運転士（うんてんし） 司機

對 乗客（じょうきゃく） 乘客

□□□ 0118 Track06

例 家具（かぐ）とエアコンつきの部屋（へや）を探（さが）しています。

1秒後影子跟讀

譯 我在找附有家具跟冷氣的房子。

生字 家具（かぐ）／傢俱；探（さが）す／尋找

名 エアコン【air conditioning】

空調；溫度調節器

類 冷房（れいぼう） 冷氣

對 暖房（だんぼう） 暖氣

□□□ 0119

例 鈴木先生（すずきせんせい）には、大変影響（たいへんえいきょう）を受（う）けました。

1秒後影子跟讀

譯 鈴木老師給了我很大的影響。

生字 大変（たいへん）／極大的；受（う）ける／受到

名・自サ えいきょう【影響】

影響

類 効果（こうか） 效果

對 無関係（むかんけい） 無關係

□□□ 0120

例 子（こ）どもの栄養（えいよう）には気（き）をつけています。

1秒後影子跟讀

譯 我很注重孩子的營養。

出題重點 「栄養」唸音讀「えいよう」。指食物中所含有的能夠支持生命維持與成長所必要的營養素。陷阱可能有少了「う」的「えいよ」；第二個字讀音都不正確的「えいりょ」、「えいりょう」。※ 題型 1

必考音訓讀

●栄 ＝エイ・さか（える）／繁榮，興旺

●泳＝エイ・およ(ぐ)／游泳

●越＝エツ・こ(す)／越過，超越

生字 気（き）をつける／注重

名 えいよう【栄養】

營養

類 栄養素（えいようそ） 營養素

對 飢（う）え 饑餓

□□□ 0121

例 この絵は、心に浮かんだものを描いたにすぎません。

1秒後影子跟讀

譯 這幅畫只是將內心所想像的東西，畫出來的而已。

生字 絵／繪畫；心／心中；浮かぶ／想像，浮現

他五 えがく【描く】

畫，描繪;以…為形式，描寫想像

類 書く 寫

對 消す 擦掉

□□□ 0122

例 駅のホームに立って、列車を見送る駅員さんが好きだ。

1秒後影子跟讀

譯 我喜歡站在車站目送列車的站員。

生字 ホーム／月台；見送る／送行

名 えきいん【駅員】

車站工作人員，站務員

類 駅長 車站長

對 乗客 乘客

□□□ 0123

例 以前に比べて、少女漫画のＳＦ作品は随分増えた。

1秒後影子跟讀

譯 相較於從前，少女漫畫的科幻作品增加了相當多。

文法 に比べて [與…相比]：表示比較、對照。

生字 作品／作品；随分／大量地；増える／增加

名 エスエフ（SF）【science fiction】

科學幻想

類 小説 小説

對 リアリティ【reality】實際

□□□ 0124

例 彼女はCDを発売するとともに、エッセーも出版した。

1秒後影子跟讀

譯 她發行 CD 的同時，也出版了小品文。

出題重點 「エッセー」是指一篇主觀性強、風格獨特的短文。陷阱可能有「コラム」指的是專欄文章，常見於報紙或雜誌，強調時事評論或作者的觀點；「随筆（ずいひつ）」則是文體輕鬆的筆記或小品文，主要強調日常的所見所聞或心得。與「エッセー」的個人性和獨特風格相比，「コラム」偏重於專業評論，而「随筆」則表達生活中的隨想隨筆。※ 題型 3

文法 とともに [與…同時]：表示後項的動作或變化，跟著前項同時進行或發生； 近 にしたがって [伴隨…]

生字 発売／上市；出版／出版

名 エッセー・エッセイ【essay】

小品文，隨筆；(隨筆式的) 短論文

類 文章 文章

對 小説 小説

讀書計劃：□□／□□

□□□ 0125

例 国内全体にわたって、エネルギーが不足しています。

1秒後影子跟讀

譯 就全國整體來看，能源是不足的。

文法 にわたって [在…範圍內]：表示動作、行為所涉及到的時間範圍，或空間範圍非常之大。

生字 全体／整體；不足／缺乏

名 エネルギー【(德)energie】

能量，能源，精力，氣力

類 力 力量

對 弱さ 弱點

□□□ 0126

例 コートの襟を立てている人は、山田さんです。

1秒後影子跟讀

譯 那位豎起外套領子的人就是山田小姐。

出題重點 「襟（えり）」代表衣服的領子部分。類似單字有：「ネクタイ」指的是繫在襟子上的領帶；「襟巻き（えりまき）」指的是圍在頸部，用以保暖的圍巾。兩者與「えり」的區別在於，「ネクタイ」是領子上的配件，而「えりまき」是為了保暖所戴的。※ 題型 3

慣用語

- 一貫して真剣だ／認真貫徹。
- 責任を果たす／履行責任。

生字 コート／大衣外套；立てる／翻起

名 えり【襟】

（衣服的）領子；脖頸，後頸；（西裝的）硬領

類 衿 領子

對 袖 袖子

□□□ 0127

例 そんな簡単に大金が得られるわけがない。

1秒後影子跟讀

譯 怎麼可能那麼容易就得到一大筆錢。

文法 わけがない [不可能…]：表示從道理上而言，強烈地主張不可能或沒有理由成立。

生字 大金／巨款

他下一 える【得る】

得，得到；領悟，理解；能夠

類 手に入れる 得到

對 失う 失去

□□□ 0128

例 弟は幼稚園に通っている。

1秒後影子跟讀

譯 弟弟上幼稚園。

生字 幼稚園／幼稚園；通う／就讀

接尾 えん【園】

園

類 公園 公園

對 建物 建築物

あ か さ た な は ま や ら わ 練習

□□□ 0129

例 演歌がうまく歌えたらいいのになあ。

1秒後影子跟讀

譯 要是能把日本歌謠唱得動聽，不知該有多好呀。

文法 たらいいのになあ［就好了］：前項是難以實現或是與事實相反的情況，表現說話者遺憾、不滿、感嘆的心情。

生字 うまい／擅長；歌う／唱歌

名 えんか【演歌】

演歌（現多指日本民間特有曲調哀愁的民謠）

類 歌 歌曲

對 音楽 音樂

□□□ 0130

例 演劇の練習をしている最中に、大きな地震が来た。

1秒後影子跟讀

譯 正在排演戲劇的時候，突然來了一場大地震。

文法 最中に［正在…］：表示某一行為在進行中。常用在突發什麼事的場合。

生字 練習／練習；地震／地震

名 えんげき【演劇】

演劇，戲劇

類 劇 劇

對 映画 電影

□□□ 0131

例 あの子はエンジニアを目指している。

1秒後影子跟讀

譯 那個孩子立志成為工程師。

生字 目指す／以…為目標

名 エンジニア【engineer】

工程師，技師

□□□ 0132

例 彼の演奏はまだまだだ。

1秒後影子跟讀

譯 他的演奏還有待加強。

出題重點 「演奏」唸音讀「えんそう」。指使用樂器或聲音進行的表演。陷阱可能有，短音的「えんそ」；接近正確讀音的「えんさう」；濁音誤導的「えんぞう」。※ 題型 1

必考音訓讀

●演＝エン／演出，演講

●園＝エン・その／公園，果園

生字 まだまだ／還差一些

名・他サ えんそう【演奏】

演奏

讀書計劃：□□／□□

□□□ 0133 Track07

例 （道に倒れている人に向かって）おい、大丈夫か。

1秒後影子跟讀

譯 （朝倒在路上的人說）喂，沒事吧？

生字 倒れる／倒臥；向かう／走向

感 おい

（主要是男性對同輩或晚輩使用）打招呼的喂，唉；（表示輕微的驚訝）呀！啊！

類 叫び　叫喊

對 静か　寧靜

□□□ 0134

例 こんな階段でくたびれるなんて、老いを感じるなあ。

1秒後影子跟讀

譯 區區爬這幾階樓梯居然累得要命，果然年紀到了啊。

文法 なんて [真是太…]：表示前面的事是出乎意料的，後面多接驚訝或是輕視的評價。

生字 くたびれる／疲憊不堪

名 おい【老い】

老；老人

類 中年　中年

對 若さ　年輕（的程度）

□□□ 0135

例 トラックなんか、追い越しちゃえ。

1秒後影子跟讀

譯 我們快追過那卡車吧！

文法 なんか [之類的]：用輕視的語氣，談論主題。口語用法； など [才不（輕視的語氣）]

生字 トラック／卡車

他五 おいこす【追い越す】

超過，趕過去

類 追いつく　追上

對 待つ　等待

□□□ 0136

例 今年は、私が応援している野球チームが優勝した。

1秒後影子跟讀

譯 我支持的棒球隊今年獲勝了。

出題重點 「応援」唸音讀「おうえん」。指為了鼓勵或支持某人或某事而加油打氣。陷阱有讀音不符「あっぷ」；「え變あ」的「おうあん」；更改中間母音「おういん」。※ 題型 1

高頻詞語搭配

- 応援をする／加油，支持。
- 友達を励ます／鼓勵朋友。

生字 野球／棒球；優勝／冠軍

名・他サ おうえん【応援】

援助，支援；聲援，助威

類 支持　支持

對 批判　批評

□□□ 0137

例 日本は、食品の多くを輸入に頼っている。

1秒後影子跟讀

譯 日本的食品多數仰賴進口。

生字 食品／食品；輸入／進口；頼る／依賴

名·副 おおく【多く】

多數，許多；多半，大多

類 数多く 眾多

對 少なく 鮮少

□□□ 0138

例 まだオーバーを着るほど寒くない。

1秒後影子跟讀

譯 還沒有冷到需要穿大衣。

文法 ほど～ない［沒那麼…］：表示程度並沒有那麼高。

生字 着る／穿著；寒い／寒冷的

名 オーバー・オーバーコート【overcoat】

大衣，外套，外衣

類 コート【coat】 大衣外套

對 ジャケット【jacket】 夾克

□□□ 0139

例 このレストランは3月にオープンする。

1秒後影子跟讀

譯 這家餐廳將於3月開幕。

生字 レストラン／餐廳

名·自他サ·形動 オープン【open】

開放，公開；無蓋，敞篷；露天，野外

類 開く 打開

對 クローズ【close】 關閉

□□□ 0140

例 「ただいま」「お帰り」

1秒後影子跟讀

譯 「我回來了。」「回來啦！」

出題重點 「お帰り（おかえり）」是一種歡迎之語，用來向已回到某地的人表示歡迎。類似單字有：「歓迎（かんげい）」意指歡迎某人或某事；「帰還（きかん）」意指返回或回來，但這主要用於正式場合或書面語。兩者與「おかえり」的區別在於，「かんげい」有更廣泛的使用，而「きかん」是正式的表述。※ 題型 3

巧記寒暄詞差異

- おかえり／你回來啦，歡迎回來。
- ただいま、何してる／我回來了，你在做什麼？
- いってきます、バイバイ／我走了，再見！

寒暄 おかえり【お帰り】

（你）回來了

類 帰る 回來

對 出発 出發

讀書計劃：□□／□□

□□□ 0141

例 お帰(かえ)りなさい。お茶(ちゃ)でも飲(の)みますか。

1秒後影子跟讀

譯 你回來啦。要不要喝杯茶？

生字 茶(ちゃ)／茶；飲(の)む／飲用

寒暄 おかえりなさい【お帰りなさい】

回來了

類 歓迎(かんげい) 歡迎

對 さようなら 再見

□□□ 0142

例 どうぞ、おかけください。

1秒後影子跟讀

譯 請坐下。

生字 どうぞ／請

敬 おかけください

請坐

類 座(すわ)る 坐

對 立(た)つ 站立

□□□ 0143

例 いくらおかしくても、そんなに笑(わら)うことないでしょう。

1秒後影子跟讀

譯 就算好笑，也不必笑成那個樣子吧。

出題重點 「おかしい」另一說法是「変（へん）」（異常）。

例 彼の態度はおかしい／他的態度很怪異。

例 彼の態度は変だ／他的態度很奇怪。

兩者都描述某事或某行為與正常或預期不符，很奇怪或不正常。但「おかしい」也有好笑的意思，「変」則傾向於不正常或異常的意思。※題型 4

文法 こと（は）ない［用不著…］：表示鼓勵或勸告別人，沒有做某一行為的必要。

生字 いくら／無論怎麼…；笑(わら)う／笑

形 おかしい【可笑しい】

奇怪，可笑；不正常

類 不思議(ふしぎ) 奇怪的

對 普通(ふつう) 普通

□□□ 0144

例 どうぞ、お構(かま)いなく。

1秒後影子跟讀

譯 請不必客氣。

生字 どうぞ／請

敬 おかまいなく【お構いなく】

不管，不在乎，不介意

類 気(き)にしない 不在意

對 気(き)にする 在意

□□□ 0145

例 昨夜はずっと起きていた。

1秒後影子跟讀

譯 昨天晚上一直都醒著。

出題重點 「起きる」描述了從睡眠或休息的狀態中覺醒的動作。陷阱可能以「始きる、創きる」等漢字意思接近的形式出現，但這可能是日語沒有、文脈不匹配的字。只是其中的「始」指的是開始或創始；「創」表示創建或創傷等。※ 題型 2

慣用語

- 利益を図る／謀取利益。
- 話を広げる／展開話題。

生字 昨夜／昨晚；ずっと／一直

自上一 おきる【起きる】

（倒著的東西）起來，立起來，起床；不睡；發生

類 目覚める　睡醒

對 寝る　睡覺

□□□ 0146

例 のどの奥に魚の骨が引っかかった。

1秒後影子跟讀

譯 喉嚨深處哽到魚刺了。

生字 のど／喉嚨；骨／骨頭；引っかかる／卡住

名 おく【奥】

裡頭，深處；裡院；盡頭

類 深い部分　深處

對 前　前方

□□□ 0147

例 台風のため、郵便の配達に2日の遅れが出ている。

1秒後影子跟讀

譯 由於颱風，郵件延遲兩天送達。

生字 台風／颱風；郵便／郵件；配達／配送

名 おくれ【遅れ】

落後，晚；畏縮，怯懦

類 遅刻する　遲到

對 早める　提早

□□□ 0148

例 ご両親はお元気ですか。

1秒後影子跟讀

譯 請問令尊與令堂安好嗎？

生字 両親／雙親

寒暄 おげんきですか【お元気ですか】

你好嗎？

類 調子はどうですか。　身體怎麼樣？

對 具合が悪い　不舒服

讀書計劃：□□／□□

□□□ 0149

例 父は、「明日の朝、6時に起こしてくれ」と言った。

1秒後影子跟讀

譯 父親說：「明天早上6點叫我起床」。

文法 てくれと[給我…]：表示引用某人下的強烈命令的內容；と[（表示命令內容）]：前面接動詞命令形，表示引用命令的內容。

他五 おこす【起こす】

扶起；叫醒；引起

類 呼び起こす　叫醒

對 寝かせる　讓…睡覺

□□□ 0150

例 この交差点は事故が起こりやすい。

例 世界の地震の約1割が日本で起こっている。

1秒後影子跟讀

譯 這個十字路口經常發生交通事故。

譯 全世界的地震大約有一成發生在日本。

生字 交差点／十字路口；地震／地震；割／成，比例

自五 おこる【起こる】

發生，鬧；興起，興盛；(火)著旺

類 発生する　發生

對 防ぐ　防止

□□□ 0151

例 ここは私がおごります。

1秒後影子跟讀

譯 這回就讓我作東了。

自五・他五 おごる【奢る】

奢侈，過於講究；請客，作東

類 払う　付錢

對 節約する　節省

□□□ 0152

例 この釘を押さえていてください。

1秒後影子跟讀

譯 請按住這個釘子。

出題重點 「押さえる」另一說法是「制御する（せいぎょする）」（控制、調節）。

例 彼は彼女の手を押さえた／他壓住了她的手。

例 彼は彼女の手を制御した／他控制了她的手。

兩者都可以用在表示控制某物或情境之意，但「押さえる」主要用於物理上的壓制或確保，而「制御する」多用於抽象的控制，如機器、情況或感情的控制。※ 題型4

生字 釘／釘子

他下一 おさえる【押さえる】

按，壓；扣住，勒住；控制，阻止；捉住；扣留；超群出眾

類 押す　按

對 引く　拉

あ か さ た な は ま や ら わ 練習

□□□ 0153

例 お先(さき)に、失礼(しつれい)します。

1秒後影子跟讀

譯 我先告辭了。

生字 失礼(しつれい)します／告辭

敬 おさきに【お先に】

先離開了，先告辭了

類 前(まえ)もって　提前

對 後(あと)で　之後

□□□ 0154

例 税金(ぜいきん)を納(おさ)めるのは国民(こくみん)の義務(ぎむ)です。

1秒後影子跟讀

譯 繳納稅金是國民的義務。

生字 税金(ぜいきん)／稅金；国民(こくみん)／國民；義務(ぎむ)／義務

他下一 おさめる【納める】

交，繳納

類 支払(しはら)う　支付

對 借(か)りる　借入

□□□ 0155

例 神(かみ)の教(おし)えを守(まも)って生活(せいかつ)する。

1秒後影子跟讀

譯 遵照神的教誨過生活。

出題重點 「教え（おしえ）」代表知識或信息的指導或傳遞。類似單字有：「指南（しなん）」意指具體的指引或指導；「情報（じょうほう）」意指信息或消息。兩者與「おしえ」的區別在於，「しなん」強調指引的過程，而「じょうほう」強調信息本身。※ 題型 3

巧記名詞差異

● 教(おし)え／提供知識或情報的行為。

生字 神(かみ)／神明；守(まも)る／遵從

名 おしえ【教え】

教導，指教，教誨；教義

類 指南(しなん)　指導

對 学(まな)ぶ　學習

□□□ 0156

例 目上(めうえ)の人(ひと)にお辞儀(じぎ)をしなかったので、母(はは)にしかられた。

1秒後影子跟讀

譯 因為我沒跟長輩行禮，被媽媽罵了一頓。

生字 目上(めうえ)／比我年長

名・自サ おじぎ【お辞儀】

行禮，鞠躬，敬禮；客氣

類 頭(あたま)を下(さ)げる　低頭

對 挙手(きょしゅ)　舉手

讀書計劃：□□／□□

□□□ 0157

例 友(とも)だちとおしゃべりをしているところへ、先生(せんせい)が来(き)た。
1秒後影子跟讀

譯 當我正在和朋友閒談時，老師走了過來。

出題重點 「お喋り（おしゃべり）」指的是喜歡聊天或話多的人，也可以指聊天的行為。類似單字有：「話好き（はなしずき）」意指喜歡說話的人；「会話（かいわ）」意指兩人或多人之間的對話。兩者與「おしゃべり」的區別在於，「はなしずき」強調喜愛說話的特質，而「かいわ」指的是具體的對話內容。※ 題型 3

文法 ところへ [正當…的時候]：表示正在做某事時，偶發了另一件事，並產生某種影響。

生字 目上(めうえ)／長輩；叱(しか)る／責備

名・自サ・形動 **おしゃべり【お喋り】**

閒談，聊天；愛說話的人，健談的人

類 話(はな)す　說話

對 黙(だま)る　沉默

□□□ 0158

例 「どうぞお上(あ)がりください」「お邪魔(じゃま)します」
1秒後影子跟讀

譯 「請進請進。」「打擾了。」

生字 上(あ)がる／進入

敬 **おじゃまします【お邪魔します】**

打擾了

類 訪問(ほうもん)する　拜訪

對 去(さ)る　離開

□□□ 0159

例 おしゃれしちゃって、これからデート。
1秒後影子跟讀

譯 瞧你打扮得那麼漂亮／帥氣，等一下要約會？

生字 デート／約會

名・形動 **おしゃれ【お洒落】**

打扮漂亮，愛漂亮的人

類 流行(りゅうこう)　流行

對 地味(じみ)　樸素

□□□ 0160

例 いろいろと、お世話(せわ)になりました。
1秒後影子跟讀

譯 感謝您多方的關照。

生字 いろいろ／方方面面

敬 **おせわになりました【お世話になりました】**

受您照顧了

類 感謝(かんしゃ)する　感謝

對 申(もう)し訳(わけ)ありません　很抱歉

□□□ 0161

例 パソコンの使い方を教わったとたんに、もう忘れてしまった。

1秒後影子跟讀

譯 才剛請別人教我電腦的操作方式，現在就已經忘了。

他五 おそわる【教わる】

受教，跟…學習

類 学ぶ 學習

對 教える 教授

出題重點 「教わる」指的是「從某人那裡學到」的意思。使用時，需確認主體是「學習者」，且動作必須與實際的「學習」或「接受知識」相關。避免在不合適或過於抽象的情境中使用，以保持語句自然流暢。※ 題型 5

高頻詞語搭配

● 日本語を教わる／學日語。

文法 とたんに［剛…就…］：表示前項動作和變化完成的一瞬間，發生了後項的動作和變化。

生字 パソコン／電腦；忘れる／忘記

□□□ 0162

Track08

例 二人はお互いに愛し合っている。

1秒後影子跟讀

譯 兩人彼此相愛。

名 おたがい【お互い】

彼此，互相

類 双方 雙方

對 一方 單方面

生字 愛し合う／互相愛慕

□□□ 0163

例 お玉じゃくしでスープをすくう。

1秒後影子跟讀

譯 用湯杓舀湯。

名 おたまじゃくし【お玉杓子】

圓杓，湯杓；蝌蚪

生字 スープ／湯品；掬う／舀取

□□□ 0164

例 息子が転んで机の角におでこをぶつけた。

1秒後影子跟讀

譯 兒子跌倒時額頭撞到了桌角。

名 おでこ

凸額，額頭突出（的人）；額頭，額骨

類 額 額頭

對 頬 臉頰

生字 転ぶ／跌倒；角／角落；ぶつける／撞上

□□□ 0165

例 彼女(かのじょ)はおとなしいですが、とてもしっかりしています。

1秒後影子跟讀

譯 她雖然文靜，但非常能幹。

出題重點 「大人しい」是指某人的性格溫和、守規矩或不鬧事的特點。陷阱可能有「従順（じゅうじゅん）」指的是非常順從，沒有反抗心，多用於描述動物或在某種情境下的人；「控えめ」則是低調、不出風頭或謙虛的意思，不只指人的性格，還可以指事物的強度或味道。與「大人しい」的平和和守規矩相比，「従順」偏重於順從，而「控えめ」更強調低調或謙遜。※ 題型3

情境記憶

●彼(かれ)はおとなしい／他是個文靜的人。

生字 しっかり／可靠

形 おとなしい【大人しい】

老實，溫順；(顏色等) 樸素，雅致

類 静(しず)か 安靜

對 騒(さわ)がしい 吵鬧

□□□ 0166

例 彼(かれ)のオフィスは、3階(がい)だと思(おも)ったら4階(かい)でした。

1秒後影子跟讀

譯 原以為他的辦公室是在３樓，誰知原來是在４樓。

生字 階(がい)／樓層；思(おも)ったら／原以為

名 オフィス【office】

辦公室，辦事處；公司；政府機關

類 事務所(じむしょ) 辦公室

對 家(いえ) 家

□□□ 0167

例 オペラを観(み)て、主人公(しゅじんこう)の悲(かな)しい運命(うんめい)に涙(なみだ)が出(で)ました。

1秒後影子跟讀

譯 觀看歌劇中主角的悲慘命運，而熱淚盈框。

生字 主人公(しゅじんこう)／主角；運命(うんめい)／命運

名 オペラ【opera】

歌劇

類 歌劇(かげき) 歌劇

對 演劇(えんげき) 戲劇

□□□ 0168

例 そちら、お孫(まご)さん。何歳(なんさい)ですか。

1秒後影子跟讀

譯 那一位是令孫？今年幾歲？

名 おまごさん【お孫さん】

孫子，孫女，令孫（「孫」的鄭重說法）

類 孫(まご) 孫子

對 祖父母(そふぼ) 祖父母

□□□ 0169

例 少々（しょうしょう）、お待（ま）ちください。

1秒後影子跟讀

譯 請等一下。

生字 少々（しょうしょう）／稍微

敬 おまちください【お待ちください】

請等一下

類 待（ま）つ　等待

對 急（いそ）ぐ　趕緊

□□□ 0170

例 お待（ま）ちどおさま、こちらへどうぞ。

1秒後影子跟讀

譯 久等了，這邊請。

出題重點 「お待ちどおさま」是表示對等待者的感謝。類似單字有:「待つ（まつ）」意指等待的行為;「耐える（たえる）」意指忍受或耐心等待。兩者與「お待ちどおさま」的區別在於，「まつ」是簡單的等待行為，而「たえる」強調的是忍耐的過程。※ 題型 3

慣用語

- 目的（もくてき）を遂（と）げる／實現目標。
- 力（ちから）を合（あ）わせる／攜手合作。

生字 どうぞ／請

敬 おまちどおさま【お待ちどおさま】

久等了

類 待（ま）たせる　讓…等待

對 すぐに来（く）る　立刻來

□□□ 0171

例 大学合格（だいがくごうかく）、おめでとう。

1秒後影子跟讀

譯 恭喜你考上大學。

生字 大学（だいがく）／大學；合格（ごうかく）／合格

寒暄 おめでとう

恭喜

類 祝（いわ）う　慶祝

對 残念（ざんねん）　遺憾

□□□ 0172

例 社長（しゃちょう）にお目（め）に掛（か）かりたいのですが。

1秒後影子跟讀

譯 想拜會社長。

文法 たい [想要…]：表示說話者的內心想做、想要的。

生字 社長（しゃちょう）／社長

慣 おめにかかる【お目に掛かる】

(謙讓語) 見面，拜會

類 会（あ）う　見

對 別（わか）れる　離開

讀書計劃：□□／□□

□□□ 0173

例 彼女(かのじょ)には、申(もう)し訳(わけ)ないという思(おも)いでいっぱいだ。

1秒後影子跟讀

譯 我對她滿懷歉意。

生字 申(もう)し訳(わけ)ない／非常抱歉；思(おも)い／情感；いっぱい／充滿

名 おもい【思い】

(文)思想，思考;感覺，情感;想念，思念；願望，心願

類 感(かん)じ　感覺

對 無感情(むかんじょう)　無感情

□□□ 0174

例 将来(しょうらい)の生活(せいかつ)を思(おも)い描(えが)く。

1秒後影子跟讀

譯 在心裡描繪未來的生活。

生字 将来(しょうらい)／將來；生活(せいかつ)／生活；描(えが)く／描繪，想像

他五 おもいえがく【思い描く】

在心裡描繪，想像

類 想像(そうぞう)する　想像

對 忘(わす)れる　忘記

□□□ 0175

例 試験(しけん)が終(お)わったら、思(おも)い切(き)り遊(あそ)びたい。

例 別(わか)れた彼女(かのじょ)が忘(わす)れられない。俺(おれ)は思(おも)い切(き)りが悪(わる)いのか。

1秒後影子跟讀

譯 等考試結束後，打算玩個夠。（副詞用法）

譯 我忘不了已經分手的女友，難道是我太優柔寡斷了？（名詞用法）

文法 たい［想要…］：表示說話者的內心想做、想要的。

生字 試験(しけん)／測驗；別(わか)れる／分手；忘(わす)れる／遺忘

名・副 おもいきり【思い切り】

斷念，死心；果斷，下決心；狠狠地，盡情地，徹底的

類 全力(ぜんりょく)　全力

對 少(すこ)しずつ　漸漸

□□□ 0176

例 いいアイディアを思(おも)い付(つ)くたびに、会社(かいしゃ)に提案(ていあん)しています。

1秒後影子跟讀

譯 每當我想到好點子，就提案給公司。

出題重點 「思い付く」讀法是「おもいつく」。用於描述突然想到或產生某個想法的時刻。陷阱可能有「おもい（重い）」意思是份量重的；「おもう（思う）」意為思考或認為；「おや（親）」意思是父母。※ 題型 1

文法 たびに［每當…就…］：表示前項的動作、行為都伴隨後項。

生字 アイディア／主意；会社(かいしゃ)／公司；提案(ていあん)／建議

自他五 おもいつく【思い付く】

(忽然) 想起，想起來

類 考(かんが)える　考慮

對 忘(わす)れる　忘記

□□□ 0177

例 旅の思い出に写真を撮る。

1秒後影子跟讀

譯 旅行拍照留念。

生字 写真／照片；撮る／拍攝

名 おもいで【思い出】

回憶，追憶，追懷；紀念

類 記憶　記憶

對 忘却　遺忘

□□□ 0178

例 夫婦は、お互いに思いやることが大切です。

1秒後影子跟讀

譯 夫妻間相互體貼很重要。

出題重點 「思いやる」描述了對他人展現同情或體諒的情感和行動。陷阱可能以「想いやる、願いやる」等漢字意思接近的形式出現，但這可能是日文沒這說法，文脈上不對的字。只是其中的「想」指的是思考或想像；「願」表示希望或祈願等。※ 題型 2

巧記動詞差異 「思いやる」表示關心他人、同情或體諒。類似的詞有「可愛がる」（疼愛、喜愛）和「助ける」（幫助、援助）。

生字 夫婦／夫妻；お互い／互相的；大切／重要的

他五 おもいやる【思いやる】

體諒，表同情；想像，推測

類 気遣う　關心

對 無視する　忽視

□□□ 0179

例 頭にきて、思わず殴ってしまった。

1秒後影子跟讀

譯 怒氣一上來，就不自覺地揍了下去。

生字 来る／（上）來；殴る／毆打

副 おもわず【思わず】

禁不住，不由得，意想不到地，下意識地（或唸：おもわず）

類 無意識に　無意識地

對 故意に　故意地

□□□ 0180

例 お休みのところをすみません。

1秒後影子跟讀

譯 抱歉，在您休息的時間來打擾。

文法 ところを［正當…時］：表示正當 A 的時候，發生了 B 的狀況。

寒暄 おやすみ【お休み】

休息；晚安

類 休憩　休息

對 働く　工作

讀書計劃：□□／□□

□□□ 0181

例 さて、そろそろ寝(ね)ようかな。お休(やす)みなさい。

1秒後影子跟讀

譯 好啦！該睡了。晚安！

生字 そろそろ／逐漸地；寝(ね)る／就寢

寒暄 **おやすみなさい【お休みなさい】**

晚安

類 寝(ね)る 睡覺

對 起(お)きる 醒來

□□□ 0182

例 親指(おやゆび)に怪我(けが)をしてしまった。

1秒後影子跟讀

譯 大拇指不小心受傷了。

生字 怪我(けが)／負傷

名 **おやゆび【親指】**

(手腳的) 的拇指

類 指(ゆび) 指頭

對 足(あし) 腳

□□□ 0183

例 オリンピックに出(で)るからには、金(きん)メダルを目指(めざ)す。

1秒後影子跟讀

譯 既然參加奧運，目標就是得金牌。

出題重點 「オリンピック」是指每 4 年一度的國際性運動盛事。陷阱可能有「パラリンピック」指的是殘障人士的奧運會，它與「オリンピック」幾乎同時進行，但參與運動員有身體障礙；「ユースオリンピック」則是針對年輕運動員所舉辦的奧運會。與「オリンピック」的全年齡和全體運動員相比，「パラリンピック」強調殘障運動員的比賽，而「ユースオリンピック」則專注於年輕選手。※ 題型 3

文法 からには [既然…，就…]：表示既然到了這種情況，後面就要「貫徹到底」的說法。

生字 出(で)る／參加；目指(めざ)す／以…為目標

名 **オリンピック【Olympics】**

奧林匹克

類 競技(きょうぎ) 競賽

對 普通(ふつう)の運動(うんどう) 普通的運動

□□□ 0184

例 オレンジはもう全部(ぜんぶ)食(た)べたんだっけ。

1秒後影子跟讀

譯 柳橙好像全都吃光了吧？

文法 っけ [是不是…呢]：用在想確認自己記不清，或已經忘掉的事物時。

生字 全部(ぜんぶ)／全部；食(た)べる／食用

名 **オレンジ【orange】**

柳橙，柳丁；橙色

類 果物(くだもの) 水果

對 野菜(やさい) 蔬菜

□□□ 0185

例 車(くるま)から荷物(にもつ)を降(お)ろすとき、腰(こし)を痛(いた)めた。

1秒後影子跟讀

譯 從車上搬行李下來的時候弄痛了腰。

出題重點 「下ろす・降ろす」另一說法是「取り出す（とりだす）」（取出）。

例彼は荷物を棚から下ろした／他從架子上取下了行李。

例彼は荷物を棚から取り出した／他從架子上取出了行李。

兩者都可以用在表示取下或拿出某物之意，但「下ろす・降ろす」更多的是從高到低或從某處移動到另一處，而「取り出す」是從某物中取出。※ 題型 4

生字 荷物(にもつ)／行李；腰(こし)／腰部；痛(いた)める／傷到

他五 おろす【下ろす・降ろす】

（從高處）取下，拿下，降下弄下；開始使用（新東西）；砍下

類 降(お)りる 下來

對 上(あ)げる 提高

□□□ 0186

例 御礼申(おんれいもう)し上(あ)げます。

1秒後影子跟讀

譯 致以深深的謝意。

生字 礼(れい)／感謝；申(もう)し上(あ)げる／表示（表謙遜）

接頭 おん【御】

表示敬意

類 ご 尊敬

對 普通(ふつう)の 普通的

□□□ 0187

例 プロの音楽家(おんがくか)になりたい。

1秒後影子跟讀

譯 我想成為專業的音樂家。

文法 たい [想要…]：表示說話者的內心想做、想要的。

生字 プロ／專業

名 おんがくか【音楽家】

音樂家

類 アーティスト【artist】 藝術家

對 一般人(いっぱんじん) 普通人

□□□ 0188

例 冬(ふゆ)の朝(あさ)は、天気(てんき)がいいと温度(おんど)が下(さ)がります。

1秒後影子跟讀

譯 如果冬天早晨的天氣晴朗，氣溫就會下降。

生字 天気(てんき)／天氣；下(さ)がる／降低

名 おんど【温度】

（空氣等）溫度，熱度

類 気温(きおん) 氣溫

對 湿度(しつど) 濕度

□□□ 0189 Track09

例 会計課(かいけいか)で学費(がくひ)を納(おさ)める。

1秒後影子跟讀

譯 在會計處繳交學費。

生字 会計(かいけい)／會計；学費(がくひ)／學費；納(おさ)める／繳納

名·造語 か【課】

(教材的）課；課業；(公司等）課，科

類 セクション【section】部分

對 全体(ぜんたい) 全部

□□□ 0190

例 私(わたし)の誕生日(たんじょうび)は4月(がつ)20日(はつか)です。

1秒後影子跟讀

譯 我的生日是4月20日。

漢造 か【日】

表示日期或天數

類 日(にち) 表示日期

對 夜(よる) 夜晚

□□□ 0191

例 この辺(あた)りでは、冬(ふゆ)には気温(きおん)が零下(れいか)になることもある。

1秒後影子跟讀

譯 這一帶的冬天有時氣溫會到零度以下。

生字 気温(きおん)／氣溫；零下(れいか)／零下

漢造 か【下】

下面；屬下；低下；下，降

類 下方(かほう) 下方

對 上(うえ) 上方

□□□ 0192

例 この作家(さっか)の小説(しょうせつ)は、たびたび映画化(えいがか)されている。

1秒後影子跟讀

譯 這位作家的小說經常被改拍成電影。

出題重點 「化（か）」常作為「轉變」或「變化」的意思，如「変化（へんか）」意指改變或變化。類似單字有：「転換（てんかん）」，主要意味著轉變方向或方式；「変動（へんどう）」，指的是波動或不穩定的改變。與「化」的不同在於，「てんかん」著重於方向或方式的明確轉變，而「へんどう」則突顯變動的不確定性。※ 題型 3

慣用語

● 信頼(しんらい)を寄(よ)せる／深信不疑。

生字 たびたび／頻繁地

漢造 か【化】

化學的簡稱；變化

類 変更(へんこう) 變更

對 維持(いじ) 維持

あ か さ た な は ま や ら わ ん 練習

□□□ 0193

例 英文科だから、英語を勉強しないわけにはいかない。

1秒後影子跟讀

譯 因為是英文系，總不能不讀英語。

文法 ないわけにはいかない［不能不…］：表示根據情理、一般常識或的經驗，有做某事的義務。

生字 英文／英文

名・造語 **か【科】**

（大專院校）科系；（區分種類）科

類 部門　部門

對 全体　全部

□□□ 0194

例 芸術家になって食べていくのは、容易なことではない。

1秒後影子跟讀

譯 想當藝術家餬口過日，並不是容易的事。

出題重點 「家（か）」意指住家或家族，如「家族（かぞく）」意為家庭。類似單字有：「住居（じゅうきょ）」，主要意味著居住的地方，一個住所；「宅（たく）」，一般指的是某人的住家或住處。與「家」的不同在於，「じゅうきょ」僅限於居住的場所，而不一定包含家族或家庭成員的意味，而「たく」則更著重於具體的住家或住所。※ 題型 3

情境記憶

● 彼は医者の家系だ／他來自醫生之家。

生字 芸術／藝術；容易／簡單的

漢造 **か【家】**

家庭；家族；專家

類 プロ　專家

對 素人　外行人

□□□ 0195

例 年のせいか、流行歌より演歌が好きだ。

1秒後影子跟讀

譯 大概是因為上了年紀，比起流行歌曲更喜歡傳統歌謠。

文法 せいか［可能是（因為）…］：表示發生壞事或不利的原因，但這一原因也不很明確。

生字 流行／流行；演歌／日本傳統歌曲

漢造 **か【歌】**

唱歌；歌詞

類 曲　曲子

對 話　故事

□□□ 0196

例 単語を覚えるには、カードを使うといいよ。

1秒後影子跟讀

譯 想要背詞彙，利用卡片的效果很好喔。

生字 単語／單字；覚える／學習，記憶

名 **カード【card】**

卡片；撲克牌

類 紙　卡片

對 本　書

讀書計劃：□□／□□

□□□ 0197

例 カーペットにコーヒーをこぼしてしまった。

1秒後影子跟讀

譯 把咖啡灑到地毯上了。

生字 コーヒー／咖啡；溢す／潑灑

名 カーペット【carpet】

地毯

類 マット【mat】墊子

對 床 地板

□□□ 0198

例 毎週金曜日の夜に、『源氏物語』を読む会をやっています。

1秒後影子跟讀

譯 每週五晚上舉行都《源氏物語》讀書會。

生字 読む／閱讀；やる／舉辦

名 かい【会】

會，會議，集會

類 集まり 聚集

對 単独 獨自

□□□ 0199

例 展覧会は、終わってしまいました。

1秒後影子跟讀

譯 展覽會結束了。

生字 展覧会／展覽；終わる／結束

接尾 かい【会】

…會

□□□ 0200

例 問題が小さいうちに、解決しましょう。

1秒後影子跟讀

譯 趁問題還不大的時候解決掉吧！

出題重點 「解決」唸音讀「かいけつ」。指找到一個問題或困難的答案或解答。陷阱可能有「けっしょう」；似是而誤的「かっけい」；不相關讀音的「けいかい」。※ 題型 1

必考音訓讀

●解＝カイ、ゲ・と（く）、ほど（く）／解答，解放

文法 うちに［趁…之內］：表示在前面的環境、狀態持續的期間，做後面的動作。

生字 問題／問題；小さい／微小的

名・自他サ かいけつ【解決】

解決，處理

類 答え 答案

對 問題 問題

□□□ 0201

例 介護士の仕事内容は、患者の身の回りの世話などです。

1秒後影子跟讀

譯 看護士的工作內容是照顧病人周邊的事等等。

生字 患者／病患；身／自身；回り／周圍；世話／照料

名 かいごし【介護士】

專門照顧身心障礙者日常生活的專門技術人員

類 医者 醫生

對 患者 病人

□□□ 0202

例 JRの改札口で待っています。

1秒後影子跟讀

譯 在JR的剪票口等你。

名 かいさつぐち【改札口】

(火車站等) 剪票口

類 入口 入口

對 出口 出口

□□□ 0203

例 会社員なんかじゃなく、公務員になればよかった。

1秒後影子跟讀

譯 要是能當上公務員，而不是什麼公司職員，該有多好。

文法 なんか［之類的］：用輕視的語氣，談論主題。口語用法；ばよかった［就好了］：表示說話者對於過去事物的惋惜、感慨。

生字 公務員／公務員

名 かいしゃいん【会社員】

公司職員

類 社員 公司員工

對 自営業 自己經營

□□□ 0204

例 この法律は、解釈上、二つの問題がある。

1秒後影子跟讀

譯 這條法律，在解釋上有兩個問題點。

出題重點 「解釈」唸音讀「かいしゃく」。指對某些內容或文字進行詮釋或闡述。陷阱有「かいしゅつ」；少「く」音的「かいしゃ」；另一音讀誤導的「かいせき」。※題型1

必考音訓讀

- 釈 ＝シャク・と（く）／釋解
- 昔 ＝シャク、セキ・むかし／往昔，昔日
- 石 ＝シャク、セキ、コク・いし／石頭，寶石

生字 法律／法律；問題／問題

名・他サ かいしゃく【解釈】

解釋，理解，說明

類 説明 解釋

對 質問 問題

讀書計劃：□□／□□

□□□ 0205

例 回数券をこんなにもらっても、使いきれません。

1秒後影子跟讀

譯 就算拿了這麼多的回數票，我也用不完。

生字 もらう／得到；切る／用完

名 かいすうけん【回数券】

（車票等的）回數票

類 チケット【ticket】 票

對 定期券 定期票

□□□ 0206

例 快速電車に乗りました。

1秒後影子跟讀

譯 我搭乘了快速電車。

生字 電車／電車；乗る／搭乘

名·形動 かいそく【快速】

快速，高速度

類 速い 快速的

對 遅い 慢的

□□□ 0207

Track10

例 この懐中電灯は電池がいらない。振ればつく。

1秒後影子跟讀

譯 這種手電筒不需要裝電池，只要甩動就會亮。

生字 電池／電池；振る／搖晃

名 かいちゅうでんとう【懐中電灯】

手電筒

類 フラッシュライト【flashlight】 手電筒

對 ランタン【lantern】 燈籠

□□□ 0208

例 うちではダックスフントを飼っています。

1秒後影子跟讀

譯 我家裡有養臘腸犬。

出題重點 「飼う」指的是「養」或「飼養」動植物的行為。使用時，應確認主體與對象之間存在養育的關係。必須避免將該動詞用於不適當或非生物的對象上，以確保語句的自然性和正確性。※ 題型 5

慣用語

- 手間をかける／花費心思。
- 関心を持つ／感興趣。

生字 ダックスフント／臘腸狗

他五 かう【飼う】

飼養（動物等）

類 養う 養育

對 放す 放走

□□□ 0209

例 この子は私の命に代えても守る。
例 窓を開けて空気を換える。
例 台湾元を日本円に替える。
1秒後影子跟讀

譯 我不惜犧牲性命也要保護這個孩子。
譯 打開窗戶透氣。
譯 把台幣換成日圓。

生字 命／生命；守る／守護；開ける／打開

他下一 **かえる【代える・換える・替える】**
代替，代理；改變，變更，變換
類 変更する　更改
對 保持する　保持

□□□ 0210

例 友達に貸したお金が、なかなか返ってこない。
1秒後影子跟讀

譯 借給朋友的錢，遲遲沒能拿回來。

出題重點 「返る」讀法是「かえる」。用於描述返回或回應的動作。陷阱可能有「かえす（返す）」意為返還某物，或回答、回應某事；「かえり（帰り）」意為返回；「かえりみる（振り返る）」意為回頭看；以及「かえる（蛙）」意為青蛙。※ 題型 1

生字 貸す／借（出）；なかなか／（不太）輕易

自五 **かえる【返る】**
復原；返回；回應
類 戻る　返回
對 進む　前進

□□□ 0211

例 彼は小説家であるばかりでなく、画家でもある。
1秒後影子跟讀

譯 他不單是小說家，同時也是個畫家。

文法 ばかりでなく [不僅…]：表示除前項的情況之外，還有後項程度更甚的情況。

生字 小説／小說；家／做…的人

名 **がか【画家】**
畫家
類 アーティスト【artist】 藝術家
對 彫刻家　雕塑家

□□□ 0212

例 君、専攻は化学だったのか。道理で薬品に詳しいわけだ。
1秒後影子跟讀

譯 原來你以前主修化學喔。難怪對藥品知之甚詳。

文法 わけだ [怪不得…]：表示按事物的發展，事實、狀況合乎邏輯地必然導致這樣的結果。

生字 専攻／主修；道理／原因；薬品／藥物

名 **かがく【化学】**
化學
類 学問　學問
類 物理　物理學

讀書計劃：□□／□□

□□□ 0213

例 卵をゆでると固まるのは、熱による化学反応である。

1秒後影子跟讀

譯 雞蛋經過烹煮之所以會凝固，是由於熱能所產生的化學反應。

生字 ゆでる／煮，燙；固まる／凝固

名 かがくはんのう【化学反応】

化學反應

類 反応 反應

對 無反応 無反應

□□□ 0214

例 かかとがガサガサになって、靴下が引っかかる。

1秒後影子跟讀

譯 腳踝變得很粗糙，會勾到襪子。

生字 ガサガサ／粗糙；引っかかる／勾住

名 かかと【踵】

腳後跟

類 足 腳

對 つま先 腳趾尖

□□□ 0215

例 小さい子どもは病気にかかりやすい。

1秒後影子跟讀

譯 年紀小的孩子容易生病。

出題重點 「掛かる」讀法是「かかる」。用於描述某事所需的時間或花費。陷阱可能有「かく（書く）」意為書寫；「かくす（隠す）」意為隱藏；「かざる（飾る）」是為某物添加裝飾或使之更有吸引力的動作；以及「かける（掛ける）」意為掛上或打電話。※ 題型 1

情境記憶

●家を建てるのに時間がかかる／建房子需要時間。

生字 小さい／幼小的；病気／生病

自五 かかる

生病；遭受災難

類 関わる 涉及

對 除外する 排除

□□□ 0216

例 大事な書類ですから書留で郵送してください。

1秒後影子跟讀

譯 這是很重要的文件，請用掛號信郵寄。

生字 大事／重要的；書類／資料；郵送／郵寄

名 かきとめ【書留】

掛號郵件

類 通知 通知

對 普通郵便 普通郵件

□□□ 0217

例 明日は書き取りのテストがある。

1秒後影子跟讀

譯 明天有聽寫考試。

生字 テスト／考試

名・自サ かきとり【書き取り】

抄寫，記錄；聽寫，默寫

類 メモ【memo】 筆記

對 聞く 聽

□□□ 0218

例 各クラスから代表を一人出してください。

1秒後影子跟讀

譯 請每個班級選出一名代表。

生字 クラス／班級；代表／代表人

接頭 かく【各】

各，每人，每個，各個

類 それぞれ 各自

對 全体 全部

□□□ 0219

例 失敗して恥ずかしくて、頭を掻いていた。

1秒後影子跟讀

譯 因失敗感到不好意思，而搔起頭來。

出題重點 「掻く」描述了因癢或刺激而用手或爪抓的動作。陷阱可能以「擦く、磨く」等漢字意思接近的形式出現，但這可能是不符日文用法，與文脈不吻合的字。只是其中的「擦」指的是摩擦或擦傷的動作；「磨」表示磨砺或磨擦的意思。※ 題型 2

高頻詞語搭配

- 頭を掻く／抓頭。
- 頬を触る／摸臉頰。

生字 失敗／失敗；恥ずかしい／羞恥的

他五 かく【掻く】

（用手或爪）搔，撥；拔，推；攪拌，攪和

類 かじる 咬

對 押す 壓

□□□ 0220

例 この花の香りをかいでごらんなさい。

1秒後影子跟讀

譯 請聞一下這花的香味。

生字 香り／香味；ごらん／試試看

他五 かぐ【嗅ぐ】

（用鼻子）聞，嗅

類 匂う 聞香

對 見る 看

讀書計劃：□□／□□

□□□ 0221

例 家具（かぐ）といえば、やはり丈夫（じょうぶ）なものが便利（べんり）だと思（おも）います。

1秒後影子跟讀

譯 說到家具，我認為還是耐用的東西比較方便。

生字 やはり／果然；丈夫（じょうぶ）／堅固的；便利（べんり）／方便的

名 かぐ【家具】

家具

類 椅子（いす） 椅子

對 建物（たてもの） 建築

□□□ 0222

例 あの駅（えき）は各駅停車（かくえきていしゃ）の電車（でんしゃ）しか止（と）まりません。

1秒後影子跟讀

譯 那個車站只有每站停靠的電車才會停。

生字 駅（えき）／車站；電車（でんしゃ）／電車；止（と）まる／停止

名 かくえきていしゃ【各駅停車】

指電車各站都停車，普通車

類 普通列車（ふつうれっしゃ） 普通列車

對 特急（とっきゅう） 特快列車

□□□ 0223

例 事件（じけん）のあと、彼（かれ）は姿（すがた）を隠（かく）してしまった。

1秒後影子跟讀

譯 案件發生後，他就躲了起來。

出題重點 「隠す」另一說法是「秘密（ひみつ）にする」（保密）。

例 彼は真実を隠した／他隱藏了真相。

例 彼は真実を秘密にした／他把真相保密了。

兩者都表示隱藏某事，但「隠す」較普遍，用於各種物體或情報的隱藏，而「秘密にする」專指將資訊或事實保密。※ 題型 4

生字 事件（じけん）／案件，事情；姿（すがた）／行跡

他五 かくす【隠す】

藏起來，隱瞞，掩蓋

類 隠（かく）れる 隱藏

對 見（み）せる 展示

□□□ 0224

例 まだ事実（じじつ）を確認（かくにん）しきれていません。

1秒後影子跟讀

譯 事實還沒有被證實。

生字 事実（じじつ）／真相

名・他サ かくにん【確認】

證實，確認，判明

類 チェック【check】 檢查

對 無視（むし）する 忽略

□□□ 0225

例 子どもたちの学費を考えると不安でしょうがない。

1秒後影子跟讀

譯 只要一想到孩子們的學費，我就忐忑不安。

生字 考える／考量；不安／焦慮的

名 がくひ【学費】

學費

類 授業料 學費

對 給料 薪水

□□□ 0226

例 結婚相手は、学歴・収入・身長が高い人がいいです。

1秒後影子跟讀

譯 結婚對象最好是學歷、收入和身高３項都高的人。

生字 相手／對象；収入／收入；身長／身高

名 がくれき【学歴】

學歷

類 経歴 經歷

對 職歴 工作經歷

□□□ 0227

Track11

例 息子が親に隠れてたばこを吸っていた。

1秒後影子跟讀

譯 兒子以前瞞著父母偷偷抽菸。

出題重點 「隠れる」代表「隱藏」或「躲藏」。使用時，需確認主體和環境之間存在隱藏的可能性。另外，也要注意不要在不需要「隱藏」意義的情境中誤用，且應保持語句的自然性和情境的合理性。※ 題型５

生字 息子／兒子；たばこ／香菸；吸う／吸食

自下一 かくれる【隠れる】

躲藏，隱藏；隱遁；不為人知，潛在的

類 姿を消す 消失

對 現れる 出現

□□□ 0228

例 宝塚歌劇に夢中なの。だって男役がすてきなんだもん。

1秒後影子跟讀

譯 我非常迷寶塚歌劇呢。因為那些女扮男裝的演員實在太帥了呀。

文法 んだもん［因為…嘛］：用來解釋理由，語氣偏任性、撒嬌，在說明時帶有一種辯解的意味。

生字 宝塚歌劇／日本兵庫縣寶塚市的歌舞劇團；夢中／沉迷；役／角色

名 かげき【歌劇】

歌劇

類 演劇 劇

對 映画 電影

讀書計劃：□□／□□

□□□ 0229

例 まだ5歳だが、足し算・引き算はもちろん、掛け算もできる。

1秒後影子跟讀

譯 雖然才5歲，但不單是加法和減法，連乘法也會。

文法 はもちろん [不僅…]：表示一般程度的前項自然不用說，就連程度較高的後項也不例外。

生字 足し算／加法；引き算／減法

名 かけざん【掛け算】

乘法

類 乗算 乘法

對 足し算 加法

□□□ 0230

例 椅子に掛けて話をしよう。

1秒後影子跟讀

譯 讓我們坐下來講吧！

出題重點 「掛ける」讀法是「かける」。意為懸掛物品如畫作、撥打電話、拋投、花費時間或金錢、表示乘法，以及戴上如眼鏡等。陷阱可能有「かけ（賭け）」意為賭注或賭博；「かける（欠ける）」意為缺少或不完整；以及「かけい（家計）」意為家庭財政。※ 題型 1

必考音訓讀

●掛＝ケイ・か（ける）／掛上，掛電話

生字 椅子／椅子；話／談話

他下一・接尾 かける【掛ける】

坐；懸掛；蓋上，放上；放在…之上；提交；澆；開動；花費；寄託；鎖上；(數學) 乘

類 掛かる 掛起

對 取る 取下

□□□ 0231

例 やっぱり、庭があって自然に囲まれた家がいいわ。

1秒後影子跟讀

譯 我還是比較想住在那種有庭院，能沐浴在大自然之中的屋子耶。

生字 やっぱり／還是；庭／庭院；自然／大自然

他五 かこむ【囲む】

圍上，包圍；圍攻

類 包む 包裹

對 開く 打開

□□□ 0232

例 本がたくさん重ねてある。

1秒後影子跟讀

譯 書堆了一大疊。

生字 本／書籍；たくさん／大量地

他下一 かさねる【重ねる】

重疊堆放；再加上，蓋上；反覆，重複，屢次

類 積む 疊放

對 散らかす 亂放

□□□ 0233

例 道(みち)にそって、クリスマスの飾(かざ)りが続(つづ)いている。

1秒後影子跟讀

譯 沿街滿是聖誕節的裝飾。

生字 沿(そ)う／沿著；続(つづ)く／連綿

名 かざり【飾り】

裝飾（品）

類 装飾(そうしょく) 裝飾

對 素朴(そぼく) 樸素

□□□ 0234

例 山田君(やまだくん)をはじめ、たくさんの同僚(どうりょう)に貸(か)しがある。

1秒後影子跟讀

譯 山田以及其他同事都對我有恩。

出題重點 「貸し」表示借出或貸出。同音的陷阱可能有「かし（菓子）」意味著甜食或點心；「かし（河岸）」、「かし（賈氏）」這種日常日文中不常見，還有語義和文脈有異的字。※ 題型 2

巧記名詞差異 「貸(か)し」是一個名詞，意指借出或貸款。類似的詞有「借(か)り」和「貸出(かしだし)」。如：

● 彼(かれ)に貸(か)しがある／我了東西借給他。

文法 をはじめ [以及…]：表示由核心的人或物擴展到很廣的範圍。

生字 同僚(どうりょう)／同事

名 かし【貸し】

借出，貸款；貸方；給別人的恩惠

類 貸出(かしだ)し 借出

對 借(か)り 借入

□□□ 0235

例 この料金(りょうきん)には、車(くるま)の貸(か)し賃(ちん)のほかに保険(ほけん)も含(ふく)まれています。

1秒後影子跟讀

譯 這筆費用，除了車子的租賃費，連保險費也包含在內。

生字 料金(りょうきん)／費用；保険(ほけん)／保險；含(ふく)む／包含

名 かしちん【貸し賃】

租金，賃費

類 レンタル料(りょう)【rental 料】 租賃費

對 売価(ばいか) 售價

□□□ 0236

例 きっと歌手(かしゅ)になってみせる。

1秒後影子跟讀

譯 我一定會成為歌手給大家看。

文法 てみせる [做給…看]：表示說話者強烈的意志跟決心，含有顯示自己能力的語氣。

生字 きっと／必定

名 かしゅ【歌手】

歌手，歌唱家

類 シンガー【singer】 歌手

對 俳優(はいゆう) 演員

讀書計劃：□□／□□

□□□ 0237

例 残念(ざんねん)だが、一箇所間違(いっかしょまちが)えてしまった。

1秒後影子跟讀

譯 很可惜，錯了一個地方。

生字 残念(ざんねん)／遺憾的；間違(まちが)える／弄錯

名·接尾 かしょ【箇所】

(特定的) 地方；(助數詞) 處

類 場所(ばしょ) 地點

對 全体(ぜんたい) 全部

□□□ 0238

例 羊(ひつじ)の数(かず)を 1,000 匹(びき)まで数(かぞ)えたのにまだ眠(ねむ)れない。

1秒後影子跟讀

譯 數羊都數到了一千隻，還是睡不著。

出題重點 「数」表示數量或數字。近似音的陷阱可能有「か（果）」一般與果實或結果相關；「かす（粕）」通常用於描述一種副產品，如「酒粕 (さけかす)」；「りょう（量）」表示數量。※ 題型 2

必考音訓讀

●数＝スウ・かず、かぞ (える) ／數字，多數

●吹＝スイ・ふ (く) ／吹風，吹奏

生字 羊(ひつじ)／綿羊；数(かぞ)える／計算數量；眠(ねむ)る／睡覺

名 かず【数】

數，數目；多數，種種

類 量(りょう) 數量

對 質(しつ) 質量

□□□ 0239

例 一月(ひとつき)のガス料金(りょうきん)はおいくらですか。

1秒後影子跟讀

譯 一個月的瓦斯費要花多少錢？

名 ガスりょうきん【ガス料金】

瓦斯費

類 ガスの料金(りょうきん)【gas 料金】 瓦斯費用

對 電気料金(でんきりょうきん) 電費

□□□ 0240

例 授業(じゅぎょう)をカセットに入(い)れて、家(いえ)で復習(ふくしゅう)する。

1秒後影子跟讀

譯 上課時錄音，帶回家裡複習。

生字 授業(じゅぎょう)／上課；入(い)れる／裝入，放入；復習(ふくしゅう)／複習

名 カセット【cassette】

小暗盒：(盒式) 錄音磁帶，錄音帶

類 テープ【tape】 錄音帶

對 ディスク【disk】 光碟

□□□ 0241

例 10から1まで逆(ぎゃく)に数(かぞ)える。

1秒後影子跟讀

譯 從10倒數到1。

生字 逆(ぎゃく)／倒，逆

他下一 かぞえる【数える】

數，計算；列舉，枚舉

類 計算(けいさん)する 計算

對 推測(すいそく)する 猜測

□□□ 0242

例 このごろ運動不足(うんどうぶそく)のせいか、どうも肩(かた)が凝(こ)っている。

1秒後影子跟讀

譯 大概是因為最近運動量不足，肩膀非常僵硬。

文法 せいか [可能是（因為）…]：表示發生壞事或不利的原因，但這一原因也不很明確。

生字 不足(ふそく)／不夠；凝(こ)る／僵硬

名 かた【肩】

肩，肩膀；（衣服的）肩

類 腕(うで) 手臂

對 膝(ひざ) 膝蓋

□□□ 0243

例 車(くるま)の型(かた)としては、ちょっと古(ふる)いと思(おも)います。

1秒後影子跟讀

譯 就車型來看，我認為有些老舊。

生字 車(くるま)／汽車；古(ふる)い／過時的

名 かた【型】

模子，形，模式；樣式

類 形(かたち) 形狀

對 内容(ないよう) 內容

□□□ 0244

例 父(ちち)は、真面目(まじめ)というより頭(あたま)が固(かた)いんです。

1秒後影子跟讀

譯 父親與其說是認真，還不如說是死腦筋。

出題重點 「かたい」另一說法是「しっかりする」（結實牢固）。

例 この果物はかたい／這個水果質地堅硬。

例 この構造はしっかりしている／這個結構很穩固。

「かたい」主要描述物體硬度，如「固い」表物體的固定性，「硬い」表物體硬度，「堅い」指物質的堅固性。「しっかりする」則形容物品結構或人物性格是堅固、穩定或可靠的。※題型4

文法 というより [與其說…，還不如說…]：表示在相比較的情況下，後項的說法比前項更恰當。

生字 真面目(まじめ)／嚴肅的；頭(あたま)／腦袋

形 かたい【固い・硬い・堅い】

硬的，堅固的；堅決的；生硬的；嚴謹的，頑固的；一定，包准；可靠的

類 しっかりとした 堅固的

對 柔(やわ)らかい 柔軟的

讀書計劃：□□／□□

□□□ 0245

例 明日までに課題を仕上げて提出しないと落第してしまう。
1秒後影子跟讀

譯 如果明天之前沒有完成並提交作業，這個科目就會被當掉。

生字 仕上げる／完成；提出／提交；落第／不及格

名 かだい【課題】
提出的題目；課題，任務
類 トピック【topic】 主題
對 答え 答案

□□□ 0246 Track 12

例 母親によると、彼女の部屋はいつも片付いているらしい。
1秒後影子跟讀

譯 就她母親所言，她的房間好像都有整理。

文法 によると［據…說］：表示消息、信息的來源，或推測的依據。

生字 母親／母親；いつも／總是

自五 かたづく【片付く】
收拾，整理好；得到解決，處裡好；出嫁
類 整理される 被整理
對 乱れる 亂

□□□ 0247

例 ずいぶん暖かくなったので、冬服の片付けをしましょう。
1秒後影子跟讀

譯 天氣已相當緩和了，把冬天的衣服收起來吧！

生字 ずいぶん／頗為

名 かたづけ【片付け】
整理，整頓，收拾
類 整理 整理
對 散らかし 弄亂

□□□ 0248

例 教室を片付けようとしていたら、先生が来た。
1秒後影子跟讀

譯 正打算整理教室的時候，老師來了。

出題重點 「片付ける」描述了整理或收拾物品的動作，使其恢復整齊。陷阱可能以「片整える、片直える」等漢字意思接近的形式出現，但這可能是日文沒這個，語境不符的字。只是其中的「整」指的是調整或整理的動作；「直」表示修正或直接的意思。※ 題型 2

慣用語
● 期待に応える／滿足期望。

生字 教室／教室

他下一 かたづける【片付ける】
收拾，打掃；解決
類 整理する 整理
對 散らかす 弄亂

□□□ 0249

例 小笠原諸島(おがさわらしょとう)には、船(ふね)で片道(かたみち)25時間半(じかんはん)もかかる。

1秒後影子跟讀

譯 要去小笠原群島，單趟航程就要花上25小時又30分鐘。

生字 船(ふね)／船隻；かかる／花費

名 かたみち【片道】

單程，單方面

類 一方通行(いっぽうつうこう)　單行道

對 往復(おうふく)　來回

□□□ 0250

例 3対(たい)1で、白組(しろぐみ)の勝(か)ち。

1秒後影子跟讀

譯 以3比一的結果由白隊獲勝。

生字 組(ぐみ)／隊伍

名 かち【勝ち】

勝利

類 勝利(しょうり)　勝利

對 負(ま)け　失敗

□□□ 0251

例 今(いま)、一番(いちばん)かっこいいと思(おも)う俳優(はいゆう)は。

1秒後影子跟讀

譯 現在最帥氣的男星是誰？

出題重點 「格好いい」是指外觀或行為上非常魅力或帥氣。陷阱可能有「美しい（うつくしい）」指的是外觀上的美麗或內在的美德，比「格好いい」更偏向於純美的概念；「かっこ悪い」則意味著外觀或行為上的不帥氣或尷尬。與「格好いい」的帥氣或魅力相比，「美しい」強調的是純粹的美，而「かっこ悪い」則是其反義詞，指不吸引人的外觀或行為。※ 題型3

生字 俳優(はいゆう)／演員

連語・形 かっこういい【格好いい】

（俗）真棒，真帥，酷（口語用「かっこいい」）

類 スタイリッシュ【stylish】　時尚

對 ダサい　過時的

□□□ 0252

例 お似合(にあ)いのカップルですね。お幸(しあわ)せに。

1秒後影子跟讀

譯 新郎新娘好登對喔！祝幸福快樂！

生字 似合(にあ)い／登對；幸(しあわ)せ／幸福的

名 カップル【couple】

一對，一對男女，一對情人，一對夫婦

類 二人組(ふたりぐみ)　兩人組

對 個人(こじん)　個人

讀書計劃：□□／□□

□□□ 0253

例 彼(かれ)は、前回(ぜんかい)の試合(しあい)において大(おお)いに活躍(かつやく)した。

1秒後影子跟讀

譯 他在上次的比賽中大為活躍。

文法 において [在…]：表示動作或作用的時間、地點、範圍、狀況等。是書面語。

生字 試合(しあい)／比賽；大(おお)いに／極其

名・自サ かつやく【活躍】

活躍

類 成功(せいこう) 成功

對 失敗(しっぱい) 失敗

□□□ 0254

例 家庭科(かていか)は小学校(しょうがっこう)5年生(ねんせい)から始(はじ)まる。

1秒後影子跟讀

譯 家政課是從小學5年級開始上。

出題重點 「家庭科」唸音讀「かていか」。指縫紉、烹飪、家務管理的一門學科。陷阱有缺少「い」音「かてか」；「か變け」的「けていか」；「かていが」則改變了尾音為「が」。※ 題型 1

必考音訓讀

- 科＝カ／科目，部門
- 果＝カ・は(たす)／結果，果實

生字 始(はじ)まる／開始

名 かていか【家庭科】

(學校學科之一) 家事，家政

類 家事(かじ)の学科(がっか) 家務科目

對 数学(すうがく) 數學

□□□ 0255

例 今(いま)の家庭(かてい)には家電製品(かでんせいひん)があふれている。

1秒後影子跟讀

譯 現在的家庭中，充滿過多的家電用品。

生字 家庭(かてい)／家庭；溢(あふ)れる／充斥

名 かでんせいひん【家電製品】

家用電器

類 家(いえ)の電器(でんき) 家用電器

對 工業製品(こうぎょうせいひん) 工業產品

□□□ 0256

例 彼(かれ)の死(し)に悲(かな)しみを感(かん)じない者(もの)はいない。

1秒後影子跟讀

譯 人們都對他的死感到悲痛。

生字 者(もの)／人

名 かなしみ【悲しみ】

悲哀，悲傷，憂愁，悲痛

類 残念(ざんねん) 悔恨

對 喜(よろこ)び 喜悅

□□□ 0257

例 金づちで釘を打とうとして、指をたたいてしまった。

1秒後影子跟讀

譯 拿鐵鎚釘釘子時敲到了手指。

生字 釘／釘子；打つ／敲擊；叩く／敲打

名 **かなづち【金槌】**

釘錘，榔頭；旱鴨子

類 ハンマー【hammer】 錘子

對 のこぎり 鋸子

□□□ 0258

例 先生は、かなり疲れていらっしゃいますね。

1秒後影子跟讀

譯 老師您看來相當地疲憊呢！

出題重點 「かなり」是表示相當的程度或分量的副詞。陷阱可能有「結構（けっこう）」指的是意外的多或超過預期的程度，可以用於好的或壞的方面；「相当（そうとう）」也是表示相當的程度，但更偏向於正面的評價或突出的程度。與「かなり」的一般表示相比，「結構」有時帶有意外之意，而「相当」則強調出眾或特定的程度。※ 題型 3

情境記憶 什麼程度

● ずいぶん高い／相當高。

生字 いらっしゃる／いる的尊敬語

かなり

相當，頗

類 相当 相當

對 少し 稍微

□□□ 0259

例 事業を始めるとしたら、まず金が問題になる。

1秒後影子跟讀

譯 如果要創業的話，首先金錢就是個問題。

文法 としたら [如果…的話]：在認清現況或得來的信息的前提條件下，據此條件進行判斷。

生字 事業／企業；始める／創建

名 **かね【金】**

金屬；錢，金錢

類 貨幣 貨幣

對 紙 紙

□□□ 0260

例 可能な範囲でご協力いただけると助かります。

1秒後影子跟讀

譯 若在不為難的情況下能得到您的鼎力相助，那就太好了。

生字 範囲／範圍；協力／支援；助かる／受惠

名·形動 **かのう【可能】**

可能

類 できる 可以

對 不可能 不可能

讀書計劃：□□／□□

□□□ 0261

例 かびが生(は)えないうちに食(た)べてください。

1秒後影子跟讀

譯 請趁發霉前把它吃完。

文法 うちに [趁…之內]：表示在前面的環境、狀態持續的期間，做後面的動作。

生字 生(は)える／長出

名 かび

霉

類 黴菌(ばいきん) 黴菌

對 清潔(せいけつ) 清潔

□□□ 0262

例 あの人(ひと)は、あまり服装(ふくそう)に構(かま)わない人(ひと)です。

1秒後影子跟讀

譯 那個人不大在意自己的穿著。

生字 服装(ふくそう)／衣著

自他五 かまう【構う】

介意，顧忌，理睬；照顧，招待；調戲，逗弄；放逐

類 気(き)を使(つか)う 在意

對 無視(むし)する 忽視

□□□ 0263

例 買(か)いたいけれども、給料日(きゅうりょうび)まで我慢(がまん)します。

1秒後影子跟讀

譯 雖然想買，但在發薪日之前先忍一忍。

文法 たい [想要…]：表示說話者的內心想做、想要的。

生字 給料日(きゅうりょうび)／發薪日

名・他サ がまん【我慢】

忍耐，克制，將就，原諒；(佛)饒恕

類 忍耐(にんたい) 忍耐

對 放棄(ほうき) 放棄

□□□ 0264

例 入院生活(にゅういんせいかつ)、よくがんばったね。本当(ほんとう)に我慢強(がまんづよ)い子(こ)だ。

1秒後影子跟讀

譯 住院的這段日子實在辛苦了。真是個勇敢的孩子呀！

出題重點 「がまんづよい」另一說法是「忍耐強い（にんたいづよい）」（忍耐力強）。

例 彼は辛い状況でもがまんづよい／即便在困難的情境下，他也具有高度的忍耐力。

例 彼は辛い状況でも忍耐強い／即使在困境中，他也十分有忍耐力。

兩者都形容在困境下仍可持續忍受。但「がまんづよい」強調忍耐能力，「忍耐強い」側重忍受困難和挑戰的能力。※ 題型 4

生字 入院(にゅういん)／住院

形 がまんづよい【我慢強い】

忍耐性強，有忍耐力

類 忍耐強(にんたいづよ)い 能吃苦的

對 我慢弱(がまんよわ)い 心理軟弱的

□□□ 0265

例 高校生のくせに髪の毛を染めるなんて、何考えてるんだ！

1秒後影子跟讀

譯 區區一個高中生居然染頭髮，你在想什麼啊！

出題重點 「髪の毛」指的是人類頭上的毛髮。類似單字有：「頭髪（とうはつ）」也是指頭上的毛髮，但多用於正式或醫學的場合；「毛髪（もうはつ）」泛指動物的毛或人的毛髮。兩者與「かみのけ」的區別在於，「とうはつ」具有正式感，而「もうはつ」涵蓋範圍更廣泛。※ 題型 3

文法 くせに [明明…，卻…]：根據前項的條件，出現後項讓人覺得可笑的、不相稱的情況。

生字 染める／染色

名 かみのけ【髪の毛】

頭髮

類 頭の毛　頭髮

對 指の毛　手指毛

□□□ 0266

例 運転中、眠くなってきたので、ガムをかんだ。

1秒後影子跟讀

譯 由於開車時愈來愈睏，因此嚼了口香糖。

生字 運転／駕駛；噛む／咀嚼

名 ガム【(英)gum】

口香糖；樹膠

類 チューインガム【chewing gum】 口香糖

對 キャンディ【candy】 糖果

□□□ 0267

例 日本にはとてもたくさんのカメラマンがいる。

1秒後影子跟讀

譯 日本有很多攝影師。

生字 とても／非常地；たくさん／眾多

名 カメラマン【cameraman】

攝影師；(報社、雜誌等）攝影記者

類 写真家　攝影師

對 画家　畫家

□□□ 0268

例 コンピューターの画面を見すぎて目が疲れた。

1秒後影子跟讀

譯 盯著電腦螢幕看太久了，眼睛好疲憊。

生字 コンピューター／電腦；すぎる／過度

名 がめん【画面】

(繪畫的）畫面；照片，相片；(電影等）畫面，鏡頭

類 スクリーン【screen】 屏幕

對 キーボード【keyboard】 鍵盤

讀書計劃：□□／□□

□□□ 0269

例 あなたの言[い]う通[とお]りかもしれない。

1秒後影子跟讀

譯 或許如你說的。

生字 通[とお]り／如同

連語 かもしれない

也許，也未可知

類 おそらく　可能

對 確実[かくじつ]　確定

□□□ 0270

例 おなかを壊[こわ]したから、おかゆしか食[た]べられない。

1秒後影子跟讀

譯 因為鬧肚子了，所以只能吃稀飯。

生字 壊[こわ]す／損壞

名 かゆ【粥】

粥，稀飯

類 おかゆ　稀飯

對 ご飯[はん]　飯

□□□ 0271

例 なんだか体中[からだじゅう]かゆいです。

1秒後影子跟讀

譯 不知道為什麼，全身發癢。

出題重點 「痒い」表示某處引起不適，想要搔抓的感覺。陷阱可能有「ムズムズ」表示因不適或焦躁而感到身體某部位難以忍受的感覺，例如腳不停地動；「チクチク」是指針刺的感覺，如皮膚上有輕微的刺痛。與「かゆい」的需要搔抓相比，「ムズムズ」強調不安定或難以忍耐的感覺，而「チクチク」則描述更具有穿刺性質的不適感。※ 題型 3

情境記憶 感覺

●息[いき]が臭[くさ]い／氣息很臭。

生字 なんだ／什麼

形 かゆい【痒い】

癢的

類 掻[か]く　搔

對 痛[いた]い　疼痛

□□□ 0272

例 今[いま]ではテレビはカラーが当[あ]たり前[まえ]になった。

1秒後影子跟讀

譯 如今，電視機上出現彩色畫面已經成為理所當然的現象了。

生字 当[あ]たり前[まえ]／常態

名 カラー【color】

色，彩色；(繪畫用) 顏料；特色

類 色[いろ]　顏色

對 形[かたち]　形狀

□□□ 0273

例 伊藤さんには、借りがある。

1秒後影子跟讀

譯 我欠伊藤小姐一份情。

名 かり【借り】

借，借入；借的東西；欠人情；怨恨，仇恨

類 貸し 貸出

對 返す 返回

□□□ 0274

例 お正月には、よくかるたで遊んだものだ。

1秒後影子跟讀

譯 過年時經常玩紙牌遊戲呢。

文法 ものだ [真…啊]：表示說話者對於過去常做某件事情的感慨、回憶。

生字 正月／新年；遊ぶ／玩遊戲

名 かるた【carta・歌留多】

紙牌；寫有日本和歌的紙牌

類 トランプ【trump】 撲克牌

對 チェス【chess】 西洋棋

□□□ 0275

例 包丁でりんごの皮をむく。

1秒後影子跟讀

譯 拿菜刀削蘋果皮。

生字 包丁／菜刀；剝く／削

名 かわ【皮】

皮，表皮；皮革

類 肌 皮膚

對 肉 肉

□□□ 0276

例 雨でぬれたコートを吊るして乾かす。

1秒後影子跟讀

譯 把淋到雨的濕外套掛起來風乾。

出題重點 「乾かす」有讓某物乾燥之意。用另一種方式說是「干す（ほす）」（曬乾、晾乾）。

例 彼は服を太陽の下で乾かした／他在太陽下曬乾了衣服。

例 彼は服を太陽の下で干した／他在太陽下曬乾了衣服。

兩者都可以用在表示讓某物乾燥之意，但「乾かす」主要用於表示使液體乾燥，如衣服、頭髮或其他被水弄濕的物品，而「干す」則更側重於使某物完全乾燥，如曬乾食物或其他物品，或使其完全脫水。※ 題型 4

生字 濡れる／淋濕；吊るす／吊掛

他五 かわかす【乾かす】

曬乾；晾乾；烤乾

類 乾燥させる 烘乾

對 濡らす 弄濕

讀書計劃：□□／□□

□□□ 0277

例 雨(あめ)が少(すく)ないので、土(つち)が乾(かわ)いている。

1秒後影子跟讀

譯 因雨下得少，所以地面很乾。

出題重點 「乾く」表示物體「乾燥」的狀態。使用時，應確保情境與物品有乾燥的可能性。有些情況避免在描述已經濕潤或無法乾燥的物品時誤用。同時，應確認語境與「乾く」的意義相符，保持句子的自然性與合理性。※ 題型 5

慣用語

- 負担(ふたん)を軽減(けいげん)する／減輕負擔。
- 結果(けっか)を出(だ)す／取得成果。

生字 土(つち)／地面

自五 かわく【乾く】

乾，乾燥

類 乾燥(かんそう)する 乾燥

對 湿(しめ)る 濕潤

□□□ 0278

例 のどが渇(かわ)いた。何(なに)か飲(の)み物(もの)ない。

1秒後影子跟讀

譯 我好渴，有什麼什麼可以喝的？

生字 のど／喉嚨

自五 かわく【渇く】

渴，乾渴；渴望，內心的要求

類 乾燥(かんそう) 乾燥

對 濡(ぬ)れる 濕

□□□ 0279

例 「途中(とちゅう)、どっかで運転(うんてん)代(か)わるよ」「別(べつ)にいいよ」

1秒後影子跟讀

譯 「半路上找個地方和你換手開車吧？」「沒關係啦！」

生字 途中(とちゅう)／途中；運転(うんてん)／駕駛

自五 かわる【代わる】

代替，代理，代理

類 変(か)わる 改變

對 残(のこ)る 保持

□□□ 0280

例 石油(せきゆ)に替(か)わる新(あたら)しいエネルギーはなんですか。

1秒後影子跟讀

譯 請問可用來替代石油的新能源是什麼呢？

生字 石油(せきゆ)／石油；エネルギー／能源

自五 かわる【替わる】

更換，交替

類 取(と)り替(か)える 替換

對 そのまま 保持原狀

□□□ 0281

例 すみませんが、席を換わってもらえませんか。

1秒後影子跟讀

譯 不好意思，請問可以和您換個位子嗎？

出題重點 「換わる」讀法是「かわる」。表某人或某事物取代另一個的位置或角色。陷阱可能有「かえる（返る）」意為改變或返回；「かわく（乾く）」意為乾燥；以及「かわす（交わす）」為交換，如交換意見；交錯，如建立深厚的情感，連結情感等。※ 題型 1

高頻詞語搭配

● 季節が変わる／季節更替。

生字 席／座位；もらう／請求

自五 かわる【換わる】

更換，更替

類 交換する　交換

對 そのまま　保持原狀

□□□ 0282

例 人の考え方は、変わるものだ。

1秒後影子跟讀

譯 人的想法，是會變的。

生字 考え方／想法

自五 かわる【変わる】

變化；與眾不同；改變時間地點，遷居，調任

類 変更する　改變

對 保つ　維持

□□□ 0283

例 缶はまとめてリサイクルに出した。

1秒後影子跟讀

譯 我將罐子集中，拿去回收了。

生字 リサイクル／資源回收

名 かん【缶】

罐子

類 容器　容器

對 袋　袋子

□□□ 0284

例 うちは朝刊だけで、夕刊は取っていません。

1秒後影子跟讀

譯 我家只有早報，沒訂晚報。

文法 だけ［只；僅僅］：表示只限於某範圍，除此以外沒有別的了。

生字 取る／訂購

漢造 かん【刊】

刊，出版

類 出版物　出版物

類 書　書

讀書計劃：□□／□□

□□□ 0285

例 5日間の九州旅行も終わって、明日からはまた仕事だ。

1秒後影子跟讀

譯 5天的九州之旅已經結束，從明天起又要上班了。

名・接尾 **かん【間】**

間，機會，間隙

類 期間 期間

對 瞬間 瞬間

□□□ 0286

例 大英博物館は、無料で見学できる。

1秒後影子跟讀

譯 大英博物館可以免費參觀。

生字 無料／免費；見学／參觀學習

漢造 **かん【館】**

旅館；大建築物或商店

類 施設 設施

對 家 家

□□□ 0287

例 給料も大切だけれど、満足感が得られる仕事がしたい。

1秒後影子跟讀

譯 薪資雖然重要，但我想從事能夠得到成就感的工作。

出題重點 「感」指的是感覺或感受。類似單字有：「感情（かんじょう）」指的是情感或情緒，較「かん」更偏向心情或情感的反應；「感覚（かんかく）」強調肉體或感官的反應，如觸覺、聽覺等。兩者與「かん」的區別在於，「かんじょう」涉及心理層面，而「かんかく」強調生理感受。※ 題型 3

文法 たい [想要…]：表示說話者的內心想做、想要的。

生字 給料／薪水；得る／獲得

名・造語 **かん【感】**

感覺，感動；感

類 感情 情感

對 思考 思考

□□□ 0288

例 アフリカを旅して、人生観が変わりました。

1秒後影子跟讀

譯 到非洲旅行之後，徹底改變了人生觀。

生字 人生／人生；変わる／改變

名・造語 **かん【観】**

觀感，印象，樣子；觀看；觀點

類 見る 看

對 聞く 聽

□□□ 0289

例 （本屋で）全3巻なのに、上・下だけあって中がない。
1秒後影子跟讀

譯 （在書店）明明全套共3集，但只有上下兩集，找不到中集。

文法 だけ[只有]：表示除此之外，別無其他。

生字 本屋／書店

名・造語 **かん【巻】**

卷，書冊；（書畫的）手卷；卷曲

類 リール【reel】 卷軸

對 板 板

□□□ 0290

例 その件について自分の考えを説明した。
1秒後影子跟讀

譯 我來說明自己對那件事的看法。

出題重點 「考え」表示了思考或想法的意義。類義字有「しそう（思想）」意味著思考或思考方式；「おもい（想い）」通常用於描述情感或深入的思考；「しこう（思考）」指的是深入的思考或反思過程。※ 題型 2

情境記憶
- 新しいアイデアを考え出す／想出新點子。
- アイデアが膨らむ／點子湧現。

生字 件／事情；説明／説明

名 **かんがえ【考え】**

思想，想法，意見；念頭，觀念，信念；考慮，思考；期待，願望；決心

類 思考 思考

對 行動 行動

□□□ 0291

例 環境のせいか、彼の子どもたちはみなスポーツが好きだ。
1秒後影子跟讀

譯 可能是因為環境的關係，他的小孩都很喜歡運動。

文法 せいか[可能是（因為）…]：表示積極的原因。另也可表示發生壞事的原因，但這一原因也不很明確。

生字 スポーツ／運動

名 **かんきょう【環境】**

環境

類 自然 自然

對 都市 都市

□□□ 0292

例 まだ天気がいいうちに、観光に出かけました。
1秒後影子跟讀

譯 趁天氣還晴朗時，出外觀光去了。

文法 うちに[趁…之內]：表示在前面的環境、狀態持續的期間，做後面的動作。

生字 出かける／外出

名・他サ **かんこう【観光】**

觀光，遊覽，旅遊

類 旅行 旅行

對 勤務 工作

讀書計劃：□□／□□

□□□ 0293

例 男性(だんせい)の看護師(かんごし)は、女性(じょせい)の看護師(かんごし)ほど多(おお)くない。

1秒後影子跟讀

譯 男性護理師沒有女性護理師那麼多。

文法 ほど～ない [沒那麼…]：表示程度並沒有那麼高。

名 かんごし【看護師】

護士，看護

類 医者(いしゃ) 醫生

對 患者(かんじゃ) 病人

□□□ 0294

例 本当(ほんとう)は感謝(かんしゃ)しているくせに、ありがとうも言(い)わない。

1秒後影子跟讀

譯 明明就很感謝，卻連句道謝的話也沒有。

文法 くせに [明明…，卻…]：根據前項的條件，出現後項讓人覺得可笑的、不相稱的情況。

名・自他サ かんしゃ【感謝】

感謝

類 ありがとう 感謝你

對 申(もう)し訳(わけ)ない 抱歉

□□□ 0295

例 子(こ)どもが生(う)まれてうれしい反面(はんめん)、責任(せきにん)も感(かん)じる。

1秒後影子跟讀

譯 孩子出生後很高興，但相對地也感受到責任。

文法 反面(はんめん) [另一方面；相反]：表示同一種事物，同時兼具兩種不同性格的兩個方面。

生字 生(う)まれる／誕生；責任(せきにん)／責任

自他上一 かんじる・かんずる【感じる・感ずる】

感覺，感到；感動，感觸，有所感（或唸：かんずる）

類 体験(たいけん)する 體驗

對 無視(むし)する 忽略

□□□ 0296

例 彼(かれ)はよく働(はたら)くので、感心(かんしん)させられる。

1秒後影子跟讀

譯 他很努力工作，真是令人欽佩。

出題重點 「感心」唸音讀「かんしん」。指對某人或某事的行為感到讚賞或者敬佩。陷阱可能有缺尾音「ん」的「かんし」；「か變が」的「がんしん」；讀音不符的「かんせん」。※ 題型 1

必考音訓讀

- 感＝カン／感覺，感謝
- 観(かん)＝カン・み（る）／觀點，景觀（繁體中文「觀」）

文法 させられる [令人…]：受到某事物的觸動，而不自覺地產生某心理狀態，或感情色彩。

名・形動・自サ かんしん【感心】

欽佩；贊成；(貶) 令人吃驚

類 賞賛(しょうさん) 讚賞

對 失望(しつぼう) 失望

第一回

言語知識（文字、語彙）

題型 1

問題１　＿＿＿の言葉の読み方として最も良いものを、1・2・3・4から一つ選びなさい

1　試合で友達を<u>応援</u>しました。

　1 おういん　　2 こたすけ　　3 おうえん　　4 おうあん

2　新年が<u>明ける</u>と、町中が賑やかになる。

　1 ひらける　　2 はだける　　3 あける　　4 とける

題型 2

問題２　＿＿＿の言葉を漢字で書くとき、最も良いものを、1・2・3・4から一つ選びなさい。

3　彼は私に 1000 円を<u>かし</u>てくれました。

　1 掠し　　2 過し　　3 傾し　　4 貸し

4　各方の意見を<u>あわせる</u>ために、会議が開かれた。

　1 合わせる　　2 会わせる　　3 併わせる　　4 重わせる

題型 3

問題３　（　　　）に入れるものに最も良いものを、1・2・3・4から一つ選びなさい。

5　車の遅延で待ち時間が長くなり、（　　）している。

　1 うろうろ　　2 ぜんぜん　　3 いらいら　　4 ぐずぐず

讀書計劃：□□／□□

答案：1.(3)　2.(3)　3.(4)　4.(1)　5.(3)　6.(3)　7.(3)　8.(4)　9.(2)　10.(1)

6 村上春樹は有名な（　）です。

1 医者　　2 歌手　　3 作家　　4 作詞家

題型 4

問題 4 ＿＿＿に意味が最も近いものを、1・2・3・4から一つ選びない。

7 彼は非常に我慢強い人だ。

1 記憶力強い　　2 好奇心強い　　3 忍耐強い　　4 力強い

8 洗濯した服を乾かすために、外に干します。

1 蒸発する　　2 渇く　　3 洗う　　4 干す

題型 5

問題 5 次の言葉の使い方として最も良いものを、一つ選びなさい。

9 ウイルス

1 この手紙にはウイルスが含まれています。

2 このコンピューターはウイルスに感染している。

3 彼はウイルスで有名な歌手です。

4 この飲み物にはウイルスの味がする。

10 教わる

1 彼は私から日本語を教わっています。

2 このレストランはおいしい料理の作り方を教わっています。

3 彼はお金を教わって走り出しました。

4 あの花は成長する方法を太陽から教わっています。

あ か さ た な は ま や ら わ

練習

□□□ 0297

例 ビルが完成したら、お祝いのパーティーを開こう。
1秒後影子跟讀

譯 等大樓竣工以後，來開個慶祝酒會吧。

生字 ビル／高樓；開く／舉辦

名·自他サ かんせい【完成】
完成
類 終了 結束
對 開始 開始

□□□ 0298

例 もう病気は完全に治りました。
1秒後影子跟讀

譯 病症已經完全治癒了。

生字 治る／痊癒

名·形動 かんぜん【完全】
完全，完整；完美，圓滿
類 完璧 完美
對 欠陥 缺陷

□□□ 0299

例 全員、明日までに研修の感想を書いてきてください。
1秒後影子跟讀

譯 你們全部，在明天以前要寫出研究的感想。

出題重點 「感想」唸音讀「かんそう」。是針對某事物或經歷後的個人思考或意見。陷阱可能有意思接近的「かんしん（感心）」；「かんどう（感動）」；「かんしょう（感傷）」。※ 題型 1

必考音訓讀

- 想＝ソウ、ソ・おも(う)／想法，想像
- 箱＝ソウ・はこ／箱子，提箱

生字 研修／研究

名 かんそう【感想】
感想
類 意見 意見
對 事実 事實

□□□ 0300

例 この缶詰は、缶切りがなくても開けられます。
1秒後影子跟讀

譯 這個罐頭不需要用開罐器也能打開。

生字 缶切り／開罐器；開ける／打開

名 かんづめ【缶詰】
罐頭；關起來，隔離起來；擁擠的狀態
類 食品 食品
對 生の食物 新鮮食物

讀書計劃：□□／□□

□□□ 0301

例 予想（よそう）に反（はん）して、とても感動（かんどう）した。

1秒後影子跟讀

譯 出乎預料之外，受到了極大的感動。

出題重點 「感動」唸音讀「かんどう」。是因為某種強烈的情感或感覺而心靈受到觸動。陷阱可能有少「う」音的「かんど」；「かんしょう（鑑賞）」；或「かんそう」是「感想」的讀音。※ 題型 1

必考音訓讀

●働　＝ドウ・はたら（く）／勞動，工作

文法 に反（はん）して［與…相反…］：表示後項的結果，跟前項所預料的相反，形成對比的關係。

生字 予想（よそう）／預測

名・自サ **かんどう【感動】**

感動，感激

類 感（かん）じる　感受

對 無関心（むかんしん）　無感

□□□ 0302

Track15

例 うちの子（こ）、反抗期（はんこうき）で、なんでも「やだ」って言（い）うのよ。

1秒後影子跟讀

譯 我家小孩正值反抗期，問他什麼都回答「不要」。

生字 反抗（はんこう）／反抗

漢造 **き【期】**

時期；時機；季節；(預定的)時日

類 時間（じかん）　時間

對 瞬間（しゅんかん）　瞬間

□□□ 0303

例 20 年使（ねんつか）った洗濯機（せんたくき）が、とうとう壊（こわ）れた。

1秒後影子跟讀

譯 用了 20 年的洗衣機終於壞了。

生字 とうとう／最終

名・接尾・漢造 **き【機】**

機器；時機；飛機；(助數詞用法) 架

類 装置（そうち）　裝置

對 手動（しゅどう）　手動

□□□ 0304

例 コンピューターのキーボードをポンポンと叩（たた）いた。

1秒後影子跟讀

譯 「砰砰」地敲打電腦鍵盤。

生字 ポンポン／砰砰地；叩（たた）く／敲打

名 **キーボード【keyboard】**

(鋼琴、打字機等) 鍵盤

類 パソコン【Personal Computer 之略】 電腦

對 ペン【pen】 筆

□□□ 0305

例 着替えを忘れたものだから、また同じのを着るしかない。

1秒後影子跟讀

譯 由於忘了帶換洗衣物，只好繼續穿同一套衣服。

文法 しかない［只好…］：表示只有這唯一可行的，沒有別的選擇。

生字 着る／穿著

名・自サ **きがえ【着替え】**

換衣服；換洗衣物

類 服 服裝

對 靴 鞋子

□□□ 0306

例 着物を着替える。

1秒後影子跟讀

譯 換衣服。

出題重點 「着替える」描述了從一套衣服換到另一套的動作。陷阱可能以「着換えた、穿換えた」等漢字意思接近的形式出現，但這可能是日語不用，文脈錯誤的字。只是其中的「換」是交換的動作；「穿」表示穿著。※ 題型 2

慣用語

- 問題を解決する／解決問題。
- 調査を行う／進行調查。

生字 着物／衣服

他下一 **きがえる・きかえる【着替える】**

換衣服

類 変える 更換

對 着る 穿上

□□□ 0307

例 夏休みの期間、塾の講師として働きます。

1秒後影子跟讀

譯 暑假期間，我以補習班老師的身分在工作。

生字 塾／補習班；講師／講師

名 **きかん【期間】**

期間，期限內

類 時間 時間

對 瞬間 瞬間

□□□ 0308

例 この薬は、高かったわりに効かない。

1秒後影子跟讀

譯 這服藥雖然昂貴，卻沒什麼效用。

文法 わりに［雖然…但是］：表示結果跟前項條件不成比例、有出入，或不相稱。

自五 **きく【効く】**

有效，奏效；好用，能幹；可以，能夠；起作用；（交通工具等）通，有

類 作用する 起作用

對 無効 無效

讀書計劃：□□／□□

□□□ 0309

例 支払い（しはらい）の期限（きげん）を忘れる（わすれる）なんて、非常識（ひじょうしき）というものだ。

1秒後影子跟讀

譯 竟然忘記繳款的期限，真是離譜。

生字 支払い（しはらい）／支付；常識（じょうしき）／常識

名 きげん【期限】

期限

類 終わり（おわり） 結束

對 開始（かいし） 開始

□□□ 0310

例 夏（なつ）に帰国（きこく）して、日本（にほん）の暑さ（あつさ）と湿気（しっけ）の多さ（おおさ）にびっくりした。

1秒後影子跟讀

譯 夏天回國，對日本暑熱跟多濕，感到驚訝！

生字 湿気（しっけ）／濕度；びっくり／震驚

名・自サ きこく【帰国】

回國，歸國；回到家鄉

類 戻る（もどる） 返回

對 出発（しゅっぱつ） 出發

□□□ 0311

例 新聞記事（しんぶんきじ）によると、2020年（ねん）のオリンピックは東京（とうきょう）でやるそうだ。

1秒後影子跟讀

譯 據報上說，2020 年的奧運將在東京舉行。

出題重點 「記事」唸音讀「きじ」。是報紙或雜誌上的某事件或事情的報導或記載。陷阱有用訓讀誤導「じ變こと」的「きこと」；「きこう」讀音不正確；「きせつ」是「季節」的讀音。※題型1

必考音訓讀

● 記＝キ・しる（す）／記錄，記事

文法 によると［據…說］：表示消息、信息的來源，或推測的依據。

生字 新聞（しんぶん）／報紙；やる／主辦

名 きじ【記事】

報導，記事

類 ニュース【news】 新聞

對 意見（いけん） 意見

□□□ 0312

例 首相（しゅしょう）は記者（きしゃ）の質問（しつもん）に答え（こたえ）なかった。

1秒後影子跟讀

譯 首相答不出記者的提問。

生字 首相（しゅしょう）／首相；質問（しつもん）／提問

名 きしゃ【記者】

執筆者，筆者；（新聞）記者，編輯（或唸：きしゃ）

類 ライター【writer】 作者

對 読者（どくしゃ） 讀者

きすう【奇数】

□□□ 0313

例 奇数（きすう）の月（つき）に、この書類（しょるい）を提出（ていしゅつ）してください。

1秒後影子跟讀

譯 請在每個奇數月交出這份文件。

生字 書類（しょるい）／資料；提出（ていしゅつ）／提交

名 きすう【奇数】

（數）奇數

類 数値（すうち） 數值

對 偶数（ぐうすう） 偶數

□□□ 0314

例 お正月（しょうがつ）に帰省（きせい）しますか。

1秒後影子跟讀

譯 請問您元月新年會不會回家探親呢？

生字 正月（しょうがつ）／新年

名・自サ きせい【帰省】

歸省，回家（省親），探親

類 帰国（きこく） 回國

對 出発（しゅっぱつ） 出發

□□□ 0315

例 あちこちの店（みせ）でお酒（さけ）を飲（の）んで、夜中（よなか）の1時（じ）にやっと帰宅（きたく）した。

1秒後影子跟讀

譯 到了許多店去喝酒，深夜一點才終於回到家。

生字 夜中（よなか）／半夜；やっと／終於

名・自サ きたく【帰宅】

回家

類 戻（もど）る 返回

對 出発（しゅっぱつ） 出發

□□□ 0316

例 きちんと勉強（べんきょう）していたわりには、点（てん）が悪（わる）かった。

1秒後影子跟讀

譯 雖然努力用功了，但分數卻不理想。

出題重點 「きちんと」表示做事情有秩序、整齊或正確無誤。陷阱可能有「しっかり」指的是做事情堅定不移、有力度或徹底，往往強調其牢固或確定性；「ちゃんと」意味著確實地或如期地完成某事，強調沒有偷懶或遺漏。與「きちんと」的整齊和有秩序相比，「しっかり」更偏向於強度和牢固性，而「ちゃんと」則強調完成度和確實性。※ 題型 3

文法 わりには [雖然…但是]：表示結果跟前項條件不成比例、有出入，或不相稱。

生字 点（てん）／分數

副 きちんと

整齊，乾乾淨淨；恰好，洽當；如期，準時；好好地，牢牢地

類 正確（せいかく）に 正確地

對 適当（てきとう）に 隨便地

讀書計劃：□□／□□

□□□ 0317

例 キッチンは流し台がすぐに汚れてしまいます。

1秒後影子跟讀

譯 廚房的流理台一下子就會變髒了。

生字 流し台／流理臺；すぐに／立刻；汚れる／骯髒

名 キッチン【kitchen】

廚房

類 台所　廚房

對 リビング【living】客廳

□□□ 0318

例 あしたはきっと晴れるでしょう。

1秒後影子跟讀

譯 明天一定會放晴。

出題重點 「きっと」另一說法是「必ず（かならず）」（必定）。

例 きっと成功するでしょう／他一定會成功的。

例 必ず成功するでしょう／他一定會成功的。

「きっと」和「必ず」都可以用於表示對某事情的確信或強烈的信念。不過，「きっと」通常帶有一種假設或推測，及期望的語氣，而「必ず」則更強調確定性和絕對性。※ 題型 4

情境記憶 什麼心情

●もちろん行く／當然前往。

生字 晴れる／晴朗

副 きっと

一定，必定；（神色等）嚴厲地，嚴肅地

類 確かに　確定地

對 たぶん　也許

□□□ 0319

例 あなたのおかげで、希望を持つことができました。

1秒後影子跟讀

譯 多虧你的加油打氣，我才能懷抱希望。

文法 おかげで［多虧…］：由於受到某種恩惠，導致後面好的結果。常帶有感謝的語氣。

生字 持つ／抱持

名・他サ きぼう【希望】

希望，期望，願望

類 願い　願望

對 絶望　絕望

□□□ 0320

例 平仮名は日本語の基本ですから、しっかり覚えてください。

1秒後影子跟讀

譯 平假名是日文的基礎，請務必背誦起來。

生字 しっかり／確實地；覚える／學會

名 きほん【基本】

基本，基礎，根本

類 原則　原則

對 特例　特例

□□□ 0321

例 中国語は、基本的な挨拶ができるだけです。

1秒後影子跟讀

譯 中文只會最簡單的打招呼而已。

出題重點「基本的な」描述了某事物的基礎或基本特性。陷阱可能是「基方的な」中的「方」表示方向或方法；「棋本的な」裡的「棋」指的是棋盤遊戲；「棋方的な」結合了前兩單字的誤導之處。※ 題型 2

情境記憶 什麼心情

● 重要な資料／重要的資料。

文法 だけ［只；僅僅］：表示只限於某範圍，除此以外沒有別的了。

生字 挨拶／問候

形動 き｜ほんてき（な）【基本的（な）】

基本的

類 一般的　普遍的

對 特異的　特異的

□□□ 0322

例 グループに加わるからには、決まりはちゃんと守ります。

1秒後影子跟讀

譯 既然加入這團體，就會好好遵守規則。

文法 からには［既然…，就…］：表示既然到了這種情況，後面就要「貫徹到底」的說法

生字 グループ／團體；ちゃんと／嚴格地

名 き｜まり【決まり】

規定，規則；習慣，常規，慣例；終結；收拾整頓

類 規則　規則

對 自由　自由

□□□ 0323

例 どうしても客室乗務員になりたい、でも身長が足りない。

1秒後影子跟讀

譯 我很想當空姐，但是個子不夠高。

文法 たい［想要…］：表示說話者的內心想做、想要的。

生字 身長／身高；足りる／足夠

名 きゃ｜くしつじょうむいん【客室乗務員】

（車、飛機、輪船上）服務員

類 キャビンアテンダント【Cabin Attendant】　空姐

對 パイロット【pilot】　飛行員

□□□ 0324

例 休憩どころか、食事する暇もない。

1秒後影子跟讀

譯 別說是吃飯，就連休息的時間也沒有。

生字 暇／閒暇

名・自サ きゅ｜うけい【休憩】

休息

類 休息　休息

對 労働　工作

讀書計劃：□□／□□

□□□ 0325

例 たとえ急行(きゅうこう)に乗(の)ったとしても、間(ま)に合(あ)わない。

1秒後影子跟讀

譯 就算搭上了快車也來不及。

文法 たとえ～ても［即使…也…］：表示讓步關係，即使是在前項極端的條件下，後項結果仍然成立；としても［即使…，也…］：表示假設前項是事實或成立，後項也不會起有效的作用。

生字 間(ま)に合(あ)う／趕得上

名・自サ きゅうこう【急行】

急忙前往，急趕；急行列車

類 快速(かいそく)　快速

對 各駅停車(かくえきていしゃ)　普通列車

□□□ 0326　Track 16

例 せっかくの休日(きゅうじつ)に、何(なに)もしないでだらだら過(す)ごすのは嫌(いや)です。

1秒後影子跟讀

譯 我討厭在難得的假日，什麼也不做地閒晃一整天。

生字 せっかく／難得；だらだら／渾渾噩噩地

名 きゅうじつ【休日】

假日，休息日

類 休暇(きゅうか)　休假日

對 労働日(ろうどうび)　工作日

□□□ 0327

例 多摩(たま)丘陵(きゅうりょう)は、東京都(とうきょうと)から神奈川県(かながわけん)にかけて広(ひろ)がっている。

1秒後影子跟讀

譯 多摩丘陵的分布範圍從東京都遍及神奈川縣。

文法 から～にかけて［從…到…］：表示兩地點、時間之間一直連續發生某事或某狀態。

生字 広(ひろ)がる／展延

名 きゅうりょう【丘陵】

丘陵

類 小山(こやま)　小山

對 山(やま)　山

□□□ 0328

例 来年(らいねん)こそは給料(きゅうりょう)が上(あ)がるといいなあ。

1秒後影子跟讀

譯 真希望明年一定要加薪啊。

出題重點 「給料」唸音讀「きゅうりょう」。指工作的酬勞或工資。陷阱可能有讀音不符的「きゅうよ」；「ょ變ゅ」的「きゅうりゅう」；小字變大字「ゅ變ゆ」的「きゆうりょう」。※ 題型 1

文法 こそ［無論如何］：特別強調某事物；といいなあ［就好了］：前項是難以實現或是與事實相反的情況，表現說話者遺憾、不滿、感嘆的心情。

生字 上(あ)がる／提升

名 きゅうりょう【給料】

工資，薪水

類 月謝(げっしゃ)　月酬

對 賞金(しょうきん)　獎金

□□□ 0329

例 信仰している宗教はありますか。

1秒後影子跟讀

譯 請問您有宗教信仰嗎？

生字 信仰／信仰

漢造 きょう【教】

教，教導；宗教

類 指導 指導

對 学習 學習

□□□ 0330

例 段落を分けるには、行を改めて頭を一字分空けます。

1秒後影子跟讀

譯 分段時請換行，並於起頭處空一格。

生字 分ける／分隔；改めて／重新

名·造語 ぎょう【行】

（字的）行；（佛）修行；行書

類 列 列

對 段 階段

□□□ 0331

例 父は金融業で働いています。

1秒後影子跟讀

譯 家父在金融業工作。

出題重點 「業」多指的是職業或業務。類似單字有：「仕事（しごと）」直接指的是工作或職務；「職業（しょくぎょう）」指的是某人從事的長期工作或事業。兩者與「ぎょう」的區別在於，「しごと」常用於日常生活中描述工作，而「しょくぎょう」強調事業性或長期性。※ 題型 3

必考音訓讀

●疑＝ギ・うたが（う）／疑問，懷疑

生字 金融／金融

名·造語 ぎょう【業】

業，職業；事業；學業

類 職業 職業

對 趣味 興趣

□□□ 0332

例 小学校の教員になりました。

1秒後影子跟讀

譯 我當上小學的教職員了。

生字 小学校／小學

名 きょういん【教員】

教師，教員

類 教育者 教育者

對 学生 學生

讀書計劃：□□／□□

□□□ 0333

例 今日は教科書の 21 ページからですね。

1秒後影子跟讀

譯 今天是從課本的第 21 頁開始上吧？

生字 ページ／頁

名 きょうかしょ【教科書】

教科書，教材

類 テキスト【text】 教材

對 小説 小説

□□□ 0334

例 両親とも、高校の教師です。

1秒後影子跟讀

譯 我父母都是高中老師。

生字 両親／雙親

名 きょうし【教師】

教師，老師

類 先生 老師

對 生徒 學生

□□□ 0335

例 先生は、この点について特に強調していた。

1秒後影子跟讀

譯 老師曾特別強調這個部分。

出題重點 「強調」表示了「強烈地指出或者突出」的意思。這兩個漢字的字型相似的單字有：「張」與「強」，以及「諜」與「調」。「張」的意思是拉伸或者是紙張，「諜」是間諜或偵查的意思。※ 題型 2

必考音訓讀

●強 ＝キョウ、ゴウ・つよ（い）／強烈，加強

●共＝キョウ・とも／共同，分享

生字 特に／特別地

名・他サ きょうちょう【強調】

強調；權力主張；（行情）看漲

類 重視 重視

對 軽視 輕視

□□□ 0336

例 成功者に共通している 10 の法則はこれだ。

1秒後影子跟讀

譯 成功者的 10 項共同法則就是這些！

生字 法則／定律

名・形動・自サ きょうつう【共通】

共同，通用

類 一般的 普遍的

對 独特 獨特

□□□ 0337

例 友達(ともだち)が協力(きょうりょく)してくれたおかげで、彼女(かのじょ)とデートができた。

1秒後影子跟讀

譯 多虧朋友們從中幫忙撮合，所以才有辦法約她出來。

文法 おかげで［多虧…］：由於受到某種恩惠，導致後面好的結果。常帶有感謝的語氣。

名・自サ **きょうりょく【協力】**

協力，合作，共同努力，配合

類 助力(じょりょく) 援助

對 対立(たいりつ) 對立

□□□ 0338

例 妹(いもうと)が書(か)いた歌詞(かし)に私(わたし)が曲(きょく)をつけて、ネットで発表(はっぴょう)しました。

1秒後影子跟讀

譯 我把妹妹寫的詞譜成歌曲後，放到網路上發表了。

生字 歌詞(かし)／歌詞；つける／譜上；発表(はっぴょう)／公布

名・造語 **きょく【曲】**

曲調；歌曲；彎曲

類 歌(うた) 歌曲

對 文章(ぶんしょう) 文章

□□□ 0339

例 距離(きょり)は遠(とお)いといっても、車(くるま)で行(い)けばすぐです。

1秒後影子跟讀

譯 雖說距離遠，但開車馬上就到了。

文法 といっても［雖說…，但…］：表示承認前項的說法，但同時在後項做部分的修正。

名 **きょり【距離】**

距離，間隔，差距

類 間隔(かんかく) 間距

對 接近(せっきん) 靠近

□□□ 0340

例 恐(おそ)れ入(い)ります。今(いま)、名刺(めいし)を切(き)らしておりまして……。

1秒後影子跟讀

譯 不好意思，現在手邊的名片正好用完……。

出題重點 「切らす」有用完、耗盡之意。另一說法是「使い果たす（つかいはたす）」（用光、用完）。

例 彼は紙を全部切らした／他用完了所有的紙。

例 彼は紙を全部使い果たした／他用完了所有的紙。

兩者都可以用在表示用完或耗盡某物之意，但「切らす」更常用於日常生活中的物品，如用完紙或油等，而「使い果たす」較為正式，多用於描述資源或能量的消耗。※ 題型 4

生字 恐(おそ)れ入(い)る／真是不好意思

他五 **きらす【切らす】**

用盡，用光

類 使(つか)い果(は)たす 用完

對 溜(た)める 儲存

讀書計劃：□□／□□

□□□ 0341

例 期限ぎりぎりまで待ちましょう。

1秒後影子跟讀

譯 我們就等到最後的期限吧！

生字 期限／期限

名・副・他サ **ぎりぎり**

(容量等) 最大限度 極限;(摩擦的) 嘎吱聲

類 限界　極限

對 余裕　餘裕

□□□ 0342

例 たこの糸が切れてしまった。

1秒後影子跟讀

譯 風箏線斷掉了。

生字 たこ／風箏；糸／線

自下一 **きれる【切れる】**

斷；用盡

類 折れる　斷裂

對 結ぶ　連接

□□□ 0343

例 記録からして、大した選手じゃないのはわかっていた。

1秒後影子跟讀

譯 就紀錄來看，可知道他並不是很厲害的選手。

生字 大した／確實不怎麼樣；選手／選手

名・他サ **きろく【記録】**

記錄，記載，(體育比賽的) 紀錄

類 文書　文件

對 忘れ　忘記

□□□ 0344

例 彼なら、金メダルが取れるんじゃないかと思う。

1秒後影子跟讀

譯 如果是他，我想應該可以奪下金牌。

出題重點 「金」主要意指金錢或金屬。類似單字有：「お金（おかね）」特指貨幣或金錢；「合金（ごうきん）」指的是兩種或多種金屬混合形成的材料。兩者與「きん」的區別在於，「おかね」強調金錢的概念，而「ごうきん」特指金屬的混合物。※ 題型 3

慣用語

● 目標を設定する／設定目標。

文法 んじゃないかと思う [應該可以]：表示意見跟主張。

生字 金メダル／金牌；取る／奪取

名・造語 **きん【金】**

黃金，金子；金錢

類 お金　錢

對 貧乏　貧窮

あ か さ た な は ま や ら わ 練習

□□□ 0345

例 校舍内（こうしゃない）は禁煙（きんえん）です。外（そと）の喫煙所（きつえんしょ）をご利用（りよう）ください。

1秒後影子跟讀

譯 校園內禁煙，請到外面的吸菸區。

生字 喫煙所（きつえんしょ）／吸菸區；利用（りよう）／利用

名・自サ きんえん【禁煙】

禁止吸菸；禁菸，戒菸

類 非喫煙（ひきつえん） 不抽煙

對 喫煙（きつえん） 抽煙

□□□ 0346

例 佐藤（さとう）さんの子（こ）どもは二人（ふたり）とも銀行員（ぎんこういん）です。

1秒後影子跟讀

譯 佐藤太太的兩個小孩都在銀行工作。

名 ぎんこういん【銀行員】

銀行行員

類 銀行家（ぎんこうか） 銀行家

對 医者（いしゃ） 醫生

□□□ 0347

例 病室（びょうしつ）では、喫煙（きつえん）だけでなく、携帯電話（けいたいでんわ）の使用（しよう）も禁止（きんし）されている。

1秒後影子跟讀

譯 病房內不止抽煙，就連使用手機也是被禁止的。

出題重點 「禁止」唸音讀「きんし」。指不被允許或不准做某事。陷阱可能有尾音變濁音「きんじ」；「き變か」的「かんし」；「き變け」的「けんし」。※ 題型 1

必考音訓讀

●禁＝キン・とど（める）／禁止，限制

●勤 ＝キン、ゴン・つと(める)／勤奮，上班

生字 喫煙（きつえん）／抽菸；使用（しよう）／使用

名・他サ きんし【禁止】

禁止

類 禁（きん）じる 禁止

對 許可（きょか） 允許

□□□ 0348

例 近所（きんじょ）の子（こ）どもたちに昔（むかし）の歌（うた）を教（おし）えています。

1秒後影子跟讀

譯 我教附近的孩子們唱老歌。

生字 昔（むかし）／昔日；教（おし）える／教授

名 きんじょ【近所】

附近，左近，近郊

類 近（ちか）く 附近

對 遠（とお）く 遠處

讀書計劃：□□／□□

□□□ 0349

例 彼(かれ)が緊張(きんちょう)しているところに声(こえ)をかけると、もっと緊張(きんちょう)するよ。
1秒後影子跟讀

譯 在他緊張的時候跟他說話，他會更緊張的啦！

名・自サ **きんちょう【緊張】**
緊張
類 プレッシャー【pressure】壓力
對 リラックス【relax】放鬆

出題重點 「緊張」指的是一種情緒狀態，通常與焦慮或不安相關。類似單字有：「プレッシャー」，原為英語「pressure」的音譯，指的是壓力或迫使某人感到壓迫的力量；「不安（ふあん）」直接指的是不確定或擔憂的感覺。兩者與「きんちょう」的區別在於，「プレッシャー」更偏向外部給予的壓力，而「ふあん」更強調內心的不安定。※ 題型 3

文法 ところに［…的時候］：表示行為主體正在做某事的時候，發生了其他的事情。

生字 かける／搭（話）

□□□ 0350 Track 17

例 「古池(ふるいけ)や蛙(かわず)飛(と)びこむ水(みず)の音(おと)」。この句(く)の季語(きご)は何(なん)ですか。
1秒後影子跟讀

譯 「蛙入古池水有聲」這首俳句的季語是什麼呢？

名 **く【句】**
字，字句；俳句
類 文(ぶん) 句子
對 段落(だんらく) 段落

生字 飛(と)び込(こ)む／跳入；季語(きご)／表示季節的詞語

□□□ 0351

例 テレビのクイズ番組(ばんぐみ)に参加(さんか)してみたい。
1秒後影子跟讀

譯 我想去參加電視台的益智節目。

名 **クイズ【quiz】**
回答比賽，猜謎；考試
類 問題(もんだい) 問題
對 答(こた)え 答案

文法 たい［想要…］：表示說話者的內心想做、想要的。
生字 番組(ばんぐみ)／節目；参加(さんか)／參加

□□□ 0352

例 空(くう)に消(き)える。
1秒後影子跟讀

譯 消失在空中。

名・形動・漢造 **くう【空】**
空中，空間；空虛
類 空気(くうき) 空氣
對 地(ち) 地面

生字 消(き)える／消失

□□□ 0353

例 暑(あつ)いといっても、クーラーをつけるほどではない。

1秒後影子跟讀

譯 雖說熱，但還不到需要開冷氣的程度。

文法 ほど～ない[沒那麼…]：表示程度並沒有那麼高。

生字 つける／開啟（電器）

名 クーラー【cooler】

冷氣設備

類 冷房(れいぼう) 冷氣

對 暖房(だんぼう) 暖氣

□□□ 0354

例 この臭(くさ)いにおいは、いったい何(なん)だろう。

1秒後影子跟讀

譯 這種臭味的來源到底是什麼呢？

出題重點 「臭い」指的是不愉快或強烈的氣味。陷阱可能有「におい」是一個中性詞，表示任何氣味，無論好或壞；「悪臭（あくしゅう）」指的是特別刺鼻或極度不愉快的臭味，比「くさい」更強烈，通常用於非常不好的氣味。與「くさい」的一般的不好氣味相比，「におい」更為中性，而「悪臭」則強調極端的不愉快感。※ 題型 3

高頻詞語搭配

● ゴミが臭(くさ)い／垃圾發臭。

生字 匂(にお)い／味道

形 くさい【臭い】

臭

類 匂(にお)い 香味

對 香(かお)り 香氣

□□□ 0355

例 それ、腐(くさ)りかけてるみたいだね。捨(す)てた方(ほう)がいいんじゃない。

1秒後影子跟讀

譯 那東西好像開始腐敗了，還是丟了比較好吧。

文法 みたいだ[好像…]：表示不是很確定的推測或判斷。

生字 捨(す)てる／扔掉

自五 くさる【腐る】

腐臭，腐爛；金屬鏽，爛；墮落，腐敗；消沉，氣餒

類 腐敗(ふはい) 腐敗

對 新鮮(しんせん) 新鮮的

□□□ 0356

例 くしで髪(かみ)をとかすとき、髪(かみ)がいっぱい抜(ぬ)けるので心配(しんぱい)です。

1秒後影子跟讀

譯 用梳子梳開頭髮的時候會扯下很多髮絲，讓我很憂心。

生字 とかす／梳理；抜(ぬ)ける／掉落

名 くし【櫛】

梳子

類 ブラシ【brush】 刷子

對 タオル【towel】 毛巾

讀書計劃：□□／□□

□□□ 0357

例 発表(はっぴょう)の順番(じゅんばん)はくじで決(き)めましょう。

1秒後影子跟讀

譯 上台發表的順序就用抽籤來決定吧。

生字 発表(はっぴょう)／公告；順番(じゅんばん)／次序

名 くじ【籤】

籤；抽籤

類 抽選(ちゅうせん) 抽選

對 選(えら)ぶ 選擇

□□□ 0358

例 日本(にほん)では薬代(くすりだい)はとても高(たか)いです。

1秒後影子跟讀

譯 日本的藥價非常昂貴。

生字 とても／相當地

名 くすりだい【薬代】

藥費

類 治療代(ちりょうだい) 醫療費

對 食事代(しょくじだい) 餐食費用

□□□ 0359

例 薬指(くすりゆび)に、結婚指輪(けっこんゆびわ)をはめている。

1秒後影子跟讀

譯 她的無名指上，戴著結婚戒指。

生字 指輪(ゆびわ)／戒指；嵌(は)める／戴上

名 くすりゆび【薬指】

無名指

類 指(ゆび) 手指

對 足(あし) 腳

□□□ 0360

例 まず、朝寝坊(あさねぼう)の癖(くせ)を直(なお)すことですね。

1秒後影子跟讀

譯 首先，你要做的是把你的早上賴床的習慣改掉。

出題重點 「癖」通常指的是某人的特定習慣或特點，也可以指頭髮的自然捲。類似單字有：「習慣（しゅうかん）」指的是經常重複的行為或做事的方式；「特性（とくせい）」是指某物或某人的獨特特質或屬性。兩者與「くせ」的區別在於，「しゅうかん」強調日常的重複性，而「とくせい」著重於獨特性。※ 題型 3

慣用語

● 詳細(しょうさい)を説明(せつめい)する／解釋詳情。

生字 朝寝坊(あさねぼう)／早上賴床；直(なお)す／糾正

名 くせ【癖】

癖好，脾氣，習慣；(衣服的)摺線；頭髮亂翹

類 習慣(しゅうかん) 習慣

對 普通(ふつう) 正常

□□□ 0361

例 まもなく、下り(くだ)の列車(れっしゃ)が参(まい)ります。

1秒後影子跟讀

譯 下行列車即將進站。

生字 まもなく／即將；参る(まい)／來（敬語）

名 くだり【下り】

下降的；東京往各地的列車

類 降(お)りること 下降

對 上(のぼ)り 上升

□□□ 0362

例 この坂(さか)を下(くだ)っていくと、1時間(じかん)ぐらいで麓(ふもと)の町(まち)に着(つ)きます。

1秒後影子跟讀

譯 只要下了這條坡道，大約一個小時就可以到達山腳下的城鎮了。

出題重點 「下る」指「向下移動」。使用時應注意情境是否與物體或人的下行動作相符。有些情況它不適用於表示價格下降或提供意見等抽象概念。選擇該詞時，應確保句子中的動作與「下る」的具體、物理性的下行意涵相匹配。※ 題型 5

情境記憶

●山(やま)をくだる／從山上下來。

生字 坂(さか)／坡道；麓(ふもと)／山腳下；着く(つ)／抵達

自五 くだる【下る】

下降，下去;下野，脫離公職;由中央到地方；下達；往河的下游去

類 降(ふ)る 下來

對 上(のぼ)る 上去

□□□ 0363

例 冬(ふゆ)になると、唇(くちびる)が乾燥(かんそう)する。

1秒後影子跟讀

譯 一到冬天嘴唇就會乾燥。

生字 乾燥(かんそう)／乾燥

名 くちびる【唇】

嘴唇

類 口(くち) 嘴巴

對 歯(は) 牙齒

□□□ 0364

例 みんな、ゆうべはぐっすり寝(ね)たとか。

1秒後影子跟讀

譯 聽說大家昨晚都一夜好眠。

文法 とか [聽說…]：表示不確定的傳聞。

副 ぐっすり

熟睡，酣睡

類 爆睡(ばくすい) 深睡

對 浅(あさ)い眠(ねむ)り 淺睡

讀書計劃：□□／□□

□□□ 0365

例 どうしてか、首（くび）がちょっと痛（いた）いです。

1秒後影子跟讀

譯 不知道為什麼，脖子有點痛。

名 く|び【首】

頸部

類 頭（あたま） 頭部

對 腕（うで） 手臂

□□□ 0366

例 工夫（くふう）しないことには、問題（もんだい）を解決（かいけつ）できない。

1秒後影子跟讀

譯 如不下點功夫，就沒辦法解決問題。

出題重點 「工夫」唸音讀「くふう」。是指對某事進行巧妙的思考或設計以達到某種目的。陷阱可能有「く變こ」的「こうふ」；缺長音「う」的「くふ」；與原始讀音全異的「こうぶ」。※ 題型 1

必考音訓讀

- 夫 =フウ、フ・おっと／丈夫，工夫
- 富=フウ、フ・と(む)、とみ／富有，富裕

生字 解決（かいけつ）／解決

名・自サ く|ふう【工夫】

設法

類 考え（かんが） 思考

對 無視（むし） 忽視

□□□ 0367

例 父（ちち）は区役所（くやくしょ）で働（はたら）いています。

1秒後影子跟讀

譯 家父在區公所工作。

名 く|や|くしょ【区役所】

(東京都特別區與政令指定都市所屬的) 區公所

類 市役所（しやくしょ） 市政府

對 国（くに） 國家

□□□ 0368

例 試合（しあい）に負（ま）けたので、悔（くや）しくてたまらない。

1秒後影子跟讀

譯 由於比賽輸了，所以懊悔得不得了。

文法 てたまらない[非常…]：前接表示感覺、感情的詞，表示強烈的感情、感覺、慾望等；近てならない[得受不了]

生字 負（ま）ける／敗北

形 く|やし|い【悔しい】

令人懊悔的

類 残念（ざんねん） 遺憾

對 喜び（よろこ） 喜悅

あ か さ た な は ま や ら わ 練習

□□□ 0369

例 クラシックを勉強するからには、ウィーンに行かなければ。

1秒後影子跟讀

譯 既然要學古典音樂，就得去一趟維也納。

文法 からには［既然…，就…］：表示既然到了這種情況，後面就要「貫徹到底」的說法

生字 ウィーン／維也納

名 クラシック【classic】

經典作品，古典作品，古典音樂；古典的

類 古典的 古典

對 モダン【modem】 現代

□□□ 0370

例 親子３人で楽しく暮らしています。

1秒後影子跟讀

譯 親子３人過著快樂的生活。

出題重點 「暮らす」讀法是「くらす」。意思是居住或生活在某處。陷阱可能有「くらい（暗い）」意為暗的；「くれる（暮れる）」意為黃昏或天黑；「くる（来る）」意為來到，出現；以及「くらべる（比べる）」意為比較。※ 題型 1

高頻詞語搭配

- 田舎で暮らす／在鄉下生活。
- 都市で生活する／在城市生活。

生字 親子／父母與子女

自他五 くらす【暮らす】

生活，度日

類 住む 居住

對 訪れる 訪問

□□□ 0371

例 クラスメートはみな仲が良いです。

1秒後影子跟讀

譯 我們班同學相處得十分和睦。

生字 仲／關係

名 クラスメート【classmate】

同班同學

類 友達 朋友

對 先生 老師

□□□ 0372

例 同じ失敗を繰り返すなんて、私はばかだ。

1秒後影子跟讀

譯 竟然犯了相同的錯誤，我真是個笨蛋。

生字 失敗／失敗；ばか／愚蠢

他五 くりかえす【繰り返す】

反覆，重覆

類 何度もする 多次做

對 止める 停止

讀書計劃：□□／□□

□□□ 0373

例 メリークリスマスアンドハッピーニューイヤー。

1秒後影子跟讀

譯 祝你聖誕和新年快樂。（Merry Christmas and Happy New Year）

名 クリスマス【christmas】

聖誕節

類 休日（きゅうじつ） 假日

對 平日（へいじつ） 工作日

□□□ 0374

例 あいつのグループになんか、入（はい）るものか。

1秒後影子跟讀

譯 我才不加入那傢伙的團隊！

文法 なんか［之類的］：用輕視的語氣，談論主題。口語用法。

生字 あいつ／那個傢伙

名 グループ【group】

（共同行動的）集團 夥伴；組，幫，群

類 チーム【team】 團隊

對 個人（こじん） 個人

□□□ 0375

例 「食（た）べ過（す）ぎた。苦（くる）しい～」「それ見（み）たことか」

1秒後影子跟讀

譯 「吃太飽了，好難受……」「誰要你不聽勸告！」

出題重點 「くるしい」另一說法是「つらい」（難受）。

例 病気でとてもくるしい／因為生病感到非常痛苦。

例 病気でとてもつらい／因為生病真的很難受。

兩者都用於形容身體或心靈上的痛苦或不適。然而，「くるしい」主要描述的是身體的疼痛或困難的狀況，而「つらい」則可以用來描述身體上的不適或心靈上的痛苦和壓力。※ 題型 4

生字 過（す）ぎる／過度…；見（み）る／見過

形 くるしい【苦しい】

艱苦；困難；難過；勉強

類 困（こま）る 困難

對 楽（たの）しい 舒適

□□□ 0376

例 去年（きょねん）の暮（く）れに比（くら）べて、景気（けいき）がよくなりました。

1秒後影子跟讀

譯 和去年年底比起來，景氣已回升許多。

文法 に比（くら）べて［與…相比］：表示比較、對照。

生字 景気（けいき）／景氣

名 くれ【暮れ】

日暮，傍晚；季末，年末

類 夕方（ゆうがた） 傍晚

對 朝（あさ） 早上

くろ【黑】

□□□ 0377

例 黒のワンピースに黒の靴なんて、お葬式みたいだよ。

1秒後影子跟讀

譯 怎麼會穿黑色的洋裝還搭上黑色的鞋子，簡直像去參加葬禮似的。

文法 なんて［怎麼會］：表示用輕視的語氣，談論主題；近 なんて言う［那種；之類的（輕視語氣）］

生字 ワンピース／連身裙；葬式／葬禮

名 くろ【黒】

黑，黑色；犯罪，罪犯

類 色 顏色

對 白 白色

□□□ 0378

例 あの人なら、きっと事情を詳しく知っている。

1秒後影子跟讀

譯 若是那個人，一定對整件事的來龍去脈一清二楚。

出題重點 「詳しい」意為「詳細」或「熟悉」。當選擇使用「詳しい」時，需要確認其上下文是否能夠表達某事物具有詳細的信息，或某人對某事物有深入的了解。例如，在描述報告、資料或研究時，其資訊可以是「詳細的」，而人則可能對某主題「熟悉」。注意避免在不合適的情境中使用。※ 題型 5

情境記憶 什麼狀態

●貧しい家庭／貧窮的家庭。

生字 事情／情況

形 くわしい【詳しい】

詳細；精通，熟悉

類 詳細 詳細的

對 曖昧 模糊的

□□□ 0379

Track18

例 このドラマは将軍家の一族の話です。

1秒後影子跟讀

譯 那齣連續劇是描述將軍家族的故事。

生字 ドラマ／連續劇；一族／家族

接尾 け【家】

家，家族

類 住居 住所

對 学校 學校

□□□ 0380

例 計 3,500 円をカードで払った。

1秒後影子跟讀

譯 以信用卡付了總額 3500 圓。

生字 カード／（信用）卡

名 けい【計】

總計，合計；計畫，計

類 計算 計算

對 推測 猜測

讀書計劃：□□／□□

□□□ 0381

例 お年寄り(としより)に敬意(けいい)をもって接(せっ)する。

1秒後影子跟讀

譯 心懷尊敬對待老年人。

生字 接(せっ)する／對待

名 けいい【敬意】

尊敬對方的心情，敬意

類 尊敬(そんけい) 尊重

對 侮辱(ぶじょく) 侮辱

□□□ 0382

例 経営(けいえい)はうまくいっているが、人間関係(にんげんかんけい)がよくない。

1秒後影子跟讀

譯 經營上雖不錯，但人際關係卻不好。

出題重點 「経営」描述了經營或管理業務、組織、企業等的活動。陷阱可能以「軽営、経影」等漢字意思接近的形式出現，但這可能不是日文說法，和文脈不一致的字。只是其中的「軽」指的是輕或不重要的意思；「影」表示影子或影像的意思。※ 題型 2

必考音訓讀

●経 ＝ケイ・へ(る)、た(つ)／經過，經濟

生字 うまい／成功的；人間関係(にんげんかんけい)／人際關係

名・他サ けいえい【経営】

經營，管理

類 ビジネス【business】 商業

對 消費(しょうひ) 消費

□□□ 0383

例 外国人(がいこくじん)ばかりでなく、日本人(にほんじん)にとっても敬語(けいご)は難(むずか)しい。

1秒後影子跟讀

譯 不單是外國人，對日本人而言，敬語的使用同樣非常困難。

文法 ばかりでなく［不僅…］：表示除前項的情況之外，還有後項程度更甚的情況。

生字 難(むずか)しい／困難的

名 けいご【敬語】

敬語

類 丁寧語(ていねいご) 禮貌語

對 俗語(ぞくご) 俚語

□□□ 0384

例 蛍光灯(けいこうとう)の調子(ちょうし)が悪(わる)くて、ちかちかする。

1秒後影子跟讀

譯 日光燈的狀態不太好，一直閃個不停。

生字 調子(ちょうし)／狀態；ちかちか／閃爍

名 けいこうとう【蛍光灯】

螢光燈，日光燈

類 電灯(でんとう) 電燈

對 蝋燭(ろうそく) 蠟燭

□□□ 0385

例 どんな女性（じょせい）が警察官（けいさつかん）の妻（つま）に向（む）いていますか。

1秒後影子跟讀

譯 什麼樣的女性適合當警官的妻子呢？

生字 向（む）く／適合

名 けいさつかん【警察官】

警察官，警官

類 警官（けいかん） 警員

對 消防士（しょうぼうし） 消防員

□□□ 0386

例 容疑者（ようぎしゃ）が警察署（けいさつしょ）に連（つ）れて行（い）かれた。

1秒後影子跟讀

譯 嫌犯被帶去了警局。

生字 容疑者（ようぎしゃ）／嫌疑犯；連（つ）れる／帶領

名 けいさつしょ【警察署】

警察署

類 交番（こうばん） 派出所

對 消防署（しょうぼうしょ） 消防署

□□□ 0387

例 商売（しょうばい）をしているだけあって、計算（けいさん）が速（はや）い。

1秒後影子跟讀

譯 不愧是做買賣的，計算得真快。

出題重點 「計算」唸音讀「けいさん」。指進行數學運算或估算某些事物。陷阱可能有少「ん」音的「けいさ」；用濁音「ざ」誤導的「けいざん」；「けい變き」的「きさん」。※ 題型 1

情境記憶

●利息（りそく）が計算（けいさん）される／計算利息。

●銀行（ぎんこう）で振込（ふりこみ）する／在銀行轉帳。

生字 商売（しょうばい）／經商

名・他サ けいさん【計算】

計算，演算；估計，算計，考慮

類 数学（すうがく） 數學

對 文学（ぶんがく） 文學

□□□ 0388

例 芸術（げいじゅつ）のことなどわからないくせに、偉（えら）そうなことを言（い）うな。

1秒後影子跟讀

譯 明明就不懂藝術，就別再自吹自擂說大話了。

文法 くせに［明明…，卻…］：根據前項的條件，出現後項讓人覺得可笑的、不相稱的情況。

生字 偉（えら）い／自以為是的

名 げいじゅつ【芸術】

藝術

類 美術（びじゅつ） 美術

對 科学（かがく） 科學

讀書計劃：□□／□□

□□□ 0389

例 携帯電話(けいたいでんわ)だけで、家(いえ)の電話(でんわ)はありません。

1秒後影子跟讀

譯 只有行動電話，沒有家用電話。

出題重點 「携帯」表示「手機」或「可攜帶的」之意。「携」意為「攜帶、持有」，字與「搋」字形相似。「搋」意為「揉、攪拌」。「帯」意為「帶子、束縛」，漢字為「帶」，字與「滞」字形相似。「滞」表示「滯留、停滯」。雖然這些字形似，但意義差異大，須注意。※ 題型 2

文法 だけ [只有…]：表示除此之外，別無其它；近だけ（で）[光…就…]

生字 電話(でんわ)／電話

名・他サ けいたい【携帯】

攜帶；手機（「携帯電話（けいたいでんわ）」的簡稱）

類 スマホ【smart phone 之略】智能手機

對 固定電話(こていでんわ)　座機

□□□ 0390

例 契約(けいやく)を結(むす)ぶ際(さい)は、はんこが必要(ひつよう)です。

1秒後影子跟讀

譯 在簽訂契約的時候，必須用到印章。

文法 際(さい)は [在…時]：表示動作、行為進行的時候。

生字 結(むす)ぶ／締結；はんこ／印章

名・自他サ けいやく【契約】

契約，合同

類 契約書(けいやくしょ)　合同

對 解約(かいやく)　解約

□□□ 0391

例 新宿(しんじゅく)を経由(けいゆ)して、東京駅(とうきょうえき)まで行(い)きます。

1秒後影子跟讀

譯 我經新宿，前往東京車站。

名・自サ けいゆ【経由】

經過，經由

類 通過(つうか)　經過

對 直行(ちょっこう)　直達

□□□ 0392

例 ゲームばかりしているわりには、成績(せいせき)は悪(わる)くない。

1秒後影子跟讀

譯 儘管他老是打電玩，但是成績還不壞。

文法 わりには [雖然…但是…]：表示結果跟前項條件不成比例、有出入，或不相稱。

生字 成績(せいせき)／學業表現

名 ゲーム【game】

遊戲，娛樂；比賽

類 遊(あそ)び　遊戲

對 仕事(しごと)　工作

□□□ 0393

例 駅の裏に新しい劇場を建てるということだ。

1秒後影子跟讀

譯 聽說車站後面將會建蓋一座新劇場。

文法 ということだ [據說…]：從某特定的人或外界獲取的傳聞、資訊。

生字 裏／後面；建てる／興建

名 げきじょう【劇場】

劇院，劇場，電影院

類 映画館 電影院

對 図書館 圖書館

□□□ 0394

例 もう3月も下旬だけれど、春というよりまだ冬だ。

1秒後影子跟讀

譯 都已經是3月下旬了，但與其說是春天，根本還在冬天。

文法 というより [與其說…，還不如說…]：表示在相比較的情況下，後項的說法比前項更恰當。

名 げじゅん【下旬】

下旬

類 月末 月底

對 上旬 月初

□□□ 0395

例 彼女はトイレで化粧しているところだ。

1秒後影子跟讀

譯 她正在洗手間化妝。

出題重點 「化粧」唸音讀「けしょう」。指塗抹化妝品來修飾或保護皮膚。陷阱可能有讀音不符「かしょ」；缺長音「う」的「けしょ」；用另一音讀「け變か」誤導的「かしょう」。※ 題型1

慣用語

- 知識を共有する／分享知識。
- 結論を導く／得出結論。

生字 トイレ／化妝室

名・自サ けしょう【化粧】

化妝，打扮；修飾，裝飾，裝潢

類 メイクアップ 妝容

對 洗顔 洗臉

□□□ 0396

例 桁が一つ違うから、高くて買えないよ。

1秒後影子跟讀

譯 因為價格上多了一個零，太貴買不下手啦！

生字 違う／差異

名 けた【桁】

(房屋、橋樑的) 橫樑，桁架；算盤的主柱；數字的位數

類 桁数 位數

對 計量 測量

讀書計劃：□□／□□

□□□ 0397

例 彼(かれ)は、経済観念(けいざいかんねん)があるというより、けちなんだと思(おも)います。
1秒後影子跟讀

譯 與其說他有理財觀念，倒不如說是小氣。

出題重點 「けち」表示吝嗇或不願意花錢的性格。陷阱可能有「貧乏くさい（びんぼうくさい）」意味著表現得像是貧窮或不願意花錢，但這更多是指外在的行為或打扮，不一定真的吝嗇。與「けち」的真實吝嗇相比，「貧乏くさい」可能只是外在的表現或行為。※ 題型 3

文法 というより [與其說…，還不如說…]：表示在相比較的情況下，後項的說法比前項更恰當。

生字 経済(けいざい)／財務；観念(かんねん)／概念

名·形動 **けち**

吝嗇，小氣（的人）；卑賤，簡陋，心胸狹窄，不值錢

類 節約家(せつやくか) 節儉家

對 浪費家 揮霍家

□□□ 0398

例 ハンバーグにはケチャップをつけます。
1秒後影子跟讀

譯 把蕃茄醬澆淋在漢堡肉上。

生字 ハンバーグ／漢堡排；つける／塗抹

名 **ケチャップ【ketchup】**

蕃茄醬

類 トマトソース【tomatosauce】 番茄醬

對 マヨネーズ【(法) mayonnaise】美乃滋

□□□ 0399

例 検査(けんさ)では、まず血液(けつえき)を取(と)らなければなりません。
1秒後影子跟讀

譯 在檢查項目中，首先就得先抽血才行。

生字 検査(けんさ)／體檢；取(と)る／採集

名 **けつえき【血液】**

血，血液

類 血(ち) 血

對 汗(あせ) 汗

□□□ 0400

例 コーチのおかげでよい結果(けっか)が出(だ)せた。
1秒後影子跟讀

譯 多虧教練的指導，比賽結果相當好。

文法 おかげで [多虧…]：由於受到某種恩惠，導致後面好的結果。常帶有感謝的語氣。

生字 コーチ／教練；出(だ)す／達成

名·自他サ **けっか【結果】**

結果，結局

類 結論(けつろん) 結論

對 過程(かてい) 過程

□□□ 0401

例 病気のため学校を欠席する。

1秒後影子跟讀

譯 因生病而沒去學校。

生字 病気／生病；ため／原因

名・自サ けっせき【欠席】

缺席

類 不在　不在

對 出席　出席

□□□ 0402

例 給料は、月末に支払われる。

1秒後影子跟讀

譯 薪資在月底支付。

生字 給料／薪水；支払う／支付

名 げつまつ【月末】

月末，月底

類 月の終わり　月尾

對 月初め　月初

□□□ 0403

例 喫茶店は、たばこの煙でいっぱいだった。

1秒後影子跟讀

譯 咖啡廳裡，瀰漫著香煙的煙。

出題重點 「煙」主要指的是由燃燒物產生的氣態物質。類似單字有：「煙幕（えんまく）」，這通常是指軍事用途中用來遮蔽視線的煙霧，也可以比喻遮掩真相或欺騙的行為；「スモッグ」指的是由於空氣污染所形成的霧霾。兩者與「けむり」的區別是，「えんまく」有具體或比喻的遮蔽功能，而「スモッグ」指的是特定的污染現象。※ 題型 3

必考音訓讀

● 煙 ＝エン・けむ (る)、けむり／煙霧，香煙

生字 喫茶店／咖啡廳；いっぱい／瀰漫

名 けむり【煙】

煙

類 スモーク【smoke】　煙霧

對 クリアエア【clear air】　清新空氣

□□□ 0404

例 ボールを蹴ったら、隣のうちに入ってしまった。

1秒後影子跟讀

譯 球一踢就飛到隔壁的屋裡去了。

生字 ボール／球；入る／飛入

他五 ける【蹴る】

踢；沖破（浪等）；拒絕，駁回

類 打つ　打

對 投げる　投擲

讀書計劃：□□／□□

□□□ 0405

例 小さい村なのに、薬屋が３軒もある。

1秒後影子跟讀

譯 雖然只是一個小村莊，藥房卻多達３家。

生字 村／村莊；薬屋／藥鋪

漢造 けん・げん【軒】

軒昂，高昂；屋簷；表房屋數量，書齋，商店等雅號

類 家の軒　屋檐

對 部屋　房間

□□□ 0406

例 若いときからたばこを吸っていたわりに、健康です。

1秒後影子跟讀

譯 儘管從年輕時就開始抽菸了，但身體依然健康。

文法 わりに［雖然…但是…］：表示結果跟前項條件不成比例、有出入，或不相稱。

生字 たばこ／香菸；吸う／吸入

形動 けんこう【健康】

健康的，健全的

類 健やか　健康

對 病気　生病

□□□ 0407

例 病気かどうかは、検査をしてみないと分からない。

1秒後影子跟讀

譯 生病與否必須做檢查，否則無法判定。

出題重點 「検査」另一說法是「調査（ちょうさ）」（調查、研究）。

例 荷物の検査が必要です／需要檢查行李。

例 荷物の調査が必要です／需要調查行李。

兩者都可表示檢查或調查某事之意，但「検査」主要用於具體的物品或健康檢查，如行李檢查或體檢，而「調査」除了具體的物品檢查外，還可以表示資料、事實或情況的調查。※ 題型４

生字 病気／生病

名・他サ けんさ【検査】

檢查，檢驗

類 調査　調查

對 治療　治療

□□□ 0408

例 この方法は、現代ではあまり使われません。

1秒後影子跟讀

譯 那個方法現代已經不常使用了。

生字 方法／方式；あまり／（不）怎麼

名 げんだい【現代】

現代，當代；(歷史) 現代（日本史上指二次世界大戰後）

類 今　現在

對 過去　過去

あ か さ た な は ま や ら わ 練習

□□□ 0409

例 このビルは有名な建築家が設計したそうです。

1秒後影子跟讀

譯 聽說這棟建築物是由一位著名的建築師設計的。

生字 有名／知名的；設計／繪製

名 けんちくか【建築家】

建築師

類 設計師　設計師

對 彫刻家　雕塑家

□□□ 0410

例 県庁のとなりにきれいな公園があります。

1秒後影子跟讀

譯 在縣政府的旁邊有座美麗的公園。

生字 となり／鄰近；きれい／美麗的

名 けんちょう【県庁】

縣政府

類 行政機関　行政機關

對 市役所　市政府

□□□ 0411

例 新幹線の切符も自動券売機で買うことができます。

1秒後影子跟讀

譯 新幹線的車票也可以在自動販賣機買得到。

出題重點 「自動販売機」是指自動售賣機，它不僅限於售票，還可以售賣飲料、食品等其他商品。

「ATM」或「キャッシュディスペンサー」專指自動提款機或現金分配機，主要用於提款或存款等銀行交易。

「けんばいき」主要是為了購票，「じどうはんばいき」用於購買各種商品，而「ATM」是進行銀行交易。※ 題型 3

必考音訓讀

●機＝キ・はた／機器，機會

生字 切符／票券

名 （じどう）けんばいき【（自動）券売機】

（門票、車票等）自動售票機

類 自動販売機　飲料販賣機

□□□ 0412

Track19

例 うちから駅までは、小１時間かかる。

1秒後影子跟讀

譯 從我家到車站必須花上接近一個小時。

生字 駅／車站；かかる／花費

接頭 こ【小】

小，少；稍微

類 小さい　小的

對 大きい　大的

□□□ 0413

例 琵琶湖観光のついでに、ふなずしを食べてきた。

1秒後影子跟讀

譯 遊覽琵琶湖時順道享用了鯽魚壽司。

文法 ついでに[順便…]：表示做某一主要的事情的同時，再追加順便做其他件事情。

生字 観光／旅遊；すし／壽司

接尾 こ【湖】

湖

類 湖水　湖水

對 川　河流

□□□ 0414

例 あの人は夜の商売をしているのか。道理で化粧が濃いわけだ。

1秒後影子跟讀

譯 原來那個人是做晚上陪酒生意的，難怪化著一臉的濃妝。

出題重點 「濃い」表示某物的濃度高或味道強烈。陷阱可能有「濃厚（のうこう）」指的是質感、味道或性質非常濃烈，比「こい」更強調深度或濃度；「深い（ふかい）」在某些文脈中可以表示味道的深度或濃度，但它的主要意義是物理的深度，如「水深」。與「こい」的一般濃烈相比，「深い」更多地強調深度或厚度。※ 題型 3

文法 わけだ[怪不得…]：表示按事物的發展，事實、狀況合乎邏輯地必然導致這樣的結果。

生字 商売／營業；道理／難怪；化粧／化妝

形 こい【濃い】

色或味濃深；濃稠，密

類 濃色　濃色

對 薄い　淡的

□□□ 0415

例 月下老人のおかげで、恋人ができました。

1秒後影子跟讀

譯 多虧月下老人牽起姻緣，我已經交到女友／男友了。

文法 おかげで[多虧…]：由於受到某種恩惠，導致後面好的結果。常帶有感謝的語氣。

生字 月下老人／月老

名 こいびと【恋人】

情人，意中人

類 彼女／彼氏　女朋友／男朋友

對 夫／妻　丈夫／妻子

□□□ 0416

例 高カロリーでも、気にしないで食べる。

1秒後影子跟讀

譯 就算是高熱量的食物也蠻不在乎地享用。

生字 カロリー／熱量

名・造語 こう【高】

高；高處，高度；(地位等)高

類 高さ　高度

對 低　低的

□□□ 0417

例 野球の有名校に入学する。

1秒後影子跟讀

譯 進入擁有知名棒球隊的學校就讀。

生字 野球／棒球；有名／知名的；入学／進入

漢造 こう【校】

學校；校對；(軍銜) 校；學校

類 学校 學校

對 病院 醫院

□□□ 0418

例 福岡観光なら、門司港に行かなくちゃ。

1秒後影子跟讀

譯 如果到福岡觀光，就非得去參觀門司港不可。

文法 なくちゃ [不…不行]：表示受限於某個條件、規定，必須要做某件事情。

生字 観光／觀光

名·漢造 こう【港】

港口

類 港湾 港灣

對 海 大海

□□□ 0419

例 雑誌の1月号を買ったら、カレンダーが付いていました。

1秒後影子跟讀

譯 買下雜誌的一月號刊後，發現裡面附了月曆。

出題重點 「号（ごう）」可指編號、名稱或叫號。類似單字有：「番号（ばんごう）」主要指的是序列或編號，如電話號碼；「名称（めいしょう）」指的是物品、地方等的名稱或標題。兩者與「ごう」的區別在於，「ばんごう」專指數字或序列的標識，而「めいしょう」更加偏向於名稱或標題的意思。※ 題型 3

必考音訓讀

●号＝ゴウ／號碼，呼號

生字 カレンダー／月曆；付く／隨附

名·漢造 ごう【号】

(雜誌刊物等) 期號;(學者等) 別名

類 番号 號碼

對 名前 名字

□□□ 0420

例 当行の行員が暗証番号をお尋ねすることは絶対にありません。

1秒後影子跟讀

譯 本行行員絕對不會詢問客戶密碼。

生字 暗証番号／密碼；尋ねる／諮詢；絶対／絕對

名 こういん【行員】

銀行職員

類 職員 職員

對 客 客人

讀書計劃：□□／□□

□□□ 0421

例 このドラマは音楽(おんがく)が効果的(こうかてき)に使(つか)われている。

1秒後影子跟讀

譯 這部影集的配樂相當出色。

生字 ドラマ／連續劇；使(つか)う／運用

名 こうか【効果】

效果，成效，成績；(劇) 效果

類 効能(こうのう) 功效

對 原因(げんいん) 原因

□□□ 0422

例 もう少(すこ)し早(はや)く気(き)づくべきだったと後悔(こうかい)している。

1秒後影子跟讀

譯 很後悔應該早點察覺出來才對。

文法 べき [應當…]：表示那樣做是應該的、正確的。常用在勸告、禁止及命令的場合。

生字 気(き)づく／發現

名・他サ こうかい【後悔】

後悔，懊悔

類 残念(ざんねん) 遺憾

對 満足(まんぞく) 滿足

□□□ 0423

例 第一志望(だいいちしぼう)の大学(だいがく)の入学試験(にゅうがくしけん)に合格(ごうかく)する。

1秒後影子跟讀

譯 我要考上第一志願的大學。

生字 志望(しぼう)／理想；入学試験(にゅうがくしけん)／入學考試

名・自サ ごうかく【合格】

及格；合格

類 パス【pass】 通過

對 失敗(しっぱい) 失敗

□□□ 0424

例 古新聞(ふるしんぶん)をトイレットペーパーに交換(こうかん)してもらう。

1秒後影子跟讀

譯 用舊報紙換到了廁用衛生紙。

出題重點 「交換」唸音讀「こうかん」。指互相交換物品或情報。陷阱可能有「か變ほ」的「こうほん」；用濁音「が」誤導的「こうがん」；或「かわる」是「更換」之意，意思及讀音均不相符。※ 題型 1

必考音訓讀

- 換＝カン・か（える）、か（わる）／替換，交換
- 寒＝カン・さむ(い)／寒冷，寒夜

生字 新聞(しんぶん)／報紙；トイレットペーパー／廁所衛生紙(滾筒式)

名・他サ こうかん【交換】

交換；交易

類 替(か)える 替換

對 保持(ほじ)する 保持

こうくうびん【航空便】

□□□ 0425

例 注文した品物は至急必要なので、航空便で送ってください。

1秒後影子跟讀

譯 我訂購的商品是急件，請用空運送過來。

生字 品物／商品；至急／急切地

名 こうくうびん【航空便】

航空郵件；空運

類 飛行機の郵便　航空郵件

對 船便　船運

□□□ 0426

例 広告を出すとすれば、たくさんお金が必要になります。

1秒後影子跟讀

譯 如果要拍廣告，就需要龐大的資金。

文法 とすれば［如果…的話］：在認清現況或得來的信息的前提條件下，據此條件進行判斷。

生字 たくさん／大量的；必要／必須

名・他サ こうこく【広告】

廣告；作廣告，廣告宣傳

類 アド【ad】　廣告

對 記事　新聞記事

□□□ 0427

例 友達と飲んだコーヒーって、交際費。

1秒後影子跟讀

譯 跟朋友去喝咖啡，這算是交際費嗎？

生字 コーヒー／咖啡

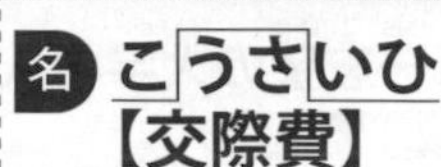

名 こうさいひ【交際費】

應酬費用

類 接待費　招待費用

對 給料　薪水

□□□ 0428

例 来週から再来週にかけて、近所で工事が行われる。

1秒後影子跟讀

譯 從下週到下下週，這附近將會施工。

出題重點 「工事」主要指的是建設工作或工程。類似單字有：「建築（けんちく）」，這主要是指建築物的設計或結構；「改修（かいしゅう）」，意為修復或改造既有的建築或結構。兩者與「こうじ」的區別是，「けんちく」偏重於建築的設計與藝術性，而「かいしゅう」強調既有物的修復或更新。※ 題型 3

文法 から～にかけて［從…到…］：表示兩地點、時間之間一直連續發生某事或某狀態。

生字 近所／附近；行う／進行

名・自サ こうじ【工事】

工程，工事

類 建設作業　建設作業

對 研究　研究

讀書計劃：□□／□□

0429

例 会場までの交通費は自分で払います。

1秒後影子跟讀

譯 前往會場的交通費必須自付。

生字 会場／會場；自分／自己

名 こうつうひ【交通費】

交通費，車馬費

類 運賃　運費

對 宿泊費　住宿費

0430

例 生活が苦しくて、学費はもちろん光熱費も払えない。

1秒後影子跟讀

譯 生活過得很苦，別說是學費，就連水電費都付不出來。

文法 はもちろん［不僅…而且…］：表示一般程度的前項自然不用說，就連程度較高的後項也不例外。

生字 学費／學費；払う／支付

名 こうねつひ【光熱費】

電費和瓦斯費等

類 ユーティリティ料金　公共事業費

對 家賃　房租

0431

例 明日は、後輩もいっしょに来ることになっている。

1秒後影子跟讀

譯 預定明天學弟也會一起前來。

文法 ことになっている［預定…］：表示安排、約定或約束人們生活行為的各種規定、法律以及一些慣例。

名 こうはい【後輩】

後來的同事，（同一學校）後班生；晚輩，後生

類 ジュニア【junior】　年輕人

對 先輩　前輩

0432

例 私は 30 代後半の主婦です。

1秒後影子跟讀

譯 我是個 30 歲過半的家庭主婦。

出題重點 「後半」唸音讀「こうはん」。指某段時間或事件的後一半部分。陷阱可能有「ごはん」（飯）意思及讀音均不符；用訓讀「こう變あと」誤導的「あとはん」、讀音不符的「うしろばん」。※ 題型 1

高頻詞語搭配

- 試合の後半／比賽的下半場。
- 後期の試験／下學期的考試。

生字 代／年齡層；主婦／家庭主婦

名 こうはん【後半】

後半，後一半

類 下半期　下半年

對 前半　前半

□□□ 0433

例 貧しくても、あなたと二人なら私は幸福です。

1秒後影子跟讀

譯 就算貧窮，只要和你在一起，我就感覺很幸福。

生字 貧しい／貧困的

名·形動 こうふく【幸福】

沒有憂慮，非常滿足的狀態

類 幸せ 幸福

對 不幸 不幸

□□□ 0434

例 興奮したものだから、つい声が大きくなってしまった。

1秒後影子跟讀

譯 由於情緒過於激動，忍不住提高了嗓門。

出題重點 「興奮」表示情感的激動或興奮。使用時，需注意與主題或情境的情感連接是否明確。它主要用於描述人的情感反應，有些情況不宜用於物品或味道。當描述某事件或事物引起的激烈情感反應時，此詞才適用。避免在不相關或不適當的情境中使用。※ 題型 5

文法 ものだから [就是因為…，所以…]：常用在因為事態的程度很厲害，因此做了某事；近もので [由於…]

生字 つい／情不自禁

名·自サ こうふん【興奮】

興奮，激昂；情緒不穩定

類 わくわくする 雀躍

對 冷静 冷靜

□□□ 0435

例 公民は中学３年生のときに習いました。

1秒後影子跟讀

譯 中學３年級時已經上過了公民課程。

生字 習う／學習

名 こうみん【公民】

公民

類 市民 市民

對 外国人 外國人

□□□ 0436

例 公民館には茶道や華道の教室があります。

1秒後影子跟讀

譯 公民活動中心裡設有茶道與花道的課程。

生字 華道／插花藝術；教室／課程

名 こうみんかん【公民館】

(市町村等的) 文化館，活動中心

類 コミュニティセンター【community center】 社區中心

對 図書館 圖書館

讀書計劃：□□／□□

□□□ 0437

例 会長(かいちょう)はご高齢(こうれい)ですが、まだまだお元気(げんき)です。

1秒後影子跟讀

譯 會長雖然年事已高，但是依然精力充沛。

生字 まだまだ／依然如故

名 こうれい【高齢】

高齡

類 老年(ろうねん) 老年

對 若年(じゃくねん) 年輕

□□□ 0438

例 近年(きんねん)、高齢者(こうれいしゃ)の人口(じんこう)が増(ふ)えています。

1秒後影子跟讀

譯 近年來，高齡人口的數目不斷增加。

出題重點 「高齢者」唸音讀「こうれいしゃ」。是指年紀比較大的人，通常指老年人。陷阱有用音訓讀混淆的「たかとしもの」；用訓讀「こう變たか」誤導的「たかれいしゃ」；「しゃ變もの」的「こうれいもの」。※ 題型 1

情境記憶

● 高齢者(こうれいしゃ)のための施設(しせつ)／為高齡者設立的設施。

● 若者(わかもの)の失業率(しつぎょうりつ)／年輕人的失業率。

生字 人口(じんこう)／人口；増(ふ)える／增加

名 こうれいしゃ【高齢者】

高齡者，年高者

類 老人(ろうじん) 老人

對 若者(わかもの) 年輕人

□□□ 0439

例 国境(こっきょう)を越(こ)えたとしても、見(み)つかったら殺(ころ)される恐(おそ)れがある。

1秒後影子跟讀

譯 就算成功越過了國界，要是被發現了，可能還是會遭到殺害。

生字 見(み)つかる／被發現；殺(ころ)す／殺害

自下一 こえる【越える・超える】

越過；度過；超出，超過

類 渡(わた)る 越過

對 下(さ)がる 下降

□□□ 0440

例 「こちら、いただいてもいいですか」「どうぞ、ご遠慮(えんりょ)なく」

1秒後影子跟讀

譯 「請問這邊的可以享用／收下嗎？」「請用請用／請請請，別客氣！」

生字 いただく／取得，品嚐

敬 ごえんりょなく【ご遠慮なく】

請不用客氣

類 どうぞ 請隨意

對 遠慮(えんりょ)する 客氣

コース【course】

□□□ 0441

例 初級から上級まで、いろいろなコースが揃っている。

1秒後影子跟讀

譯 這裡有從初級到高級等各種完備的課程。

生字 上級／高級；揃う／齊全

名 コース【course】

路線，（前進的）路徑；跑道

課程，學程；程序；套餐

類 ルート【route】 路線

對 目的地 目的地

□□□ 0442

例 春になって、湖に張っていた氷も溶けた。

1秒後影子跟讀

譯 到了春天，原本在湖面上凍結的冰層也融解了。

出題重點 「氷」用於飲料或食物中以冷卻之。類形或類義陷阱可能是「永（えい）」的意思是「永遠」；「凍（とう）」表示「凍結」，但通常不用於描述飲料中的冰塊；「霜（しも）」則代表霜。※ 題型 2

高頻詞語搭配

- 氷を入れる／放冰塊。
- 道路が凍る／道路結冰。

生字 張る／層狀物覆蓋於液體上；溶ける／融解

名 こおり【氷】

冰

類 アイス【ice】 冰

對 水 水

□□□ 0443

例 説明のしかたが悪くて、誤解を招いたようです。

1秒後影子跟讀

譯 似乎由於說明的方式不佳而導致了誤解。

生字 招く／引起

名・他サ ごかい【誤解】

誤解，誤會

類 誤読 誤讀

對 理解 理解

□□□ 0444

例 10ヶ国語もできるなんて、語学が得意なんだね。

1秒後影子跟讀

譯 居然通曉 10 國語言，這麼說，在語言方面頗具長才喔。

生字 得意／擅長的

名 ごがく【語学】

外語的學習，外語，外語課

類 言語学 語言學

對 自然科學 自然科學

讀書計劃：□□／□□

□□□ 0445

例 誰だって、故郷が懐かしいに決まっている。

1秒後影子跟讀

譯 不論是誰，都會覺得故郷很令人懷念。

出題重點 「故鄉」意為「出生地」或「家鄉」。使用時，應確保其描述的是與出生地或成長地點相關的事物。當提及個人的經驗或回憶時，可以用「故鄉」。但有些情況在描述與地點無關或不特定的事物時，避免使用此詞。要特別注意與其他非地點相關的名詞不要混淆。※ 題型 5

文法 に決まっている [肯定是…]：說話者根據事物的規律，覺得一定是這樣，充滿自信的推測。

生字 懐かしい／思念的

名 こきょう【故郷】

故鄉，家鄉，出生地

類 ふるさと 故郷

對 現住地 現居地

□□□ 0446

例 日本は民主主義国です。

1秒後影子跟讀

譯 日本是施行民主主義的國家。

生字 主義／主義

漢造 こく【国】

國；政府；國際，國有

類 国家 國家

對 州 州或省

□□□ 0447

例 国語のテスト、間違いだらけだった。

1秒後影子跟讀

譯 國語考卷上錯誤連連。

文法 だらけ [到處是…]：表示數量過多。

生字 間違い／錯誤

名 こくご【国語】

一國的語言；本國語言；(學校的) 國語（課），語文（課）

類 母語 母語

對 外国語 外語

□□□ 0448

例 国際的な会議に参加したことがありますか。

1秒後影子跟讀

譯 請問您有沒有參加過國際會議呢？

生字 参加／參加

形動 こくさいてき【国際的】

國際的

類 世界的 世界的

對 国内的 國內的

□□□ 0449

例 日本(にほん)では、二重国籍(にじゅうこくせき)は認(みと)められていない。

1秒後影子跟讀

譯 日本不承認雙重國籍。

生字 認(みと)める／認可

名 こくせき【国籍】

國籍

類 出身(しゅっしん) 出生在…

對 民族(みんぞく) 民族

□□□ 0450

例 黒板(こくばん)、消(け)しといてくれる。

1秒後影子跟讀

譯 可以幫忙擦黑板嗎？

生字 消(け)す／抹去

名 こくばん【黒板】

黑板

類 ブラックボード【blackboard】 黑板

對 ホワイトボード【whiteboard】 白板

□□□ 0451

例 引(ひ)っ越(こ)しで腰(こし)が痛(いた)くなった。

1秒後影子跟讀

譯 搬個家，弄得腰都痛了。

出題重點 「腰」指的是身體的中部，連接上下半身的部位。類似單字有：「腰骨（こしぼね）」，這專指腰部的骨骼；「腰痛（ようつう）」這意味著腰部的疼痛或不適。兩者與「こし」的區別在於，「こしぼね」特指腰部的骨骼，而「ようつう」則關注於腰部的疼痛問題。※ 題型 3

情境記憶

● 腰(こし)が痛(いた)い／腰痛。

生字 引(ひ)っ越(こ)し／搬家

名・接尾 こし【腰】

腰；（衣服、裙子等的）腰身

類 腰部(ようぶ) 腰部

對 肩(かた) 肩

□□□ 0452

例 胡椒(こしょう)を振(ふ)ったら、くしゃみが出(で)た。

1秒後影子跟讀

譯 灑了胡椒後，打了個噴嚏。

生字 振(ふ)る／撒，扔；くしゃみ／噴嚏

名 こしょう【胡椒】

胡椒

類 ペッパー【pepper】 胡椒

對 塩(しお) 鹽

讀書計劃：□□／□□

□□□ 0453

例 個人的(こじんてき)な問題(もんだい)で、人(ひと)に迷惑(めいわく)をかけるわけにはいかない。

1秒後影子跟讀

譯 這是私人的問題，不能因此而造成別人的困擾。

文法 わけにはいかない［不能…］：表示由於一般常識、社會道德或經驗等，那樣做是不可能的、不能做的。

生字 迷惑(めいわく)／困擾；かける／造成

名 こじん【個人】

個人

類 一人一人(ひとりひとり) 每個人

對 集団(しゅうだん) 群體

□□□ 0454

例 すみませんが、1,000円札(えんさつ)を小銭(こぜに)に替(か)えてください。

1秒後影子跟讀

譯 不好意思，請將千元鈔兌換成硬幣。

出題重點 「小銭」唸訓讀「こぜに」。是指硬幣，通常是小面額的貨幣。陷阱可能有用音讀誤導的「しょうせん」；讀音不符的「しょうざい」；用音讀「ぜに變せん」誤導的「こせん」。※ 題型 1

必考音訓讀

●小 =ショウ・ちい（さい）、こ、お／小的，微小

●呼=コ・よ(ぶ)／呼叫，喊叫

生字 札(さつ)／紙鈔；替(か)える／換取

名 こぜに【小銭】

零錢；零用錢；少量資金

類 コイン【coin】 硬幣

對 紙幣(しへい) 紙幣

□□□ 0455

例 海外(かいがい)に小包(こづつみ)を送(おく)るには、どの送(おく)り方(かた)が一番安(いちばんやす)いですか。

1秒後影子跟讀

譯 請問要寄小包到國外，哪一種寄送方式最便宜呢？

生字 送(おく)る／寄送；一番(いちばん)／最…的

名 こづつみ【小包】

小包裹；包裹

類 パケット【packet】 小包裹

對 大箱(おおばこ) 大箱

□□□ 0456

例 肌(はだ)が弱(よわ)いので、下着(したぎ)はコットンだけしか着(き)られません。

1秒後影子跟讀

譯 由於皮膚很敏感，內衣只能穿純棉製品。

文法 だけしか［只；而已；僅僅］：下面接否定表現，表示除此之外就沒別的了。

生字 肌(はだ)／肌膚；弱(よわ)い／敏感的；下着(したぎ)／底褲

名 コットン【cotton】

棉，棉花；木棉，棉織品

類 布(ぬの) 布料

對 シルク【silk】 絲綢

ごと【毎】

□□□ 0457

例 月（つき）ごとに家賃（やちん）を支払（しはら）う。

1秒後影子跟讀

譯 每個月付房租。

生字 家賃（やちん）／房租；支払（しはら）う／支付

接尾 ごと【毎】

每

類 すべての 所有的

對 いくつかの 一些的

□□□ 0458

例 リンゴを皮（かわ）ごと食（た）べる。

1秒後影子跟讀

譯 蘋果帶皮一起吃。

生字 皮（かわ）／果皮

接尾 ごと

（表示包含在內）一共，連同

類 たびたび 再三地

對 たまに 偶爾地

□□□ 0459

例 借金（しゃっきん）は断（ことわ）ることにしている。

1秒後影子跟讀

譯 拒絕借錢給別人是我的原則。

出題重點 「断る」讀法是「ことわる」。意為拒絕或否定某件事或提議。陷阱可能有「こげる（焦げる）」意為燒焦；「こする（擦る）」意為擦拭或摩擦；「こぼす（零す）」意為溢出或灑出。※ 題型 1

必考音訓讀

●断＝ダン・た(つ)、ことわ(る)／斷定，判斷

文法 ことにしている[向來…]：表示個人根據某種決心，而形成的某種習慣、方針或規矩。

生字 借金（しゃっきん）／借款

他五 ことわる【断る】

謝絕；預先通知，事前請示

類 拒絶（きょぜつ）する 拒絕

對 受（う）け入（い）れる 接受

□□□ 0460

例 コピーを取（と）るときに原稿（げんこう）を忘（わす）れてきてしまった。

1秒後影子跟讀

譯 影印時忘記把原稿一起拿回來了。

生字 原稿（げんこう）／原稿

名 コピー【copy】

抄本，謄本，副本；（廣告等的）文稿

類 複写（ふくしゃ） 複製

對 原本（げんぽん） 原書

讀書計劃：□□／□□

□□□ 0461

例 あっ、またこぼして。ちゃんとお茶碗を持って食べなさい。

1秒後影子跟讀

譯 啊，又打翻了！吃飯時把碗端好！

出題重點 「溢す」描述了液體從容器中流出或漏出的動作。陷阱可能以「浴す、滴す」等漢字意思接近的形式出現，但這可能是日語沒這種說法，文脈上不對的字。只是其中的「浴」指的是沐浴的意思；「滴」表示滴落或點滴的意思。※ 題型 2

高頻詞語搭配

- コーヒーを溢す／咖啡溢出。
- 水を零す／水灑出。

生字 ちゃんと／確實地

他五 こぼす【溢す】

灑，漏，溢（液體），落（粉末）；發牢騷，抱怨

類 漏らす　漏出

對 吸う　吸取

□□□ 0462

例 悲しくて、涙がこぼれてしまった。

1秒後影子跟讀

譯 難過得眼淚掉了出來。

生字 悲しい／悲傷的；涙／淚水

自下一 こぼれる【零れる】

灑落，流出;溢出，漾出;(花）掉落

類 こぼす　灑出

對 集める　收集

□□□ 0463

例 職場では、コミュニケーションを大切にしよう。

1秒後影子跟讀

譯 在職場上，要多注重溝通技巧

生字 職場／職場；大切／重要的

名 コミュニケーション【communication】

（語言、思想、精神上的）交流，溝通；通訊，報導，信息

類 交流　交流

對 孤立　孤立

□□□ 0464

例 2時ごろは、電車はそれほど混まない。

1秒後影子跟讀

譯 在兩點左右的時段搭電車，比較沒有那麼擁擠。

文法 ほど～ない [沒那麼…]：表示程度沒有那麼高。

生字 電車／電車

自五・接尾 こむ【込む・混む】

擁擠，混雜；費事，精緻，複雜；表進入的意思；表深入或持續到極限

類 混雑する　擁擠

對 空く　空

□□□ 0465

例 輪(わ)ゴムでビニール袋(ぶくろ)の口(くち)をしっかりしばった。

1秒後影子跟讀

譯 用橡皮筋把袋口牢牢綁緊了。

生字 ビニール袋(ぶくろ)／塑膠袋；しっかり／緊緊地；縛(しば)る／捆綁

名 ゴム【(荷)gom】

樹膠，橡皮，橡膠

類 ゴムバンド【gumband】橡皮筋

對 木(き) 木頭

□□□ 0466

例 姉(あね)はコメディー映画(えいが)が好(す)きです。

1秒後影子跟讀

譯 姊姊喜歡看喜劇電影。

生字 姉(あね)／姊姊；好(す)き／喜愛

名 コメディー【comedy】

喜劇

類 お笑(わら)い 搞笑

對 トラジェディ【tragedy】悲劇

□□□ 0467

例 ごめんください。どなたかいらっしゃいますか。

1秒後影子跟讀

譯 有人嗎？有人在家嗎？

出題重點 「ごめんください」是日常生活中用來在門口喊或請求進入時使用的禮貌語。類似單字有：「失礼します（しつれいします）」，在進入房間或結束對話時表達「打擾了」或「失禮了」的意思；「お邪魔します（おじゃますします）」，訪問他人家中時的一種客氣說法，意為「打擾了」。兩者與「ごめんください」的區別在於場合和深度的禮貌程度，雖然都是禮貌用語，但使用情境略有不同。※ 題型 3

生字 どなた／哪位；いらっしゃいます／在，いる的尊敬型

名・形動・副 ごめんください

（道歉、叩門時）對不起，有人在嗎？

類 失礼(しつれい)します 打擾一下

對 ありがとう 謝謝

□□□ 0468

例 小指(こゆび)に怪我(けが)をしました。

1秒後影子跟讀

譯 我小指頭受了傷。

生字 怪我(けが)／受傷

名 こゆび【小指】

小指頭

類 親指(おやゆび) 拇指

類 人差(ひとさ)し指(ゆび) 食指

讀書計劃：□□／□□

0469

例 別れるくらいなら、殺してください。
1秒後影子跟讀

譯 如果真要和我分手，不如殺了我吧！

出題重點 「殺す」另一說法是「殺害する（さつがいする）」（殺死）。
例 犯人は彼をころして逃げた／犯人殺了他然後逃跑了。
例 彼は家族を殺害して自殺した／他殺了自己的家人後自殺了。

文法 くらいなら［與其…不如…］：表示與其選前者，不如選後者，是一種對前者表示否定的說法。

生字 別れる／分手

他五 **ころす【殺す】**
殺死，致死；抑制，忍住，消除；埋沒；浪費，犧牲，典當；殺，(棒球）使出局
類 殺害する　殺害
對 守る　保護

0470

例 今後のことを考えると、不安になる一方だ。
1秒後影子跟讀

譯 想到未來，心裡越來越不安。

文法 一方だ［不斷地…；越來越…］：某狀況一直朝一個方向不斷發展。多用於消極的、不利的傾向。

生字 不安／擔憂的

名 **こんご【今後】**
今後，以後，將來
類 これから　從現在開始
對 これまで　到目前為止

0471

例 町の人口が増えるに従って、道路が混雑するようになった。
1秒後影子跟讀

譯 隨著城鎮人口的增加，交通愈來愈壅塞了。

生字 人口／居民數；増える／增加；従う／隨著

名・自サ **こんざつ【混雑】**
混亂，混雜，混染
類 混合　混擠
對 すいている　空蕩

0472

例 そのチケットって、コンビニで買えますか。
1秒後影子跟讀

譯 請問可以在便利商店買到那張入場券嗎？

文法 って［是…；這個…］：前項為後項的名稱，或是接下來話題的主題內容，後面常接疑問、評價、解釋等。

生字 チケット／票券；買う／購買

名 **コンビニ（エンスストア）【convenience store】**
便利商店
類 スーパー【supermarket】　超市
對 デパート【departmentstore】　百貨公司

□□□ 0473

例 学年(がくねん)で最優秀(さいゆうしゅう)の成績(せいせき)を取(と)った。

1秒後影子跟讀

譯 得到了全學年第一名的成績。

生字 学年(がくねん)／年級；取(と)る／獲得

漢造・接頭 **さい【最】**

最

類 一番(いちばん)　最

對 最小(さいしょう)　最小

□□□ 0474

例 市(し)の文化祭(ぶんかさい)に出(で)て歌(うた)を歌(うた)う。

1秒後影子跟讀

譯 參加本市舉辦的藝術節表演唱歌。

生字 文化(ぶんか)／文化活動；歌(うた)う／演唱

漢造 **さい【祭】**

祭祀，祭禮；節日，節日的狂歡

類 祭(まつ)り　節日

對 日常(にちじょう)　日常

□□□ 0475

例 大学(だいがく)の前(まえ)を通(とお)るたびに、在学中(ざいがくちゅう)のことが懐(なつ)かしく思(おも)い出(だ)される。

1秒後影子跟讀

譯 每次經過大學門口時，就會想起就讀時的美好回憶。

出題重點 「在學」這個漢字組合意味著「正在學校中」或「在學」。「在學」字型相似的單字有「存」與「在」，以及「学」與「覚」。「存」的意思是存在或保存，而「覚」是記住或覺悟的意思。※ 題型 2

必考音訓讀

●在＝ザイ・あ（る）／存在，位於

文法 たびに [每當…就…]：表示前項的動作、行為都伴隨後項。

生字 通(とお)る／經過；懐(なつ)かしい／懷舊的；思(おも)い出(だ)す／憶起

名・自サ **ざいがく【在学】**

在校學習，上學

類 学生(がくせい)　學生

對 卒業(そつぎょう)　畢業

□□□ 0476

例 最高(さいこう)におもしろい映画(えいが)だった。

1秒後影子跟讀

譯 這電影有趣極了！

生字 おもしろい／有趣的；映画(えいが)／影片

名・形動 **さいこう【最高】**

（高度、位置、程度）最高，至高無上；頂，極，最

類 最良(さいりょう)　最好

對 最低(さいてい)　最差

讀書計劃：□□／□□

□□□ 0477

例 あんな最低(さいてい)の男(おとこ)とは、さっさと別(わか)れるべきだった。

1秒後影子跟讀

譯 那種差勁的男人，應該早早和他分手才對！

文法 べきだ[應當…]：表示那樣做是應該的、正確的。常用在勸告、禁止及命令的場合。

生字 さっさと／立刻

名・形動 さいてい【最低】

最低，最差，最壞

類 最下(さいか)　最差

對 最高(さいこう)　最好

□□□ 0478

例 ボタン付(つ)けくらいできれば、お裁縫(さいほう)なんてできなくてもいい。

1秒後影子跟讀

譯 只要會縫釦子就好，根本不必會什麼縫紉。

生字 ボタン／鈕扣；付(つ)ける／縫上

名・自サ さいほう【裁縫】

裁縫，縫紉

類 縫(ぬ)う　縫製

對 解(ほど)く　拆解

□□□ 0479

例 坂(さか)を上(のぼ)ったところに、教会(きょうかい)があります。

1秒後影子跟讀

譯 上坡之後的地方有座教堂。

生字 上(のぼ)る／爬上；教会(きょうかい)／教堂

名 さか【坂】

斜面，坡道；（比喻人生或工作的關鍵時刻）大關，陡坡

類 丘(おか)　小山

對 平地(へいち)　平坦地

□□□ 0480

例 危(あぶ)ないですから、後(うし)ろに下(さ)がっていただけますか。

1秒後影子跟讀

譯 很危險，可以請您往後退嗎？

出題重點 「下がる」主要表示「下降」或「減少」。使用時，應確保上下文與「下降」的概念相關，且主要應用於物理或數量的降低。有些情況不宜用於描述人的動作或吸引某物的情境。要特別注意句子的結構和語境，避免誤用或混淆。※ 題型 5

高頻詞語搭配

● 温度(おんど)が下(さ)がる／温度下降。

生字 危(あぶ)ない／危險的；後(うし)ろ／後方

自五 さがる【下がる】

後退；下降

類 降(ふ)る　下降、掉下

對 上(あ)がる　上升、升起

さく【昨】

□□□ 0481

例 昨年の正月は雪が多かったが、今年は暖かい日が続いた。

1秒後影子跟讀

譯 去年一月下了很多雪，但今年一連好幾天都很暖和。

出題重點 「昨」主要指的是「昨天」或表示「前一」的意思，如「昨日（さくじつ）」。類似單字有：「先（せん）」這通常指過去或先前，如「先週（せんしゅう）」代表上週；「前（まえ）」這可以指時間上或空間上的前面，如「前日（ぜんじつ）」意為前一天。兩者與「さく」的區別在於時間的相對性和範疇，「せん」偏重於較遠的過去，而「まえ」則有更廣泛的用途。※ 題型 3

生字 正月／新年的初幾天；続く／持續

漢造 さく【昨】

昨天；前一年，前一季；以前過去

類 前 之前

對 今 現在

□□□ 0482

例 昨日から横浜で日本語教育についての国際会議が始まりました。

1秒後影子跟讀

譯 從昨天開始，於橫濱展開了一場有關日語教育的國際會議。

生字 教育／教育；会議／會議；始まる／開始

名 さくじつ【昨日】

(「きのう」的鄭重說法) 昨日昨天

類 一昨日 前天

對 今日 今天

□□□ 0483

例 子どもに悪い影響を与える言葉は、削除することになっている。

1秒後影子跟讀

譯 按規定要刪除對孩子有不好影響的詞彙。

文法 ことになっている [按規定…]：表示約定或約束人們生活行為的各種規定、法律以及一些慣例。

生字 与える／給予；言葉／話語，言語

名・他サ さくじょ【削除】

刪掉，刪除，勾消，抹掉

類 消去 刪除

對 追加 添加

□□□ 0484

例 昨年はいろいろお世話になりました。

1秒後影子跟讀

譯 去年承蒙您多方照顧。

生字 いろいろ／方方面面；世話／關心，照料

名・副 さくねん【昨年】

去年

類 一昨年 前年

對 今年 今年

讀書計劃：□□／□□

□□□ 0485

例 これは私（わたし）にとって思（おも）い出（で）の作品（さくひん）です。

1秒後影子跟讀

譯 這對我而言，是件值得回憶的作品。

文法 にとって［對於…來說］：表示站在前面接的那個詞的立場，來進行後面的判斷或評價。

生字 思（おも）い出（で）／回憶

名 さくひん【作品】

製成品；（藝術）作品，（特指文藝方面）創作

類 作成物（さくせいぶつ） 創作物

對 原材料（げんざいりょう） 材料、原料

□□□ 0486

例 今年（ことし）は桜（さくら）が咲（さ）くのが遅（おそ）い。

1秒後影子跟讀

譯 今年櫻花開得很遲。

生字 咲（さ）く／綻放；遅（おそ）い／遲的

名 さくら【桜】

（植）櫻花，櫻花樹；淡紅色

類 花（はな） 花

對 葉（は） 葉子

□□□ 0487

例 酒（さけ）に酔（よ）って、ばかなことをしてしまった。

1秒後影子跟讀

譯 喝醉以後做了蠢事。

生字 酔（よ）う／酒醉；ばか／愚蠢的

名 さけ【酒】

酒（的總稱），日本酒，清酒

類 ビール【beer】 啤酒

對 水（みず） 水

□□□ 0488

例 試験（しけん）の最中（さいちゅう）に教室（きょうしつ）に鳥（とり）が入（はい）ってきて、思（おも）わず叫（さけ）んでしまった。

1秒後影子跟讀

譯 正在考試時有鳥飛進教室裡，忍不住尖叫了起來。

出題重點 「叫ぶ」讀法是「さけぶ」。表示大聲叫喊或呼喚。陷阱可能有「さける（避ける）」意為避免；「よぶ（呼ぶ）」意為呼叫或邀請；「さげる（下げる）」意為降低，如降低物體位置、減小音量、降低價格或減少數量等。※題型1

文法 最中（さいちゅう）に［正在…］：表示某一行為在進行中。常用在突發什麼事的場合。

生字 試験（しけん）／考試；教室（きょうしつ）／教室；入（はい）る／進入

自五 さけぶ【叫ぶ】

喊叫，呼叫，大聲叫；呼喊，呼籲

類 叫（よ）ぶ 呼喊

對 囁（ささや）く 低語

□□□ 0489

例 なんだかこのごろ、彼氏(かれし)が私(わたし)を避(さ)けてるみたい。

1秒後影子跟讀

譯 最近怎麼覺得男友好像在躲我。

生字 このごろ／最近；彼氏(かれし)／男朋友

他下一 さ|け|る【避ける】

躲避，避開，逃避；避免，忌諱

類 避(よ)ける 閃避

對 迎(むか)える 迎接

□□□ 0490

例 飲(の)み終(お)わったら、コップを台所(だいどころ)に下(さ)げてください。

1秒後影子跟讀

譯 喝完以後，請把杯子放到廚房。

生字 コップ／玻璃杯；台所(だいどころ)／廚房

他下一 さ|げ|る【下げる】

向下；掛；收走

類 降(お)ろす 放下、減少

對 上(あ)げる 提高、升起

□□□ 0491

例 指(ゆび)にガラスの破片(はへん)が刺(さ)さってしまった。

1秒後影子跟讀

譯 手指被玻璃碎片給刺傷了。

生字 ガラス／玻璃；破片(はへん)／碎片

自五 さ|さ|る【刺さる】

刺在…在，扎進，刺入

類 刺(さ)し込(こ)む 刺入

對 取(と)り出(だ)す 取出

□□□ 0492

例 蜂(はち)に刺(さ)されてしまった。

1秒後影子跟讀

譯 我被蜜蜂給螫到了。

出題重點 「さす【刺す】」描述了尖銳物品觸碰或穿透皮膚的動作。陷阱可能以「蜇す、挿す」等漢字意思接近的形式出現，但這可能是不符日文用法，與文脈不吻合的字。只是其中的「蜇」指的是刺或螫的動作，特別是由海洋生物所造成；「挿」表示插入或放入的意思。※ 題型 2

慣用語

● 影響(えいきょう)を及(およ)ぼす／產生影響。

生字 蜂(はち)／蜜蜂

他五 さ|す【刺す】

刺，穿，扎；螫，咬，釘；縫綴，衲；捉住，黏捕

類 突(つ)き刺(さ)す 刺穿

對 引(ひ)き抜(ぬ)く 拔出

讀書計劃：□□／□□

□□□ 0493

Track22

例 甲と乙というのは、契約者を指しています。

1秒後影子跟讀

譯 所謂甲乙指的是簽約的雙方。

他五 さ|す【指す】

指，指示；使，叫，令，命令做…

類 指し示す　指向

對 隠す　隱藏

出題重點 「指す」另一說法是「示す（しめす）」（表示、指示）。

例 彼は正しい方向を指した／他指出了正確的方向。

例 彼は正しい方向を示した／他示出了正確的方向。

兩者都可以用在表示指向或顯示某事物的意思，但「指す」多用於具體的動作，如用手指指向某方向，而「示す」較為廣泛，除了具體的指向外，還可以用來表示提供信息或證據。※ 題型4

文法 というのは［所謂］：前面接名詞，後面就針對這個名詞來進行解釋、說明。

生字 契約者／簽約方

□□□ 0494

例 友達を誘って台湾に行った。

1秒後影子跟讀

譯 揪朋友一起去了台灣。

他五 さ|そう【誘う】

約，邀請；勸誘，會同；誘惑，勾引；引誘，引起

類 招待する　邀請

對 拒否する　拒絕

□□□ 0495

例 さすが作家だけあって、文章がうまい。

1秒後影子跟讀

譯 不愧是作家，文章寫得真好。

生字 さすが／真不愧；文章／文筆

名 さ|っか【作家】

作家，作者，文藝工作者；藝術家，藝術工作者

類 著者　作者

對 読者　讀者

□□□ 0496

例 作曲家になるにはどうすればよいですか。

1秒後影子跟讀

譯 請問該如何成為一個作曲家呢？

生字 よい／好的

名 さ|っきょくか【作曲家】

作曲家

類 作曲者　作曲者

對 演奏者　演奏者

□□□ 0497

例 今回の失敗（しっぱい）については、さまざまな原因（げんいん）が考（かんが）えられる。

1秒後影子跟讀

譯 關於這次的失敗，可以歸納出種種原因。

出題重點 「さまざま」另一說法是「いろいろ」（形形色色）。

例 さまざまな料理がテーブルに並んでいる／桌上排列著豐富的料理。

例 いろいろな料理がテーブルに並んでいる／桌上排列著多樣的料理。

兩者都可描述多樣性的事物。但「さまざま」強調種類的豐富性；而「いろいろ」偏重數量而非種類。※ 題型 4

生字 失敗（しっぱい）／失敗；原因（げんいん）／緣由；考（かんが）える／思索

名・形動 さまざま【様々】

種種，各式各樣的，形形色色的

類 いろいろ　各種各樣

對 単一（たんいつ）　單一

□□□ 0498

例 熱（あつ）いので、冷（さ）ましてから食（た）べてください。

1秒後影子跟讀

譯 很燙的！請吹涼後再享用。

生字 熱（あつ）い／燙的

他五 さます【冷ます】

冷卻，弄涼；（使熱情、興趣）降低，減低

類 冷（ひ）やす　冷卻

對 温（あたた）める　加熱、暖化

□□□ 0499

例 赤（あか）ちゃんは、もう目（め）を覚（さ）ましましたか。

1秒後影子跟讀

譯 嬰兒已經醒了嗎？

生字 赤（あか）ちゃん／嬰兒；もう／已經

他五 さます【覚ます】

（從睡夢中）弄醒，喚醒；（從迷惑、錯誤中）清醒，醒酒；使清醒，使覺醒

類 起（お）こす　喚醒

對 眠（ねむ）る　睡眠

□□□ 0500

例 スープが冷（さ）めてしまった。

1秒後影子跟讀

譯 湯冷掉了。

生字 スープ／湯料理

自下一 さめる【冷める】

（熱的東西）變冷，涼；（熱情、興趣等）降低，減退

類 冷（つめ）たくなる　變冷

對 熱（あつ）くなる　變熱

讀書計劃：□□／□□

□□□ 0501

例 夜中に地震が来て、びっくりして目が覚めた。
1秒後影子跟讀

譯 半夜來了一場地震，把我嚇醒了。

生字 夜中／半夜；びっくり／嚇一跳

自下一 さめる【覚める】

(從睡夢中) 醒，醒過來；(從迷惑、錯誤、沉醉中) 醒悟，清醒

類 起きる　起床

對 眠くなる　想睡

□□□ 0502

例 ちょっと、そこのお皿を取ってくれる。その四角いの。
1秒後影子跟讀

譯 欸，可以幫忙把那邊的盤子拿過來嗎？那個方形的。

生字 ちょっと／喂；取る／拿取；四角い／四方形的

名 さら【皿】

盤子；盤形物；(助數詞) 一碟等

類 ボウル【bowl】 鉢、碗

對 カップ【cup】 杯子

□□□ 0503

例 このごろは、大企業のサラリーマンでも失業する恐れがある。
1秒後影子跟讀

譯 近來，即便是大企業的職員也有失業的風險。

生字 失業／失業；恐れ／擔憂

名 サラリーマン【salariedman】

薪水階級，職員

類 自営業　獨立經營的企業

對 起業家　企業家

□□□ 0504

例 学校で、何か騒ぎが起こったらしい。
1秒後影子跟讀

譯 看來學校裡，好像起了什麼騷動的樣子。

出題重點 「騒ぎ」指的是「喧嘩或騷動」，常用於形容人群、場合中的吵雜或不安定狀況。「騒ぎ」的「騒」指吵鬧。「騒」與「駅」字形相似，易造成混淆。「駅」是指「車站」，特別是鐵路或地鐵站。※ 題型 2

巧記名詞差異 「騒ぎ」是一個名詞，意指騷動或騷亂。類似的詞有「騒動」和「騒音」。如：

● 夜の騒ぎだった／夜裡有騷動。

生字 起こる／發生

名 さわぎ【騒ぎ】

吵鬧，吵嚷；混亂，鬧事；轟動一時 (的事件)，激動，振奮

類 煩い　吵雜的

對 静か　寂靜、平靜

□□□ 0505

例 富士山(ふじさん)をはじめ、日本(にほん)の主(おも)な山(やま)はだいたい登(のぼ)った。

1秒後影子跟讀

譯 從富士山，到日本的重要山脈大部分都攀爬過了。

文法 をはじめ［從…到］：表示由核心的人或物擴展到很廣的範圍。

生字 主(おも)／主要的；だいたい／大致地

接尾 さん【山】

山；寺院，寺院的山號

類 丘(おか) 小山

對 川(かわ) 河、川

□□□ 0506

例 台湾産(たいわんさん)のマンゴーは、味(あじ)がよいのに加(くわ)えて値段(ねだん)も安(やす)い。

1秒後影子跟讀

譯 台灣種植的芒果不但好吃，而且價格也便宜。

出題重點 「産」常指「生產」或「產出」的意思，如「産業」是指「產業」。形似字有「症」。「症」與疾病或症狀有關，例如「症狀」即表示「病徵」。在形狀上，「産」和「症」確實有些相似，容易造成混淆，但其意義與用法大不相同。※ 題型 2

文法 に加(くわ)えて［而且…］：表示在現有前項的事物上，再加上後項類似的別的事物。

生字 マンゴー／芒果；値段(ねだん)／價格

名・造語 さん【産】

生產，分娩；(某地方) 出生；財產

類 輸入(ゆにゅう) 進口

對 輸出(ゆしゅつ) 出口

□□□ 0507

例 半分仕事(はんぶんしごと)のパーティーだから、参加(さんか)するよりほかない。

1秒後影子跟讀

譯 那是一場具有工作性質的酒會，所以不能不參加。

文法 よりほかない［只有；只好］：後面伴隨著否定，表示這是唯一解決問題的辦法。

生字 半分(はんぶん)／一半；パーティー／派對

名・自サ さんか【参加】

參加，加入

類 出席(しゅっせき) 參加

對 欠席(けっせき) 不參加、休假

□□□ 0508

例 おにぎりを三角(さんかく)に握(にぎ)る。

1秒後影子跟讀

譯 把飯糰捏成三角形。

生字 おにぎり／飯糰；握(にぎ)る／捏握

名 さんかく【三角】

三角形

類 四角(しかく) 四角形、四方形

對 円(えん) 圓形

讀書計劃：□□／□□

□□□ 0509

例 彼(かれ)はデートだから、残業(ざんぎょう)するわけがない。

1秒後影子跟讀

譯 他要約會，所以不可能會加班的。

文法 わけがない [不可能…]：表示從道理上而言，強烈地主張不可能或沒有理由成立。

名・自サ ざんぎょう【残業】

加班

類 定時(ていじ) 準時結束

對 早退(そうたい) 提早下班

□□□ 0510

例 うちの子(こ)は、算数(さんすう)が得意(とくい)な反面(はんめん)、国語(こくご)は苦手(にがて)です。

1秒後影子跟讀

譯 我家小孩的算數很拿手，但另一方面卻拿國文沒輒。

文法 反面(はんめん) [另一方面…]：表示同一種事物，同時兼具兩種不同性格的兩個方面。

生字 得意(とくい)／擅長的；苦手(にがて)／不擅長的

名 さんすう【算数】

算數，初等數學；計算數量

類 数学(すうがく) 數學

對 物理(ぶつり) 物理

□□□ 0511

例 みなが賛成(さんせい)したとしても、私(わたし)は反対(はんたい)です。

1秒後影子跟讀

譯 就算大家都贊成，我還是反對。

文法 としても [就算…，也…]：表示假設前項是事實或成立，後項也不會起有效的作用。

生字 反対(はんたい)／反對

名・自サ さんせい【賛成】

贊成，同意

對 中立(ちゅうりつ) 中間的立場

對 反対(はんたい) 否定

□□□ 0512

例 街(まち)を歩(ある)いていて、新(あたら)しいシャンプーのサンプルをもらった。

1秒後影子跟讀

譯 走在路上的時候，拿到了新款洗髮精的樣品。

出題重點 「サンプル」意為「樣品」或「範例」。使用時，需確定其上下文中的物品或事物是供參考或展示的樣品。有些情況不應用於描述具有獨特性或不可取代的事物。選擇使用「サンプル」時，應特別注意其與具體的、非示範性的名詞之間的差異。※ 題型 5

必考音訓讀

●残＝ザン・のこ(る)／殘留，殘忍

生字 街(まち)／街道；歩(ある)く／步行；シャンプー／洗髮精

名・他サ サンプル【sample】

樣品，樣本

類 本物(ほんもの) 真品

對 コピー【copy】 複製

□□□ 0513 Track2

例 新聞紙(しんぶんし)で野菜(やさい)を包(つつ)んで、ビニール袋(ぶくろ)に入(い)れた。

1秒後影子跟讀

譯 用報紙包蔬菜，再放進了塑膠袋裡。

生字 新聞(しんぶん)／報紙；包(つつ)む／包裹上；ビニール袋(ぶくろ)／塑膠袋

漢造 し【紙】

報紙的簡稱；紙；文件，刊物

對 ペン【pen】 筆

對 インク【ink】 墨

□□□ 0514

例 私(わたし)の趣味(しゅみ)は、詩(し)を書(か)くことです。

1秒後影子跟讀

譯 我的興趣是作詩。

生字 趣味(しゅみ)／嗜好；書(か)く／寫作

名·造語 し【詩】

詩，詩歌

類 詠(よ)む 吟詠

對 読(よ)む 閱讀

□□□ 0515

例 築地本願寺(つきじほんがんじ)には、パイプオルガンがある。

1秒後影子跟讀

譯 築地的本願寺裡有管風琴。

生字 パイプオルガン／管風琴

漢造 じ【寺】

寺

類 仏教(ぶっきょう) 佛教

對 神社(じんじゃ) 神廟

□□□ 0516

例 結婚(けっこん)すれば幸(しあわ)せというものではないでしょう。

1秒後影子跟讀

譯 結婚並不能說就會幸福的吧！

出題重點 「幸せ（しあわせ）」主要表示幸福或幸運的意思。類似單字有：「福（ふく）」，意指幸運或福氣；「ハッピー」這是「happy」的音譯，也表示快樂的感覺。與「しあわせ」的區別在於，「ふく」更偏向於外在的好運或祝福，而「ハッピー」是一個比較現代的、口語的表達方式。※ 題型 3

高頻詞語搭配

● 幸(しあわ)せに暮(く)らす／幸福地生活。

生字 結婚(けっこん)／結婚

名·形動 しあわせ【幸せ】

運氣，機運；幸福，幸運

類 幸福(こうふく) 幸福

對 不幸(ふこう) 不幸

0517

例 8月(がつ)は旅行(りょこう)シーズンだから、混(こ)んでるんじゃない。

1秒後影子跟讀

譯 8月是旅遊旺季，那時候去玩不是人擠人嗎？

生字 旅行(りょこう)／旅遊；混(こ)む／繁忙

名 シーズン【season】

(盛行的) 季節，時期

類 期間(きかん) 期間

對 オフシーズン【off-season】 淡季

0518

例 CD ドライブが起動(きどう)しません。

1秒後影子跟讀

譯 光碟機沒有辦法起動。

生字 起動(きどう)／啟動

名 CD ドライブ【CD drive】

光碟機

類 ディスク【disk】 唱片

對 USB【USB】 通用接頭

0519

例 高級(こうきゅう)レストランだからジーンズで行(い)くわけにはいかない。

1秒後影子跟讀

譯 因為那一家是高級餐廳，總不能穿牛仔褲進去。

文法 わけにはいかない [不能…]：表示由於一般常識、社會道德或經驗等，那樣做是不可能的、不能做的。

生字 高級(こうきゅう)／高檔

名 ジーンズ【jeans】

牛仔褲

類 ズボン【pants】 褲子

對 シャツ【shirt】 襯衫

0520

例 自営業(じえいぎょう)ですから、ボーナスはありません。

1秒後影子跟讀

譯 因為我是獨立開業，所以沒有分紅獎金。

出題重點 「自営業」唸音讀「じえいぎょう」。指自己經營的事業或職業，常指小商人或獨資經營的工作。陷阱可能有「え變ざ」的「じざいぎょう」；「ぎょう變よう」的「じえいよう」；讀音不符的「じしょうぎょう」。※ 題型 1

必考音訓讀

●次＝ジ、シ・つ(ぐ)、つぎ／下次，順序

●示＝ジ、シ・しめ(す)／指示，示範

生字 ボーナス／獎金

名 じえいぎょう【自営業】

獨立經營，獨資

類 独立業者(どくりつぎょうしゃ) 獨立經營者

對 会社員(かいしゃいん) 公司員工

□□□ 0521

例 ジェット機に関しては、彼が知らないことはない。

1秒後影子跟讀

譯 有關噴射機的事，他無所不知。

文法 に関しては [關於…]：表示就前項有關的問題，做出「解決問題」性質的後項行為。

生字 知る／瞭解

名 ジェットき【jet 機】

噴氣式飛機，噴射機

類 ジェット【jet】 噴氣式

對 プロペラ【propeller】 螺旋槳式

□□□ 0522

例 四角の面積を求める。

1秒後影子跟讀

譯 請算出方形的面積。

生字 面積／面積；求める／計算

名 しかく【四角】

四角形，四方形，方形

類 直角 直角

對 円 圓

□□□ 0523

例 5年かかってやっと弁護士の資格を取得した。

1秒後影子跟讀

譯 經過5年的努力不懈，終於取得律師資格。

生字 かかる／花費時間；やっと／好不容易才…；取得／取得

名 しかく【資格】

資格，身分；水準

類 能力 能力

對 無資格 無資格

□□□ 0524

例 今日の2時間目は、先生の都合で4時間目と交換になった。

1秒後影子跟讀

譯 由於老師有事，今天的第2節課和第4節課交換了。

出題重點 「時間目」是指「某一節課的時間」或「第幾節課」。「時」意為「時間、時刻」，字與「持」字形相似。「持」意為「持有、握」。「間」意為「空間、期間」，字與「問」字形相似。「問」表示「詢問、問題」。「目」意為「眼睛、項目」，與「日」字形相似，但「日」代表「太陽、日期」。雖然這些字形似，但意義差異大，須注意。※ 題型2

慣用語

● 目が回る／眼前昏暗；頭暈目眩。

生字 都合／情況；交換／交換

接尾 じかんめ【時間目】

第…小時

類 授業 授課

對 休憩 休息

讀書計劃：□□／□□

□□□ 0525

例 交(ま)ぜればゴミですが、分(わ)ければ**資源**(しげん)になります。

1秒後影子跟讀

譯 混在一起是垃圾，但經過分類的話就變成資源了。

生字 交(ま)ぜる／混合；ゴミ／廢棄物；分(わ)ける／分類

名 しげん【資源】

資源

類 資材(しざい) 資料

對 廃棄物(はいきぶつ) 廢棄物

□□□ 0526

例 連続(れんぞく)して殺人(さつじん)**事件**(じけん)が起(お)きた。

1秒後影子跟讀

譯 殺人事件接二連三地發生了。

生字 連続(れんぞく)／連續；殺人(さつじん)／殺人；起(お)きる／發生

名 じけん【事件】

事件，案件

類 事故(じこ) 事故

對 話(はなし) 故事

□□□ 0527

例 みなさんは**死後**(しご)の世界(せかい)があると思(おも)いますか。

1秒後影子跟讀

譯 請問各位認為真的有冥界嗎？

名 しご【死後】

死後；後事

類 死亡(しぼう) 死亡

對 生前(せいぜん) 生前

□□□ 0528

例 **事後**(じご)に評価(ひょうか)報告書(ほうこくしょ)を提出(ていしゅつ)してください。

1秒後影子跟讀

譯 請在結束以後提交評估報告書。

出題重點 「事後」唸音讀「じご」。指某件事情發生之後的時間或階段。陷阱可能有用訓讀誤導的「ことあと」；「後」用另一音讀「ご變こう」誤導的「じこう」；音節順序顛倒的「ごじ」。※ 題型 1

必考音訓讀

- 御＝ゴ、ギョ・おん、お／尊敬，御用
- 互＝ゴ・たが(い)、かたみ(に)／互相，相互

生字 評価(ひょうか)／評估；提出(ていしゅつ)／提交

名 じご【事後】

事後

類 事件(じけん) 事件

對 事前(じぜん) 事前

あ か さ た な は ま や ら わ 練習

□□□ 0529

例 26を10の位(くらい)で**四捨五入**(ししゃごにゅう)すると30です。

1秒後影子跟讀

譯 將26四捨五入到10位數就變成30。

生字 位(くらい)／位數

名・他サ **ししゃごにゅう【四捨五入】**

四捨五入

類 丸(まる)める　四捨五入

對 切(き)り捨(す)てる　無條件捨去

□□□ 0530

Track2

例 **支出**(ししゅつ)が増(ふ)えたせいで、貯金(ちょきん)が減(へ)った。

1秒後影子跟讀

譯 都是支出變多，儲蓄才變少了。

出題重點 「支出」意指「支付」或「花費」。使用時，應與金錢相關的上下文一起使用，表示為某事物所支付或花費的錢。當描述購買、花費或經濟活動時，「支出」是適當的。然而，有些情況與其他非經濟相關的活動或事物一同使用時，該詞可能不太恰當。※ 題型5

文法 せいで［由於］：發生壞事或會導致某種不利情況或責任的原因。

生字 増(ふ)える／增加；貯金(ちょきん)／存款；減(へ)る／減少

名・他サ **ししゅつ【支出】**

開支，支出

類 出費(しゅっぴ)　支出

對 収入(しゅうにゅう)　收入

□□□ 0531

例 彼(かれ)は**詩人**(しじん)ですが、ときどき小説(しょうせつ)も書(か)きます。

1秒後影子跟讀

譯 他雖然是個詩人，有時候也會寫寫小說。

生字 ときどき／偶爾地

名 **しじん【詩人】**

詩人

類 作家(さっか)　作家

對 読者(どくしゃ)　讀者

□□□ 0532

例 **自信**(じしん)を持(も)つことこそ、あなたに最(もっと)も必要(ひつよう)なことです。

1秒後影子跟讀

譯 要對自己有自信，對你來講才是最需要的。

文法 こそ［才（是）…］：特別強調某事物。

生字 持(も)つ／擁有；最(もっと)も／極為…；必要(ひつよう)／必需的

名 **じしん【自信】**

自信，自信心

類 確信(かくしん)　確信

對 不安(ふあん)　不安、疑慮

讀書計劃：□□／□□

□□□ 0533

例 この国(くに)は、経済(けいざい)が遅(おく)れている反面(はんめん)、自然(しぜん)が豊(ゆた)かだ。

1秒後影子跟讀

譯 這個國家經濟雖落後，但另一方面卻擁有豐富的自然資源。

出題重點 「自然」唸音讀「しぜん」。是指天然的、未經人工修改的事物或現象。陷阱可能有與原始讀音全異的「じしぇん」；「ん變い」的「しぜい」；讀音不符的「じなん」。※ 題型 1

必考音訓讀

● 然＝ゼン、ネン・しか、さ／然後，自然

文法 反面(はんめん)［另一方面…］：表示同一種事物，同時兼具兩種不同性格的兩個方面。

生字 経済(けいざい)／經濟水準；遅(おく)れる／落後；豊(ゆた)か／富裕

名・形動・副 しぜん【自然】

自然，天然;大自然，自然界;自然地

類 天然(てんねん)　天然

對 人工(じんこう)　人造、人工

□□□ 0534

例 仕事(しごと)を休(やす)みたいときは、なるべく事前(じぜん)に言(い)ってください。

1秒後影子跟讀

譯 工作想請假時請盡量事先報告。

文法 たい［想要…］：表示說話者的內心想做、想要的。

生字 休(やす)む／請假；なるべく／盡可能地

名 じぜん【事前】

事前

類 前(まえ)もって　提前

對 事後(じご)　事後

□□□ 0535

例 熱(あつ)いものを食(た)べて、舌(した)をやけどした。

1秒後影子跟讀

譯 我吃熱食時燙到舌頭了。

生字 火傷(やけど)／燙傷

名 した【舌】

舌頭；說話；舌狀物

類 味覚(みかく)　味覺

對 歯(は)　牙齒

□□□ 0536

例 学生時代(がくせいじだい)からの付(つ)き合(あ)いですから、村田(むらた)さんとは親(した)しいですよ。

1秒後影子跟讀

譯 我和村田先生從學生時代就是朋友了，兩人的交情非常要好。

生字 時代(じだい)／時期，時代；付(つ)き合(あ)い／交往

形 したしい【親しい】

(血緣) 近；親近，親密；不稀奇

類 仲良(なかよ)し　友好

對 遠慮(えんりょ)する　客氣、拘束

□□□ 0537

例 この店の商品は、あの店に比べて質がいいです。

1秒後影子跟讀〉

譯 這家店的商品，比那家店的品質好多了。

文法〉に比べて [與…相比]：表示比較、對照。

生字 商品／產品

名 しつ【質】

質量；品質，素質；質地，實質；抵押品；真誠，樸實

類 性質　性質

對 量　數量、量度

□□□ 0538

例 一部の地域を除いて、翌日に配達いたします。

1秒後影子跟讀〉

譯 除了部分區域以外，一概隔日送達。

生字 地域／區域；除く／排除；配達／配送

漢造 じつ【日】

太陽；日，一天，白天；每天

類 日　特別的日子

對 月　月份

□□□ 0539

例 会社が倒産して失業する。

1秒後影子跟讀〉

譯 公司倒閉而失業。

出題重點 「失業」意指失去工作或沒有工作。類似單字有：「解雇（かいこ）」，指被雇主解僱或開除；「無職（むしょく）」，指沒有工作或職業。與「しつぎょう」的區別在於，「かいこ」偏重於被雇主主動解僱的動作，而「むしょく」則是一個更為中性的詞，表示沒有工作，但不特定於原因。※ 題型 3

高頻詞語搭配

● 経済の悪化で失業する／因經濟惡化而失業。

生字 倒産／倒閉

名・自サ しつぎょう【失業】

失業

類 クビ　解雇

對 就業　就業

□□□ 0540

例 暑さに加えて、湿気もひどくなってきた。

1秒後影子跟讀〉

譯 除了熱之外，濕氣也越來越嚴重。

文法〉に加えて [而且…]：表示在現有前項的事物上，再加上後項類似的別的事物。

名 しっけ【湿気】

濕氣

類 湿る　濕潤

對 乾く　乾燥

讀書計劃：□□／□□

□□□ 0541

例 資金(しきん)が足(た)りなくて、計画(けいかく)を実行(じっこう)するどころじゃない。

1秒後影子跟讀

譯 資金不足，哪能實行計畫呀！

生字 資金(しきん)／資金；足(た)りる／足夠；計画(けいかく)／規劃

名・他サ じっこう【実行】

實行，落實，施行

類 実施(じっし)　實施、執行

對 放棄(ほうき)　放棄

□□□ 0542

例 湿度(しつど)が高(たか)くなるに従(したが)って、かびが生(は)えやすくなる。

1秒後影子跟讀

譯 隨著濕度增加，容易長霉。

生字 従(したが)う／隨著；かび／黴菌；生(は)える／滋生

名 しつど【湿度】

濕度

類 水気(すいき)　濕氣

對 乾燥度(かんそうど)　乾燥度

□□□ 0543

例 相手(あいて)の顔(かお)をじっと見(み)つめる。

1秒後影子跟讀

譯 凝神注視對方的臉。

出題重點 「じっと」表示不動地、安靜地、持續地看或待在某個位置。陷阱可能有「しっかり」指的是堅定不移或確定無誤的方式，強調穩定性或確定性；「静かに（しずかに）」表示安靜、平穩的動作或狀態，與「じっと」的靜止感相比，「しずかに」更強調無噪音或平和的狀態。※ 題型 3

情境記憶

● じっと星(ほし)を見(み)る／靜靜地看著星星。

生字 見(み)つめる／盯著看

副・自サ じっと

保持穩定，一動不動；凝神，聚精會神；一聲不響地忍住；無所做為，呆住

類 静(しず)かに　靜靜地

對 うるさい　吵鬧的

□□□ 0544

例 「国産(こくさん)」と書(か)いてあったが、実(じつ)は輸入品(ゆにゅうひん)だった。

1秒後影子跟讀

譯 上面雖然寫著「國產」，實際上卻是進口商品。

生字 国産(こくさん)／國內製造；輸入(ゆにゅう)／進口

副 じつは【実は】

說真的，老實說，事實是，說實在的

類 実際(じっさい)は　事實上

對 表面上(ひょうめんじょう)　表面上

□□□ 0545

例 彼女は、実力があるだけでなく、やる気もあります。

1秒後影子跟讀

譯 她不只有實力，也很有幹勁。

生字 やる気／幹勁

名 じつりょく【実力】

實力，實際能力

類 能力 能力

對 虚名 徒有其名

□□□ 0546

例 用がある時は、「失礼します」って言ってから入ってね。

1秒後影子跟讀

譯 有事情要進去那裡之前，必須先說聲「報告」，才能夠進去喔。

出題重點 「しつれいします」表示「打擾了」或「我失禮了」的意思。其類語有：「すみません」表示「對不起」或「謝謝」，較為通用，並且可以用於多種情境，如求助或道歉；「もうしわけございません」表示「非常抱歉」的強烈道歉語氣，用於較嚴重的失誤或過失。※ 題型 3

慣用語

●努力を続ける／持續努力。

生字 用／事情；入る／進入

感 しつれいします【失礼します】

（道歉）對不起；（先行離開）先走一步；（進門）不好意思打擾了；（職場用語 - 掛電話時）不好意思先掛了；（入座）謝謝

類 ごめんなさい 對不起

對 ありがとう 謝謝

□□□ 0547

例 入口は、自動ドアになっています。

1秒後影子跟讀

譯 入口是自動門。

生字 入口／入口；ドア／門

名 じどう【自動】

自動（不單獨使用）

類 自動車 自動車

對 手動 手動

□□□ 0548

Track26

例 胃に穴が空いたから、しばらく会社を休むしかない。

1秒後影子跟讀

譯 由於罹患了胃穿孔，不得不暫時向公司請假。

文法 しかない［只好…］：表示只有這唯一可行的，沒有別的選擇。

生字 胃／胃；穴／孔洞；空く／出現孔洞

副 しばらく

好久；暫時

類 一時 片刻、暫時

對 ずっと 始終、永遠

讀書計劃：□□／□□

□□□ 0549

例 家(いえ)は地盤(じばん)の固(かた)いところに建(た)てたい。

1秒後影子跟讀

譯 希望在地盤穩固的地方蓋房子。

文法 たい［想要…］：表示說話者的內心想做、想要的。

生字 固(かた)い／堅實的；建(た)てる／修建

名 じばん【地盤】

地基，地面；地盤，勢力範圍

類 土台(どだい) 基礎

對 空中(くうちゅう) 空中

□□□ 0550

例 けが人(にん)はいますが、死亡者(しぼうしゃ)はいません。

1秒後影子跟讀

譯 雖然有人受傷，但沒有人死亡。

生字 けが人(にん)／受傷者

名・他サ しぼう【死亡】

死亡

類 死者(ししゃ) 死者

對 生存(せいぞん) 生存、活著

□□□ 0551

例 アメリカの国旗(こっき)は、赤(あか)と白(しろ)がしまになっている。

1秒後影子跟讀

譯 美國國旗是紅白相間的條紋。

出題重點 「縞」表示「條紋」，常用於描述布料或動植物的條紋。這個字與「高、搞」在形狀上有些相似之處，可能會造成混淆。然而，「高」意為「高度或崇高」，如「高い」是「高的」。而「搞」不是標準的日語漢字。注意這些字的區別非常重要。※ 題型 2

巧記名詞差異 「縞(しま)」是一個名詞，意指條紋。類似的詞有「ボーダー」和「ストライプ」。

生字 アメリカ／美國；国旗(こっき)／國旗

名 しま【縞】

條紋，格紋，條紋布

類 線(せん) 條紋

對 無地(むじ) 單色、無紋

□□□ 0552

例 縞柄(しまがら)のネクタイをつけている人(ひと)が部長(ぶちょう)です。

1秒後影子跟讀

譯 繫著條紋領帶的人是經理。

生字 ネクタイ／領帶；つける／繫著；部長(ぶちょう)／部長

名 しまがら【縞柄】

條紋花樣

類 柄物(がらもの) 有樣式的

對 無地(むじ) 單色、無紋

□□□ 0553

例 縞模様(しまもよう)のシャツをたくさん持(も)っています。
1秒後影子跟讀

譯 我有很多件條紋襯衫。

生字 シャツ／襯衫

名 しまもよう【縞模様】

條紋花樣

類 模様(もよう) 圖案

對 無地(むじ) 單色、無紋

□□□ 0554

例 あの人(ひと)の話(はなし)は息子(むすこ)の自慢(じまん)ばかりだ。
1秒後影子跟讀

譯 那個人每次開口總是炫耀兒子。

出題重點 「自慢」唸音讀「じまん」。指對自己的事物或能力感到驕傲，並常常炫耀。陷阱可能有用音讀「まん變ばん」誤導的「じばん」；「ま變め」的「じめん」；用清音「し」誤導的「しまん」。※ 題型 1

高頻詞語搭配

- 新(あたら)しい車(くるま)を自慢(じまん)する／炫耀新車。
- 才能(さいのう)を誇(ほこ)る／以才能為自豪。

生字 息子(むすこ)／兒子；ばかり／只，淨

名・他サ じまん【自慢】

自滿，自誇，自大，驕傲

類 誇(ほこ)り 自豪

對 謙遜(けんそん) 謙虛

□□□ 0555

例 この服(ふく)、色(いろ)は地味(じみ)だけど、デザインが洗練(せんれん)されてますね。
1秒後影子跟讀

譯 這件衣服的顏色雖然樸素，但是設計非常講究。

生字 デザイン／設計；洗練(せんれん)／精緻

形動 じみ【地味】

素氣，樸素，不華美；保守

類 素朴(そぼく) 簡單、不華麗

對 派手(はで) 花俏、顯眼

□□□ 0556

例 ここに、氏名(しめい)、住所(じゅうしょ)と、電話番号(でんわばんごう)を書(か)いてください。
1秒後影子跟讀

譯 請在這裡寫上姓名、住址和電話號碼。

生字 住所(じゅうしょ)／住址；電話番号(でんわばんごう)／電話號碼

名 しめい【氏名】

姓與名，姓名

類 名前(なまえ) 名字

對 住所(じゅうしょ) 地址

□□□ 0557

例 締め切りまでには、何とかします。

1秒後影子跟讀

譯 在截止之前會想想辦法。

出題重點 「締め切り（しめきり）」意指截止日期或期限。類似單字有：「期日（きじつ）」，指的是特定的日期或期限；「期限（きげん）」意指有時間限制的期間或截止日。與「しめきり」不同的是，「期日（きじつ）」一般是指某一具體的日期，而「期限（きげん）」是更為廣泛的，表示一個特定時間段的結束日期或者某項任務、契約等的終止時間。※ 題型 3

文法 までには [在…之前]：表示某個截止日、某個動作完成的期限。

名 しめきり【締め切り】

(時間、期限等) 截止，屈滿；封死，封閉；截斷，斷流

類 期限 期限

對 開始 開始、起點

□□□ 0558

例 毎日電車で通勤しています。

1秒後影子跟讀

譯 每天都搭電車通勤。

生字 通勤／上下班通勤

名・接尾・漢造 しゃ【車】

車；(助數詞) 車，輛，車廂

類 自動車 汽車

對 自転車 自行車

□□□ 0559

例 失業者にとっては、あんなレストランはぜいたくです。

1秒後影子跟讀

譯 對失業者而言，上那種等級的餐廳太奢侈了。

文法 にとっては [對於…來說]：表示站在前面接的那個詞的立場，來進行後面的判斷或評價。

生字 失業／失業；贅沢／奢侈

漢造 しゃ【者】

者，人；(特定的) 事物，場所

類 人物 人

對 もの 物品、物件

□□□ 0560

例 父の友人のおかげで、新聞社に就職できた。

1秒後影子跟讀

譯 承蒙父親朋友大力鼎助，得以在報社上班了。

文法 おかげで [多虧…]：由於受到某種恩惠，導致後面好的結果。常帶有感謝的語氣。

生字 新聞／報紙；就職／就業

名・漢造 しゃ【社】

公司，報社（的簡稱）；社會團體；組織；寺院

類 会社 公司

對 家 家、住宅

□□□ 0561

例 市役所(しやくしょ)へ婚姻届(こんいんとどけ)を出(だ)しに行(い)きます。

1秒後影子跟讀

譯 我們要去市公所辦理結婚登記。

生字 婚姻届(こんいんとどけ)／婚姻申請書；出(だ)す／提出

名 しやくしょ【市役所】

市政府，市政廳

類 市庁(しちょう) 市政府

對 県庁(けんちょう) 縣政府

□□□ 0562

例 暑(あつ)いですから、ジャケットはいりません。

1秒後影子跟讀

譯 外面氣溫很高，不必穿外套。

出題重點 「ジャケット」是指一種輕便的外套。陷阱可能有「コート」，通常是指較長、用於冬季或寒冷天氣的外套，比「ジャケット」更加保暖；「ブレザー」是指正式或半正式的短上衣，常常用在制服或商務場合，其形式感比「ジャケット」更強。※ 題型 3

巧記外來語差異 「ジャケット【jacket】」指的是夾克。類似的詞有「ブルゾン【blouson】」（類似於夾克的上衣）和「ベスト【vest】」（背心或馬甲）。如：

●新(あたら)しいジャケットを買(か)った／買了新夾克。

名 ジャケット【jacket】

外套，短上衣；唱片封面

類 コート【coat】 外套

對 パンツ【pants】 褲子

□□□ 0563

例 車掌(しゃしょう)が来(き)たので、切符(きっぷ)を見(み)せなければならない。

1秒後影子跟讀

譯 車掌來了，得讓他看票根才行。

生字 切符(きっぷ)／車票；見(み)せる／出示

名 しゃしょう【車掌】

車掌，列車員

類 乗務員(じょうむいん) 車輛乘務員

對 運転手(うんてんしゅ) 駕駛

□□□ 0564

例 叔父(おじ)はジャズのレコードを収集(しゅうしゅう)している。

1秒後影子跟讀

譯 家叔的嗜好是收集爵士唱片。

生字 レコード／唱片

名・自サ ジャズ【jazz】

（樂）爵士音樂

類 音楽(おんがく) 音樂

對 ロック【rock】 搖滾樂

讀書計劃：□□／□□

□□□ 0565

例 しゃっくりが出て、止まらない。

1秒後影子跟讀

譯 開始打嗝，停不下來。

出題重點 「しゃっくり」另一說法是「げっぷ」（打嗝）。

例 寒さでしゃっくりが止まらない／因為寒冷，打嗝不停 。

例 食べ過ぎてげっぷが止まらない／因為吃太多，打嗝不斷。

「しゃっくり」常指那種不斷重複、無法控制的打嗝。「げっぷ」是當從胃中的氣體突然排放到食道，通過嘴巴排出時所發出的聲音。※ 題型 4

生字 止まる／停止

名・自サ しゃっくり

打嗝

類 げっぷ　打嗝

對 あくび　打呵欠

□□□ 0566

例 しゃもじにご飯粒がたくさんついています。

1秒後影子跟讀

譯 飯匙上沾滿了飯粒。

生字 ご飯粒／米粒

名 しゃもじ【杓文字】

杓子，飯杓

類 お玉　湯匙

對 フォーク【fork】 叉子

□□□ 0567 Track26

例 タクシーの運転手になる。

1秒後影子跟讀

譯 成為計程車司機。

生字 タクシー／計程車；運転手／司機

漢造 しゅ【手】

手；親手；專家；有技藝或資格的人

類 腕　手臂

對 足　腳

□□□ 0568

例 ぶどう酒とチーズは合う。

1秒後影子跟讀

譯 葡萄酒和起士的味道很合。

生字 ぶどう／葡萄；チーズ／起司

漢造 しゅ【酒】

酒

類 ビール【beer】 啤酒

對 水　水

□□□ 0569

例 週に1回は運動することにしている。

1秒後影子跟讀

譯 固定每星期運動一次。

出題重點 「週（しゅう）意指「週」或「星期」。類似單字有：「日々（ひび）」，主要指的是每一天或日常；「月（つき・げつ）」指的是「月份」。與「しゅう」不同的是，「日々」更偏向於描述連續的日子或日常生活，而「月」則表示一個較長的時間段，即一個月的時間。※ 題型 3

文法 ことにしている［向來…］：表示個人根據某種決心，而形成的某種習慣、方針或規矩。

生字 運動／運動

名・漢造 **しゅう【週】**

星期；一圈

類 週間　一週

對 日　日子

□□□ 0570

例 アメリカでは、州によって法律が違うそうです。

1秒後影子跟讀

譯 據說在美國，法律會因州而益。

文法 によって［因…；根據…］：表示根據其中的各種情況；近に基づいて［按照…］

生字 アメリカ／美國；法律／法律；違う／不同

名 **しゅう【州】**

大陸，州

類 地域　地區

對 市　城市

□□□ 0571

例 作品を全集にまとめる。

1秒後影子跟讀

譯 把作品編輯成全集。

生字 まとめる／彙整

名・漢造 **しゅう【集】**

（詩歌等的）集；聚集

類 集まる　聚集

對 散らかる　散開、分散

□□□ 0572

例 重要なことなので、よく聞いてください。

1秒後影子跟讀

譯 這是很重要的事，請仔細聆聽。

生字 重要／重要的；聞く／聆聽

名・漢造 **じゅう【重】**

（文）重大；穩重；重要

類 重量　重量

對 軽　輕、輕便

讀書計劃：□□／□□

□□□ 0573

例 この国の人々は、どんな宗教を信仰していますか。

1秒後影子跟讀

譯 這個國家的人，信仰的是什麼宗教？

生字 人々／人們；信仰／信仰

名 しゅうきょう【宗教】

宗教

類 信仰　信仰

對 科学　科學

□□□ 0574

例 住居費はだいたい給料の３分の１ぐらいです。

1秒後影子跟讀

譯 住宿費用通常佔薪資的３分之１左右。

生字 だいたい／大概；給料／薪水

名 じゅうきょひ【住居費】

住宅費，居住費

類 家賃　租金

對 食費　食物費用

□□□ 0575

例 就職したからには、一生懸命働きたい。

1秒後影子跟讀

譯 既然找到了工作，我就想要努力去做。

出題重點 「就職」唸音讀「しゅうしょく」。是指找到工作或被僱用的行為。陷阱可能有小字「ゅょ」顛倒的「しょうしゅく」；少「く」音的「しゅうしょ」；發音順序顛倒的「しょくしゅう」。※ 題型１

文法 からには［既然…，就…］：表示既然到了這種情況，後面就要「貫徹到底」的說法；たい［想要…］：表示說話者的內心想做、想要的。

生字 一生懸命／拼命地

名・自サ しゅうしょく【就職】

就職，就業，找到工作

類 勤める　工作、就職

對 失業　失業

□□□ 0576

例 未成年なので、ジュースを飲みます。

1秒後影子跟讀

譯 由於還未成年，因此喝果汁。

生字 成年／成年

名 ジュース【juice】

果汁，汁液，糖汁，肉汁

類 飲み物　飲料

對 食べ物　食物

□□□ 0577

例 道が渋滞しているので、電車で行くしかありません。
1秒後影子跟讀

譯 因為路上塞車，所以只好搭電車去。

出題重點 「渋滞」中的「渋」有「澀味」的意思，「滞」表示「滯留」或「停滯」。與之形似的「歩」表示「走」或「步驟」；「帯」與「滞」外觀相似，表示「帶子」或「帶領」。※ 題型 2

情境記憶
- 渋滞に巻き込まれる／陷入交通堵塞中。
- 信号待ちで時間がかかる／等紅綠燈等了很久。
- 電車が遅れる／火車延誤。

名・自サ じゅうたい【渋滞】
停滯不前，遲滯，阻塞
類 混雑　擁擠
對 空いている　空著

□□□ 0578

例 居間にじゅうたんを敷こうと思います。
1秒後影子跟讀

譯 我打算在客廳鋪塊地毯。

生字 居間／客廳；敷く／鋪設

名 じゅうたん【絨毯】
地毯
類 カーペット【carpet】 地毯
對 カーテン【curtain】 窗簾

□□□ 0579

例 週末には１時間ほど運動しています。
1秒後影子跟讀

譯 每週末大約運動一個小時左右。

名 しゅうまつ【週末】
週末
類 休日　休息日
對 平日　工作日

□□□ 0580

例 彼は若いのに、なかなか重要な仕事を任せられている。
1秒後影子跟讀

譯 儘管他年紀輕，但已經接下相當重要的工作了。

生字 若い／年輕的；なかなか／相當地；任せる／託付

名・形動 じゅうよう【重要】
重要，要緊
類 大切　重要、珍視
對 無関係　不相關

讀書計劃：□□／□□

□□□ 0581

例 この家は修理が必要だ。

1秒後影子跟讀

譯 這個房子需要進行修繕。

生字 必要／必需的

名・他サ **しゅうり【修理】**

修理，修繕

類 直す　修理

對 壊す　破壞

□□□ 0582

例 車の修理代に３万円かかりました。

1秒後影子跟讀

譯 花了３萬圓修理汽車。

生字 かかる／花費

名 **しゅうりだい【修理代】**

修理費

類 修理費　修理費用

對 購入費　購買費用

□□□ 0583

例 家庭教師は授業料が高い。

1秒後影子跟讀

譯 家教老師的授課費用很高。

生字 家庭教師／家教

名 **じゅぎょうりょう【授業料】**

學費

類 学費　學費

對 食費　食費

□□□ 0584

例 手術といっても、入院する必要はありません。

1秒後影子跟讀

譯 雖說要動手術，但不必住院。

出題重點 「手術」唸音讀「しゅじゅつ」。是醫生為了治療疾病或傷口，在患者身上進行的操作。陷阱可能有用訓讀「しゅ變て」誤導的「てじゅつ」；少「つ」音的「しゅじゅ」；「しゅしゅつ」則重複了「しゅ」的音節。※ 題型 1

文法 といっても[雖說…，但…]：表示承認前項的說法，但同時在後項做部分的修正。

生字 入院／住院

名・他サ **しゅじゅつ【手術】**

手術

類 外科手術　外科手術

對 治療　治療

□□□ 0585

例 主人(しゅじん)は出張(しゅっちょう)しております。

1秒後影子跟讀

譯 外子出差了。

生字 出張(しゅっちょう)／出差

名 しゅじん【主人】

家長，一家之主；丈夫，外子；主人；東家，老闆，店主

類 夫(おっと) 丈夫

對 奥(おく)さん 妻、夫人

□□□ 0586

例 目的(もくてき)のためなら、手段(しゅだん)を選(えら)ばない。

1秒後影子跟讀

譯 只要能達到目的，不擇手段。

生字 目的(もくてき)／目標；選(えら)ぶ／選擇

名 しゅだん【手段】

手段，方法，辦法

類 方法(ほうほう) 方法、途徑

對 結果(けっか) 結果

□□□ 0587

例 歌(うた)がうまくさえあれば、コンクールに出場(しゅつじょう)できる。

1秒後影子跟讀

譯 只要歌唱得好，就可以參加比賽。

文法 さえ～ば［只要…（就）…］：強調只需要達到最低或唯一條件，後項就可成立。

生字 コンクール／競演會

名・自サ しゅつじょう【出場】

（參加比賽）上場，入場；出站，走出場

類 参加(さんか) 參加、加入

對 欠席(けっせき) 缺席

□□□ 0588

例 東京出身(とうきょうしゅっしん)といっても、育(そだ)ったのは大阪(おおさか)です。

1秒後影子跟讀

譯 雖然我出生於東京，但卻是生長於大阪。

出題重點 「出身」表示某人的「來源」或「出生地」。使用時，應描述一個人或事物的起源或背景。這詞語應與描述地點、學校或地域相關的上下文一起使用。有些情況當描述活動、物品或感覺時，「出身」可能不適合。選用「出身」時，應確保其上下文與「來源」或「背景」相關。※ 題型 5

文法 といっても［雖說…，但…］：表示承認前項的說法，但同時在後項做部分的修正。

生字 育(そだ)つ／成長，長大

名 しゅっしん【出身】

出生（地），籍貫；出身；畢業於…

類 生(う)まれ 出生地

對 目的地(もくてきち) 目的地

讀書計劃：□□／□□

□□□ 0589

例 酒にはいろいろな種類がある。

1秒後影子跟讀

譯 酒分成很多種類。

生字 いろいろ／琳瑯滿目的

名 しゅるい【種類】

種類

類 タイプ【type】 類型

對 数量 數量

□□□ 0590

例 巡査が電車で痴漢して逮捕されたって。

1秒後影子跟讀

譯 聽說巡警在電車上因性騷擾而被逮補。

文法 って[聽說…]：引用自己從別人那裡聽說了某信息。

生字 痴漢／色狼；逮捕／逮捕

名 じゅんさ【巡査】

巡警

類 警官 警察官

對 犯人 犯罪者

□□□ 0591

例 順番にお呼びしますので、おかけになってお待ちください。

1秒後影子跟讀

譯 會按照順序叫號，請坐著等候。

生字 呼ぶ／呼喚；かける／坐下

名 じゅんばん【順番】

輪班（的次序），輪流，依次交替

類 順序 順序

對 混乱 混亂

□□□ 0592

例 まだ4月なのに、今日は初夏の陽気だ。

1秒後影子跟讀

譯 現在才4月，但今天已經和初夏一樣熱了。

出題重點 「初」意為「開始」或「第一次」。「初」與「切、叨、紉」字形相似，但意義各異。「切」意為「切割」，「叨」是少用的漢字，「有任意、肆意」之意，而「紉」意為「連結、建立關係」。這些字易造成混淆，請注意。※ 題型 2

必考音訓讀

●初＝ショ・はじ(め)、はつ／初次，開始

生字 陽気／晴朗的氣候

漢造 しょ【初】

初，始；首次，最初

類 初めて 首次

對 終わり 結束

□□□ 0593

例 市役所(しやくしょ)に勤(つと)めています。

1秒後影子跟讀

譯 在市公所工作。

生字 市役所(しやくしょ)／市公所；勤(つと)める／任職

漢造 しょ【所】

處所，地點；特定地

類 場所(ばしょ) 地方

對 時間(じかん) 時間

□□□ 0594

例 東南(とうなん)アジア諸国(しょこく)を旅行(りょこう)する。

1秒後影子跟讀

譯 前往幾個東南亞國家旅行。

出題重點 「諸」主要用於表示「各種」或「多數」的意思，像是「諸国（しょこく）」代表各國。類似單字有：「各（かく）」表示每一或各個，如「各地（かくち）」意指各地方；「多（た）」，這指的是多數或許多，如「多数（たすう）」表示大多數。與「しょ」的區別是，「各」較偏重於每一的概念，而「多」則較偏重於多的概念。※ 題型 3

必考音訓讀

●諸＝ショ・もろ／諸多，眾多

生字 東南(とうなん)アジア／東南亞

漢造 しょ【諸】

諸

類 多(おお)くの 許多的

對 一(ひと)つの 一個的

□□□ 0595

例 少女(しょうじょ)のころは白馬(はくば)の王子様(おうじさま)を夢見(ゆめみ)ていた。

1秒後影子跟讀

譯 在少女時代夢想著能遇見白馬王子。

生字 夢見(ゆめみ)る／夢想

名・漢造 じょ【女】

（文）女兒；女人，婦女

類 女性(じょせい) 女性

對 男(おとこ) 男性

□□□ 0596

例 プロの作家(さっか)になるまで、両親(りょうしん)が生活(せいかつ)を援助(えんじょ)してくれた。

1秒後影子跟讀

譯 在成為專業作家之前，一直由父母支援生活費。

生字 プロ／專業；作家(さっか)／作家

漢造 じょ【助】

幫助；協助

類 助(たす)ける 幫助

對 妨(さまた)げる 妨礙

讀書計劃：□□／□□

□□□ 0597

例 2001年の中央省庁再編で、省庁の数は12になった。

1秒後影子跟讀

譯 經過2001年施行中央政府組織改造之後，省廳的數目變成了12個。

生字 省庁／日本政府機關，部會；数／數量

名・漢造 しょう【省】

省掉；(日本內閣的) 省，部

類 省略する 省略、刪減

對 追加する 增加

□□□ 0598

例 美術商なのか。道理で絵に詳しいわけだ。

1秒後影子跟讀

譯 原來是美術商哦？難怪對繪畫方面懂得那麼多。

文法 わけだ[怪不得…]：表示按事物的發展，事實、狀況合乎邏輯地必然導致這樣的結果。

生字 道理／原來如此；詳しい／熟悉的

名・漢造 しょう【商】

商，商業；商人；(數) 商；商量

類 ビジネス【business】 生意

對 遊び 玩樂

□□□ 0599

例 1勝1敗、明日の試合で勝負が決まる。

1秒後影子跟讀

譯 目前戰績是一勝一負，明天的比賽將會決定由誰獲勝。

出題重點 「勝」主要指的是勝利或超越。類似單字有：「勝利（しょうり）」，這直接指的是勝利的狀態或結果；「越（えつ）」，這有超過或越過的意思，如「越年（えつねん）」表示結束舊的一年，迎接新年。與「しょう」的區別是，「しょうり」更明確地指向勝利的結果，而「こ」則強調超越或跨越的動作。※ 題型3

必考音訓讀

● 勝＝ショウ・か(つ)、まさ(る)／勝利，超越

生字 勝負／較量

漢造 しょう【勝】

勝利；名勝

類 勝つ 贏

對 負ける 輸

□□□ 0600

例 先生の推薦状のおかげで、就職が決まった。

1秒後影子跟讀

譯 承蒙老師的推薦信，找到工作了。

文法 おかげで[多虧…]：由於受到某種恩惠，導致後面好的結果。常帶有感謝的語氣。

生字 推薦／推薦；就職／就業

名・漢造 じょう【状】

(文) 書面，信件；情形，狀況

類 手紙 書信

對 不通 斷絕聯繫

あ か さ た な は ま や ら わ 練習

じょう【場】

□□□ 0601

例 土地がないから、運動場は屋上に作るほかない。

1秒後影子跟讀

譯 由於找不到土地，只好把運動場蓋在屋頂上。

文法 ほかない［只好…］：表示雖然心裡不願意，但又沒有其他方法，只有這唯一的選擇，別無它法。

生字 土地／土地；屋上／天台

名・漢造 **じょう【場】**

場，場所；場面

類 場所　地點

對 道具　工具

□□□ 0602

例 6畳一間のアパートに住んでいます。

1秒後影子跟讀

譯 目前住在公寓裡一個6鋪席大的房間。

出題重點 「畳」意為「日式地墊」，漢字為「畳」。此字與「壘」、「桑」、「宣」字形相似。「壘」意為「堆積」，「桑」指桑樹或桑葚，「宣」表示「宣告」。雖然這些字形似，但意義差異大，須注意。※ 題型2

巧記名詞差異 「畳」指的是日本的傳統草織地墊單位。類似的詞與日本的室內裝飾或家具相關。我將選擇「布団」（日本的被褥）和「炬燵」（有加熱裝置的日本桌子）作為類似的詞語。如：部屋は6畳だ／房間是6張榻榻米大。

生字 間／間，房間單位；アパート／公寓

接尾・漢造 **じょう【畳】**

（計算草蓆、席墊）塊，疊；重疊

類 マット【mat】　墊子

對 椅子　椅子

□□□ 0603

例 下の子もこの春小学生になります。

1秒後影子跟讀

譯 老么也將在今年春天上小學了。

名 **しょうがくせい【小学生】**

小學生

類 小学校の生徒　小學生

對 中学生　中學生

□□□ 0604

例 定規で点と点を結んで線を引きます。

1秒後影子跟讀

譯 用直尺在兩點之間畫線。

生字 結ぶ／連接；引く／畫（線）

名 **じょうぎ【定規】**

（木工使用）尺，規尺；標準

類 コンパス【compass】　圓規

對 鉛筆　鉛筆

讀書計劃：□□／□□

□□□ 0605

例 恋愛に消極的な、いわゆる草食系男子が増えています。

1秒後影子跟讀

譯 現在一些對愛情提不起興趣，也就是所謂的草食系男子，有愈來愈多的趨勢。

出題重點 「消極的」中的「消」指的是「消失」或「消費」，而「極」指「極度」或「端點」。「銷」與「消」形似，意指「銷售」。「級」和「極」相似，表示「等級」或「階級」。※ 題型 2

必考音訓讀

●消＝ショウ・き(える)、け(す)／消失，消耗

●笑＝ショウ・わら(う)、え(む)／笑容，笑聲

生字 いわゆる／所謂的；草食系／在戀愛方面較為消極的男性；増える／增加

形動 **しょうきょくてき【消極的】**

消極的

類 後ろ向き　倒退的

對 積極的　積極的

□□□ 0606

Track28

例 ツチノコには1億円の賞金がかかっている。

1秒後影子跟讀

譯 目前提供一億圓的懸賞金給找到錘子蛇的人。

生字 ツチノコ／槌之子，日本類似蛇的傳説生物；かかる／懸賞

名 **しょうきん【賞金】**

賞金；獎金

類 報酬　報酬

對 給料　薪水

□□□ 0607

例 相談の上で、条件を決めましょう。

1秒後影子跟讀

譯 協商之後，再來決定條件吧。

生字 相談／協議；決める／決定

名 **じょうけん【条件】**

條件；條文，條款

類 前提　前提

對 結果　結果

□□□ 0608

例 うちの辺りは、毎日正午にサイレンが鳴る。

1秒後影子跟讀

譯 我家那一帶每天中午 12 點都會響起警報聲。

生字 サイレン／警報器

名 **しょうご【正午】**

正午

類 真昼　正午

對 深夜　深夜

□□□ 0609

例 新しい上司に代わってから、仕事がきつく感じる。

1秒後影子跟讀

譯 自從新上司就任後，工作變得比以前更加繁重。

生字 代わる／替換；きつい／累人的

名 じょうし【上司】

上司，上級

類 同僚 同事

對 部下 部下

□□□ 0610

例 彼は正直なので損をしがちだ。

1秒後影子跟讀

譯 他個性正直，容易吃虧。

出題重點 「正直」意指誠實或坦白。類似單字有：「真実（しんじつ）」，這表示真實或事實；「率直（そっちょく）」，指直率或直接的。與「しょうじき」的區別是，「しんじつ」側重於事情的真實性，而「そっちょく」側重於表達的方式，沒有繞彎子。※ 題型 3

文法 がちだ [往往會…]：表示即使是無意的，容易出現某種傾向。一般多用在負面評價的動作。

生字 損／虧損

名·形動·副 しょうじき【正直】

正直，老實

類 真面目 老實

對 嘘 謊言

□□□ 0611

例 来月上旬に、日本へ行きます。

1秒後影子跟讀

譯 下個月的上旬，我要去日本。

名 じょうじゅん【上旬】

上旬

類 月の初め 月初

對 下旬 月末

□□□ 0612

例 少女は走りかけて、ちょっと立ち止まりました。

1秒後影子跟讀

譯 少女跑到一半，就停了一下。

生字 ちょっと／一會兒；立ち止まる／停下來

名 しょうじょ【少女】

少女，小姑娘

類 少年 少年

對 大人 大人

讀書計劃：□□／□□

□□□ 0613

例 どんな症状(しょうじょう)か医者(いしゃ)に説明(せつめい)する。

1秒後影子跟讀

譯 告訴醫師有哪些症狀。

生字 どんな／什麼樣的；医者(いしゃ)／醫生

名 しょうじょう
【症状】

症狀

類 病気(びょうき) 疾病

對 治療(ちりょう) 治療

□□□ 0614

例 円周率(えんしゅうりつ)は無限(むげん)に続(つづ)く小数(しょうすう)です。

1秒後影子跟讀

譯 圓周率是無限小數。

出題重點 「小数」唸音讀「しょうすう」。指小於一的數或者是有小數點的數字。陷阱可能有少「う」音的「しょうす」；「すう變せい」誤導的「しょうせい」；用訓讀「しょう變こ」誤導的「こすう」。※ 題型 1

巧記名詞差異 「小数(しょうすう)」指的是小數。類似的詞與數學或數字相關，我將選擇「整数(せいすう)」（整數）和「分数(ぶんすう)」（分數）作為類似的詞語。如：

● 小数点以下(しょうすうてんいか)を計算(けいさん)する／計算小數點以下的數字。

生字 無限(むげん)／無止境的

名 しょうすう
【小数】

（數）小數

類 少量(しょうりょう) 少量

對 分数(ぶんすう) 分數

□□□ 0615

例 賛成者(さんせいしゃ)は少数(しょうすう)だった。

1秒後影子跟讀

譯 少數贊成者。

生字 賛成(さんせい)／贊同

名 しょうすう
【少数】

少數

類 少数派(しょうすうは) 少數派

對 多数(たすう) 多數

□□□ 0616

例 小数点以下(しょうすうてんいか)は、四捨五入(ししゃごにゅう)します。

1秒後影子跟讀

譯 小數點以下，要四捨五入。

生字 以下(いか)／以下；四捨五入(ししゃごにゅう)／四捨五入

名 しょうすうてん
【小数点】

小數點

□□□ 0617

例 先生(せんせい)がお書(か)きになった小説(しょうせつ)を読(よ)みたいです。

1秒後影子跟讀

譯 我想看老師所寫的小說。

文法 たい [想要…]：表示說話者的內心想做、想要的。

名 しょうせつ【小説】

小説

類 物語(ものがたり) 故事

對 エッセイ【essay】 散文

□□□ 0618

例 その部屋(へや)は、誰(だれ)でも出入(でい)りできる状態(じょうたい)にありました。

1秒後影子跟讀

譯 那個房間誰都可以自由進出。

生字 出入(でい)り／出入

名 じょうたい【状態】

狀態，情況

類 状況(じょうきょう) 情況

對 行動(こうどう) 行為、動作

□□□ 0619

例 その冗談(じょうだん)は彼女(かのじょ)に通(つう)じなかった。

1秒後影子跟讀

譯 她沒聽懂那個玩笑。

出題重點 「冗談」中的「冗」意指「多餘」或「沒有用」，而「談」是「談話」或「討論」，整體意為「開玩笑」或「玩笑」。與此相似，「沈」與「冗」形狀近似，意為「多餘」或「繁瑣」；「淡」與「談」字形相近，表示「淡薄」或「不濃烈」。雖然這些漢字外觀相似，但其意義和用法卻有所不同。※ 題型 2

慣用語

● 影響(えいきょう)を受(う)ける／受到影響。

生字 通(つう)じる／被理解

名 じょうだん【冗談】

戲言，笑話，詼諧，玩笑

類 ジョーク【joke】 玩笑

對 真実(しんじつ) 真相

□□□ 0620

例 車(くるま)は、走(はし)り出(だ)したとたんに壁(かべ)に衝突(しょうとつ)しました。

1秒後影子跟讀

譯 車子才剛發動，就撞上了牆壁。

文法 とたんに [剛…就…]：表示前項動作和變化完成的一瞬間，發生了後項的動作和變化。

生字 走(はし)り出(だ)す／開始行駛；壁(かべ)／牆壁

名・自サ しょうとつ【衝突】

撞，衝撞，碰上；矛盾，不一致；衝突

類 ぶつかる 碰撞

對 助(たす)け 幫助

讀書計劃：□□／□□

□□□ 0621

例 もう一度少年の頃に戻りたい。

1秒後影子跟讀

譯 我想再次回到年少時期。

文法 たい［想要…］：表示說話者的內心想做、想要的。

生字 戻る／返回

名 しょうねん【少年】

少年

類 少女　少女

對 大人　大人

□□□ 0622

例 商売がうまくいかないのは、景気が悪いせいだ。

1秒後影子跟讀

譯 生意沒有起色是因為景氣不好。

文法 せいだ［因為…的緣故］：表示發生壞事或會導致某種不利的情況的原因與責任的所在。

生字 景気／景氣

名・自サ しょうばい【商売】

經商，買賣，生意；職業，行業

類 ビジネス【business】 生意

對 趣味　興趣

□□□ 0623

例 ガソリンの消費量が、増加ぎみです。

1秒後影子跟讀

譯 汽油的消耗量，有增加的趨勢。

出題重點 「消費」唸音讀「しょうひ」。是指購買商品或服務時所進行的消耗活動。陷阱可能有多「ょ」音的「しょうひょ」；「ひ變ふ」誤導的「しょうふ」；用訓讀「しょう變き」誤導的「きひ」。※ 題型1

必考音訓讀

●疲＝ヒ・つか（れる）／疲勞，疲乏

文法 気味［趨勢］：表示身心、情況等有這種傾向，用在主觀的判斷。多用於消極。

生字 ガソリン／汽油；増加／增加

名・他サ しょうひ【消費】

消費，耗費

類 購入　購買

對 生産　生產

□□□ 0624

例 あのお店は商品が豊富に揃っています。

1秒後影子跟讀

譯 那家店商品的品項十分齊備。

生字 豊富／豐富；揃う／齊全

名 しょうひん【商品】

商品，貨品

類 製品　製品

對 サービス【service】 服務

□□□ 0625

例 IT 業界について、何か新しい情報はありますか。

1秒後影子跟讀

譯 關於 IT 產業，你有什麼新的情報？

生字 業界／業界，產業

名 じょうほう【情報】

情報，信息

類 データ【data】 資料

對 秘密 秘密

□□□ 0626

Track2

例 火事を見つけて、消防署に 119 番した。

1秒後影子跟讀

譯 發現火災，打了 119 通報消防局。

生字 火事／火災；見つける／發現

名 しょうぼうしょ【消防署】

消防局，消防署

類 救援 救援

對 警察署 警察局

□□□ 0627

例 事件当時どこにいたか、証明のしようがない。

1秒後影子跟讀

譯 根本無法提供案件發生時的不在場證明。

出題重點 「証明」指「證明」或「證件」。當描述實物或文件時，如證件、文件等，或當某事物作為事實或真實性的證據時，該詞語是適當的。然而，有些情況應避免在不需要物理證據的情境中使用「証明」。確保其上下文與確認或驗證的事實相關。※ 題型 5

文法 ようがない［沒辦法］：表示不管用什麼方法都不可能，已經沒有其他方法了。

生字 事件／案件；当時／當時

名・他サ しょうめい【証明】

證明

類 証拠 證據

對 否定 否定

□□□ 0628

例 ビルの正面玄関に立っている人は誰ですか。

1秒後影子跟讀

譯 站在大樓正門前的是那位是誰？

生字 ビル／大廈；玄関／入口；立つ／站立

名 しょうめん【正面】

正面；對面；直接，面對面

類 前 前面

對 後ろ 背面

讀書計劃：□□／□□

0629

例 携帯電話のことは、省略して「ケイタイ」という人が多い。

1秒後影子跟讀

譯 很多人都把行動電話簡稱為「手機」。

出題重點 「省略」唸音讀「しょうりゃく」。指刪減或忽略某部分的內容。陷阱可能有用音讀「しょう變せい」誤導的「せいりゃく」；用音讀「しょう變せい」誤導的，和少「く」音節的「せいりゃ」；「しょりゃく」缺少了「う」的音節。※ 題型 1

高頻詞語搭配

● 詳細を省略する／省略詳細。

生字 携帯電話／手機

名・副・他サ **しょうりゃく【省略】**

省略，從略

類 短縮 縮短

對 詳述 詳細說明

0630

例 ホテルで結婚式をすると、会場使用料はいくらぐらいですか。

1秒後影子跟讀

譯 請問若是在大飯店裡舉行婚宴，場地租用費大約是多少錢呢？

生字 ホテル／飯店；会場／會場

名 **しようりょう【使用料】**

使用費

類 料金 費用

對 無料 無料

0631

例 あの人の髪は、金髪というより明るい褐色ですね。

1秒後影子跟讀

譯 那個人的髮色與其說是金色，比較像是亮褐色吧。

文法 というより [與其說…，還不如說…]：表示在相比較的情況下，後項的說法比前項更恰當。

生字 金髪／金色的頭；明るい／明亮的

漢造 **しょく【色】**

顏色；臉色，容貌；色情；景象

類 カラー【color】 顏色

對 モノクロ【monochrome】 黑白

0632

例 お飲み物は食後でよろしいですか。

1秒後影子跟讀

譯 飲料可以在餐後上嗎？

生字 飲み物／飲料；よろしい／可以

名 **しょくご【食後】**

飯後，食後

類 食事の後 餐後

對 食前 餐前

□□□ 0633

例 今夜の食事代は会社の経費です。

1秒後影子跟讀

譯 今天晚上的餐費由公司的經費支應。

生字 経費／經費

名 しょくじだい【食事代】

餐費，飯錢

類 食費 餐費

對 交通費 交通費

□□□ 0634

例 粉薬は食前に飲んでください。

1秒後影子跟讀

譯 請在飯前服用藥粉。

出題重點 「食前」指的是「吃飯前」的時間。「食」意為「吃」或「食物」，與「良」字形相似，「良」意為「好」或「優良」。而「前」指的是「之前」或「前方」，與「箭」字形相近，「箭」表示「射箭用的箭矢」。以上形狀上都有些相似，但它們的意義並不相同，使用時須加以區分。※ 題型 2

慣用語

● 行動を起こす／採取行動。

生字 粉薬／藥粉

名 しょくぜん【食前】

飯前

類 食事の前 餐前

對 食後 餐後

□□□ 0635

例 祖父は、たたみを作る職人でした。

1秒後影子跟讀

譯 爺爺曾是製作榻榻米的工匠。

生字 祖父／祖父；たたみ／草墊

名 しょくにん【職人】

工匠

類 達人 高手

對 素人 外行人

□□□ 0636

例 日本は食費や家賃が高くて、生活が大変です。

1秒後影子跟讀

譯 日本的飲食費用和房租開銷大，居住生活很吃力。

生字 家賃／房租；大変／辛苦的

名 しょくひ【食費】

伙食費，飯錢

類 食事代 餐費

對 交通費 交通費

讀書計劃：□□／□□

□□□ 0637

例 地震(じしん)で家(いえ)を失(うしな)った人(ひと)たちに、水(みず)と**食料**(しょくりょう)を配(くば)った。

1秒後影子跟讀

譯 分送了水和食物給在地震中失去了房子的人們。

出題重點 「食料」唸音讀「しょくりょう」。指為了食用而備存或購買的食物或糧食。陷阱可能有缺尾音「う」的「しょくりょ」；改中間音節「りょ變よ」的「しょくよう」；或是「たべもの」（食物）不是「食料」正確讀音的。※ 題型 1

巧記名詞差異 「食料(しょくりょう)」指的是食物或食品。類似的詞有「食べ物(たべもの)」（食物）和「食品(しょくひん)」（食品）。如：

● 食料(しょくりょう)が不足(ふそく)している／食品短缺。

生字 失(うしな)う／失去；配(くば)る／分送

名 しょ|く|りょう【食料】

食品，食物

類 食品(しょくひん)　食品

對 飲料(いんりょう)　飲料

□□□ 0638

例 食品(しょくひん)を干(ほ)すのは、**食糧**(しょくりょう)を蓄(たくわ)えるための昔(むかし)の人(ひと)の知恵(ちえ)です。

1秒後影子跟讀

譯 把食物曬乾是古時候的人想出來保存糧食的好方法。

生字 干(ほ)す／曬乾；蓄(たくわ)える／儲備；知恵(ちえ)／智慧

名 しょ|く|りょう【食糧】

食糧，糧食

類 食料品(しょくりょうひん)　食品

對 日用品(にちようひん)　日常用品

□□□ 0639

例 引越(ひっこ)ししたばかりで、**食器棚**(しょっきだな)は空(から)っぽです。

1秒後影子跟讀

譯 由於才剛剛搬來，餐具櫃裡什麼都還沒擺。

生字 引越(ひっこ)し／搬家；空(から)っぽ／空蕩蕩的

名 しょ|っき|だな【食器棚】

餐具櫃，碗廚

類 うつわの棚(たな)　碗盤的櫃子

對 本棚(ほんだな)　書櫃

□□□ 0640

例 彼女(かのじょ)は**ショック**のあまり、言葉(ことば)を失(うしな)った。

1秒後影子跟讀

譯 她因為太過震驚而說不出話來。

生字 言葉(ことば)／語言；失(うしな)う／喪失

名 ショ|ック【shock】

震動，刺激，打擊；（手術或注射後的）休克

類 驚(おどろ)き　驚訝

對 安心(あんしん)　安心

しょもつ【書物】

□□□ 0641

例 夜は一人で書物を読むのが好きだ。

1秒後影子跟讀

譯 我喜歡在晚上獨自看書。

名 しょもつ【書物】

（文）書，書籍，圖書

類 本 書

對 雑誌 雜誌

□□□ 0642

例 その女優は、監督の指示どおりに演技した。

1秒後影子跟讀

譯 那個女演員依導演的指示演戲。

文法 どおりに［按照］：表示按照前項的方式或要求，進行後項的行為。

生字 監督／導演；指示／吩咐；演技／表演

名 じょゆう【女優】

女演員

類 女性の役者 女演員

對 男優 男演員

□□□ 0643

例 書類はできたが、まだ部長のサインをもらっていない。

1秒後影子跟讀

譯 雖然文件都準備好了，但還沒得到部長的簽名。

生字 部長／部長；サイン／簽名

名 しょるい【書類】

文書，公文，文件

類 文書 文件

對 図 圖畫

□□□ 0644

Track30

例 第一志望の会社から、採用の知らせが来た。

1秒後影子跟讀

譯 第一志願的公司通知錄取了。

出題重點 「知らせ」主要指的是通知或消息。類似單字有：「報告（ほうこく）」，意為報導或呈報；「情報（じょうほう）」，這表示信息或資訊。與「しらせ」的區別是，「ほうこく」通常是正式的、結構化的通知，而「じょうほう」更加偏向於一般的、不特定的資料或訊息。※ 題型 3

情境記憶

● 政府からの知らせを待つ／等待政府的通知。

生字 志望／志願；採用／錄取

名 しらせ【知らせ】

通知；預兆，前兆

類 お知らせ 通知

對 秘密 秘密

讀書計劃：□□／□□

□□□ 0645

例 ずっと座(すわ)っていたら、おしりが痛(いた)くなった。

1秒後影子跟讀

譯 一直坐著，屁股就痛了起來。

名 しり【尻】

屁股，臀部；(移動物體的)後方，後面；末尾，最後；(長物的) 末端

類 けつ 屁股

對 頭(あたま) 頭

□□□ 0646

例 鈴木(すずき)さんは、佐藤(さとう)さんと知(し)り合(あ)いだということです。

1秒後影子跟讀

譯 據說鈴木先生和佐藤先生似乎是熟人。

名 しりあい【知り合い】

熟人，朋友

類 友人(ゆうじん) 朋友

對 他人(たにん) 外人

□□□ 0647

例 シルクのドレスを買(か)いたいです。

1秒後影子跟讀

譯 我想要買一件絲綢的洋裝。

文法 たい［想要…］：表示說話者的內心願望。

生字 ドレス／洋裝

名 シルク【silk】

絲，絲綢；生絲

類 絹(きぬ) 絲綢

對 ウール【wool】 羊毛

□□□ 0648

例 間違(まちが)えないように、印(しるし)をつけた。

1秒後影子跟讀

譯 為了避免搞錯而貼上了標籤。

出題重點 「印（しるし）」主要指標誌或符號。類似單字有：「記号（きごう）」這指的是符號或代號；「マーク」，這是「mark」的音譯，也代表標記或標誌。與「しるし」的區別是，「きごう」更側重於符號或代號的意義，而「マーク」在日常用語中更常指物品上的標記或特定的記號。

※ 題型 3

文法 ように［為了…而…］：表示為了實現前項，而做後項。

生字 間違(まちが)える／弄錯；つける／標記

名 しるし【印】

記號，符號；象徵（物），標記；徽章；(心意的) 表示；紀念（品）；商標

類 マーク【mark】 標記

對 文字(もじ) 文字

あ か さ た な は ま や ら わ 練習

第二回

言語知識（文字、語彙）

題型 1

問題 1　＿＿＿の言葉の読み方として最も良いものを、1・2・3・4から一つ選びなさい

1　この音楽を聞くと、心が感動する。

1 かんど　　2 かんどう　　3 かんと　　4 かんとう

2　彼は田舎で静かに暮らす。

1 くらす　　2 ぐらす　　3 ぼらす　　4 もらす

題型 2

問題 2　＿＿＿の言葉を漢字で書くとき、最も良いものを、1・2・3・4から一つ選びなさい。

3　今の学生はけいたいを持っていることが普通だ。

1 携帯　　2 攜帯　　3 賢帯　　4 携帯

4　コップの水をこぼさないように、ゆっくりとテーブルに置く。

1 溜さ　　2 浴さ　　3 溢さ　　4 益さ

題型 3

問題 3　（　　　）に入れるものに最も良いものを、1・2・3・4から一つ選びなさい。

5　試験の間、彼は（　　　）先生の方を見ていた。

1 どんどん　　2 はっきり　　3 さっぱり　　4 じっと

讀書計劃：□□／□□

答案：1.(2) 2.(1) 3.(4) 4.(3) 5.(4) 6.(3) 7.(4) 8.(1) 9.(3) 10.(1)

6 彼は建築の（　　　）に従事しています。

1 業績　　　2 車両　　　3 業界　　　4 業主

題型4

問題4 ＿＿＿に意味が最も近いものを、1・2・3・4から一つ選びなさい。

7 様々な文化がこの都市に集まる。

1 雑多な　2 似ている　3 たくさん　4 多種多様な

8 彼は敵を殺すつもりだった。

1 切る　　　2 振る　　　3 話す　　　4 生かす

題型5

問題5 次の言葉の使い方として最も良いものを、一つ選びなさい。

9 証明

1 昨日、私は免許の証明を受け取った。

2 彼は彼の誠実さを証明として手紙を書いた。

3 彼の話は本当だと証明されました。

4 彼女は新しい証明を買いました。

10 興奮

1 昨日のサッカーの試合を見て、とても興奮してしまった。

2 このレストランの料理を食べて、味が興奮している。

3 彼は新しい仕事を手に興奮して出発した。

4 あの花は蝶を興奮しています。

しろ【白】

□□□ 0649

例 雪が降って、辺りは白一色になりました。
1秒後影子跟讀

譯 下雪後，眼前成了一片白色的天地。

生字 一色／單一顏色

名 しろ【白】
白，皎白，白色；清白
類 ホワイト【white】 白色
對 黑　黑色

□□□ 0650

例 夏休みが終わって、新学期が始まった。
1秒後影子跟讀

譯 暑假結束，新學期開始了。

生字 学期／學期

名・漢造 しん【新】
新；剛收穫的；新曆
類 新しい　新的
對 古い　舊的

□□□ 0651

例 勉強が苦手で、高校進学でさえ難しかった。
1秒後影子跟讀

譯 我以前很不喜歡讀書，就連考高中都覺得困難。

文法 さえ［連；甚至］：用在理所當然的是都不能了，其他的是就更不用說了。

生字 苦手／不擅長的；難しい／艱難的

名・自サ しんがく【進学】
升學；進修學問
類 入学　入學
對 退学　退學

□□□ 0652

例 あの高校は進学率が高い。
1秒後影子跟讀

譯 那所高中升學率很高。

出題重點 「進学率」唸音讀「しんがくりつ」。是指某一特定年級或教育階段的學生中，選擇繼續受教育的學生的比例。陷阱可能有改中間音節「り變ろ」的「しんがくろつ」；用濁音「じ」誤導的「じんがくりつ」；改中間音節「がく變ぎょう」的「しんぎょうりつ」，即更改了「学」的讀音。※ 題型 1

慣用語
● 目標を達成する／實現目標。

生字 高校／高中

名 しんがくりつ【進学率】
升學率
類 入学率　入學率
對 失業率　失業率

讀書計劃：□□／□□

□□□ 0653

例 新幹線(しんかんせん)に乗るには、運賃(うんちん)のほかに特急料金(とっきゅうりょうきん)がかかります。

1秒後影子跟讀

譯 要搭乘新幹線列車，除了一般運費還要加付快車費用。

生字 運賃(うんちん)／運費；特急(とっきゅう)／特快車；料金(りょうきん)／費用

名 しんかんせん【新幹線】

日本鐵道新幹線

類 高速電車(こうそくでんしゃ)　快速電車

對 ローカル線(せん)【local線】（鐵路、航空）支線

□□□ 0654

例 信号(しんごう)が赤(あか)から青(あお)に変(か)わる。

1秒後影子跟讀

譯 號誌從紅燈變成綠燈。

生字 変(か)わる／變化

名・自サ しんごう【信号】

信號，燈號；(鐵路、道路等的）號誌；暗號

類 記号(きごう)　符號

對 看板(かんばん)　招牌

□□□ 0655

例 この家(いえ)は居間(いま)と寝室(しんしつ)と食堂(しょくどう)がある。

1秒後影子跟讀

譯 這個住家有客廳、臥房以及餐廳。

生字 居間(いま)／客廳；食堂(しょくどう)／餐廳

名 しんしつ【寝室】

寝室

類 ベッドルーム【bedroom】寢室

對 リビング【living】客廳

□□□ 0656

例 そんな話(はなし)、誰(だれ)が信(しん)じるもんか。

1秒後影子跟讀

譯 那種鬼話誰都不信！

出題重點 「信じる」讀法是「しんじる」。表示相信或信任某人或某事。陷阱可能有「つうじる（通じる）」意為被理解或通過；「しりあう（知り合う）」意為認識或結識；「しあげる（仕上げる）」意為完成或完成工作。※ 題型 1

必考音訓讀

●信＝シン／信任，信件

●寝＝シン・ね（る）／睡覺，寢室（繁體中文「寢」）

文法 もんか [決不…] ：表示強烈的否定情緒。「～もんか」是「～ものか」比較隨便的說法。

他上一 しんじる・しんずる【信じる・信ずる】

信，相信；確信，深信；信賴，可靠；信仰

類 信用(しんよう)する　相信

對 疑(うたが)う　懷疑

あ か さ た な は ま や ら わ 練習

□□□ 0657

例 証明書(しょうめいしょ)はこの紙(かみ)を書(か)いて申請(しんせい)してください。

1秒後影子跟讀

譯 要申請證明文件，麻煩填寫完這張紙之後提送。

生字 証明書(しょうめいしょ)／證明文件

名・他サ しんせい【申請】

申請，聲請

類 請求(せいきゅう) 索求

對 キャンセル【cancel】 取消

□□□ 0658

例 今朝(けさ)釣(つ)ってきたばかりの魚(さかな)だから、新鮮(しんせん)ですよ。

1秒後影子跟讀

譯 這是今天早上才剛釣到的魚，所以很新鮮喔！

出題重點 「新鮮」主要表示新鮮或未經加工的狀態。類似單字有：「フレッシュ」這是「fresh」的音譯，也代表新鮮；「生（なま）」，這指的是未經加工或烹煮的。與「しんせん」的區別是，「フレッシュ」在日常用語中與新鮮有近似的含意，而「なま」特別強調未經加工或烹煮的原始狀態。例如，當描述食物，如魚或肉，時「しんせん」和「フレッシュ」都可以表示其新鮮度，但「なま」則可能用來描述該食物是否是生的，未經烹調。※ 題型 3

生字 釣(つ)る／釣魚；ばかり／剛剛

名・形動 しんせん【新鮮】

（食物）新鮮；清新乾淨；新穎，全新

類 フレッシュ【fresh】 新鮮

對 古(ふる)い 舊的

□□□ 0659

例 あなたの身長(しんちょう)は、バスケットボール向(む)きですね。

1秒後影子跟讀

譯 你的身高還真是適合打籃球呀！

生字 バスケットボール／籃球；向(む)き／適合

名 しんちょう【身長】

身高

類 高(たか)さ 高度

對 体重(たいじゅう) 體重

□□□ 0660

例 科学(かがく)の進歩(しんぽ)のおかげで、生活(せいかつ)が便利(べんり)になった。

1秒後影子跟讀

譯 因為科學進步的關係，生活變方便多了。

文法 おかげで [多虧…]：由於受到某種恩惠，導致後面好的結果。常帶有感謝的語氣。

生字 科学(かがく)／科學；便利(べんり)／方便的

名・自サ しんぽ【進歩】

進步

類 前進(ぜんしん) 進展

對 後退(こうたい) 倒退

讀書計劃：□□／□□

□□□ 0661

例 深夜どころか、翌朝まで仕事をしました。

1秒後影子跟讀

譯 豈止到深夜，我是工作到隔天早上。

出題重點 「深夜」唸音讀「しんや」。指夜晚的很晚的時候，大約午夜過後的時間段。陷阱可能有用訓讀「しん變ふか」誤導的「ふかや」；用訓讀「や變よる」誤導的「しんよる」；用另一訓讀「しん變ふか」、「や變よる」誤導的「ふかよる」。※ 題型 1

高頻詞語搭配

- 深夜に仕事を終える／深夜結束工作。

生字 翌朝／隔天早上

名 しんや【深夜】

深夜

類 夜中　夜晚

對 昼　白天

□□□ 0662

Track31

例 ちょっと酢を入れ過ぎたみたいだ。すっぱい。

1秒後影子跟讀

譯 好像加太多醋了，好酸！

文法 みたいだ[好像…]：表示不是很確定的推測或判斷。

生字 入れる／加入；すっぱい／酸的

名 す【酢】

醋

類 酸味　酸味

對 油　油

□□□ 0663

例 エアコンから水滴が落ちてきた。

1秒後影子跟讀

譯 從冷氣機滴了水下來。

生字 エアコン／冷氣機；落ちる／滴落

名 すいてき【水滴】

水滴；(注水研墨用的) 硯水壺

類 滴　滴水

對 溜まり　積水

□□□ 0664

例 明日は、お弁当と、おやつと、水筒を持っていかなくちゃ。

1秒後影子跟讀

譯 明天一定要帶便當、零食和水壺才行。

文法 なくちゃ[不…不行]：表示受限於某個條件、規定，必須要做某件事情。

生字 弁当／便當；おやつ／點心

名 すいとう【水筒】

(旅行用) 水筒，水壺

類 容器　容器

對 カップ【cup】　杯子

□□□ 0665

例 水道代（すいどうだい）は一月（ひとつき）2,000円（えん）ぐらいです。

1秒後影子跟讀

譯 水費每個月大約 2000 圓左右。

名 すいどうだい【水道代】

自來水費

類 料金（りょうきん） 費用

對 電気代（でんきだい） 電費

□□□ 0666

例 水道料金（すいどうりょうきん）を支払（しはら）いたいのですが。

1秒後影子跟讀

譯 不好意思，我想要付自來水費……。

名 すいどうりょうきん【水道料金】

自來水費

出題重點 「水道料金」指的是「水費」或「供水的費用」。「水道料金」的「水」指的是「水」，而「道」指的是「路」或「方式」。這兩字字形相似的有「水」與「氷」，「道」與「遂」易造成混淆。「氷」意為「冰」，「遂」為「達成」或「完成」的意思。※ 題型 2

巧記名詞差異 「水道料金（すいどうりょうきん）」指的是水費或水費帳單。類似的詞有「電気料金（でんきりょうきん）」（電費）和「ガス料金（りょうきん）」（瓦斯費）。如：

●水道料金（すいどうりょうきん）を払（はら）った／我付了水費。

文法 たい [想要…]：表示說話者的內心想做、想要的。

□□□ 0667

例 この炊飯器（すいはんき）はもう 10 年（ねん）も使（つか）っています。

1秒後影子跟讀

譯 這個電鍋已經用了 10 年。

生字 使（つか）う／使用

名 すいはんき【炊飯器】

電子鍋

類 機械（きかい） 機器

對 オーブン【oven】 烤箱

□□□ 0668

例 『枕草子（まくらのそうし）』は、清少納言（せいしょうなごん）によって書（か）かれた随筆（ずいひつ）です。

1秒後影子跟讀

譯 《枕草子》是由清少納言著寫的散文。

文法 によって [由…；根據…]：表示動作的主體或原因、根據。

名 ずいひつ【随筆】

隨筆，小品文，散文，雜文

類 エッセイ【essay】 隨筆、散文

對 小説（しょうせつ） 小說

讀書計劃：□□／□□

□□□ 0669

例 暗証番号は、全部同じ数字にするのはやめた方がいいです。

1秒後影子跟讀

譯 密碼最好不要設定成重複的同一個數字。

生字 暗証番号／密碼；やめる／避免

名 すうじ【数字】

數字；各個數字

類 記号 記號、符號

對 文字 文字

□□□ 0670

例 西洋料理では、最初にスープを飲みます。

1秒後影子跟讀

譯 西餐的用餐順序是先喝湯。

生字 最初／開始

名 スープ【soup】

湯（多指西餐的湯）

類 味噌汁 味噌湯

對 サラダ【salad】 沙拉

□□□ 0671

例 寒いので、スカーフをしていきましょう。

1秒後影子跟讀

譯 因為天寒，所以圍上圍巾後再出去吧！

出題重點 「スカーフ」是指一種圍繞在頸部或肩部的長型布料。陷阱可能有「マフラー」，通常是指用於冬季保暖的長型圍巾，比「スカーフ」更加厚重和暖和；「ショール」是一種大型、方形或長型的布料，可以披在肩部或圍繞身體，比「スカーフ」更加多功能和覆蓋範圍大。※ 題型 3

慣用語

● 役立つ情報／有用信息。

生字 寒い／寒冷的

名 スカーフ【scarf】

圍巾，披肩；領結

類 布 布料

對 帽子 帽子

□□□ 0672

例 北海道の人も、全員スキーができるわけではないそうだ。

1秒後影子跟讀

譯 聽說北海道人也不是每一個都會滑雪。

文法 わけではない［並不是…］：表示不能簡單地對現在的狀況下某種結論，也有其它情況。

生字 全員／全體人員

名 スキー【ski】

滑雪；滑雪橇，滑雪板

類 滑走 滑行

對 スケート【skate】 滑冰

□□□ 0673

例 5時を過ぎたので、もううちに帰ります。

1秒後影子跟讀

譯 已經5點多了，我要回家了。

自上二 すぎる【過ぎる】

超過；過於；經過

類 超過 超過

對 不足 不足

□□□ 0674

例 休暇を取るとしたら、少なくとも3日前に言わなければなりません。

1秒後影子跟讀

譯 如果要請假，至少要在3天前說才行。

出題重點 「少なくとも」是「至少」之意，表某個數量或程度的最低限制。陷阱可能有「最低（さいてい）」，這通常用於表示一個底限或最小的數量，著重於具體的最低標準或數值；「とりあえず」這是用來表示「首先」或「暫時」，更偏向於時間的先後順序，而非量的大小。※ 題型3

文法 としたら［如果…的話］：在認清現況或得來的信息的前提條件下，據此條件進行判斷；近 ようなら［要是…］

生字 休暇／休假；取る／取得

副 すくなくとも【少なくとも】

至少，對低，最低限度

類 最低 最低

對 最多 最多

□□□ 0675

例 すごい嵐になってしまいました。

1秒後影子跟讀

譯 它轉變成猛烈的暴風雨了。

生字 嵐／暴風雨

形 すごい【凄い】

非常（好）；厲害；好的令人吃驚；可怕，嚇人

類 素晴しい 出色的

對 普通 普通

□□□ 0676

例 お金なんか、少しも興味ないです。

1秒後影子跟讀

譯 金錢這東西，我一點都不感興趣。

文法 なんか［之類的］：用輕視的語氣，談論主題。口語用法。

生字 金／金錢；興味／興趣

副 すこしも【少しも】

（下接否定）一點也不，絲毫也不

類 ちっとも 一點也（不）

對 全然 完全

讀書計劃：□□／□□

□□□ 0677

例 たとえ外国(がいこく)に住(す)んでいても、お正月(しょうがつ)は日本(にほん)で過(す)ごしたいです。

1秒後影子跟讀

譯 就算是住在外國，新年還是想在日本過。

文法 たとえ～ても [即使…也…]：表示讓步關係，即使是在前項極端的條件下，後項結果仍然成立；たい [想要…]：表示說話者的內心想做、想要的。

生字 外国(がいこく)／國外；住(す)む／居住；正月(しょうがつ)／農曆新年

他五・接尾 すごす【過ごす】

度（日子、時間），過生活；過渡過量；放過，不管

類 暮(く)らす 過生活

對 停滞(ていたい) 停滯

□□□ 0678

例 行列(ぎょうれつ)はゆっくりと寺(てら)へ向(む)かって進(すす)んだ。

1秒後影子跟讀

譯 隊伍緩慢地往寺廟前進。

生字 行列(ぎょうれつ)／隊伍；ゆっくり／緩慢地；向(む)かう／朝向

自五・接尾 すすむ【進む】

進，前進；進步，先進；進展;升級，進級;升入，進入，到達；繼續下去

類 前進(ぜんしん) 向前

對 後退(こうたい) 後退

□□□ 0679

例 企業(きぎょう)向(む)けの宣伝(せんでん)を進(すす)めています。

1秒後影子跟讀

譯 我在推廣以企業為對象的宣傳。

文法 向(む)けの [以…為對象；適合於…]：表示以前項為對象，而做後項的事物。

生字 企業(きぎょう)／企業；宣伝(せんでん)／推廣

他下一 すすめる【進める】

使向前推進，使前進；推進，發展，開展；進行，舉行；提升，晉級；增進，使旺盛

類 促進(そくしん) 推進

對 阻止(そし) 阻止

□□□ 0680

例 これは医者(いしゃ)が勧(すす)める健康法(けんこうほう)の一(ひと)つです。

1秒後影子跟讀

譯 這是醫師建議的保健法之一。

出題重點 「勧める」描述了推薦或建議某事或某物的動作。陷阱可能以「励める、薦める」等漢字意思接近的形式出現，但這可能是日語沒這個，語境不符的字。只是其中的「励」指的是鼓勵或激勵的意思；「薦」有推薦的意思。※ 題型 2

生字 医者(いしゃ)／醫生；健康(けんこう)／健康

他下一 すすめる【勧める】

勸告，勸誘；勸，進（煙茶酒等）

類 提案(ていあん) 提議

對 拒絶(きょぜつ) 拒絕

□□□ 0681 Track32

例 彼(かれ)はA大学(だいがく)の出身(しゅっしん)だから、A大学(だいがく)を薦(すす)めるわけだ。

1秒後影子跟讀

譯 他是從A大學畢業的，難怪會推薦A大學。

文法 わけだ［怪不得…］：表示按事物的發展，事實、狀況合乎邏輯地必然導致這樣的結果。

生字 大学(だいがく)／大學；出身(しゅっしん)／畢業於

他下一 すすめる【薦める】

勸告，勸告，勸誘；勸，敬（煙、酒、茶、座等）

類 推薦(すいせん) 推薦

對 否定(ひてい) 否定

□□□ 0682

例 ジーンズの裾(すそ)を5センチほど短(みじか)く直(なお)してください。

1秒後影子跟讀

譯 請將牛仔褲的褲腳改短5公分左右。

生字 ジーンズ／牛仔褲；センチ／公分；直(なお)す／修改

名 すそ【裾】

下擺，下襟；山腳；（靠近頸部的）頭髮

類 ふくの下(した) 衣服的下部

對 襟(えり) 衣領

□□□ 0683

例 いつかきっとスーパースターになってみせる。

1秒後影子跟讀

譯 總有一天會變成超級巨星給大家看！

文法 てみせる［做給…看］：表示說話者強烈的意志跟決心，含有顯示自己能力的語氣。

生字 いつか／遲早有一天；スーパー／超級

名 スター【star】

（影劇）明星，主角；星狀物，星

類 名人(めいじん) 名人

對 素人(しろうと) 新手

□□□ 0684

例 ずっとほしかったギターをもらった。

1秒後影子跟讀

譯 收到夢寐以求的吉他。

出題重點 「ずっと」另一種說法是「常に（つねに）」（始終、總是）。

例 ずっと君のことを考えていた／我一直在想你。

例 常に君のことを考えていた／我始終在想你。

「ずっと」跟「常に」都代表持續的狀態。「ずっと」表示從過去到現在或未來的持續，有「一直、始終」之意；而「常に」則強調「總是、始終」的特性，表示一貫或總是如此，一種固定或常態。※ 題型 4

生字 ほしい／渴望的；ギター／吉他

副 ずっと

更；一直

類 始終(しじゅう) 始終

對 一時的(いちじてき) 暫時的

讀書計劃：□□／□□

0685

例 梅干しはすっぱいに決まっている。

1秒後影子跟讀

譯 梅乾當然是酸的。

文法 に決まっている［肯定是…］：說話者根據事物的規律，覺得一定是這樣，充滿自信的推測。

生字 梅干し／醃梅

形 すっぱい【酸っぱい】

酸，酸的

類 酸っぱい味　酸的味道

對 甘い　甜的

0686

例 日本のアニメはストーリーがおもしろいと思います。

1秒後影子跟讀

譯 我覺得日本卡通的故事情節很有趣。

生字 アニメ／動漫；おもしろい／妙趣橫生的

名 ストーリー【story】

故事，小說；（小說、劇本等的）劇情，結構

類 物語　故事

對 事実　事實

0687

例 ストッキングをはいて出かけた。

1秒後影子跟讀

譯 我穿上褲襪便出門去了。

生字 穿く／穿著；出かける／外出

名 ストッキング【stocking】

褲襪；長筒襪

類 靴下　襪子

對 靴　鞋子

0688

例 私の学校の制服は、ストライプ模様です。

1秒後影子跟讀

譯 我那所學校的制服是條紋圖案。

出題重點 「ストライプ」指的是條紋的圖案或設計。陷阱可能有「ボーダー」，通常指的是寬度相等的橫條紋，經常用於T恤或衣物上；「チェック」是指格子狀的圖案，它是由橫向和縱向的條紋交織而成的。與「ストライプ」不同，「チェック」呈現的是方格狀的設計。※ 題型 3

慣用語

- 環境に適応する／適應環境。

生字 制服／制服；模様／圖案

名 ストライプ【strip】

條紋；條紋布

類 縞模様　條紋

對 無地　單色

ストレス【stress】

□□□ 0689

例 ストレスと疲(つか)れから倒(たお)れた。

1秒後影子跟讀

譯 由於壓力和疲勞而病倒了。

出題重點 「ストレス」指「壓力」。當描述與心理或生理的壓迫感相關的情境時，它是適當的。不過，有些情況應避免在描述味道、購買物品等與壓力無直接關聯的情境中使用。正確使用涉及確保其上下文與身體或心靈的壓迫感相關。※ 題型 5

情境記憶

● ストレスが溜(た)まっている／積壓了壓力。

生字 疲(つか)れ／疲憊；倒(たお)れる／病倒

名 ストレス【stress】

（語）重音；（理）壓力；（精神）緊張狀態

類 圧力(あつりょく) 壓力

對 安心(あんしん) 安心

□□□ 0690

例 私(わたし)の父(ちち)は、1945年(ねん)8月(がつ)15日(にち)、すなわち終戦(しゅうせん)の日(ひ)に生(う)まれました。

1秒後影子跟讀

譯 家父是在1945年8月15日，也就是二戰結束的那一天出生的。

生字 終戦(しゅうせん)／戰爭結束；生(う)まれる／誕生

接續 すなわち【即ち】

即，換言之；即是，正是；則，彼時；乃，於是

類 つまり 也就是說

對 しかし 但是

□□□ 0691

例 運動会(うんどうかい)の前(まえ)に、新(あたら)しいスニーカーを買(か)ってあげましょう。

1秒後影子跟讀

譯 在運動會之前，買雙新的運動鞋給你吧。

生字 運動会(うんどうかい)／運動會；新(あたら)しい／新款的

名 スニーカー【sneakers】

球鞋，運動鞋

類 運動靴(うんどうぐつ) 運動鞋

對 革靴(かわぐつ) 皮鞋

□□□ 0692

例 あまりスピードを出(だ)すと危(あぶ)ない。

1秒後影子跟讀

譯 速度太快了很危險。

生字 あまり／過度；出(だ)す／駛出；危(あぶ)ない／危險的

名 スピード【speed】

快速，迅速；速度

類 速度(そくど) 速度

對 遅(おそ)さ 緩慢

讀書計劃：□□／□□

□□□ 0693

例 実験の結果を図表にしました。

1秒後影子跟讀

譯 將實驗結果以圖表呈現了。

生字 実験／實驗；結果／結果

名 ずひょう【図表】

圖表

類 図形　圖形

對 文字　文字

□□□ 0694

例 好きなスポーツ選手はいますか。

1秒後影子跟讀

譯 你有沒有喜歡的運動選手呢？

名 スポーツせんしゅ【sports 選手】

運動選手

類 運動員　運動員

對 観衆　觀眾

□□□ 0695

例 父と兄はスポーツ中継が大好きです。

1秒後影子跟讀

譯 爸爸和哥哥最喜歡看現場直播的運動比賽了。

名 スポーツちゅうけい【スポーツ中継】

體育（競賽）直播，轉播

類 試合放送　比賽轉播

對 練習　練習

□□□ 0696

例 犬の散歩のついでに、郵便局に寄って用事を済ました。

1秒後影子跟讀

譯 遛狗時順道去郵局辦了事。

出題重點 「済ます」用另一說法是「終える（おえる）」（完成、結束）。

例 彼は仕事を早く済ました／他快速完成了工作。

例 彼は仕事を早く終えた／他快速結束了工作。

「済ます」跟「終える」都可以用在表示結束或完成某事之意，但「済ます」較多用於日常事務或任務，如支付賬單或完成工作，而「終える」則更廣泛地用於各種情境，從日常任務到生命的結束都可以使用。※ 題型 4

文法 ついでに［順便…］：表示做某一主要的事情的同時，再追加順便做其他件事情。

生字 郵便局／郵局；寄る／順道經過；用事／事情

他五・接尾 すます【済ます】

弄完，辦完；償還，還清；對付，將就，湊合；（接在其他動詞連用形下面）表示完全成為……

類 解決　解決

對 未解決　尚未解決

□□□ 0697

例 もう手続（てつづ）きを済（す）ませたから、ほっとしているわけだ。

1秒後影子跟讀

譯 因為手續都辦完了，怪不得這麼輕鬆。

文法 わけだ［怪不得…］：表示按事物的發展，事實、狀況合乎邏輯地必然導致這樣的結果。

生字 手続（てつづ）き／手續；ほっと／鬆了一口氣

他五・接尾 **すませる【済ませる】**

弄完，辦完；償還，還清；將就，湊合

類 完了（かんりょう）する　完成

對 開始（かいし）する　開始

□□□ 0698

例 すまないと思（おも）うなら、手伝（てつだ）ってください。

1秒後影子跟讀

譯 要是覺得不好意思，那就來幫忙吧。

生字 手伝（てつだ）う／協助

連語 **すまない**

對不起，抱歉；（做寒暄語）對不起

類 悪（わる）い　不好

對 良（よ）い・良（い）い　好的

□□□ 0699

例 お待（ま）たせしてすみません。

1秒後影子跟讀

譯 讓您久等，真是抱歉。

連語 **すみません【済みません】**

抱歉，不好意思

類 ごめんなさい　對不起

對 ありがとう　謝謝

□□□ 0700

例 街（まち）ですれ違（ちが）った美女（びじょ）には必（かなら）ず声（こえ）をかける。

1秒後影子跟讀

譯 每當在街上和美女擦身而過，一定會出聲搭訕。

出題重點 「擦れ違う」主要描述「錯身而過」的情境，常用於指兩人在某地相遇但未停下的情形。使用時，應確保語境與「經過」或「錯過」相關。有些情況不宜用於描述不符的期待、意見或吸引某物的場景。做題時要注意正確的情境和語境。※ 題型 5

必考音訓讀

●違＝イ・ちが（う）、たが（う）／違反，不符

生字 美女（びじょ）／美女；必（かなら）ず／必定

自五 **すれちがう【擦れ違う】**

交錯，錯過去；不一致，不吻合，互相分歧；錯車

類 会（あ）う　見面

對 待（ま）つ　等待

讀書計劃：□□／□□

□□□ 0701 Track33

例 性によって差別されることのない社会を目指す。

1秒後影子跟讀

譯 希望能打造一個不因性別而受到歧視的社會。

文法 によって[因…;由於…;根據…]:表示動作的主體或原因、根據。

生字 差別/差別對待;目指す/追求

名·漢造 せい【性】

性別;性慾;本性

類 女性 女性

類 男性 男性

□□□ 0702

例 兄弟といっても、弟と僕は全然性格が違う。

1秒後影子跟讀

譯 雖說是兄弟,但弟弟和我的性格截然不同。

文法 といっても[雖說…,但…]:表示承認前項的說法,但同時在後項做部分的修正。

生字 兄弟/手足

名 せいかく【性格】

(人的)性格,性情;(事物的)性質,特性

類 優しい 和善

類 厳しい 嚴格

□□□ 0703

例 事実を正確に記録する。

1秒後影子跟讀

譯 事實正確記錄下來。

出題重點 「正確」唸音讀「せいかく」。指事物準確無誤的狀態或特點。陷阱可能有用「かく變けつ」誤導的「せいけつ」;用「かく變かけ」誤導的「せいかけ」;用音讀「せい變しょう」誤導的「しょうかく」。※題型1

必考音訓讀

● 確=カク・たし(か)/確定,確實

● 覚=カク・おぼ(える)、さ(ます)/覺得,記憶

生字 事実/事實;記録/紀錄

名·形動 せいかく【正確】

正確,準確

類 正しい 正確

對 間違い 錯誤

□□□ 0704

例 毎月の生活費に 20 万円かかります。

1秒後影子跟讀

譯 每個月的生活費需花 20 萬圓。

名 せいかつひ【生活費】

生活費

類 収入 收入

對 支出 支出

□□□ 0705

例 20世紀初頭の日本について研究しています。

1秒後影子跟讀

譯 我正針對20世紀初的日本進行研究。

生字 初頭／初期；研究／鑽研

名 せいき【世紀】

世紀，百代；時代，年代；百年一現，絕世

類 年 年

對 日 日子

□□□ 0706

例 家賃や光熱費に加えて税金も払わなければならない。

1秒後影子跟讀

譯 不單是房租和水電費，還加上所得稅也不能不繳交。

文法 に加えて[而且…]：表示在現有前項的事物上，再加上後項類似的別的事物。

生字 家賃／房租；光熱費／水電瓦斯費；払う／支付

名 ぜいきん【税金】

稅金，稅款

類 所得税 所得稅

對 売上税 銷售稅

□□□ 0707

例 ホテルの部屋はとても清潔だった。

1秒後影子跟讀

譯 飯店的房間，非常的乾淨。

出題重點 「清潔」中的「清」意為「澄清」或「清晰」，而「潔」意指「潔淨」或「純潔」。「精」與「清」形似，意味著「精神」或「精細」；「治」與「潔」有相似的部首，指「治理」或「管理」。※ 題型2

必考音訓讀

● 歳＝セイ、サイ／歲數，年齡（繁體中文「歲」）

● 最＝サイ・もっと(も)／最大，最好

生字 ホテル／飯店

名・形動 せいけつ【清潔】

乾淨的，清潔的；廉潔；純潔

類 綺麗 整潔

對 汚い 骯髒

□□□ 0708

例 ダイエットに成功したとたん、恋人ができた。

1秒後影子跟讀

譯 減重一成功，就立刻交到女朋友／男朋友了。

文法 とたん[剛一…，立刻…]：表示前項動作和變化完成的一瞬間，發生了後項的動作和變化。

生字 ダイエット／減肥；恋人／情人

名・自サ せいこう【成功】

成功，成就，勝利;功成名就，成功立業

類 勝つ 勝利

對 負ける 失敗

讀書計劃：□□／□□

□□□ 0709

例 当社は、家具の生産に加えて販売も行っています。

1秒後影子跟讀

譯 本公司不單製造家具，同時也從事販售。

文法 に加えて [而且…]：表示在現有前項的事物上，再加上後項類似的別的事物。

生字 家具／家具；販売／銷售；行う／進行

名・他サ **せいさん【生産】**

生産，製造；創作（藝術品等）；生業，生計

類 売る　賣出

對 買う　購入

□□□ 0710

例 10年かけてようやく借金を清算した。

1秒後影子跟讀

譯 花費了 10 年的時間，終於把債務給還清了。

生字 ようやく／終於，總算；借金／債務

名・他サ **せいさん【清算】**

結算，清算;清理財產;結束，了結

類 売る　賣出

對 買う　購入

□□□ 0711

例 あなたはどの政治家を支持していますか。

1秒後影子跟讀

譯 請問您支持哪位政治家呢？

生字 支持／支持

名 **せいじか【政治家】**

政治家（多半指議員）

類 大統領　總統

對 市民　市民

□□□ 0712

例 磁石は北を向く性質があります。

1秒後影子跟讀

譯 指南針具有指向北方的特性。

出題重點 「性質」唸音讀「せいしつ」。指某物的基本特性或特質。陷阱可能有用「せい變せん」誤導的「せんしつ」；用「しつ變しゅつ」誤導的「せいしゅつ」；用音讀「せい變しょう」誤導的「しょうしつ」。※ 題型 1

必考音訓讀

- 性＝セイ、ショウ／性質，性別
- 制＝セイ／制度，控制

生字 磁石／磁鐵

名 **せいしつ【性質】**

性格，性情；(事物) 性質，特性

類 良い・良い　好的

類 悪い　不好

せいじん【成人】

□□□ 0713

例 成人するまで、たばこを吸ってはいけません。

1秒後影子跟讀

譯 到長大成人之前，不可以抽煙。

生字 たばこ／香菸；吸う／吸取

名・自サ せいじん【成人】

成年人；成長，(長大) 成人

類 大人　大人

對 子ども　孩子

□□□ 0714

例 18 割る 6 は割り切れて、答えは整数になる。

1秒後影子跟讀

譯 18 除以 6 的答案是整數。

生字 割る／（數學）除；割り切れる／能整除

名 せいすう【整数】

(數) 整數

類 偶数　偶數

對 奇数　奇數

□□□ 0715

例 祖父は生前よく釣りをしていました。

1秒後影子跟讀

譯 祖父在世時經常去釣魚。

生字 祖父／祖父；釣り／釣魚

名 せいぜん【生前】

生前

類 生きる　生存時

對 死ぬ　去世後

□□□ 0716

例 子どもの成長が、楽しみでなりません。

1秒後影子跟讀

譯 孩子們的成長，真叫人期待。

出題重點　「成長」主要指「成熟」或「發展」。使用時需注意其上下文應與生長或進步有關，有些情況不應該用於描述物品或感受。特別是當描述生物的生長或個人的發展時，這詞才更顯得恰當和自然。※ 題型 5

必考音訓讀

●成 ＝セイ、ジョウ・な(る)／成功，結果

●精＝セイ、ショウ・しら(げる)／精力，精華

生字 楽しみ／盼望

名・自サ せいちょう【成長】

(經濟、生產) 成長，增長，發展；(人、動物) 生長，發育

類 大きくなる　成長

對 小さくなる　變小

讀書計劃：□□／□□

0717

例 彼(かれ)は、なかなか感(かん)じのよい青年(せいねん)だ。

1秒後影子跟讀

譯 他是個令人覺得相當年輕有為的青年。

生字 なかなか／很，相當

名 せいねん【青年】

青年，年輕人

類 子(こ)ども　孩子

對 老人(ろうじん)　老年人

0718

例 書類(しょるい)には、生年月日(せいねんがっぴ)を書(か)くことになっていた。

1秒後影子跟讀

譯 文件上規定要填上出生年月日。

生字 書類(しょるい)／資料

名 せいねんがっぴ【生年月日】

出生年月日，生日

類 今日(きょう)　今天

對 未来(みらい)　未來

0719

例 高(たか)ければ高(たか)いほど性能(せいのう)がよいわけではない。

1秒後影子跟讀

譯 並不是愈昂貴，性能就愈好。

文法 ば～ほど［越…越…］：表示隨著前項事物的變化，後項也隨之相應地發生變化；わけではない［並不是…］：表示不能簡單地對現在的狀況下某種結論，也有其它情況。

名 せいのう【性能】

性能，機能，效能

類 優(すぐ)れる　優秀

對 劣(おと)る　劣等

0720

例 この材料(ざいりょう)では、製品(せいひん)の品質(ひんしつ)は保証(ほしょう)できません。

1秒後影子跟讀

譯 如果是這種材料的話，恕難以保證產品的品質。

出題重點 「製品」唸音讀「せいひん」。指經過生產製造出來的產品或商品。陷阱可能有用「せい變しせい」誤導的「しせいひん」；用「せい變しょう」誤導的「しょうひん」；用半濁音「ぴ」誤導的「せいぴん」。※ 題型 1

必考音訓讀

- 品＝ヒン・しな／品質，物品
- 貧＝ヒン、ビン・まず（しい）／貧窮，貧困

生字 材料(ざいりょう)／材料；品質(ひんしつ)／品質；保証(ほしょう)／保證

名 せいひん【製品】

製品，產品

類 原料(げんりょう)　原料

對 廃棄物(はいきぶつ)　廢棄物

□□□ 0721

例 うちの学校、**制服**がもっとかわいかったらいいのになあ。

1秒後影子跟讀

譯 要是我們學校的制服更可愛一點就好了。

文法 たらいいのになあ [就好了]：前項是難以實現或是與事實相反的情況，表現說話者遺憾、不滿、感嘆的心情。

名 せいふく【制服】

制服

類 ユニフォーム【uniform】 制服

對 普段着 便服

□□□ 0722

例 湖の中には、どんな**生物**がいますか。

1秒後影子跟讀

譯 湖裡有什麼生物？

生字 湖／湖泊；どんな／哪種

名 せいぶつ【生物】

生物

類 植物 植物

對 無生物 非生物

□□□ 0723

例 今、**整理**をしかけたところなので、まだ片付いていません。

1秒後影子跟讀

譯 現在才整理到一半，還沒完全整理好。

出題重點 「整理」讀法是「せいり」。這個名詞常用於描述整頓或安排事物的動作。陷阱可能有「せいし」的「り變し」；長音處錯誤的「せえり」；「せいりょう」的「り變りょう」。※ 題型 1

必考音訓讀

●整 ＝セイ・ととの（える）・ととの（う）／整齊，整理

文法 たところ […，結果…]：順接用法。因某種目的去作某一動作，偶然下得到後項的結果。

生字 片付く／收拾整齊

名・他サ せいり【整理】

整理，收拾，整頓；清理，處理；捨棄，淘汰，裁減

類 整える 整頓

對 混乱する 混亂

□□□ 0724

Track3

例 お年寄りや体の不自由な方に**席**を譲りましょう。

1秒後影子跟讀

譯 請將座位禮讓給長者和行動不方便的人士。

生字 年寄り／老人；不自由／有障礙；譲る／讓座

名・漢造 せき【席】

席，坐墊；席位，坐位

類 座る場所 坐下的地方

對 立つ場所 站立的地方

讀書計劃：□□／□□

□□□ 0725

例 責任(せきにん)を取(と)らないで、逃(に)げるつもりですか。

1秒後影子跟讀

譯 打算逃避問題，不負責任嗎？

生字 取(と)る／承擔；逃(に)げる／逃避

名 せきにん【責任】

責任，職責

類 義務(ぎむ) 義務

對 権利(けんり) 權利

□□□ 0726

例 何(なに)もしていないのに、世間(せけん)では私(わたし)が犯人(はんにん)だとうわさしている。

1秒後影子跟讀

譯 我分明什麼壞事都沒做，但社會上卻謠傳我就是犯人。

生字 噂(うわさ)／流言

名 せけん【世間】

世上，社會上；世人；社會輿論；(交際活動的) 範圍

類 社会(しゃかい) 社會

對 個人(こじん) 個人

□□□ 0727

例 とにかく積極的(せっきょくてき)に仕事(しごと)をすることですね。

1秒後影子跟讀

譯 總而言之，就是要積極地工作是吧。

出題重點 「積極的」唸音讀「せっきょくてき」。是主動、積極，描述某人或某事的態度。陷阱可能有用促音「せっ變せい」誤導的「せいきょくてき」；用音讀「せっ變しゃく」誤導的「しゃくきょくてき」；改尾音「き變い」的「せっきょくてい」。※ 題型 1

必考音訓讀

- 席＝セキ・むしろ／座席，位置
- 積＝セキ・つ(む)／累積，積分

生字 とにかく／總之，反正

形動 せっきょくてき【積極的】

積極的

類 肯定的(こうていてき) 肯定的

對 消極的(しょうきょくてき) 消極的

□□□ 0728

例 この本(ほん)、読(よ)んでごらん。絶対(ぜったい)おもしろいよ。

1秒後影子跟讀

譯 建議你看這本書，一定很有趣喔。

生字 ごらん／請看

名・副 ぜったい【絶対】

絕對，無與倫比；堅絕，斷然，一定

類 確(たし)か 確定的

對 相対的(そうたいてき) 相對的

□□□ 0729

例 食器を5客セットで買う。

1秒後影子跟讀

譯 買下5套餐具。

生字 食器／餐具

名・他サ **セット【set】**

一組，一套;舞台裝置，布景;(網球等) 盤，局；組裝，裝配；梳整頭髮

類 組み合わせ　組合

對 一つ　單一

□□□ 0730

例 節約しているのに、お金がなくなる一方だ。

1秒後影子跟讀

譯 我已經很省了，但是錢卻越來越少。

文法 一方だ [不斷地…；越來越…]：某狀況一直朝一個方向不斷發展。多用於消極的、不利的傾向。

名・他サ **せつやく【節約】**

節約，節省

類 使い果たす　使用完畢

對 浪費　浪費

□□□ 0731

例 あそこの店には、手ごろな値段の瀬戸物がたくさんある。

1秒後影子跟讀

譯 那家店有很多物美價廉的陶瓷器。

生字 手ごろ／合理的；値段／價格

名 **せともの【瀬戸物】**

陶瓷品

類 陶器　陶瓷

對 ガラス製品　玻璃製品

□□□ 0732

例 あなたの作品をぜひ読ませてください。

1秒後影子跟讀

譯 請務必讓我拜讀您的作品。

出題重點 「是非」指的是「務必」或「無論如何」。「是」意為「正確」或「合乎道理」，與「足」字形相似，「足」意為「腳」。而「非」表示「否定」或「錯誤」，與「排」字形相近，「排」表示「排除」或「排列」。它們在形狀上都有些相似，但它們的意義並不相同，使用時須加以區分。※ 題型 2

文法 せてください [能否允許…]:用在想做某件事情前，先請求對方的許可；近 せてもらえますか [可以讓…嗎？]

生字 作品／著作

名・副 **ぜひ【是非】**

務必；好與壞

類 必ず　務必

對 時々　偶爾

讀書計劃：□□／□□

□□□ 0733

例 母(はは)に子(こ)どもたちの世話(せわ)をしてくれるように頼(たの)んだ。

1秒後影子跟讀

譯 拜託了我媽媽來幫忙照顧孩子們。

出題重點 「世話」指的是「照顧」或「幫助」，經常用於描述對某人的關心或幫忙。其中「世」表示「世界」或「時代」，「話」意為「話語」或「談話」。這兩字字形相似的有「泄」與「甜」。「泄」意為「流出、洩露」，而「甜」則表示「甜的、甜味」。※ 題型 2

情境記憶

● 世話(せわ)を焼(や)く／照顧。

生字 頼(たの)む／託付

名・他サ せわ【世話】

援助，幫助；介紹，推薦；照顧，照料；俗語，常言

類 ケア【care】 照顧

對 放置(ほうち) 放任、不管

□□□ 0734

例 決勝戦(けっしょうせん)は、あさって行(おこな)われる。

1秒後影子跟讀

譯 決賽將在後天舉行。

生字 決勝(けっしょう)／決賽

漢造 せん【戦】

戰爭；決勝負，體育比賽；發抖

類 戦争(せんそう) 戰爭

對 平和(へいわ) 和平

□□□ 0735

例 問題解決(もんだいかいけつ)のために、全世界(ぜんせかい)が協力(きょうりょく)し合(あ)うべきだ。

1秒後影子跟讀

譯 為了解決問題，世界各國應該同心合作。

文法 べきだ [應當…]：表示那樣做是應該的、正確的。常用在勸告、禁止及命令的場合。

生字 協力(きょうりょく)／合作；合(あ)う／互相

漢造 ぜん【全】

全部，完全；整個；完整無缺

類 全体(ぜんたい) 全部

對 部分(ぶぶん) 部分

□□□ 0736

例 前首相(ぜんしゅしょう)の講演会(こうえんかい)に行(い)く。

1秒後影子跟讀

譯 去參加前首相的演講會。

生字 首相(しゅしょう)／首相；講演(こうえん)／演講

漢造 ぜん【前】

前方，前面；(時間) 早；預先；從前

類 過去(かこ) 過去

對 後(あと) 之後

□□□ 0737

例 選挙の際には、応援をよろしくお願いします。

1秒後影子跟讀

譯 選舉的時候，就請拜託您的支持了。

文法 際には [在…時]：表示動作、行為進行的時候。

生字 応援／支持

名・他サ **せんきょ【選挙】**

選舉，推選

類 投票　投票

對 任命　任命

□□□ 0738

例 洗剤なんか使わなくても、きれいに落ちます。

1秒後影子跟讀

譯 就算不用什麼洗衣精，也能將污垢去除得乾乾淨淨。

文法 なんか [之類的；…等等]：用輕視的語氣，談論主題，為口語用法。或表示從各種事物中例舉其一。

生字 落ちる／去除

名 **せんざい【洗剤】**

洗滌劑，洗衣粉（精）

類 ソープ【soap】 肥皂

對 汚れ　污垢

□□□ 0739

例 先日、駅で偶然田中さんに会った。

1秒後影子跟讀

譯 前些日子，偶然在車站遇到了田中小姐。

出題重點 「先日」唸音讀「せんじつ」。指前幾天或不久前的某一天。陷阱可能有用音讀「じつ變にち」誤導的「せんにち」；改音節「じ變に」的「せんにつ」；「せんじ」則遺漏了一個音節。※ 題型 1

必考音訓讀

- 実＝ジツ・み、みの (る)／實際，果實
- 若＝ジャク・わか (い)、も (し)／若干，年輕

生字 偶然／意外地

名 **せんじつ【先日】**

前天；前些日子

類 以前　以前

對 後日　日後

□□□ 0740

例 入学式の前日、緊張して眠れませんでした。

1秒後影子跟讀

譯 在參加入學典禮的前一天，我緊張得睡不著覺。

生字 入学／入學；緊張／緊張；眠る／睡眠

名 **ぜんじつ【前日】**

前一天

類 前夜　前夜

對 翌日　次日

讀書計劃：□□／□□

□□□ 0741

例 このセーター は洗濯機(せんたくき)で洗(あら)えますか。

1秒後影子跟讀

譯 這件毛線衣可以用洗衣機洗嗎？

生字 セーター／毛衣；洗(あら)う／洗滌

名 せんたくき【洗濯機】

洗衣機

類 乾燥機(かんそうき)　乾燥機

對 手洗(てあら)い　手洗

□□□ 0742

例 1センチ右(みぎ)にずれる。

1秒後影子跟讀

譯 往右偏離了1公分。

生字 ずれる／移位

名 センチ【centimeter】

厘米，公分

類 ミリ【milli】　毫米

對 メートル【metre】　公尺、米

□□□ 0743

例 あなたの会社(かいしゃ)を宣伝(せんでん)するかわりに、うちの商品(しょうひん)を買(か)ってください。

1秒後影子跟讀

譯 我幫貴公司宣傳，相對地，請購買我們的商品。

文法 かわりに［代替…］：表示由另外的人或物來代替。

生字 会社(かいしゃ)／公司；商品(しょうひん)／產品

名・自他サ せんでん【宣伝】

宣傳，廣告；吹噓，鼓吹，誇大其詞

類 広告(こうこく)　廣告

對 秘密(ひみつ)　秘密

□□□ 0744

例 私(わたし)のチームは前半(ぜんはん)に5点(てん)も得点(とくてん)しました。

1秒後影子跟讀

譯 我們這隊在上半場已經奪得高達5分了。

出題重點 「前半」指的是「前一部分」或「上半部」，常用於描述時間、活動或比賽的前段。「前」意為「之前、先前」，與「剪」字形相似。「剪」意為「剪切」或「剪刀」。「半」意為「一半、半部分」，與「伴」字形相似。「伴」表示「伴隨、夥伴」。雖然這些字形似，但意義差異大，須注意。※題型2

高頻詞語搭配

● 試合(しあい)の前半(ぜんはん)／比賽的上半場。

生字 得点(とくてん)／得分

名 ぜんはん【前半】

前半，前半部

類 初(はじ)め　開始

對 後半(こうはん)　後半

あ か さ た な は ま や ら わ 練習

□□□ 0745

例 暑いですね。扇風機をつけたらどうでしょう。

1秒後影子跟讀

譯 好熱喔。要不要開個電風扇呀？

文法 たらどうでしょう［如何？］：用來委婉地提出建議、邀請，或是對他人進行勸說。

生字 つける／打開（電器）

名 せんぷうき【扇風機】

風扇，電扇

類 冷房　冷氣

對 暖房　暖氣

□□□ 0746

例 彼女の家は洗面所にもお花が飾ってあります。

1秒後影子跟讀

譯 她家的廁所也裝飾著鮮花。

生字 飾る／裝飾

名 せんめんじょ【洗面所】

化妝室，廁所

類 トイレ【toilet】　洗手間

對 風呂　浴室

□□□ 0747

例 高校卒業後、専門学校に行く人が多くなった。

1秒後影子跟讀

譯 在高中畢業後，進入專科學校就讀的人越來越多了。

生字 卒業／畢業

名 せんもんがっこう【専門学校】

專科學校

類 大学　大學

對 初等教育　初等教育

□□□ 0748

Track3

例 衆議院が解散し、総選挙が行われることになった。

1秒後影子跟讀

譯 最後決定解散眾議院，進行了大選。

出題重點 「総」意為「全部」或「總的」，漢字為「総」。與之相似的「終、忠、总」各有不同意義。「終」意為「結束」，「忠」指的是「忠誠」，而「总」不屬於標準日語漢字，但在簡化字中意為「總計」。※ 題型 2

必考音訓讀

- 争＝ソウ・あらそ（う）／爭吵，競爭（繁體中文「爭」）
- 窓＝ソウ・まど／窗戶（繁體中文「窗」）

生字 解散／解散；選挙／選舉；行う／舉行

漢造 そう【総】

總括；總覽；總，全體；全部

類 全体　全部

對 部分　部分

讀書計劃：□□／□□

□□□ 0749

例 毎日(まいにち)、掃除機(そうじき)をかけますか。

1秒後影子跟讀

譯 每天都用吸塵器清掃嗎？

生字 かける／使用（家電等）

名 そうじき【掃除機】

除塵機，吸塵器

類 モップ【mop】 拖把

對 洗濯機(せんたくき) 洗衣機

□□□ 0750

例 そんなひどい状況(じょうきょう)は、想像(そうぞう)もできない。

1秒後影子跟讀

譯 完全無法想像那種嚴重的狀況。

出題重點 「想像」唸音讀「そうぞう」。指心裡頭對某事物所形成的影像或思考，或是猜想。陷阱可能有缺尾音「う」的「そうぞ」；改音節「そう變せい」的「せいぞう」；改音節「そう變しょう」誤導的「しょうぞう」。※ 題型 1

必考音訓讀

●祖＝ソ／祖先，祖母

●組＝ソ・く（む）、くみ／組織，組成

生字 状況(じょうきょう)／情況

名・他サ そうぞう【想像】

想像

類 想定(そうてい) 假設

對 現実(げんじつ) 現實

□□□ 0751

例 早朝(そうちょう)に勉強(べんきょう)するのが好(す)きです。

1秒後影子跟讀

譯 我喜歡在早晨讀書。

生字 勉強(べんきょう)／用功讀書

名 そうちょう【早朝】

早晨，清晨

類 明(あ)け方(がた) 黎明

對 夕方(ゆうがた) 黃昏

□□□ 0752

例 浴衣(ゆかた)のときは、草履(ぞうり)ではなく下駄(げた)を履(は)きます。

1秒後影子跟讀

譯 穿浴衣的時候，腳上的不是草履，而是木屐。

生字 浴衣(ゆかた)／浴衣；下駄(げた)／木屐；履(は)く／穿著

名 ぞうり【草履】

草履，草鞋

類 サンダル【sandal】 涼鞋

對 靴(くつ) 鞋子

□□□ 0753

例 送料が1,000円以下になるように、工夫してください。

1秒後影子跟讀

譯 請設法將運費壓到1000圓以下。

文法 ように[請…]：表示願望、希望、勸告或輕微的命令等。

生字 工夫／巧妙安排

名 そうりょう【送料】

郵費，運費

類 運賃 運費

對 税金 税金

□□□ 0754

例 我が家にいながら、プロが作ったソースが楽しめる。

1秒後影子跟讀

譯 就算待在自己的家裡，也能享用到行家調製的醬料。

生字 我が家／我家；プロ／專家；楽しむ／體驗

名 ソース【sauce】

（西餐用）調味醬

類 調味料 調味料

對 飲み物 飲料

□□□ 0755

例 この棚の靴下は3足で1,080円です。

1秒後影子跟讀

譯 這個貨架上的襪子是3雙1080圓。

出題重點 「足（そく）」主要指腳或步伐。類似單字有：「脚（あし）」這同樣指的是腳；「歩（ほ）」，這指的是步行或步伐。與「そく」的區別是，「あし」更為口語化且常用於日常生活中，而「ほ」側重於走路的動作或步行的節奏。※題型3

慣用語

●足が出る／超出預算；花費過多。

生字 棚／架子；靴下／襪子

接尾・漢造 そく【足】

（助數詞）雙；足；足夠；添

類 手 手

對 頭 頭

□□□ 0756

例 速達で出せば、間に合わないこともないだろう。

1秒後影子跟讀

譯 寄快遞的話，就不會趕不上吧！

文法 ないこともない[並不是不…]：表示雖然不是全面肯定，但也有那樣的可能性。

生字 出す／寄出；間に合う／趕得上

名・自他サ そくたつ【速達】

快速信件

類 書留 掛號

對 普通郵便 普通郵件

讀書計劃：□□／□□

□□□ 0757

例 速度(そくど)を上(あ)げて、トラックを追(お)い越(こ)した。

1秒後影子跟讀

譯 加速超過了卡車。

生字 上(あ)げる／加速；トラック／卡車；追(お)い越(こ)す／超越

名 そくど【速度】

速度

類 ペース【pace】 節奏

對 距離(きょり) 距離

□□□ 0758

例 海(うみ)の底(そこ)までもぐったら、きれいな魚(さかな)がいた。

1秒後影子跟讀

譯 我潛到海底，看見了美麗的魚兒。

生字 潜(もぐ)る／潛下

名 そこ【底】

底，底子；最低處，限度；底層，深處；邊際，極限

類 底部(ていぶ) 底部

對 トップ【top】 頂部

□□□ 0759

例 そこで、私(わたし)は思(おも)い切(き)って意見(いけん)を言(い)いました。

1秒後影子跟讀

譯 於是，我就直接了當地說出了我的看法。

出題重點 「そこで」表示一個因果或情況的轉折，用於連接前後文。陷阱可能有「それで」通常表示某個原因或情境下的結果或反應，但與「そこで」比起來，更偏向於口語或日常會話；「それでは」多用於導入結論或結果，尤其是基於前述的理由或事實。兩者都可以用來銜接句子，但重點和使用場合有所不同。※ 題型 3

高陷阱詞

●そこで／因此，所以：表示原因和結果的連接詞。

生字 思(おも)い切(き)る／鼓起勇氣；意見(いけん)／見解

接續 そこで

因此，所以；(轉換話題時) 那麼，下面，於是

類 そして 然後

對 しかし 但是

□□□ 0760

例 子(こ)どもたちは、元気(げんき)に育(そだ)っています。

1秒後影子跟讀

譯 孩子們健康地成長著。

生字 元気(げんき)／充滿活力的

自五 そだつ【育つ】

成長，長大，發育

類 生(う)まれる 出生

對 死(し)ぬ 死亡

□□□ 0761

例 外で遊んだら、ソックスまで砂だらけになった。

1秒後影子跟讀

譯 外面玩瘋了，連襪上也全都沾滿泥沙。

文法 だらけ [到處是…]：表示數量過多，到處都是的樣子。常伴有「骯髒」、「不好」等貶意。

生字 砂／沙子

名 ソックス【socks】

短襪

類 靴下 襪子

對 靴 鞋子

□□□ 0762

例 彼ら親子は、似ているというより、もうそっくりなんですよ。

1秒後影子跟讀

譯 他們母子，與其說是像，倒不如說是長得一模一樣了。

文法 というより [與其說…，還不如說…]：表示在相比較的情況下，後項的說法比前項更恰當。

生字 親子／父母子女；似る／酷似

形動·副 そっくり

一模一樣，極其相似；全部，完全，原封不動

類 似る 相似

對 異なる 不同

□□□ 0763

例 しばらくそっとしておくことにしました。

1秒後影子跟讀

譯 暫時讓他一個人靜一靜了。

出題重點 「そっと」用另一種方式說是「静かに（しずかに）」（安靜地）。

例 彼女はそっと部屋を出て行った／她悄悄地離開了房間。

例 彼女は静かに部屋を出て行った／她安靜地離開了房間。

「そっと」跟「静かに」都可以用於描述某動作的靜默或不引人注目的特質。但「そっと」更加強調動作的輕柔和不打擾，有種「悄悄地、輕輕地」的感覺；而「静かに」偏重於動作的安靜、沒有噪音的特點，意味著「安靜地、平靜地」。在使用時要根據上下文確定最合適的選擇。※ 題型 4

生字 しばらく／暫時

副 そっと

悄悄地，安靜的；輕輕的；偷偷地；照原樣不動的

類 静かに 靜靜地

對 うるさく 吵鬧地

□□□ 0764

例 半袖と長袖と、どちらがいいですか。

1秒後影子跟讀

譯 要長袖還是短袖？

生字 半袖／短袖；長袖／長袖

名 そで【袖】

衣袖；（桌子）兩側抽屜，（大門）兩側的廳房，舞台的兩側，飛機（兩翼）

類 襟 領子

對 ボタン 按鈕

讀書計劃：□□／□□

□□□ 0765

例 質がいい。その上、値段も安い。

1秒後影子跟讀

譯 不只品質佳，而且價錢便宜。

出題重點 「その上」表示加之、再者或除此之外的意思，用於列舉或強調接下來的事項。陷阱可能有「さらに」也表示加上或再者的意味，用於增加新的資訊或強調某情況的增強；「おまけに」表示再加上或何況，往往用於強調不利或不好的事情，增加了事態的嚴重性或複雜性。※ 題型 3

巧記接續詞差異

●寒い。そのうえ、雨も降っている／很冷，且還在下雨。

生字 質／品質；値段／價格

接續 **そのうえ【その上】**

又，而且，加之，兼之

類 更に　更加

對 しかし　但是

□□□ 0766

例 心配しなくても、そのうち帰ってくるよ。

1秒後影子跟讀

譯 不必擔心，再過不久就會回來了嘛。

生字 心配／擔心；帰る／回來

副·連語 **そのうち【その内】**

最近，過幾天，不久；其中

類 いずれ　遲早、將來某個時候

對 すぐに　立刻

□□□ 0767

例 お昼ご飯はそばをゆでて食べよう。

1秒後影子跟讀

譯 午餐來煮蕎麥麵吃吧。

生字 ゆでる／烹煮，燙

名 **そば【蕎麦】**

蕎麥；蕎麥麵

類 うどん　烏龍麵

對 ラーメン　拉麵

□□□ 0768

例 ソファーに座ってテレビを見る。

1秒後影子跟讀

譯 坐在沙發上看電視。

名 **ソファー【sofa】**

沙發（亦可唸作「ソファ」）

類 椅子　椅子

對 テーブル【table】 桌子

□□□ 0769

例 素朴(そぼく)な疑問(ぎもん)なんですが、どうして台湾(たいわん)は台湾(たいわん)っていうんですか。

1秒後影子跟讀

譯 我只是好奇想問一下，為什麼台灣叫做台灣呢？

文法 って [叫…的…]：用來表示說話人不知道的事物。

生字 疑問(ぎもん)／疑慮

名·形動 そぼく【素朴】

樸素，純樸，質樸；(思想)純樸

類 簡単(かんたん) 簡單、不加修飾的

對 細(こま)かい 詳細的、複雜的

□□□ 0770

例 LINE と Facebook、それぞれの長所(ちょうしょ)と短所(たんしょ)は何(なん)ですか。

1秒後影子跟讀

譯 LINE 和臉書的優缺點各是什麼？

出題重點 「それぞれ」另一說法是「各々（おのおの）」（各自、每一個）。

例 生徒たちはそれぞれの意見を発表した／學生們各自發表了自己的意見。

例 生徒たちは各々の意見を発表した／學生們各自發表了自己的意見。

「それぞれ」通常用來描述兩者或多者之間的差異或特點。例如，兩人各自有不同的意見。而「おのおの」則傾向於描述各個單位或個體在某一情境下的行動或特徵，常常指的是事物或人群中的每一個個體。「おのおの」也帶有稍微正式或文學的味道。

※ 題型 4

生字 長所(ちょうしょ)／優點；短所(たんしょ)／缺點

副 それぞれ

每個（人），分別，各自

類 各々(おのおの) 各自

對 すべて 全部

□□□ 0771

例 それで、いつまでに終(お)わりますか。

1秒後影子跟讀

譯 那麼，什麼時候結束呢？

生字 いつ／何時

接 それで

因此；後來

類 という事(こと)で 因此

對 けれど 但是

□□□ 0772

例 女(おんな)か、それとも男(おとこ)か。

1秒後影子跟讀

譯 是女的還是男的。

接續 それとも

或著，還是

類 または 或者

對 そして 然後

讀書計劃：□□／□□

□□□ 0773

例 全員揃ったから、試合を始めよう。

1秒後影子跟讀

譯 等所有人到齊以後就開始比賽吧。

出題重點 「揃う」描述了物事或人員齊全或完整的狀態。陷阱可能以「装う、配う」等漢字意思接近的形式出現，但這可能是日語不用，文脈錯誤的字。只是其中的「装」指的是裝飾或裝扮的意思；而「配」是指分配的意思。※ 題型 2

高頻詞語搭配

●材料が揃う／材料齊全。

生字 全員／全體人員

自五 そろう【揃う】

（成套的東西）備齊；成套；一致，（全部）一樣，整齊；（人）到齊，齊聚

類 増える 增加

對 減る 減少

□□□ 0774

例 必要なものを揃えてからでなければ、出発できません。

1秒後影子跟讀

譯 如果沒有準備齊必需品，就沒有辦法出發。

文法 てからでなければ [不…就不能…]：表示如果不先做前項，就不能做後項。

生字 必要／必須的；出発／啟程

他下一 そろえる【揃える】

使…備齊；使…一致；湊齊，弄齊，使成對

類 追加する 增加

對 取り除く 移除

□□□ 0775

例 あなたが尊敬する人は誰ですか。

1秒後影子跟讀

譯 你尊敬的人是誰？

名・他サ そんけい【尊敬】

尊敬

類 敬意 尊重、敬意

對 軽視 輕視

□□□ 0776 Track36

例 1対1で引き分けです。

1秒後影子跟讀

譯 一比一平手。

生字 引き分け／和局

名・漢造 たい【対】

對比，對方；同等，對等；相對，相向；（比賽）比；面對

類 一緒 一起

對 分ける 分開

□□□ 0777

例 100年続いたこの店を、私の代で終わらせるわけにはいかない。

1秒後影子跟讀

譯 絕不能在我手上關了這家已經傳承百年的老店。

名・漢造 だい【代】

代，輩；一生，一世；代價

類 時 時間

對 場所 地點

文法 わけにはいかない［不能…］：表示由於一般常識、社會道德或經驗等，那樣做是不可能的、不能做的。

生字 続く／延續

□□□ 0778

例 ベートーベンの交響曲第6番は、「田園」として知られている。

1秒後影子跟讀

譯 貝多芬的第6號交響曲是名聞遐邇的《田園》。

漢造・接頭 だい【第】

順序；考試及格，錄取

類 順序 順序

對 乱れ 混亂

出題重點 「第」表示「順序」或「次序」，如「第一」。與此相似的「递、梯、涕」意為「遞送」，「梯」為「梯子」，「涕」指的是「鼻涕」。這些字雖形似但意義差異大，需分清。※ 題型2

高陷阱詞

● 第／編號，次序：用於數字前，表示次序或編號。

● 台／支撐，平台：支撐物品或人的基座或場所。

生字 ベートーベン／貝多芬；交響曲／交響曲；番／第…號

□□□ 0779

例 作品に題をつけられなくて、「無題」とした。

1秒後影子跟讀

譯 想不到名稱，於是把作品取名為〈無題〉。

名・自サ・漢造 だい【題】

題目，標題；問題；題辭

類 問題 問題

對 答え 答案

生字 作品／著作；つける／命名

□□□ 0780

例 息子は、高校を退学してから毎日ぶらぶらしている。

1秒後影子跟讀

譯 我兒子自從高中退學以後，每天都無所事事。

名・自サ たいがく【退学】

退學

類 休学 休學

對 入学 入學

生字 ぶらぶら／遊手好閒

讀書計劃：□□／□□

□□□ 0781

例 来年、大学院に行くつもりです。

1秒後影子跟讀

譯 我計畫明年進研究所唸書。

生字 つもり／計畫

名 だいがくいん【大学院】

（大學的）研究所

類 大学 大學

對 高校 高中

□□□ 0782

例 大工が家を建てている。

1秒後影子跟讀

譯 木工在蓋房子。

生字 建てる／蓋建

名 だいく【大工】

木匠，木工

類 職人 工匠

對 農民 農夫

□□□ 0783

例 やることがなくて、どんなに退屈したことか。

1秒後影子跟讀

譯 無事可做，是多麼的無聊啊！

出題重點 「退屈」在考試時，要注意其意味著「無聊」或「枯燥」。使用時應確保上下文中有讓人感到無趣或疲倦的含義。另外，有些情況它與量的概念如「多くの」配合時可能不自然。正確使用需要考慮文法和語境。

※ 題型 5

文法 ことか [多麼…啊]：表示該事物的程度如此之大，大到沒辦法特定。

生字 やる／做，幹；どんなに／何等

名・自サ・形動 たいくつ【退屈】

無聊，鬱悶，寂，厭倦

類 つまらない 無趣的

對 面白い 有趣的

□□□ 0784

例 そんなにたくさん食べていたら、体重が減るわけがありません。

1秒後影子跟讀

譯 吃那麼多東西，體重怎麼可能減得下來呢！

生字 減る／減輕；わけ／理由

名 たいじゅう【体重】

體重

類 体型 體型

對 身長 身高

□□□ 0785

例 退職してから、ボランティア活動を始めた。
1秒後影子跟讀

譯 離職以後，就開始去當義工了。

生字 ボランティア／志工；活動／行動

名・自サ たいしょく【退職】
退職
類 辞職　辭職
對 入職　入職

□□□ 0786

例 練習して、この曲はだいたい弾けるようになった。
1秒後影子跟讀

譯 練習以後，大致會彈這首曲子了。

出題重點 「大体」唸音讀「だいたい」。是指大概或大部分。陷阱可能用訓讀「だい變おお」誤導的「おおたい」；接近正確讀音的「たい變て」的「だいて」；用清音「た」誤導的「たいてい」。※ 題型 1

情境記憶 什麼程度
- たいてい断る／通常會拒絕。
- 一度にたくさん／一次很多。

生字 練習／練習；弾く／彈奏

副 だいたい【大体】
大部分；大致；大概
類 概ね　大概
對 詳しく　詳細地

□□□ 0787

例 君の態度には、先生でさえ怒っていたよ。
1秒後影子跟讀

譯 對於你的態度，就算是老師也感到很生氣喔。

文法 でさえ［連，甚至］：用在理所當然的是都不能了，其他的是就更不用說了。

生字 怒る／惱怒

名 たいど【態度】
態度，表現；舉止，神情，作風
類 振る舞い　行為
對 思考　思考

□□□ 0788

例 全文を読まなくても、タイトルを見れば内容はだいたい分かる。
1秒後影子跟讀

譯 不需讀完全文，只要看標題即可瞭解大致內容。

生字 全文／整篇；内容／內容

名 タイトル【title】
（文章的）題目，（著述的）標題；稱號，職稱
類 名称　名稱
對 内容　內容

讀書計劃：□□／□□

□□□ 0789

例 広いダイニングですので、10人ぐらい来ても大丈夫ですよ。

1秒後影子跟讀

譯 家裡的餐廳很大，就算來了 10 位左右的客人也沒有問題。

名 ダイニング【dining】

餐廳（「ダイニングルーム」之略稱）；吃飯，用餐；西式餐館

類 台所　廚房

對 寝室　臥室

□□□ 0790

例 斉藤君の結婚式で、友人を代表してお祝いを述べた。

1秒後影子跟讀

譯 在齊藤的婚禮上，以朋友代表的身分獻上了賀詞。

生字 祝い／祝福；述べる／表述

名・他サ だいひょう【代表】

代表

類 リーダー【leader】 領袖

對 メンバー【member】 成員

□□□ 0791

例 私はこのタイプのパソコンにします。

1秒後影子跟讀

譯 我要這種款式的電腦。

生字 パソコン／電腦

名・他サ タイプ【type】

型，形式，類型;典型，榜樣，樣本，標本；(印) 鉛字，活字；打字（機）

類 種類　種類

對 カテゴリ【category】 類別

□□□ 0792

例 だいぶ元気になりましたから、もう薬を飲まなくてもいいです。

1秒後影子跟讀

譯 已經好很多了，所以不吃藥也沒關係的。

出題重點 「だいぶ」表示相當、很多或大量的意思，用來強調某事物的程度或數量。陷阱可能有「かなり」也表示相當的意思，用來強調程度，但其使用範疇較「だいぶ」廣泛，可以用於正面或負面的情境；「ずいぶん」同樣表示大量或相當的意思，但往往有較強烈的感情色彩，表現出驚訝或不可思議的情感。※ 題型 3

生字 元気／有朝氣的；飲む／服用

名・形動 だいぶ【大分】

很，頗，相當，相當地，非常

類 かなり　相當

對 少し　稍微

□□□ 0793

例 その歌の題名を知っていますか。

1秒後影子跟讀

譯 你知道那首歌的歌名嗎？

生字 知る／知曉

名 だいめい【題名】

（圖書、詩文、戲劇、電影等的）標題，題名

類 タイトル【title】 標題

對 本文 正文

□□□ 0794

例 ダイヤの指輪を買って、彼女に結婚を申し込んだ。

1秒後影子跟讀

譯 買下鑽石戒指向女友求婚。

出題重點 「ダイヤ」常指火車或公車的時刻表，指鑽石。陷阱可能有「時刻表（じこくひょう）」直接指的是交通工具的時間表，具體說明某一交通工具的出發和到達時間；「宝石（ほうせき）」是指寶石的一般名稱，涵蓋各種寶石，而「ダイヤ」當指寶石時，則特指鑽石。※ 題型 3

情境記憶

● ダイヤが乱れる／時刻表混亂。

生字 指輪／戒指；申し込む／求（婚）

名 ダイヤ【diamond・diagram 之略】

鑽石（「ダイヤモンド」之略稱）；列車時刻表；圖表，圖解（「ダイヤグラム」之略稱）

類 ジュエリー【jewelry】 珠寶

對 ガラス【glas】 玻璃

□□□ 0795

例 ダイヤモンドを買う。

1秒後影子跟讀

譯 買鑽石。

名 ダイヤモンド【diamond】

鑽石

類 宝石 寶石

對 石 石頭

□□□ 0796

例 太陽が高くなるにつれて、暑くなった。

1秒後影子跟讀

譯 隨著太陽升起，天氣變得更熱了。

文法 につれて [隨著…]：表示隨著前項的進展，同時後項也隨之發生相應的進展。

名 たいよう【太陽】

太陽

類 日 太陽

對 月 月亮

讀書計劃：□□／□□

□□□ 0797

例 年(とし)を取(と)るに従(したが)って、体力(たいりょく)が落(お)ちてきた。

1秒後影子跟讀

譯 隨著年紀增加，體力愈來愈差。

生字 取(と)る／增加；従(したが)う／隨著

名 たいりょく【体力】

體力

類 エネルギー【energy】 能量

對 精神力(せいしんりょく) 精神力

□□□ 0798

例 駅(えき)が近(ちか)づくと、電車(でんしゃ)はスピードダウンし始(はじ)めた。

1秒後影子跟讀

譯 電車在進站時開始減速了。

生字 近(ちか)づく／靠近；スピード／速度

名・自他サ ダウン【down】

下，倒下，向下，落下；下降，減退；(棒) 出局；(拳擊) 擊倒

類 低下(ていか) 下降

對 アップ【up】 上升

□□□ 0799

例 絶(た)えず勉強(べんきょう)しないことには、新(あたら)しい技術(ぎじゅつ)に追(お)いついていけない。

1秒後影子跟讀

譯 如不持續學習，就沒有辦法趕上最新技術。

出題重點 「たえず」用另一種方式說是「絶やさず（たやさず）」（不斷地、始終）。

例 彼女は絶えず勉強しています／她持續不斷地學習。

例 彼は毎日ず絶やさジョギングしています／他每天都堅持跑步。

「たえず」用於各種情境，強調連續性。「絶やさず」則具有維持或保護的意味，通常用於情境中，確保某個狀態、行為或資源不會被打斷或失去。「たえず」跟「絶やさず」都表示某種連續性，但「絶やさず」帶有一個「不讓…中斷」或「保持…不斷」的細微之處。※ 題型4

生字 技術(ぎじゅつ)／技術；追(お)いつく／追趕上

副 たえず【絶えず】

不斷地，經常地，不停地，連續

類 常(つね)に 總是

對 たまに 偶爾

□□□ 0800

例 山(やま)の木(き)を倒(たお)して団地(だんち)を造(つく)る。

1秒後影子跟讀

譯 砍掉山上的樹木造鎮。

生字 団地(だんち)／社區；造(つく)る／興建

他五 たおす【倒す】

倒，放倒，推倒，翻倒；推翻，打倒；毀壞，拆毀；打敗，擊敗；殺死，擊斃；賴帳，不還債

類 落(お)とす 掉落

對 持(も)ち上(あ)げる 舉起

□□□ 0801

例 このタオル、厚みがあるけれど夜までには乾くだろう。

1秒後影子跟讀

譯 這條毛巾雖然厚，但在入夜之前應該會乾吧。

文法 までには［在…之前］：表示某個截止日、某個動作完成的期限。

生字 厚い／厚實；乾く／乾掉

名 **タオル【towel】**

毛巾；毛巾布

類 ハンカチ【handkerchief 之略】 手帕

對 ブランケット【blanket】 毯子

□□□ 0802

例 けんかばかりしているが、互いに嫌っているわけではない。

1秒後影子跟讀

譯 雖然老是吵架，但也並不代表彼此互相討厭。

文法 わけではない［並不是…］：表示不能簡單地對現在的狀況下某種結論，也有其它情況。

生字 けんか／爭吵；嫌う／厭惡

名・形動 **たがい【互い】**

互相，彼此；雙方；彼此相同

類 お互い 彼此

對 一人 一個人

□□□ 0803

例 地球温暖化問題への関心が高まっている。

1秒後影子跟讀

譯 人們愈來愈關心地球暖化問題。

生字 関心／關注

自五 **たかまる【高まる】**

高漲，提高，增長；興奮

類 上がる 上升

對 下がる 下降

□□□ 0804

例 発電所の安全性を高めるべきだ。

1秒後影子跟讀

譯 有必要加強發電廠的安全性。

出題重點 「高める」另一說法是「増やす（ふやす）」（增加、擴增）。

例 彼は自分のスキルを高めるために練習した／他為了提高自己的技能而練習。

例 彼は自分のスキルを増やすために練習した／他為了增加自己的技能而練習。

兩者都是增加或提高某事物之意，但「高める」專注於提高品質、水平或效能，「増やす」偏向於數量或數目的增加。※ 題型 4

文法 べきだ［應當…］：表示那樣做是應該的、正確的。常用在勸告、禁止及命令的場合。

生字 発電／發電

他下一 **たかめる【高める】**

提高，抬高，加高

類 上げる 提高

對 下げる 降低

讀書計劃：□□／□□

□□□ 0805

例 ご飯(はん)は炊(た)いてあったっけ。

1秒後影子跟讀

譯 煮飯了嗎？

文法 っけ [是不是…呢]：用在想確認自己記不清，或已經忘掉的事物時。

他五 たく【炊く】

點火，燒著；燃燒；煮飯，燒菜

類 焼(や)く 烤

對 冷(ひ)やす 冷卻

□□□ 0806

例 赤(あか)ちゃんを抱(だ)いている人(ひと)は誰(だれ)ですか。

1秒後影子跟讀

譯 那位抱著小嬰兒的是誰？

生字 赤(あか)ちゃん／嬰兒

他五 だく【抱く】

抱；孵卵；心懷，懷抱

類 握(にぎ)る 握

對 放(はな)す 放開

□□□ 0807

例 来月(らいげつ)からタクシー代(だい)が上(あ)がります。

1秒後影子跟讀

譯 從下個月起，計程車的車資要漲價。

生字 上(あ)がる／上漲

名 タクシーだい【taxi 代】

計程車費

類 バス料金(りょうきん) 巴士費用

對 徒歩(とほ) 步行

□□□ 0808

Track37

例 来月(らいげつ)からタクシー料金(りょうきん)が値上(ねあ)げになるそうです。

1秒後影子跟讀

譯 據說從下個月開始，搭乘計程車的費用要漲價了。

出題重點 「タクシーりょうきん」指的是出租車的費用或票價。陷阱可能有「運賃（うんちん）」，這是一個泛指交通工具如火車、巴士等的票價或費用；「料金（りょうきん）」是一個更廣泛的詞，可以用於各種服務的費用，如水電費、手續費等。雖然「タクシーりょうきん」也使用「りょうきん」，但其特指的是計程車的費用。※ 題型 3

慣用語

● 目的(もくてき)を持(も)つ／具有目標。

生字 値上(ねあ)げ／調漲

名 タクシーりょうきん【taxi 料金】

計程車費

□□□ 0809

例 明日の朝、宅配便が届くはずです。

1秒後影子跟讀

譯 明天早上應該會收到宅配包裹。

生字 届く／送達；はず／應該

名 たくはいびん【宅配便】

宅急便

□□□ 0810

例 ご飯が炊けたので、夕食にしましょう。

1秒後影子跟讀

譯 飯已經煮熟了，我們來吃晚餐吧。

自下一 たける【炊ける】

燒成飯，做成飯

類 焼ける 烤熟

對 生 生的

□□□ 0811

例 このセーターは確か 1,000 円でした。

1秒後影子跟讀

譯 這件毛衣大概是花 1000 圓吧。

出題重點 「確か」表示的是「如果我沒記錯的話」或「確定的」，用於確認某事。陷阱可能有「きっと」，這表示對某事的強烈確信或期望，如「一定」或「肯定」；「もしかしたら」這意味著「也許」或「可能」，表示某事發生的可能性，但沒有確定性。這 3 個詞語都與確定性有關，但其確定程度和語境使用有所不同。※ 題型 3

高頻詞語搭配

- 確かに彼は来た／他確實來過。
- 確実に成功する／確定地成功。

副 たしか【確か】

（過去的事不太記得）大概，也許

類 真 真實

對 嘘 謊言

□□□ 0812

例 彼に聞いて、事実を確かめることができました。

1秒後影子跟讀

譯 與他確認實情後，真相才大白。

生字 聞く／詢問；事実／真相

他下一 たしかめる【確かめる】

查明，確認，弄清

類 確認する 確認

對 無視する 忽視

□□□ 0813

例 ここは引き算ではなくて、足し算ですよ。

1秒後影子跟讀

譯 這時候不能用減法，要用加法喔。

生字 引き算／減法

名 たしざん【足し算】

加法，加算

類 引き算　減法

對 掛け算　乘法

□□□ 0814

例 乗客は全員助かりました。

1秒後影子跟讀

譯 乘客全都得救了。

生字 乗客／乘客；全員／全體人員

自五 たすかる【助かる】

得救，脫險；有幫助，輕鬆；節省（時間、費用、麻煩等）

類 生きる　生存

對 死ぬ　死亡

□□□ 0815

例 おぼれかかった人を助ける。

1秒後影子跟讀

譯 救起了差點溺水的人。

出題重點 「助ける」表示「幫助」或「救助」的動作。使用時，應確保語境涉及到某種援助或救援行為。有些情況不適用於描述提物、吸收或提供某物等情境。做題時應注意與「助ける」相應的動作和語境，避免在不恰當的情景中使用。※ 題型 5

必考音訓讀

●助＝ジョ・たす（ける）／幫助，助理

●除＝ジョ、ジ・のぞ（く）／除去，除了

生字 おぼれる／溺水；かかる／快要

他下一 たすける【助ける】

幫助，援助;救，救助;輔佐;救濟，資助

類 保護する　保護

對 攻撃する　攻擊

□□□ 0816

例 会員カードがあれば、ただで入れます。

1秒後影子跟讀

譯 如果持有會員卡，就能夠免費入場。

生字 会員／會員；入る／進入

名·副 ただ

免費，不要錢；普通，平凡；只有，只是（促音化為「たった」）

類 無料　免費

對 有料　收費

□□□ 0817

例 ただいまお茶(ちゃ)をお出(だ)しいたします。

1秒後影子跟讀

譯 我馬上就端茶過來。

生字 出(だ)す／端上

名・副 ただいま

現在；馬上；剛才；(招呼語)我回來了

□□□ 0818

例 向(む)こうから太鼓(たいこ)をドンドンたたく音(おと)が聞(き)こえてくる。

1秒後影子跟讀

譯 可以聽到那邊有人敲擊太鼓的咚咚聲響。

生字 向(む)こう／那邊；太鼓(たいこ)／太鼓；ドンドン／咚咚

他五 たたく【叩く】

敲，叩；打；詢問，徵求；拍，鼓掌；攻擊，駁斥；花完，用光

類 押(お)す 按

對 引(ひ)く 拉

□□□ 0819

例 布団(ふとん)を畳(たた)んで、押入(おしい)れに上(あ)げる。

1秒後影子跟讀

譯 疊起被子收進壁櫥裡。

生字 押入(おしい)れ／壁櫥；上(あ)げる／放入

他五 たたむ【畳む】

疊，折；關，闔上；關閉，結束；藏在心裡

類 折(お)る 摺

對 広(ひろ)げる 展開

□□□ 0820

例 あと20年(ねん)たったら、一般(いっぱん)の人(ひと)でも月(つき)に行(い)けるかもしれない。

1秒後影子跟讀

譯 再過20年，說不定一般民眾也能登上月球。

出題重點 「経つ」中的「経」在日語裡表示「經過」或「流逝」。與此形似的「径、茎、経」。「径」意為「途徑」或「直徑」，「茎」指的是「植物的莖」，而「経」則是「經書」或「經濟」等的「經」。※ 題型 2

必考音訓讀

●達 ＝タツ、ダ・-たち／達到，通達

●宅＝タク／住宅，宅地

生字 一般(いっぱん)／普通

自五 たつ【経つ】

經，過；(炭火等) 燒盡

類 経過(けいか)する 經過

對 始(はじ)まる 開始

讀書計劃：□□／□□

□□□ 0821

例 駅の隣に大きなビルが建った。

1秒後影子跟讀

譯 在車站旁邊蓋了一棟大樓。

生字 大きな／巨大的；ビル／大樓

自五 たつ【建つ】

蓋，建

類 建てられる　被建立

對 壊れる　坍塌

□□□ 0822

例 夜８時半の夜行バスで青森を発つ。

1秒後影子跟讀

譯 搭乘晚上８點半從青森發車的巴士。

生字 夜行／夜間運行

自五 たつ【発つ】

立，站；冒，升；離開；出發；奮起；飛，飛走

類 出発する　出發

對 帰る　回來

□□□ 0823

例 日本や台湾では、縦長の封筒が多く使われている。

1秒後影子跟讀

譯 在日本和台灣通常使用直式信封。

生字 封筒／信封

名 たてなが【縦長】

矩形，長形

類 長方形　長方形

類 横長　長方形的

□□□ 0824

例 夏休みの計画を立てる。

1秒後影子跟讀

譯 規劃暑假計畫。

出題重點 「立てる」讀法是「たてる」。用於描述使物品保持直立的動作。陷阱可能有「たてろ」的字形相近「る變ろ」；「だてる」的「た變だ」；少一個假名的「たる」。※ 題型 1

慣用語

- 腹を立てる／生氣，發怒。
- 腹が立つ／生氣，發怒。

生字 計画／規劃

他下一 たてる【立てる】

立起；訂立

類 建てる　建立

對 倒す　推倒

□□□ 0825

例 こんな家を建てたいと思います。

1秒後影子跟讀

譯 我想蓋這樣的房子。

文法 たい [想要…]：表示說話者的內心想做、想要的。

他下一 たてる【建てる】

建造，蓋

類 立てる 竪立

對 壊す 摧毀

□□□ 0826

例 お荷物は上の棚に置くか、前の座席の下にお入れください。

1秒後影子跟讀

譯 請將隨身行李放到上方的置物櫃內，或前方旅客座椅的下方。

生字 荷物／行李；座席／座椅

名 たな【棚】

（放置東西的）隔板，架子，棚

類 シェルフ【shelf】 架子

對 机 桌子

□□□ 0827

例 みんなに会えるのを楽しみにしています。

1秒後影子跟讀

譯 我很期待與大家見面！

出題重點 「楽しみ」裡的「楽」表示「樂趣」或「舒適」。形似的字有「樂」，中文指的是音樂或快樂；還有「轢」，這不是標準的日語漢字。這些字在形狀上類似，但使用上要注意差異。※ 題型 2

慣用語

- 物事を整理する／整理事物。
- 状況を判断する／判斷情況。
- 努力を称える／讚揚努力。

名 たのしみ【楽しみ】

期待，快樂

類 喜び 喜悅

對 悲しみ 悲傷

□□□ 0828

例 父は、とうとう私の頼みを聞いてくれなかった。

1秒後影子跟讀

譯 父親終究沒有答應我的請求。

生字 とうとう／終於；聞く／答應

名 たのみ【頼み】

懇求，請求，拜託；信賴，依靠

類 依頼 請求

對 拒絕 拒絕

讀書計劃：□□／□□

0829

例 山本君の投げる球はとても速くて、僕には打てない。

1秒後影子跟讀

譯 山本投擲的球速非常快，我實在打不到。

生字 投げる／投擲；打つ／打擊

名 たま【球】

球

類 ボール【ball】 球

對 スティック【stick】 棒

0830

例 彼の甘い言葉に騙されて、200 万円も取られてしまった。

1秒後影子跟讀

譯 被他的甜言蜜語欺騙，訛詐了高達 200 萬圓。

生字 甘い／花言巧語的；取る／詐取

他五 だます【騙す】

騙，欺騙，誆騙，矇騙；哄

類 欺く 欺騙

對 警告する 警告

0831

例 最近、ストレスが溜まっている。

1秒後影子跟讀

譯 最近累積了不少壓力。

生字 ストレス／壓力

自五 たまる【溜まる】

事情積壓；積存，囤積，停滯

類 蓄積する 累積

對 減る 減少

0832

例 それを言われたら、私は黙るほかない。

1秒後影子跟讀

譯 被你這麼一說，我只能無言以對。

出題重點 「黙る」描述了不說話或保持沈默的動作。陷阱可能以「静る、諾る」等漢字意思接近的形式出現，但這可能不是日語說法，和文脈不一致的字。只是其中的「静」指的是靜止或安靜的意思；「諾」表示同意或答應的意思。※ 題型 2

慣用語

● 心が痛む／心痛難忍。

文法 ほかない [只能…]：表示別無它法。

自五 だまる

沉默，不說話；不理，不聞不問

類 沈黙する 沉默

對 話す 講

□□□ 0833

例 お金をためてからでないと、結婚なんてできない。

1秒後影子跟讀

譯 不先存些錢怎麼能結婚。

出題重點 「溜める」另一說法是「保存する（ほぞんする）」（保存）。

例 彼はお金を銀行に溜めている／他在銀行儲存了錢。

例 彼は昔のお金を収集ファイルに保存している／他把舊錢保存在收藏冊裡。

兩者都可以用在表示儲存或保留某事物的意思，但「溜める」通常用於指逐步積累或累積，如水池裡的水或存錢；而「保存する」則較偏向於保持某物的原狀，例如保存食物或文件。※ 題型 4

文法 てからでないと［不…就不能…］：表示如果不先做前項，就不能做後項。

他下一 ためる【溜める】

積，存，蓄；積壓，停滯

類 蓄える 儲存

對 捨てる 拋棄

□□□ 0834

例 私は飽きっぽいのが短所です。

1秒後影子跟讀

譯 凡事容易 3 分鐘熱度是我的缺點。

文法 っぽい［感覺像…］：表示有這種感覺或有這種傾向。

生字 飽きる／易厭的；短所／缺點

名・漢造 たん【短】

短；不足，缺點

類 短い 短

對 長い 長

□□□ 0835

例 記者団は大臣に対して説明を求めた。

1秒後影子跟讀

譯 記者群要求了部長做解釋。

文法 に対して［向…；對…］：表示動作、感情施予的對象。

生字 記者／記者；大臣／執政高官，部長；求める／要求

漢造 だん【団】

團，圓團；團體

類 群れ 群體

對 個人 個人

□□□ 0836

例 彼は弾丸のような速さで部屋を飛び出していった。

1秒後影子跟讀

譯 他快得像顆子彈似地衝出了房間。

文法 ような［像…樣的］：為了說明後項的名詞，而在前項具體的舉出例子。

生字 飛び出す／衝出

漢造 だん【弾】

砲彈

類 銃 槍

對 鎧 盔甲

讀書計劃：□□／□□

□□□0837

例 姉は短期大学で勉強しています。

1秒後影子跟讀

譯 姊姊在短期大學裡就讀。

生字 勉強／用功讀書

名 たんきだいがく【短期大学】

(兩年或3年制的) 短期大學

類 大学 大學

對 大学院 研究所

□□□0838

例 由香ちゃんはダンサーを目指しているそうです。

1秒後影子跟讀

譯 小由香似乎想要成為一位舞者。

生字 目指す／以…為目標

名 ダンサー【dancer】

舞者；舞女；舞蹈家

類 踊り子 舞者

對 歌手 歌手

□□□0839

例 地球は46億年前に誕生した。

1秒後影子跟讀

譯 地球誕生於46億年前。

出題重點 「誕生」唸音讀「たんじょう」。指出生或誕辰，特別是生日的意思。陷阱可能有缺尾音「う」的「たんじょ」；用音讀「じょう變せい」誤導的「たんせい」；用濁音「た變だ」和用音讀「じょう變せい」誤導的「だんせい」。※題型1

必考音訓讀

●誕＝タン／誕生，出生

生字 地球／地球；億／億

名 たんじょう【誕生】

誕生，出生；成立，創立，創辦

類 生まれる 出生

對 死ぬ 死亡

□□□0840

例 服を畳んで、たんすにしまった。

1秒後影子跟讀

譯 折完衣服後收入衣櫃裡。

生字 畳む／摺疊

名 たんす

衣櫥，衣櫃，五斗櫃

類 引き出し 抽屜

對 テーブル【table】 桌子

□□□ 0841

例 レストランに団体で予約を入れた。

1秒後影子跟讀

譯 我用團體的名義預約了餐廳。

出題重點 「団体」指的是組織或團體。類似單字有：「組織（そしき）」，這指的是有組織結構的群體或機構；「集団（しゅうだん）」，這表示一群人或物的集合。與「だんたい」的區別是，「そしき」通常有特定的組織結構和目的，而「しゅうだん」只是指一群集合在一起的人或物，無論有無特定的組織結構或目的。※ 題型 3

情境記憶

● 団体で行動する／作為一個團體行動。

生字 レストラン／餐廳；入れる／登記

名 だんたい【団体】

團體，集體

類 組織 組織

對 個人 個人

□□□ 0842

例 このチーズはきっと高いに違いない。

1秒後影子跟讀

譯 這種起士一定非常貴。

文法 に違いない [一定是]：說話者根據經驗或直覺，做出非常肯定的判斷。

名 チーズ【cheese】

起司，乳酪

類 乳製品 乳制品

對 バター【butter】 奶油

□□□ 0843

例 私たちのチームへようこそ。まず、自己紹介をしてください。

1秒後影子跟讀

譯 歡迎來到我們這支隊伍，首先請自我介紹。

生字 自己紹介／自我介紹

名 チーム【team】

組，團隊；(體育）隊

類 グループ【group】 隊伍

對 個人 個人

□□□ 0844

例 メールをチェックします。

1秒後影子跟讀

譯 檢查郵件。

名・他サ チェック【check】

確認，檢查；核對，打勾；格子花紋；支票；號碼牌

類 確認する 確認

對 逃す 忽略

讀書計劃：□□／□□

□□□ 0845

例 ワインは、地下(ちか)に貯蔵(ちょぞう)してあります。

1秒後影子跟讀

譯 葡萄酒儲藏在地下室。

生字 貯蔵(ちょぞう)／存放

名 ちか【地下】

地下；陰間；(政府或組織)地下，秘密(組織)

對 地上(ちじょう)　地上的部分

□□□ 0846

例 値段(ねだん)の違(ちが)いは輸入(ゆにゅう)した時期(じき)によるもので、同(おな)じ商品(しょうひん)です。

1秒後影子跟讀

譯 價格的差異只是由於進口的時期不同，事實上是相同的商品。

生字 値段(ねだん)／價格；輸入(ゆにゅう)／進口；時期(じき)／時期

名 ちがい【違い】

不同，差別，區別；差錯，錯誤

類 差(さ)　差異

對 同(おな)じ　相同

□□□ 0847

例 夏休(なつやす)みも終(お)わりが近(ちか)づいてから、やっと宿題(しゅくだい)をやり始(はじ)めた。

1秒後影子跟讀

譯 直到暑假快要結束才終於開始寫作業了。

生字 やっと／終於；宿題(しゅくだい)／家庭作業

自五 ちかづく【近づく】

臨近，靠近；接近，交往；幾乎，近似

類 接近(せっきん)する　接近

對 遠(とお)ざかる　遠離

□□□ 0848

例 この薬品(やくひん)は、火(ひ)を近(ちか)づけると燃(も)えるので、注意(ちゅうい)してください。

1秒後影子跟讀

譯 這藥只要接近火就會燃燒，所以要小心。

出題重點 「近付ける」表示「使…接近」。使用時，需確保情境是描述某物或人因為某種行為而接近某物或人。它的基本概念是關於使某事物或某人，更接近某事物或某人。做題時應識別與接近動作相關的語境，避免在不相應的描述中使用此詞。※ 題型 5

必考音訓讀

●付＝フ・つ(ける)／付款，附上

生字 薬品(やくひん)／藥物；燃(も)える／燃燒

他五 ちかづける【近付ける】

使…接近，使…靠近

類 近(ちか)くする　使靠近

對 遠(とお)くする　使遠離

□□□ 0849

例 近道を知っていたら教えてほしい。

1秒後影子跟讀

譯 如果知道近路請告訴我。

文法 てほしい[希望…]：表示對他人的某種要求或希望。

生字 教える／告訴

名 ちかみち【近道】

捷徑，近路

類 ショートカット【shortcut】 捷徑

對 遠回り 繞道

□□□ 0850

例 地球環境を守るために、資源はリサイクルしましょう。

1秒後影子跟讀

譯 為了保護地球環境，讓我們一起做資源回收吧。

生字 資源／資源；リサイクル／資源回收

名 ちきゅう【地球】

地球

類 惑星 星球

對 月 月亮

□□□ 0851

例 この地区は、建物の高さが制限されています。

1秒後影子跟讀

譯 這個地區的建築物有高度限制。

出題重點 「地区」是指某一特定的地理區域或部分。類似單字有：「町（まち）」，指的是一個城市或市鎮的一部分；「エリア（area）」，指某個特定的範圍或地區。與「地区」這個詞描述的地理區段，「町」更傾向於描述都市或鎮的一部分，而「エリア」則更為泛指，可以描述各種範疇的區域。※ 題型 1

必考音訓讀

●値 ＝チ・ね、あたい／價值（繁體中文「值」）

生字 建物／建築物；制限／限制

名 ちく【地区】

地區

類 エリア 地域

對 都市 城市

□□□ 0852

例 パリ行きのチケットを予約しました。

1秒後影子跟讀

譯 我已經預約了前往巴黎的機票。

生字 パリ／巴黎；予約／預訂

名 チケット【ticket】

票，券；車票；入場券；機票

類 券 票券

對 パスポート【passport】 護照

讀書計劃：□□／□□

□□□0853

例 事前に予約しておくと、チケット代が10％引きになります。

1秒後影子跟讀

譯 如果採用預約的方式，票券就可以打９折。

生字 事前／事先；引き／折扣

名 チケットだい【ticket 代】

票錢

類 料金　費用

對 サービス料　服務費

□□□0854

例 電話がかかってきたせいで、会社に遅刻した。

1秒後影子跟讀

譯 都是因為有人打電話來，所以上班遲到了。

文法 せいで［由於］：發生壞事或會導致某種不利情況或責任的原因。

名・自サ ちこく【遅刻】

遲到，晚到

類 遅れる　遲到

對 早退　提早離開

□□□0855

例 経済については、多少の知識がある。

1秒後影子跟讀

譯 我對經濟方面略有所知。

出題重點 「知識」中的「知」表示「知道」或「認識」，而「識」意為「認識」或「辨識」。「和」與「知」外形相似，意為「和平」或「融合」；「幟」與「識」形狀近似，但指「旗幟」或「標誌」。※ 題型 2

必考音訓讀

- 識＝シキ・し（る）／識別，知識
- 式＝シキ／方式，儀式

生字 経済／經濟；多少／稍微

名 ちしき【知識】

知識

類 情報　資訊

對 無知　無知

□□□0856

例 この亀はいきなり首を縮めます。

1秒後影子跟讀

譯 這隻烏龜突然縮回脖子。

生字 いきなり／突然地

他下一 ちぢめる【縮める】

縮小，縮短，縮減；縮回，捲縮，起皺紋

類 短くする　使變短

對 伸ばす　使變長

□□□ 0857

例 ポテトチップを食(た)べる。

1秒後影子跟讀

譯 吃洋芋片。

生字 ポテト／馬鈴薯

名 チップ【chip】

（削木所留下的）片削；洋芋片

類 洋菓子(ようがし) 西式點心

對 和菓子(わがし) 日式點心

□□□ 0858

例 私(わたし)は東北地方(とうほくちほう)の出身(しゅっしん)です。

1秒後影子跟讀

譯 我的籍貫是東北地區。

出題重點 「地方」唸音讀「ちほう」。是指某個國家或地區的特定部分，特別是遠離大都市的部分。陷阱可能有「ちほ」；「じほ」缺少了「う」音；用另一音讀誤導的「じほう」；用訓讀「ほう變かた」誤導的「ちかた」。※ 題型 1

必考音訓讀

●置＝チ・お(く)／放置，設置

●遅＝チ・おく(れる)、おそ(い)／遲到，遲緩(繁體中文「遲」)

生字 出身(しゅっしん)／來自…

名 ちほう【地方】

地方，地區；（相對首都與大城市而言的）地方，外地

類 地域(ちいき) 地區

對 中央(ちゅうおう) 中央

□□□ 0859

例 お茶(ちゃ)をいれて、一休(ひとやす)みした。

1秒後影子跟讀

譯 沏個茶，休息了一下。

生字 一休(ひとやす)み／休息片刻

名·漢造 ちゃ【茶】

茶；茶樹；茶葉；茶水

類 お茶(ちゃ) 茶

對 コーヒー【coffee】 咖啡

□□□ 0860

例 チャイムが鳴(な)ったので玄関(げんかん)に行(い)ったが、誰(だれ)もいなかった。

1秒後影子跟讀

譯 聽到門鈴響後，前往玄關察看，門口卻沒有任何人。

生字 鳴(な)る／響起；玄関(げんかん)／玄關

名 チャイム【chime】

組鐘；門鈴

類 鐘(かね) 鐘聲

對 鼓(つづみ) 小鼓

讀書計劃：□□／□□

□□□ 0861

例 どうして何(なに)を食(た)べてもうんちは茶色(ちゃいろ)いの。

1秒後影子跟讀

譯 為什麼不管吃什麼東西，糞便都是褐色的？

生字 うんち／糞便

形 ちゃいろい【茶色い】

茶色

類 ブラウン【brown】 棕色

對 青(あお)い 藍色

□□□ 0862

例 2着(ちゃく)で銀(ぎん)メダルだった。

1秒後影子跟讀

譯 第２名是獲得銀牌。

出題重點 「着」主要表示到達或著用（如服裝）。類似單字有：「到着（とうちゃく）」，這指的是抵達某地；「著用（ちゃくよう）」，這指的是穿著某物。與「ちゃく」的區別是，「とうちゃく」專門描述到達的動作，而「ちゃくよう」則側重於穿著或使用。※ 題型 3

高陷阱詞

● 着(ちゃく)／到達，穿著：表示到達某地或穿著衣物。

生字 銀(ぎん)メダル／銀牌

名・接尾・漢造 ちゃく【着】

到達，抵達；(計算衣服的單位) 套；(記數順序或到達順序) 著，名；穿衣；黏貼；沉著；著手

類 到着(とうちゃく) 到達

對 出発(しゅっぱつ) 出發

□□□ 0863

例 中学(ちゅうがく)になってから塾(じゅく)に通(かよ)い始(はじ)めた。

1秒後影子跟讀

譯 上了國中就開始到補習班補習。

生字 塾(じゅく)／補習班；通(かよ)う／上課

名 ちゅうがく【中学】

中學，初中

類 中学校(ちゅうがっこう) 中學校

對 小学校(しょうがっこう) 小學校

□□□ 0864

例 中華(ちゅうか)なべはフライパンより重(おも)いです。

1秒後影子跟讀

譯 傳統的炒菜鍋比平底鍋還要重。

生字 フライパン／平底鍋；重(おも)い／沉重的

名 ちゅうかなべ【中華なべ】

中華鍋（炒菜用的中式淺底鍋）

類 鍋(なべ) 鍋子

對 フライパン【frypan】 平底鍋

ちゅうこうねん【中高年】

□□□ 0865

例 あの女優は中高年に人気だそうです。

1秒後影子跟讀

譯 那位女演員似乎頗受中高年齡層觀眾的喜愛。

生字 女優／女演員；人気／受歡迎

名 ちゅうこうねん【中高年】

中年和老年，中老年

類 中年　中年

對 若者　年輕人

□□□ 0866

例 彼は、来月の中旬に帰ってくる。

1秒後影子跟讀

譯 他下個月中旬會回來。

名 ちゅうじゅん【中旬】

(一個月中的) 中旬

類 月の半ば　月中

對 初旬　月初

□□□ 0867

Track3

例 点Aを中心とする半径5センチの円を描きなさい。

1秒後影子跟讀

譯 請以A點為圓心，畫一個半徑5公分的圓形。

出題重點 「中心」指的是「核心」或「主要部分」。使用時應確保情境與「中心」的概念相符。有些情況不適合用來形容非具體的事物或感覺。在描述地點、人或事物時，要保證其真正具有中心性或主要性。避免在不適當的上下文中使用以免造成混淆。※ 題型5

文法 を中心として［以…為中心］：表示前項是後項行為、狀態的中心。

生字 半径／半徑

名 ちゅうしん【中心】

中心，當中；中心，重點，焦點；中心地，中心人物

類 センター【center】 中心

對 周辺　周邊

□□□ 0868

例 もう中年だから、あまり無理はできない。

1秒後影子跟讀

譯 已經是中年人了，不能太過勉強。

生字 あまり／太，過分；無理／勉強

名 ちゅうねん【中年】

中年

類 大人　成年人

對 若者　年輕人

讀書計劃：□□／□□

□□□ 0869

例 とても才能(さいのう)のある人(ひと)なので、注目(ちゅうもく)している。

1秒後影子跟讀

譯 他是個很有才華的人，現在備受矚目。

生字 とても／極其；才能(さいのう)／才幹

名・他サ・自サ **ちゅうもく【注目】**

注目，注視

類 見(み)る　注意

對 無視(むし)　忽視

□□□ 0870

例 さんざん迷(まよ)ったあげく、カレーライスを注文(ちゅうもん)しました。

1秒後影子跟讀

譯 再三地猶豫之後，最後竟點了個咖哩飯。

出題重點 「注文」唸音讀「ちゅうもん」。是指在餐廳或商店點餐或訂購商品。陷阱可能有首字音錯誤的「しゅもん」；改中間音節「も變め」的「ちゅうめん」；首字音「じ」錯誤的「じゅうもん」。※ 題型 1

高頻詞語搭配

- 注文(ちゅうもん)をする／下訂單。
- 特別(とくべつ)な要求(ようきゅう)をする／提出特殊要求。

生字 さんざん／再三；迷(まよ)う／猶豫不決；カレーライス／咖哩飯

名・他サ **ちゅうもん【注文】**

點餐，訂貨，訂購；希望，要求，願望

類 予約(よやく)　預定訂購

對 キャンセル【cancel】 取消

□□□ 0871

例 父(ちち)は県庁(けんちょう)に勤(つと)めています。

1秒後影子跟讀

譯 家父在縣政府工作。

生字 勤(つと)める／任職

漢造 **ちょう【庁】**

官署；行政機關的外局

類 局(きょく)　機關、局處

對 市(し)　市區、市場

□□□ 0872

例 1光年(こうねん)は約(やく)9兆(ちょう)4600億(おく)キロである。

1秒後影子跟讀

譯 一光年大約是9兆4600億公里。

生字 光年(こうねん)／光年；億(おく)／億；キロ／公里

名・漢造 **ちょう【兆】**

徵兆；(數) 兆

類 兆候(ちょうこう)　跡象、徵兆預兆、跡象

對 事実(じじつ)　事實

あ か さ た な は ま や ら わ 練習

□□□ 0873

例 永田町（ながたちょう）と言（い）ったら、日本（にほん）の政治（せいじ）の中心地（ちゅうしんち）だ。

1秒後影子跟讀

譯 提到永田町，那裡可是日本的政治中樞。

生字 政治（せいじ）／政治；中心（ちゅうしん）／中心地

名・漢造 ちょう【町】

（市街區劃單位）街，巷；鎮街

類 街（まち） 街道、城市

對 都市（とし） 都市

□□□ 0874

例 学級会（がっきゅうかい）の議長（ぎちょう）を務（つと）める。

1秒後影子跟讀

譯 擔任班會的主席。

出題重點 「長」意為「長度」或「領導」。字形類似「帳、張、漲」，「帳」指的是「賬目」或「帳篷」，「張」表示「拉緊」或「增加」，而「漲」意為水位的「上升」或「膨脹」。使用時應注意。※ 題型 2

高陷阱詞

- 長 ／領導，長度：指導人或物體的長度。
- 町／城鎮：小型的城市或市鎮的意味。

生字 学級（がっきゅう）／班級；務（つと）める／擔任

名・漢造 ちょう【長】

長，首領；長輩；長處

類 リーダー【leader】 領袖長官

對 部下（ぶか） 部下

□□□ 0875

例 銀行（ぎんこう）の預金通帳（よきんつうちょう）が盗（ぬす）まれた。

1秒後影子跟讀

譯

生字 預金（よきん）／存款；通帳（つうちょう）／存摺；盗（ぬす）む／偷竊

漢造 ちょう【帳】

帳幕；帳本

類 帳簿（ちょうぼ） 帳簿、簿子

對 手紙（てがみ） 信件、信紙

□□□ 0876

例 毎朝（まいあさ）、電車（でんしゃ）の中（なか）で、スマホで朝刊（ちょうかん）を読（よ）んでいる。

1秒後影子跟讀

譯 每天早上在電車裡用智慧型手機看早報。

生字 スマホ／智慧型手機

名 ちょうかん【朝刊】

早報

類 朝（あさ）の新聞（しんぶん） 早晨的報紙

對 夕刊（ゆうかん） 晚間的報紙

讀書計劃：□□／□□

□□□ 0877

例 年代別(ねんだいべつ)の人口(じんこう)を調査(ちょうさ)する。

1秒後影子跟讀

譯 調查不同年齡層的人口。

生字 別(べつ)／區別；人口(じんこう)／人口數

名 ちょうさ【調查】

調查

類 調査(ちょうさ)する　調查

對 予測(よそく)　預測、推測

□□□ 0878

例 年(とし)のせいか、体(からだ)の調子(ちょうし)が悪(わる)い。

1秒後影子跟讀

譯 不知道是不是上了年紀的關係，身體健康亮起紅燈了。

出題重點 「調子」中的「調」表示「調整」或「調查」，而「子」表示「小孩」或「小的」。「碉」與「調」字形相似，中文意指「堡壘」或「碉堡」，但日文中不常見；「孑」與「子」形似，是「孤獨」的意思。※ 題型 2

必考音訓讀

●調 ＝チョウ・しら (べる) ／調查，調整

文法 せいか [可能是（因為）…]：表示發生壞事或不利的原因，但這一原因也不很明確。

生字 年(とし)／年紀

ちょうし【調子】

(音樂) 調子，音調；語調，聲調，口氣；格調，風格；情況，狀況

類 元気(げんき)　有朝氣

對 病気(びょうき)　生病

□□□ 0879

例 長女(ちょうじょ)が生(う)まれて以来(いらい)、寝(ね)る暇(ひま)もない。

1秒後影子跟讀

譯 自從大女兒出生以後，忙得連睡覺的時間都沒有。

文法 て以来(いらい) [自從…以來，就一直…]：表示自從過去發生某事以後，直到現在為止的整個階段。

生字 生(う)まれる／誕生；暇(ひま)／閒暇

名 ちょうじょ【長女】

長女，大女兒

類 一番上(いちばんうえ)の娘(むすめ)　最大的女兒

對 長男(ちょうなん)　最大的兒子

□□□ 0880

例 その試験(しけん)は、私(わたし)にとっては大(おお)きな挑戦(ちょうせん)です。

1秒後影子跟讀

譯 對我而言，參加那種考試是項艱鉅的挑戰。

文法 にとっては [對於…來說]：表示站在前面接的那個詞的立場，來進行後面的判斷或評價。

生字 試験(しけん)／考試；大(おお)きな／巨大的

名 ちょうせん【挑戦】

挑戰

類 トライ【try】　挑戰

對 放棄(ほうき)　放棄

□□□ 0881

例 来年、長男が小学校に上がる。

1秒後影子跟讀

譯 明年大兒子要上小學了。

生字 小学校／小學；上がる／升上

名 ちょうなん【長男】

長子，大兒子

類 一番上の息子　最大的兒子長男

對 長女　最大的女兒長女

□□□ 0882

例 彼は調理師の免許を持っています。

1秒後影子跟讀

譯 他具有廚師執照。

生字 免許／執照；持つ／持有

名 ちょうりし【調理師】

烹調師，廚師

類 コック【cock】　廚師、主

對 ウェイター【waiter】　服務生、侍者

□□□ 0883

例 チョークで黒板に書く。

1秒後影子跟讀

譯 用粉筆在黑板上寫字。

生字 黒板／黑板

名 チョーク【chalk】

粉筆

類 マーカー【marker】　螢光筆

對 ホワイトボード【white board】　白板

□□□ 0884

例 毎月決まった額を貯金する。

1秒後影子跟讀

譯 每個月都定額存錢。

出題重點 「貯金」唸音讀「ちょきん」。是指將金錢儲存，尤其是存入銀行的行為。陷阱可能有少「ょ」的「ちきん」；改中間音節「き變こ」的「ちょこん」；多「う」音的「ちょうきん」。※ 題型 1

高頻詞語搭配

- 貯金をする／存錢。
- 電気を節約する／節省電力。

生字 決まる／固定的，自己規定；額／金額

名・自他サ ちょきん【貯金】

存款，儲蓄

類 預金　儲蓄、存款

對 貸し出し　貸款、出借

讀書計劃：□□／□□

□□□ 0885

例 運動(うんどう)なんて無理無理(むりむり)。退院(たいいん)した直後(ちょくご)だもの。

1秒後影子跟讀

譯 現在怎麼能去運動！才剛剛出院而已。

生字 運動(うんどう)／運動；無理(むり)／難以做到；退院(たいいん)／出院

名·副 **ちょくご【直後】**

(時間，距離）緊接著，剛…之後，…之後不久

類 すぐ後(あと)　馬上之後

對 事前(じぜん)　事前、之前

□□□ 0886

例 関係者(かんけいしゃ)が直接話(ちょくせつはな)し合(あ)って、問題(もんだい)はやっと解決(かいけつ)した。

1秒後影子跟讀

譯 和相關人士直接交涉後，終於解決了問題。

生字 話(はな)し合(あ)う／談判；やっと／好不容易

名·副·自サ **ちょくせつ【直接】**

直接

類 まっすぐ　直接的

對 間接(かんせつ)　間接的間接

□□□ 0887

例 テストの直前(ちょくぜん)にしても、全然休(ぜんぜんやす)まないのは体(からだ)に悪(わる)いと思(おも)います。

1秒後影子跟讀

譯 就算是考試前夕，我還是認為完全不休息對身體是不好的。

文法 にしても [就算…，也…]：表示退一步承認前項條件，並在後項中敘述跟前項矛盾的內容。

生字 テスト／考試；全然(ぜんぜん)／完全

名 **ちょくぜん【直前】**

即將…之前，眼看就要…的時候；(時間，距離）之前，跟前，眼前

類 すぐ前(まえ)　不久之前

對 直後(ちょくご)　直接之後

□□□ 0888

例 ご飯(はん)の上(うえ)に、ごまやのりが散(ち)らしてあります。

1秒後影子跟讀

譯 白米飯上，灑著芝麻和海苔。

出題重點 「散らす」讀法是「ちらす」。用於描述使物品四散或隨處散佈的動作。陷阱可能有「きらす」的「き與ち」的混淆；「ちらしゅう」的「す變成しゅう」；「ちらっす」的「加入促音」。※ 題型 1

必考音訓讀

●参＝サン・まい(る)／參加（繁體中文「參」）

●散＝サン・ち(る)、ばら(ける)／散步，散發

生字 ごま／芝麻；のり／海苔

他五·接尾 **ちらす【散らす】**

把…分散開，驅散；吹散，灑散；散佈，傳播；消腫

類 まく　撒

對 拾(ひろ)う　撿

あ か さ た な は ま や ら わ 練習

ちりょう【治療】

□□□ 0889

例 検査の結果が出てから、今後の**治療**方針を決めます。

1秒後影子跟讀

譯 等檢查結果出來以後，再決定往後的治療方針。

生字 **検査**／檢查；**方針**／規劃

名・他サ **ちりょう【治療】**

治療，醫療，醫治

類 ケア【care】 治療、照顧

對 病気 疾病

□□□ 0890

例 歯の**治療代**は非常に高いです。

1秒後影子跟讀

譯 治療牙齒的費用非常昂貴。

生字 **歯**／牙齒；**非常**／非常，很

名 **ちりょうだい【治療代】**

治療費，診察費

類 医療費 醫療費

對 娯楽費 娛樂費

□□□ 0891

例 桜の花びらがひらひらと**散る**。

1秒後影子跟讀

譯 櫻花落英繽紛。

生字 **花びら**／花瓣；**ひらひら**／飄然而下

自五 **ちる【散る】**

凋謝，散漫，落;離散，分散;遍佈；消腫；渙散

類 落ちる 落下散落、掉落

對 集まる 聚集、集合

□□□ 0892 Track4(

例 **つい**うっかりして傘を間違えてしまった。

1秒後影子跟讀

譯 不小心拿錯了傘。

副 **つい**

（表時間與距離）相隔不遠，就在眼前;不知不覺，無意中;不由得，不禁

出題重點 「つい」表示不小心或無意中的行為，如「不經意地」或「不小心」。陷阱可能有「思わず（おもわず）」這指的是某種反射性的或不由自主的行為，多半是情感的驅使下所做，沒有經過深思熟慮；「うっかり」表示因疏忽或不注意而造成的行為。雖然這 3 個詞都與非故意的行為有關，但它們的語境和強調點有所不同。※ 題型 3

巧記副詞差異 「つい」是一個日語的副詞，用來描述某些動作或情況是不小心或無意中發生的。類似的單字有「うっかり」和「とっさに」。如：

- ついた忘れた／不小心忘了。

生字 **うっかり**／不留意；**間違える**／拿錯

讀書計劃：□□／□□

□□□ 0893

例 橋(はし)はついに完成(かんせい)した。

1秒後影子跟讀

譯 造橋終於完成了。

出題重點 「ついに」另一說法是「とうとう」（終於）。

例 ついに彼は目標を達成した／他終於達到了目標。

例 とうとう彼は目標を達成した／他終於達到了目標。

兩者都表示某件事情在長時間的等待、努力或期待之後終於發生了。但「ついに」較為正式，而「とうとう」在日常對話中更為常用，帶有一種長時間的等待或期盼的感覺。在描述長期的期待或等待終於得到實現時，這兩個詞都是合適的選擇。

※ 題型 4

生字 橋(はし)／橋梁；完成(かんせい)／建成

副 **ついに【遂に】**

終於；竟然；直到最後

類 ようやく　終於

對 初(はじ)め　初次

□□□ 0894

例 彼(かれ)ばかりでなく彼(かれ)の奥(おく)さんも日本通(にほんつう)だ。

1秒後影子跟讀

譯 不單是他，連他太太也非常通曉日本的事物。

文法 ばかりでなく［不僅…而且…］：表示除前項的情況之外，還有後項程度更甚的情況。

生字 奥(おく)さん／尊稱他人的妻子

名・形動・接尾・漢造 **つう【通】**

精通，內行，專家；通曉人情世故，通情達理；暢通；(助數詞) 封，件，紙;穿過;往返；告知；貫徹始終

□□□ 0895

例 会社(かいしゃ)まで、バスと電車(でんしゃ)で通勤(つうきん)するほかない。

1秒後影子跟讀

譯 上班只能搭公車和電車。

文法 ほかない［除了…之外沒有…］：表示這是唯一的辦法。

名・自サ **つうきん【通勤】**

通勤，上下班

□□□ 0896

例 日本(にほん)では、英語(えいご)が通(つう)じますか。

1秒後影子跟讀

譯 在日本英語能通嗎？

文法 近 を通(つう)じて［透過…］

自上一・他上一 **つうじる・つうずる【通じる・通ずる】**

通;通到，通往;通曉，精通;明白，理解；使…通；在整個期間內

□□□ 0897

例 あの人(ひと)はしゃべるのが速(はや)いので、**通訳(つうやく)し**きれなかった。

1秒後影子跟讀

譯 因為那個人講很快，所以沒辦法全部翻譯出來。

生字 しゃべる／講話；速(はや)い／快速的

名・他サ **つうやく【通訳】**

口頭翻譯，口譯；翻譯者，譯員

類 翻訳(ほんやく) 筆譯

對 ガイド 導遊

□□□ 0898

例 犯人(はんにん)、早(はや)く警察(けいさつ)に**捕(つか)まる**といいのになあ。

1秒後影子跟讀

譯 真希望警察可以早日把犯人緝捕歸案呀。

出題重點 「捕まる」描述了被捉拿或被捕獲的狀態。陷阱可能以「捉まる、掴まる」等漢字意思接近的形式出現，但這可能是日語沒這種說法，文脈上不對的字。只是其中的「捉」在日文中偏向於捉弄的意思；「掴」表示抓住某物的動作。※ 題型 2

文法 といいのになあ [就好了]：前項是難以實現或是與事實相反的情況，表現說話者遺憾、不滿、感嘆的心情。

生字 犯人(はんにん)／嫌犯；警察(けいさつ)／警察

自五 **つかまる【捕まる】**

抓住，被捉住，逮捕；抓緊揪住

類 逮捕(たいほ) 逮捕

對 犯罪(はんざい) 犯罪

□□□ 0899

例 誰(だれ)にも頼(たよ)らないで、自分(じぶん)で成功(せいこう)を**つかむ**ほかない。

1秒後影子跟讀

譯 不依賴任何人，只能靠自己去掌握成功。

文法 ほかない [除了…之外沒有…]：表示這是唯一解決問題的辦法。

生字 頼(たよ)る／依賴

他五 **つかむ【掴む】**

抓，抓住，揪住，握住；掌握到，瞭解到

□□□ 0900

例 マッサージをすると、**疲(つか)れ**が取(と)れます。

1秒後影子跟讀

譯 按摩就能解除疲勞。

生字 マッサージ／按摩；取(と)る／緩解

名 **つかれ【疲れ】**

疲勞，疲乏，疲倦

讀書計劃：□□／□□

□□□ 0901

例 こちらの定食(ていしょく)はデザート付(つ)きでたったの 700 円(えん)です。

1秒後影子跟讀

譯 這套餐還附甜點，只要 700 圓而已。

出題重點 「付き(つき)」主要表示附帶或伴隨。類似單字有：「添付（てんぷ）」這指的是附加或夾帶；「関連（かんれん）」這表示相關或聯繫。與「つき」的區別是，「てんぷ」側重於物理上的附加或夾帶（例如信件中的附件），而「かんれん」則描述兩者之間的抽象聯繫或相關性。※ 題型 3

慣用語

● 目(め)が届(とど)く／能看到。

生字 定食(ていしょく)／套餐；デザート／甜點

接尾 つき【付き】

（前接某些名詞）樣子；附屬

對 抜(ぬ)き 除去

□□□ 0902

例 隣近所(となりきんじょ)と親(した)しく付(つ)き合(あ)う。

1秒後影子跟讀

譯 敦親睦鄰。

生字 隣近所(となりきんじょ)／鄰居；親(した)しい／親近的

自五 つきあう【付き合う】

交際，往來；陪伴，奉陪，應酬

□□□ 0903

例 うちはこの道(みち)の突(つ)き当(あ)たりです。

1秒後影子跟讀

譯 我家就在這條路的盡頭。

名 つきあたり【突き当たり】

（道路的）盡頭

類 果(は)て 盡頭

對 中心(ちゅうしん) 中心

□□□ 0904

例 そんなに次々(つぎつぎ)問題(もんだい)が起(お)こるわけはない。

1秒後影子跟讀

譯 不可能會這麼接二連三地發生問題的。

文法 わけはない［不可能…］：表示從道理上而言，強烈地主張不可能或沒有理由成立。

生字 問題(もんだい)／問題；起(お)こる／發生

副 つぎつぎ・つぎつぎに・つぎつぎと【次々・次々に・次々と】

一個接一個，接二連三地，絡繹不絕的，紛紛；按著順序，依次

類 休(やす)み無(な)く 不休息，持續不斷的

對 一度(いちど) 一次

あ か さ た な は ま や ら わ 練習

□□□ 0905

例 ご飯粒(はんつぶ)が顔(かお)に付(つ)いてるよ。

1秒後影子跟讀

譯 臉上黏了飯粒喔。

生字 ご飯粒(はんつぶ)／飯粒

自五 つく【付く】

附著，沾上；長，添增；跟隨；隨從，聽隨；偏坦；設有；連接著

□□□ 0906

例 クーラーを**つける**より、窓(まど)を開(あ)けるほうがいいでしょう。

1秒後影子跟讀

譯 與其開冷氣，不如打開窗戶來得好吧！

生字 クーラー／冷氣；開(あ)ける／打開

他下一 つける【点ける】

點燃；打開（家電類）

類 電気(でんき)を入(い)れる　通電

對 消(け)す　關掉

□□□ 0907

例 生(う)まれた子(こ)どもに名前(なまえ)を**つける**。

1秒後影子跟讀

譯 為生下來的孩子取名字。

出題重點 「付ける」有添加、附加之意。用另一種方式說是「加える（くわえる）」（添加、增添）。

例 彼は手紙にシールを付けた／他於信件上貼上了貼紙。

例 彼は手紙にシールを加えた／他在信上添加了貼紙。

「付ける」主要指物理地或具體地添加，如標籤或簽名；而「加える」更廣泛，涵蓋物理與抽象的添加，如成分或意見。※ 題型 4

生字 生(う)まれる／出生；名前(なまえ)／名字

他下一・接尾 つける【付ける・附ける・着ける】

掛上，裝上；穿上，配戴；評定，決定；寫上，記上；定（價）出（價）；養成；分配，派；裝；注意；抹上，塗上

類 命(めい)じる　命名

對 消(け)す　抹去

□□□ 0908

例 私(わたし)が忙(いそが)しいということを、彼(かれ)に**伝(つた)えて**ください。

1秒後影子跟讀

譯 請轉告他我很忙。

他下一 つたえる【伝える】

傳達，轉告；傳導

類 教(おし)える　告訴

對 聞(き)く　聆聽

讀書計劃：□□／□□

□□□ 0909

例 読めば読むほど、続きが読みたくなります。

1秒後影子跟讀

譯 越看下去，就越想繼續看下面的發展。

文法 ば～ほど [越…越…]：表示隨著前項事物的變化，後項也隨之相應地發生變化。

名 つづき【続き】

接續，繼續；接續部分，下文；接連不斷

□□□ 0910

例 このところ晴天が続いている。

1秒後影子跟讀

譯 最近一連好幾天都是晴朗的好天氣。

出題重點 「続く」意指「持續」或「接續」。使用時，要確保情境是描述某事物的連續性或後續性。做題時，應確認主詞和動詞之間的邏輯關係，避免在不表示持續性的語境中誤用此詞，並注意句子的完整性和自然性。※ 題型 5

必考音訓讀

●続＝ゾク・つづ(く)／續，持續

●増＝ゾウ・ま(す)、ふ(える)／增加，增長

生字 晴天／晴朗的天氣

自五 つづく【続く】

續續，延續，連續；接連發生，接連不斷；隨後發生，接著；連著，通到，與…接連；接得上，夠用；後繼，跟上；次於，居次位

類 維持　維持

對 止む　停止

□□□ 0911

例 上手になるには、練習し続けるほかはない。

1秒後影子跟讀

譯 技巧要好，就只能不斷地練習。

文法 ほかはない [只好…]：表示雖然心裡不願意，但又沒有其他方法，只有這唯一的選擇，別無它法。

生字 上手／熟練的；練習／練習

接尾 つづける【続ける】

(接在動詞連用形後，複合語用法) 繼續…，不斷地…

類 保つ　維持

對 止まる　停止

□□□ 0912

例 プレゼント用に包んでください。

1秒後影子跟讀

譯 請包裝成送禮用的。

生字 プレゼント／禮物；用／…用途

他五 つつむ【包む】

包裹，打包，包上；蒙蔽，遮蔽，籠罩；藏在心中，隱瞞；包圍

類 包装する　包裝

對 開ける　打開

□□□ 0913

例 電話がようやく繋がった。

1秒後影子跟讀

譯 電話終於通了。

出題重點 「繋がる」讀法是「つながる」。用於描述兩者之間的連接或關聯。陷阱可能有「つなぐ」的「がる變ぐ」；「づながる」的「つ變づ」；「つんがる」的「な變ん」。

※ 題型 1

高頻詞語搭配

- 人と繋がる／和人連接。
- 手を結ぶ／手牽手。

生字 ようやく／總算

自五 つながる【繋がる】

相連，連接，聯繫；(人) 排隊，排列；有（血緣、親屬）關係，牽連

類 接続する　連接

對 切れる　斷掉

□□□ 0914

例 テレビとビデオを繋いで録画した。

1秒後影子跟讀

譯 我將電視和錄影機接上來錄影。

生字 ビデオ／錄影機；録画／錄影

他五 つなぐ【繋ぐ】

拴結，繫;連起，接上;延續，維繫（生命等）

類 結ぶ　連結

對 切る　切斷

□□□ 0915

例 インターネットは、世界の人々を繋げる。

1秒後影子跟讀

譯 網路將這世上的人接繫了起來。

生字 インターネット／網際網路；人々／人們

他五 つなげる【繋げる】

連接，維繫

類 連結　連接

對 分断　分開

□□□ 0916

例 会社を潰さないように、一生懸命がんばっている。

1秒後影子跟讀

譯 為了不讓公司倒閉而拼命努力。

文法 ように [為了…而…]：表示為了實現前項，而做後項。

生字 会社／公司；一生懸命／全力以赴

他五 つぶす【潰す】

毀壞，弄碎；熔毀，熔化；消磨，消耗；宰殺；堵死，填滿

類 壊す　摧毀

對 作る　創建

讀書計劃：□□／□□

□□□ 0917

例 つま先(さき)で立(た)つことができますか。

1秒後影子跟讀

譯 你能夠只以腳尖站立嗎？

生字 立(た)つ／站立

名 つまさき【爪先】

腳指甲尖端

類 足先(あしさき) 腳尖

對 踵(かかと) 腳後跟

□□□ 0918

例 彼(かれ)は私(わたし)の父(ちち)の兄(あに)の息子(むすこ)、つまりいとこに当(あ)たります。

1秒後影子跟讀

譯 他是我爸爸的哥哥的兒子，也就是我的堂哥。

出題重點 「つまり」表示對之前的說法進行總結或重新解釋，如「也就是說」或「換句話說」。陷阱可能有「要するに（ようするに）」這同樣是對前文的總結或概括，但更加強調結論的性質；「すなわち」也表示「也就是說」，但它更側重於精確地解釋或定義前文的內容。儘管這 3 個詞都用於解釋或總結，但它們的語調和使用情境略有差異。※ 題型 3

生字 息子(むすこ)／兒子；当(あ)たる／等同於

名·副 つまり

阻塞，困窘；到頭，盡頭；總之，說到底；也就是說，即…

類 すなわち 即是

對 たとえば 例如

□□□ 0919

例 食(た)べ物(もの)がのどに詰(つ)まって、せきが出(で)た。

1秒後影子跟讀

譯 因食物卡在喉嚨裡而咳嗽。

生字 のど／喉嚨；せき／咳嗽

自五 つまる【詰まる】

擠滿，塞滿;堵塞，不通;窘困，窘迫；縮短，緊小；停頓，擱淺

類 埋(う)まる 填滿

對 空(す)く 空出

□□□ 0920

例 荷物(にもつ)をトラックに積(つ)んだ。

1秒後影子跟讀

譯 我將貨物裝到卡車上。

生字 荷物(にもつ)／貨物；トラック／卡車

自五·他五 つむ【積む】

累積，堆積；裝載；積蓄，積累

類 溜(た)める 累積

對 捨(す)てる 丟棄

つめ【爪】

□□□ 0921

例 爪をきれいに見せたいなら、これを使ってください。

1秒後影子跟讀

譯 想讓指甲好看，就用這個吧。

文法 たい［想要…；想讓］：表示說話者的內心想做、想要的。

名 つめ【爪】

（人的）指甲，腳指甲；（動物的）爪；指尖；（用具的）鉤子

□□□ 0922

例 スーツケースに服や本を詰めた。

1秒後影子跟讀

譯 我將衣服和書塞進行李箱。

生字 スーツケース／行李箱

他下一 自下一 つめる【詰める】

守候，值勤；不停的工作，緊張；塞進，裝入；緊挨著，緊靠著

類 詰め込む　塞入

對 取り出す　拿出

□□□ 0923

例 この辺りは、雪が積もったとしてもせいぜい3センチくらいだ。

1秒後影子跟讀

譯 這一帶就算積雪，深度也頂多只有3公分左右。

文法 としても［就算…，也…］：表示假設前項是事實或成立，後項也不會起有效的作用。

生字 せいぜい／頂多

自五 他五 つもる【積もる】

積，堆積；累積；估計；計算；推測

類 溜まる　積累

對 溶ける　融化

□□□ 0924

例 7月中旬になって、やっと梅雨が明けました。

1秒後影子跟讀

譯 直到7月中旬，這才總算擺脫了梅雨季。

出題重點 「梅雨」唸音讀「つゆ」。東亞特有的季節性降雨期，通常出現在春末和夏初之間。陷阱可能有首字音錯誤的「めう」；首字音錯誤的「びゆ」；用訓讀「うめあめ」來混淆的。※ 題型1

慣用語

- 鼻が高い／自負心が強い。
- 心が広い／心胸寬闊。

生字 中旬／中旬；明ける／結束

名 つゆ【梅雨】

梅雨；梅雨季

讀書計劃：□□／□□

□□□ 0925

例 台風(たいふう)が近(ちか)づくにつれ、徐々(じょじょ)に雨(あめ)が強(つよ)まってきた。

1秒後影子跟讀

譯 隨著颱風的暴風範圍逼近，雨勢亦逐漸增強。

文法 につれ [隨著…]：表示隨著前項的進展，同時後項也隨之發生相應的進展。

生字 徐々(じょじょ)に／逐漸地

自五 つよまる【強まる】

強起來，加強，增強

類 強(つよ)くなる　變得更強

對 弱(よわ)まる　變弱

□□□ 0926

例 天(てん)ぷらを揚(あ)げるときは、最後(さいご)に少(すこ)し火(ひ)を強(つよ)めるといい。

1秒後影子跟讀

譯 在炸天婦羅時，起鍋前把火力調大一點比較好。

生字 揚(あ)げる／油炸

他下一 つよめる【強める】

加強，增強

類 強化(きょうか)する　強化

對 弱(よわ)める　減弱

□□□ 0927　Track41

例 ふーん。で、それからどうしたの。

1秒後影子跟讀

譯 是哦……，那，後來怎麼樣了？

生字 それから／在那之後

接續 で

那麼；(表示原因) 所以

類 そして　然後

對 しかし　但是

□□□ 0928

例 二人(ふたり)は、最初(さいしょ)どこで出会(であ)ったのですか。

1秒後影子跟讀

譯 兩人最初是在哪裡相遇的？

出題重點 「出会う」描述了偶然或計劃的相遇或遇到的動作。陷阱可能以「出合う、出遭う」等漢字意思接近的形式出現，但這可能是不符日語用法，與文脈不吻合的字。只是其中的「出合う、出遇う」是結合不正確的形式。
※ 題型 2

慣用語

- 口(くち)を出(だ)す／插嘴；干涉。
- 口(くち)に合(あ)う／合口味；喜歡其味道。

自五 であう【出会う】

遇見，碰見，偶遇；約會，幽會；(顏色等) 協調，相稱

類 遭遇(そうぐう)する　遇到

對 離(はな)れる　分開

□□□ 0929

例 焼き芋は低温でじっくり焼くと甘くなります。

1秒後影子跟讀

譯 用低溫慢慢烤蕃薯會很香甜。

生字 じっくり／慢慢地

名·漢造 **てい【低】**

（位置）低；（價格等）低；變低

類 低い 低的

對 高い 高的

□□□ 0930

例 この計画を、会議で提案しよう。

1秒後影子跟讀

譯 就在會議中提出這企畫吧！

出題重點 「提案」另一說法是「勧める（すすめる）」（建議）。

例 彼は新しいプロジェクトの提案をした／他提議了一個新的專案。

例 彼は新しいプロジェクトを勧めた／他建議了一個新的專案。

兩者都可以用在表示提議或建議某事物的意思，但「提案」較正式，多用於業務、會議或正式場合；「勧める」較一般，用於日常生活或更不正式的環境，表建議或勸說。※ 題型 4

生字 計画／計畫；会議／會議

名·他サ **ていあん【提案】**

提案，建議

類 提示する 建議

對 否定する 否定

□□□ 0931

例 休みの日はだいたいTシャツを着ています。

1秒後影子跟讀

譯 我在假日多半穿著T恤。

名 **ティーシャツ【T-shirt】**

類 圓領衫，T恤

對 シャツ【shirt】 襯衫

□□□ 0932

例 DVDデッキが壊れてしまいました。

1秒後影子跟讀

譯 DVD 播映機已經壞了。

生字 壊れる／損毀

名 **DVDデッキ【DVD tape deck】**

DVD 播放機

類 プレイヤー【player】 播放器

讀書計劃：□□／□□

□□□ 0933

例 このDVDドライブは取り外すことができます。

1秒後影子跟讀

譯 這台 DVD 磁碟機可以拆下來。

生字 取り外す／拆下

名 DVD ドライブ【DVD drive】

（電腦用的）DVD 機

類 DVD プレイヤー【DVDplayer】 DVD 播放器

□□□ 0934

例 再来月、うちのオーケストラの**定期**演奏会がある。

例 エレベーターは**定期**的に調べて安全を確認しています。

1秒後影子跟讀

譯 下下個月，我們管弦樂團將會舉行定期演奏會。

譯 電梯會定期維修以確保安全。

出題重點 「定期」唸音讀「ていき」。常用在交通工具的定期票券上。陷阱可能有用音讀「てい變じょう」誤導的「じょうき」；多「ぎ」音的「ていぎき」；用濁音「ぎ」誤導的「ていぎ」。※ 題型 1

必考音訓讀

●定 ＝テイ、ジョウ・さだ（める）／確定，規定

●庭＝テイ・にわ／庭院，法庭

生字 オーケストラ／交響樂團；演奏会／演奏會；エレベーター／電梯

名 ていき【定期】

定期，一定的期限

類 期間限定　有固定期限

對 臨時　臨時的

□□□ 0935

例 電車の**定期券**を買いました。

1秒後影子跟讀

譯 我買了電車的月票。

名 ていきけん【定期券】

定期車票；月票

對 回数券〈用一次撕一張的〉票

□□□ 0936

例 使わなくなった**ディスプレイ**はリサイクルに出します。

1秒後影子跟讀

譯 不再使用的顯示器要送去回收。

生字 リサイクル／資源回收；出す／拿出，送出

名 ディスプレイ【display】

陳列，展覽，顯示；（電腦的）顯示器

類 画面　螢幕

對 キーボード【keyboard】鍵盤

□□□ 0937

例 停電（ていでん）のたびに、懐中電灯（かいちゅうでんとう）を買（か）っておけばよかったと思（おも）う。

1秒後影子跟讀

譯 每次停電時，我總是心想早知道就買一把手電筒就好了。

文法 たびに［每當…就…］：表示前項的動作、行為都伴隨後項；ばよかった［就好了］：表示說話者對於過去事物的惋惜、感慨。

生字 懐中電灯（かいちゅうでんとう）／手電筒

名・自サ ていでん【停電】

停電，停止供電

類 電気切れ（でんきぎれ） 斷電

對 通電（つうでん） 通電

□□□ 0938

例 停留所（ていりゅうじょ）でバスを１時間（じかん）も待（ま）った。

1秒後影子跟讀

譯 在站牌等了足足一個鐘頭的巴士。

名 ていりゅうじょ【停留所】

公車站；電車站

類 バス停（てい） 公車站

對 駅（えき） 車站

□□□ 0939

例 データを分析（ぶんせき）すると、景気（けいき）は明（あき）らかに回復（かいふく）してきている。

1秒後影子跟讀

譯 分析數據後發現景氣有明顯的復甦。

出題重點 「データ」指的是收集的事實、統計或詳細信息。陷阱可能有「情報（じょうほう）」這主要指提供的或收到的新消息或知識，通常更偏向於綜合或彙總的資訊；「資料（しりょう）」是對某一特定主題的文件或信息集合，用於參考或研究。※ 題型 3

慣用語

● データを分析（ぶんせき）する／分析數據。

生字 分析（ぶんせき）／剖析；景気（けいき）／景氣；明（あき）らか／明顯的；回復（かいふく）／恢復

名 データ【data】

論據，論證的事實；材料，資料；數據

類 情報（じょうほう） 信息

對 アナログ【analog】 模擬

□□□ 0940

例 明日（あした）はデートだから、思（おも）いっきりおしゃれしないと。

1秒後影子跟讀

譯 明天要約會，得好好打扮一番才行。

文法 きり［全心全意地…］：表示全力做這一件事。

生字 おしゃれ／時髦

名・自サ デート【date】

日期，年月日；約會，幽會

類 約束（やくそく） 約定

對 仕事（しごと） 工作

讀書計劃：□□／□□

□□□ 0941

例 インタビューをテープに録音（ろくおん）させてもらった。

1秒後影子跟讀

譯 請對方把採訪錄製成錄音帶。

生字 インタビュー／採訪；録音（ろくおん）／錄音

名 テープ【tape】

窄帶，線帶，布帶；卷尺；錄音帶

類 バンド【band】 腰帶

對 シーディー【CD】 光碟

□□□ 0942

例 論文（ろんぶん）のテーマについて、説明（せつめい）してください。

1秒後影子跟讀

譯 請說明一下這篇論文的主題。

生字 論文（ろんぶん）／論文；説明（せつめい）／解釋

名 テーマ【theme】

（作品的）中心思想，主題；（論文、演說的）題目，課題

類 主題（しゅだい） 主題

對 詳細（しょうさい） 細節

□□□ 0943

例 お盆休（ぼんやす）みって、一般的（いっぱんてき）には何日（なんにち）から何日（なんにち）までですか。

1秒後影子跟讀

譯 中元節的連續假期，通常都是從幾號到幾號呢？

出題重點 「的（てき）」主要用作名詞後的接尾詞，表明某種特性或屬性。類似單字有：「風（ふう）」這同樣用作接尾詞，指的是某事物的風格或方式；「様（よう）」，表示像或與…相似。與「てき」的區別是，「ふう」和「よう」在語境中的用法和含義有所不同，其中「よう」更側重於比較或模仿。※ 題型 3

必考音訓讀

● 的＝テキ／目標，的確

生字 お盆（ぼん）／盂蘭盆節；休（やす）み／休假

接尾・形動 てき【的】

（前接名詞）關於，對於；表示狀態或性質

類 ターゲット【target】 目標

對 外（はず）れ 偏差

□□□ 0944

例 今日（きょう）の出来事（できごと）って、なんか特（とく）にあったっけ。

1秒後影子跟讀

譯 今天有發生什麼特別的事嗎？

文法 なんか［有…什麼…］：不明確的斷定，語氣婉轉。從多數事物中特舉一例類推其它；っけ［是不是…呢］：用在想確認自己記不清，或已經忘掉的事物時。

生字 特（とく）に／特別地

名 できごと【出来事】

（偶發的）事件，變故

類 事件（じけん） 事件

對 日常（にちじょう） 日常

てきとう【適当】

□□□ 0945

例 適当(てきとう)にやっておくから、大丈夫(だいじょうぶ)。

1秒後影子跟讀

譯 我會妥當處理的，沒關係！

出題重點 「適当」表示合適、隨便或適度。類似單字有：「適切（てきせつ）」，指的是恰到好處或合適的；「任意（にんい）」，意味著隨意或按自己的意願。與「てきとう」的區別是，「てきせつ」有一種確切或精確的含義，而「にんい」更側重於自由選擇或自主性。※ 題型 3

必考音訓讀

● 当＝トウ・あ(たる)／當前，中獎

● 投＝トウ・な(げる)／投資，投擲

名・形動・自サ **てきとう【適当】**

適當；適度；隨便

類 適切(てきせつ) 恰當

對 不適切(ふてきせつ) 不恰當

□□□ 0946

例 1週間(しゅうかん)でできるはずだ。

1秒後影子跟讀

譯 一星期應該就可以完成的。

生字 はず／應該

自上一 **できる**

完成；能夠

類 可能(かのう) 可能

對 不可能(ふかのう) 不可能

□□□ 0947

例 手首(てくび)をけがした以上(いじょう)、試合(しあい)には出(で)られません。

1秒後影子跟讀

譯 既然我的手腕受傷，就沒辦法出場比賽。

生字 試合(しあい)／比賽；出(で)る／參加

名 **てくび【手首】**

手腕

類 足首(あしくび) 腳踝

對 頭(あたま) 頭

□□□ 0948

例 おなかいっぱいでも、デザートはいただきます。

1秒後影子跟讀

譯 就算肚子已經很撐了，我還是要吃甜點喔！

生字 おなか／肚子；いただく／品嚐

名 **デザート【dessert】**

餐後點心，甜點（大多泛指較西式的甜點）

類 スイーツ【sweets】 甜品

對 主菜(しゅさい) 主菜

□□□ 0949

例 デザイナーになるために専門学校に行く。

1秒後影子跟讀

譯 為了成為設計師而進入專校就讀。

生字 専門学校／專科學校

名 デザイナー【designer】

(服裝、建築等) 設計師，圖案家

類 作家 作者

對 消費者 消費者

□□□ 0950

Track42

例 今週中に新製品のデザインを決めることになっている。

1秒後影子跟讀

譯 規定將於本星期內把新產品的設計定案。

出題重點 「デザイン」指的是「設計」或「樣式」。使用時應確保其與物品的外觀或結構相關。有些情況不應用於無法設計或形狀的事物，例如食物。描述物品時，要注意其是否真正與「デザイン」有關。避免在不恰當的情境中使用，以免造成誤解。※ 題型 5

文法 ことになっている [規定著]：表示安排、約定或約束人們生活行為的各種規定、法律以及一些慣例。

生字 製品／產品；決める／定下

名・自他サ デザイン【design】

設計（圖）；(製作) 圖案

類 レイアウト【layout】 版型設計

對 内容 內容

□□□ 0951

例 小型のデジカメを買いたいです。

1秒後影子跟讀

譯 我想要買一台小型數位相機。

文法 たい [想要…]：表示說話者的內心想做、想要的。

生字 小型／迷你；買う／購買

名 デジカメ【digital camera 之略】

數位相機 (「デジタルカメラ」之略稱)

類 カメラ【camera】 相機

對 ビデオカメラ【videocamera】 錄像機

□□□ 0952

例 最新のデジタル製品にはついていけません。

1秒後影子跟讀

譯 我實在不會使用最新的數位電子製品。

生字 製品／產品

名 デジタル【digital】

數位的，數字的，計量的

類 電子的 電子的

對 アナログ【analog】 模擬

□□□ 0953

例 外国でクレジットカードを使うと、手数料がかかります。

1秒後影子跟讀

譯 在國外刷信用卡需要支付手續費。

生字 外国／國外；クレジットカード／信用卡

名 てすうりょう【手数料】

手續費；回扣

類 料金 費用

對 基本料金 基本費

□□□ 0954

例 手帳で予定を確認する。

1秒後影子跟讀

譯 翻看隨身記事本確認行程。

出題重點 「手帳」唸音讀「てちょう」。是一本小筆記本，常用來記錄日常計劃或其他資訊。陷阱可能有用音讀「て變しゅ」誤導的「しゅちょう」；多「しゅ」音的「しゅてちょう」；完全不相關的讀音「ててちょ」。※ 題型1

慣用語

- 肩を持つ／支持某人。
- 口がうまい／口才好。

生字 予定／預定；確認／查看

名 てちょう【手帳】

筆記本，雜記本

類 日記 日記

對 書籍 書

□□□ 0955

例 ここは近くに鉱山があるので、鉄鋼業が盛んだ。

1秒後影子跟讀

譯 由於這附近有一座礦場，因此鋼鐵業十分興盛。

生字 盛ん／繁盛的

名 てっこう【鉄鋼】

鋼鐵

類 鉄 鐵

對 アルミ【aluminum】 鋁

□□□ 0956

例 徹底した調査の結果、故障の原因はほこりでした。

1秒後影子跟讀

譯 經過了徹底的調查，確定故障的原因是灰塵。

生字 調査／調查；故障／故障；ほこり／灰塵

名・自サ てってい【徹底】

徹底；傳遍，普遍，落實

類 完全 完全

對 中途半端 不徹底

讀書計劃：□□／□□

□□□ 0957

例 仕事を引き受けた以上、徹夜をしても完成させます。

1秒後影子跟讀

譯 既然接下了工作，就算熬夜也要將它完成。

生字 引き受ける／接受；完成／完成

名・自サ てつや【徹夜】

通宵，熬夜

類 一晩中　通宵

對 短時間　短時間

□□□ 0958

例 蚊に手の甲を刺されました。

1秒後影子跟讀

譯 手背被蚊子叮了。

出題重點 「手の甲」中的「手」是「手或手臂」，「甲」指「盔甲」或「指甲」。「毛」與「手」外形近似，代表「毛髮」；「申」與「甲」形狀相似，但意為「表示」。※ 題型 2

慣用語

- 手が早い／動作迅速。
- 目が冴える／目光明亮。
- 腹を立てる／生氣。

生字 蚊／蚊子；刺す／叮咬

名 てのこう【手の甲】

手背

類 手の裏　手背

對 手首　手腕

□□□ 0959

例 赤ちゃんの手の平はもみじのように小さくてかわいい。

1秒後影子跟讀

譯 小嬰兒的手掌如同楓葉般小巧可愛。

文法 ように［如同…般］：說話者以其他具體的人事物為例來陳述某件事物的性質。

生字 もみじ／楓葉

名 てのひら【手の平・掌】

手掌（或唸：てのひら）

類 手　手

對 指　手指

□□□ 0960

例 兄はテレビ番組を制作する会社に勤めています。

1秒後影子跟讀

譯 家兄在電視節目製作公司上班。

生字 制作／製作

名 テレビばんぐみ【television 番組】

電視節目

類 ラジオ番組【radioprogram】　廣播節目

對 映画　電影

□□□ 0961

例 その点（てん）について、説明（せつめい）してあげよう。

1秒後影子跟讀

譯 關於那一點，我來為你說明吧！

出題重點 「点（てん）」主要表示點、分數或特點。類似單字有：「点数（てんすう）」這指的是得分或分數；「特点（とくてん）」這表示特定的特徵或特質。與「てん」的區別是，「てんすう」特指於計分或數值，而「とくてん」側重於描述某事或某物的獨特之處。※ 題型 3

必考音訓讀

●点＝テン・つ（ける）／點，細節

●伝＝デン・つた（わる）／傳達，傳說（繁體中文「傳」）

生字 説明（せつめい）／說明

名 てん【点】

點；（方面；（得）分

類 スコア【score】 分數

對 線（せん） 線

□□□ 0962

例 本（ほん）を読（よ）むときは電気（でんき）スタンドをつけなさい。

1秒後影子跟讀

譯 你在看書時要把檯燈打開。

生字 本（ほん）／書籍；読（よ）む／閱讀；つける／打開

名 でんきスタンド【電気 stand】

檯燈

類 ランプ【lamp】 燈

對 電気（でんき）スイッチ【電気 switch】 開關

□□□ 0963

例 冷房（れいぼう）をつけると、電気代（でんきだい）が高（たか）くなります。

1秒後影子跟讀

譯 開了冷氣，電費就會增加。

生字 冷房（れいぼう）／冷氣；高（たか）い／昂貴的

名 でんきだい【電気代】

電費

類 ガス代（だい） 煤氣費

對 水道代（すいどうだい） 水費

□□□ 0964

例 電球（でんきゅう）が切（き）れてしまった。

1秒後影子跟讀

譯 電燈泡壞了。

生字 切（き）れる／（鎢絲）斷裂

名 でんきゅう【電球】

電燈泡

類 ランプ【lamp】 燈

對 電気（でんき）スイッチ【電気 switch】 開關

讀書計劃：□□／□□

□□□ 0965

例 電気料金(でんきりょうきん)は年々(ねんねん)値上(ねあ)がりしています。

1秒後影子跟讀

譯 電費年年上漲。

生字 年々(ねんねん)／逐年；値上(ねあ)がり／漲價

名 でんきりょうきん【電気料金】

電費

類 ガス料金(りょうきん)【gas 料金】瓦斯費

對 水道料金(すいどうりょうきん) 水費

□□□ 0966

例 何(なに)か部長(ぶちょう)へ伝言(でんごん)はありますか。

1秒後影子跟讀

譯 有沒有什麼話要向經理轉達的？

出題重點 「伝言」中的「伝」指的是「傳達」或「傳送」，而「言」是「說話」或「言語」的意思。「云」與「伝」字形相似，但意為「說」或「聲稱」；「信」與「言」外型類似，指「信仰」或「相信」。※ 題型 2

慣用語

- 口(くち)が堅(かた)い／守口如瓶。
- 頭(あたま)を下(さ)げる／低頭。

生字 部長(ぶちょう)／部長

名・自他サ でんごん【伝言】

傳話，口信；帶口信

類 メッセージ【message】信息

對 ダイアログ【dialogue】對話

□□□ 0967

例 通勤(つうきん)にかかる電車代(でんしゃだい)は会社(かいしゃ)が払(はら)ってくれます。

1秒後影子跟讀

譯 上下班的電車費是由公司支付的。

生字 通勤(つうきん)／通勤；かかる／花費

名 でんしゃだい【電車代】

(坐) 電車費用

類 バス代(だい) 公車費

對 タクシー代(だい)【taxi 代】出租車費

□□□ 0968

例 ここから東京駅(とうきょうえき)までの電車賃(でんしゃちん)は 250 円(えん)です。

1秒後影子跟讀

譯 從這裡搭到東京車站的電車費是 250 圓。

名 でんしゃちん【電車賃】

(坐) 電車費用

類 バス賃(ちん) 公車票價

對 タクシー賃(ちん)【taxi 賃】出租車費

□□□ 0969

例 天井(てんじょう)の高(たか)いホールだなあ。

1秒後影子跟讀

譯 這座禮堂的頂高好高啊！

生字 高(たか)い／高挑的；ホール／大廳

名 てんじょう【天井】

天花板

類 床(ゆか) 地板

對 壁(かべ) 牆

□□□ 0970

例 これは電子(でんし)レンジで温(あたた)めて食(た)べたほうがいいですよ。

1秒後影子跟讀

譯 這個最好先用微波爐熱過以後再吃喔。

生字 温(あたた)める／加熱；食(た)べる／食用

名 でんしレンジ【電子 range】

電子微波爐

類 オーブン【oven】 烤箱

對 冷蔵庫(れいぞうこ) 冰箱

□□□ 0971

例 読解(どっかい)の点数(てんすう)はまあまあだったが、聴解(ちょうかい)の点数(てんすう)は悪(わる)かった。

1秒後影子跟讀

譯 閱讀和理解項目的分數還算可以，但是聽力項目的分數就很差了。

出題重點 「点数」唸音讀「てんすう」。指得到的分數或計分。陷阱可能有用音讀「すう變しゅ」誤導的「てんしゅ」；改後面音節「すう變せい」的「てんせい」；完全不相關的讀音「だんす」。※ 題型 1

高頻詞語搭配

- 点数(てんすう)を取(と)る／得到分數。
- 評価(ひょうか)を受(う)ける／接受評價。

生字 まあまあ／還算可以

名 てんすう【点数】

(評分的) 分數

類 スコア【score】 分數

對 評価(ひょうか) 評價

□□□ 0972

例 電卓(でんたく)で計算(けいさん)する。

1秒後影子跟讀

譯 用計算機計算。

生字 計算(けいさん)／計算

名 でんたく【電卓】

電子計算機（「電子式卓上計算機（でんししきたくじょうけいさんき）」之略稱）

類 計算機(けいさんき) 計算器

對 コンピュータ【computer】 電腦

讀書計劃：□□／□□

□□□ 0973

例 太陽電池時計は、電池交換は必要ですか。

1秒後影子跟讀

譯 使用太陽能電池的時鐘，需要更換電池嗎？

生字 電池／電池；必要／必須的

名 でんち【電池】

(理) 電池

類 バッテリー【battery】電池

對 電球 燈泡

□□□ 0974

例 夏休み、友達とキャンプ場にテントを張って泊まった。

1秒後影子跟讀

譯 暑假和朋友到露營地搭了帳棚住宿。

生字 キャンプ場／露營場；張る／搭建；泊まる／住宿

名 テント【tent】

帳篷

類 キャンプ【camp】露營

對 ホテル【hotel】飯店

□□□ 0975

例 国際電話をかけたので、今月の電話代はいつもの倍でした。

1秒後影子跟讀

譯 由於我打了國際電話，這個月的電話費變成了往常的兩倍。

出題重點 「電話代」是指「電話費用」。使用時應確保它與通話的費用相關。有些情況不應與購買物品或食品等不相關的事物混淆。在描述與金額或費用相關的情境時，該詞彙才是合適的。避免在不恰當的上下文中使用，以免誤導。※ 題型 5

巧記名詞差異「電話代」指的是電話費用。類似的詞有「インターネット代」（網路費）和「携帯代」（手機費用）。如：

● 電話代を支払う／支付電話費。

生字 国際電話／國際電話；かける／打（電話）；倍／倍數

名 でんわだい【電話代】

電話費

類 インターネット料金【Internet 料金】網路費

對 郵便代 郵費

□□□ 0976 Track43

例 明日の気温は、今日より5度ぐらい高いでしょう。

1秒後影子跟讀

譯 明天的天氣大概會比今天高個5度。

名・漢造 ど【度】

尺度;程度;溫度;次數，回數;規則，規定；氣量，氣度

類 示度 （氣壓）度數

對 秒 秒

□□□ 0977

例 イギリス、フランス、ドイツ等のEU諸国はここです。

1秒後影子跟讀

譯 英、法、德等歐盟各國的位置在這裡。

生字 イギリス／英國；フランス／法國；ドイツ／德國

接尾 **とう【等】**

等等；(助數詞用法，計算階級或順位的單位）等（級）

類 クラス【class】 類別

對 レベル【level】 水平

□□□ 0978

例 日本では、過去に計36頭の狂牛病の牛が発見されました。

1秒後影子跟讀

譯 在日本，總共發現了36頭牛隻染上狂牛病。

生字 過去／過去；計／合計；発見／發現

接尾 **とう【頭】**

(牛、馬等）頭

類 足 腳

類 手 手

□□□ 0979

例 同社の発表によれば、既に問い合わせが来ているそうです。

1秒後影子跟讀

譯 根據該公司的公告，已經有人前去洽詢了。

出題重點 「同」表示「相同」或「一樣」。與之形似的字有「回」意為「旋轉」或「次數」，「司」表示「監管」或「掌管之意」，還有「問」是「詢問」或「問題」。這些漢字外觀相似，但意義迥異。※ 題型 2

慣用語

● 足を洗う／洗心革面。

文法 によれば［據…說］：表示消息、信息的來源，或推測的依據；近 をもとに［以…為根據］

生字 発表／宣布；既に／已經；問い合わせ／詢問

名 **どう【同】**

同樣，同等；(和上面的）相同

類 同じ 相同的

對 異なる 不同的

□□□ 0980

例 台湾新幹線は倒産するかもしれないということだ。

1秒後影子跟讀

譯 據說台灣高鐵公司或許會破產。

文法 ということだ［據說…］：表示傳聞。從某特定的人或外界獲取的傳聞。

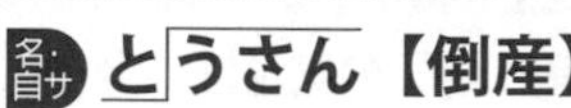

名・自サ **とうさん【倒産】**

破產，倒閉

類 破産 破產

對 黒字 盈利

讀書計劃：□□／□□

0981

例 どうしても東京大学に入りたいです。

1秒後影子跟讀

譯 無論如何都想進入東京大學就讀。

出題重點 「どうしても」另一說法是「何としても」（不管如何）。

例 どうしても彼に会いたい／我無論如何都想見他。

例 何としても彼に会いたい／我不管怎麼樣都想見他。

「どうしても」在口語中強調難度但希望完成某事；「何としても」更正式，強調做某事的決心或意志，即使遇到困難。※ 題型4

文法 たい［想要…］：表示說話者的內心想做、想要的。

生字 大学／大學；入る／入學

副 どうしても

（後接否定）怎麼也，無論怎樣也；務必，一定，無論如何也要

類 絶対　絕對地

對 偶に　偶爾

0982

例 ドアを開けると同時に、電話が鳴りました。

1秒後影子跟讀

譯 就在我開門的同一時刻，電話響了。

生字 開ける／打開；鳴る／響起

副 どうじに【同時に】

同時，一次；馬上，立刻

類 一緒に　一起

對 別々に　分開地

0983

例 妹をいじめたら、お父さんとお母さんが怒るのも当然だ。

1秒後影子跟讀

譯 欺負妹妹以後，受到爸爸和媽媽的責罵也是天經地義的。

生字 いじめる／欺凌；怒る／發火

形動·副 とうぜん【当然】

當然，理所當然

類 もちろん　當然

對 稀　罕見的

0984

例 道庁は札幌市にあります。

1秒後影子跟讀

譯 北海道道廳（地方政府）位於札幌市。

名 どうちょう【道庁】

北海道的地方政府（「北海道庁」之略稱）

類 府庁　府政府

對 市役所　市政府

□□□ 0985

例 東洋文化には、西洋文化とは違う良さがある。

1秒後影子跟讀

譯 東洋文化有著和西洋文化不一樣的優點。

名 とうよう【東洋】

(地) 亞洲；東洋，東方 (亞洲東部和東南部的總稱)

類 南方　南方

對 西洋　西方

出題重點 「東洋」中的「東」代表「東方」，而「洋」是「大洋」或「外國」的意思。「凍」與「東」字形近似，意為「冷凍」；「詳」與「洋」形狀相似，但意指「詳細」或「清楚」。※ 題型 2

必考音訓讀

●要 ＝ヨウ・い (る)、かなめ／需要，要點

●陽＝ヨウ・ひ／陽光，陽性

生字 西洋／西方；文化／文化；違う／不同

□□□ 0986

例 お盆や年末年始は、高速道路が混んで当たり前になっています。

1秒後影子跟讀

譯 盂蘭盆節 (相當於中元節) 和年末年初時，高速公路壅塞是家常便飯的事。

名 どうろ【道路】

道路

類 街　街道

對 歩道　人行道

生字 年末年始／年底年初；高速道路／高速公路；混む／塞爆；当たり前／理所當然

□□□ 0987

例 彼は、自分の意見を最後まで通す人だ。

1秒後影子跟讀

譯 他是個貫徹自己的主張的人。

他五・接尾 とおす【通す】

穿通，貫穿;滲透，透過;連續，貫徹；(把客人) 讓到裡邊；一直，連續，…到底

類 通過する　通過

對 阻止する　阻止

生字 意見／看法；最後／最後

□□□ 0988

例 トースターで焼き芋を温めました。

1秒後影子跟讀

譯 以烤箱加熱了烤蕃薯。

名 トースター【toaster】

烤麵包機

類 電子レンジ【電子 range】電子微波爐

對 冷蔵庫　冰箱

生字 焼き芋／烤地瓜；温める／加熱

讀書計劃：□□／□□

□□□ 0989

例 行き方は、JR、地下鉄、バスの3通りある。

1秒後影子跟讀

譯 交通方式有搭乘國鐵、地鐵和巴士3種。

接尾 と|おり|【通り】

種類；套，組

類 方法　方法

對 目的　目的

出題重點 「通り」表示道路、方式或正如…。類似單字有：「街道（かいどう）」這指的是道路或主要街道；「方法（ほうほう）」這意味著方法或方式。與「とおり」的區別是，「かいどう」專指大型或主要的道路，而「ほうほう」專門描述某種做事的方法或程序。※ 題型3

高頻詞語搭配

● 計画通りに進む／按照計劃進行。

生字 行き方／前往方法；地下鉄／地下鐵；バス／巴士

□□□ 0990

例 ここをまっすぐ行くと、広い通りに出ます。

1秒後影子跟讀

譯 從這裡往前直走，就會走到一條大馬路。

名 と|おり|【通り】

大街，馬路；通行，流通

類 道　道路

對 橋　橋梁

生字 まっすぐ／筆直地；出る／到達

□□□ 0991

例 ぼんやり歩いていて、バス停を通り越してしまった。

1秒後影子跟讀

譯 心不在焉地走著，都過了巴士站牌還繼續往前走。

自五 と|おりこ|す【通り越す】

通過，越過

類 超える　超過

對 追い越す　超越

生字 ぼんやり／恍惚，發呆

□□□ 0992

例 ときどき、あなたの家の前を通ることがあります。

1秒後影子跟讀

譯 我有時會經過你家前面。

自五 と|おる|【通る】

經過；穿過；合格

類 進む　前進

對 停止する　停止

生字 ときどき／偶爾

あ か さ た な は ま や ら わ 練習

第三回

言語知識（文字、語彙）

題型 1

問題1　＿＿＿の言葉の読み方として最も良いものを、1・2・3・4から一つ選びなさい

1　この国の高校生の進学率は非常に高い。

1 しんがっこうりつ　　2 しんこうりつ　　3 しんがくりつ　　4 じんがくりつ

2　風が強くて、花びらを散らす。

1 さんらす　　2 ちんらす　　3 ちらす　　4 ちりらす

題型 2

問題2　＿＿＿の言葉を漢字で書くとき、最も良いものを、1・2・3・4から一つ選びなさい。

3　彼のアドバイスはぜひ聞くべきだ。

1 是非　　2 正非　　3 直非　　4 是菲

4　旅行中に素敵な人とであう機会があった。

1 出余う　　2 出合う　　3 出絵う　　4 出舎う

題型 3

問題3　（　　　）に入れるものに最も良いものを、1・2・3・4から一つ選びなさい。

5　このプロジェクトを終わらせるためには、（　　　）一週間は必要だ。

1 すこし　　2 ときどき　　3 すぐに　　4 少なくとも

讀書計劃：□□／□□

答案：1.(3)　2.(3)　3.(1)　4.(2)　5.(4)　6.(3)　7.(4)　8.(2)　9.(2)　10.(3)

6 彼はどんな仕事もきちんとできるので、彼にこのタスクを任せるのは（　　　）だ。

1 適応　　2 適度　　3 適当　　4 程度

題型 4

問題 4 ＿＿＿に意味が最も近いものを、1・2・3・4から一つ選びなさい。

7 彼女はそっと部屋を出て行った。

1 きっと　　2 急に　　3 速く　　4 静かに

8 雨水をタンクに溜めることで、後で使用する。

1 残す　　2 集める　　3 広げる　　4 洗う

題型 5

問題 5 ＿＿＿次の言葉の使い方として最も良いものを、一つ選びなさい。

9 退屈

1 昨日、私は仕事のために多くの退屈を感じた。

2 クラスでの授業は退屈だったので、疲れた。

3 好きな彼と過ごす時間はいつも退屈です。

4 彼女は常に退屈な方法で話します。

10 助ける

1 彼は私の荷物を助けてくれました。

2 この植物は水をたくさん助けています。

3 彼女は溺れている犬を助けてくれました。

4 あの書店は新しい本を助けています。

□□□ 0993

例 お湯(ゆ)に溶(と)かすだけで、おいしいコーヒーができます。

1秒後影子跟讀

譯 只要加熱水沖泡，就可以做出一杯美味的咖啡。

生字 湯(ゆ)／熱水；できる／製作完成

他五 とかす【溶かす】

溶解，化開，溶入

類 混(ま)ぜる　混合

對 凍(こお)らせる　凍結

□□□ 0994

例 告白(こくはく)するなんて、考(かんが)えただけでも心臓(しんぞう)がどきどきする。

1秒後影子跟讀

譯 說什麼告白，光是在腦中想像，心臟就怦怦跳個不停。

文法 だけで［光…就…］：表示沒有實際體驗，就可以感受到。

生字 告白(こくはく)／表白；心臓(しんぞう)／心臟

副・自サ どきどき

（心臟）撲通撲通地跳，七上八下

類 ワクワク　興奮地期待

對 平安(へいあん)　安靜、平和

□□□ 0995

例 この監督(かんとく)はドキュメンタリー映画(えいが)を何本(なんぼん)も制作(せいさく)しています。

1秒後影子跟讀

譯 這位導演已經製作了非常多部紀錄片。

生字 監督(かんとく)／導演；制作(せいさく)／製作

名 ドキュメンタリー【documentary】

紀錄，紀實；紀錄片

類 記録映画(きろくえいが)　紀錄片

對 フィクション【fiction】小說、虛構

□□□ 0996

例 「ななつ星(ぼし)」は、日本(にほん)ではじめての特別(とくべつ)な列車(れっしゃ)だ。

1秒後影子跟讀

譯 「七星號列車」是日本首度推出的特別火車。

生字 列車(れっしゃ)／火車

漢造 とく【特】

特，特別，與眾不同

類 特別(とくべつ)　特別

對 普通(ふつう)　普通

讀書計劃：□□／□□

□□□ 0997

例 まとめて買(か)うと得(とく)だ。

1秒後影子跟讀

譯 一次買更划算。

生字 纏(まと)める／批量；買(か)う／購買

名·形動 と[く【得】

利益；便宜

類 儲(もう)け　盈利

對 損失(そんしつ)　損失

□□□ 0998

例 この薬(くすり)は、お湯(ゆ)に溶(と)いて飲(の)んでください。

1秒後影子跟讀

譯 這服藥請用熱開水沖泡開後再服用。

生字 薬(くすり)／藥品；湯(ゆ)／熱水；飲(の)む／服用

他五 と[く【溶く】

溶解，化開，溶入

類 混(ま)ぜる　混合

對 固(かた)める　使固定

□□□ 0999

例 もっと時間(じかん)があったとしても、あんな問題(もんだい)は解(と)けなかった。

1秒後影子跟讀

譯 就算有更多的時間，也沒有辦法解出那麼困難的問題。

文法 としても[就算…，也…]：表示假設前項是事實或成立，後項也不會起有效的作用。

他五 と[く【解く】

解開；拆開（衣服）；消除，解除（禁令、條約等）；解答

類 解答(かいとう)する　解答

對 封鎖(ふうさ)する　封鎖、鎖上

□□□ 1000

例 人付(ひとづ)き合(あ)いが得意(とくい)です。

1秒後影子跟讀

譯 我善於跟人交際。

出題重點 「得意」唸音讀「とくい」。指某人在某方面非常擅長或自信。陷阱可能有改中間音節「く變き」和母音「い變よ」的「てきよ」；不相關讀音的「ときよ」；用訓讀誤導的「えるこころ」；不相關讀音的「てきい」。※ 題型 1

必考音訓讀

●得＝トク・え（る）／績，持續

生字 人付(ひとづ)き合(あ)い／人際交往

名·形動 と[くい【得意】

（店家的）主顧；得意，滿意；自滿，得意洋洋；拿手

類 自慢(じまん)　引以為傲

對 苦手(にがて)　不擅長

□□□ 1001

例 読書が好きと言った割には、漢字が読めないね。

1秒後影子跟讀

譯 說是喜歡閱讀，沒想到讀不出漢字呢。

生字 漢字／日文漢字

名・自サ どくしょ【読書】

讀書

類 解読 解讀

對 書き物 寫作

□□□ 1002

例 当分は独身の自由な生活を楽しみたい。

1秒後影子跟讀

譯 暫時想享受一下單身生活的自由自在。

文法 み[…感]：表示該種程度上感覺到這種狀態。

生字 当分／暫時、近期

名 どくしん【独身】

單身

類 シングル【single】 單身

對 結婚 已婚

□□□ 1003

例 彼女は、特徴のある髪型をしている。

1秒後影子跟讀

譯 她留著一個很有特色的髮型。

出題重點 「特徴」中的「特」表示「特別」或「獨特」，而「徵」是「象征」或「標誌」的意思。「待」與「特」字形相似，但意為「等待」；「微」與「徵」形狀接近，意指「細微」或「微小」。※ 題型 2

高陷阱詞

- 特徴／特色：某物或某人的獨特性質或特色。
- 特定／特別指定：明確指出或確認某物的意思。

生字 髪型／髮型

名 とくちょう【特徴】

特徵，特點

類 性格 性質、特質

對 普通 一般、普通

□□□ 1004

Track44

例 まもなく、網走行き特別急行オホーツク1号が発車します。

1秒後影子跟讀

譯 開往網走的鄂霍次克１號特快車即將發車。

生字 まもなく／即將；発車／發車

名 とくべつきゅうこう【特別急行】

特別快車，特快車

類 新幹線 新幹線、高速鐵路

對 普通 普通車

讀書計劃：□□／□□

□□□ 1005

例 この物質(ぶっしつ)は、水(みず)に溶(と)けません。

1秒後影子跟讀〉

譯 這個物質不溶於水。

生字 物質(ぶっしつ)／物質

自下一 とける【溶ける】

溶解，融化

類 溶(と)かす　融化、使融化

對 固(かた)まる　凝固

□□□ 1006

例 あと 10 分(ぷん)あったら、最後(さいご)の問題(もんだい)解(と)けたのに。

1秒後影子跟讀〉

譯 如果再多給 10 分鐘，就可以解出最後一題了呀。

出題重點 「解ける」多指「解答」或「鬆開」。使用時，要注意情境應為描述問題的解答或某物的鬆解。確保與主題的關係正確，避免在描述明瞭性或其他不相關情境中誤用。做題時應重視句子的自然性和邏輯性，確認詞彙與語境相符。※ 題型 5

文法〉たら [如果…]：前項是不可能實現，或是與事實、現況相反的事物，後面接上說話者的情感表現。

生字 最後(さいご)／最終；問題(もんだい)／題目

自下一 とける【解ける】

解開，鬆開（綁著的東西）；消，解消（怒氣等）；解除（職責、契約等）；解開（疑問等）

類 解(と)く　解答、解決

對 結(むす)ぶ　結束、綁定

□□□ 1007

例 どこか暖(あたた)かい国(くに)へ行(い)きたい。

1秒後影子跟讀〉

譯 想去暖活的國家。

文法〉たい [想要…]：表示說話者的內心想做、想要的。

生字 暖(あたた)かい／暖和的；国(くに)／國家

連語 どこか

哪裡是，豈止，非但

類 ある所(ところ)　某個地方

對 どこも　任何地方

□□□ 1008

例 所々(ところどころ)に間違(まちが)いがあるにしても、だいたいよく書(か)けています。

1秒後影子跟讀〉

譯 雖說有些地方錯了，但是整體上寫得不錯。

文法〉にしても [就算…，也…]：表示退一步承認前項條件，並在後項中敘述跟前項矛盾的內容。

生字 間違(まちが)い／錯誤；だいたい／大致

名 ところどころ【所々】

處處，各處，到處都是

類 バラバラ　各處、四處

對 全部(ぜんぶ)　全部、全都

□□□ 1009

例 今後の都市計画について説明いたします。

1秒後影子跟讀

譯 請容我說明往後的都市計畫。

生字 今後／未來；計画／規劃

名 と|し【都市】

都市，城市

類 市 市

對 田舎 鄉下

□□□ 1010

例 落ち着いているので、年上かと思いました。

1秒後影子跟讀

譯 由於他的個性穩重，還以為年紀比我大。

出題重點 「年上」唸音讀「としうえ」。指年齡比自己大，用來描述某人比自己年長的情況。陷阱可能有用音讀「うえ變じょう」誤導的「としじょう」；用訓讀「うえ變かみ」混淆的「としかみ」；用音讀「とし變ねん」和用另一訓讀「うえ變あげ」誤導的「ねんあげ」。※ 題型 1

慣用語

● 足を運ぶ／走腿。

生字 落ち着く／沉著

名 と|しうえ【年上】

年長，年歲大（的人）

類 先輩 學長、學姐、前輩

對 年下 年輕、年紀小的

□□□ 1011

例 読みたい図書が貸し出し中のときは、予約ができます。

1秒後影子跟讀

譯 想看的書被其他人借走時，可以預約。

文法 たい［想要…］：表示說話者的內心想做、想要的。

生字 貸し出し／借出

名 と|しょ【図書】

圖書

類 教科書 教科書

對 雑誌 雜志

□□□ 1012

例 この国は経済的発展の途上にある。

1秒後影子跟讀

譯 這個國家屬於開發中國家。

生字 経済的／經濟方面的；発展／進步

名 と|じょう【途上】

（文）路上；中途

類 開発中 開發中

對 成長 成熟、已發展

讀書計劃：□□／□□

□□□ 1013

例 電車でお年寄りに席を譲った。

1秒後影子跟讀

譯 在電車上讓座給長輩了。

生字 席／座位；譲る／讓給

名 としより【年寄り】

老人；(史) 重臣，家老；(史) 村長；(史) 女管家；(相撲) 退休的力士，顧問

類 高齢者　老年人

對 若者　青少年

□□□ 1014

例 目を閉じて、子どものころを思い出してごらん。

1秒後影子跟讀

譯 請試著閉上眼睛，回想兒時的記憶。

出題重點 「閉じる」讀法是「とじる」。用於描述將某物關閉或封閉的動作。陷阱可能有「とずる」的「じ變ず」；「どじる」用濁音誤導的「と變ど」；「とぢる」接近正確讀音的「じ變ぢ」。※ 題型 1

必考音訓讀

●徒＝ト・いたずら、あだ／徒弟，徒步

文法 てごらん[試著…]：是「てみなさい」較客氣說法。用來請對方試著做某件事情。

生字 ころ／時期；思い出す／回想

自上二 とじる【閉じる】

閉，關閉；結束

類 閉める　關上

對 開ける　打開

□□□ 1015

例 都庁は何階建てですか。

1秒後影子跟讀

譯 請問東京都政府是幾層樓建築呢？

生字 建て／層數

名 とちょう【都庁】

東京都政府（「東京都庁」之略稱）

類 市役所　市政府

對 県庁　縣政府

□□□ 1016

例 特急で行こうと思う。

1秒後影子跟讀

譯 我想搭特急列車前往。

名 とっきゅう【特急】

火速；特急列車（「特別急行」之略稱）

類 急行　急行列車

對 普通　普通列車

□□□ 1017

例 会議の最中に、突然誰かの電話が鳴った。

1秒後影子跟讀

譯 在開會時，突然有某個人的電話響了。

文法 最中に [正在…時]：表示某一行為在進行中。常用在突發什麼事的場合。

生字 会議／會議；鳴る／鳴，響

副 とつぜん【突然】

突然

類 いきなり　突如

對 だんだん　逐漸

□□□ 1018

例 成績はクラスでトップな反面、体育は苦手だ。

1秒後影子跟讀

譯 成績雖是全班第一名，但體育卻很不拿手。

文法 反面 [另一方面…]：表示同一種事物，同時兼具兩種不同性格的兩個方面。

生字 体育／體育

名 トップ【top】

尖端；(接力賽) 第一棒；領頭率先；第一位，首位，首席

類 最上　最上面

對 最低　最底部

□□□ 1019

例 昨日、いなかの母から手紙が届きました。

1秒後影子跟讀

譯 昨天，收到了住在鄉下的母親寫來的信。

出題重點 「届く」描述了物件到達某個目的地或信息被人知道的動作。陷阱可能以「到く、申く」等漢字意思接近的形式出現，但這可能是日語沒這個，語境不符的字。只是其中的「到」偏向於到達的動作，但在此文脈不適用；「申」表示說或提出的意思。※ 題型 2

高頻詞語搭配

●手紙が届く／收到信。

生字 田舎／鄉下；手紙／書信

自五 とどく【届く】

及，達到；(送東西) 到達；周到；達到 (希望)

類 順調する　進行順利

□□□ 1020

例 あれ、財布が落ちてる。交番に届けなくちゃ。

1秒後影子跟讀

譯 咦，有人掉了錢包？得送去派出所才行。

文法 なくちゃ [不…不行]：表示受限於某個條件、規定，必須要做某件事情。

生字 落ちる／掉落；交番／派出所

他下一 とどける【届ける】

送達；送交；報告

類 配信する　傳送、分送

對 取り消す　取消

讀書計劃：□□／□□

1021

例 山田太郎殿、お問い合わせの資料をお送りします。ご査収ください。

1秒後影子跟讀

譯 山田太郎先生，茲檢附您所查詢的資料，敬請查收。

生字 問い合わせ／查詢；査収／收取

接尾 どの【殿】

（前接姓名等）表示尊重（書信用，多用於公文）

類 城 城堡

對 寺 寺廟

1022

例 友達に向けて紙飛行機を飛ばしたら、先生にぶつかっちゃった。

1秒後影子跟讀

譯 把紙飛機射向同學，結果射中了老師。

出題重點 「飛ばす」另一說法是「スキップする」（跳過）。

例 彼は数ページを飛ばして読んだ／他跳過幾頁繼續閱讀。

例 彼は数ページをスキップして読んだ／他跳過數頁來閱讀。

兩者都可以用在表示跳過某些事物的意思，如跳過章節、情節或活動。不過，「飛ばす」是純日語，而「スキップする」則是從英語借用過來的詞，但兩者在日常使用中意思相近。

※ 題型 4

生字 向ける／朝向；ぶつかる／碰撞

他五・接尾 とばす【飛ばす】

使…飛，使飛起；(風等) 吹起，吹跑；飛濺，濺起

類 投げる 投擲

對 拾う 撿起

1023

例 お母さん、今日ね、はじめて跳び箱８段跳べたよ。

1秒後影子跟讀

譯 媽媽，我今天練習跳箱，第一次成功跳過８層喔！

生字 跳び箱／跳箱；段／層

自五 とぶ【跳ぶ】

跳，跳起；跳過（順序、號碼等）

類 跳ねる 蹦跳

對 歩く 行走

1024

例 気分転換にドライブに出かけた。

1秒後影子跟讀

譯 開車去兜了風以轉換心情。

生字 転換／轉換

名・自サ ドライブ【drive】

開車遊玩；兜風

類 運転 駕駛

對 歩く 步行

□□□ 1025

例 すみません、ドライヤーを貸(か)してください。

1秒後影子跟讀

譯 不好意思，麻煩借用吹風機。

生字 貸(か)す／借（我）

名 ドライヤー【dryer・drier】

乾燥機，吹風機

類 乾燥機(かんそうき) 乾燥機

對 洗濯機(せんたくき) 洗衣機

□□□ 1026

例 競技用(きょうぎよう)トラック。

1秒後影子跟讀

譯 比賽用的跑道。

生字 競技(きょうぎ)／競賽

名 トラック【track】

(操場、運動場、賽馬場的)跑道

類 レール【rail】 軌道

對 道路(どうろ) 道路

□□□ 1027

例 このドラマは、役者(やくしゃ)に加(くわ)えてストーリーもいい。

1秒後影子跟讀

譯 這部影集演員好，而且故事情節也精彩。

出題重點 「ドラマ」指的是電視或廣播的劇集。陷阱可能有「演劇（えんげき）」這是指舞台劇，即在舞台上由演員現場表演的戲劇，與電視劇有本質的差異；「映画（えいが）」是指電影，通常是長片的故事性影片，放映在電影院。儘管這 3 個詞都與故事表演相關，但媒介和呈現方式有所不同。※ 題型 3

文法 に加(くわ)えて [而且…]：表示在現有前項的事物上，再加上後項類似的別的事物。

生字 役者(やくしゃ)／演員；ストーリー／故事

名 ドラマ【drama】

劇；連戲劇；戲劇；劇本；戲劇文學；(轉) 戲劇性的事件

類 劇(げき) 戲劇

對 ドキュメンタリー【documentary】 紀錄片

□□□ 1028

例 トランプを切(き)って配(くば)る。

1秒後影子跟讀

譯 撲克牌洗牌後發牌。

生字 切(き)る／洗（牌）；配(くば)る／分發

名 トランプ【trump】

撲克牌

類 カード【card】 卡片

對 さいころ 骰子

讀書計劃：□□／□□

□□□ 1029

例 努力(どりょく)が実(みの)って、N3に合格(ごうかく)した。

1秒後影子跟讀

譯 努力有了成果，通過了N3級的測驗。

生字 実(みの)る／有結果

名・自サ どりょく【努力】

努力

類 頑張(がんば)る 盡力、努力

對 怠(なま)ける 懶惰

□□□ 1030

例 もっと前(まえ)からトレーニングしていればよかった。

1秒後影子跟讀

譯 早知道就提早訓練了。

出題重點 「トレーニング」指的是訓練或鍛煉，通常用於體育或健身的上下文。陷阱可能有「練習（れんしゅう）」這主要是指技能的鍛煉或重複，用於如音樂、藝術或運動等的技巧獲得；「教育（きょういく）」是指知識、技能和價值觀的教導，涉及更廣泛的學習和導引。雖然這3個詞都涉及學習和發展，但其目的和方法有所不同。

※ 題型3

文法 ばよかった［就好了］：表示說話者對於過去事物的惋惜、感慨；近 よかった［如果…的話就好了］

名・他サ トレーニング【training】

訓練，練習

類 練習(れんしゅう) 練習

對 休憩(きゅうけい) 休息

□□□ 1031

例 さっぱりしたドレッシングを探(さが)しています。

1秒後影子跟讀

譯 我正在找口感清爽的調味醬汁。

生字 さっぱり／清爽地，清淡地

名 ドレッシング【dressing】

調味料，醬汁；服裝，裝飾

類 ソース【sauce】 醬汁

類 垂(た)れ 佐料，醬汁

□□□ 1032

例 一万(いちまん)トンもある船(ふね)だから、そんなに揺(ゆ)れないよ。

1秒後影子跟讀

譯 這可是重達一萬噸的船，不會那麼晃啦。

生字 揺(ゆ)れる／搖晃

名 トン【ton】

（重量單位）噸，公噸，一千公斤

類 キロ【kilo】 公斤

對 グラム【gram】 克

□□□ 1033

例 どんなにがんばっても、うまくいかない。

1秒後影子跟讀

譯 不管怎麼努力，事情還是無法順利發展。

出題重點 「どんなに」表示的是程度的強烈，如「無論多麼」或「不論如何」。陷阱可能有「いかに」這同樣表示程度，但更加偏向於「到底有多少」或「真的有多麼」的感覺；「どれだけ」則是「有多少」或「到何種程度」，多用於強調事物的量或程度。這 3 個詞都描述程度，但其語氣和強調點略有不同。※ 題型 3

高陷阱詞

- どんなに／多麼地：形容程度非常高。
- どんな／什麼樣的：詢問或描述種類。

副 どんなに

怎樣，多麼，如何；無論如何…也

類 幾ら（いくら） 多少

對 全て（すべて） 全部

□□□ 1034

例 どんぶりにご飯（はん）を盛（も）った。

1秒後影子跟讀

譯 我盛飯到大碗公裡。

生字 盛（も）る／盛，填裝

名 どんぶり【丼】

大碗公；大碗蓋飯

類 ボウル【bowl】 碗

對 カップ【cup】 杯

Track48

□□□ 1035

例 お降（お）りの際（さい）は、車内（しゃない）にお忘（わす）れ物（もの）のないようご注意（ちゅうい）ください。

1秒後影子跟讀

譯 下車時，請別忘了您隨身攜帶的物品。

文法 際（さい）は［在…時］：表示動作、行為進行的時候。

生字 忘（わす）れ物（もの）／遺失物品；注意（ちゅうい）／留意

漢造 ない【内】

內，裡頭；家裡；內部

類 内（うち） 內

對 外（そと） 外

□□□ 1036

例 この本（ほん）の内容（ないよう）は、子（こ）どもっぽすぎる。

1秒後影子跟讀

譯 這本書的內容，感覺實在是太幼稚了。

生字 本（ほん）／書籍；子（こ）ども／孩子

名 ないよう【内容】

內容

類 コンテンツ【contents】 內容

對 形（かたち） 形狀

讀書計劃：□□／□□

□□□ 1037

例 私(わたし)は英語(えいご)をやり直(なお)したい。

1秒後影子跟讀

譯 我想從頭學英語。

出題重點 「直す」表示「修理」或「更正」。使用時，要特別注意其應用情11境，確保與「修正誤差」或「修理物品」相關。避免在描述體調或其他不適合的語境中使用。解題時，應考慮句子的邏輯和上下文，判斷是否與「直す」的原始意義吻合。※ 題型5

必考音訓讀

●直 ＝チョク、ジキ・ただ(ちに)、す(ぐ)／直接，正直

文法 たい[想要…]：表示說話者的內心想做、想要的。

接尾 なおす【直す】

(前接動詞連用形) 重做…

類 修理(しゅうり)する 修理

對 壊(こわ)す 破壞

□□□ 1038

例 自転車(じてんしゃ)を直(なお)してやるから、持(も)ってきなさい。

1秒後影子跟讀

譯 我幫你修理腳踏車，去把它騎過來。

生字 自転車(じてんしゃ)／腳踏車；持(も)つ／持，拿

他五 なおす【直す】

修理；改正；治療

類 片付(かたづ)ける 整理

對 散(ち)らかす 弄亂

□□□ 1039

例 早(はや)く病気(びょうき)を治(なお)して働(はたら)きたい。

1秒後影子跟讀

譯 我真希望早日把病治好，快點去工作。

文法 たい[想要…]：表示說話者的內心想做、想要的。

生字 病気(びょうき)／疾病；働(はたら)く／工作

他五 なおす【治す】

醫治，治療

類 治療(ちりょう)する 治療

對 怪我(けが)する 受傷

□□□ 1040

例 あの二人(ふたり)、仲(なか)がいいですね。

1秒後影子跟讀

譯 他們兩人感情可真好啊！

名 なか【仲】

交情；(人和人之間的) 聯繫

類 隣接(りんせつ) 關係親密

對 敵(てき) 敵人

□□□ 1041

例 トイレットペーパー以外(いがい)は流(なが)さないでください。

1秒後影子跟讀

譯 請勿將廁紙以外的物品丟入馬桶內沖掉。

生字 トイレットペーパー／廁所衛生紙（滾筒）；以外(いがい)／之外

他五 ながす【流す】

使流動，沖走；使漂走；流(出)；放逐；使流產；傳播；洗掉（汙垢）；不放在心上

類 吐(は)き出(だ)す 排放

對 溜(た)める 積累

□□□ 1042

例 そのおにぎり、中身(なかみ)なに。

1秒後影子跟讀

譯 那種飯糰裡面包的是什麼餡料？

生字 おにぎり／飯糰

名 なかみ【中身】

裝在容器裡的內容物，內容；刀身

類 コンテンツ【contents】內容

對 外(そと) 外面

□□□ 1043

例 中指(なかゆび)にけがをしてしまった。

1秒後影子跟讀

譯 我的中指受了傷。

生字 けが／受傷

名 なかゆび【中指】

中指

類 ミドルフィンガー【middlefinger】 中指

對 親指(おやゆび) 拇指

□□□ 1044

例 日本(にほん)で一番長(いちばんなが)い信濃川(しなのがわ)は、長野県(ながのけん)から新潟県(にいがたけん)へと流(なが)れている。

1秒後影子跟讀

譯 日本最長的河流信濃川，是從長野縣流到新潟縣的。

出題重點 「流れる」讀法是「ながれる」。用於描述液體或氣體移動的動作。陷阱可能有少「れ」音的「ながる」；「にがれる」的「な變に」；「だがれる」的「な變だ」。※ 題型 1

必考音訓讀

●流 ＝リュウ、ル・なが（れる）／流動，流行

●留＝リュウ、ル・と（まる）、とど（める）／留學，保留

生字 長(なが)い／長的

自下一 ながれる【流れる】

流動；漂流；飄動；傳布；流逝；流浪；(壞的) 傾向；流產；作罷；偏離目標；瀰漫；降落

類 零(こぼ)れる 溢出

對 止(と)まる 停止

讀書計劃：□□／□□

□□□ 1045

例 おじいちゃんが亡くなって、みんな悲しんでいる。

1秒後影子跟讀

譯 爺爺過世了，大家都很哀傷。

出題重點 「亡くなる」描述了死亡或去世的婉轉說法。陷阱可能以「無くなる、勿くなる」等漢字意思接近的形式出現，但這可能是日語不用，文脈錯誤的字。只是其中的「無」指的是失去或不再有的意思；「勿」很少用。※ 題型 2

必考音訓讀

- 亡＝ボウ、モウ・な（くなる）／逝去，亡命
- 忙＝ボウ、モウ・いそが（しい）／忙碌，忙亂
- 報＝ホウ・むく（いる）／報告，回報

自五 **なくなる【亡くなる】**

去世，死亡

類 死ぬ　死亡

對 生きる　活著

□□□ 1046

例 彼が人を殴るわけがない。

1秒後影子跟讀

譯 他不可能會打人。

文法 わけがない［不可能…］：表示從道理上而言，強烈地主張不可能或沒有理由成立。

他五 **なぐる【殴る】**

毆打，揍；草草了事

類 打つ　打

對 撫でる　撫摸

□□□ 1047

例 どんなに危険でも私は行く。なぜなら、そこには助けを求めている人がいるからだ。

1秒後影子跟讀

譯 不管有多麼危險我都非去不可，因為那裡有人正在求救。

生字 どんなに／無論如何；助け／援助；求める／尋求

接續 **なぜなら（ば）【何故なら（ば）】**

因為，原因是

類 何故　為什麼

對 だから　所以

□□□ 1048

例 なんで怒られたんだか、全然納得がいかない。

1秒後影子跟讀

譯 完全不懂自己為何挨罵了。

生字 怒る／發怒；全然／完全

名・他サ **なっとく【納得】**

理解，領會；同意，信服

類 了解　理解

對 疑問　疑問

□□□ 1049

例 絵(え)が斜(なな)めになっていたので直(なお)した。

1秒後影子跟讀

譯 因為畫歪了，所以將它調正。

生字 直(なお)す／修正

名・形動 ななめ【斜め】

斜，傾斜；不一般，不同往常

類 斜行(しゃこう) 斜行

對 真(ま)っ直(す)ぐ 直的

□□□ 1050

例 内容(ないよう)をご確認(かくにん)の上(うえ)、何(なに)か問題(もんだい)があればご連絡(れんらく)ください。

1秒後影子跟讀

譯 內容確認後，如有問題請跟我聯絡。

出題重點 「なにか」有某物、某事、什麼之意。另一種方式說是「いくつか」（幾個、一些）。

例 なにか飲み物をください／請給我一些飲料。

例 いくつかの質問があります／我有幾個問題。

「なにか」跟「いくつか」都可以被翻譯為「某些、一些、什麼」等意思，用於不特定的事物或選擇。但「何か」多用於指代某一不確定的事物或選擇，而「いくつか」側重於表示多個中的一些，或是不確定的數量。※ 題型 4

生字 内容(ないよう)／內容；確認(かくにん)／確認；連絡(れんらく)／聯繫

連語・副 なにか【何か】

什麼；總覺得

類 幾(いく)つか 某幾個

對 全(すべ)て 全部

□□□ 1051

例 お鍋(なべ)に肉(にく)じゃがを作(つく)っておいたから、あっためて食(た)べてね。

1秒後影子跟讀

譯 鍋子裡已經煮好馬鈴薯燉肉了，熱一熱再吃喔。

生字 肉(にく)じゃが／馬鈴薯燉肉；あっためる／あたためる，加熱

名 なべ【鍋】

鍋子；火鍋

類 ポット【pot】 壺

對 皿(さら) 盤子

□□□ 1052

例 この肉(にく)、生(なま)っぽいから、もう一度(いちど)焼(や)いて。

1秒後影子跟讀

譯 這塊肉看起來還有點生，幫我再煎一次吧。

文法 っぽい [看起來好像…]：表示有這種感覺或有這種傾向。語氣帶有否定的意味。

生字 肉(にく)／肉類；焼(や)く／煎，烤

名・形動 なま【生】

（食物沒有煮過、烤過）生的；直接的，不加修飾的；不熟練，不到火候

類 フレッシュ【fresh】 新鮮的

對 茹(ゆ)でる 煮熟

讀書計劃：□□／□□

□□□ 1053

例 指をドアに挟んでしまって、あんまり痛くて涙が出てきた。

1秒後影子跟讀

譯 手指被門夾住了，痛得眼淚都掉下來了。

生字 挟む／夾住

名 なみだ【涙】

涙，眼淚；哭泣；同情

對 笑顔　微笑

□□□ 1054

例 あんなひどい女のことで、悩むことはないですよ。

1秒後影子跟讀

譯 用不著為了那種壞女人煩惱啊！

文法 ことはない［用不著…］：表示鼓勵或勸告別人，沒有做某一行為的必要。

自五 なやむ【悩む】

煩惱，苦惱，憂愁；感到痛苦

類 心配する　擔心

對 安心する　放心

□□□ 1055

例 日本では、大晦日には除夜の鐘を 108 回鳴らす。

1秒後影子跟讀

譯 在日本，除夕夜要敲鐘 108 回。

出題重點 「鳴らす」另一說法是「響く（ひびく）」（回響、影響）。

例 彼はアラームを鳴らして起きた／他設定鬧鐘喚醒自己。

例 彼はアラームが響いて起きた／他因鬧鐘聲響而醒來。

兩者都可以用在表示聲音的響起。但「鳴らす」著重於主動使某物發出聲音，如按鈴、彈奏樂器等；而「響く」則側重於聲音自然地或被動地產生的響起，像是鬧鈴、回音等。※ 題型 4

生字 大晦日／ 12 月 31 日；除夜／除夕夜；鐘／鐘

他五 ならす【鳴らす】

鳴，啼，叫；(使) 出名；嘮叨；放響屁

類 響く　響起

對 静める　使安靜

□□□ 1056

例 ベルが鳴ったら、書くのをやめてください。

1秒後影子跟讀

譯 鈴聲一響起，就請停筆。

生字 ベル／鈴，鐘；書く／書寫；やめる／停止

自五 なる【鳴る】

響，叫；聞名

類 響く　響起

對 静か　安靜

ナンバー【number】

□□□ 1057

例 犯人の車は、ナンバーを隠していました。

1秒後影子跟讀

譯 嫌犯作案的車輛把車號遮起來了。

生字 犯人／犯人；隠す／遮蓋

名 ナンバー【number】

數字，號碼；(汽車等的) 牌照

類 数字 數字

對 文字 字母

□□□ 1058

Track46

例 福井さん、黄色が似合いますね。

1秒後影子跟讀

譯 福井小姐真適合穿黃色的衣服呀！

生字 黄色／黃色

自五 にあう【似合う】

合適，相稱，調和

類 相応しい 適合

對 そぐわない 不適合

□□□ 1059

例 もう芋は煮えましたか。

1秒後影子跟讀

譯 芋頭已經煮熟了嗎？

生字 芋／芋頭

自下一 にえる【煮える】

煮熟，煮爛；水燒開；固體融化（成泥狀）；發怒，非常氣憤

類 茹でる 煮沸

對 焼く 烤

□□□ 1060

例 あいつはどうも苦手だ。

1秒後影子跟讀

譯 我對那傢伙實在是很感冒。

名・形動 にがて【苦手】

棘手的人或事；不擅長的事物

類 難しい 困難的

對 得意 擅長

出題重點 「苦手 (にがて)」指的是某人不擅長或不喜歡的事物或活動。類似單字有：「不得意（ふとくい）」這也表示不擅長或不拿手的事；「弱点（じゃくてん）」意指某事物的弱點或短板。與「にがて」的區別是，「ふとくい」更側重於技能或技巧上的不足，而「じゃくてん」指的是缺陷或不足。※ 題型 3

必考音訓讀

- 苦＝ク・くる (しい)、にが (い)／痛苦，辛苦
- 具＝グ・そな (える)、つぶさ (に)／具備，工具
- 君＝クン・きみ／你，君子

讀書計劃：□□／□□

□□□ 1061

例 運転中は、車のハンドルを両手でしっかり握ってください。

1秒後影子跟讀

譯 開車時請雙手緊握方向盤。

生字 ハンドル／方向盤；両手／雙手；しっかり／確實地

他五 にぎる【握る】

握，抓；握飯團或壽司；掌握，抓住；(圍棋中決定誰先下) 抓棋子

類 掴む 抓住

對 放す 放開

□□□ 1062

例 うちの子、反抗期で、憎らしいことばっかり言う。

1秒後影子跟讀

譯 我家孩子正值反抗期，老是說些惹人討厭的話。

生字 反抗期／叛逆期

形 にくらしい【憎らしい】

可憎的，討厭的，令人憎恨的

類 嫌う 討厭

對 好き 喜歡

□□□ 1063

例 レジから偽の１万円札が５枚見つかりました。

1秒後影子跟讀

譯 收銀機裡發現了５張萬圓偽鈔。

生字 レジ／收銀機；見つかる／找到

名 にせ【偽】

假，假冒；贗品

類 物真似 模仿

對 本物 真品

□□□ 1064

例 本物に似せて作ってありますが、色が少し違います。

1秒後影子跟讀

譯 雖然做得與真物非常相似，但是顏色有些微不同。

出題重點 「似せる」表示使某物看似或聽起來像另一物。使用時，應確保語境與「模仿」或「使之相似」有關。避免在不合適或語意不清的場合中使用。解題時，要仔細考慮上下文，確認是否真的表達了「使之相似」的意涵，並與其他選項區別。※ 題型 5

必考音訓讀

- 似＝ジ・に（る）／相似，似乎
- 耳＝ジ・みみ／耳朵，耳聞
- 辞＝ジ・や（める）／辭職，辭典（繁體中文「辭」）

生字 本物／真品

他下一 にせる【似せる】

模仿，仿效；偽造

類 真似る 模仿

對 オリジナル【original】原創

□□□ 1065

例 入国管理局(にゅうこくかんりきょく)に行(い)って、在留(ざいりゅう)カードを申請(しんせい)した。

1秒後影子跟讀

譯 到入境管理局申請了居留證。

生字 申請(しんせい)／申報

名 にゅうこくかんりきょく【入国管理局】

入國管理局

類 イミグレーション【immigration】 移民局

對 出国(しゅっこく) 出國

□□□ 1066

例 動物園(どうぶつえん)の入場料(にゅうじょうりょう)はそんなに高(たか)くないですよ。

1秒後影子跟讀

譯 動物園的門票並沒有很貴呀。

生字 動物園(どうぶつえん)／動物園；そんなに／那麼地

名 にゅうじょうりょう【入場料】

入場費，進場費

類 チケット料金(りょうきん)【ticket 料金】 票價

對 出場料(しゅつじょうりょう) 參賽費

□□□ 1067

例 醤油(しょうゆ)を入(い)れて、もう少(すこ)し煮(に)ましょう。

1秒後影子跟讀

譯 加醬油再煮一下吧！

出題重點 「煮る」讀法是「にる」。用於描述將食材放入水中加熱的烹煮方法。陷阱可能有「にう」的「る變う」；變「煮」音讀的「しゃる」；「にっる」的「加入促音」。※ 題型 1

必考音訓讀

● 任＝ニン・まか（せる）／任務，負責

● 認＝ニン・みと（める）、したた（める）／認識，認定

生字 醤油(しょうゆ)／醬油；もう少(すこ)し／再稍許

自五 にる【煮る】

煮，燉，熬

類 茹(ゆ)でる 煮沸

對 焼(や)く 烤

□□□ 1068

例 あのタレントは人気(にんき)がある。

1秒後影子跟讀

譯 那位藝人很受歡迎。

生字 タレント／藝人

名 にんき【人気】

人緣，人望

類 受(う)け 受歡迎

對 不評(ふひょう) 不受歡迎

讀書計劃：□□／□□

□□□ 1069 Track47

例 母親（ははおや）は、子（こ）どものために思（おも）いをこめて服（ふく）を縫（ぬ）った。

1秒後影子跟讀

譯 母親滿懷愛心地為孩子縫衣服。

文法 をこめて［傾注…］：表示對某事傾注思念或愛等的感情。

生字 思（おも）い／情感

他五 ぬう【縫う】

縫，縫補；刺繡；穿過，穿行；（醫）縫合（傷口）

類 修復（しゅうふく） 修補

對 切（き）る 切割

□□□ 1070

例 この虫歯（むしば）は、もう抜（ぬ）くしかありません。

1秒後影子跟讀

譯 這顆蛀牙已經非拔不可了。

出題重點 「抜く」描述了取出或拔出的動作。陷阱可能以「拔く、布く」等漢字意思接近的形式出現，但這可能是不是日語說法，和文脈不一致的字。其中「拔」不是標準的日本漢字用法；「布」表示布料或散佈的意思。※ 題型 2

必考音訓讀

●抜＝バツ・ぬ（く）／抽取，超越（繁體中文「拔」或其他）

●晩＝バン／晚上，晚餐

生字 虫歯（むしば）／蛀牙

自他五・接尾 ぬく【抜く】

抽出，拔去；選出，摘引；消除，排除；省去，減少；超越

類 取（と）る 取出

對 入（い）れる 放入

□□□ 1071

例 自転車（じてんしゃ）のタイヤの空気（くうき）が抜（ぬ）けたので、空気入（くうきい）れで入（い）れた。

1秒後影子跟讀

譯 腳踏車的輪胎已經扁了，用打氣筒灌了空氣。

生字 タイヤ／輪胎；空気入（くうきい）れ／打氣筒

自下一 ぬける【抜ける】

脫落，掉落；遺漏；脫；離，離開，消失，散掉；溜走，逃脫

類 飛（と）び出（だ）す 跳出

對 入（はい）る 進入

□□□ 1072

例 この機械（きかい）は、濡（ぬ）らすと壊（こわ）れるおそれがある。

1秒後影子跟讀

譯 這機器一碰水，就有可能故障。

文法 恐（おそ）れがある［恐怕會…］：表示有發生某種消極事件的可能性。只限於用在不利的事件。

生字 機械（きかい）／機器；壊（こわ）れる／損壞

他五 ぬらす【濡らす】

浸濕，淋濕，沾濕

類 漏（も）らす 使濕

對 乾（かわ）かす 使乾

□□□ 1073

例 電話(でんわ)がかかってきたせいで、お茶(ちゃ)がぬるくなってしまった。

1秒後影子跟讀

譯 由於接了通電話，結果茶都涼了。

出題重點 「温い」另一說法「甘い（あまい）」（甜的）。

例 その考えはぬるい／該想法不夠深入。

例 その考えは甘い／該想法不夠深入。

「温い」指液體（特別是水）或食物的溫度不夠熱或太冷。「甘い」指食物或飲料的甜味，也指輕信或不夠嚴格。如，說某人的判斷「甘い」，指他太天真。※ 題型 4

文法 せいで [由於]：發生壞事或會導致某種不利情況或責任的原因。

形 **ぬるい【温い】**

微溫，不冷不熱，不夠熱

類 温(ぬく)もり　溫暖

對 冷(つめ)たい　冰冷

□□□ 1074

Track48

例 近頃(ちかごろ)、土地(とち)の値上(ねあ)がりが激(はげ)しい。

1秒後影子跟讀

譯 最近地價猛漲。

生字 土地(とち)／土地；激(はげ)しい／劇烈的

名・自サ **ねあがり【値上がり】**

價格上漲，漲價

類 値上(ねあ)げ　價格上升

對 値下(ねさ)がり　價格下降

□□□ 1075

例 たばこ、来月(らいげつ)から値上(ねあ)げになるんだって。

1秒後影子跟讀

譯 聽說香菸下個月起要漲價。

文法 んだって [聽說…呢]：表示說話者聽說了某件事，並轉述給聽話者。

名・他サ **ねあげ【値上げ】**

提高價格，漲價

□□□ 1076

例 ネックレスをすると肩(かた)がこる。

1秒後影子跟讀

譯 每次戴上項鍊，肩膀就酸痛。

生字 凝(こ)る／緊繃

名 **ネックレス【necklace】**

項鍊

類 アクセサリー【accessory】　飾品

對 リング【ring】　戒指

讀書計劃：□□／□□

□□□ 1077

例 子(こ)どもは、ゲームに熱中(ねっちゅう)しがちです。

1秒後影子跟讀

譯 小孩子容易沈迷於電玩。

生字 がち／容易

名・自サ ねっちゅう【熱中】

熱中，專心；酷愛，著迷於

類 目指(めざ)し　專注

對 無関心(むかんしん)　不關心

□□□ 1078

例 薬(くすり)を使(つか)って、眠(ねむ)らせた。

1秒後影子跟讀

譯 用藥讓他入睡。

出題重點 「眠る」用另一種方式說是「寝る（ねる）」（睡覺）。

例 彼は昼間も眠ることがある／他有時候會在白天打盹。

例 彼は昼間も寝ることがある／他有時候會在白天睡覺。

兩者都可以用在表示睡覺或休息的意思。但在日常使用中，這兩個動詞可以互換使用，並沒有太大的差異。不過，但「眠る」更偏重於睡眠的深度和質量，傾向描述真正的睡眠狀態；而「寝る」則較為普遍，則著重於實際的躺下或休息的行為，不一定是深層的睡眠。※ 題型 4

必考音訓讀

● 熱＝ネツ・あつ(い)／熱情，熱度

自五 ねむる【眠る】

睡覺；埋藏

對 夜更(よふ)かし　熬夜

對 目(め)を覚(さ)ます　醒來

□□□ 1079

例 家庭(かてい)での勉強(べんきょう)の習慣(しゅうかん)をつけるのが、宿題(しゅくだい)を出(だ)すねらいです。

1秒後影子跟讀

譯 讓學童在家裡養成用功的習慣是老師出作業的目的。

生字 習慣(しゅうかん)／習慣；つける／養成

名 ねらい【狙い】

目標，目的；瞄準，對準

類 当(あ)て　目的

對 偶然(ぐうぜん)　偶然

□□□ 1080

例 お世話(せわ)になっている人(ひと)に、年始(ねんし)の挨拶(あいさつ)をする。

1秒後影子跟讀

譯 向承蒙關照的人拜年。

名 ねんし【年始】

年初；賀年，拜年

類 新年(しんねん)　新年

對 年末(ねんまつ)　年底

□□□ 1081

例 出席日数(しゅっせきにっすう)が足(た)りなくて、3年生(ねんせい)に上(あ)がれなかった。

1秒後影子跟讀

譯 由於到校日數不足，以致於無法升上3年級。

生字 出席(しゅっせき)／出席；日数(にっすう)／天數

接尾 ねんせい【年生】

…年級生

類 学年(がくねん) 學年

對 学科(がっか) 科系

□□□ 1082

例 年末年始(ねんまつねんし)は、ハワイに行(い)く予定(よてい)だ。

1秒後影子跟讀

譯 預定去夏威夷跨年。

出題重點 「年末年始」中的「年」代表「一年」或「年齡」，而「末」是「結束」，「始」則是「開始」。「未」與「末」字形近似，表示「尚未」或「羊」的意思；「抬」與「始」形狀相似，但意為「提起」或「舉起」。※ 題型2

必考音訓讀

● 末＝マツ・すえ／末尾，終點

● 満＝マン・み（ちる）／滿足，滿載（繁體中文「滿」）

生字 ハワイ／夏威夷；予定(よてい)／預計

名 ねんまつねんし【年末年始】

年底與新年

類 大晦日(おおみそか) 年底

對 夏休(なつやす)み 暑假

□□□ 1083

Track49

例 農林水産省(のうりんすいさんしょう)によると、日本(にほん)の農家(のうか)は年々(ねんねん)減(へ)っている。

1秒後影子跟讀

譯 根據農林水產部的統計，日本的農戶正逐年遞減。

文法 によると［據…說］：表示消息、信息的來源，或推測的依據。

生字 年々(ねんねん)／逐年；減(へ)る／減少

名 のうか【農家】

農民，農戶；農民的家

類 農民(のうみん) 農民

對 漁家(りょうか) 漁民

□□□ 1084

例 10年前(ねんまえ)に比(くら)べて、農業(のうぎょう)の機械化(きかいか)はずいぶん進(すす)んだ。

1秒後影子跟讀

譯 和10年前相較，農業機械化有長足的進步。

文法 に比(くら)べて［與…相比］：表示比較、對照。

生字 機械(きかい)／機器；ずいぶん／非常；進(すす)む／進步

名 のうぎょう【農業】

農耕；農業

類 栽培(さいばい) 種植

對 漁業(ぎょぎょう) 漁業

讀書計劃：□□／□□

□□□ 1085

例 空気中(くうきちゅう)の酸素(さんそ)の濃度(のうど)を測定(そくてい)する。

1秒後影子跟讀

譯 測量空氣中的氧氣濃度。

生字 酸素(さんそ)／氧氣；測定(そくてい)／測量

名 のうど【濃度】

濃度

類 密度(みつど) 密度

□□□ 1086

例 能力(のうりょく)とは、試験(しけん)で測(はか)れるものだけではない。

1秒後影子跟讀

譯 能力這東西，並不是只有透過考試才能被檢驗出來。

出題重點 「能力」表示某人的技能、才能或資質。類似單字有：「才能（さいのう）」指的是與生俱來的天賦或特質；「技術（ぎじゅつ）」這代表某人學到的、練習過的具體技能或手段。與「のうりょく」的區別是，「さいのう」更多地指向天生的資質或才華，而「ぎじゅつ」特指於某一領域或活動中所需要的技術或方法。※ 題型 3

文法 だけ [只有]：表示除此之外，別無其他。

生字 測(はか)る／檢測

名 のうりょく【能力】

能力；(法) 行為能力

類 機能(きのう) 功能

對 無能(むのう) 無能

□□□ 1087

例 のこぎりで板(いた)を切(き)る。

1秒後影子跟讀

譯 用鋸子鋸木板。

生字 板(いた)／木板

名 のこぎり【鋸】

鋸子

類 切(き)り物(もの) 切割工具

對 鋏(はさみ) 剪刀

□□□ 1088

例 好(す)き嫌(きら)いはいけません。残(のこ)さずに全部(ぜんぶ)食(た)べなさい。

1秒後影子跟讀

譯 不可以偏食，要把飯菜全部吃完。

他五 のこす【残す】

留下，剩下；存留；遺留；(相撲頂住對方的進攻) 開腳站穩

類 溜(た)める 累積

對 捨(す)てる 丟棄

あ か さ た な は ま や ら わ 練習

□□□ 1089

例 子どもを電車に乗せる。

1秒後影子跟讀

譯 送孩子上電車。

他下一 のせる【乗せる】

放在高處，放到…；裝載；使搭乘;使參加;騙人，誘拐;記載，刊登；合著音樂的拍子或節奏

□□□ 1090

例 新聞に広告を載せたところ、注文がたくさん来た。

1秒後影子跟讀

譯 在報上刊登廣告以後，結果訂單就如雪片般飛來了。

文法 たところ[結果…]:表示因某種目的去作某一動作，在契機下得到後項的結果。

生字 広告／廣告；注文／訂購

他下一 のせる【載せる】

放在…上，放在高處；裝載，裝運；納入，使參加；欺騙；刊登，刊載

類 置く 放置

對 下ろす 取下

□□□ 1091

例 あなたが望む結婚相手の条件は何ですか。

1秒後影子跟讀

譯 你希望的結婚對象，條件為何？

出題重點 「望む」主要表示「期望」或「希望」某事情發生。使用時，必須確保語境與「期望」或「渴望」有關。解題時要注意不要與「看」或「觀望」混淆，並應該考慮句子中的主體和目標是否符合「期望」的情境，避免語意不當的使用。※ 題型 5

必考音訓讀

●望 ＝ボウ・のぞ(む)、もち／期望，遠望

生字 条件／條件

他五 のぞむ【望む】

遠望，眺望；指望，希望；仰慕，景仰

類 期待 期望

對 嫌う 厭惡

□□□ 1092

例 今日は晴れのち曇りだって。

1秒後影子跟讀

譯 聽說今天的天氣是晴時多雲。

文法 って[聽說…]:引用自己從別人那裡聽說了某信息。

名 のち【後】

後，之後;今後，未來;死後，身後

類 後 之後

對 前 之前

讀書計劃：□□／□□

□□□ 1093

例 ノックの音(おと)が聞(き)こえたが、出(で)てみると誰(だれ)もいなかった。

1秒後影子跟讀

譯 雖然聽到了敲門聲，但是開門一看，外面根本沒人。

名・他サ **ノック【knock】**

敲打；（來訪者）敲門；打球

類 叩(たた)く　敲

對 引(ひ)く　拉

□□□ 1094

例 手(て)を伸(の)ばしてみたところ、木(き)の枝(えだ)に手(て)が届(とど)きました。

1秒後影子跟讀

譯 我一伸手，結果就碰到了樹枝。

文法 たところ[結果…]：表示因某種目的去作某一動作，在契機下得到後項的結果。

生字 枝(えだ)／枝條；届(とど)く／觸及

他五 **のばす【伸ばす】**

伸展，擴展，放長；延緩（日期），推遲；發展，發揮；擴大，增加；稀釋；打倒

類 広(ひろ)げる　展開

對 縮(ちぢ)める　縮短

□□□ 1095

例 中学生(ちゅうがくせい)になって、急(きゅう)に背(せ)が伸(の)びた。

1秒後影子跟讀

譯 上了中學以後突然長高不少。

出題重點 「伸びる」讀法是「のびる」。用於描述某物質、長度、時間等的延伸或增加。陷阱可能有「のびう」的「る變う」；變「伸」音讀的「しんびる」；「のべる」的另一個訓讀。※ 題型 1

情境記憶

- 興味(きょうみ)を伸(の)ばす／拓展自己的興趣。
- 人間関係(にんげんかんけい)が広(ひろ)がった／人際關係變得更廣泛。

生字 中学生(ちゅうがくせい)／國中生

自上一 **のびる【伸びる】**

（長度等）變長，伸長；（皺摺等）伸展；擴展，到達；（勢力、才能等）擴大，增加，發展

類 増(ふ)える　增加

對 縮(ちぢ)む　縮小

□□□ 1096

例 まもなく、上(のぼ)りの急行電車(きゅうこうでんしゃ)が通過(つうか)いたします。

1秒後影子跟讀

譯 上行快車即將通過月台。

生字 まもなく／不久後；通過(つうか)／駛過

名 **のぼり【上り】**

（「のぼる」的名詞形）登上，攀登；上坡（路）；上行列車（從地方往首都方向的列車）；進京

對 降(お)りる　下降

□□□ 1097

例 足(あし)が悪(わる)くなって階段(かいだん)を上(のぼ)るのが大変(たいへん)です。

1秒後影子跟讀

譯 腳不好爬樓梯很辛苦。

自五 のぼる【上る】

進京；晉級，高昇；（數量）達到，高達

出題重點 「上る」描述了向階梯或坡道移動的動作。陷阱可能以「登る、昇る」等漢字意思接近的形式出現，但這是日語中具有微妙的差異。其中的「登る」多用於高處或山頂；「昇る」則指向天空或高空上升。※ 題型 2

高頻詞語搭配

- 山(やま)を上(のぼ)る／登山。
- 階段(かいだん)を昇(のぼ)る／爬樓梯。

生字 階段(かいだん)／樓梯

□□□ 1098

例 太陽(たいよう)が昇(のぼ)るにつれて、気温(きおん)も上(あ)がってきた。

1秒後影子跟讀

譯 隨著日出，氣溫也跟著上升了。

自五 のぼる【昇る】

上升

類 上(あ)がる　上升

對 下(さ)がる　下降

文法 につれて［隨著…］：表示隨著前項的進展，同時後項也隨之發生相應的進展。

生字 上(あ)がる／上升

□□□ 1099

例 電車(でんしゃ)の乗(の)り換(か)えで意外(いがい)と迷(まよ)った。

1秒後影子跟讀

譯 電車轉乘時居然一時不知道該搭哪一條路線。

名 のりかえ【乗り換え】

換乘，改乘，改搭

類 転換(てんかん)　轉換

對 続(つづ)き　繼續

生字 意外(いがい)／想不到；迷(まよ)う／迷路

□□□ 1100

例 乗(の)り越(こ)しの方(かた)は精算(せいさん)してください。

1秒後影子跟讀

譯 請坐過站的乘客補票。

名・自サ のりこし【乗り越し】

（車）坐過站

類 過(す)ぎる　超過

對 足(た)りる　足夠

生字 精算(せいさん)／補交

讀書計劃：□□／□□

1101

例 平日はともかく、週末はのんびりしたい。

1秒後影子跟讀

譯 先不說平日是如何，我週末想悠哉地休息一下。

出題重點 「のんびり」表示的是輕鬆、悠閒或不急不躁的狀態。陷阱可能有「ゆったり」這同樣表示放鬆或寬裕的狀態，但更偏向於物理的舒適，如衣物或空間；「ゆっくり」則是指動作的慢悠悠或花費的時間較長。※ 題型 3

慣用語

●元気がない／沒精神。

文法 たい [想要…]：表示說話者的內心想做、想要的。

生字 ともかく／不論如何

副・自サ **のんびり**

舒適，逍遙，悠然自得

類 ゆっくり 慢慢地

對 急ぐ 匆忙

1102

Track50

例 デパートでバーゲンセールが始まったよ。

1秒後影子跟讀

譯 百貨公司已經開始進入大拍賣囉。

生字 デパート／百貨公司；始まる／開始

名 **バーゲンセール【bargain sale】**

廉價出售，大拍賣

類 セール【sale】 特價

對 定価 定價

1103

例 手数料が３パーセントかかる。

1秒後影子跟讀

譯 手續費要３個百分比。

生字 手数料／手續費

名 **パーセント【percent】**

百分率

類 割合 比例

對 全体 全部

1104

例 母はスーパーでレジのパートをしている。

1秒後影子跟讀

譯 家母在超市兼差當結帳人員。

生字 レジ／收銀

名 **パート【part time 之略】**

（按時計酬）打零工

類 アルバイト【arubaito】 兼職

對 フルタイム【fulltime】 全職

ハードディスク【hard disk】

□□□ 1105

例 ハードディスクはパソコンコーナーのそばに置（お）いてあります。

1秒後影子跟讀

譯 硬碟就放在電腦展示區的旁邊。

生字 コーナー／商品專區；そば／旁邊

名 ハードディスク【hard disk】

（電腦）硬碟

類 ストレージ【storage】 儲存設備

對 ラム【ram】 記憶體

□□□ 1106

例 彼（かれ）はいいパートナーでした。

1秒後影子跟讀

譯 他是一個很好的工作伙伴。

名 パートナー【partner】

伙伴，合作者，合夥人；舞伴

類 相棒（あいぼう） 夥伴

對 敵（てき） 敵人

□□□ 1107

例 前（まえ）を歩（ある）いている人（ひと）のたばこの灰（はい）が飛（と）んできた。

1秒後影子跟讀

譯 走在前方那個人抽菸的菸灰飄過來了。

出題重點 「灰」主要指的是燃燒後的殘留物或煙灰。類似單字有：「灰色（はいいろ）」這表示灰色或淡色；「煙塵（えんじん）」這指的是空氣中的塵埃和微小顆粒，可能來自火災或其他來源。與「はい」的區別是，「はいいろ」專指於顏色，而「えんじん」更廣泛地指空氣中的浮塵。※ 題型 3

必考音訓讀

●敗＝ハイ・やぶ（れる）／失敗，敗北

●杯　＝ハイ・さかずき／一杯，杯子

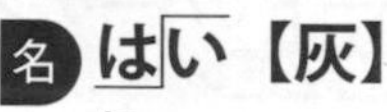

名 はい【灰】

灰

類 残（のこ）り 殘餘

對 火（ひ） 火

□□□ 1108

例 今年（ことし）から、倍（ばい）の給料（きゅうりょう）をもらえるようになりました。

1秒後影子跟讀

譯 今年起可以領到雙倍的薪資了。

生字 給料（きゅうりょう）／薪水

名・漢造・接尾 ばい【倍】

倍，加倍；（數助詞的用法）倍

類 二倍（にばい） 兩倍

對 半分（はんぶん） 一半

讀書計劃：□□／□□

□□□ 1109

例 空（そら）が灰色（はいいろ）だ。雨（あめ）になるかもしれない。

1秒後影子跟讀

譯 天空是灰色的，說不定會下雨。

名 はいいろ【灰色】

灰色

類 グレー【grey】 灰色

對 赤色（あかいろ） 紅色

□□□ 1110

例 彼（かれ）は、ピアノをはじめとして、バイオリン、ギターも弾（ひ）ける。

1秒後影子跟讀

譯 不單是彈鋼琴，他還會拉小提琴和彈吉他。

文法 をはじめ［以及…］：表示由核心的人或物擴展到很廣的範圍。

生字 ギター／吉他；弾（ひ）く／彈奏

名 バイオリン【violin】

（樂）小提琴

類 弦楽器（げんがっき） 弦樂器

對 ピアノ【piano】 鋼琴

□□□ 1111

例 鎌倉（かまくら）へハイキングに行（い）く。

1秒後影子跟讀

譯 到鎌倉去健行。

出題重點 「ハイキング」指的是「健行」或「遠足」的活動。使用時要注意，它應該與步行或登山相關的情境相結合。有些情況該詞不應用於購買物品或與音樂節奏等不相關的情境。在選擇適當的句子時，需確保上下文與「健行」的活動有直接的關聯。※ 題型 5

情境記憶 活動　「ハイキング」是指登山或遠足。類似的詞有「キャンプ【camp】」（露營）和「ジョギング【jogging】」是指慢跑。如：

● ハイキングに行（い）く／去遠足。

名 ハイキング【hiking】

健行，遠足

類 山登り（やまのぼり） 登山

對 泳（およ）ぐ 游泳

□□□ 1112

例 バイクで日本（にほん）のいろいろなところを旅行（りょこう）したい。

1秒後影子跟讀

譯 我想要騎機車到日本各地旅行。

文法 たい［想要…］：表示說話者的內心想做、想要的。

生字 いろいろ／各式各樣的；ところ／地方

名 バイク【bike】

腳踏車；摩托車（「モーターバイク」之略稱）

類 オートバイ【motorbike】 摩托車

對 車（くるま） 汽車

□□□ 1113

例 駅(えき)の売店(ばいてん)で新聞(しんぶん)を買(か)う。

1秒後影子跟讀

譯 在車站的販賣部買報紙。

名 ばいてん【売店】

（車站等）小賣店

類 店舗(てんぽ) 商店

對 倉庫(そうこ) 倉庫

□□□ 1114

例 バイバイ、またね。

1秒後影子跟讀

譯 掰掰，再見。

出題重點 「バイバイ」是從英語「byebye」借用的，表示的是告別或再見。陷阱可能有「さようなら」這是一種比較正式且傳統的告別語，用於不確定何時再見的情況；「じゃあね」則是口語中的非正式告別，相當於「那麼，再見」或「那麼，後會有期」。雖然這 3 個詞都是告別的說法，但其正式性和情境有所不同。※ 題型 3

慣用語

- 気持(きも)ちが高揚(こうよう)する／情緒高漲。
- 意気消沈(いきしょうちん)する／情緒低落。

寒暄 バイバイ【bye-bye】

再見，拜拜

類 さようなら 再見

對 こんにちは 你好

□□□ 1115

例 会社(かいしゃ)に入(はい)ってから、ハイヒールをはくようになりました。

1秒後影子跟讀

譯 進到公司以後，才開始穿上了高跟鞋。

生字 入(はい)る／進入；履(は)く／穿著

名 ハイヒール【high heel】

高跟鞋

類 女性用(じょせいよう)の靴(くつ) 女性鞋

對 スニーカー【sneaker】 運動鞋

□□□ 1116

例 俳優(はいゆう)といっても、まだせりふのある役(やく)をやったことがない。

1秒後影子跟讀

譯 雖說是演員，但還不曾演過有台詞的角色。

文法 といっても［雖說…，但…］：表示承認前項的說法，但同時在後項做部分的修正。

生字 せりふ／台詞；役(やく)／角色

名 はいゆう【俳優】

（男）演員

類 役者(やくしゃ) 演員

對 監督(かんとく) 導演

讀書計劃：□□／□□

□□□ 1117

例 飛行機のパイロットを目指して、訓練を続けている。

1秒後影子跟讀

譯 以飛機的飛行員為目標，持續地接受訓練。

生字 目指す／以…為目標；訓練／訓練

名 パイロット【pilot】

領航員；飛行駕駛員；實驗性的（或唸：パイロット）

類 操縦士　飛行員

對 乗客　乘客

□□□ 1118

例 雑草が生えてきたので、全部抜いてもらえますか。

1秒後影子跟讀

譯 雜草長出來了，可以幫我全部拔掉嗎？

出題重點 「生える」另一說法是「育つ（そだつ）」（成長、茁壯）。

例 彼の髭が生えてきた／他的鬍子開始長出來了。

例 彼の髭が育ってきた／他留的鬍子逐漸長濃了。

兩者都表示生長或發展的意思。但「生える」特指物體的自然生長或出現，如髮、齒或植物；「育つ」更廣泛地描述生長或發展，如兒童成長、才能的培養等。※ 題型 4

生字 雑草／雜草；抜く／拔除

自下一 はえる【生える】

（草，木）等生長

類 育つ　成長

對 落ちる　掉落

□□□ 1119

例 ばかなまねはするな。

1秒後影子跟讀

譯 別做傻事。

生字 まね／模仿

名·接頭 ばか【馬鹿】

愚蠢，糊塗

類 アホ　笨蛋，關西方言

對 賢い　聰明的

□□□ 1120

例 3泊4日の旅行で、京都に1泊、大阪に2泊する。

1秒後影子跟讀

譯 這趟4天3夜的旅行將在京都住一晚、大阪住兩晚。

接尾 はく・ぱく【泊】

宿，過夜；停泊

類 宿泊　過夜

對 日帰り　當天來回

□□□ 1121

例 演奏が終わってから、しばらく拍手が鳴り止まなかった。

1秒後影子跟讀

譯 演奏一結束，鼓掌聲持續了好一段時間。

生字 演奏／演奏；鳴る／響起

名・自サ **はくしゅ【拍手】**

拍手，鼓掌

類 喝采　喝采

對 静か　安靜

□□□ 1122

例 上野には大きな博物館がたくさんある。

1秒後影子跟讀

譯 很多大型博物館都座落於上野。

名 **はくぶつかん【博物館】**

博物館，博物院

類 美術館　美術館

對 図書館　圖書館

□□□ 1123

例 機械の調子が悪いので、歯車に油を差した。

1秒後影子跟讀

譯 機器的狀況不太好，因此往齒輪裡注了油。

出題重點 「歯車」唸訓讀「はぐるま」。是指機械或裝置中用於傳遞動力的部件，通常是圓形且有齒狀結構的部分。陷阱可能有接近正確讀音的「きしゃ」；用音讀誤導的「ししゃ」；「はねじ」是與主題不相關的讀音。※ 題型 1

高頻詞語搭配

- 歯車が回る／齒輪旋轉。
- 機械が動く／機器運作。

生字 調子／狀況；差す／塗抹

名 **はぐるま【歯車】**

齒輪

類 ギア【gear】　齒輪

對 ベルト【belt】　皮帶

□□□ 1124

例 その会社は、激しい価格競争に負けて倒産した。

1秒後影子跟讀

譯 那家公司在激烈的價格戰裡落敗而倒閉了。

生字 価格／價格；競争／競爭；負ける／輸；倒産／破產

形 **はげしい【激しい】**

激烈，劇烈；(程度上) 很高，厲害；熱烈

類 強烈　強烈的

對 穏やか　平和的

讀書計劃：□□／□□

□□□ 1125

例 体育(たいいく)の授業(じゅぎょう)の間(あいだ)に、制服(せいふく)をはさみでずたずたに切(き)られた。

1秒後影子跟讀

譯 在上體育課的時間，制服被人用剪刀剪得破破爛爛的。

生字 授業(じゅぎょう)／課程；ずたずた／碎片狀；切(き)る／剪，割

名 は|さみ 【鋏】

剪刀；剪票鉗

類 切(き)り物(もの) 切割工具

對 鋸(のこぎり) 鋸子

□□□ 1126

例 道(みち)の端(はし)を歩(ある)いてください。

1秒後影子跟讀

譯 請走在道路的兩側。

名 は|し 【端】

開端，開始；邊緣；零頭，片段；開始，盡頭

類 隅(すみ) 角落

對 中央(ちゅうおう) 中央

□□□ 1127

例 宇宙(うちゅう)の始(はじ)まりは約(やく) 137 億年前(おくねんまえ)と考(かんが)えられています。

1秒後影子跟讀

譯 一般認為，宇宙大約起源於 137 億年前。

生字 宇宙(うちゅう)／宇宙

名 は|じまり 【始まり】

開始，開端；起源

類 開始(かいし) 開始

對 終(お)わり 結束

□□□ 1128

例 こんな厚(あつ)い本(ほん)、始(はじ)めから終(お)わりまで全部読(ぜんぶよ)まなきゃなんないの。

1秒後影子跟讀

譯 這麼厚的書，真的非得從頭到尾全部讀完才行嗎？

名·接尾 は|じめ 【始め】

開始，開頭；起因，起源；以…為首

類 開始(かいし) 開始

對 終(お)わり 結束

出題重點 「はじめ」用另一種方式說是「最初（さいしょ）」（起初、最開始）。

例 はじめは難しく感じたが、慣れると簡単になった／一開始感覺很困難，但習慣後就變得容易了。

例 最初は難しく感じたが、慣れると簡単になった／最初感覺很困難，但習慣後就變得容易了。

兩者用於描述事件或行為的開始階段。在日常對話和書面語境中，這兩個詞大多數情況下可以互換使用。兩者都可以用來描述某事情或行為在開始時的狀態或感覺。※ 題型 4

□□□ 1129

例 この柱（はしら）は、地震（じしん）が来（き）たら倒（たお）れるおそれがある。

1秒後影子跟讀

譯 萬一遇到了地震，這根柱子有可能會倒塌。

文法 恐（おそ）れがある［恐怕會…］：表示有發生某種消極事件的可能性。只限於用在不利的事件。

生字 倒（たお）れる／倒下；おそれ／擔憂

名・接尾 はしら【柱】

（建）柱子；支柱；（轉）靠山

類 支柱（しちゅう） 支柱

對 壁（かべ） 牆壁

□□□ 1130

例 マンガでは、眼鏡（めがね）を外（はず）したら実（じつ）は美人（びじん）、ということがよくある。

1秒後影子跟讀

譯 在漫畫中，經常出現女孩拿下眼鏡後其實是個美女的情節。

出題重點 「外す」主要表示「移除」或「未達到」之意。使用時，需確認句子中的物體或情境是否能夠被「移除」或是否有可能「未達到」某些期望。解題時應留意不要與其他相似動詞混淆，並確保其在句中的適當性和語境的合理性。※ 題型 5

高陷阱詞

● 外（はず）す／取下，移開：從原位取下或移除某物。

生字 マンガ／漫畫；実（じつ）／實際

他五 はずす【外す】

摘下，解開，取下；錯過，錯開；落後，失掉；避開，躲過

類 取（と）り除（のぞ）く 移除

對 付（つ）ける 添加

□□□ 1131

例 鈴木（すずき）さんが私（わたし）のバス代（だい）を払（はら）ってくれました。

1秒後影子跟讀

譯 鈴木小姐幫我代付了公車費。

名 バスだい【bus 代】

公車（乘坐）費

類 バス料金（りょうきん）【bus 料金】 巴士費用

對 電車代（でんしゃだい） 火車票價

□□□ 1132

例 パスポートと搭乗券（とうじょうけん）を出（だ）してください。

1秒後影子跟讀

譯 請出示護照和登機證。

生字 搭乗券（とうじょうけん）／登機證

名 パスポート【passport】

護照；身分證

類 旅券（りょけん） 護照

對 免許証（めんきょしょう） 許可證

讀書計劃：□□／□□

1133

例 大阪までのバス料金は 10 年間同じままです。

1秒後影子跟讀

譯 搭到大阪的公車費用，這 10 年來都沒有漲價。

名 バスりょうきん【bus 料金】

公車（乘坐）費

類 バス運賃【bus 運賃】 巴士費用

對 電車料金 火車票價

1134 Track51

例 機械の部品が、外れるわけがない。

1秒後影子跟讀

譯 機器的零件，是不可能會脫落的。

出題重點 「外れる」讀法是「はずれる」。意味著從原來的位置或固定狀態移開。陷阱可能有另一個訓讀的「はずす」；用濁音「は變ば」誤導的「ばずれる」；「はずれ」的少一個假名。※ 題型 1

高頻詞語搭配

● ボタンが外れる／按鈕掉落。

文法 わけがない [不可能…]：表示從道理上而言，強烈地主張不可能或沒有理由成立。

生字 部品／零件

自下一 はずれる【外れる】

脫落，掉下；（希望）落空，不合（道理）；離開（某一範圍）

類 外す 移除

對 合致する 匹配

1135

例 会場の入り口には、参加する各国の旗が揚がっていた。

1秒後影子跟讀

譯 與會各國的國旗在會場的入口處飄揚。

生字 各国／各國；揚がる／升起

名 はた【旗】

旗，旗幟；（佛）幡

類 フラッグ【flag】 旗子

對 杖 手杖

1136

例 畑を耕して、野菜を植える。

1秒後影子跟讀

譯 耕田種菜。

生字 耕す／耕作；植える／栽種

名 はたけ【畑】

田地，旱田；專業的領域

類 田 稻田

對 家 家

□□□ 1137

例 朝(あさ)ご飯(はん)を食(た)べないと、頭(あたま)の働(はたら)きが悪(わる)くなる。

1秒後影子跟讀

譯 如果不吃早餐，腦筋就不靈活。

文法 ないと［不…不行］：表示受限於某個條件、規定，必須要做某件事情。

名 はたらき【働き】

勞動，工作;作用，功效;功勞，功績；功能，機能

類 労働(ろうどう) 工作

對 休息(きゅうそく) 休息

□□□ 1138

例 君(きみ)ははっきり言(い)いすぎる。

1秒後影子跟讀

譯 你說得太露骨了。

出題重點 「はっきり」表示的是清晰或明確的狀態，無論是在語言還是思緒中。陷阱可能有「明瞭（めいりょう）」這主要指事物的清晰和易於理解，像是清晰的說明或指示；「明確（めいかく）」則更偏重於事物的確定性或精確性，如確定的答案或明確的目標。※ 題型 3

情境記憶

- はっきりと思(おも)い出(だ)せた／能清晰地回想起來。
- 思(おも)い出(で)が蘇(よみがえ)る／回憶湧現。

副・自サ はっきり

清楚；直接了當

類 明確(めいかく) 明確

對 あいまい 模糊

□□□ 1139

例 バッグに財布(さいふ)を入(い)れる。

1秒後影子跟讀

譯 把錢包放入包包裡。

生字 入(い)れる／裝進

名 バッグ【bag】

手提包

類 鞄(かばん) 袋子

對 靴(くつ) 鞋

□□□ 1140

例 博物館(はくぶつかん)に行(い)くと、子(こ)どもたちにとっていろいろな発見(はっけん)があります。

1秒後影子跟讀

譯 孩子們去到博物館會有很多新發現。

文法 にとって［對於…來說］：表示站在前面接的那個詞的立場，來進行後面的判斷或評價。

生字 いろいろ／方方面面的

名・他サ はっけん【発見】

發現

類 見(み)つける 找到

對 失(うしな)う 失去

讀書計劃：□□／□□

□□□ 1141

例 子どもの発達に応じて、おもちゃを与えよう。

1秒後影子跟讀

譯 依小孩的成熟程度給玩具。

生字 応じる／按照；与える／給予

名·自サ はったつ【発達】

（身心）成熟，發達；擴展，進步；（機能）發達，發展

類 進化 進化

對 退化 退化

□□□ 1142

例 社長は、新しい機械を発明するたびにお金をもうけています。

1秒後影子跟讀

譯 每逢社長研發出新型機器，就會賺大錢。

文法 たびに［每當…就…］：表示前項的動作、行為都伴隨後項。

生字 機械／機器；もうける／賺錢

名·他サ はつめい【発明】

發明

類 イノベーション【innovation】 創新

對 古い方法 舊方法

□□□ 1143

例 いくらパーティーでも、そんな派手な服を着ることはないでしょう。

1秒後影子跟讀

譯 就算是派對，也不用穿得那麼華麗吧。

出題重點 「派手」主要形容顏色、樣式鮮豔或奪目。使用時應注意與明亮、顯著或過於顯眼的事物相關聯。有些情況不宜用於描述無法具有「鮮艷」特性的事物，如咖啡。選擇合適的句子時，需確保上下文與「鮮艷」或「奪目」的概念相匹配。※ 題型 5

慣用語

● 活力にあふれる／充滿活力。

文法 ことはない［用不著…］：表示鼓勵或勸告別人，沒有做某一行為的必要。

名·形動 はで【派手】

（服裝等）鮮艷的，華麗的；（為引人注目而動作）誇張，做作

類 華やか 華麗

對 地味 簡單

□□□ 1144

例 花柄のワンピースを着ているのが娘です。

1秒後影子跟讀

譯 身穿有花紋圖樣的連身洋裝的，就是小女。

生字 ワンピース／連身裙

名 はながら【花柄】

花的圖樣

類 花模様 花型

對 無地 單色

はなしあう【話し合う】

□□□ 1145

例 今後(こんご)の計画(けいかく)を**話(はな)し合(あ)って**決(き)めた。

1秒後影子跟讀

譯 討論決定了往後的計畫。

自五 はなしあう【話し合う】

對話，談話；商量，協商，談判

類 会話(かいわ)する 交談

對 沈黙(ちんもく)する 沉默

出題重點 「話し合う」描述了兩人或多人之間進行對話或討論的動作。陷阱可能以「談し合う、喋し会う」等漢字意思接近的形式出現，但這可能是日語沒這種說法，文脈上不對的字。只是其中的「談」表示談論但結合不正確；「喋」指的是嘰嘰喳喳地說話。※ 題型 2

情境記憶

● 意見(いけん)を出(だ)し合(あ)う／交換意見。

生字 計画(けいかく)／規劃；決(き)める／決定

□□□ 1146

例 混雑(こんざつ)しているので、お子(こ)さんの手(て)を**離(はな)さ**ないでください。

1秒後影子跟讀

譯 目前人多擁擠，請牢牢牽住孩童的手。

他五 はなす【離す】

使…離開，使…分開；隔開，拉開距離

類 放(はな)す 放開

對 つかむ 抓住

生字 混雑(こんざつ)／擁擠

□□□ 1147

例 彼女(かのじょ)はいつも**花模様(はなもよう)**のハンカチを持(も)っています。

1秒後影子跟讀

譯 她總是帶著綴有花樣的手帕。

名 はなもよう【花模様】

花的圖樣

類 花柄(はながら) 花圖案

對 無地(むじ) 單色

生字 ハンカチ／手帕

□□□ 1148

例 故郷(こきょう)を**離(はな)れる**前(まえ)に、みんなに挨拶(あいさつ)をして回(まわ)りました。

1秒後影子跟讀

譯 在離開故鄉之前，和大家逐一話別了。

自下一 はなれる【離れる】

離開，分開；離去；距離，相隔；脫離（關係），背離

類 独立(どくりつ)する 獨立

對 近(ちか)づく 靠近

生字 故郷(こきょう)／家鄉；回(まわ)る／走訪

讀書計劃：□□／□□

□□□ 1149

例 道路の幅を広げる工事をしている。

1秒後影子跟讀

譯 正在進行拓展道路的工程。

生字 広げる／擴大；工事／工程

名 はば【幅】

寬度，幅面；幅度，範圍；勢力；伸縮空間

類 幅広い　寬廣的

對 狭い　狹窄

□□□ 1150

例 毎食後に歯磨きをする。

1秒後影子跟讀

譯 每餐飯後刷牙。

生字 食後／飯後

名 はみがき【歯磨き】

刷牙；牙膏，牙膏粉；牙刷

類 歯ブラシ　牙刷

對 シャンプー【shampoo】洗髮精

□□□ 1151

例 とてもよい映画で、特に最後の場面に感動した。

1秒後影子跟讀

譯 這是一部非常好看的電影，尤其是最後一幕更是感人肺腑。

生字 特に／特別；感動／感動

名 ばめん【場面】

場面，場所；情景，（戲劇、電影等）場景，鏡頭；市場的情況，行情（或唸：ばめん）

類 シーン【scene】　場景

對 全体　整體

□□□ 1152

例 恋人にいくら文句を言われても、彼はひげを生やしている。

1秒後影子跟讀

譯 就算被女友抱怨，他依然堅持蓄鬍。

出題重點 「生やす」另一說法是「育てる（そだてる）」（養育、培養）。

例 髭を生やす／讓鬍子長出來。

例 髭を育てる／留鬍子。

兩者都可以用在表示使某物生長的意思。但「生やす」偏重於生長的開始階段或使某物開始出現，而「育てる」則是更一般地表示培養或養育某物至其成長。※ 題型 4

生字 文句／牢騷；ひげ／鬍子

他五 はやす【生やす】

使生長；留（鬍子）

類 育てる　培養

對 削る　削減

□□□ 1153

例 こんな商品(しょうひん)がはやるとは思(おも)えません。

1秒後影子跟讀

譯 我不認為這種商品會流行。

生字 商品(しょうひん)／產品

自五 はやる【流行る】

流行，時興；興旺，時運佳

類 人気(にんき) 受歡迎的

對 廃(すた)れる 過時

□□□ 1154

例 あー、腹減(はらへ)った。飯(めし)、まだ。

1秒後影子跟讀

譯 啊，肚子餓了……。飯還沒煮好哦？（較為男性口吻）

生字 飯(めし)／餐食

名 はら【腹】

肚子；心思，內心活動；心情，情緒；心胸，度量；胎內母體內

類 お腹(なか) 肚子

對 頭(あたま) 頭

□□□ 1155

例 彼女(かのじょ)はよくバラエティー番組(ばんぐみ)に出(で)ていますよ。

1秒後影子跟讀

譯 她經常上綜藝節目唷。

生字 番組(ばんぐみ)／節目

名 バラエティー【variety】

多樣化，豐富多變；綜藝節目（「バラエティーショー」之略稱）

類 多様性(たようせい) 多樣性

對 単調(たんちょう) 單調

□□□ 1156

例 風(かぜ)で書類(しょるい)が飛(と)んで、ばらばらになってしまった。

1秒後影子跟讀

譯 文件被風吹得散落一地了。

出題重點 「ばらばら」另一說法是「散らかる（ちらかる）」（散亂）。

例 部屋の中がばらばらになっている／房間裡的東西亂七八糟。

例 書類が机の上に散らばっている／文件散落在桌子上。

「ばらばら」描述事物分成各部分，可以是物理的或抽象的。而「散らばる」描述物體或人在空間的隨機分佈。簡而言之，「ばらばら」強調分散的概念，「散らばる」強調在某區域的散佈狀況。※ 題型 4

生字 書類(しょるい)／文件

副 ばらばら（な）

分散貌；凌亂，支離破碎的

類 散(ち)らかる 散亂

對 まとまる 集中

讀書計劃：□□／□□

□□□ 1157

例 この食事では、栄養のバランスが悪い。

1秒後影子跟讀

譯 這種餐食的營養並不均衡。

生字 栄養／營養

名 バランス【balance】

平衡，均衡，均等

類 均衡 均衡

對 偏り 偏見

□□□ 1158

例 今朝は寒くて、池に氷が張るほどだった。

1秒後影子跟讀

譯 今早好冷，冷到池塘都結了一層薄冰。

出題重點 「張る」主要表示「貼上」或「覆蓋」之意。使用時，需確認句子中的物體是否能被「貼上」或是否具有「覆蓋」某範圍的情境。解題時應留意其語境，避免與其他相似動詞混淆，並注意物體和目標之間的關係，確保其用法恰當。※ 題型 5

文法 ほど [⋯得]：用在比喻或舉出具體的例子，來表示動作或狀態處於某種程度。

自五・他五 はる【張る】

延伸，伸展；覆蓋；膨脹，負擔過重；展平，擴張；設置，布置

類 貼る 貼

對 剥がす 剝

□□□ 1159

例 幼稚園のときからバレエを習っています。

1秒後影子跟讀

譯 我從讀幼稚園起，就一直學習芭蕾舞。

生字 習う／學習

名 バレエ【ballet】

芭蕾舞

類 舞踊 舞蹈

對 劇 戲劇

□□□ 1160

例 新型のバンがほしい。

1秒後影子跟讀

譯 想要有一台新型貨車。

文法 がほしい [想要⋯]：表示說話者希望得到某物。

生字 新型／新款

名 バン【van】

大篷貨車

類 車両 車輛

對 自転車 自行車

□□□ 1161

例 30分並んで、やっと私の番が来た。

1秒後影子跟讀

譯 排隊等了30分鐘，終於輪到我了。

生字 並ぶ／排隊

名・接尾・漢造 **ばん【番】**

輪班；看守，守衛；(表順序與號碼) 第…號；(交替) 順序，次序

類 回　輪

對 初め　開始

□□□ 1162

例 次の試験の範囲は、32ページから60ページまでです。

1秒後影子跟讀

譯 這次考試範圍是從第32頁到60頁。

出題重點 「範囲」唸音讀「はんい」。是指某個特定的區域、領域或範疇。如範圍可以是地理的、知識的或技能的等等。陷阱可能有「はん變ほう」誤導的「ほうい」；音節「は變ふ」的「ふんい」；多「が」音的「はんがい」。※ 題型1

必考音訓讀

- 阪＝ハン・さか／坡道，大阪（如：大阪市）
- 判＝ハン／判定，判決

生字 ページ／頁，頁數

名 **はんい【範囲】**

範圍，界線

類 境界　範疇

對 中心　中心

□□□ 1163

例 彼は反省して、すっかり元気がなくなってしまった。

1秒後影子跟讀

譯 他反省過了頭，以致於整個人都提不起勁。

生字 すっかり／完全地、徹底地

名・他サ **はんせい【反省】**

反省，自省（思想與行為）；重新考慮

類 考察　反思

對 誇り　自豪

□□□ 1164

例 あなたが社長に反対しちゃ、困りますよ。

1秒後影子跟讀

譯 你要是跟社長作對，我會很頭痛的。

名・自サ **はんたい【反対】**

相反；反對

類 対立　對立

對 賛成　贊成

讀書計劃：□□／□□

□□□ 1165

例 子(こ)どものパンツと靴下(くつした)を買(か)いました。

1秒後影子跟讀

譯 我買了小孩子的內褲和襪子。

名 パンツ【pants】

內褲；短褲；運動短褲

類 ズボン【(法) jupon】 褲子

對 シャツ【shirt】 襯衫

□□□ 1166

例 犯人(はんにん)はあいつとしか考(かんが)えられない。

1秒後影子跟讀

譯 犯案人非他莫屬。

生字 あいつ／那傢伙

名 はんにん【犯人】

犯人

類 罪人(ざいにん) 罪犯

對 被害者(ひがいしゃ) 受害者

□□□ 1167

例 入社式(にゅうしゃしき)にはパンプスをはいていきます。

1秒後影子跟讀

譯 我穿淑女包鞋參加新進人員入社典禮。

生字 入社(にゅうしゃ)／加入公司；履(は)く／穿上、著用

名 パンプス【pumps】

女用的高跟皮鞋，淑女包鞋

類 靴(くつ) 鞋

對 靴下(くつした) 襪子

□□□ 1168

例 社(しゃ)に戻(もど)りましたら、詳(くわ)しいパンフレットをお送(おく)りいたします。

1秒後影子跟讀

譯 我一回公司，會馬上寄給您更詳細的小冊子。

出題重點 「パンフレット」指的是一種小冊子，通常用於宣傳或提供資訊。陷阱可能有「チラシ」這是一種通常為單張的廣告或宣傳單，用於廣告商品或活動；「カタログ」則指的是一本列有商品或服務的目錄，多半附有圖片、詳細說明及價格。※ 題型 3

慣用語

- モチベーションが上(あ)がる／士氣高漲。
- 気分(きぶん)が晴(は)れる／心情明朗。

名 パンフレット【pamphlet】

小冊子

類 散(ち)らし 傳單

對 本(ほん) 書

ひ【非】

□□□ 1169 Track52

例 そんなかっこうで会社（かいしゃ）に来（く）るなんて、非常識（ひじょうしき）だよ。

1秒後影子跟讀

譯 居然穿這樣來公司上班，簡直沒有常識！

出題重點 「非」意味著「否定」。類似的字形「菲」，指「芳香、庸淺」；「誹」表示「誹謗」；「俳」常與「句」組成，指「俳句」，一種日本詩歌形式。各字意義明確，需區分。※ 題型 2

必考音訓讀

- 備 ＝ビ・そな(える)／備用，準備
- 美＝ビ、ミ・うつく(しい)／美麗，美食

生字 かっこう／打扮；常識（じょうしき）／常識

名·接頭 **ひ【非】**

非，不是

類 否定（ひてい） 否定

對 賛成（さんせい） 贊成

□□□ 1170

例 大学（だいがく）の学費（がくひ）は親（おや）が出（だ）してくれている。

1秒後影子跟讀

譯 大學的學費是由父母支付的。

漢造 **ひ【費】**

消費，花費；費用

類 支出（ししゅつ） 支出

對 収入（しゅうにゅう） 收入

□□□ 1171

例 知（し）り合（あ）いにピアニストの方（かた）はいますか。

1秒後影子跟讀

譯 請問你的朋友中有沒有人是鋼琴家呢？

生字 知（し）り合（あ）い／認識的人

名 **ピアニスト【pianist】**

鋼琴師，鋼琴家

類 鍵盤奏者（けんばんそうしゃ） 鋼琴家

對 ギタリスト【guitarist】 吉他手

□□□ 1172

例 ヒーターをつけたまま、寝（ね）てしまいました。

1秒後影子跟讀

譯 我沒有關掉暖爐就睡著了。

名 **ヒーター【heater】**

電熱器，電爐；暖氣裝置

類 暖房機（だんぼうき） 暖氣機

對 クーラー【cooler】 冷氣機

讀書計劃：□□／□□

□□□ 1173

例 ビール(す)が好きなせいか、おなかの周(まわ)りに肉(にく)がついてきた。

1秒後影子跟讀

譯 可能是喜歡喝啤酒的緣故，肚子長了一圈肥油。

文法 せいか [可能是（因為）…]：表示發生壞事或不利的原因，但這一原因也不很明確。

生字 周(まわ)り／周圍；つく／長出

名 ビール【(荷)bier】

啤酒

類 お酒(さけ) 酒

對 お茶(ちゃ) 茶

□□□ 1174

例 悲(かな)しいことに、被害(ひがい)は拡大(かくだい)している。

1秒後影子跟讀

譯 令人感到難過的是，災情還在持續擴大中。

出題重點 「被害」中的「被」在此意為「受到」，而「害」指的是「損害」或「危害」。「披」與「被」字形相近，表示「揭開」或「覆蓋」；「瞎」與「害」形狀接近，但意思是「盲目」或「失明」。※ 題型 2

必考音訓讀

- 害＝ガイ／傷害，危害
- 顔＝ガン・かお／臉，面容（繁體中文「顏」）

生字 拡大(かくだい)／擴大

名 ひがい【被害】

受害，損失

類 損害(そんがい) 損害

對 利益(りえき) 利益

□□□ 1175

例 引(ひ)き受(う)けたからには、途中(とちゅう)でやめるわけにはいかない。

1秒後影子跟讀

譯 既然已經接下了這份任務，就不能中途放棄。

文法 からには [既然…，就…]：表示既然到了這種情況，後面就要「貫徹到底」的說法；わけにはいかない [不能…]：表示由於一般常識、社會道德或經驗等，那樣做是不可能的、不能做的。

生字 途中(とちゅう)／中途；やめる／停止

他下一 ひきうける【引き受ける】

承擔，負責；照應，照料；應付，對付；繼承

類 負担(ふたん)する 負擔

對 断(ことわ)る 拒絕

□□□ 1176

例 子(こ)どもに引(ひ)き算(ざん)の練習(れんしゅう)をさせた。

1秒後影子跟讀

譯 我叫小孩演練減法。

生字 練習(れんしゅう)／練習

名 ひきざん【引き算】

減法

類 減算(げんざん) 減法

對 足(た)し算(ざん) 加法

□□□ 1177

例 子どもが大きくなるにつれて、ピクニックに行かなくなった。

1秒後影子跟讀

譯 隨著孩子愈來愈大，也就不再去野餐了。

文法 につれて［隨著…］：表示隨著前項的進展，同時後項也隨之發生相應的進展。

名 **ピクニック【picnic】**

郊遊，野餐（或唸：ピクニック）

類 海外旅行　戶外活動

對 仕事　工作

□□□ 1178

例 膝を曲げたり伸ばしたりすると痛い。

1秒後影子跟讀

譯 膝蓋彎曲和伸直時會痛。

生字 曲げる／彎曲；伸ばす／伸直

名 **ひざ【膝】**

膝，膝蓋

類 腿　大腿

對 足　腳

□□□ 1179

例 テニスで肘を痛めた。

1秒後影子跟讀

譯 打網球造成手肘疼痛。

出題重點 「肘（ひじ）」是指人體的關節部位，位於上下臂之間。類似單字有：「膝（ひざ）」這是指腿的關節部分，位於大腿和小腿之間；「関節（かんせつ）」這是一個更廣泛的詞，指的是身體任何可彎曲的部位，如手腕或膝蓋。與「ひじ」的區別是，「ひざ」專指於腿部的關節，而「かんせつ」涵蓋了身體的所有關節部位。※ 題型 3

高頻詞語搭配

●肘をつく／支撐著肘。

生字 痛める／傷害、弄痛

名 **ひじ【肘】**

肘，手肘

類 腕　手臂

對 手首　手腕

□□□ 1180

例 中国を中心として、東洋の美術を研究しています。

1秒後影子跟讀

譯 目前正在研究以中國為主的東洋美術。

文法 を中心として［以…為中心］：表示前項是後項行為、狀態的中心。

生字 東洋／東亞、東方

名 **びじゅつ【美術】**

美術

類 芸術　藝術

對 科学　科學

讀書計劃：□□／□□

□□□ 1181

例 そのニュースを聞(き)いて、彼(かれ)は非常(ひじょう)に喜(よろこ)んだに違(ちが)いない。

1秒後影子跟讀

譯 聽到那個消息，他一定會非常的高興。

出題重點 「非常」唸音讀「ひじょう」。是指某事物非一般、非常特別或緊急的狀況。陷阱可能有首字音「ひ變ふ」錯誤的「ふじょう」；用濁音「じ」誤導的「ひしょう」；「ひじょ」缺少了「う」的音。※ 題型 1

必考音訓讀

● 常＝ジョウ・つね／常規，經常

文法 に違(ちが)いない［一定是］：說話者根據經驗或直覺，做出非常肯定的判斷。

生字 ニュース／新聞

名·形動 **ひじょう【非常】**

非常，很，特別；緊急，緊迫

類 大変(たいへん) 非常

對 普通(ふつう) 普通

□□□ 1182

例 やっぱり美人(びじん)は得(とく)だね。

1秒後影子跟讀

譯 果然美女就是佔便宜。

生字 得(とく)／有利的

名 **びじん【美人】**

美人，美女（或唸：びじん）

類 美女(びじょ) 美女

對 ブス 醜女

□□□ 1183

例 畑仕事(はたけしごと)をしたら、額(ひたい)が汗(あせ)びっしょりになった。

1秒後影子跟讀

譯 下田做農活，忙得滿頭大汗。

生字 畑(はたけ)／田地；びっしょり／濕透

名 **ひたい【額】**

前額，額頭；物體突出部分

類 顔(かお) 臉

對 背中(せなか) 背部

□□□ 1184

例 3月(がつ)は引(ひ)っ越(こ)しをする人(ひと)が多(おお)い。

1秒後影子跟讀

譯 有很多人都在3月份搬家。

名 **ひっこし【引っ越し】**

搬家，遷居

類 移住(いじゅう) 遷居

對 留(とど)まる 留下

□□□ 1185

例 そのドレス、あなたにぴったりですよ。

1秒後影子跟讀

譯 那件禮服，真適合你穿啊！

生字 ドレス／洋裝

副・自サ ぴったり

緊緊地，嚴實地；恰好，正適合；說中，猜中

類 ちょうどいい 剛好

對 余る 多餘

□□□ 1186

例 90年代にヒットした曲を集めました。

1秒後影子跟讀

譯 這裡面彙集了90年代的暢銷金曲。

出題重點 「ヒット」用來描述「成功」或「受歡迎」的事物。當使用此詞時，要確保上下文與「成功」或「流行」相關。有些情況不適用於無法具有「成功」特性的事物，如食品或飲料。另外，應注意其與動詞「する」的結合，以正確表達「成為熱賣」或「受到歡迎」。※ 題型 5

高陷阱詞

●ヒット【hit】／成功的產品，流行：指極為受歡迎或賣座的事物。

生字 年代／年代；集める／收集、整理

名・自サ ヒット【hit】

大受歡迎，最暢銷；(棒球)安打

類 大成功 大成功

對 失敗 失敗

□□□ 1187

例 録画したけど見ていないビデオがたまる一方だ。

1秒後影子跟讀

譯 雖然錄下來了但是還沒看的錄影帶愈堆愈多。

文法 一方だ [不斷地…；越來越…]：某狀況一直朝一個方向不斷發展。多用於消極的、不利的傾向。

生字 録画／錄影

名 ビデオ【video】

影像，錄影；錄影機；錄影帶

類 映像 影像

對 音声 音聲

□□□ 1188

例 彼女は、人差し指に指輪をしている。

1秒後影子跟讀

譯 她的食指上帶著戒指。

生字 指輪／戒指

名 ひとさしゆび【人差し指】

食指

類 一番指 食指

對 親指 拇指

讀書計劃：□□／□□

□□□ 1189

Track53

例 本当(ほんとう)はビニール袋(ぶくろ)より紙袋(かみぶくろ)のほうが環境(かんきょう)に悪(わる)い。

1秒後影子跟讀

譯 其實紙袋比塑膠袋更容易造成環境污染。

生字 紙袋(かみぶくろ)／紙袋；環境(かんきょう)／環境

名 ビニール【vinyl】

(化) 乙烯基；乙烯基樹脂；塑膠

類 合成樹脂(ごうせいじゅし)　合成樹脂

對 木材(もくざい)　木材

□□□ 1190

例 冬(ふゆ)は皮膚(ひふ)が乾燥(かんそう)しやすい。

1秒後影子跟讀

譯 皮膚在冬天容易乾燥。

生字 乾燥(かんそう)／乾燥

名 ひふ【皮膚】

皮膚（或唸：ひふ）

類 肌(はだ)　肌膚

對 骨(ほね)　骨骼

□□□ 1191

例 これは二人(ふたり)だけの秘密(ひみつ)だよ。

1秒後影子跟讀

譯 這是只屬於我們兩個的秘密喔。

文法 だけ [只有]：表示除此之外，別無其他。

名・形動 ひみつ【秘密】

秘密，機密

類 隠し事(かくしごと)　隱情

對 公開(こうかい)　公開

□□□ 1192

例 靴(くつ)のひもがほどけてしまったので、結(むす)び直(なお)した。

1秒後影子跟讀

譯 鞋子的綁帶鬆了，於是重新綁了一次。

出題重點 「紐」主要指的是用於捆綁或吊掛物品的繩索或帶子。類似單字有：「綱（つな）」通常用於更粗的繩索或繩索，如拖船的繩索；「線（せん）」一般指的是更細的絲或線，例如針線。與「ひも」的區別是，「つな」通常用於更重的應用，而「せん」更常用於細微的工作。※ 題型 3

慣用語

- 意気地(いくじ)がない／沒出息。

生字 解(ほど)ける／鬆開；結(むす)び直(なお)す／重新打結

名 ひも【紐】

(布、皮革等的) 細繩，帶

類 線(せん)　線

對 板(いた)　板

□□□ 1193

例 冷蔵庫(れいぞうこ)に麦茶(むぎちゃ)が**冷**(ひ)**や**してあります。

1秒後影子跟讀

譯 冰箱裡冰著麥茶。

出題重點 「冷やす」讀法是「ひやす」。意味著使某物冷卻或保持涼爽。陷阱可能包括「ひょす」的「や變ょ」；「れいやす」的音讀混淆；「ふやす」的「ひ變ふ」。※題型 1

高頻詞語搭配

● 頭(あたま)を掻(か)く／抓頭。

● 目(め)を擦(こす)る／揉眼睛。

生字 麦茶(むぎちゃ)／麥茶

他五 **ひやす【冷やす】**

使變涼，冰鎮；（喻）使冷靜

類 冷却(れいきゃく)する　冷卻

對 温(あたた)める　加熱

□□□ 1194

例 僕(ぼく)は 100 m(メートル)を 12 **秒**(びょう)で走(はし)れる。

1秒後影子跟讀

譯 我 100 公尺能跑 12 秒。

文法 れる［會…］：表示技術上、身體的能力上，是具有某種能力的。

名・漢造 **びょう【秒】**

（時間單位）秒

類 瞬間(しゅんかん)　瞬間

對 時(じ)　小時

□□□ 1195

例 交通安全(こうつうあんぜん)の**標語**(ひょうご)を考(かんが)える。

1秒後影子跟讀

譯 正在思索交通安全的標語。

名 **ひょうご【標語】**

標語

類 スローガン【slogan】 口號

對 詳細(しょうさい)　詳細

□□□ 1196

例 人気(にんき)の**美容師**(びようし)さんに髪(かみ)を切(き)ってもらいました。

1秒後影子跟讀

譯 我找了極受歡迎的美髮設計師幫我剪了頭髮。

生字 髪(かみ)／頭髮；切(き)る／修剪

名 **びようし【美容師】**

美容師

類 美髪師(びはつし)　美髮師

對 医者(いしゃ)　醫生

讀書計劃：□□／□□

□□□ 1197

例 表情(ひょうじょう)が明(あか)るく見(み)えるお化粧(けしょう)のしかたが知(し)りたい。

1秒後影子跟讀

譯 我想知道怎麼樣化妝能讓表情看起來比較開朗。

出題重點 「表情」唸音讀「ひょうじょう」。指人的臉部顯示的情感或情緒陷阱可能有缺尾音「う」的「ひょうじょ」；用濁音「び」誤導的「びょうじょう」；讀音不符的「びょうしょう」。※ 題型 1

必考音訓讀

●表 ＝ヒョウ・おもて、あらわ(す)／表面，表格

文法 たい [想要…]：表示說話者的內心想做、想要的。

生字 化粧(けしょう)／化妝；仕方(しかた)／方法

名 ひょうじょう【表情】

表情

類 顔(かお)つき　表情

對 内容(ないよう)　內容

□□□ 1198

例 ここには珍(めずら)しい動物(どうぶつ)の標本(ひょうほん)が集(あつ)められています。

1秒後影子跟讀

譯 這裡蒐集了一些罕見動物的標本。

生字 珍(めずら)しい／珍奇的；動物(どうぶつ)／動物；集(あつ)める／蒐集

名 ひょうほん【標本】

標本；(統計) 樣本；典型

類 サンプル【sample】 樣本

對 全部(ぜんぶ)　全部

□□□ 1199

例 地球(ちきゅう)の表面(ひょうめん)は約(やく) 7 割(わり)が水(みず)で覆(おお)われている。

1秒後影子跟讀

譯 地球表面約有百分之 70 的覆蓋面積是水。

生字 割(わり)／成，比例，百分比；覆(おお)う／覆蓋

名 ひょうめん【表面】

表面

類 表(おもて)　表面

對 裏(うら)　背面

□□□ 1200

例 雑誌(ざっし)に映画(えいが)の評論(ひょうろん)を書(か)いている。

1秒後影子跟讀

譯 為雜誌撰寫影評。

名・他サ ひょうろん【評論】

評論，批評

類 批評(ひひょう)　評論

對 賞賛(しょうさん)　讚美

あ か さ た な は ま や ら わ 練習

1201

例 駅前で店の宣伝のびらをまいた。

1秒後影子跟讀

譯 在車站前分發了商店的廣告單。

生字 宣伝／宣傳；撒く／散佈

名 びら

（宣傳、廣告用的）傳單

類 散らし 傳單

對 本 書

1202

例 ばらの花が開きだした。

1秒後影子跟讀

譯 玫瑰花綻放開來了。

生字 ばら／玫瑰

自五·他五 ひらく【開く】

綻放；開，拉開

類 開ける 打開

對 閉じる 關閉

1203

例 悪い噂が広がる一方だ。

1秒後影子跟讀

譯 負面的傳聞，越傳越開了。

文法 一方だ [越來越…]：狀況一直朝著一個方向不斷發展。多用於消極、不利的傾向。

生字 噂／傳聞

自五 ひろがる【広がる】

開放，展開；(面積、規模、範圍）擴大，蔓延，傳播

類 拡がる 擴展

對 狭まる 縮小

1204

例 犯人が見つからないので、捜査の範囲を広げるほかはない。

1秒後影子跟讀

譯 因為抓不到犯人，所以只好擴大搜查範圍了。

出題重點 「広げる」描述了將某物展開或擴大的動作。陷阱可能以「弘げる、宏げる」等漢字意思接近的形式出現，但這可能是不符日語用法，與文脈不吻合的字。只是其中的「弘」和「宏」雖然與「大」的概念有關，但與「広」語義上有差異。※ 題型 2

文法 ほかはない [只好…]：表示雖然心裡不願意，但又沒有其他方法，只有這唯一的選擇，別無它法。

生字 見つかる／找出；捜査／搜查；範囲／範圍

他下一 ひろげる【広げる】

打開，展開；(面積、規模、範圍）擴張，發展

類 拡張する 擴充

對 狭める 縮小

讀書計劃：□□／□□

□□□ 1205

例 その森(もり)の広(ひろ)さは3万坪(まんつぼ)ある。

1秒後影子跟讀

譯 那座森林有3萬坪。

生字 坪(つぼ)／坪數，面積單位

名 ひろさ【広さ】

寬度，幅度，廣度

類 面積(めんせき) 面積

對 狭(せま)さ 狹窄

□□□ 1206

例 おしゃべりな友人(ゆうじん)のせいで、うわさが広(ひろ)まってしまった。

1秒後影子跟讀

譯 由於一個朋友的多嘴，使得謠言散播開來了。

出題重點「広まる」另一說法是「拡散する（かくさんする）」（擴散、廣泛傳播）。

例 情報が急速に広まった／資訊迅速地擴散開來。

例 情報が急速に拡散した／資訊急速地擴散了。

兩者都可以用在表示某物擴大或廣泛傳播的意思。但「広まる」多用於資訊、流行等的自然擴散，而「拡散する」則可以是自然或人為地使某物分散或擴展。※題型4

文法 せいで［由於］：發生壞事或會導致某種不利情況或責任的原因。

生字 おしゃべり／喋喋不休；噂(うわさ)／流言

自五 ひろまる【広まる】

（範圍）擴大；傳播，遍及

類 普及(ふきゅう)する 普及

對 減少(げんしょう)する 減少

□□□ 1207

例 祖母(そぼ)は日本舞踊(にほんぶよう)を広(ひろ)める活動(かつどう)をしています。

1秒後影子跟讀

譯 祖母正在從事推廣日本舞踊的活動。

生字 舞踊(ぶよう)／跳舞；活動(かつどう)／活動

他下一 ひろめる【広める】

擴大，增廣；普及，推廣；披漏，宣揚

類 普及(ふきゅう)させる 推廣

對 抑(おさ)える 壓抑

□□□ 1208

例 缶(かん)ビールより瓶(びん)ビールの方(ほう)が好(す)きだ。

1秒後影子跟讀

譯 比起罐裝啤酒，我更喜歡瓶裝啤酒。

生字 缶(かん)ビール／罐裝啤酒；瓶(びん)ビール／瓶裝啤酒

名 びん【瓶】

瓶，瓶子

類 ボトル【bottle】 瓶子

對 缶(かん) 罐頭

□□□ 1209

例 こんなピンク色のセーターは、若い人向きじゃない。

1秒後影子跟讀

譯 這種粉紅色的毛衣，不是適合年輕人穿嗎？

生字 向き／適合、針對

名 ピンク【pink】

桃紅色，粉紅色；桃色

類 桃色 粉紅色

對 青 藍色

□□□ 1210

例 便箋と封筒を買ってきた。

1秒後影子跟讀

譯 我買來了信紙和信封。

生字 封筒／信封

名 びんせん【便箋】

信紙，便箋

類 手紙 信件

對 メール【mail】 電郵

□□□ 1211

Track54

例 不老不死の薬なんて、あるわけがない。

1秒後影子跟讀

譯 這世上怎麼可能會有長生不老的藥。

出題重點 「不」表示「否定」或「不是」。形似字有「下」，意為「以下」或「減少」，「丕」較少見，但可指「大、優秀」，而「木」指的是「樹木」或「木材」。這 3 字形似，但用途和意義各異。※ 題型 2

文法 わけがない [不可能…]：表示從道理上而言，強烈地主張不可能或沒有理由成立。

接頭・漢造 ふ【不】

不；壞；醜；笨

類 無 沒有

對 あり 有

□□□ 1212

例 君はいつもにこにこしているから営業部向きだよ。

1秒後影子跟讀

譯 你總是笑咪咪的，所以很適合業務部的工作喔！

生字 にこにこ／微笑、笑臉；向き／適合

名・漢造 ぶ【部】

部分；部門；冊

類 セクション【section】 部分

對 全体 全部

讀書計劃：□□／□□

□□□ 1213

例 無遠慮な質問をされて、腹が立った。

1秒後影子跟讀

譯 被問了一個沒有禮貌的問題，讓人生氣。

生字 遠慮／客氣，顧忌；腹が立つ／火大

接頭・漢造 ぶ【無】

無，沒有，缺乏

類 ない 不存在

對 有 存在

□□□ 1214

例 ファストフードの食べすぎは体によくないです。

1秒後影子跟讀

譯 吃太多速食有害身體健康。

出題重點 「ファストフード」是指速食，通常意味著快速製作且立即供應的食物。陷阱可能有「ジャンクフード」這主要指的是營養價值較低但熱量較高的食物，多半含有大量的鹽、糖和脂肪；「レディーメイドフード」則指現成食品或半製成品，通常只需要加熱即可食用。這 3 個詞都描述與速度或便利相關的食物，但其焦點和特點略有不同。※ 題型 3

慣用語

● 積極的な態度／積極的態度。

名 ファストフード【fast food】

速食

類 ジャンクフード【junkfood】 垃圾食物

對 伝統料理 傳統料理

□□□ 1215

例 このバッグにはファスナーがついています。

1秒後影子跟讀

譯 這個皮包有附拉鍊。

生字 バッグ／手提包；つく／附有

名 ファスナー【fastener】

（提包、皮包與衣服上的）拉鍊

類 ジッパー【zipper】 拉鍊

對 ボタン【button】 按鈕

□□□ 1216

例 地図をファックスしてください。

1秒後影子跟讀

譯 請傳真地圖給我。

生字 地図／地圖

名・サ変 ファックス【fax】

傳真

類 電話 電話

□□□ 1217

例 不安のあまり、友達に相談に行った。

1秒後影子跟讀

譯 因為實在是放不下心，所以找朋友來聊聊。

出題重點 「不安」中的「不」是「否定」的意思，而「安」指的是「平安」或「安定」。「未」與「不」字形相似，表示「尚未」或「羊」；「按」與「安」形狀近似，意為「按下」或「根據」。※ 題型 2

情境記憶 心情

- 恐ろしい人／可怕的人。
- 負けて悔しい／輸了很遺憾。

生字 相談／諮詢

名・形動 **ふあん【不安】**

不安，不放心，擔心；不穩定

類 心配 擔心

對 安心 安心

□□□ 1218

例 日本各地には、それぞれ土地の風俗がある。

1秒後影子跟讀

譯 日本各地有不同的風俗習慣。

生字 各地／各地；それぞれ／各自；土地／地區

名 **ふうぞく【風俗】**

風俗；服裝，打扮；社會道德

類 慣習 習慣

對 法律 法律

□□□ 1219

例 夫婦になったからには、一生助け合って生きていきたい。

1秒後影子跟讀

譯 既然成為夫妻了，希望一輩子同心協力走下去。

文法 からには［既然…，就…］：表示既然到了這種情況，後面就要「貫徹到底」的說法；たい［想要…］：表示說話者的內心想做、想要的。

生字 助け合う／彼此扶持

名 **ふうふ【夫婦】**

夫婦，夫妻

類 夫妻 丈夫和妻子

對 独身 單身

□□□ 1220

例 1週間でこれをやるのは、経験からいって不可能だ。

1秒後影子跟讀

譯 要在一星期內完成這個，按照經驗來說是不可能的。

文法 からいって［從…來說］：表示站在某一立場上來進行判斷。相當於「～から考えると」。

生字 経験／經驗

形動 **ふかのう（な）【不可能（な）】**

不可能的，做不到的

類 不可 不可行的

對 可能 可能的

讀書計劃：□□／□□

□□□ 1221

例 このままでは、両国(りょうこく)の対立(たいりつ)は深(ふか)まる一方(いっぽう)だ。

1秒後影子跟讀

譯 再這樣下去，兩國的對立會愈來愈嚴重。

出題重點 「深まる」主要指狀態或情感的加深或進展。使用時，需確認句子中的情境是否與「加深」或「進展」相關。解題時應注意其與物體或情感的關聯，並確保其描述的是逐漸的變化或增強的過程，避免在不相關的情境中誤用。※ 題型 5

文法 一方(いっぽう)だ [越來越…]：狀況一直朝著一個方向不斷發展。多用於消極、不利的傾向。

生字 対立(たいりつ)／對立

自五 ふかまる【深まる】

加深，變深

類 増(ま)す　增加

對 減(へ)る　減少

□□□ 1222

例 日本(にほん)に留学(りゅうがく)して、知識(ちしき)を深(ふか)めたい。

1秒後影子跟讀

譯 我想去日本留學，研修更多學識。

文法 たい [想要…]：表示說話者的內心想做、想要的。

生字 知識(ちしき)／知識

他下一 ふかめる【深める】

加深，加強

類 増(ふ)やす　增加

對 減(へ)らす　減少

□□□ 1223

例 当時(とうじ)は、テレビが普及(ふきゅう)しかけた頃(ころ)でした。

1秒後影子跟讀

譯 當時正是電視開始普及的時候。

文法 かける [正…時]：表示前項動作剛開始進行不久。

名・自サ ふきゅう【普及】

普及

類 拡散(かくさん)　擴散

對 限定(げんてい)　限定

□□□ 1224

例 教室(きょうしつ)と廊下(ろうか)の床(ゆか)は雑巾(ぞうきん)で拭(ふ)きます。

1秒後影子跟讀

譯 用抹布擦拭教室和走廊的地板。

生字 廊下(ろうか)／走廊；床(ゆか)／地板；雑巾(ぞうきん)／抹布

他五 ふく【拭く】

擦，抹

類 擦(さす)る　擦拭

對 塗(ぬ)る　塗抹

あ か さ た な は ま や ら わ 練習

ふく【副】

□□□ 1225

例 町長にかわって副町長が式に出席した。

1秒後影子跟讀

譯 由副鎮長代替鎮長出席了典禮。

文法 にかわって［代替…］：表示應該由某人做的事，改由其他的人來做。

生字 町長／鎮長；出席／參加

名・漢造 ふく【副】

副本，抄件；副；附帶

類 サブ【sub】副的、次要的

對 主 主要的

□□□ 1226

例 料金は、税・サービス料を含んでいます。

1秒後影子跟讀

譯 費用含稅和服務費。

生字 税／稅金；サービス料／服務費

他五・自四 ふくむ【含む】

含（在嘴裡）；帶有，包含；瞭解，知道；含蓄；懷（恨）；鼓起；（花）含苞

類 含む 包括

對 除く 排除

□□□ 1227

例 東京駅での乗り換えも含めて、片道約3時間かかります。

1秒後影子跟讀

譯 包括在東京車站換車的時間在內，單程大約要花3個小時。

出題重點 「含める」讀法是「ふくめる」。表示把某物計算或考慮在內。陷阱可能包括讀音不符的「いれる」；「くめる」的少一個假名；用音讀「ふく變かん」誤導的「かんめる」。※ 題型1

必考音訓讀

- 福＝フク／幸福，福氣
- 腹＝フク・はら／腹部，肚子

生字 乗り換え／轉車；片道／單程

他下一 ふくめる【含める】

包含，含括；囑咐，告知，指導

類 加える 加入

對 除く 排除

□□□ 1228

例 買ったものを袋に入れる。

1秒後影子跟讀

譯 把買到的東西裝進袋子裡。

生字 入れる／放入

名 ふくろ・ぶくろ【袋】

袋子；口袋；囊

類 バッグ【bag】袋子

對 ケース【case】盒

讀書計劃：□□／□□

1229

例 夜(よる)が更(ふ)けるにつれて、気温(きおん)は一段(いちだん)と下(さ)がってきた。

1秒後影子跟讀

譯 隨著夜色漸濃，氣溫也降得更低了。

出題重點 「更ける」描述了時間進行或夜晚逐漸深入的情況。陷阱可能以「新ける、層ける」等漢字意思接近的形式出現，但這可能是日語沒這個，語境不符的字。其中的「新」指的是新的或新鮮的意思；「層」表示層次或階層。※ 題型 2

文法 につれて [隨著…]：表示隨著前項的進展，同時後項也隨之發生相應的進展。

生字 一段(いちだん)／更加地；下(さ)がる／下降

自下一 ふける【更ける】

(秋) 深；(夜) 闌

類 深(ふか)まる 加深

對 明(あか)るくなる 變亮

1230

例 夫(おっと)にも子(こ)どもにも死(し)なれて、私(わたし)くらい不幸(ふこう)な女(おんな)はいない。

1秒後影子跟讀

譯 死了丈夫又死了孩子，天底下再沒有像我這樣不幸的女人了。

文法 くらい～はない [沒有…比…的了]：表示前項程度極高，別的事物都比不上。

名 ふこう【不幸】

不幸，倒楣；死亡，喪事

類 悲(かな)しみ 悲傷

對 幸(しあわ)せ 幸福

1231

例 移項(いこう)すると符号(ふごう)が変(か)わる。

1秒後影子跟讀

譯 移項以後正負號要相反。

生字 移項(いこう)／等式中，將一個數從等號的一邊移到另一邊；変(か)わる／改變

名 ふごう【符号】

符號，記號；(數) 符號

類 コード【code】 碼

對 文字(もじ) 字符

1232

例 ひどい事故(じこ)だったので、助(たす)かったのが不思議(ふしぎ)なくらいです。

1秒後影子跟讀

譯 因為是很嚴重的事故，所以能得救還真是令人覺得不可思議。

生字 助(たす)かる／幸免

名・形動 ふしぎ【不思議】

奇怪，難以想像，不可思議

類 奇妙(きみょう) 奇特

對 普通(ふつう) 普通

あ か さ た な は ま や ら わ 練習

□□□ 1233

例 学校生活が、不自由でしょうがない。

1秒後影子跟讀

譯 學校的生活令人感到極不自在。

ふじゆう【不自由】

不自由，不如意，不充裕；（手腳）不聽使喚；不方便（或唸：ふじゆう）

類 限定　限制

對 自由　自由

□□□ 1234

例 ダイエット中は栄養が不足しがちだ。

1秒後影子跟讀

譯 減重時容易營養不良。

文法 がちだ［容易…］：表示即使是無意的，也容易出現某種傾向。一般多用於負面。

生字 ダイエット／減肥；栄養／營養

ふそく【不足】

不足，不夠，短缺；缺乏，不充分；不滿意，不平

類 足りない　不夠

對 充分　充足

□□□ 1235

例 ふたを取ったら、いい匂いがした。

1秒後影子跟讀

譯 打開蓋子後，聞到了香味。

生字 取る／取下；匂い／味道

名 **ふた【蓋】**

（瓶、箱、鍋等）的蓋子；（貝類的）蓋

類 キャップ【cap】　蓋子

對 底　底部

□□□ 1236

例 舞台に立つからには、いい演技をしたい。

1秒後影子跟讀

譯 既然要站上舞台，就想要展露出好的表演。

文法 からには［既然…，就…］：表示既然到了這種情況，後面就要「貫徹到底」的說法；たい［想要…］：表示說話者的內心想做、想要的。

生字 演技／表演

名 **ぶたい【舞台】**

舞台；大顯身手的地方

類 ステージ【stage】　舞台

對 観客席　觀眾席

讀書計劃：□□／□□

□□□ 1237

例 この地を再び訪れることができるとは、夢にも思わなかった。

1秒後影子跟讀

譯 作夢都沒有想過自己竟然能重返這裡。

生字 地／地方；訪れる／造訪

副 ふたたび【再び】

再一次，又，重新

類 また 再次

對 初めて 首次

□□□ 1238

例 道が二手に分かれている。

1秒後影子跟讀

譯 道路分成兩條。

生字 分かれる／分歧，分岔

名 ふたて【二手】

兩路

類 二組 兩組

對 一手 一手

□□□ 1239

例 不注意な言葉で妻を傷つけてしまった。

1秒後影子跟讀

譯 我脫口而出的話傷了妻子的心。

出題重點 「不注意」指的是不留意或不小心的狀態。陷阱可能有「油断（ゆだん）」這主要指的是因疏忽或過度自信而造成的不小心；「不審（ふしん）」則更強調因疑慮或疑心而不放鬆警惕，相對於「不注意」更有一種疑慮的感覺。※ 題型 3

巧記動詞差異 「不注意（な）」指的是不小心或不注意。類似的詞有「無神経（な）」（麻木不仁或不體貼）和「不親切（な）」（不友善）。如：

● 不注意で落とした／因為不小心掉了下來。

生字 傷つける／弄傷，傷害

形動 ふちゅうい（な）【不注意（な）】

不注意，疏忽，大意

類 うっかり 不留心

對 注意深い 小心

□□□ 1240

例 府庁へはどのように行けばいいですか。

1秒後影子跟讀

譯 請問該怎麼去府廳（府辦公室）呢？

名 ふちょう【府庁】

府辦公室（或唸:ふちょう）

類 政府 政府機構

對 市役所 市政廳

あ か さ た な は ま や ら わ 練習

□□□ 1241

例 飛行機への危険物の持ち込みは制限されている。

1秒後影子跟讀

譯 禁止攜帶危險物品上飛機。

生字 持ち込み／攜入；制限／限制

名·漢造 ぶつ【物】

大人物；物，東西

類 アイテム【item】 物品

對 事 事情

□□□ 1242

例 物価が上がったせいか、生活が苦しいです。

1秒後影子跟讀

譯 或許是物價上漲的關係，生活很辛苦。

文法 せいか [可能是（因為）…]：表示發生壞事或不利的原因，但這一原因也不很明確。

生字 上がる／上漲

名 ぶっか【物価】

物價

類 価格 價格

對 収入 收入

□□□ 1243

例 車をぶつけて、修理代を請求された。

1秒後影子跟讀

譯 撞上了車，被對方要求求償修理費。

出題重點 「ぶつける」另一說法是「当てる（あてる）」（猜中、預測）。

例 彼は怒って壁に拳をぶつけた／他氣憤地將拳頭砸向牆壁。

例 彼は怒って壁に拳を当てた／他氣憤地將拳頭撞向牆壁。

兩者都可以用在表示某物的碰撞或撞擊。但「ぶつける」偏重於強烈或突然的撞擊，而「当てる」則可以是輕微或偶然的接觸。※ 題型 4

生字 修理／維修；請求／索賠

他下一 ぶつける

扔，投；碰，撞，（偶然）碰上，遇上；正當，恰逢；衝突，矛盾

類 当てる 碰撞

對 取る 拿走

□□□ 1244

Track55

例 物理の点が悪かったわりには、化学はまあまあだった。

1秒後影子跟讀

譯 物理的成績不好，但比較起來化學是算好的了。

文法 わりには [但是相對之下還算…]：表示結果跟前項條件不成比例、有出入，或不相稱。

生字 点／分數；化学／化學；まあまあ／還算可以

名 ぶつり【物理】

（文）事物的道理；物理（學）

類 科学 科學

對 化学 化學

讀書計劃：□□／□□

□□□ 1245

例 船便だと一ヶ月以上かかります。

1秒後影子跟讀

譯 船運需花一個月以上的時間。

名 ふなびん【船便】

船運

類 海運 海洋運輸

對 航空便 航空郵件、航空運輸

□□□ 1246

例 不満そうだな。文句があるなら言えよ。

1秒後影子跟讀

譯 你好像不太服氣哦？有意見就說出來啊！

出題重點 「不滿」中的「不」表示「否定」，「滿」意為「充滿」或「滿足」。所以「不滿」是「不滿足」或「有抱怨」的意思。「否」與「不」字形相似，但表示「否定」或「拒絕」；「瞞」與「滿」形狀近似，意思是「隱瞞」或「欺騙」。※ 題型 2

情境記憶 判斷

● 不満を持っている／心懷不滿。

● クレームをつけた／提出了投訴。

生字 文句／牢騷

名·形動 ふまん【不満】

不滿足，不滿，不平

類 イライラ 不悅、焦躁

對 満足 滿意

□□□ 1247

例 車で踏切を渡るときは、手前で必ず一時停止する。

1秒後影子跟讀

譯 開車穿越平交道時，一定要先在軌道前停看聽。

生字 渡る／穿越；手前／前面；一時停止／暫時停止

名 ふみきり【踏切】

(鐵路的) 平交道，道口；(轉) 決心

類 鉄道交差点 鐵路交叉點

對 トンネル【tunnel】 隧道

□□□ 1248

例 青木ヶ原樹海は富士山の麓に広がる森林である。

1秒後影子跟讀

譯 青木原樹海是位於富士山山麓的一大片森林。

生字 森林／森林

名 ふもと【麓】

山腳

類 山の足 山腳

對 山頂 山頂

あ か さ た な は ま や ら わ 練習

□□□ 1249

例 LINEの友達を増やしたい。

1秒後影子跟讀

譯 我希望增加 LINE 裡面的好友。

文法 たい [想要…]：表示說話者的內心想做、想要的。

他五 ふやす【増やす】

繁殖；增加，添加

類 増加する 增加

對 減らす 減少

□□□ 1250

例 このフライ返しはとても使いやすい。

1秒後影子跟讀

譯 這把鍋鏟用起來非常順手。

名 フライがえし【fry 返し】

（把平底鍋裡煎的東西翻面的用具）鍋鏟

類 裏返し 翻轉用具

對 おたま 湯勺

□□□ 1251

例 フライトアテンダントを目指して、英語を勉強している。

1秒後影子跟讀

譯 為了當上空服員而努力學習英文。

生字 目指す／以…為目標

名 フライトアテンダント【flight attendant】

空服員

類 客室乗務員 客艙乘務員

對 パイロット【pilot】 飛行員、駕駛

□□□ 1252

例 自分のプライバシーは自分で守る。

1秒後影子跟讀

譯 自己的隱私自己保護。

出題重點 「プライバシー」意指「隱私」。使用時應確保上下文與個人的私密性或資料保護有關。有些情況此詞不應用於描述具體物品，如衣物或食物。確保語境正確，且與隱私權或資料保密相關，避免在不恰當的情境中使用。※ 題型 5

高陷阱詞

- プライバシー【privacy】／隱私權：個人信息或生活的保密性。
- プラス【plus】／加，正數：表示增加或正向的概念。
- プライズ【prize】／獎品：比賽或活動中得到的獎勵。

名 プライバシー【privacy】

私生活，個人私密

類 個人情報 個人資料

對 公開 公開

讀書計劃：□□／□□

□□□ 1253

例 フライパンで、目玉焼き(めだまや)を作(つく)った。

1秒後影子跟讀

譯 我用平底鍋煎了荷包蛋。

生字 目玉焼き(めだまや)／荷包蛋

名 フライパン【frypan】

平底鍋

類 調理鍋(ちょうりなべ) 炒鍋

對 鍋(なべ) 湯鍋

□□□ 1254

例 姉(あね)の部屋(へや)はカーテンではなく、ブラインドを掛(か)けています。

1秒後影子跟讀

譯 姊姊的房間裡掛的不是窗簾，而是百葉窗。

生字 カーテン／窗簾；掛(か)ける／掛上，懸掛

名 ブラインド【blind】

百葉窗，窗簾，遮光物

類 シャッター【shutter】 遮光器

對 カーテン【curtain】 窗簾

□□□ 1255

例 お姉(ねえ)ちゃん、ピンクのブラウス貸(か)してよ。

1秒後影子跟讀

譯 姊姊，那件粉紅色的襯衫借我穿啦！

生字 貸(か)す／借（我）

名 ブラウス【blouse】

(多半為女性穿的) 罩衫，襯衫

類 シャツ【shirt】 襯衫

對 ドレス【dress】 裙子

□□□ 1256

例 アルバイトの経験(けいけん)は、社会(しゃかい)に出(で)てからきっとプラスになる。

1秒後影子跟讀

譯 打工時累積的經驗，在進入社會以後一定會有所助益。

出題重點 「プラス」指的是正的、增加或有利的意義。陷阱可能有「増加（ぞうか）」這主要指的是數量、程度上的上升或擴大，與「プラス」的正增意義相似；「加算（かさん）」則特指數學上的加法操作，是一個具體的數學行為。※ 題型 3

慣用語

● 意気揚々(いきようよう)とする／意氣風發。

生字 アルバイト／打工；経験(けいけん)／經驗

名・他サ プラス【plus】

(數) 加號，正號；正數；有好處，利益；加（法）；陽性

類 有益(ゆうえき) 有益

對 マイナス【minus】 不利

□□□ 1257

例 これはプラスチックをリサイクルして作(つく)った服(ふく)です。
1秒後影子跟讀

譯 這是用回收塑膠製成的衣服。

生字 リサイクル／資源回收

名 プラスチック【plastic•plastics】
（化）塑膠，塑料
類 合成樹脂(ごうせいじゅし)　合成樹脂
對 金属(きんぞく)　金屬

□□□ 1258

例 プラットホームでは、黄色(きいろ)い線(せん)の内側(うちがわ)を歩(ある)いてください。
1秒後影子跟讀

譯 在月台上行走時請勿超越黃線。

生字 線(せん)／線條；内側(うちがわ)／內側

名 プラットホーム【platform】
月台
類 待合室(まちあいしつ)　等車室
對 線路(せんろ)　鐵軌

□□□ 1259

例 ブランド品(ひん)はネットでもたくさん販売(はんばい)されています。
1秒後影子跟讀

譯 有很多名牌商品也在網購或郵購通路上販售。

生字 品(ひん)／商品；ネット／網路；販売(はんばい)／販售

名 ブランド【brand】
（商品的）牌子；商標
類 商標(しょうひょう)　商標
對 偽物(にせもの)　贗品

□□□ 1260

例 彼(かれ)は、勉強(べんきょう)ぶりの割(わり)には大(たい)した成績(せいせき)ではない。
1秒後影子跟讀

譯 他儘管很用功，可是成績卻不怎麼樣。

出題重點 「ぶり」表示時間的長短或間隔，可以用描述經過了很長的時間「ひさびさ」（好久、隔了一段時間）作為替代。

例 久しぶりに彼と会った／很久沒跟他碰面了。

例 ひさびさに彼と会った／很久沒跟他碰面了。

「ぶり」是表 4 示上次某事後的時間長度的後綴，如「一年ぶり」（一年後）或「久しぶり」（好久不見）。而「ひさびさ」表示經過了很長時間或長時間的間隔。※ 題型 4

文法 割(わり)には [雖然…卻…]：表示基於前項的情況，後項的結果比預期的好或差。

生字 大(たい)した／不凡的、了不起的

造語 ぶり【振り】
樣子，狀態
類 動作(どうさ)　動作
對 静止(せいし)　靜止

讀書計劃：□□／□□

□□□ 1261

例 人気俳優のブルース・チェンが5年ぶりに来日した。

1秒後影子跟讀

譯 當紅演員布魯斯・陳時隔5年再度訪日。

出題重點 「振り（ぶり）」描述了一種特定的動作或態度方式，例如「歩き振り」表示步行的方式。類似單字有：「様子（ようす）」，描述了外觀或情況；「動作（どうさ）」指的是具體的行動或移動方式。與「ぶり」的區別是，「ようす」更廣泛地描述了整體的情境或狀態，而「どうさ」特指某一特定的動作。※ 題型 3

生字 俳優／演員；来日／來到日本

造語 **ぶり【振り】**

相隔

□□□ 1262

例 これは国際電話用のプリペイドカードです。

1秒後影子跟讀

譯 這是可撥打國際電話的預付卡。

名 **プリペイドカード【prepaid card】**

預先付款的卡片（電話卡 影印卡等）

類 事前支払いカード【事前支払い card】 預付卡

對 クレジットカード【creditcard】 信用卡

□□□ 1263

例 新しいプリンターがほしいです。

1秒後影子跟讀

譯 我想要一台新的印表機。

文法 がほしい [想要…]：表示說話者希望得到某物。

名 **プリンター【printer】**

印表機；印相片機

類 コピー機【copy 機】 複印機

對 スキャナー【scanner】 掃描器

□□□ 1264

例 古新聞をリサイクルに出す。

1秒後影子跟讀

譯 把舊報紙拿去回收。

生字 リサイクル／回收

名・漢造 **ふる【古】**

舊東西；舊，舊的

類 古い 舊的

對 新しい 新的

□□□ 1265

例 バスが見(み)えなくなるまで手(て)を振(ふ)って見送(みおく)った。

1秒後影子跟讀

譯 不停揮手目送巴士駛離，直到車影消失了為止。

生字 見送(みおく)る／目送，送別

他五 ふ|る【振る】

揮，搖；撒，丟；(俗) 放棄，犧牲 (地位等)；謝絕，拒絕；派分；在漢字上註假名；(使方向) 偏於

類 揺(ゆ)れる 搖擺

對 安定(あんてい) 穩定

□□□ 1266

例 10年近(ねんちか)く、毎朝(まいあさ)フルーツジュースを飲(の)んでいます。

1秒後影子跟讀

譯 近 10 年來，每天早上都會喝果汁。

名 フ|ル|ーツ【fruits】

水果

類 果物(くだもの) 水果

對 野菜(やさい) 蔬菜

□□□ 1267

例 何(なに)かが飛(と)び出(だ)してきたので、慌(あわ)ててブレーキを踏(ふ)んだ。

1秒後影子跟讀

譯 突然有東西跑出來，我便緊急地踩了煞車。

出題重點 「ブレーキ」是指「煞車」，用於減速或停止車輛。陷阱可能有「ストップ」一般指的是停止的動作或狀態，不僅限於車輛，也可用於其他情境；「制動（せいどう）」指的是通過某種機制使車輛或機器減速或停止，與「ブレーキ」相比，其更偏重於動作過程而非裝置本身。※ 題型 3

高頻詞語搭配

● ブレーキを踏(ふ)む／踩剎車。

生字 飛(と)び出(だ)す／衝出；慌(あわ)てる／慌忙；踏(ふ)む／踩踏

名 ブ|レ|ーキ【brake】

煞車；制止，控制，潑冷水

類 ストップ【stop】 停止

對 アクセル【accelerator】 油門

□□□ 1268

例 風呂(ふろ)に入(はい)りながら音楽(おんがく)を聴(き)くのが好(す)きです。

1秒後影子跟讀

譯 我喜歡一邊泡澡一邊聽音樂。

名 ふ|ろ(ば)【風呂（場）】

浴室，洗澡間，浴池

類 浴槽(よくそう) 浴缸

對 トイレ【toilet】 廁所

讀書計劃：□□／□□

□□□ 1269

例 家の風呂が壊れたので、生まれてはじめて風呂屋に行った。

1秒後影子跟讀

譯 由於家裡的浴室故障了，我有生以來第一次上了大眾澡堂。

生字 壊れる／壞掉

名 ふろや【風呂屋】

浴池，澡堂

類 銭湯 公共澡堂

對 美容院 美髮沙龍

□□□ 1270

例 このごろ、ブログの更新が遅れがちです。

1秒後影子跟讀

譯 最近部落格似乎隔比較久才發新文。

生字 更新／更新；がち／總是

名 ブログ【blog】

部落格

類 フェイスブック【facebook】 臉書

對 サイト【sight】 網站

□□□ 1271

例 この店の商品はプロ向けです。

1秒後影子跟讀

譯 這家店的商品適合專業人士使用。

出題重點 「プロ」指「專家」或「專業人士」。使用時需注意與其它詞彙的結合，避免重複表示「專業」的概念。此外，要確保語境是描述某人的專業技能或經驗，而不是與不相關的事物，有些情況如「電影」結合。※ 題型5

情境記憶

- 彼は料理のプロだ／他是烹飪的專家。
- 彼はダンスの達人だ／他是跳舞的大師。

生字 商品／產品；向け／適合

名 プロ【professional 之略】

職業選手，專家

類 専門家 專家

對 アマチュア【amateur】 業餘者

□□□ 1272

例 わーん。お兄ちゃんが僕の分も食べたー。

1秒後影子跟讀

譯 哇！哥哥把我的那一份也吃掉了啦！

名・漢造 ぶん【分】

部分；份；本分；地位

類 割合 比率

對 全体 全部

□□□ 1273

例 小学4年生のときに**分数**を習いました。

1秒後影子跟讀

譯 我在小學４年級時已經學過「分數」了。

生字 習う／學習

名 ぶんすう【分数】

（數學的）分數

類 小数　小數

對 整数　整數

□□□ 1274

例 漱石の**文体**をまねる。

1秒後影子跟讀

譯 模仿夏目漱石的文章風格。

生字 まねる／模仿

名 ぶんたい【文体】

（某時代特有的）文體；（某作家特有的）風格

類 書き言葉　書寫風格

對 口語　口語

□□□ 1275

例 **文房具**屋さんで、消せるボールペンを買ってきた。

1秒後影子跟讀

譯 去文具店買了可擦拭鋼珠筆。

生字 消す／擦掉；ボールペン／原子筆

名 ぶんぼうぐ【文房具】

文具，文房四寶

對 電器製品　電器產品

□□□ 1276

Track5

例 たとえ何を言われても、私は**平気**だ。

1秒後影子跟讀

譯 不管別人怎麼說，我都無所謂。

出題重點 「平気」指「不在乎」或「不感覺困難」。使用時應確保語境與其意義相符，有些情況不應用於無法表達「不在乎」或「無困難」的情境中，如音樂或色彩。另外，結合其他詞語時，要確保語意清晰，不造成模糊理解。※ 題型 5

必考音訓讀

●平 ＝ヘイ、ビョウ・たい(ら)、ひら／平靜，平均

文法 たとえ～ても［即使…也…］：表示讓步關係，即使是在前項極端的條件下，後項結果仍然成立。

名・形動 へいき【平気】

鎮定，冷靜;不在乎，不介意無動於衷

類 穏やか　冷靜的

對 動揺　動搖

讀書計劃：□□／□□

1277

例 集めたデータの平均を計算しました。

1秒後影子跟讀

譯 計算了彙整數據的平均值。

生字 集める／收集；データ／數據；計算／計算

名・自サ・他サ **へいきん【平均】**

平均；(數) 平均值；平衡，均衡

類 アベレージ【average】 平均

對 ばらつき　變動

1278

例 デパートは平日でさえこんなに込んでいるのだから、日曜日はすごいだろう。

1秒後影子跟讀

譯 百貨公司連平日都那麼擁擠，禮拜日肯定就更多吧。

出題重點 「平日」唸音讀「へいじつ」。指週一至週五的工作日，與週末或假日相對。陷阱可能有缺「い」音節的「へじつ」；「へいび」與單字不相關；「へい變ひん」的「ひんじつ」。※ 題型 1

高頻詞語搭配

●平日は忙しい／平日很忙。

文法 でさえ [連；甚至]：用在理所當然的是都不能了，其他的是就更不用說了。

生字 込む／擁擠

名 **へいじつ【平日】**

(星期日、節假日以外) 平日；平常，平素

類 週日　工作日

對 休日　假日

1279

例 祖父は兵隊に行っていたとき死にかけたそうです。

1秒後影子跟讀

譯 聽說爺爺去當兵時差點死了。

文法 かける [即將…，差一點…]：表示前面所接的動作就快要發生。

名 **へいたい【兵隊】**

士兵，軍人；軍隊

類 軍人　軍人

對 民間人　平民

1280

例 広島で、原爆ドームを見て、心から世界の平和を願った。

1秒後影子跟讀

譯 在廣島參觀了原爆圓頂館，由衷祈求世界和平。

生字 原爆／原子彈爆炸；ドーム／圓形屋頂

名・形動 **へいわ【平和】**

和平，和睦

類 安寧　和平

對 戦争　戰爭

□□□ 1281

例 おへそを出すファッションがはやっている。

1秒後影子跟讀

譯 現在流行將肚臍外露的造型。

生字 ファッション／時尚；流行る／流行

名 へそ【臍】

肚臍；物體中心突起部分

類 お臍 肚臍

對 耳 耳朵

□□□ 1282

例 お金が足りないなら、別の方法がないこともない。

1秒後影子跟讀

譯 如果錢不夠的話，也不是沒有其他辦法。

文法 ないこともない [並不是不…]：使用雙重否定，表示雖然不是全面肯定，但也有那樣的可能性。

生字 方法／方法

名·形動·漢造 べつ【別】

分別，區分；分別

類 他 其他

對 同じ 相同

□□□ 1283

例 別に教えてくれなくてもかまわないよ。

1秒後影子跟讀

譯 不教我也沒關係。

出題重點 「べつに」通常表示「沒有特別」或「並不特別」的意思，常用於口語以表現對某事沒有特殊的感情或看法。陷阱可能有「特に（とくに）」在否定句中與「べつに」相似，表示「並不特別」的意思；而「なんとも」常用於表示「沒有特別的感覺」或「沒有什麼看法」，與「べつに」的使用場合和語氣有些相似，但更強調主觀的感覺。※ 題型 3

副 べつに【別に】

（後接否定）不特別

類 特に 特別

對 必ず 一定

□□□ 1284

例 支払いは別々にする。

1秒後影子跟讀

譯 各付各的。

形動 べつべつ【別々】

各自，分別

類 それぞれ 各自

對 一緒 一起

讀書計劃：□□／□□

□□□ 1285

例 たとえベテランだったとしても、この機械(きかい)を修理(しゅうり)するのは難(むずか)しいだろう。

1秒後影子跟讀

譯 修理這台機器，即使是內行人也感到很棘手的。

文法 たとえ～ても [即使…也…]：表示讓步關係，即使是在前項極端的條件下，後項結果仍然成立；としても [即使…，也…]：表示假設前項是事實或成立，後項也不會起有效的作用。

生字 機械(きかい)／機器；修理(しゅうり)／維修

名 ベテラン【veteran】

老手，內行

類 玄人(くろうと) 具經驗專家

對 新人(しんじん) 新手

□□□ 1286

例 部屋代(へやだい)は前(まえ)の月(つき)の終(お)わりまでに払(はら)うことになっている。

1秒後影子跟讀

譯 房租規定必須在上個月底前繳交。

文法 ことになっている [按規定…]：表示約定或約束人們生活行為的各種規定、法律以及一些慣例。

名 へやだい【部屋代】

房租；旅館住宿費

類 家賃(やちん) 房租

對 光熱費(こうねつひ) 水電費

□□□ 1287

例 あまり急(きゅう)に体重(たいじゅう)を減(へ)らすと、体(からだ)を壊(こわ)すおそれがある。

1秒後影子跟讀

譯 如果急速減重，有可能把身體弄壞了。

文法 恐(おそ)れがある [恐怕會…]：表示有發生某種消極事件的可能性。只限於用在不利的事件。

生字 体重(たいじゅう)／體重；壊(こわ)す／損壞

他五 へらす【減らす】

減，減少；削減，縮減；空(腹)

類 減少(げんしょう)させる 使減少

對 増(ふ)やす 增加

□□□ 1288

例 母(はは)は朝晩(あさばん)必(かなら)ずベランダの花(はな)に水(みず)をやります。

1秒後影子跟讀

譯 媽媽早晚都一定會幫種在陽台上的花澆水。

出題重點 「ベランダ」是指住宅的外部延伸出的平台，類似於露台或陽台。陷阱可能有「バルコニー」通常指的是比較小的、從建築物外部突出的平台，多見於公寓或酒店，用於享受外部風景；而「テラス」則是指接地的、較為寬闊的露天平台，通常與花園或庭院相連，提供了一個開放的休息或活動空間。※ 題型 3

生字 やる／澆灌

名 ベランダ【veranda】

陽台；走廊

類 バルコニー【balcony】 陽台

對 室内(しつない) 室內

あ か さ た な は ま や ら わ 練習

□□□ 1289

例 終戦から70年を経て、当時を知る人は少なくなった。

1秒後影子跟讀

譯 二戰結束過了70年，經歷過當年那段日子的人已愈來愈少了。

自下一 へる【経る】

（時間、空間、事物）經過，通過

類 通過する　經過

對 避ける　避免

□□□ 1290

例 運動しているのに、思ったほど体重が減らない。

1秒後影子跟讀

譯 明明有做運動，但體重減輕的速度卻不如預期。

文法 ほど～ない［沒那麼…］：表示程度並沒有那麼高。

自五 へる【減る】

減，減少；磨損；（肚子）餓

類 減少する　減少

對 増える　增加

□□□ 1291

例 ベルトの締め方によって、感じが変わりますね。

1秒後影子跟讀

譯 繫皮帶的方式一改變，整個感覺就不一樣了。

生字 締め方／扣緊方法；変わる／改變

名 ベルト【belt】

皮帶；（機）傳送帶；（地）地帶

類 ストラップ【strap】　帶子

對 ボタン【button】　按鈕

□□□ 1292

例 自転車に乗るときもヘルメットをかぶった方がいい。

1秒後影子跟讀

譯 騎自行車時最好也戴上安全帽。

出題重點 「ヘルメット」指的是為了保護頭部而戴的保護帽。陷阱可能有「かぶと」原指的是古代日本武士戴的盔甲頭盔，通常用於儀式或戰鬥中，它強調的是儀式性和傳統性；而「キャップ」則是日常生活中常見的帽子，主要為了遮陽或裝飾，並不具有強烈的保護功能，與「ヘルメット」的保護意義不同。※題型3

巧記外來語差異 「ヘルメット」是指安全帽或頭盔。類似的詞有「グローブ【glove】」（手套）和「ブーツ【boots】」（靴子）。如：

- ヘルメットをかぶる／戴安全帽。

生字 かぶる／戴上

名 ヘルメット【helmet】

安全帽；頭盔，鋼盔（或唸：ヘルメット）

類 頭部保護具　頭部保護裝置

對 ゴーグル【goggle】　護目鏡

讀書計劃：□□／□□

□□□ 1293

例 衣偏(ころもへん)は、「衣(ころも)」という字(じ)と形(かたち)がだいぶ違(ちが)います。

1秒後影子跟讀

譯 衣字邊和「衣」的字形差異很大。

生字 形(かたち)／形狀；だいぶ／相當地

名·漢造 へん【偏】

漢字的（左）偏旁；偏，偏頗

類 片側(かたがわ) 一側

對 中央(ちゅうおう) 中心

□□□ 1294

例 駅(えき)には県観光協会編(けんかんこうきょうかいへん)の無料(むりょう)のパンフレットが置(お)いてある。

1秒後影子跟讀

譯 車站擺放著由縣立觀光協會編寫的免費宣傳手冊。

生字 観光協会(かんこうきょうかい)／振興觀光的協會；パンフレット／宣傳小冊子

名·漢造 へん【編】

編，編輯；（詩的）卷

類 編集(へんしゅう) 編輯

對 読者(どくしゃ) 讀者

□□□ 1295

例 街(まち)の変化(へんか)はとても激(はげ)しく、別(べつ)の場所(ばしょ)に来(き)たのかと思(おも)うぐらいです。

1秒後影子跟讀

譯 城裡的變化，大到幾乎讓人以為來到別處似的。

出題重點 「変化」中的「変」意為「變異」或「改變」，而「化」是指「變化」或「轉化」的過程。「弈」與「変」字形相似，是指「圍棋」的動作；「比」與「化」形狀接近，但意思為「比較」或「對照」。※ 題型 2

必考音訓讀

●化＝カ、ケ・ば(ける)、ふ(ける)／變化，化學

文法 ぐらい[幾乎…]：進一步說明前句的動作或狀態的程度，舉出具體事例來。相當於「～ほど」。

生字 街(まち)／街道；激(はげ)しい／劇烈的；別(べつ)／不同的

名·自サ へんか【変化】

變化，改變；（語法）變形，活用

類 変動(へんどう) 變動

對 定常(ていじょう) 恆常

□□□ 1296

例 ペンキが乾(かわ)いてからでなければ、座(すわ)れない。

1秒後影子跟讀

譯 不等油漆乾就不能坐。

文法 てからでなければ[不…就不能…]：表示如果不先做前項，就不能做後項。

生字 乾(かわ)く／變乾

名 ペンキ【(荷)pek】

油漆

類 塗料(とりょう) 塗料

對 インク【ink】 墨水

□□□ 1297

例 予定(よてい)を変更(へんこう)することなく、すべての作業(さぎょう)を終(お)えた。

1秒後影子跟讀

譯 一路上沒有更動原定計畫，就做完了所有的工作。

生字 予定(よてい)／預計；作業(さぎょう)／工作；終(お)える／完成

名·他サ へんこう【変更】

變更，更改，改變

類 修正(しゅうせい) 修正

對 維持(いじ) 維持

□□□ 1298

例 将来(しょうらい)は弁護士(べんごし)になりたいと考(かんが)えています。

1秒後影子跟讀

譯 我以後想要當律師。

文法 たい [想要…]：表示說話者的內心想做、想要的。

生字 将来(しょうらい)／未來

名 べんごし【弁護士】

律師

類 法律家(ほうりつか) 法律專家

對 判事(はんじ) 法官

□□□ 1299

例 公園(こうえん)には小(ちい)さなベンチがありますよ。

1秒後影子跟讀

譯 公園裡有小型的長條椅喔。

出題重點 「ベンチ」指的是供人坐的長椅，尤其在公園或其他公共場所。陷阱可能有「ソファ」是一種通常放在室內、有軟墊和背靠的長椅，適合多人同時坐，比「ベンチ」更為舒適；「椅子（いす）」則是指一般的坐具，通常只供一人坐，具有多種形式和材料，與「ベンチ」相比，它的用途更加多樣。※ 題型 3

情境記憶

- ベンチで休(やす)む／在長椅上休息。
- 椅子(いす)に座(すわ)る／坐在椅子上。

名 ベンチ【bench】

長凳，長椅；（棒球）教練、選手席

類 座席(ざせき) 座椅

對 テーブル【table】 桌子

□□□ 1300

例 外食(がいしょく)は高(たか)いので、毎日(まいにち)お弁当(べんとう)を作(つく)っている。

1秒後影子跟讀

譯 由於外食太貴了，因此每天都自己做便當。

生字 外食(がいしょく)／外出用餐

名 べんとう【弁当】

便當，飯盒

類 ランチボックス【lunchbox】 午餐盒

對 レストラン【restaurant】 餐廳

讀書計劃：□□／□□

1301 Track57

例 友達以上恋人未満の関係から一歩進みたい。

1秒後影子跟讀

譯 希望能由目前「是摯友但還不是情侶」的關係再更進一步。

文法 たい [想要…]：表示說話者的內心想做、想要的。

生字 未満／不足；関係／關係；進む／前進

名・漢造 ほ・ぽ【歩】

步，步行；(距離單位) 步

類 踏む　踩、步行

對 走る　跑

1302

例 妹は２歳から保育園に行っています。

1秒後影子跟讀

譯 妹妹從兩歲起就讀育幼園。

名 ほいくえん【保育園】

幼稚園，保育園

類 幼稚園　幼稚園

對 小学校　小學

1303

例 あの保育士は、いつも笑顔で元気がいいです。

1秒後影子跟讀

譯 那位幼教老師的臉上總是帶著笑容、精神奕奕的。

出題重點 「保育士」指的是專門受過訓練，負責照顧和教育幼兒的專業人員。類似單字有：「教師（きょうし）」他們主要在學校擔任教學職務，專門教導學生；「看護師（かんごし）」是指醫療領域的護士，主要照顧病患。與「ほいくし」的區別是，「きょうし」事注於學術教育，而「かんごし」主要在醫療領域工作。※ 題型 3

必考音訓讀

●育＝イク・そだ(つ)、はぐく(む)／教育，成長

名 ほいくし【保育士】

保育士

類 保育者　保育員

對 教師　老師

1304

例 病気はできるだけ予防することが大切だ。

1秒後影子跟讀

譯 盡可能事前預防疾病非常重要。

生字 予防／預防

漢造 ぼう【防】

防備，防止；堤防

類 防ぐ　預防

對 攻める　攻擊

□□□ 1305

例 忙しさのあまり、報告を忘れました。

1秒後影子跟讀

譯 因為太忙了，而忘了告知您。

名・他サ ほうこく【報告】

報告，匯報，告知

類 通知 通知

對 質問 提問

□□□ 1306

例 傷口を消毒してガーゼを当て、包帯を巻いた。

1秒後影子跟讀

譯 將傷口消毒後敷上紗布，再纏了繃帶。

生字 傷口／傷口；消毒／消毒；ガーゼ／紗布；当てる／貼上；巻く／纏繞

名・他サ ほうたい【包帯】

（醫）繃帶

類 帯 繃帶

對 薬 藥

□□□ 1307

例 刺身を包丁でていねいに切った。

1秒後影子跟讀

譯 我用刀子謹慎地切生魚片。

生字 刺身／生魚片；ていねい／仔細的；切る／切，割

名 ほうちょう【包丁】

菜刀；廚師；烹調手藝

類 ナイフ【knife】 刀

對 スプーン【spoon】 湯匙

□□□ 1308

例 こうなったら、もうこの方法しかありません。

1秒後影子跟讀

譯 事已至此，只能用這個辦法了。

出題重點 「方法」唸音讀「ほうほう」。某種特定的方式或手段來完成某件事。陷阱可能有缺尾音「う」的「ほうほ」；「ほ變と」的「ほうとう」；「ふほう」則與單字不相關。※ 題型 1

必考音訓讀

●抱＝ホウ・だ（く）、いだ（く）、かか（える）／抱擁，抱怨

●放＝ホウ・はな（す）、ほう（る）／釋放，放學

名 ほうほう【方法】

方法，辦法

類 手段 手段

對 結果 結果

讀書計劃：□□／□□

□□□ 1309

例 彼の家を訪問したところ、たいそう立派な家だった。

1秒後影子跟讀

譯 拜訪了他家，這才看到是一棟相當氣派的宅邸。

生字 たいそう／非常地；立派／宏偉的

名・他サ ほうもん【訪問】

訪問，拜訪

類 訪れる 訪問

對 出発 出發

□□□ 1310

例 親に暴力をふるわれて育った子どもは、自分も暴力をふるいがちだ。

1秒後影子跟讀

譯 在成長過程中受到家暴的孩童，自己也容易有暴力傾向。

文法 がちだ [容易…]：表示即使是無意的，也容易出現某種傾向。一般多用於負面。

生字 ふるう／遭受；育つ／成長

名 ぼうりょく【暴力】

暴力，武力

類 暴行 暴行

對 平和 和平

□□□ 1311

例 この子はいつもほおが赤い。

1秒後影子跟讀

譯 這孩子的臉蛋總是紅通通的。

名 ほお【頬】

頬，臉蛋（或唸：ほほ）

類 顔の一部 臉的一部分

對 額 額頭

□□□ 1312

例 ボーナスが出ても、使わないで貯金します。

1秒後影子跟讀

譯 就算領到獎金也沒有花掉，而是存起來。

出題重點 「ボーナス」指「獎金」或「特別獎賞」。使用時應注意與金錢或獎勵相關的語境。有些情況不應該與音樂、衣物或其他非金錢的事物相關聯。當使用「ボーナス」時，要確保其與句中其他詞語的語意是一致的，避免造成混淆。※ 題型 5

高頻詞語搭配

- ボーナスで旅行に行く／用獎金去旅遊。
- 給料で新しい服を買う／用薪水買新衣。

生字 貯金／儲蓄

名 ボーナス【bonus】

特別紅利，花紅；獎金，額外津貼，紅利

類 特別給与 特別的給予

對 給料 薪水

ホーム【platform 之略】

□□□ 1313

例 ホームに入(はい)ってくる快速列車(かいそくれっしゃ)に飛(と)び込(こ)みました。

1秒後影子跟讀

譯 趁快速列車即將進站時，一躍而下（跳軌自殺）。

出題重點 「ホーム」主要指的是火車站的月台。陷阱可能有「プラットフォーム」和「ホーム」，兩者都指火車站的月台，但「プラットフォーム」更偏向於英語借詞的形式，用途與「ホーム」相同；而「待合室（まちあいしつ）」是指火車站或公交站內供乘客等車的室內場所，與「ホーム」不同的是，它主要是一個室內空間，不是月台。※ 題型 3

生字 快速列車(かいそくれっしゃ)／高速電車；飛(と)び込(こ)む／跳入

名 **ホーム【platform 之略】**

月台

類 プラットフォーム【plaitform】 月台

對 線路(せんろ) 鐵軌

□□□ 1314

例 詳(くわ)しくは、ホームページをご覧(らん)ください。

1秒後影子跟讀

譯 詳細內容請至網頁瀏覽。

生字 ご覧(らん)ください／請瀏覽

名 **ホームページ【homepage】**

網站，網站首頁

類 ウェブサイト【website】 網站

對 メール【mail】 電郵

□□□ 1315

例 新(あたら)しい県民会館(けんみんかいかん)には、大(だい)ホールと小(しょう)ホールがある。

1秒後影子跟讀

譯 新落成的縣民會館裡有大禮堂和小禮堂。

生字 県民(けんみん)／縣裡的居民；会館(かいかん)／公所

名 **ホール【hall】**

大廳；舞廳；(有舞台與觀眾席的) 會場

類 会場(かいじょう) 會場

對 部屋(へや) 房間

□□□ 1316

例 東日本大震災(ひがしにほんだいしんさい)で流(なが)されたサッカーボールが、アラスカに着(つ)いた。

1秒後影子跟讀

譯 在日本 311 大地震中被沖到海裡的足球漂到了阿拉斯加。

生字 流(なが)す／沖走；サッカー／足球；アラスカ／阿拉斯加

名 **ボール【ball】**

球；(棒球) 壞球

類 球(たま) 球

對 バット【bat】 球棒

讀書計劃：□□／□□

□□□ 1317

例 保健所(ほけんじょ)で健康診断(けんこうしんだん)を受(う)けてきた。

1秒後影子跟讀

譯 在衛生所做了健康檢查。

生字 診断(しんだん)／診斷；受(う)ける／接受

名 ほけんじょ【保健所】

保健所，衛生所

類 健康(けんこう)センター【健康center】 健康中心

對 病院(びょういん) 醫院

□□□ 1318

例 保健体育(ほけんたいいく)の授業(じゅぎょう)が一番(いちばん)好(す)きです。

1秒後影子跟讀

譯 我最喜歡上健康體育課。

生字 授業(じゅぎょう)／上課

名 ほけんたいいく【保健体育】

(國高中學科之一) 保健體育

類 スポーツ【sport】 體育運動

對 美術(びじゅつ) 美術

□□□ 1319

例 父(ちち)が今日(きょう)を限(かぎ)りにたばこをやめたので、ほっとした。

1秒後影子跟讀

譯 聽到父親決定從明天起要戒菸，著實鬆了一口氣。

出題重點 「ほっと」另一說法是「安心する（あんしんする）」（放心、安心）。

例 テストが終わってほっとした／考試結束後我鬆了一口氣。

例 テストが終わり、安心した／考試結束了，我感到安心。

兩者都表示由於某事情而感到舒緩或心安。但「安心する」偏向於感到心安，「ほっと」更接近由於壓力解除而產生的放鬆感。

※ 題型 4

文法 を限(かぎ)りに [到…為止…]：表示以前項的時間為分界點，不再進行後項的動作。

生字 やめる／戒掉

副・自サ ほっと

嘆氣貌；放心貌

類 安心(あんしん)する 安心

對 心配(しんぱい)する 擔心

□□□ 1320

例 80 年代(ねんだい)のポップスが最近(さいきん)またはやり始(はじ)めた。

1秒後影子跟讀

譯 最近又開始流行起 80 年代的流行歌了。

生字 年代(ねんだい)／年代；はやる／流行

名 ポップス【pops】

流行歌，通俗歌曲（「ポピュラーミュージック」之略稱）

類 ジャズ【jazz】 爵士

對 クラシック【classic】 古典音樂

□□□ 1321

例 風呂場で滑って骨が折れた。

1秒後影子跟讀

譯 在浴室滑倒而骨折了。

出題重點 「骨」是指動物體內的堅硬結構，支持和保護身體的各部位。類似單字有：「骸（むくろ）」這通常用於指人的骨骼或遺骸；「骨格（こっかく）」指的是個體的骨骼結構或形態。與「ほね」的區別是，「むくろ」有更詩意或文學的感覺，通常用於文學作品中，而「こっかく」更側重於描述某人的體型或骨骼的特點。※ 題型 3

高頻詞語搭配

● 骨を折る／折斷骨頭。

生字 風呂場／浴室；滑る／滑倒；折れる／折斷

名 ほね【骨】

骨頭；費力氣的事

類 骨格 骨架

對 皮膚 皮膚

□□□ 1322

例 ホラー映画は好きじゃありません。

1秒後影子跟讀

譯 不大喜歡恐怖電影。

名 ホラー【horror】

恐怖，戰慄

類 恐怖映画 恐怖片

對 ロマンス【romance】 浪漫片

□□□ 1323

例 ボランティアで、近所の道路のごみ拾いをしている。

1秒後影子跟讀

譯 義務撿拾附近馬路上的垃圾。

生字 近所／附近；道路／道路；ごみ拾い／撿垃圾

名 ボランティア【volunteer】

志願者，志工

類 志願者 義工

對 職員 職員

□□□ 1324

例 ポリエステルの服は汗をほとんど吸いません。

1秒後影子跟讀

譯 人造纖維的衣服幾乎都不吸汗。

生字 汗／汗水；ほとんど／幾乎；吸う／吸收

名 ポリエステル【polyethylene】

（化學）聚乙稀，人工纖維

類 合成繊維 合成纖維

對 コットン【cotton】 棉

讀書計劃：□□／□□

□□□ 1325

例 ぼろぼろな財布(さいふ)ですが、お気(き)に入(い)りのものなので捨(す)てられません。

1秒後影子跟讀

譯 我的錢包雖然已經變得破破爛爛的了，可是因為很喜歡，所以捨不得丟掉。

出題重點 「ぼろぼろ（な）」描述事物破舊或破碎的狀態。陷阱可能有「くたくた（な）」，它則是描述事物或物品由於過度使用而失去原有的形狀或功能，比如被使用得太過的鞋子或布料，相較「ぼろぼろ（な）」，它更偏向於形容疲倦或失去活力的狀態。※ 題型 3

情境記憶

- 服(ふく)がぼろぼろだ／衣服破破爛爛。
- 服(ふく)が古(ふる)びる／衣服變舊。

生字 気(き)に入(い)り／中意；捨(す)てる／丟棄

名・副・形動 **ぼろぼろ（な）**

(衣服等) 破爛不堪；(粒狀物) 散落貌

類 古(ふる)い　老舊的

對 新(あたら)しい　新的

□□□ 1326

例 こちらが**本日**(ほんじつ)のお薦(すす)めのメニューでございます。

1秒後影子跟讀

譯 這是今日的推薦菜單。

生字 薦(すす)め／推薦；メニュー／菜單

名 **ほんじつ【本日】**

本日，今日

類 今日(きょう)　今天

對 明日(あした)　明天

□□□ 1327

例 一ヶ月(いっかげつ)の**本代**(ほんだい)は 3,000 円(えん)ぐらいです。

1秒後影子跟讀

譯 我每個月大約花 3000 圓買書。

名 **ほんだい【本代】**

買書錢

類 食費(しょくひ)　食物費

□□□ 1328

例 **本人**(ほんにん)であることを確認(かくにん)してからでないと、書類(しょるい)を発行(はっこう)できません。

1秒後影子跟讀

譯 如尚未確認他是本人，就沒辦法發放這份文件。

文法 てからでないと [不…就不能…]：表示如果不先做前項，就不能做後項。

生字 確認(かくにん)／確認；書類(しょるい)／資料；発行(はっこう)／發放

名 **ほんにん【本人】**

本人

類 当事者(とうじしゃ)　當事人

對 他者(たしゃ)　他人

あ か さ た な は ま や ら わ 練習

□□□ 1329

例 昨年はお世話になりました。本年もよろしくお願いいたします。

1秒後影子跟讀

譯 去年承蒙惠予照顧，今年還望您繼續關照。

名 ほんねん【本年】

本年，今年

類 今年　今年

對 来年　明年

□□□ 1330

例 お米があとほんの少ししかないから、買ってきて。

1秒後影子跟讀

譯 米只剩下一點點而已，去買回來。

出題重點 「ほんの」另一說法是「ただの」（僅僅是、只是）。

例 ほんの 10 分で終わった／只用了 10 分鐘就結束了。

例 ただの 10 分遅れだった／只是延遲了 10 分鐘。

兩者都用於強調某事的少量或短暫。但「ほんの」更強調事物的微小或時間的短暫，「ただの」強調「只是」之意，即某事物的普通性或缺乏其他特殊品質。※ 題型 4

生字 米／米，大米；少し／少許

連體 ほんの

不過，僅僅，一點點

類 少し　一點點

對 多く　很多

□□□ 1331

Track58

例 子どものころ毎朝牛乳を飲んだ割には、背が伸びなかった。

1秒後影子跟讀

譯 儘管小時候每天早上都喝牛奶，可是還是沒長高。

文法 割には［雖然…卻…］：表示基於前項的情況，後項的結果比預期的好或差。

生字 伸びる／變高

接頭 まい【毎】

每

類 それぞれ　各個

對 一度　一次

□□□ 1332

例 彼は、カラオケでマイクを握ると離さない。

1秒後影子跟讀

譯 一旦他握起麥克風，就會忘我地開唱。

生字 カラオケ／卡拉ＯＫ；握る／抓緊；離す／放開

名 マイク【mike】

麥克風

類 録音機器　錄音設備

對 スピーカー【speaker】

喇叭

讀書計劃：□□／□□

□□□ 1333

例 この問題は、わが社にとってマイナスになるに決まっている。

1秒後影子跟讀

譯 這個問題，對我們公司而言肯定是個負面影響。

文法 に決まっている［肯定是…］：說話者根據事物的規律，覺得一定是這樣，充滿自信的推測。

生字 わが社／本公司

名・他サ **マイナス【minus】**

（數）減，減法；減號，負數；負極；（溫度）零下

類 負　負的

對 プラス【plus】　正的

□□□ 1334

例 マウスを持ってくるのを忘れました。

1秒後影子跟讀

譯 我忘記把滑鼠帶來了。

名 **マウス【mouse】**

滑鼠；老鼠

類 カーソル【cursor】　游標

對 キーボード【keyboard】　鍵盤

□□□ 1335

例 いつ着くかは、前もって知らせます。

1秒後影子跟讀

譯 會事先通知什麼時候抵達。

出題重點 「まえもって」意指事先或提前做某事，常用於日常對話中，較偏向口語表達。陷阱可能有「予め（あらかじめ）」，強調事前的計劃或預先的安排，常用於正式場合或書面語；「事前に（じぜんに）」更正式，強調在某事件發生前的動作或計畫，例如事前審查。※ 題型 3

高陷阱詞

● 前もって／提前，事先：在某事件發生之前事先做的。

生字 着く／到達；知らせる／通知

副 **まえもって【前もって】**

預先，事先

類 予め　預先

對 後で　之後

□□□ 1336

例 この件については、あなたに任せます。

1秒後影子跟讀

譯 關於這一件事，就交給你了。

生字 件／事情

他下一 **まかせる【任せる】**

委託，託付；聽任，隨意；盡力，盡量

類 委ねる　委託

對 自分でやる　自己做

第四回

言語知識（文字、語彙）

題型 1

問題 1 ＿＿＿の言葉の読み方として最も良いものを、1・2・3・4から一つ選びなさい

1 機械の中には多くの<u>歯車</u>が動いている。

1 しぐるま　　2 はしゃ　　3 ししゃ　　4 はぐるま

2 ボタンがシャツから<u>外れる</u>。

1 はずれる　　2 はたれる　　3 はなれる　　4 はじれる

題型 2

問題 2 ＿＿＿の言葉を漢字で書くとき、最も良いものを、1・2・3・4から一つ選びなさい。

3 これはこの商品の主要な<u>とくちょう</u>です。

1 特征　　2 持征　　3 特徴　　4 待徴

4 この地図を<u>ひろげる</u>と、全体の形が見える。

1 広げる　　2 宏げる　　3 廣げる　　4 厂げる

題型 3

問題 3 （　　）に入れるものに最も良いものを、1・2・3・4から一つ選びなさい。

5 この古い建物は時間が経つと、壁が（　　）になってきた。

1 ぽろぽろ　　2 ぶろぶろ　　3 ぼろぼろ　　4 ほろほろ

讀書計劃：□□／□□

答案：1.(4) 2.(1) 3.(3) 4.(1) 5.(3) 6.(1) 7.(4) 8.(1) 9.(1) 10.(1)

6 彼は数学がとても（　　）なので、テストの時いつも低い点数を取る。

1 苦手　　2 苦情　　3 苦労　　4 得意

題型 4

問題4 ＿＿＿に意味が最も近いものを、1・2・3・4から一つ選びない。

7 彼は話す時、特有の手の振りで話を強調する。

1 上り　　2 回り　　3 回転　　4 動作

8 紙飛行機を強く飛ばすと、遠くまで行く。

1 投げる　　2 駆ける　　3 跳ねる　　4 打つ

題型 5

問題5 次の言葉の使い方として最も良いものを、一つ選びなさい。

9 ボーナス

1 ボーナスで新しい車を買うつもりです。

2 この曲はとてもボーナスですね。

3 明日のテストにはボーナスだ。

4 彼女は常にボーナスな服を着ています。

10 外す

1 彼はシャツのボタンを外しています。

2 あの店の前で、多くの人がバスを外しています。

3 彼女はいつもおしゃれな服を外しています。

4 あの映画は観客の期待を外していました。

□□□ 1337

例 今日(きょう)は寒(さむ)いからマフラーを巻(ま)いていこう。

1秒後影子跟讀

譯 今天很冷，裹上圍巾再出門吧。

生字 マフラー／圍巾

自五・他五 ま|く【巻く】

形成漩渦；喘不上氣來；捲；纏繞；上發條；捲起；包圍；(登山) 迂迴繞過險處；(連歌，俳諧) 連吟

類 巻(ま)き取(と)る　捲起

對 解(ほど)く　解開

□□□ 1338

例 ホテルで、枕(まくら)が合(あ)わなくて、よく眠(ねむ)れなかった。

1秒後影子跟讀

譯 旅館裡的枕頭睡不慣，沒能睡好。

生字 合(あ)う／適合，符合；眠(ねむ)る／睡覺

名 ま|くら【枕】

枕頭

類 クッション【cushion】靠墊

對 ベッド【bed】床

□□□ 1339

例 今回(こんかい)は、私(わたし)の負(ま)けです。

1秒後影子跟讀

譯 這次是我輸了。

名 ま|け【負け】

輸，失敗；減價；(商店送給客戶的) 贈品

類 敗北(はいぼく)　敗北

對 勝(か)ち　勝利

□□□ 1340

例 膝(ひざ)を曲(ま)げると痛(いた)いので、病院(びょういん)に行(い)った。

1秒後影子跟讀

譯 膝蓋一彎就痛，因此去了醫院。

出題重點 「曲げる」表示使物體彎曲的動作。使用時，必須確認是否描述的是物體的彎曲或折疊。解題時要注意上下文中的物體是否能被彎曲，且確保該動作在情境中是合理的。同時也要避免將其與「扭傷」或其他不適當的動作相混淆。※ 題型 5

必考音訓讀

●曲 ＝キョク・ま(がる)／曲目，彎曲

生字 膝(ひざ)／膝蓋；病院(びょういん)／醫院

他下一 ま|げる【曲げる】

彎，曲；歪，傾斜；扭曲，歪曲；改變，放棄；(當舖裡的) 典當；偷，竊

對 伸(の)ばす　伸展

讀書計劃：□□／□□

□□□ 1341

例 孫がかわいくてしょうがない。

1秒後影子跟讀

譯 孫子真是可愛極了。

名・造語 まご【孫】

孫子；隔代，間接

類 孫娘／孫息子　孫女／孫子

對 爺／婆　爺爺／奶奶

□□□ 1342

例 まさか彼が来るとは思わなかった。

1秒後影子跟讀

譯 萬萬也沒料到他會來。

副 まさか

（後接否定語氣）絕不…，總不會…，難道；萬一，一旦

類 予期しない　未預期

對 当然　當然

□□□ 1343

例 いろいろな絵の具が混ざって、不思議な色になった。

1秒後影子跟讀

譯 裡面夾帶著多種水彩，呈現出很奇特的色彩。

出題重點 「混ざる」讀法是「まざる」。表示兩種或多種物質混合在一起。陷阱可能有「こざる」的「ま變こ」；「みざる」的「ま變み」；用音讀「ま變こん」誤導的「こんざる」。※ 題型 1

高頻詞語搭配

● 色が混ざる／顏色混合。

● 声が重なる／聲音重疊。

生字 絵の具／顏料

自五 まざる【混ざる】

混雜，夾雜

類 混合する　混合

對 分離する　分離

□□□ 1344

例 ハマグリのなかにアサリが一つ交ざっていました。

1秒後影子跟讀

譯 在這鍋蚌的裡面摻進了一顆蛤蜊。

生字 ハマグリ／普通文蛤；アサリ／菲律賓蛤仔

自五 まざる【交ざる】

混雜，交雜，夾雜

□□□ 1345

例 もうちょっとましな番組（ばんぐみ）を見（み）たらどうですか。

1秒後影子跟讀

譯 你難道不能看比較像樣一些的電視節目嗎？

出題重點 「まし（な）」與之相似的表達方式是「より良い」（更好的）。

例 この方法の方が前の方法よりましだ／這個方法比之前的方法好一些。

例 この方法は前の方法より良い／這個方法比之前的方法更好。

「まし（な）」常帶有「不是最好但至少比之前好」的含義，「より良い」則直接表示某事更好。※ 題型 4

生字 番組（ばんぐみ）／節目

形動 **まし（な）**

（比）好些，勝過；像樣

類 より良（よ）い　更好

對 悪（わる）い　差

□□□ 1346

例 ご飯（はん）の中（なか）に石（いし）が交（ま）じっていた。

1秒後影子跟讀

譯 米飯裡面摻雜著小的石子。

生字 石（いし）／石頭

自五 **まじる【混じる・交じる】**

夾雜，混雜；加入，交往，交際

類 合流（ごうりゅう）する　合流

對 隔（へだ）てる　隔離

□□□ 1347

例 マスコミに追（お）われているところを、うまく逃（に）げ出（だ）せた。

1秒後影子跟讀

譯 順利擺脫了蜂擁而上的採訪媒體。

生字 追（お）う／追趕；逃（に）げ出（だ）す／逃走

名 **マスコミ【mass communication 之略】**

（透過報紙、廣告、電視或電影等向群眾進行的）大規模宣傳；媒體（「マスコミュニケーション」之略稱）

類 メディア【media】　媒體

對 個人（こじん）　個人

□□□ 1348

例 日本語（にほんご）をマスターしたい。

1秒後影子跟讀

譯 我想精通日語。

文法 たい［想要…］：表示說話者的內心想做、想要的。

名・他サ 

マスター【master】

精通；老闆

類 上手（じょうず）　擅長的

對 苦手（にがて）　不擅長的

讀書計劃：□□／□□

□□□ 1349

例 若者向けの商品が、ますます増えている。

1秒後影子跟讀

譯 迎合年輕人的商品是越來越多。

副 ますます【益々】

越發，益發，更加

類 更に　更加

對 減る　減少

出題重點 「ますます」意指越來越、更加。陷阱可能有「いよいよ」強調某一情況或事物即將到達或已經達到頂點，有即將、終於的意味；「だんだん」描述事物的逐步、逐漸的變化或進展，比「ますます」更加平緩。兩者都表達事情的增長或進展，但重點的強調程度略有不同。

※ 題型 3

文法 向けの［適合於…的］：表示以前項為對象，而做後項的事物。

生字 若者／年輕人；商品／產品；増える／變多

□□□ 1350

例 ビールとジュースを混ぜるとおいしいです。

1秒後影子跟讀

譯 將啤酒和果汁加在一起很好喝。

生字 ビール／啤酒；ジュース／果汁

他下一 まぜる【混ぜる】

混入；加上，加進；攪，攪拌

類 混合する　混合

對 分ける　分開

□□□ 1351

例 試験で時間が余ったので、間違いがないか見直した。

1秒後影子跟讀

譯 考試時還有多餘的時間，所以檢查了有沒有答錯的地方。

生字 余る／剩餘；見直す／重新檢查

名 まちがい【間違い】

錯誤，過錯；不確實

類 誤り　錯誤

對 正確　正確

□□□ 1352

例 緊張のあまり、字を間違ってしまいました。

1秒後影子跟讀

譯 太過緊張，而寫錯了字。

生字 緊張／緊張；字／文字

他五・自五 まちがう【間違う】

做錯，搞錯；錯誤

類 誤る　犯錯

對 正しい　正確

まちがえる【間違える】

□□□ 1353

例 先生(せんせい)は、間違(まちが)えたところを直(なお)してくださいました。

1秒後影子跟讀

譯 老師幫我訂正了錯誤的地方。

出題重點 「間違える」描述了某事物或行為的誤解或錯誤。陷阱可能以「食い違う、間異える」等漢字意思接近的形式出現。只是其中的「食い違う」指的是意見或說法不一致，語義有差異；「間異える」則是日語不存在的組合。※ 題型 2

巧記動詞差異

● 間違(まちが)える／搞錯，誤解：理解或做錯某事物。

生字 直(なお)す／修正

他下一 **まちがえる【間違える】**

錯；弄錯

類 誤(あやま)る 錯誤

對 正(ただ)す 修正

□□□ 1354

例 日(ひ)が暮(く)れるのが早(はや)くなったねえ。もう真(ま)っ暗(くら)だよ。

1秒後影子跟讀

譯 太陽愈來愈快下山了呢。已經一片漆黑了呀。

生字 暮(く)れる／日落，天黑

名·形動

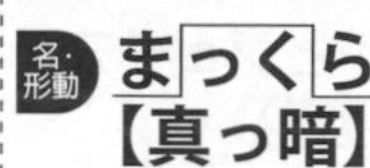

漆黑；(前途) 黯淡

類 暗(くら)い 暗

對 明(あか)るい 明亮

□□□ 1355

例 日差(ひざ)しで真(ま)っ黒(くろ)になった。

1秒後影子跟讀

譯 被太陽晒得黑黑的。

生字 日差(ひざ)し／陽光

名·形動

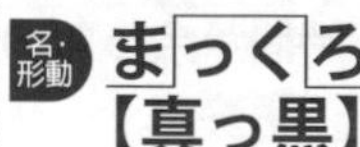

漆黑，烏黑

類 黒(くろ)い 黑色

對 白(しろ)い 白色

□□□ 1356

Track59

例 まつ毛(げ)がよく抜(ぬ)けます。

1秒後影子跟讀

譯 我常常掉睫毛。

生字 抜(ぬ)ける／脫落

名 **まつげ【まつ毛】**

睫毛

類 髭(ひげ) 鬍子

對 髪(かみ) 頭髮

讀書計劃：□□／□□

□□□ 1357

例 医者の話を聞いて、母の顔は真っ青になった。

1秒後影子跟讀

譯 聽了醫師的診斷後，媽媽的臉色變得慘白。

出題重點 「真っ青」中的「真」意為「真實」或「確實」，而「青」指的是「藍色」或「青色」。整體意思為「非常藍」或「臉色蒼白」。「直」與「真」形狀相似，表示「直接」或「立刻」；「清」與「青」近似，意為「清晰」或「清潔」。※ 題型 2

慣用語

● 落ち着いた精神／冷靜的心態。

生字 医者／醫生；顔／臉色

名·形動 まっさお【真っ青】

蔚藍，深藍；(臉色) 蒼白

類 青ざめる　變青

對 赤い　紅色

□□□ 1358

例 雪で辺り一面真っ白になりました。

1秒後影子跟讀

譯 雪把這裡變成了一片純白的天地。

文法 近 ようになる [(變得) …了]

生字 辺り／周圍；一面／整片

名·形動 まっしろ【真っ白】

雪白，淨白，皓白

類 白い　白色

對 黒い　黑色

□□□ 1359

例 真っ白い雪が降ってきた。

1秒後影子跟讀

譯 下起雪白的雪來了。

形 まっしろい【真っ白い】

雪白的，淨白的，皓白的

□□□ 1360

例 facebook で全く知らない人から友達申請が来た。

1秒後影子跟讀

譯 有陌生人向我的臉書傳送了交友邀請。

生字 申請／申請

副 まったく【全く】

完全，全然；實在，簡直；(後接否定) 絕對，完全

類 完全に　完全地

對 一部　部分地

あ か さ た な は ま や ら わ 練習

□□□ 1361

例 祭り（まつ）は今度（こんど）の金（きん）・土（ど）・日（にち）です。

1秒後影子跟讀

譯 祭典將在下週五六日舉行。

名 まつり【祭り】

祭祀；祭日，廟會祭典

類 祭祀（さいし） 祭典

對 平日（へいじつ） 平日

□□□ 1362

例 みんなの意見（いけん）がなかなかまとまらない。

1秒後影子跟讀

譯 大家的意見遲遲無法整合。

出題重點 「纏まる」另一說法是「集まる（あつまる）」（聚集、集合）。

例 意見がようやく纏まった／意見終於整合在一起了。

例 意見がようやく集まった／意見終於聚集在一起了。

兩者都可以用在表示聚集或整合的意思。但「纏まる」偏重於有條理或組織性地統一或整合，而「集まる」則更多地指物或人的物理性地聚集。※ 題型 4

生字 意見（いけん）／意見；なかなか／不容易

自五 まとまる【纏まる】

解決，商訂，完成，談妥；湊齊，湊在一起；集中起來，概括起來，有條理

類 一致（いっち）する 一致

對 散（ち）らばる 分散

□□□ 1363

例 クラス委員（いいん）を中心（ちゅうしん）に、意見（いけん）をまとめてください。

1秒後影子跟讀

譯 請以班級委員為中心，整理一下意見。

文法 を中心（ちゅうしん）に［以…為中心］：表示前項是後項行為、狀態的中心。

生字 クラス委員（いいん）／班長

他下一 まとめる【纏める】

解決，結束；總結，概括；匯集，收集；整理，收拾

類 集（あつ）める 集合

對 散（ち）らかす 散佈

□□□ 1364

例 このマンションは、間取（まど）りはいいが、日当（ひあ）たりがよくない。

1秒後影子跟讀

譯 雖然這棟大廈的隔間還不錯，但是採光不太好。

生字 マンション／公寓大廈；日当（ひあ）たり／採光

名 まどり【間取り】

（房子的）房間佈局，採間，平面佈局

類 間接（かんせつ） 間隔

對 全体（ぜんたい） 全體

讀書計劃：□□／□□

□□□ 1365

例 食事(しょくじ)のマナーは国(くに)ごとに違(ちが)います。

1秒後影子跟讀

譯 各個國家的用餐禮儀都不同。

名 マナー【manner】

禮貌，規矩；態度舉止，風格

類 エチケット【(法) étiquette】 禮儀

對 不作法(ぶさほう) 無禮

□□□ 1366

例 プラスチックより木(き)のまな板(いた)のほうが好(す)きです。

1秒後影子跟讀

譯 比起塑膠砧板，我比較喜歡木材砧板。

生字 プラスチック／塑膠

名 まないた【まな板】

切菜板

類 切り台(きりだい) 切割板

對 鍋(なべ) 鍋子

□□□ 1367

例 タクシーに乗(の)らなくちゃ、間(ま)に合(あ)わないですよ。

1秒後影子跟讀

譯 要是不搭計程車，就來不及了唷！

出題重點 「間に合う」表示「來得及」或「適合」。使用時，須注意上下文是否描述時間的趕緊或某物的適合程度。解題時要確認句子中的事件是否涉及時間壓力或適應性，並避免在不合適的情境中使用此詞。同時，也要注意句子的結構是否正確。※ 題型 5

情境記憶

● 出勤(しゅっきん)に間(ま)に合(あ)う／趕得及上班。

文法 なくちゃ [不…不行]：表示受限於某個條件而必須要做，如果不做，會有不好的結果發生。

自五 まにあう【間に合う】

來得及，趕得上；夠用

類 丁度良い(ちょうどよい) 剛好

對 遅れる(おくれる) 遲到

□□□ 1368

例 心配(しんぱい)いりません。提出締切日(ていしゅつしめきりび)には間(ま)に合(あ)わせます。

1秒後影子跟讀

譯 不必擔心，我一定會在截止期限之前繳交的。

生字 提出(ていしゅつ)／提交；締切(しめきり)／截止

連語 まにあわせる【間に合わせる】

臨時湊合，就將；使來得及，趕出來

類 間に合う(まにあう) 來得及

對 遅れる(おくれる) 遲的

あ か さ た な は ま や ら わ 練習

□□□ 1369

例 大使館(たいしかん)のパーティーに招(まね)かれた。

1秒後影子跟讀

譯 我受邀到大使館的派對。

生字 大使館(たいしかん)／大使館

他五 まねく【招く】

（搖手、點頭）招呼；招待，宴請；招聘，聘請；招惹，招致

類 招待(しょうたい)する　邀請

對 拒絶(きょぜつ)する　拒絕

□□□ 1370

例 オウムは人(ひと)の言葉(ことば)をまねることができる。

1秒後影子跟讀

譯 鸚鵡會學人說話。

生字 オウム／鸚鵡

他下一 まねる【真似る】

模效，仿效

類 模倣(もほう)する　模仿

對 創造(そうぞう)する　創造

□□□ 1371

例 雲(くも)の間(あいだ)から、まぶしい太陽(たいよう)が出(で)てきた。

1秒後影子跟讀

譯 耀眼的太陽從雲隙間探了出來。

出題重點 「まぶしい」意指強烈到使人眼花的光亮。陷阱可能有「きらめく」則描述光線的閃爍或閃耀，比起「まぶしい」更有詩意和美感，常用來描述星光或寶石的閃亮。※ 題型 3

高頻詞語搭配

- 太陽(たいよう)が眩(まぶ)しい／太陽很刺眼。
- 声(こえ)が大(おお)きい／聲音很大。
- 風(かぜ)が冷(つめ)たい／風很冷。

形 まぶしい【眩しい】

耀眼，刺眼的；華麗奪目的，鮮豔的，刺目

類 明(あか)るい　明亮的

對 暗(くら)い　暗淡

□□□ 1372

例 まぶたを閉(と)じると、思(おも)い出(で)が浮(う)かんできた。

1秒後影子跟讀

譯 闔上眼瞼，回憶則一一浮現。

生字 閉(と)じる／閉上；思(おも)い出(で)／回憶；浮(う)かぶ／浮現

名 まぶた【瞼】

眼瞼，眼皮

類 目(め)の蓋(ふた)　眼皮

對 瞳(ひとみ)　瞳孔

讀書計劃：□□／□□

□□□ 1373

例 暖(あたた)かいマフラーをもらった。

1秒後影子跟讀

譯 我收到了暖和的圍巾。

名 マフラー【muffler】

圍巾；(汽車等的) 滅音器

類 スカーフ【scarf】 圍巾

對 帽子(ぼうし) 帽子

□□□ 1374

例 心配(しんぱい)いらない。君(きみ)は僕(ぼく)が守(まも)る。

1秒後影子跟讀

譯 不必擔心，我會保護你。

出題重點 「守る」讀法是「まもる」。是保護或守衛之意，通常用於描述保護某物或某人。陷阱可能有音讀混淆的「しゅる」的「まも變しゅ」；「まとる」的「も變と」；「もる」的「ま省略」。※ 題型 1

必考音訓讀

- 守＝シュ、ス・まも(る)、もり／守護，保護
- 首＝シュ・くび／頭部，首領

他五 まもる【守る】

保衛，守護；遵守，保守；保持（忠貞）；(文) 凝視

類 保護(ほご)する 保護

對 破(やぶ)る 破壞

□□□ 1375

例 息子(むすこ)の眉毛(まゆげ)は主人(しゅじん)にそっくりです。

1秒後影子跟讀

譯 兒子的眉毛和他爸爸長得一模一樣。

生字 そっくり／酷似

名 まゆげ【眉毛】

眉毛

類 眉(まゆ) 眉

對 睫毛(まつげ) 睫毛

□□□ 1376

例 山(やま)の中(なか)で道(みち)に迷(まよ)う。

1秒後影子跟讀

譯 在山上迷路。

自五 まよう【迷う】

迷，迷失；困惑；迷戀；(佛) 執迷；(古) (毛線、線繩等) 絮亂，錯亂

類 困(こま)る 困惑

對 知(し)る 知道

□□□ 1377

例 大きな声が聞こえて、真夜中に目が覚めました。

1秒後影子跟讀

譯 我在深夜被提高嗓門說話的聲音吵醒了。

生字 聞こえる／聽得見；覚める／醒來

名 まよなか【真夜中】

三更半夜，深夜

類 深夜　深夜

對 明け方　天亮時分

□□□ 1378

例 マヨネーズはカロリーが高いです。

1秒後影子跟讀

譯 美奶滋的熱量很高。

生字 カロリー／熱量

名 マヨネーズ【mayonnaise】

美乃滋，蛋黃醬

類 ソース【sauce】　醬汁

對 ケチャップ【ketchup】　番茄醬

□□□ 1379

例 テスト、丸は三つだけで、あとは全部ばつだった。

1秒後影子跟讀

譯 考試只寫對了３題，其他全都是錯的。

文法 だけ［只；僅僅］：表示只限於某範圍，除此以外沒有別的了。

生字 ばつ／打叉，表示錯誤的符號

名・造語・接頭・接尾 まる【丸】

圓形，球狀；句點；完全

類 円　圓

對 四角　方形

□□□ 1380

例 そこはまるで夢のように美しかった。

1秒後影子跟讀

譯 那裡簡直和夢境一樣美麗。

出題重點 「まるで」用另一種方式說是「どうも」（似乎）。

例 彼の話はまるで夢を見ているようだ／他的故事就像是在做夢一般。

例 彼の話はどうも夢を見ているようだ／他的故事似乎就像是在做夢。

兩者都用於表示某事情與另一事物或情況有相似之處。但「まるで」的感覺更強烈，像是完全一樣，而「どうも」則有一種不太確定但似乎如此，比較含糊的意味。※ 題型 4

文法 ように［如同…］：說話者以其他具體的人事物為例來陳述某件事物的性質。

副 まるで

（後接否定）簡直，全部，完全；好像，宛如，恰如

類 似る　相似

對 違う　不同

讀書計劃：□□／□□

□□□ 1381

例 日本の回りは全部海です。

1秒後影子跟讀

譯 日本四面環海。

名・接尾 まわり【回り】

轉動；走訪，巡迴；周圍；周，圈

類 周囲 周圍

對 中心 中心

出題重點 「回り（まわり）」一般指的是周圍、附近或圍繞某物的區域。類似單字有：「周辺（しゅうへん）」，指的是某物或某地的附近或周圍地區；「環境（かんきょう）」指的是周圍的環境、氛圍或背景。與「まわり」的區別是，「しゅうへん」通常指的是物理的地點或位置，而「かんきょう」更廣泛地指涉到周圍的總體狀況或情境。※ 題型 3

必考音訓讀

生字 全部／完全；海／大海

□□□ 1382

例 周りの人のことは気にしなくてもかまわない。

1秒後影子跟讀

譯 不必在乎周圍的人也沒有關係！

名 まわり【周り】

周圍，周邊

□□□ 1383

例 高級マンションに住む。

1秒後影子跟讀

譯 住高級大廈。

名 マンション【mansion】

公寓大廈；(高級) 公寓

類 アパート【apart (ment)】公寓

對 一軒家 獨立房屋

生字 高級／上等

□□□ 1384

例 社長がこれで満足するわけがない。

1秒後影子跟讀

譯 總經理不可能這樣就會滿意。

名・自他サ・形動 まんぞく【満足】

滿足，令人滿意的，心滿意足；滿足，符合要求；完全，圓滿

類 満喫 充分享受

對 不満 不滿

文法 わけがない [不可能…]：表示從道理上而言，強烈地主張不可能或沒有理由成立。

あ か さ た な は ま や ら わ 練習

□□□ 1385

例 彼の見送り人は 50 人以上いた。

1秒後影子跟讀

譯 給他送行的人有 50 人以上。

生字 以上／超過

名 **みおくり【見送り】**

送行；靜觀，觀望；(棒球)放著好球不打

類 送別　送別

對 歓迎　歡迎

□□□ 1386

例 私は彼女を見送るために、羽田空港へ行った。

1秒後影子跟讀

譯 我去羽田機場給她送行。

出題重點 「見送る」描述了目送某人或看著某物離開的動作。陷阱可能以「見落る、見降る」等漢字意思接近的形式出現。只是「見落る」和「見降る」都是日語不存在的組合。※ 題型 2

情境記憶

- 空港で友人を見送る／在機場送別朋友。
- ターミナルで家族を迎える／在航站樓迎接家人。

生字 空港／機場

他五 **みおくる【見送る】**

目送;送行，送別;送終;觀望，等待（機會）

類 送る　送行

對 迎える　迎接

□□□ 1387

例 あの赤い頭の人はよく駅で見かける。

1秒後影子跟讀

譯 常在車站裡看到那個頂著一頭紅髮的人。

他下一 **みかける【見掛ける】**

看到，看出，看見；開始看

類 見る　看見

對 見逃す　錯過

□□□ 1388

例 何があっても、僕は君の味方だ。

1秒後影子跟讀

譯 無論發生什麼事，我都站在你這邊。

名·自サ **みかた【味方】**

我方，自己的這一方；夥伴

類 パートナー【partner】伙伴

對 敵　敵人

1389

例 ミシンでワンピースを縫（ぬ）った。

1秒後影子跟讀

譯 用縫紉機車縫洋裝。

生字 ワンピース／連身裙；縫（ぬ）う／縫製

名 ミシン【sewingmachine之略】

縫紉機

類 裁縫道具（さいほうどうぐ） 縫紉工具

對 金槌（かなづち） 錘子

1390

例 ミス・ワールド日本代表（にほんだいひょう）に挑戦（ちょうせん）したいと思（おも）います。

1秒後影子跟讀

譯 我想挑戰看看世界小姐選美的日本代表。

文法 たい［想要…］：表示說話者的內心想做、想要的。

生字 代表（だいひょう）／代表；挑戦（ちょうせん）／挑戰

名 ミス【Miss】

小姐，姑娘

類 女子（じょし） 女性

對 ミスター【Mr.】 先生

1391

例 どんなに言（い）い訳（わけ）しようとも、ミスはミスだ。

1秒後影子跟讀

譯 不管如何狡辯，失誤就是失誤！

出題重點 「ミス」主要指「錯誤」或「失誤」。使用時，應確保其出現在與犯錯或失誤相關的語境中。有些情況不應與音樂、衣物或其他非犯錯的情境相關聯。使用「ミス」時，需要注意不要與其他非相關的主題或物品混淆，以確保語意清晰且正確。※ 題型 5

慣用語

●心（こころ）が温（あたた）かい／心地溫和。

生字 言（い）い訳（わけ）／藉口

名・自サ ミス【miss】

失敗，錯誤，差錯

類 誤（あやま）り 錯誤

對 正解（せいかい） 正確答案

1392

例 娘（むすめ）は水玉模様（みずたまもよう）が好（す）きです。

1秒後影子跟讀

譯 女兒喜歡點點的圖案。

名 みずたまもよう【水玉模様】

小圓點圖案

類 ポルカドット【polkadot】 圓點

對 縞模様（しまもよう） 條紋

□□□ 1393

例 みそ汁は豆腐とねぎのが好きです。

1秒後影子跟讀

譯 我喜歡裡面有豆腐和蔥的味噌湯。

生字 豆腐／豆腐；ねぎ／青蔥

名 みそしる【味噌汁】

味噌湯

類 スープ【soup】 湯

對 ジュース【juice】 果汁

□□□ 1394

例 オペラよりミュージカルの方が好きです。

1秒後影子跟讀

譯 比起歌劇表演，我比較喜歡看歌舞劇。

生字 オペラ／歌劇

名 ミュージカル【musical】

音樂劇；音樂的，配樂的

類 劇 戲劇

對 映画 電影

□□□ 1395

例 小学校の同級生がミュージシャンになりました。

1秒後影子跟讀

譯 我有位小學同學成為音樂家了。

生字 同級生／同班同學

名 ミュージシャン【musician】

音樂家

類 音楽家 音樂家

對 画家 畫家

□□□ 1396

例 明日はどういうご予定ですか。

1秒後影子跟讀

譯 請問明天有什麼預定行程嗎？

出題重點 「明」意味著「明亮」或「清晰」。類似字有「朋」，表示「朋友」；「胡」多用於姓名或地名，如「胡椒」；而「萌」則表示「萌芽」或現代用法的「萌え（喜愛、迷戀）」。各字雖然外觀近似，意義卻有所區別。※ 題型 2

巧記接頭詞差異

● 明日、来る／明天來。

生字 予定／預計

接頭 みょう【明】

（相對於「今」而言的）明

類 翌日 隔天

對 今日 今日

讀書計劃：□□／□□

□□□ 1397

例 明後日(みょうごにち)は文化(ぶんか)の日(ひ)につき、休業(きゅうぎょう)いたします。

1秒後影子跟讀

譯 基於後天是文化日（11月3日），歇業一天。

文法 につき[因…]：接在名詞後面，表示其原因、理由。

生字 休業(きゅうぎょう)／歇業

名 みょうごにち【明後日】

後天

類 後日(ごじつ) 之後的某一天

對 昨日(きのう) 昨天

□□□ 1398

例 日本人(にほんじん)の名字(みょうじ)は漢字(かんじ)の２字(じ)のものが多(おお)い。

1秒後影子跟讀

譯 很多日本人的名字是兩個漢字。

生字 漢字(かんじ)／日本漢字

名 みょうじ【名字・苗字】

姓，姓氏

類 姓(せい) 姓氏

對 名前(なまえ) 名字

□□□ 1399

例 未来(みらい)は若(わか)い君(きみ)たちのものだ。

1秒後影子跟讀

譯 未來是屬於你們年輕人的。

出題重點 「未来」唸音讀「みらい」。指未發生的時間，或是將要來臨的日子和事件。陷阱可能有「み變うん」的「うんらい」；缺尾音「い」的「みら」；完全不相關的讀音「みく」。※ 題型1

必考音訓讀

●未 ＝ミ、ビ・いま(だ)、ま(だ)／未來，未滿

●民＝ミン・たみ／國民，子民

●眠 ＝ミン・ねむ(る)／睡眠，沉眠

名 みらい【未来】

將來，未來；(佛) 來世

類 将来(しょうらい) 將來

對 過去(かこ) 過去

□□□ 1400

例 1時間(じかん) 100ミリの雨(あめ)は、怖(こわ)く感(かん)じるほどだ。

1秒後影子跟讀

譯 一小時下100公釐的雨量，簡直讓人覺得可怕。

文法 ほど[得令人]：表示動作或狀態處於某種程度。

生字 怖(こわ)い／恐懼的；感(かん)じる／感覺

造語・名 ミリ【(法)millimetre 之略】

毫，千分之一；毫米，公厘

類 センチメートル【centimeter】 毫米

對 キロ【kilo】 公里

□□□ 1401

例 風邪気味なので、医者に診てもらった。

1秒後影子跟讀

譯 覺得好像感冒了，所以去給醫師診察。

出題重點 「診る」另一說法是「検査する（けんさする）」（検查、檢測）。

例 今日、医者に診てもらう予定だ／我今天預計要去醫生那裡看診。

例 今日、医者に検査してもらう予定だ／我今天預計要去醫生那裡做檢查。

「診る」指一般的醫生給病人看病或診斷，「検査する」指進行具體的檢查或評估，如 X 光、血液檢查等。※ 題型 4

文法 気味［有點…；趨勢］：表示身心、情況等有這種傾向，用在主觀的判斷。多用於消極。

生字 医者／醫生

他上 みる【診る】

診察

類 検査する　検查

對 聞く　聆聽

□□□ 1402

例 紅茶にはミルクをお入れしますか。

1秒後影子跟讀

譯 要為您在紅茶裡加牛奶嗎？

生字 紅茶／紅茶；入れる／加入

名 ミルク【milk】

牛奶；煉乳

類 乳　奶

對 水　水

□□□ 1403

例 民間でできることは民間にまかせよう。

1秒後影子跟讀

譯 人民可以完成的事就交給人民去做。

生字 まかせる／委託

名 みんかん【民間】

民間；民營，私營

類 個人　個人

對 公式　公式

□□□ 1404

例 あの国の民主主義はまだ育ちかけだ。

1秒後影子跟讀

譯 那個國家的民主主義才剛開始萌芽。

文法 かけ［剛…；開始…］：表示動作，行為已經開始，正在進行途中，但還沒有結束。

生字 主義／主張；育つ／成長

名 みんしゅ【民主】

民主，民主主義

類 民主主義　民主主義

對 独裁　獨裁

讀書計劃：□□／□□

□□□ 1405 Track61

例 向かいの家には、誰が住んでいますか。

1秒後影子跟讀

譯 誰住在對面的房子？

名 むかい【向かい】

正對面

類 対面 對面

對 背中 背後

□□□ 1406

例 迎えの車が、なかなか来ません。

1秒後影子跟讀

譯 接送的車遲遲不來。

生字 なかなか／怎麼也（不）

名 むかえ【迎え】

迎接；去迎接的人；接，請

類 歓迎 歡迎

對 送り 送別

□□□ 1407

例 この雑誌は若い女性向きです。

1秒後影子跟讀

譯 這本雜誌是以年輕女性為取向。

出題重點 「向き」指的是方向、傾向或適應性。類似單字有：「方向（ほうこう）」主要指的是某個具體的方位或方向；「趣向（しゅこう）」表示某人的喜好、傾向或興趣。與「むき」的區別是，「ほうこう」主要關心物理的方向或位置，而「しゅこう」更關心某人的精神或情感的傾向。※ 題型 3

必考音訓讀

●向 ＝コウ・む（く）、むか（い）／方向，傾向

生字 雑誌／雜誌；女性／女性

名 むき【向き】

方向；適合，合乎；認真，慎重其事；傾向，趨向；(該方面的）人，人們

類 方向 方向

對 逆 相反

□□□ 1408

例 下を向いてスマホを触りながら歩くのは事故のもとだ。

1秒後影子跟讀

譯 走路時低頭滑手機是導致意外發生的原因。

生字 触る／觸碰；事故／事故

自五・他五 むく【向く】

朝，向，面；傾向，趨向；適合；面向，著

類 注目する 專注於

對 背を向ける 背對

あ か さ た な は ま や ら わ 練習

□□□ 1409

例 りんごをむいてあげましょう。

1秒後影子跟讀

譯 我替你削蘋果皮吧。

他五 むく【剥く】

剝，削

類 取る 剝取

對 被せる 覆蓋

□□□ 1410

例 銀行強盗は、銃を行員に向けた。

1秒後影子跟讀

譯 銀行搶匪拿槍對準了行員。

出題重點 「向ける」表示「針對」或「對準」。解題時要注意上下文中是否有明確的目標或對象被針對。此詞不應用於表示情感傾向或非具體的目的。必須確認句中事件或對象是否與「針對」或「對準」的意涵相關，並避免在不合情境的地方使用。※ 題型 5

巧記動詞差異

● 向ける／使面向，指向：讓物體或人朝向某一方向。

生字 強盗／搶匪；銃／槍；行員／銀行行員

自他下一 むける【向ける】

向，朝，對；差遣，派遣；撥用，用在

類 注ぐ 傾注

對 避ける 躲避

□□□ 1411

例 ジャガイモの皮が簡単にむける方法を知っていますか。

1秒後影子跟讀

譯 你知道可以輕鬆剝除馬鈴薯皮的妙招嗎？

生字 ジャガイモ／馬鈴薯；皮／外皮；簡単／容易的

自下一 むける【剥ける】

剝落，脫落

類 剥がれる 剝落

對 付く 黏上

□□□ 1412

例 色を問わず、無地の服が好きだ。

1秒後影子跟讀

譯 不分顏色，我喜歡素面的衣服。

生字 問う／當作問題

名 むじ【無地】

素色

類 平坦 平滑

對 柄物 有圖案的

讀書計劃：□□／□□

□□□ 1413

例 昼間は蒸し暑いから、朝のうちに散歩に行った。

1秒後影子跟讀

譯 因白天很悶熱，所以趁早晨去散步。

出題重點 「蒸し暑い」可以用另一種方式說「ムンムンする」（〈熱氣〉蒸騰、悶熱）。

例 今日は本当に蒸し暑いね／今天真的很濕熱難受。

例 今日は本当にムンムンするね／今天真的有一種濕熱難受的感覺。

兩者都可以用在描述天氣狀態，特別是與濕度和熱度相關的狀態。兩者都能傳達出那種夏天時，使人覺得不舒適的高溫潮濕感。※ 題型 4

文法 うちに［趁…之內］：表示在前面的環境、狀態持續的期間，做後面的動作。

形 むしあつい【蒸し暑い】

悶熱的

類 湿気る　潮濕

對 乾燥する　乾燥

□□□ 1414

例 肉まんを蒸して食べました。

1秒後影子跟讀

譯 我蒸了肉包來吃。

生字 肉まん／肉包

他五·自五 むす【蒸す】

蒸，熱（涼的食品）；（天氣）悶熱

類 蒸発する　蒸發

對 凍る　凍結

□□□ 1415

例 砂漠では、無数の星が空に輝いていた。

1秒後影子跟讀

譯 在沙漠裡看天上，有無數的星星在閃爍。

生字 砂漠／沙漠；輝く／閃耀

名·形動 むすう【無数】

無數

類 多数　大量

對 少数　少數

□□□ 1416

例 息子さんのお名前を教えてください。

1秒後影子跟讀

譯 請教令郎的大名。

名 むすこさん【息子さん】

（尊稱他人的）令郎

類 子　兒子

對 娘　女兒

あ か さ た な は ま や ら わ 練習

□□□ 1417

例 髪にリボンを**結ぶ**とき、後ろだからうまくできない。

1秒後影子跟讀

譯 在頭髮上綁蝴蝶結時因為是在後腦杓，所以很難綁得好看。

出題重點 「結ぶ」讀法是「むすぶ」。用於描述建立或加強某種關係。陷阱可能有「よすぶ」的「む變よ」；「けつぶ」的「むす變けつ」的音讀誤導；以及「ゆびぶ」的「むす變ゆび」的讀音不符。※ 題型 1

高頻詞語搭配

- 髪を結ぶ／綁頭髮。
- 約束を守る／遵守承諾。

生字 リボン／緞帶，ribbon

他五·自五 む|すぶ【結ぶ】

連結，繫結；締結關係，結合，結盟；(嘴) 閉緊，(手) 握緊

類 繋ぐ　連接

對 切る　切斷

□□□ 1418

例 彼を説得しようとしても**無駄**だよ。

1秒後影子跟讀

譯 你說服他是白費口舌的。

生字 説得／說服

名·形動 む|だ【無駄】

徒勞，無益；浪費，白費

類 無意味　無意義

對 有効　有效

□□□ 1419

例 ゲームに**夢中**になって、気がついたらもう朝だった。

1秒後影子跟讀

譯 沉迷於電玩之中，等察覺時已是早上了。

名·形動 む|ちゅう【夢中】

夢中，在睡夢裡；不顧一切，熱中，沉醉，著迷

類 入れ込む　沈浸於

對 冷静　冷靜

□□□ 1420

例 あの人のことを思うと、**胸**が苦しくなる。

1秒後影子跟讀

譯 一想到那個人，心口就難受。

名 む|ね【胸】

胸部；內心

類 胸部　胸部

對 背　背部

讀書計劃：□□／□□

□□□ 1421

例 腕のぶつけたところが、青っぽい紫色になった。

1秒後影子跟讀

譯 手臂撞到以後變成泛青的紫色了。

文法 っぽい [看起來好像…]：接在名詞後面作形容詞，表示有這種感覺或有這種傾向。

生字 腕／手臂；ぶつける／碰撞

名 むらさき【紫】

紫，紫色；醬油；紫丁香

類 紫色 紫色

對 緑 綠色

□□□ 1422

Track62

例 東京の名物を教えてください。

1秒後影子跟讀

譯 請告訴我東京的名產是什麼。

出題重點 「名 (めい)」一般指的是名稱或稱呼。類似單字有：「名称（めいしょう）」，主要用於指代物品、事物或概念的名稱；「呼称（こしょう）」是指某個事物或人的稱呼或稱稱方式。與「めい」的區別在於，「めいしょう」較正式，主要用於正式文獻或文檔，而「こしょう」較為普遍，用於日常生活中的稱呼。※ 題型 3

情境記憶

●家族の名を継ぐ／繼承家族的名字。

生字 名物／名產

名・接頭 めい【名】

知名…

類 有名 有名的

對 無名 不知名

□□□ 1423

例 3名一組になって作業をしてください。

1秒後影子跟讀

譯 請 3 個人一組做作業。

生字 作業／工作

接尾 めい【名】

(計算人數）名，人

類 人（計算人數）…人

對 番号 編號

□□□ 1424

例 今日は姪の誕生日です。

1秒後影子跟讀

譯 今天是姪子的生日。

名 めい【姪】

姪女，外甥女

類 姪っ子 外甥女

對 甥 外甥

□□□ 1425

例 名刺交換会に出席した。

1秒後影子跟讀

譯 我出席了名片交換會。

生字 交換／交換；出席／參加

名 めいし【名刺】

名片

類 カード【card】 卡片

對 手紙 書信

□□□ 1426

例 プロメテウスは、ゼウスの命令に反して人間に火を与えた。

1秒後影子跟讀

譯 普羅米修斯違抗了宙斯的命令，將火送給了人類。

生字 反する／違背；人間／人類；与える／給予

名・他サ めいれい【命令】

命令，規定；(電腦) 指令

類 指示 指示

對 請求 請求

□□□ 1427

例 人に迷惑をかけるな。

1秒後影子跟讀

譯 不要給人添麻煩。

出題重點 「迷惑」描述了某事或某物造成的困擾或不便。「迷」意為「困惑、迷失」，與「謎」字形相似。「謎」意為「謎題、難解的事」。「惑」意為「困惑、疑問」，漢字為「惑」，與「感」字形相似。「感」表示「感覺、感受」。雖然這些字形似，但意義差異大，須注意。※ 題型 2

必考音訓讀

●迷＝メイ・まよ(う)／迷路，迷人

生字 かける／施加

名・自サ めいわく【迷惑】

麻煩，煩擾；為難，困窘；討厭，妨礙，打擾

類 邪魔 打擾

對 便利 方便

□□□ 1428

例 目上の人には敬語を使うのが普通です。

1秒後影子跟讀

譯 一般來說對上司（長輩）講話時要用敬語。

生字 敬語／敬語；普通／正常

名 めうえ【目上】

上司；長輩

類 上司 上司

對 部下 部下

讀書計劃：□□／□□

□□□ 1429

例 彼女はさっきから、見るともなしに雑誌をぱらぱらめくっている。

1秒後影子跟讀

譯 她打從剛剛根本就沒在看雜誌，只是有一搭沒一搭地隨手翻閱。

文法 ともなしに［漫不經心地…］：表示並非刻意或有意識地去做前面的動作。

生字 ぱらぱら／輕輕翻動

他五 めくる【捲る】

翻，翻開；揭開，掀開

類 捩る　扭曲

對 伸ばす　延伸

□□□ 1430

例 続きまして、卒業生からのメッセージです。

1秒後影子跟讀

譯 接著是畢業生致詞。

出題重點 「メッセージ」主要表示「訊息」或「信息」。使用時，需確保其出現在與通訊或傳遞某種意義的語境中。有些情況不應與電影、歌曲或衣物直接相關聯。在使用「メッセージ」時，要注意其與主題的相關性，確保語意的準確性與清晰性。※ 題型 5

生字 続く／接著；卒業生／畢業生

名 メッセージ【message】

電報，消息，口信；致詞，祝詞；（美國總統）咨文

類 通信　通訊

對 返事　回信

□□□ 1431

例 レストランのメニューの写真は、どれもおいしそうに見える。

1秒後影子跟讀

譯 餐廳菜單上的照片，每一張看起來都好好吃。

名 メニュー【menu】

菜單

類 料理リスト【料理 list】菜單

對 食材　食材

□□□ 1432

例 メモリが不足しているので、写真が保存できません。

1秒後影子跟讀

譯 由於記憶體空間不足，所以沒有辦法儲存照片。

生字 保存／儲存

名 メモリー・メモリ【memory】

記憶，記憶力；懷念；紀念品；（電腦）記憶體

類 記憶容量　記憶容量

對 プロセッサ【processor】處理器

あ か さ た な は ま や ら わ 練習

□□□ 1433

例 綿100パーセントの靴下を探しています。

1秒後影子跟讀

譯 我正在找百分之百棉質的襪子。

生字 パーセント／百分比；靴下／襪子

名・漢造 めん【綿】

棉，棉線；棉織品；綿長；詳盡；棉，棉花

類 綿花 棉花

對 羊毛 羊毛

□□□ 1434

例 学生で時間があるうちに、車の免許を取っておこう。

1秒後影子跟讀

譯 趁還是學生有空閒，先考個汽車駕照。

文法 うちに［趁…之內］：表示在前面的環境、狀態持續的期間，做後面的動作。

名・他サ めんきょ【免許】

（政府機關）批准，許可；許可證，執照；傳授秘訣

類 許可 許可

對 禁止 禁止

□□□ 1435

例 優秀な人がたくさん面接に来た。

1秒後影子跟讀

譯 有很多優秀的人材來接受了面試。

生字 優秀／出色的

名・自サ めんせつ【面接】

（為考察人品、能力而舉行的）面試，接見，會面

類 インタビュー【interview】 訪問

對 書類審査 書面審查

□□□ 1436

例 手伝おうとすると、彼は面倒くさげに手を振って断った。

1秒後影子跟讀

譯 本來要過去幫忙，他卻一副嫌礙事般地揮手說不用了。

出題重點 「面倒」中的「面」意指「表面」或「方面」，「倒」是「傾倒」或「失敗」。所以「面倒」意為「麻煩」或「困擾」。「兩」與「面」字形近似，表示「兩邊」或「兩者」；「到」與「倒」形狀相似，意為「到達」或「達成」。※ 題型 2

情境記憶 什麼心情

●退屈な話／無聊的話題。

生字 振る／揮動

名・形動 めんどう【面倒】

麻煩，費事；繁瑣，棘手；照顧，照料

類 手間 麻煩

對 簡単 簡單

讀書計劃：□□／□□

□□□ 1437

Track63

例 結婚を申し込んだが、断られた。

1秒後影子跟讀

譯 我向他求婚，卻遭到了拒絕。

生字 断る／拒絕

他五 **もうしこむ【申し込む】**

提議，提出;申請;報名;訂購;預約（或唸：もうしこむ）

類 申請する 申請

對 取り消す 取消

□□□ 1438

例 上司の期待を裏切ってしまい、申し訳ない気持ちでいっぱいだ。

1秒後影子跟讀

譯 沒能達到上司的期待，心中滿是過意不去。

生字 上司／上級；期待／期許；裏切る／辜負

寒暄 **もうしわけない【申し訳ない】**

實在抱歉，非常對不起，十分對不起

類 謝罪する 道歉

對 感謝する 感謝

□□□ 1439

例 うちの子は、毛布をかけても寝ている間に蹴ってしまう。

1秒後影子跟讀

譯 我家孩子就算蓋上毛毯，睡覺時也會踢掉。

生字 かける／蓋上；蹴る／踢

名 **もうふ【毛布】**

毛毯，毯子

類 ブランケット【blanket】毯子

對 ピロー【pillow】 枕頭

□□□ 1440

例 ガスが燃えるとき、酸素が足りないと、一酸化炭素が出る。

1秒後影子跟讀

譯 瓦斯燃燒時如果氧氣不足，就會釋放出一氧化碳。

出題重點 「燃える」描述了物質燃燒的動作或狀態。陷阱可能以「焦る、焼える」等漢字意思接近的形式出現，但這可能是日語不用，文脈錯誤的字。其中「焦える」意味焦慮或焦躁，而「焼える」是不存在的組合。※ 題型2

高頻詞語搭配

- キャンプファイヤーが燃える／營火燃燒。
- 電気がつく／開燈。

生字 酸素／氧氣；一酸化炭素／一氧化碳

自下一 **もえる【燃える】**

燃燒，起火；(轉) 熱情洋溢，滿懷希望；(轉) 顏色鮮明

類 焚く 燃燒

對 消える 熄滅

□□□ 1441

例 情報を集めるのが彼の目的に決まっているよ。

1秒後影子跟讀

譯 他的目的一定是蒐集情報啊。

名 もくてき【目的】

目的，目標

類 狙い　目標

對 手段　手段

出題重點 「目的」唸音讀「もくてき」。是某個行為或活動的目標或原因。陷阱可能有與單字完全不相關的讀音「めどき」與單字完全不相關的讀音「めどき」；用另一音讀「もく變ぼく」的「ぼくてき」；用訓讀混淆的「てき變まと」的「もくまと」。※ 題型 1

文法 に決まっている [肯定是…]：說話者根據事物的規律，覺得一定是這樣，充滿自信的推測。

生字 情報／消息；集める／蒐集

□□□ 1442

例 タクシーで、目的地に着いたとたん料金が上がった。

1秒後影子跟讀

譯 乘坐計程車抵達目的地的那一刻又跳錶了。

名 もくてきち【目的地】

目的地

類 行先　目的地

對 出発点　出發地

文法 とたん [剛一…，立刻…]：表示前項動作和變化完成的一瞬間，發生了後項的動作和變化。

生字 着く／抵達；料金／費用；上がる／上升

□□□ 1443

例 もしかしたら、貧血ぎみなのかもしれません。

1秒後影子跟讀

譯 可能有一點貧血的傾向。

連語·副 もしかしたら

或許，萬一，可能，說不定

類 かもしれない　可能

對 絶対　絕對

文法 気味 [趨勢]：表示身心、情況等有這種傾向，用在主觀的判斷。多用於消極。

生字 貧血／貧血

□□□ 1444

例 さっきの電話、もしかして伊藤さんからじゃないですか。

1秒後影子跟讀

譯 剛剛那通電話，該不會是伊藤先生打來的吧？

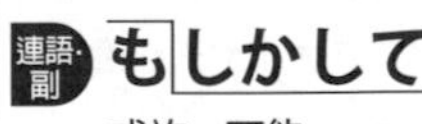

連語·副 もしかして

或許，可能

生字 さっき／剛才

讀書計劃：□□／□□

□□□ 1445

例 もしかすると、手術(しゅじゅつ)をすることなく病気(びょうき)を治(なお)せるかもしれない。

1秒後影子跟讀

譯 或許不用手術就能治好病情也說不定。

生字 手術(しゅじゅつ)／手術；治(なお)す／醫治

副 もしかすると

也許，或，可能

□□□ 1446

例 「気(き)は優(やさ)しくて力持(ちからも)ち」は男性(だんせい)の理想像(りそうぞう)です。

1秒後影子跟讀

譯 我心目中理想的男性是「個性體貼又身強體壯」。

生字 気(き)／氣質；理想(りそう)／理想；像(ぞう)／姿態

接尾 もち【持ち】

負擔，持有，持久性

類 所有(しょゆう)　持有

對 捨(す)てる　丟棄

□□□ 1447

例 これ全部(ぜんぶ)捨(す)てるの。もったいない。

1秒後影子跟讀

譯 這個全部都要丟掉嗎？好可惜喔。

出題重點 「もったいない」表示浪費或不充分利用某物的遺憾。陷阱可能有「無駄（むだ）」意指不必要或沒有用的事物，它強調某事的不效率或不實用性；「損（そん）」更多的是表示因某事而有所損失，它強調因浪費或錯誤而造成的具體損失。※ 題型 3

情境記憶 判斷

- くだらない話(はなし)／毫無價值的故事。
- つまらない本(ほん)／乏味的書。

生字 捨(す)てる／丟棄

形 もったいない

可惜的，浪費的；過份的，惶恐的，不敢當

類 浪費(ろうひ)　浪費

對 有益(ゆうえき)　有益

□□□ 1448

例 お戻(もど)りは何時(なんじ)ぐらいになりますか。

1秒後影子跟讀

譯 請問您大約什麼時候回來呢？

名 もどり【戻り】

恢復原狀；回家；歸途

類 帰(かえ)る　返回

對 出発(しゅっぱつ)　出發

□□□ 1449

例 おばあちゃん、肩（かた）もんであげようか。

1秒後影子跟讀

譯 奶奶，我幫您捏一捏肩膀吧？

生字 肩（かた）／肩膀

他五 も|む【揉む】

搓，揉；捏，按摩；(很多人)互相推擠；爭辯；(被動式型態) 錘鍊，受磨練

類 マッサージする【massage する】 按摩

對 打（う）つ 打擊

□□□ 1450

例 膝（ひざ）が悪（わる）い人（ひと）は、ももの筋肉（きんにく）を鍛（きた）えるとよいですよ。

1秒後影子跟讀

譯 膝蓋不好的人，鍛鍊腿部肌肉有助於復健喔！

生字 膝（ひざ）／膝蓋；筋肉（きんにく）／肌肉；鍛（きた）える／鍛鍊

名 も|も【股・腿】

股，大腿

類 足（あし） 腿

對 腕（うで） 手臂

□□□ 1451

例 それを燃（も）やすと、悪（わる）いガスが出（で）るおそれがある。

1秒後影子跟讀

譯 燒那個的話，有可能會產生有毒氣體。

出題重點 「燃やす」另一說法是「焚く（たく）」（燃燒）。

例 木を燃やして暖をとる／燃燒木頭來取暖。

例 木を焚いて暖をとる／焚燒木材以取暖。

兩者都表示燃燒的動作。「燃やす」廣泛地表示燃燒或使物品燃燒的行為，「焚く」偏重於燃燒木材或其他燃料以取得火或暖氣。※ 題型 4

文法 恐（おそ）れがある [恐怕會…]：表示有發生某種消極事件的可能性。只限於用在不利的事件。

生字 ガス／氣體；出（で）る／產生

他五 も|やす【燃やす】

燃燒；(把某種情感) 燃燒起來，激起

類 焚（た）く 燃燒

對 消（け）す 熄滅

□□□ 1452

例 5問（もん）のうち4問（もん）は正解（せいかい）だ。

1秒後影子跟讀

譯 5題中對4題。

生字 正解（せいかい）／正確答案

接尾 もん【問】

(計算問題數量) 題

類 質問（しつもん） 問題

對 答（こたえ） 答案

讀書計劃：□□／□□

□□□ 1453

例 私は文句を言いかけたが、彼の目を見て言葉を失った。

1秒後影子跟讀

譯 我本來想抱怨，但在看到他的眼神以後，就不知道該說什麼了。

文法 かける[正要…]：表示前面所接的動作剛要進行。

生字 失う／喪失

名 もんく【文句】

詞句，語句；不平或不滿的意見，異議

類 クレーム【claim】 抱怨

對 賞賛 讚美

□□□ 1454

Track64

例 夜間は危険なので外出しないでください。

1秒後影子跟讀

譯 晚上很危險不要外出。

生字 危険／危險的；外出／外出

名 やかん【夜間】

夜間，夜晚

類 夜 夜晚

對 昼間 白天

□□□ 1455

例 今、宿題で、英語を日本語に訳している最中だ。

1秒後影子跟讀

譯 現在正忙著做把英文翻譯成日文的作業。

出題重點 「訳す」主要表示「翻譯」的動作。解題時需注意上下文是否涉及語言或文字的轉換。有些情況此詞不適用於表示情感、價格或其他非翻譯相關的行為。句子中必須有明確的來源和目標語言或文本，且避免在非翻譯情境中誤用此詞。※ 題型 5

高頻詞語搭配

- 文章を日本語に訳す／將文章翻譯成日語。

生字 最中だ[正在…]：表示某一行為、動作正在進行中。

他五 やくす【訳す】

翻譯；解釋

類 翻訳する 翻譯

對 原文 原文

□□□ 1456

例 パソコンの知識が就職に非常に役立った。

1秒後影子跟讀

譯 電腦知識對就業很有幫助。

生字 知識／知識；就職／就業；非常／相當

自五 やくだつ【役立つ】

有用，有益

類 有用 有用

對 無駄 無用

□□□ 1457

例 これまでに学んだことを実生活で役立ててください。

1秒後影子跟讀

譯 請將過去所學到的知識技能，在實際的生活上充分展現發揮。

出題重點 「役立てる」讀法是「やくだてる」。表利用或應用某物的功能。陷阱可能有「やくたてる」的「だ變た」清音誤導；「やっだてる」中的「く變っ」促音誤導；以及「えくだてる」的「や變え」的讀音混淆。※ 題型1

必考音訓讀

●役＝ヤク、エキ／服務，角色

●約＝ヤク・つづ(まる)／約定，大約

生字 学ぶ／學習；実／真實

他下一 **やくだてる【役立てる】**

(供) 使用，使…有用

類 利用する　利用

對 無駄にする　浪費

□□□ 1458

例 少しですが、困っている人の役に立ててください。

1秒後影子跟讀

譯 雖然不多，希望可以幫得上需要的人。

生字 困る／窮困

慣 **やくにたてる【役に立てる】**

(供) 使用，使…有用

□□□ 1459

例 家賃があまり高くなくて学生向きのアパートを探しています。

1秒後影子跟讀

譯 正在找房租不太貴、適合學生居住的公寓。

文法 向きの［適合…］：表示為適合前面所接的名詞，而做的事物。

生字 学生／學生；アパート／公寓；探す／尋找

名 **やちん【家賃】**

房租

類 レント【rent】 租金

對 購入費　購買費

□□□ 1460

例 うちの家主はとてもいい人です。

1秒後影子跟讀

譯 我們房東人很親切。

名 **やぬし【家主】**

房東，房主；戶主（或唸：やぬし）

類 大家　房東

對 借り手　承租人

讀書計劃：□□／□□

□□□ 1461

例 やっぱり、あなたなんかと結婚（けっこん）しなければよかった。

1秒後影子跟讀

譯 早知道，我當初就不該和你這種人結婚。

文法 なんか［這樣的］：表示對所提到的事物或主題，帶有輕視的語氣與態度；ばよかった［就好了］：表示說話者對於過去事物的惋惜、感慨。

副 やはり・やっぱり

果然；還是，仍然

類 それとも 也是

對 それにしても 即便如此

□□□ 1462

例 屋根（やね）から落（お）ちて骨（ほね）を折（お）った。

1秒後影子跟讀

譯 從屋頂上掉下來摔斷了骨頭。

生字 落（お）ちる／掉落；骨（ほね）／骨頭；折（お）る／折斷

名 やね【屋根】

屋頂

類 屋上（おくじょう） 屋頂

對 基礎（きそ） 基礎

□□□ 1463

例 警官（けいかん）はドアを破（やぶ）って入（はい）った。

1秒後影子跟讀

譯 警察破門而入。

出題重點 「破る」描述了打破或違反如約定或規則的動作。陷阱可能以「毀る、壊る」等漢字意思接近的形式出現，但這是和文脈不一致的字。其中「毀る」意指破壞或摧毀至原形不存，而「壊る」則是物品被破壞的意思。※ 題型 2

必考音訓讀

●破＝ハ・やぶ(る)／破壞，破裂

生字 警官（けいかん）／警察；ドア／門

他五 やぶる【破る】

弄破；破壞；違反；打敗；打破（記錄）

類 壊（こわ）す 破壞

對 修理（しゅうり）する 修復

□□□ 1464

例 上着（うわぎ）がくぎに引（ひ）っ掛（か）かって破（やぶ）れた。

1秒後影子跟讀

譯 上衣被釘子鉤破了。

生字 上着（うわぎ）／上衣外套；釘（くぎ）／釘子；引（ひ）っ掛（か）かる／勾住

自下一 やぶれる【破れる】

破損，損傷；破壞，破裂，被打破；失敗

類 壊（こわ）れる 破壞

對 修復（しゅうふく）する 修復

□□□ 1465

例 仕事を辞めて以来、毎日やることがない。

1秒後影子跟讀

譯 自從辭職以後，每天都無事可做。

文法 て以来 [自從…以來，就一直…]：表示自從過去發生某事以後，直到現在為止的整個階段。

他下一 やめる【辞める】

辭職；休學

類 退職する 辭職

對 入社する 入職

□□□ 1466

例 スカートがやや短すぎると思います。

1秒後影子跟讀

譯 我覺得這件裙子有點太短。

生字 スカート／裙子

副 やや

稍微，略；片刻，一會兒

類 少し 稍微

對 大分 很多

□□□ 1467

例 高校のときの友達と今でも手紙のやり取りをしている。

1秒後影子跟讀

譯 到現在仍然和高中時代的同學維持通信。

出題重點 「やり取り」指的是互相交換或交往，特指對話或信息交換。類似單字有：「交換（こうかん）」指的是物品或情報的交換；「対話（たいわ）」主要指的是兩個或多個人之間的對話或討論。與「やりとり」的區別在於，「こうかん」更側重於物質性的交換，而「たいわ」則主要關心口頭交流或討論的過程。※ 題型 3

必考音訓讀

●取＝シュ・と(る)／取得，選擇

生字 高校／高中；手紙／書信

名・他サ やりとり【やり取り】

交換，互換，授受

類 交換 交換

對 保持する 保持

□□□ 1468

例 彼はやる気はありますが、実力がありません。

1秒後影子跟讀

譯 他雖然幹勁十足，但是缺乏實力。

生字 実力／能力

名 やるき【やる気】

幹勁，想做的念頭

類 意欲 意願

對 気落ち 失去信心

讀書計劃：□□／□□

□□□ 1469 Track65

例 うちでは夕刊（ゆうかん）も取（と）っています。

1秒後影子跟讀

譯 我家連晚報都訂。

名 ゆうかん【夕刊】

晚報

類 夕方（ゆうがた）の新聞（しんぶん） 晚間新聞

對 朝刊（ちょうかん） 早報

□□□ 1470

例 彼女（かのじょ）に話（はな）しかけるなんて、彼（かれ）にそんな勇気（ゆうき）があるわけがない。

1秒後影子跟讀

譯 說什麼和她攀談，他根本不可能有那麼大的勇氣。

文法 わけがない [不可能…]：表示從道理上而言，強烈地主張不可能或沒有理由成立。

形動 ゆうき【勇気】

勇敢

類 勇敢（ゆうかん） 勇敢

對 臆病（おくびょう） 懦弱

□□□ 1471

例 国内（こくない）はもとより、国外（こくがい）からも優秀（ゆうしゅう）な人材（じんざい）を集（あつ）める。

1秒後影子跟讀

譯 別說國內了，國外也延攬優秀的人才。

文法 はもとより [當然；不用說]：表示一般程度的前項自然不用說，就連程度較高的後項也不例外。

生字 人材（じんざい）／人才；集（あつ）める／召集

名・形動 ゆうしゅう【優秀】

優秀

類 優（すぐ）れる 卓越

對 劣（おと）る 劣質

□□□ 1472

例 多（おお）くの友人（ゆうじん）に助（たす）けてもらいました。

1秒後影子跟讀

譯 我受到許多朋友的幫助。

出題重點 「友人」中的「友」表示「朋友」，而「人」是「人」或「個體」的意思，整體表示「朋友」。「支」與「友」字形相似，指「支援」或「分支」；「入」與「人」形狀近似，意為「進入」或「輸入」。當使用這些漢字時，要特別留意確保選擇正確的字形和意思。※ 題型 2

必考音訓讀

- 由＝ユウ、ユ・よし、よ(る)／原因，由來
- 遊＝ユウ・あそ(ぶ)／遊玩，遊覽

名 ゆうじん【友人】

友人，朋友

類 友達（ともだち） 朋友

對 敵（てき） 敵人

□□□ 1473

例 プレゼントを郵送したところ、住所が違っていて戻ってきてしまった。

1秒後影子跟讀

譯 將禮物用郵寄寄出，結果地址錯了就被退了回來。

生字 住所／住址；違う／錯誤

名・他サ ゆうそう【郵送】

郵寄

類 郵便　郵件

對 手渡し　親自交付

□□□ 1474

例 速達で送ると、郵送料は高くなります。

1秒後影子跟讀

譯 如果以限時急件寄送，郵資會比較貴。

生字 速達／快速送達

名 ゆうそうりょう【郵送料】

郵費

類 送料　運費

對 商品代　商品費

□□□ 1475

例 注文していない商品が郵便で届き、代金を請求された。

1秒後影子跟讀

譯 郵寄來了根本沒訂購的商品，而且還被要求支付費用。

出題重點 「郵便」唸音讀「ゆうびん」。是通過郵局傳送的書信或包裹。陷阱可能有「ゆ變よ」的「ようびん」；用另一音讀混淆的「ゆうべん」；「ゆうべん」改變了「び」的發音。※ 題型 1

必考音訓讀

●便＝ビン、ベン・たよ(り)／方便，郵便

●変＝ヘン・か(わる)／變化（繁體中文「變」）

生字 注文／訂購；代金／貸款；請求／索取

名 ゆうびん【郵便】

郵政；郵件

類 手紙　信件

對 電話　電話

□□□ 1476

例 電話をすれば、郵便局員が小包を取りに来てくれますよ。

1秒後影子跟讀

譯 只要打個電話，郵差就會來取件喔。

生字 小包／包裹

名 ゆうびんきょくいん【郵便局員】

郵局局員

類 郵便員　郵差

對 銀行員　銀行職員

讀書計劃：□□／□□

□□□ 1477

例 英語(えいご)に加(くわ)えて中国語(ちゅうごくご)もできれば就職(しゅうしょく)に有利(ゆうり)だ。

1秒後影子跟讀

譯 除了英文，如果還會中文，對於求職將非常有利。

文法 に加(くわ)えて[而且…]：表示在現有前項的事物上，再加上後項類似的別的事物。

生字 就職(しゅうしょく)／就業

形動 **ゆうり【有利】**

有利

類 有望(ゆうぼう) 有希望

對 不利(ふり) 不利

□□□ 1478

例 日本(にほん)では、床(ゆか)に布団(ふとん)を敷(し)いて寝(ね)るのは普通(ふつう)のことです。

1秒後影子跟讀

譯 在日本，在地板鋪上墊被睡覺很常見。

生字 布団(ふとん)／棉被；敷(し)く／鋪上；普通(ふつう)／一般

名 **ゆか【床】**

地板

類 底(そこ) 底部

對 天井(てんじょう) 天花板

□□□ 1479

例 お酒(さけ)なしでは、みんなと愉快(ゆかい)に楽(たの)しめない。

1秒後影子跟讀

譯 如果沒有酒，就沒辦法和大家一起愉快的享受。

出題重點 「愉快」表示「快樂」或「愉悅」。使用時，應放在描述人的心情或使人感到開心的事件上。有些情況不宜直接用來形容如音樂、食物等具體物品。在使用「愉快」時，要確保它與語境相符，並避免在不適當的場合使用，以確保語意的正確性。※ 題型 5

慣用語

● 心(こころ)が揺(ゆ)れる／心情搖擺。

生字 楽(たの)しむ／享樂

名・形動 **ゆかい【愉快】**

愉快，暢快；令人愉快，討人喜歡；令人意想不到

類 陽気(ようき) 愉悦

對 不機嫌(ふきげん) 不快

□□□ 1480

例 彼(かれ)は老人(ろうじん)じゃないから、席(せき)を譲(ゆず)ることはない。

1秒後影子跟讀

譯 他又不是老人，沒必要讓位給他。

文法 ことはない[用不著…]：表示鼓勵或勸告別人，沒有做某一行為的必要。

生字 老人(ろうじん)／年長者；席(せき)／座位

他五 **ゆずる【譲る】**

讓給，轉讓；謙讓，讓步；出讓，賣給；改日，延期

類 与(あた)える 給予

對 取(と)る 拿走

あ か さ た な は ま や ら わ 練習

□□□ 1481

例 小論文のテーマは「豊かな生活について」でした。

1秒後影子跟讀

譯 短文寫作的題目是「關於豐裕的生活」。

生字 小論文／小論文；テーマ／主題

形動 ゆたか【豊か】

豐富，寬裕；豐盈；十足，足夠

類 豊富 豐富

對 貧しい 貧窮

□□□ 1482

例 この麺は３分ゆでてください。

1秒後影子跟讀

譯 這種麵請煮３分鐘。

生字 麺／麵食

他下一 ゆでる【茹でる】

（用開水）煮，燙

類 煮る 煨煮

對 焼く 烤

□□□ 1483

例 お茶を飲みたいので、湯飲みを取ってください。

1秒後影子跟讀

譯 我想喝茶，請幫我拿茶杯。

文法 たい［想要…］：表示說話者的內心想做、想要的。

生字 取る／拿取

名 ゆのみ【湯飲み】

茶杯，茶碗

類 茶碗 茶碗

對 グラス【glass】 玻璃杯

□□□ 1484

例 彼は、まだ甘い夢を見続けている。

1秒後影子跟讀

譯 他還在做天真浪漫的美夢！

出題重點 「夢」指的是當人睡眠時的幻想或願望、理想。類似單字有：「幻想（げんそう）」主要指的是不真實的、理想化的想像；「希望（きぼう）」指的是對未來的某種期望或願景。與「ゆめ」的區別在於，「げんそう」多指抽象、超現實的想法，而「きぼう」則是具體、切實的期望。※ 題型 3

情境記憶 什麼狀態

● 夢中で読む／全神貫注地閱讀。

生字 甘い／樂觀的；続ける／繼續

名 ゆめ【夢】

夢；夢想

類 夢想 夢想

對 現実 現實

讀書計劃：□□／□□

□□□ 1485

例 揺りかごを揺らすと、赤ちゃんが喜びます。

1秒後影子跟讀

譯 只要推晃搖籃，小嬰兒就會很開心。

出題重點 「揺らす」另一種說法是「振る（ふる）」（搖晃、揮舞）。

例 彼は不安で手を揺らした／他因不安而手微微顫抖。

例 彼は不安で手を振った／他因不安而揮動手臂。

兩者都可以用在表示某物的晃動或震動。但「揺らす」偏重於輕微或不規律的晃動、顫抖，而「振る」則可以是有力或有目的地的搖擺或晃動、揮動。※ 題型 4

生字 揺りかご／搖籃；赤ちゃん／小嬰兒

他五 ゆらす【揺らす】

搖擺，搖動

類 振る　搖晃

對 固定する　固定

□□□ 1486

例 私を捨てて若い女と出て行った夫を絶対に許すものか。

1秒後影子跟讀

譯 丈夫拋下我，和年輕女人一起離開了，絕不會原諒他這種人！

文法 ものか [決不…]：絕不做某事的決心、強烈否定對方的意見。

生字 捨てる／拋棄；夫／丈夫；絶対／絕對

他五 ゆるす【許す】

允許，批准;寬恕;免除;容許;承認；委託；信賴；疏忽，放鬆；釋放

類 許可する　允許

對 禁じる　禁止

□□□ 1487

例 大きい船は、小さい船ほど揺れない。

1秒後影子跟讀

譯 大船不像小船那麼會搖晃。

文法 ほど～ない [不像…那麼…]：表示兩者比較之下，前者沒有達到後者那種程度。

自下一 ゆれる【揺れる】

搖晃，搖動；躊躇

類 振動する　震動

對 安定する　穩定

□□□ 1488

Track66

例 夜が明けて、東の空が明るくなってきた。

1秒後影子跟讀

譯 天剛破曉，東方的天空泛起魚肚白了。

生字 明ける／天亮

名 よ【夜】

夜，夜晚

類 夜間　夜晚

對 昼　白天

あ か さ た な は ま や ら わ 練習

□□□ 1489

例 良い子の皆さんは、まねしないでください。

1秒後影子跟讀

譯 各位乖寶寶不可以做這種事喔！

生字 まね／效仿

形 よい【良い】

好的，出色的；漂亮的；(同意) 可以

類 素晴らしい　出色

對 悪い　壞的

□□□ 1490

例 「よいしょ」と立ち上がる。

1秒後影子跟讀

譯 一聲「嘿咻」就站了起來。

出題重點 「よいしょ」另一種說法是「せーの」(準備、起！)。

例 重い荷物を持ち上げるときに「よいしょ」と言った／舉起重物時我說了一聲「哎喲」。

例 みんなで大きな岩を動かすとき、「せーの」と一緒に持ち上げた／大家一起移動大石頭時，說了「準備、起！」然後一同舉起。

「よいしょ」多用於個人做某事時，如提重物或站起來時，「せーの」是協同動作的開始信號，常用於多人一起做某事時，如一同舉起或移動某物。※ 題型 4

生字 立ち上がる／起立

感 よいしょ

(搬重物等吆喝聲) 嘿咻

類 こらしょ　嗨呀

□□□ 1491

例 N 1に合格して、彼の喜び様はたいへんなものだった。

1秒後影子跟讀

譯 得知通過了N 1級測驗，他簡直喜不自勝。

生字 たいへん／非常

造語·漢造 よう【様】

樣子，方式；風格；形狀

類 様子　狀況

對 反対　相反

□□□ 1492

例 幼児は無料で利用できます。

1秒後影子跟讀

譯 幼兒可免費使用。

生字 利用／使用

名 ようじ【幼児】

學齡前兒童，幼兒

類 子ども　小孩

對 大人　大人

讀書計劃：□□／□□

□□□ 1493

例 ごみは種類(しゅるい)によって出(だ)す曜日(ようび)が決(き)まっている。

1秒後影子跟讀

譯 垃圾必須按照分類規定，於每週固定的日子丟棄。

文法 によって [按照…]：表示所依據的方法、方式、手段。

生字 種類(しゅるい)／類別；決(き)まる／決定

名 ようび【曜日】

星期

類 日付(ひづけ) 日期

對 時刻(じこく) 時刻

□□□ 1494

例 子(こ)どもたちの洋服代(ようふくだい)に月(つき)2万円(まんえん)もかかります。

1秒後影子跟讀

譯 我們每個月會花高達兩萬圓添購小孩們的衣物。

名 ようふくだい【洋服代】

服裝費

類 服代(ふくだい) 衣服費用

對 食費(しょくひ) 食物費

□□□ 1495

例 酒(さけ)を飲(の)みすぎて、翌朝(よくあさ)頭(あたま)が痛(いた)かった。

1秒後影子跟讀

譯 喝了太多酒，隔天早上頭痛了。

出題重點 「翌」表示「隔天」或「次日」。與之形似的字有「翼」，意為「鳥翼」或「兩側」；「習」表示「學習」或「練習」；「翁」指的是「老人」或「尊敬老人」。這些字形狀相似，但各自意義不同。※ 題型 2

巧記造語差異 「翌(よく)」這個詞主要指的是「隔天」或「下一天」。類似的單字有「明日(あした)」和「次(つぎ)の日(ひ)」。如：

- 翌日に出発する／隔天出發。
- 明日学校に行く／明天去學校。

漢造 よく【翌】

次，翌，第二

類 次(つぎ) 次

對 前(まえ) 前

□□□ 1496

例 必(かなら)ず翌日(よくじつ)の準備(じゅんび)をしてから寝(ね)ます。

1秒後影子跟讀

譯 一定會先做好隔天出門前的準備才會睡覺。

生字 必(かなら)ず／必定

名 よくじつ【翌日】

隔天，第二天

類 次(つぎ)の日(ひ) 下一天

對 前日(ぜんじつ) 前一天

□□□ 1497

例 皆様のご意見をお寄せください。

1秒後影子跟讀

譯 請先彙整大家的意見。

出題重點 「寄せる」主要表示「吸引」或「靠近」的意涵。解題時，需確認句中是否存在吸引或使之接近的意義。有些情況此詞不適用於提問或放置動作。在句中應有明確的吸引者和被吸引者之間的關係，以確保詞彙在上下文中的正確使用。※ 題型 5

必考音訓讀

●寄＝キ・よ(る)／寄出，寄宿

●危＝キ・あぶ(ない)、あや(うい)／危險，危機

生字 皆様／各位；意見／意見

自下一 他下一 **よせる【寄せる】**

靠近，移近；聚集，匯集，集中；加；投靠，寄身

類 近づける　接近

對 遠ざける　遠離

□□□ 1498

例 こうした問題が起こることは、十分予想できた。

1秒後影子跟讀

譯 完全可以想像得到會發生這種問題。

生字 起こる／發生；十分／充分

名・自サ **よそう【予想】**

預料，預測，預計

類 予測　預測

對 実際　實際

□□□ 1499

例 世の中の動きに伴って、考え方を変えなければならない。

1秒後影子跟讀

譯 隨著社會的變化，想法也得要改變才行。

文法 に伴って [隨著…]：表示隨著前項事物的變化而進展。

生字 動き／動向

名 **よのなか【世の中】**

人世間，社會；時代，時期；男女之情

類 社会　社會

對 個人　個人

□□□ 1500

例 病気の予防に関しては、保健所に聞いてください。

1秒後影子跟讀

譯 關於生病的預防對策，請你去問保健所。

文法 に関しては [關於…]：表示就前項有關的問題，做出「解決問題」性質的後項行為。

生字 保健／保護健康；聞く／詢問

名・他サ **よぼう【予防】**

預防

類 防止　預防

對 治療　治療

讀書計劃：□□／□□

□□□ 1501

例 この字の読みは、「キョウ」「ケイ」の二つです。

1秒後影子跟讀

譯 這個字的讀法有「キョウ」和「ケイ」兩種。

名 よみ【読み】

唸，讀；訓讀；判斷，盤算

類 読解 閱讀理解

對 書き 寫

□□□ 1502

例 彼は、会社の帰りに飲みに寄りたがります。

1秒後影子跟讀

譯 他下班回家時總喜歡順道去喝兩杯。

出題重點 「寄る」讀法是「よる」。意思是短暫停留或前往某地。陷阱可能有「よごれる（汚れる）」是弄髒或被污染；「きる（切る）」意為剪或斷；「まわる（回る）」指旋轉或繞行，可以描述物體的轉動、某人繞著地方走，或巡視如店鋪等場所。※ 題型 1

高頻詞語搭配

- 友達の家に寄る／拜訪朋友的家。
- 店を出る／離開商店。

生字 たがる／希望

自五 よる【寄る】

順道去…；接近

類 近づく 接近

對 遠退く 遠離

□□□ 1503

例 子育ては、大変だけれど喜びも大きい。

1秒後影子跟讀

譯 養育孩子雖然辛苦，但也相對得到很多喜悅。

生字 子育て／育兒

名 よろこび【喜び】

高興，歡喜，喜悅；喜事，喜慶事；道喜，賀喜

類 喜悦 歡喜

對 悲しみ 悲傷

□□□ 1504

例 雪は、夕方から次第に弱まるでしょう。

1秒後影子跟讀

譯 到了傍晚，雪勢應該會愈來愈小吧。

生字 次第に／逐漸地

自五 よわまる【弱まる】

變弱，衰弱

類 減少する 減少

對 強まる 加強

□□□ 1505

例 水の量が多すぎると、洗剤の効果を弱めることになる。

1秒後影子跟讀

譯 如果水量太多，將會減弱洗潔劑的效果。

生字 洗剤／洗衣精；効果／成效

他下一 よわめる【弱める】

減弱，削弱

類 減らす 減少

對 強める 加強

□□□ 1506

Track67

例 君ら、まだ中学生だろ。たばこなんか吸っていいと思ってるの。

1秒後影子跟讀

譯 你們還是中學生吧？以為自己有資格抽香菸什麼的嗎？

出題重點 「等（ら）」通常用於表示「等等」，暗示有更多未列舉的項目。類似單字有：「諸々（もろもろ）」也是一種指代多種事物的泛指語；「など」與「等」意思相近，用於列舉後表示等等。與「ら」的區別在於語境和語調上的微妙差異，但兩者都用於表示列舉的延續。※ 題型 3

必考音訓讀

●等 ＝トウ・ひと(しい)、など／等待，等級

文法 なんか [什麼的]：表示從各種事物中例舉其一。

生字 中学生／國中生

接尾 ら【等】

(表示複數) 們；(同類型的人或物) 等

類 類 種類

對 特 特殊

□□□ 1507

例 彼とは 10 年来の付き合いだ。

1秒後影子跟讀

譯 我和他已經認識 10 年了。

生字 付き合い／交際

接尾 らい【来】

以來

類 次 下一次

對 前 之前

□□□ 1508

例 ライターで火をつける。

1秒後影子跟讀

譯 用打火機點火。

生字 つける／點燃

名 ライター【lighter】

打火機

類 火つけ 打火機

對 マッチ【match】 火柴

讀書計劃：□□／□□

□□□ 1509

例 このライト(らいと)は暗(くら)くなると自動(じどう)でつく。

1秒後影子跟讀

譯 這盞燈只要周圍暗下來就會自動點亮。

生字 自動(じどう)／自動；つく／點著

名 ライト【light】

燈，光

類 灯(あかし) 光

對 闇(やみ) 黑暗

□□□ 1510

例 生活(せいかつ)が、以前(いぜん)に比(くら)べて楽(らく)になりました。

1秒後影子跟讀

譯 生活比過去快活了許多。

出題重點 「楽」是指「音樂」或「輕鬆、愉快」等意思。與繁體中文的「樂」字形相似，「樂」在中文中意為「快樂、音樂」。然而「樂」非標準的日文或中文漢字。雖然字形相似，很容易掉入陷阱，須注意。※ 題型 2

必考音訓讀

●落＝ラク・お(ちる)／落下，失落

●頼＝ライ・たの(む)、たよ(る)／依賴，信賴(繁體中文「賴」)

文法 に比(くら)べて[與…相比]：表示比較、對照。

名・形動・漢造 らく【楽】

快樂，安樂，快活；輕鬆，簡單；富足，充裕

類 快適(かいてき) 舒適

對 苦(くる)しい 困難

□□□ 1511

例 彼(かれ)は落第(らくだい)したので、悲(かな)しげなようすだった。

1秒後影子跟讀

譯 他因為落榜了，所以很難過的樣子。

名・自サ らくだい【落第】

不及格，落榜，沒考中；留級

類 不合格(ふごうかく) 不及格

對 合格(ごうかく) 及格

□□□ 1512

例 ラケットを張(は)りかえた。

1秒後影子跟讀

譯 重換網球拍。

生字 張(は)り替(か)える／重新換上

名 ラケット【racket】

(網球、乒乓球等的) 球拍

類 シャトル【shuttle】 羽毛球

對 ボール【ball】 球

□□□ 1513

例 28日ごろから帰省ラッシュが始まります。

1秒後影子跟讀

譯 從 28 號左右就開始湧現返鄉人潮。

生字 帰省／回老家省親

名 ラッシュ【rush】

（眾人往同一處）湧現；蜂擁，熱潮

類 満員　滿載

對 ガラガラ　空蕩蕩

□□□ 1514

例 ラッシュアワーに遇う。

1秒後影子跟讀

譯 遇上交通尖峰。

名 ラッシュアワー【rushhour】

尖峰時刻，擁擠時段

類 混雑時間　高峰時段

對 オフピーク【off-peak】非高峰時段

□□□ 1515

例 警告用のラベルを貼ったところで、事故は防げない。

1秒後影子跟讀

譯 就算張貼警告標籤，也無法防堵意外發生。

出題重點 「ラベル」是指附在物品上的標籤或貼紙，用於顯示信息。陷阱可能有「タグ」通常是掛在物品上的紙或布製的標籤，多用於服裝或其他商品上，表示價格、成分等資訊；「ステッカー」則是一種有黏性的貼紙，可以黏貼在各種表面上，除了顯示信息外，還有裝飾作用。
※ 題型 3

文法 たところ[結果…]：表示因某種目的去作某一動作，在契機下得到後項的結果。

生字 警告／警示；貼る／張貼；防ぐ／預防

名 ラベル【label】

標籤，籤條

類 タグ【tag】　標籤

對 内容　內容

□□□ 1516

例 ランチタイムにはお得なセットがある。

1秒後影子跟讀

譯 午餐時段提供優惠套餐。

生字 タイム／時間；得／有利益；セット／套組

名 ランチ【lunch】

午餐

類 昼食　午餐

對 朝食　早餐

讀書計劃：□□／□□

□□□ 1517

例 彼の言い方は乱暴で、びっくりするほどだった。

1秒後影子跟讀

譯 他的講話很粗魯，嚴重到令人吃驚的程度。

名・形動・自サ **らんぼう【乱暴】**

粗暴，粗魯；蠻橫，不講理；胡來，胡亂，亂打人

類 粗暴　粗暴

對 優しい　溫柔

出題重點 「乱暴」指的是粗暴、粗魯的行為或態度。類似單字有：「暴力（ぼうりょく）」主要指的是針對他人使用的身體上的暴力或強迫；「粗野（そや）」指的是缺乏禮貌或文明的行為。與「らんぼう」的區別在於，「ぼうりょく」有強烈的侵犯性，而「そや」更偏向於行為的粗俗。※ 題型 3

文法 ほど [得令人]：表示動作或狀態處於某種程度。

生字 びっくり／吃驚

□□□ 1518　Track68

例 山田さんは登山隊のリーダーになった。

1秒後影子跟讀

譯 山田先生成為登山隊的隊長。

名 **リーダー【leader】**

領袖，指導者，隊長

類 頭　領袖

對 従者　隨從

生字 登山／登山

□□□ 1519

例 理科系に進むつもりだ。

1秒後影子跟讀

譯 準備考理科。

名 **りか【理科】**

理科（自然科學的學科總稱）

類 科学　科學

對 文学　文學

生字 進む／前進

□□□ 1520

例 彼がなんであんなことをしたのか、全然理解できない。

1秒後影子跟讀

譯 完全無法理解他為什麼會做出那種事。

名・他サ **りかい【理解】**

理解，領會，明白；體諒，諒解

類 理解する　理解

對 誤解する　誤解

□□□ 1521

例 あんな人とは、もう**離婚する**よりほかない。

1秒後影子跟讀

譯 和那種人除了離婚以外，再也沒有第二條路了。

文法 よりほかない［除了…之外沒有…］：後面伴隨著否定，表示這是唯一解決問題的辦法。

名・自サ **りこん【離婚】**

（法）離婚

類 別れる　分手

對 結婚する　結婚

□□□ 1522

例 このトイレットペーパーは牛乳パックを**リサイクルして**作ったものです。

1秒後影子跟讀

譯 這種衛生紙是以牛奶盒回收再製而成的。

出題重點 「リサイクル」表示「回收」或「再利用」。使用時，主要應該關聯於環保或節省資源的情境中。有些情況不宜用來直接形容如電影、音樂等非具有回收或再利用意義的物品。選擇「リサイクル」時，應確保其與語境相符，避免語意不清或誤導。※ 題型 5

情境記憶

● リサイクルを心掛ける／努力回收再利用。

生字 パック／包裝

名・サ変 **リサイクル【recycle】**

回收，（廢物）再利用

類 再利用　再利用

對 廃棄する　丟棄

□□□ 1523

例 伊藤さんのお宅の**リビング**には大きな絵が飾ってあります。

1秒後影子跟讀

譯 伊藤先生的住家客廳掛著巨幅畫作。

名 **リビング【living】**

起居間，生活間

類 居間　客廳

對 寝室　臥室

□□□ 1524

例 こんな**リボン**がついた服、子どもっぽくない。

1秒後影子跟讀

譯 這種綴著蝴蝶結的衣服，不覺得孩子氣嗎？

生字 つく／附有

名 **リボン【ribbon】**

緞帶，絲帶；髮帶；蝴蝶結

類 テープ【tape】　帶狀的布或紙

對 紐　繩

讀書計劃：□□／□□

1525

例 アメリカに留学(りゅうがく)する。

1秒後影子跟讀

譯 去美國留學。

名・自サ **りゅうがく【留学】**

留學

類 外国研修(がいこくけんしゅう)　外國培訓

對 国内学習(こくないがくしゅう)　國內學習

1526

例 去年(きょねん)はグレーが流行(りゅうこう)したかと思(おも)ったら、今年(ことし)はピンクですか。

1秒後影子跟讀

譯 還在想去年是流行灰色，今年是粉紅色啊？

生字 グレー／灰色

名・自サ **りゅうこう【流行】**

流行，時髦，時興；蔓延

類 トレンド【trend】　趨勢

對 過去(かこ)の流行(りゅうこう)　過去的潮流

1527

例 パイプオルガンは、両手(りょうて)ばかりでなく両足(りょうあし)も使(つか)って演奏(えんそう)する。

1秒後影子跟讀

譯 管風琴不單需要雙手，還需要雙腳一起彈奏。

文法 ばかりでなく［不僅…而且…］：表示除前項的情況之外，還有後項程度更甚的情況。

生字 パイプオルガン／大型氣鳴鍵盤樂器；演奏(えんそう)／演奏

漢造 **りょう【両】**

雙，兩

類 二(ふた)つ　兩個

對 一(ひと)つ　一個

1528

例 入場料(にゅうじょうりょう)が高(たか)かった割(わり)には、大(たい)したことのない展覧会(てんらんかい)だった。

1秒後影子跟讀

譯 這場展覽的門票儘管很貴，但是展出內容卻不怎麼樣。

出題重點 「料」意為「材料、費用」。與「科」字形相似。「科」意為「學科、部門」。再者，「料」與「抖」的字形也有些許相似，但「抖」意為「震動、顫抖」。雖然這些字形似，但意義差異大，須注意。※ 題型 2

慣用語

● 心(こころ)が広(ひろ)い／心胸寬廣。

文法 割(わり)には［雖然…卻…］：表示基於前項的情況，後項的結果比預期的好或差。

生字 入場(にゅうじょう)／入場；大(たい)した／（後接否定）不值一提的

接尾 **りょう【料】**

費用，代價

類 費(ひ)　費用

對 無料(むりょう)　免費

□□□ 1529

例 プエルトリコは、1898年、スペイン領から米国領になった。

1秒後影子跟讀

譯 波多黎各從 1898 年起，由西班牙領土成了美國領土。

生字 プエルトリコ／波多黎各，位於美國加勒比海地區；スペイン／西班牙；米国／美國

名・接尾・漢造 りょう【領】

領土；脖領；首領

類 支配　支配

對 征服　征服

□□□ 1530

例 円をドルに両替する。

1秒後影子跟讀

譯 日圓兌換美金。

出題重點 「両替」唸作「りょうがえ」。是將一種貨幣兌換成另一種貨幣。陷阱可能有用音讀「がえ變たい」誤導的「りょうたい」；用另一訓讀「がえ變がわ」誤導的「りょうがわ」；用訓讀「りょう變ふた」誤導的「ふたがえ」。※ 題型 1

必考音訓讀

●両 ＝リョウ／兩邊，両方（繁體中文「兩」）

●良 ＝リョウ・よ(い)、い(い)／良好，優良

生字 ドル／美元，dollar

名・他サ りょうがえ【両替】

兌換，換錢，兌幣

類 換金　兌換

對 保管　保管

□□□ 1531

例 川の両側は崖だった。

1秒後影子跟讀

譯 河川的兩側是懸崖。

生字 崖／懸崖

名 りょうがわ【両側】

兩邊，兩側，兩方面

類 両方　兩邊

對 片方　一邊

□□□ 1532

例 漁師の仕事をしていると、家を留守にしがちだ。

1秒後影子跟讀

譯 如果從事漁夫工作，往往無法待在家裡。

文法 がちだ[往往會…]：表示即使是無意的，也容易出現某種傾向。一般多用於負面。

生字 留守／不在家

名 りょうし【漁師】

漁夫，漁民

類 釣り師　釣魚人

對 農夫　農夫

讀書計劃：□□／□□

□□□ 1533

例 集中力がある反面、共同作業は苦手だ。

1秒後影子跟讀

譯 雖然具有專注力，但是很不擅長通力合作。

出題重點 「力（りょく）」是指力量或能力。類似單字有：「エネルギー」意思是能量，具體指某物或某人具有的動力或活力；「能力（のうりょく）」指的是某人的技能或才能，其專長或擅長的事物。與「りょく」的區別在於，「エネルギー」更多地指向物質或非物質的活力，而「のうりょく」則專指個體的才能或專長。※ 題型 3

文法 反面 [另一方面…]：表示同一種事物，同時兼具兩種不同性格的兩個方面。

生字 集中／集中；共同／合力辦事；作業／工作

漢造 りょく【力】

力量

類 エネルギー【energy】 能量

對 弱点 弱點

□□□ 1534 Track69

例 自転車も交通ルールを守って乗りましょう。

1秒後影子跟讀

譯 騎乘自行車時也請遵守交通規則。

名 ルール【rule】

規章，章程；尺，界尺

類 規則 規則

對 例外 例外

□□□ 1535

例 子どもが留守番の最中にマッチで遊んで火事になった。

1秒後影子跟讀

譯 孩子單獨看家的時候玩火柴而引發了火災。

文法 最中に [正在…]：表示某一行為在進行中。常用在突發什麼事的場合。

生字 最中／正在進行中；火事／火災

名 るすばん【留守番】

看家，看家人

類 守り 看守

對 外出 外出

□□□ 1536 Track70

例 いろいろしてあげたのに、礼も言わない。

1秒後影子跟讀

譯 我幫他那麼多忙，他卻連句道謝的話也不說。

名・漢造 れい【礼】

禮儀，禮節，禮貌；鞠躬；道謝，致謝；敬禮；禮品

類 感謝 感謝

對 無礼 無禮

□□□ 1537

例 前例（ぜんれい）がないなら、作（つく）ればいい。

1秒後影子跟讀

譯 如果從來沒有人做過，就由我們來當開路先鋒。

生字 前例（ぜんれい）／先例

名・漢造 れい【例】

慣例；先例；例子

類 事例（じれい） 事例

對 例外（れいがい） 例外

□□□ 1538

例 これは例外中（れいがいちゅう）の例外（れいがい）です。

1秒後影子跟讀

譯 這屬於例外中的例外。

出題重點 「例外」表示與其他情況或人不同，不受到通常的規範或期望的影響。「例」意為「樣例、典型」，與「列」字形相似。「列」意為「排列、隊列」。「外」意為「外面、排除」，與「処」字形相似，但「処」非日文常用字。雖然這些字形似，但意義差異大，須注意。※ 題型 2

必考音訓讀

●例＝レイ・たと（える）／例子，例外

●戻 ＝レイ・もど（る）／返回，還原

名 れいがい【例外】

例外

類 通例（つうれい）に反（はん）する 反常例

對 通常（つうじょう） 通常

□□□ 1539

例 部長（ぶちょう）のお子（こ）さんは、まだ小学生（しょうがくせい）なのに礼儀（れいぎ）正（ただ）しい。

1秒後影子跟讀

譯 總理的孩子儘管還是小學生，但是非常有禮貌。

生字 お子（こ）さん／尊稱他人的孩子；正（ただ）しい／端正的

名 れいぎ【礼儀】

禮儀，禮節，禮法，禮貌

類 マナー【manner】 禮貌

對 無礼（ぶれい） 無禮

□□□ 1540

例 レインコートを忘（わす）れた。

1秒後影子跟讀

譯 忘了帶雨衣。

名 レインコート【raincoat】

雨衣

類 雨具（あまぐ） 雨具

讀書計劃：□□／□□

□□□ 1541

例 レシート(へんぴん)があれば返品できますよ。

1秒後影子跟讀

譯 有收據的話就可以退貨喔。

生字 返品(へんぴん)／退貨

名 レシート【receipt】

收據；發票

類 領収書(りょうしゅうしょ) 收據

對 請求書(せいきゅうしょ) 帳單

□□□ 1542

例 ずいぶん長(なが)い列(れつ)だったけれど、食(た)べたいんだから並(なら)ぶしかない。

1秒後影子跟讀

譯 雖然排了長長一條人龍，但是因為很想吃，所以只能跟著排隊了。

文法 たい[想要…]：表示說話者的內心想做，想要的；しかない[只好…]：表示只有這唯一可行的，沒有別的選擇。

生字 ずいぶん／頗，相當；並(なら)ぶ／排隊

名‧漢造 れつ【列】

列，隊列，隊；排列；行，列，級，排

類 行(ぎょう) 行

對 段(だん) 層

□□□ 1543

例 列車(れっしゃ)に乗(の)ったとたんに、忘(わす)れ物(もの)に気(き)がついた。

1秒後影子跟讀

譯 一踏上火車，就赫然發現忘記帶東西了。

文法 とたんに[剛…就…]：表示前項動作和變化完成的一瞬間，發生了後項的動作和變化。

名 れっしゃ【列車】

列車，火車

類 電車(でんしゃ) 電車

對 バス【bus】 巴士

□□□ 1544

例 失業(しつぎょう)して、生活(せいかつ)のレベルを維持(いじ)できない。

1秒後影子跟讀

譯 由於失業而無法維持以往的生活水準。

出題重點 「レベル」是指事物的層次、質量或能力的高低。陷阱可能有「ランク」指的是根據某些標準或評價對事物或人進行的排序或分級；它更偏向於評價或比較的層面。「ステージ」則通常指某一過程或發展中的階段或步驟，強調事物發展的連續性或進程。※ 題型 3

慣用語

● 心(こころ)が落(お)ち着(つ)く／心境寧靜。

生字 失業(しつぎょう)／失業；維持(いじ)／保持

名 レベル【level】

水平，水準；水平線；水平儀

類 水準(すいじゅん) 水平

對 方向(ほうこう) 方向

□□□ 1545

例 同僚に隠れて社内**恋愛**中です。

1秒後影子跟讀

譯 目前在公司裡偷偷摸摸地和同事談戀愛。

生字 同僚／同事；隠れる／躲藏；社内／公司內部

名・自サ **れんあい【恋愛】**

戀愛

類 愛情　愛情

對 友情　友情

□□□ 1546

例 うちのテニス部は、3年**連続**して全国大会に出場している。

1秒後影子跟讀

譯 我們的網球隊連續３年都參加全國大賽。

生字 出場／參加

名・他サ・自サ **れんぞく【連続】**

連續，接連

類 続き　持續

對 中断　中斷

□□□ 1547

例 車を**レンタル**して、旅行に行くつもりです。

1秒後影子跟讀

譯 我打算租輛車去旅行。

出題重點 「レンタル」是指租借某物，通常涉及暫時的使用權。陷阱可能有「借りる（かりる）」指的是從他人那裡借用某物，但沒有特定的費用涉及，主要是基於彼此的好意或關係；「賃貸（ちんたい）」則是指租賃特定的物件，如房子或公寓，通常涉及合同和固定的費用。與「レンタル」的暫時使用權相比，「借りる」強調的是無成本的借用，而「賃貸」則專指有費用的租賃。※ 題型 3

必考音訓讀

●連＝レン・つら（なる）、つ（れる）／連接、系列

名・サ変 **レンタル【rental】**

出租，出賃；租金

類 借りる　借

對 購入　購買

□□□ 1548

例 こちらのドレスの**レンタル料**は、5万円です。

1秒後影子跟讀

譯 擺在這邊的禮服，租用費是５萬圓。

生字 ドレス／洋裝

名 **レンタルりょう【rental 料】**

租金

類 貸出料　租金

對 購入価格　購買價格

□□□ 1549

例 老人（ろうじん）は楽（たの）しそうに、「はっはっは」と笑（わら）った。

1秒後影子跟讀

譯 老人快樂地「哈哈哈」笑了出來。

名 ろうじん【老人】

老人，老年人

類 高齢者（こうれいしゃ）　高齡者

對 若者（わかもの）　年輕人

□□□ 1550

例 ローマ字（じ）入力（にゅうりょく）では、「を」は「wo」と打（う）つ。

1秒後影子跟讀

譯 在羅馬拼音輸入法中，「を」是鍵入「wo」。

生字 入力（にゅうりょく）／輸入；打（う）つ／敲打

名 ローマじ【Roma 字】

羅馬字（或唸：ローマじ）

類 アルファベット【alphabet】字母

對 平仮名（ひらがな）　平假名

□□□ 1551

例 彼（かれ）は録音（ろくおん）のエンジニアだ。

1秒後影子跟讀

譯 他是錄音工程師。

生字 エンジニア／工程師

名・他サ ろくおん【録音】

錄音

類 音声記録（おんせいきろく）　音頻記錄

對 再生（さいせい）　播放

□□□ 1552

例 大河（たいが）ドラマを録画（ろくが）しました。

1秒後影子跟讀

譯 我已經把大河劇錄下來了。

出題重點 「録画」唸音讀「ろくが」。是指將影像或節目透過某種設備錄製下來，以便之後觀看。陷阱可能有用清音「か」誤導的「ろくか」；「ろっか」完全不相關的讀音；「く變っ」的「ろっが」。※ 題型 1

慣用語

- 心配（しんぱい）する／憂慮。
- 気（き）を失（うしな）う／昏厥。

生字 大河（たいが）ドラマ／ NHK 長篇連續劇

名・他サ ろくが【録画】

錄影

類 ビデオ記録（きろく）【video 記録】視頻記錄

對 再生（さいせい）　播放

□□□ 1553

例 火星にロケットを飛ばす。

1秒後影子跟讀

譯 發射火箭到火星。

生字 火星／火星；飛ばす／發射

名 ロケット【rocket】

火箭發動機；(軍) 火箭彈；狼煙火箭（或唸：ロケット）

類 宇宙船 太空船

對 航空機 飛機

□□□ 1554

例 会社のロッカーには傘が入れてあります。

1秒後影子跟讀

譯 有擺傘在公司的置物櫃裡。

名 ロッカー【locker】

（公司、機關用可上鎖的）文件櫃；(公共場所用可上鎖的) 置物櫃，置物箱，櫃子

類 収納箱 儲物箱

對 バッグ【bag】 包

□□□ 1555

例 ロックが壊れて、事務所に入れません。

1秒後影子跟讀

譯 事務所的門鎖壞掉了，我們沒法進去。

生字 壊れる／故障；事務所／辦公室

名・他サ ロック【lock】

鎖，鎖上，閉鎖

類 錠前 鎖

對 開放 解鎖

□□□ 1556

例 家事をしてくれるロボットがほしいです。

1秒後影子跟讀

譯 我想要一個會幫忙做家事的機器人。

出題重點 「ロボット」是指機器人，具有自動操作或模擬人類某些行為的機器。陷阱可能有「アンドロイド」指的是模仿人類外觀和行為的機器人，外觀更接近人形，強調其與人類的相似性；「サイボーグ」則是指結合了生物體和機械元件的生物，強調其擁有機械和生物的特性。
※ 題型 3

文法 がほしい [想要…]：表示說話者希望得到某物。

生字 家事／家務

名 ロボット【robot】

機器人；自動裝置；傀儡

類 機械人 機器人

對 人間 人類

讀書計劃：□□／□□

□□□ 1557

例 一般論として、表現の自由は認められるべきだ。

1秒後影子跟讀

譯 一般而言，應該要保障言論自由。

文法 として [作為…]：表示身分、地位、資格、立場、種類、作用等。有格助詞作用；べきだ [應當…]：表示那樣做是應該的、正確的。常用在勸告、禁止及命令的場合。

生字 一般／普遍；表現／表達；認める／重視

名·漢造·接尾 **ろん【論】**

論，議論

類 主張　主張

對 事実　事實

□□□ 1558

例 国のあり方を論じる。

1秒後影子跟讀

譯 談論國家的理想樣貌。

出題重點 「論じる」表示深入探討或討論某個主題或問題。陷阱可能是「談じる」和「話じる」雖然與「論じる」等漢字意思接近的形式出現，但這是日語沒這種說法，文脈上不對的字。「談」通常與交談或對話有關；「話」則指的是說話或講述。※ 題型 2

必考音訓讀

- 論＝ロン・あげつら (う) ／討論，論點
- 労＝ロウ・ろう (する) ／勞動，勞力 (繁體中文「勞」)

他上一 **ろんじる・ろんずる【論じる・論ずる】**

論，論述，闡述

類 議論する　討論

對 実践する　實踐

□□□ 1559

Track72

例 {早口言葉} 裏庭には２羽、庭には２羽、鶏がいる。

1秒後影子跟讀

譯 {繞口令} 後院裡有兩隻雞、院子裡有兩隻雞。

生字 裏／後面；羽／隻，量詞

接尾 **わ【羽】**

(數鳥或兔子) 隻

類 羽毛　羽毛

對 毛　毛髮

□□□ 1560

例 伝統的な和菓子には、動物性の材料が全く入っていません。

1秒後影子跟讀

譯 傳統的日式糕餅裡完全沒有摻入任何動物性的食材。

生字 伝統的／傳統的；材料／材料；全く／完全

名 **わ【和】**

日本

類 日本風　日式

對 洋　西式

□□□ 1561

例 ワインをグラスにつぐ。

1秒後影子跟讀

譯 將紅酒倒入杯子裡。

生字 グラス／玻璃杯；つぐ／注入

名 ワイン【wine】

葡萄酒；水果酒；洋酒

類 赤ワイン【赤 wine】 紅酒

對 ビール【beer】 啤酒

□□□ 1562

例 何の罪もない我が子を殺すなんて、許せない。

1秒後影子跟讀

譯 竟然殺死我那無辜的孩子，絕饒不了他！

生字 罪／罪過；殺す／殺害；許す／寬恕

連體 わが【我が】

我的，自己的，我們的

類 自分の 自己的

對 他人の 他人的

□□□ 1563

例 わがままなんか言ってないもん。

1秒後影子跟讀

譯 人家才沒有耍什麼任性呢！

出題重點 「わがまま」是指自私或只按照自己的意願行事。陷阱可能有「利己的（りこてき）」指的是為了自己的利益而行動，忽略他人的感受或需求；「我慢強い（がまんづよい）」意為有耐心或能忍耐，與「わがまま」意義相反，但在某些情境下，過度的「我慢強い」也可能被視為「わがまま」。※ 題型 3

文法 なんか［什麼的］：表示從各種事物中例舉其一；もん［因為…嘛］：多用在會話。語氣帶有不滿、反抗的情緒。多用於年輕女性或小孩。

名・形動 わがまま

任性，放肆，肆意

類 勝手 任性

對 礼儀正しい 有禮貌的

□□□ 1564

例 最近、若者たちの間で農業の人気が高まっている。

1秒後影子跟讀

譯 最近農業在年輕人間很受歡迎。

生字 農業／農業；高まる／高漲

名 わかもの【若者】

年輕人，青年

類 青年 青年

對 老人 老人

讀書計劃：□□／□□

1565

例 別れ(わか)が悲(かな)しくて、涙(なみだ)が出(で)てきた。

1秒後影子跟讀

譯 由於離別太感傷，不禁流下了眼淚。

名 わかれ【別れ】

別，離別，分離；分支，旁系

類 さようなら　再見

對 会(あ)う　見面

1566

例 意見(いけん)が分(わ)かれてしまい、とうとう結論(けつろん)が出(で)なかった。

1秒後影子跟讀

譯 由於意見分歧，終究沒能做出結論。

出題重點 「分かれる」的另一說法是「別れる」（分開）。

例 道路分かれる／道路分岔。

例 彼と別れる／和他分手。

「分かれる」通常表示物體或概念的分離。而「別れる」則專指結束人際關係，尤其是親密關係，如情侶或夫妻。「別れる」更強調情感上的分離，通常用於形容分手、告別或別離。相對而言，「分かれる」更通用，可用於多種情境，並不特別強調情感。※ 題型 4

生字 意見(いけん)／見解；とうとう／終究；結論(けつろん)／結論

自下一 わかれる【分かれる】

分裂；分離，分開；區分，劃分；區別

類 区別(くべつ)する　區分

對 合(あ)う　匹配

1567

例 お湯(ゆ)が沸(わ)いたから、ガスをとめてください。

1秒後影子跟讀

譯 水煮開了，請把瓦斯關掉。

生字 ガス／瓦斯；止(と)める／關閉

自五 わく【沸く】

煮沸，煮開；興奮

類 沸騰(ふっとう)する　煮沸

對 冷(ひ)える　冷卻

1568

例 5回(かい)に分(わ)けて支払(しはら)う。

1秒後影子跟讀

譯 分5次支付。

他下一 わける【分ける】

分，分開；區分，劃分；分配，分給；分開，排開，擠開

類 区切(くぎ)る　分隔

對 合(あ)わせる　組合

わずか【僅か】

□□□ 1569

例 貯金があるといっても、わずかなものです。

1秒後影子跟讀

譯 雖說有儲蓄，但只有一點點。

出題重點 「わずか」意指一個很小的數量或很短的時間。用另一種方式說是「少し（すこし）」（一點、稍微）。

例 わずかな違いで試合の結果が変わった／微小的差異改變了比賽的結果。

例 少しのミスで計画が失敗した／因為一點小失誤，計劃失敗了。

兩者都描述某物的少量或短暫。但「わずか」通常用來強調極小的差異或數量，而「少し」則是一般地描述少量或稍微。※ 題型 4

生字 貯金／存款

副・形動 **わずか【僅か】**

（數量、程度、價值、時間等）很少，僅僅；一點也（後加否定）

類 少し　稍微

對 多く　許多

□□□ 1570

例 丁寧なお詫びの言葉をいただいて、かえって恐縮いたしました。

譯 1秒後影子跟讀

譯 對方畢恭畢敬的賠不是，反倒讓我不好意思了。

生字 丁寧／恭敬的；かえって／相反地；恐縮／慚愧

名 **わび【詫び】**

賠不是，道歉，表示歉意

類 謝る　道歉

對 謝らない　不道歉

□□□ 1571

例 おかしくて、笑いが止まらないほどだった。

1秒後影子跟讀

譯 實在是太好笑了，好笑到停不下來。

文法 ほど［得令人］：表示動作或狀態處於某種程度。

生字 止まる／停止

名 **わらい【笑い】**

笑；笑聲；嘲笑，譏笑，冷笑

類 笑顔　笑臉

對 泣き　哭

□□□ 1572

例 いくら4割引きとはいえ、やはりブランド品は高い。

1秒後影子跟讀

譯 即使已經打了6折，名牌商品依然非常昂貴。

生字 引き／折價；ブランド／商品品牌；品／商品

造語 **わり【割り・割】**

分配；（助數詞用）十分之一，一成；比例；得失

類 割合　比例

對 全体　整體

讀書計劃：□□／□□

1573

例 一生結婚しない人の割合が増えている。

1秒後影子跟讀

譯 終生未婚人口的比例愈來愈高。

出題重點 「割合」指「比例」或「百分比」。使用時應集中於描述數量、出現的頻率或比重等情境。有些情況避免用於不涉及數量比較的場合，如描述電影、音樂或服裝等。選擇「割合」時，應保證其與語境相符，以避免語意不清。※ 題型 5

必考音訓讀

- 割＝カツ・わ(る)、わり／分割，割讓
- 活＝カツ／活動，生活

生字 一生／一輩子

名 **わりあい【割合】**

比例；比較起來

類 パーセント【percent】 百分比

對 総数　總數

1574

例 仕事の割り当てをする。

1秒後影子跟讀

譯 分派工作。

名 **わりあて【割り当て】**

分配，分擔

類 割振り　分配

對 一括　總括在內

1575

例 列に割り込まないでください。

1秒後影子跟讀

譯 請不要插隊。

生字 列／隊伍

自五 **わりこむ【割り込む】**

擠進，插隊；闖進；插嘴

類 介入する　干涉

對 無視する　忽略

1576

例 小さな子どもに、割り算は難しいよ。

1秒後影子跟讀

譯 對年幼的小朋友而言，除法很難。

名 **わりざん【割り算】**

（算）除法

類 除算　除法

對 足し算　加法

□□□ 1577

例 卵を割って、よくかき混ぜてください。

1秒後影子跟讀

譯 請打入蛋後攪拌均勻。

出題重點 「割る」主要表示「分割」或「撥出（時間或金錢）」的意義。解題時，應確認句子是否涉及到切分物品或撥出特定資源的動作。有些情況此詞不適用於描述吸引或計算比率。正確的上下文中，「割る」應與可分割的物件或可撥出的時間、金錢相結合。※ 題型 5

慣用語

● 二つに割る／分成兩部分。

生字 混ぜる／攪拌

他五 わる【割る】

打，劈開；用除法計算

類 分割する　切割

對 合わせる　合併

□□□ 1578

例 東京湾にも意外とたくさんの魚がいる。

1秒後影子跟讀

譯 沒想到東京灣竟然也有很多魚。

生字 意外／出乎意料

名 わん【湾】

灣，海灣

類 港　港灣

對 平原　平原

□□□ 1579

例 和食では、汁物はお椀を持ち上げて口をつけて飲む。

1秒後影子跟讀

譯 享用日本料理時，湯菜類是端碗就口啜飲的。

生字 持ち上げる／拿起；つける／靠上，就著

名 わん【椀・碗】

碗，木碗；（計算數量）碗

類 皿　盤子

對 コップ【cup】　杯子

讀書計劃：□□／□□

第五回

言語知識（文字、語彙）

題型1

問題1　＿＿＿の言葉の読み方として最も良いものを、1・2・3・4から一つ選びなさい

1　彼は自分の未来に満ちている。

1 みら　　2 みき　　3 みらい　　4 みく

2　油と水は簡単には混ざることがない。

1 みざる　　2 こざる　　3 こんざる　　4 まざる

題型2

問題2　＿＿＿の言葉を漢字で書くとき、最も良いものを、1・2・3・4から一つ選びなさい。

3　このレストランの料理のりょう金は高い。

1 料　　2 科　　3 抖　　4 療

4　約束をやぶるのは良くない。

1 罰る　　2 張る　　3 損る　　4 破る

題型3

問題3　（　　）に入れるものに最も良いものを、1・2・3・4から一つ選びなさい。

5　妹は最近（　　）な態度をとるので、家族が困っている。

1 わんわん　　2 わざわざ　　3 わがまま　　4 わくわく

答案：1.(3)　2.(4)　3.(1)　4.(4)　5.(3)　6.(2)　7.(2)　8.(3)　9.(2)　10.(3)

6 彼は言葉の使い方が非常に（　　　）で、友達によく怒られる。

1 優雅　　2 乱暴　　3 乱流　　4 簡單

題型 4

問題 4 ＿＿＿ に意味が最も近いものを、1・2・3・4 から一つ選びない。

7 この箱の中には僅かのお金しか入っていない。

1 たまに　　2 少し　　3 たくさん　　4 さっと

8 キャンプで木を燃やして暖を取った。

1 炊い　　2 使っ　　3 焼い　　4 煮

題型 5

問題 5 ＿＿＿ 次の言葉の使い方として最も良いものを、一つ選びなさい。

9 割合

1 昨日、私は割合の映画を見た。

2 クラスでの出席は割合が高い。

3 この曲はとても割合ですね。

4 彼女は常に割合な服を着ています。

10 割る

1 この問題は難しいので、考える時間をもう少し割ってください。

2 このレストランは客を多く割っています。

3 皿を二三枚割ってしまいました。

4 彼の趣味は音楽を割ることです。

讀書計劃：□□／□□

N3

3回模擬考題

問題1　漢字讀音問題 應試訣竅

這道題型要考的是漢字讀音問題，新制日檢出題形式改變了一些，但考點與舊制是一樣的。問題預估為８題。

漢字讀音分音讀跟訓讀，預估音讀跟訓讀將各佔一半的分數。音讀中要注意的有濁音、長短音、促音、撥音…等問題。而日語固有讀法的訓讀中，也要注意特殊的讀音單字。當然，發音上有特殊變化的單字，出現比率也不低。我們歸納分析一下：

1.音讀：接近國語發音的音讀方法。如：「花」唸成「か」、「犬」唸成「けん」。

2.訓讀：日本原來就有的發音。如：「花」唸成「はな」、「犬」唸成「いぬ」。

3.熟語：由兩個以上的漢字組成的單字。如：練習、切手、毎朝、見本等。
其中還包括日本特殊的固定讀法，就是所謂的「熟字訓読み」。如：「小豆」（あずき）、「土産」（みやげ）、「海苔」（のり）等。

4.發音上的變化：字跟字結合時，產生發音上變化的單字。如：春雨（はるさめ）、反応（はんのう）、酒屋（さかや）等。

問題１ ＿＿＿のことばの読み方として最もよいものを１・２・３・４から一つ選びなさい。

1 ここの景色は、いつ見ても最高です。

1 けいいろ　2 けいしょく　3 けしき　4 けいしき

2 伊藤さんは非常に熱心に発音のれんしゅうをしています。

1 ひじょう　2 ひじょお　3 ひじょ　4 ひしょう

3 私が納得し得る説明をしてくださいませんか。

1 なつとく　2 のうとく　3 なとく　4 なっとく

4 医学に興味がありますが、医学部に入るのはとてもむずかしいです。

1 きょおみ　2 きょふみ　3 きょうみ　4 きょみ

5 会社の周りはちかてつもあり、交通がとても便利です。

1 まはり　2 まわり　3 まはあり　4 まわあり

6 優勝を祝って、チームのみんなと乾杯しました。

1 さわって　2 うたって　3 あたって　4 いわって

7 警察にもきかれましたが、あのお嬢さんとわたしは何の関係もありません。

1 おしょうさん　2 おぼうさん　3 おひめさん　4 おじょうさん

8 タクシーの運転手さんに住所をいい間違えた。

1 まちかえた　2 まてがえた　3 まちがえた　4 までがえた

問題 2　漢字書寫問題 應試訣竅

這道題型要考的是漢字書寫問題，新制日檢出題形式改變了一些，但考點與舊制是一樣的。問題預估為 6 題。

這道題要考的是音讀漢字跟訓讀漢字，預估將各佔一半的分數。音讀漢字考點在識別詞的同音異字上，訓讀漢字考點在掌握詞的意義，及該詞的表記漢字上。

解答方式，首先要仔細閱讀全句，從句意上判斷出是哪個詞，浮想出這個詞的表記漢字，確定該詞的漢字寫法。也就是根據句意確定詞，根據詞意來確定字。如果只看畫線部分，很容易張冠李戴，要小心喔。

問題2　＿＿＿のことばを漢字で書くとき、最もよいものを１・２・３・４から一つ選びなさい。

9　われわれはしぜんの恩恵を受けて生きているのだから、感謝しなければなりません。

1　天然　　2　自然　　3　天燃　　4　自燃

10　今日からタイプをとくべつ練習することにしました。

1　得別　　2　特別　　3　侍別　　4　特另

11　夏休みのけいかくについては、あとでお父さんと相談します。

1　計画　　2　什画　　3　辻画　　4　汁画

12　陽気で誰とでもすぐに仲良くなれる子だから、ここをはなれても笑顔でやっていくでしょう。

1　遠れて　　2　別れて　　3　離れて　　4　隔れて

13　発想のゆたかな人が周りにいると、良い刺激をうけることができる。

1　豊　　2　豊な　　3　豊かな　　4　豊たかな

14　３年生の学生は２時になったら講堂にあつまってください。

1　集まって　　2　寄まって　　3　合まって　　4　群って

問題３　選擇符合文脈的詞彙問題 應試訣竅

這道題型要考的是選擇符合文脈的詞彙問題。這是延續舊制的出題方式，問題預估為11題。

這道題主要測試考生是否能正確把握詞義，如類義詞的區別運用能力，及能否掌握日語的獨特用法或固定搭配等等。預測名詞、動詞、形容詞、副詞的出題數都有一定的配分。另外，外來語也估計會出一題，要多注意。

由於我們的國字跟日本的漢字之間，同形同義字占有相當的比率，這是我們得天獨厚的地方。但相對的也存在不少的同形不同義的字，這時候就要注意，不要太拘泥於國字的含義，而混淆詞義。應該多從像「自覚が足りない」（覺悟不夠）、「絶対安静」（得多靜養）、「口が堅い」（口風很緊）等日語固定的搭配，或獨特的用法來做練習才是。這樣才能加深對詞義的理解、並達到豐富詞彙量的目的。

問題３　（　　　　　）に入れるのに最もよいものを、１・２・３・４から一つ選びなさい。

15　退職したら、田舎に帰って（　　　）した生活を送りたい。

1　のんびり　　2　のろのろ　　3　まごまご　　4　うっかり

16　おとうさんは50歳をすぎてからだんだん（　　　）だしました。

1　増え　　2　太り　　3　壊れ　　4　足り

17　教会に（　　　）つづけて、もう15年になります。

1　むかえ　　2　かよい　　3　けいけんし　　4　とおり

18　ストレスが（　　　）と、体に色々な症状が出てきます。

1　ためる　　2　とどまる　　3　たまる　　4　たくわえる

19 きょうは寒いので（　　　）にします。

1 スリッパ　　2 セーター　　3 サンダル　　4 ガソリン

20 母への（　　　）を選び終わったら、食事にしましょうか。

1 コンサート　　2 プレゼント　　3 グラム　　4 エレベーター

21 うちの猫は暗くてせまいところに入りたがりますが、（　　　）ですか。

1 りゆう　　2 げんいん　　3 なぜ　　4 わけ

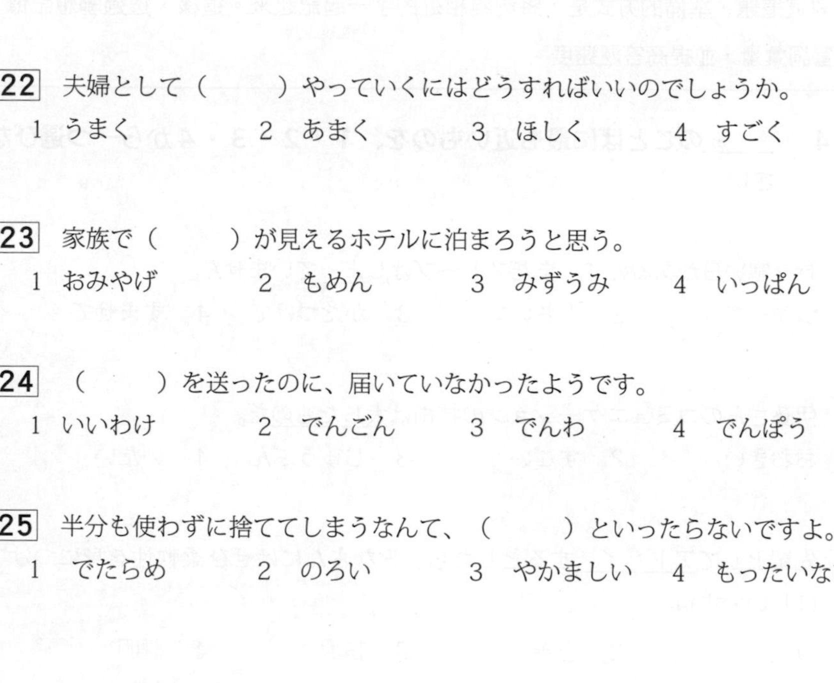

22 夫婦として（　　　）やっていくにはどうすればいいのでしょうか。

1 うまく　　2 あまく　　3 ほしく　　4 すごく

23 家族で（　　　）が見えるホテルに泊まろうと思う。

1 おみやげ　　2 もめん　　3 みずうみ　　4 いっぱん

24 （　　　）を送ったのに、届いていなかったようです。

1 いいわけ　　2 でんごん　　3 でんわ　　4 でんぽう

25 半分も使わずに捨ててしまうなんて、（　　　）といったらないですよ。

1 でたらめ　　2 のろい　　3 やかましい　　4 もったいない

問題4　替換同義詞 應試訣竅

這道題型要考的是替換同義詞的問題，這是延續舊制的出題方式，問題預估為 5 題。

這道題的題目會給一個較難的詞彙，請考生從 4 個選項中，選出意思相近的詞彙來。選項中的詞彙一般比較簡單。也就是把難度較高的詞彙，改成較簡單的詞彙。

預測名詞、動詞、形容詞、副詞的出題數都有一定的配分。另外，外來語估計也會出一題，要多注意。

針對這道題，準備的方式是，將詞義相近的字一起記起來。這樣，透過聯想記憶來豐富詞彙量，並提高答題速度。

問題4　＿＿＿のことばに最も近いものを、1・2・3・4から一つ選びなさい。

26　時々寒い日があるので、まだストーブは<u>しまって</u>いません。

1 つかって　2 もちいて　3 かたづけて　4 すませて

27　伊藤さんのコミュニケーションの技術は<u>大したもの</u>だ。

1 おおきい　2 すごい　3 じゅうぶん　4 いだい

28　先輩として<u>アドバイス</u>するとしたら、みなさんにはぜひ柔軟性を身につけてほしいですね。

1 責任　2 忠告　3 指導　4 説明

29　この広告の主な<u>狙い</u>は、若者の関心を引くことにあります。

1 役割　2 目標　3 役目　4 目的

30　どういう状況でけがをしたのか、<u>おおよその</u>様子を話してください。

1 はっきりとした　2 だいたいの　3 ほぼの　4 本当の

問題 5　判斷詞彙正確的用法 應試訣竅

這道題型要考的是判斷詞彙正確用法的問題，這是延續舊制的出題方式，問題預估為 5 題。

詞彙在句子中怎樣使用才是正確的，是這道題主要的考點。預測名詞、動詞、形容詞、副詞的出題數都有一定的配分。名詞以 2 個漢字組成的詞彙為主，動詞有漢字跟純粹假名的，副詞就舊制的出題形式來看，也有一定的比重。

針對這一題型，該怎麼準備呢？方法是，平常背詞彙的時候，多看例句，多唸幾遍例句，最好是把單字跟例句一起背起來。這樣，透過仔細觀察單字在句中的用法與搭配的形容詞、動詞、副詞…等，可以有效增加自己的「日語語感」。而該詞彙是否適合在該句子出現，很容易就能感覺出來了。

問題 5　つぎのことばの使い方として最もよいものを、1・2・3・4から一つ選びなさい。

31　かみ

1　かみがずいぶん長くなったので、切ろうと思います。

2　ご飯を食べた後はかみをきれいに磨きます。

3　小さいごみがかみに入って、痛いです。

4　風邪を引かないように家に着いたら、かみを洗いましょう。

32　ひろう

1　鈴木さんがかわいいギターを私にひろいました。

2　学校へ行く途中500円ひろいました。

3　いらなくなった本は友達にひろいます。

4　燃えないごみは火曜日の朝にひろいます。

33 たおれる

1　今日は道がたおれやすいので、気をつけてね。

2　高校の横の大きな木がたおれました。

3　コンピューターが水に濡れてたおれてしまいました。

4　消しゴムが机からたおれました。

34 もっとも

1　意見を言っても、もっとも聞いてもらえないなら、言うだけ無駄でしょう。

2　もっともだから、普段あまり食べられないものをいただきましょうよ。

3　冷静に考えれば、彼女が反発を覚えるのももっともです。

4　日帰り旅行でも、家族と一緒に行ければ、それだけでもっとも嬉しいです。

35 少なくとも

1　この対策で少なくとも効果が出るとは限らない。

2　事件の影響を受けて、少なくとも5000万円の損失が見込まれている。

3　人気の俳優が出演していると言っても、少なくとも面白い作品だろう。

4　彼は製品の特徴どころか、少なくとも商品名さえ覚えていない。

問題1　＿＿＿のことばの読み方として最もよいものを1・2・3・4から一つ選びなさい。

1　あには<u>政治</u>や法律を勉強しています。

1　せいじ　　2　せえじ　　3　せっじ　　4　せじ

2　<u>信用</u>していたからこそ、裏切られた悲しみが、次第に恨みにかわっていった。

1　しんよう　　2　しよう　　3　しいよう　　4　しうよう

3　どういうわけか<u>夜間</u>のほうが日中より集中して、暗記することができます。

1　やま　　2　よるま　　3　やかん　　4　よるかん

4　警官に<u>事故</u>のことをいろいろ話しました。

1　じこう　　2　じっこ　　3　じこ　　4　じこお

5　火事の<u>原因</u>は煙草だと分かりました。

1　げえいん　　2　げんいん　　3　げへいん　　4　げえい

6　朝から<u>首</u>の具合がわるいので、病院に行きたいです。

1　くび　　2　ぐび　　3　くひ　　4　ぐひ

7　引っ越し会社の工員から上手な運搬の方法を<u>教わった</u>ところです。

1　おさわった　　2　おしわった　　3　おせわった　　4　おそわった

8　社長からの贈り物は今夜<u>届く</u>ことになっています

1　ととく　　2　どどく　　3　どとく　　4　とどく

問題２　＿＿＿のことばを漢字で書くとき、最もよいものを１・２・３・４から一つ選びなさい。

9　台風のせいで水道も<u>でんき</u>もとまってしまいました。

1　電池　　2　電気　　3　電機　　4　電器

10　送別会が始まると同時に、卒業生が立ち上がって、先生に向かって<u>おじぎ</u>をした。

1　お辞儀　　2　お自儀　　3　お辞義　　4　お辞議

11　作品ごとに<u>くべつ</u>して、書道はこちら、彫刻はあちらに展示しています。

1　区別　　2　区分　　3　工別　　4　工分

12　<u>まぶた</u>を閉じると、悲劇がまるで昨日のことのように浮かんできます。

1　瞳　　2　目　　3　眼　　4　瞼

13　私の家では夕食の時間は８時と<u>きまっています</u>。

1　決っています　　2　決ています

3　決まっています　　4　決めています

14　太鼓のリズムに合わせて、幕が少しずつ<u>おろされ</u>ます。

1　垂ろされ　　2　下ろされ　　3　落ろされ　　4　卸ろされ

問題3　（　　　）に入れるのに最もよいものを、1・2・3・4から一つ選びなさい。

15　台風のせいで、水は止まるし、（　　　）し、散々な一日でした。

1　ていしゃする　　2　ていしする　　3　ていでんする　4　きゅうがくする

16　勉強しているところ、（　　　）してすみません。

1　不便　　2　適当　　3　邪魔　　4　複雑

17　珍しいものがたくさん展示してあると聞いたので、ちょっと（　　　）させてくださいませんか。

1　紹介　　2　拝見　　3　案内　　4　用意

18　どこからかパンを（　　　）匂いがします。

1　やける　　2　かわく　　3　わかす　　4　やく

19　部品に問題があることが分かったので、発売日が（　　　）ことになりました。

1　変化する　　2　変化される　　3　変更する　　4　変更される

20　どの（　　　）を使うか今日中に決めなくちゃいけない。

1　アルバイト　　2　テキスト　　3　サンドイッチ　　4　テスト

21　今から明日提出する（　　　）の資料をさがして、まとめないといけません。

1　レポート　　2　リード　　3　クリーニング　　4　サイン

22 学ぶことの（　　　）がやっと分かってきました。

1 おかしさ　　2 たのしさ　　3 さびしさ　　4 うまさ

23 こんな平和な時代に、（　　　）戦争が起きるなんて、夢にも思わなかった。

1 まさか　　2 もしかすると　　3 まさに　　4 さすが

24 出かけようと思っていたところ、私の（　　　）がお腹が痛いといいだした。

1 むすめ　　2 じんこう　　3 ぼく　　4 ひと

25 彼女ができてからというもの、山田君はずいぶん（　　　）が悪くなった。

1 交際　　2 付き合い　　3 往復　　4 交流

問題4　＿＿＿のことばに最も近いものを、１・２・３・４から一つ選びなさい。

26　幼稚園児にはこのスカートはやや大きい。

1　ずいぶん　　2　かなり　　3　少し　　4　相当

27　冷ましてから食べた方が、味が良く染みておいしいですよ。

1　こごえて　　2　ふるえて　　3　こおらせて　　4　つめたくして

28　野球の場内アナウンスをやらせてもらいました。

1　案内　　2　放送　　3　警備　　4　裁判

29　プールに入る人は、壁に貼ってある決まりを守らなければいけません。

1　義務　　2　決定　　3　注文　　4　規則

30　小犬がしきりに足を動かしている。

1　たちまち　　2　ごういんに　　3　そっと　　4　絶えず

あ
か
さ
た
な
は
ま
や
ら
わ
練習

問題5　つぎのことばの使い方として最もよいものを、1・2・3・4から一つ選びなさい。

31　おれい

1　すみません。私の間違いでした。ここにおれいさせていただきます。

2　合格できたのはあなたのおかげです。ぜひおれいさせてください。

3　駅まで鈴木さんをおれいにいってきます。

4　事故にあった友人のおれいに病院へ行きます。

32　つつむ

1　そこにある野菜を全部なべにつつんでください。

2　旅行の荷物は全部かばんにつつみましょうね。

3　プレゼントをきれいな紙でつつみました。

4　お店の品物は棚につつんであります。

33　あく

1　水曜日なら時間があいています。

2　お腹がとてもあいたので、なにか食べたいです。

3　テストの点数があいたのでお母さんに怒られました。

4　風邪を引いてすこしあいてしまったようです。

34　果たして

1　吹雪は今夜から果たしてひどくなるでしょう。

2　教授の指示通りにすれば、実験が果たして成功するはずです。

3　摂取するカロリーを制限して、夏までに体重を果たして45キロにします。

4　この成績で果たして希望する大学に合格できるのだろうか。

35 ますます

1 映画館の入り口でますます大学時代の友人に会って、びっくりしました。

2 機器を最新のものに取り換えたおかげで、ますます仕事の効率が上がりました。

3 10時間に及んだ手術がますます終了するそうです。

4 種を植えて、大切に育てたトマトを昨日ますます収穫しました。

あ か さ た な は ま や ら わ

練習

問題1　＿＿＿＿のことばの読み方として最もよいものを１・２・３・４から一つ選びなさい。

1　30歳という年齢の割に、彼は驚くほど幼稚です。
1 ようぢ　2 ようち　3 よおち　4 よっち

2　さきほどの手品は誰にも真似できない高度なものだそうです。
1 まに　2 しんに　3 もことに　4 まね

3　どうやら希望したとおり、薬局に就職することができそうです。
1 しゅしょく　2 しゅうじょく　3 しゅうしょく　4 しゅっしょく

4　経済のことなら伊藤さんに伺ってください。彼の専門ですから。
1 せんも　2 せえもん　3 せいもん　4 せんもん

5　世界のいろんなところで戦争があります。
1 せんそお　2 せんぞう　3 せんそう　4 せんそ

6　母が郵送してくれた箱の中身は、産地直送の果実でした。
1 なかしん　2 ちゅうしん　3 なかみ　4 ちゅうみ

7　母は隣の寺の木を大切に育てています。
1 おてら　2 てら　3 おでら　4 おってら

8　大きな鏡が応接間のよこにかけてあります。
1 がかみ　2 かかみ　3 かがみ　4 かっかみ

問題２　＿＿＿のことばを漢字で書くとき、最もよいものを１・２・３・４から一つ選びなさい。

9　芝居があまりに下手だったので、盛り上がるはずのばめんも静かなものでした。

1　場面　　2　馬面　　3　場緬　　4　場所

10　おしょうがつには食卓にお餅が上ります。

1　お明月　　2　お正月　　3　お疋月　　4　お互月

11　この１ヶ月の間にたいじゅうが５キロも増加してしまいました。

1　体積　　2　体重　　3　休重　　4　体熏

12　大きな地震がおきて、たくさんの家がこわれました。

1　損れました　　2　壊れました　　3　破れました　　4　障れました

13　このままだと、弟においこされてしまうんじゃないかしら。

1　抜越されて　　2　追い越されて　　3　通り越されて　　4　追い超されて

14　いなかのほうが都会より安全といえますか。

1　田舎　　2　村里　　3　田園　　4　港町

問題3　（　　）に入れるのに最もよいものを、1・2・3・4から一つ選びなさい。

15　ざんねんですが、入学説明会へのしゅっせきは（　　　　）させていただきます。

1　遠慮　　2　考慮　　3　利用　　4　心配

16　忘れたいことを（　　　　）しまった。

1　起こして　　2　捕まえて　　3　思って　　4　思い出して

17　古いカメラですが、（　　　　）するまで使いつづけるつもりです。

1　しっぱい　　2　ゆしゅつ　　3　りよう　　4　こしょう

18　もしあと1時間遅く病院についていたら、（　　　　）でしょうと言われました。

1　助からなかった　　2　助けなかった　　3　望めなかった　　4　望まなかった

19　おにぎりを作るご飯はもう（　　　　）ある。

1　ゆでて　　2　炊いて　　3　煮て　　4　焦げて

20　高校生になったら（　　　　）をしたいとかんがえています。

1　オートバイ　　2　アルバイト　　3　テキスト　　4　テニスコート

21　明日の待ち合わせ場所は駅の改札にしますか。それとも（　　　　）にしますか。

1　プラスチック　　2　プラットホーム

3　パターン　　4　セメント

22 こちらが今日の（　　）メニューでございます。

1 しんせつ　2 だいじ　3 とくべつ　4 じゅうぶん

23 注意しても（　　）親のいうことを聞きません。

1 きっと　2 ちっとも　3 だいたい　4 とうとう

24 娘は反抗期に入ったのか、あれがいい、これが嫌だと（　　）を言うようになりました。

1 皮肉　2 問い　3 わがまま　4 独り言

25 私が手を振って（　　）したら、撮影を開始してください。

1 看板　2 合図　3 目印　4 標識

問題4　＿＿＿のことばに最も近いものを、１・２・３・４から一つ選びなさい。

26　もし遠足が延期になったら、それはそれでやっかいだ。

1　からっぽ　　2　いたずら　　3　いじわる　　4　めんどう

27　春から転勤されることは、鈴木より承っております。

1　係って　　2　話して　　3　聞いて　　4　拝んで

28　スポーツでプロ選手とアマチュア選手の違いってどこだと思いますか。

1　専門家　　2　達人　　3　玄人　　4　愛好家

29　こういう柄のシャツは珍しいから、少しぐらい高くても買いたいです。

1　色　　2　模様　　3　スタイル　　4　様子

30　何度も話し合いを重ねて、ようやく計画の方向が見えてきました。

1　たちまち　　2　おそらく　　3　やっと　　4　きっと

問題５　つぎのことばの使い方として最もよいものを、１・２・３・４から一つ選びなさい。

31 したぎ

1 したぎの下にセーターを着るとあたたかいです。

2 太陽が強い日はしたぎをかぶりなさい。

3 したぎを右と左、はき間違えました。

4 したぎは毎日かえなさい。

32 たな

1 すみません、たなからお茶碗をとってくれませんか。

2 スーパーで買ってきたお肉やお魚はたなに入れてあります。

3 どうぞたなに座ってゆっくりしてください。

4 ご飯ができましたから、たなに運んでいただきましょう。

33 ふえる

1 よく食べるので、だんだん体がふえてきました。

2 成績がふえたのでお父さんが褒めてくれました。

3 政治に興味がない人がふえています。

4 最近ガソリンの値段がふえました。

34 所々

1 長い間休んでいないので、今月は休暇を所々とることにします。

2 彼は家族や友人など所々の人にとても愛されています。

3 孫が遊びに来ると、所々遊園地に行ったり動物園に行ったりします。

4 所々空席が見られますが、初日としては観客も多く、好調な出だしといえるでしょう。

35 まるで

1　解決してしまうと、あんなに悩んでいたのがまるで嘘のように感じられます。

2　フランス語が話せると言っても、まるで簡単な挨拶ができるだけです。

3　さっきテレビに映っていたのは、まるでおじいちゃんに違いない。

4　私の記憶が正しければ、ゆきちゃんはまるで上司の遠い親戚ですよ。

第一回

問題 1

1 3　2 1　3 4　4 3　5 2
6 4　7 4　8 3

問題 2

9 2　10 2　11 1　12 3　13 3
14 1

問題3

15 1　16 2　17 2　18 3　19 2
20 2　21 3　22 1　23 3　24 4
25 4

問題4

26 3　27 2　28 2　29 4　30 2

問題5

31 1　32 2　33 2　34 3　35 2

第二回

問題 1

1 1　2 1　3 3　4 3　5 2
6 1　7 4　8 4

問題 2

9 2	10 1	11 1	12 4	13 3
14 2				

問題3

15 3	16 3	17 2	18 4	19 4
20 2	21 1	22 2	23 1	24 1
25 2				

問題4

26 3	27 4	28 2	29 4	30 4

問題5

31 2	32 3	33 1	34 4	35 2

第三回

問題 1

1 2	2 4	3 3	4 4	5 3
6 3	7 2	8 3		

問題 2

9 1	10 2	11 2	12 2	13 2
14 1				

問題3

15 1	16 4	17 4	18 1	19 2
20 2	21 2	22 3	23 2	24 3
25 2				

問題4

26 4	27 3	28 4	29 2	30 3

問題5

31 4	32 1	33 3	34 4	35 1

絕對合格特效藥 N3 影子跟讀 標重音 日檢精熟單字

考試愛出的都在這！

[25K＋QR Code線上音檔]

【自學制霸 08】

■ 發行人　林德勝

■ 著者　吉松由美、田中陽子、西村惠子、林勝田、山田社日檢題庫小組

■ 出版發行　山田社文化事業有限公司
臺北市大安區安和路一段112巷17號7樓
電話　02-2755-7622
傳真　02-2700-1887

■ 郵政劃撥　19867160號　大原文化事業有限公司

■ 總經銷　聯合發行股份有限公司
新北市新店區寶橋路235巷6弄6號2樓
電話　02-2917-8022
傳真　02-2915-6275

■ 印刷　上鎰數位科技印刷有限公司

■ 法律顧問　林長振法律事務所　林長振律師

■ 書＋QR碼　定價　新台幣 435 元

■ 初版　2023年10月

© ISBN：978-986-246-781-7

STS
山田社

STS
山田社